MIRIAM COVI

TRÄUME IN
Wildberry Bay

Roman

WILHELM HEYNE VERLAG
MÜNCHEN

Der Verlag behält sich die Verwertung der urheberrechtlich geschützten Inhalte dieses Werkes für Zwecke des Text- und Data-Minings nach § 44 b UrhG ausdrücklich vor. Jegliche unbefugte Nutzung ist hiermit ausgeschlossen.

Penguin Random House Verlagsgruppe FSC® N001967

2. Auflage
Originalausgabe 04/2024
© 2024 by Wilhelm Heyne Verlag, München,
in der Penguin Random House Verlagsgruppe GmbH,
Neumarkter Straße 28, 81673 München
Redaktion: Diana Mantel
Umschlaggestaltung: UNO Werbeagentur, München,
unter Verwendung von © Huber Images (Pietro Canali),
FinePic®, München, Getty Images (pranchai himakoon)
Satz: Schaber Datentechnik, Austria
Druck und Bindung: GGP Media GmbH, Pößneck
Printed in Germany

ISBN: 978-3-453-42825-6

www.heyne.de

Ich will nicht alles sagen
Nicht so viel erklären
Nicht mit so viel Worten
Den Augenblick zerstören
Aber eines gebe ich zu
Das was ich will bist du

Aus »Ohne Dich (schlaf' ich heut Nacht nicht ein)«
von Münchener Freiheit

Für Barbara (aka Babs oder Tante Barbie)
Danke für deine Freundschaft

WER IST WER IN WILDBERRY BAY

Florentine Schiller
Eltern Regina & Bernd Schiller

Brüder Raven & Jay Leblanc
Eltern Fern & Steve Leblanc

Gwendolyn Hobbs, geb. Walker
Eltern Debbie & Bob Walker

Neil McIntosh
Schwester Zoe McIntosh & ihr Sohn Elliott
Vater Jimm McIntosh, Pfarrer & Betreiber
des Blue Gables Bed & Breakfast

Brüder Luke & Blake Cabot

Eliza Baker, Besitzerin des Bayview Diners
& ihr Bruder Carl Baker

Noah Miller, Yogalehrer & Ferns Freund

WILDBERRY BAY WHATSAPP-GRUPPE

Freitag, 6. Juli 2018

ELIZA BAKER:
Nicht vergessen, ihr lieben Wildbeeren: Heute bleibt ab 12 Uhr die Küche im Bayview Diner kalt. Wie die meisten von euch wissen, musste Brenda aus familiären Gründen ein paar Tage nach Calgary, und ich werde heute Nachmittag bei der Hochzeit von Jay und Florentine in Peggy's Cove sein. Habt einen wunderschönen Freitag!

HARRIET WHITE:
Wer sind Jay und Florentine?

STEVE LEBLANC:
Jay ist mein Sohn, und Florentine ist seine deutsche Verlobte.

HARRIET WHITE:
Ahh – danke, Steve. Ich habe deinen jüngeren Sohn ewig nicht hier gesehen. Habt eine tolle Hochzeitsfeier!

PETE O'DONELL:
Hilfe, wo bekomme ich dann heute Nachmittag meinen Blueberry Pie?

ZOE MCINTOSH:
Pete, keine Sorge – es geht nur um die warme Küche. Blueberry Pie bekommst du wie gewohnt von mir. Bis später 😊

1

Florentine

Die salzige Seeluft schlägt mir kühl entgegen, als ich das Lighthouse Inn verlasse. Eilig gehe ich die knarzenden Treppenstufen der Veranda hinab und trete auf den Bürgersteig der Küstenstraße. Auf der anderen Straßenseite bleibt eine Gruppe asiatischer Touristen stehen und fängt an, aufgeregt zu tuscheln und auf mich zu zeigen. Handys und Kameras werden gezückt, ich fühle mich wie ein Promi, den die Paparazzi entdeckt haben. Mit einem schiefen Lächeln wende ich mich ab, raffe mein Brautkleid mit beiden Händen hoch und beginne, im Laufschritt den Bürgersteig hinabzueilen. Wohin ich eigentlich will, kann ich nicht sagen. Vor mir erkenne ich das knallrote Holzhaus mit dem Eiscremeschild, vor dem sich eine Schlange aus Wartenden bis auf den Bürgersteig zieht. Da kann ich nicht vorbei, auf keinen Fall.

Was für eine Schnapsidee, hier draußen herumzuirren und meinen Bräutigam zu suchen! Eilig wende ich mich nach links, ich verlasse den Bürgersteig und haste über Gras und vereinzelte glatte Felsplateaus, die es überall im Fischerdorf von Peggy's Cove gibt. Der Wind zerrt an meinem Schleier, lässt ihn hinter mir wie ein Segel wehen, sich aufblähen, tanzen. Mit den glatten Sohlen meiner Pumps komme ich auf einer abschüssigen Felsplatte beinahe ins Straucheln, schlittere ein paar Schritte mehr, als dass ich laufe, während ich mit meinen Armen rudernd versuche, das Gleichgewicht zu halten. Jetzt bloß nicht mit meinem weißen Kleid stürzen!

Erst als ich einen der hölzernen Piers erreiche, die an mehreren Stellen in die Meeresbucht des Fischerhafens von Peggy's Cove hineinragen, halte ich an und ringe nach Atem. Die salzige Luft hat meinen flatternden Magen zwar ein wenig beruhigen können, aber dafür rast mein Herz jetzt nervös in meinem Brustkorb. Als der Wind eine Locke aus meiner Frisur zerrt, wird mir klar, dass selbst die Unmengen an Haarspray, in die die Friseurin mich eben eingenebelt hat, nichts gegen die Kräfte der Natur hier am Atlantik werden ausrichten können.

Aber momentan ist es mir völlig egal, ob meine Frisur noch perfekt sitzt oder nicht. Hastig sehe ich auf mein Telefon, beginne mit zittrigen Fingern, Jays Nummer zu wählen. Es klingelt. Es klingelt sehr lange. Aber niemand antwortet. Ich schlucke, beende den Anruf und gehe ein paar Schritte, nicht auf den Pier hinaus, sondern weiter am Ufer entlang, über die flachen Felsen. Vor mir erkenne ich ein paar der typischen Bootshäuser der Fischer von Peggy's Cove. Sie sind aus Zedernholz gebaut, das mit den Jahren seine charakteristische Graufärbung annimmt, und an ihren Außenwänden trocknen Netze, während sich Berge aus bunten Bojen neben den Eingängen auftürmen. Der Geruch nach Fisch mischt sich mit dem nach Seetang und Ozean, und mein Magen muckt wieder ein wenig auf. Ich bleibe stehen, will nicht noch näher an die Netze und ihren Geruch herangehen. Erneut halte ich mir mein Telefon an mein Ohr, lausche auf das Freizeichen.

Bitte, geh ran, flehe ich Jay im Stillen an. Er wird doch nicht ... Er würde mich doch nicht wirklich vor dem Altar – oder vor dem Leuchtturm – sitzen lassen, oder? Das würde Jay doch niemals machen?

Eine Möwe fliegt kreischend vorbei, ich sehe ihr hinterher und will den Anruf erneut mit einem frustrierten Seufzer beenden, als ich etwas höre. »... can't fight this feeling anymore ...«

Das ist Jays Klingelton! Eindeutig – den 80er-Jahre Softrock-Hit von REO Speedwagon liebt er!

Gedämpft wird der Song zu mir herübergetragen – aus der Richtung der Bootshäuser. Mein Herz hämmert noch schneller gegen meinen Brustkorb, als ich das Handy sinken lasse und mich den kleinen Hütten mit ihren Netzen und Bojen nähere. Was zum Teufel geht hier vor sich?

Ich habe Mühe, mein bauschiges, wolkenähnliches Brautkleid hochzuraffen und gleichzeitig nicht auf den rutschigen Felsen die Balance zu verlieren, während der Wind ausgelassen mit meinem Schleier spielt.

Als ich das erste der Bootshäuser fast erreicht habe, kommt ein Mann um die Hausecke. Sobald er mich erblickt, zuckt er regelrecht zusammen, bevor er wie angewurzelt stehen bleibt und mir schweigend entgegenstarrt.

Es ist Raven, Jays älterer Bruder. Und er sieht mich an, wie er mich schon seit unserer Kindheit so oft angesehen hat: mit dieser tiefen Furche zwischen seinen dichten schwarzen Augenbrauen, den Mund zu einer schmalen Linie zusammengepresst, die Kiefermuskulatur angespannt, als habe er Mühe, sich in meiner Gegenwart dazu durchzuringen, zivilisiert und halbwegs nett zu sein. Dass Raven mich nicht leiden kann, ist ihm stets so deutlich auf das Gesicht geschrieben, dass es fast komisch wirken könnte.

Aber jetzt gerade ist mir so gar nicht nach Lachen zumute. Raven zögert nur zwei Sekunden, dann geht er weiter, marschiert mit langen Schritten auf mich zu. Verstohlen mustere ich ihn, wie er sich nähert. Verdammt, Raven im schwarzen Anzug sieht noch besser aus als Raven in seinen sonst üblichen Bluejeans plus T-Shirt. In diesem Outfit, in Kombination mit seinem kurzen, leicht gelockten schwarzen Pferdeschwanz und dem wie üblich düsteren Gesichtsausdruck, den er stets für mich reserviert hat, erinnert er mich flüchtig an einen Mafiaboss. An einen schlecht gelaunten Mafiaboss.

»Was willst du hier?«, ruft er mir über den Wind entgegen, noch ehe er mich erreicht hat – oder ich ihn, wobei ich wesentlich langsamer über die Felsen vorankomme als Raven.

»Ist das echt das Erste, das du zu mir sagst, wenn du mich als Braut siehst?«, frage ich entrüstet, für einen Augenblick vom eigentlichen Thema abgekommen. Dieser Mann hat mich schon immer in den Wahnsinn getrieben – und zwar nicht im guten Sinne.

»Was willst du hier‹?« Mit verschränkten Armen bleibe ich stehen und sehe ihm entgegen.

Raven hat mich erreicht und starrt mich so gut gelaunt an, als wäre ich seine Zahnärztin und er stünde kurz vor der Wurzelbehandlung. In seinen grünen Augen flackert etwas auf, das ich nicht einordnen kann, bevor sein Blick flüchtig über mein Kleid wandert. Seine Kiefermuskulatur arbeitet sichtbar, er atmet tief ein und aus. Als er mir wieder ins Gesicht schaut, sagt er betont ruhig, mit leicht gepresster Stimme: »Schönes Kleid. Komm bitte mit.«

Und ehe ich weiß, was er da tut, packt er meine Hand und will mich mit sich ziehen, fort von den Bootshäusern, zurück Richtung Pension.

»Nein!« Empört stemme ich mich gegen ihn, versuche entschlossen, auf der Stelle stehen zu bleiben, was wegen meiner rutschigen Schuhe und Ravens starkem Griff nicht so einfach ist. »Spinnst du eigentlich? Aua!«
Raven hält inne und lockert seinen Griff ein wenig, aber er lässt mich nicht los. Es gab Zeiten in meinem Leben, da hätte ich alles dafür getan, Ravens Hand halten zu dürfen. Aber jetzt gerade ist mir wirklich nicht nach Händchen halten zumute. »Ich suche Jay«, stoße ich aufgebracht hervor.
»Weißt du, wo er ist?«
Raven antwortet nicht, doch seine Kiefermuskulatur spannt sich erneut an. Ernst mustere ich ihn. »Raven, bitte! Ich muss Jay finden und ihn sprechen!«
»Warum?«
»Warum?«, wiederhole ich fassungslos und deute erneut auf mein Wolkenkleid. »Darum! Weil ich ihn in …«, ich sehe kurz auf mein Telefondisplay und schnappe hektisch nach Luft, »in zehn Minuten am Leuchtturm treffen sollte. Um ihn zu heiraten – und er ist nicht auffindbar! Außerdem muss ich ihn vor der Trauung dringend sprechen, aber er geht nicht an sein verdammtes Telefon!«
Kurz halte ich inne, weil mir wieder klar wird, warum ich überhaupt dichter zu den Bootshäusern wollte. Raven, in seinem Mafioso-Outfit, hat mich für einen Moment völlig aus der Bahn geworfen. Mal wieder. Wann hört das endlich auf?
Fast triumphierend schwenke ich das Telefon in meiner freien Hand und verkünde: »Ich habe eben Jays Klingelton gehört! Da, bei den Bootshäusern. Er muss dort sein.«
Ich will erneut auf das erste der kleinen, grau geschindelten Häuser zugehen, doch Raven verstärkt wieder seinen Griff um mein Handgelenk und bleibt unerbittlich stehen.

Als ich ihn ungläubig ansehe, erwidert er meinen Blick schweigend und noch ernster als sonst.

Da endlich verstehe ich. Vermutlich hat mir mein Wolkenkleid zu sehr die Luft abgeschnürt, als dass ich klar hätte denken können. Für einen Moment kehrt die Übelkeit mit voller Wucht zurück, ich schließe meine Augen und ringe nach Luft. Dann sehe ich Raven an und stoße hervor: »Du weißt, wo er ist, oder? Was ist mit ihm? Was verheimlichst du mir?«

Ich sehe genau, wie es in Raven arbeitet. Seine Kiefermuskulatur bewegt sich, seine Nasenflügel blähen sich leicht, die Linie seiner Lippen wird noch schmaler. Ravens Griff um mein Handgelenk verstärkt sich noch einmal.

»Lass mich los, du tust mir weh«, wispere ich tonlos. Sein Blick flackert zu meinem Handgelenk, und sofort lockert er seinen Griff wieder.

»Komm bitte mit, wir ...«, setzt er an, ohne auf meine Fragen einzugehen. Da drehe ich mich blitzschnell um, entreiße meinen Arm seiner Hand und stoße ihn rückwärts, damit er mich gehen lässt. Raven starrt mich verblüfft an, rudert mit den Armen und versucht, auf den glatten Felsen nicht das Gleichgewicht zu verlieren. Ich nutze dieses Überraschungsmoment und renne los. Fast hätte ich selbst das Gleichgewicht verloren und wäre gefallen, aber ich fange mich und eile über die Felsplateaus, so schnell es meine Pumps zulassen. Mein Schleier fühlt sich an, als würde ich ein Segel hinter mir herziehen, und ich bin überzeugt davon, dass die Haarnadeln jeden Moment aufgeben und der Spitzenstoff vom Wind davongetragen wird.

»Florentine!«, höre ich Ravens aufgebrachte Stimme hinter mir, begleitet von seinen Schritten auf den Felsen. Er ist so ziemlich der Einzige der Kanadier in meinem Leben, der mich immer bei meinem vollen Namen nennt, allerdings spricht er ihn Englisch aus, sodass es wie *Florentein* klingt. Ich versuche immer wieder zu ignorieren, wie gut es mir gefällt, *Florentein* zu sein.

Entschlossen renne ich schneller, taumele und haste in einer Wolke aus Stoff vorwärts. Am ersten Bootshaus will ich schon die Tür aufreißen, doch dann kommt mir ein Gedanke: Raven ist um die Ecke dieses Häuschens marschiert, als ich ihn gesehen habe – das heißt, er war im Haus schräg dahinter.

Dort muss auch Jay sein. Mein Herz hämmert mit einer Mischung aus Entschlossenheit und wachsender Panik gegen meinen Brustkorb, während ich die letzten Meter zum nächsten Bootshaus zurücklege. Doch ich schaffe es nicht. Raven erreicht mich kurz vor der Tür zum zweiten Bootshaus. Seine Arme schlingen sich von hinten um mich, er hält mich in einem eisernen Griff fest, und ich höre seine Stimme dicht an meinem Ohr: »Tu das nicht. Bitte.«

Tränen schießen mir in die Augen, während ich nach Luft ringe.

»Ist er mit einer Frau da drinnen?«, frage ich und klinge fast etwas hysterisch, den Blick starr auf das Bootshaus vor uns gerichtet. »Ist Jay mit einer Frau da drinnen?«

»Nein«, wispert Raven an meinem Ohr. Ich finde es erstaunlich, dass mein Körper in dieser Situation die Zeit findet, eine Gänsehaut zu bekommen. Mein Körper kann es sich einfach nicht abgewöhnen, so auf Raven zu reagieren. Ich hoffe sehr, dass er irgendwann begreift, dass Raven nicht das Objekt meiner Sehnsüchte sein kann. Und ich hoffe sehr, dass ich nicht auch noch als alte Frau nachts aus einem erotischen Traum hochschrecke und zu meinem Entsetzen feststelle, dass ich schon wieder von dem

Mann geträumt habe, der mich wie ein lästiges Insekt behandelt.

»Nein?«, wiederhole ich leise und drehe mich so, dass ich Raven ansehen kann. Er weicht meinem Blick aus, aber sein Kiefer ist jetzt so angespannt, dass klar wird, wie er sich fühlt.

Er verheimlicht etwas vor mir. Er schützt seinen Bruder.

»Lass uns gehen, Florentine«, sagt er leise.

Ich starre Raven an. Aus dieser Nähe erkenne ich deutlich seine dichten schwarzen Wimpern und den dunklen Rand um das tiefe Grün seiner Iris. Raven kann mich nicht ansehen, er starrt stur geradeaus, auf die geschlossene Tür.

»Was ist in dem Haus?«, frage ich mit bebender Stimme.

Ravens linkes Augenlid zuckt ein wenig.

»Fischernetze«, sagt er leise.

Da brennt eine Sicherung bei mir durch. Die Wut verleiht mir ungeahnte Kräfte – und Raven hat ganz offensichtlich nicht damit gerechnet, zum zweiten Mal an diesem Tag so von mir zurückgestoßen zu werden. Er taumelt einen Schritt nach hinten, während ich nach vorne schieße und die Tür zum Bootsschuppen aufreiße.

Ja, da sind Fischernetze. Sie liegen aufgerollt auf dem Boden, der fischige Geruch verschlägt mir für einen Moment den Atem.

Aber da ist auch Jay, mein Beinahe-Ehemann. Und während ich Jay ungläubig anstarre, wünsche ich mich zurück in die Honeymoon Suite im Lighthouse Inn, wo meine Welt gerade eben noch relativ in Ordnung war.

2

Ungefähr eine halbe Stunde vorher

Ich sehe aus wie ein fluffiger Wolkenberg, denke ich, als ich in den bodentiefen Spiegel der Honeymoon Suite im Lighthouse Inn blicke. Immerhin wie ein Berg aus Gute-Wetter-Wolken in strahlendem Weiß, aber eben auch fluffig. Zu fluffig – zumindest, wenn man, wie ich, eher klein ist. Und nicht unbedingt gertenschlank. Warum mir das erst jetzt aufgeht, eine knappe halbe Stunde bevor ich in diesem Wolkenkleid Richtung Leuchtturm schreiten werde, kann ich beim besten Willen nicht sagen.

Als ich dieses Kleid in der kleinen Brautmodenboutique in meiner Heimatstadt München anprobiert habe, war ich überzeugt davon, dass es mein Traumkleid ist. Ich wusste auch sofort, dass Jay es lieben würde. Mein Verlobter wird dieses Kleid auf keinen Fall zu fluffig finden. Und der Spitzenschleier, der sich über meine nackten Schultern bis auf den glänzenden Holzfußboden ergießt, wird ihm garantiert nicht zu pompös sein – nicht so wie mir mit einem Mal. Und die kleinen Rosenblüten aus hellrosa Seide, die die Friseurin vor einer Stunde in meine kunstvoll hochgezwirbelten hellblonden Locken gesteckt hat, sind genau nach Jays Geschmack. Immerhin liebt er dieses Rosa, weshalb ich meine Nägel in derselben Farbe (»Ballettschuh«) lackiert habe, und auch mein Brautstrauß besteht aus wunderschönen Rosen in diesem Farbton.

Warum also bin ich trotzdem so unsicher, jetzt, da ich mich im bodentiefen Spiegel zum ersten Mal als Braut mit allem Drum und Dran betrachte? Wenn ich doch genau weiß, dass Jay mich so, wie ich aussehe, wunderschön finden wird – warum finde ich selbst mein Wolkenkleid dann mit einem Schlag absolut katastrophal und habe das Gefühl, in dem eng anliegenden Stoff keine Luft mehr zu bekommen? Der Schleier zieht schwer und unangenehm an den Haarnadeln in meinen Locken, und meine neuen weißen Satinpumps fühlen sich viel unbequemer an als noch vor wenigen Wochen, beim Anprobieren in dem Münchener Schuhgeschäft. Sogar der Duft der Rosen, den ich sonst über alles liebe, ist mit einem Mal zu viel für mich. Ich muss mich von der Vase mit dem Brautstrauß, die neben dem Spiegel auf einer Kommode steht, abwenden und kurz die Augen schließen, um die aufsteigende Übelkeit zu bekämpfen.

Meiner Mutter entgeht das natürlich nicht. Sie mustert mich mit forschendem Blick und fragt sanft: »Aufgeregt?«

Ich nicke und ringe mir ein gequältes Lächeln ab. Aufgeregt. Ja, das wird es sein. Haben nicht alle Bräute kurz vor dem großen Moment furchtbares Lampenfieber? Immerhin werde ich vor vielen versammelten Menschen – vor unseren Familien, einigen Freunden und ganz sicher zahlreichen neugierigen Touristen – über die dramatischen Felsplateaus von Peggy's Cove schreiten, auf den berühmten Leuchtturm zu, der stolz am Ufer des rauen Atlantiks aufragt. Eben weil dieser Leuchtturm ein so bekanntes Reiseziel an der kanadischen Ostküste ist, werden garantiert Dutzende Urlauber aus aller Welt beobachten, wie ich dort, am Fuß des Leuchtturms, meinem geliebten Jay das Jawort gebe.

Die Übelkeit wird stärker, und ich habe das dringende Gefühl, frische Luft schnappen zu müssen.

»Ja, ganz schön aufgeregt«, murmele ich und zwinge ein weiteres Lächeln auf meine Lippen. Mama nickt mir aufmunternd zu. Sie strahlt so viel Ruhe aus, wie sie in ihrem knielangen Kleid aus meeresgrüner Seide neben dem Bett steht und meine Klamotten, die ich gegen das Brautkleid getauscht habe, faltet. Ganz so, als wäre dies ein völlig normaler Sommertag an Kanadas Atlantikküste.

»Alle Bräute sind wahnsinnig aufgeregt, bevor es zum Altar geht«, sagt sie in ihrem sanften Tonfall, den ich noch von früher kenne, wenn ich nachts nach einem Albtraum in das Ehebett meiner Eltern geflüchtet bin. »Oder, in deinem Fall, bevor es zum Leuchtturm geht.«

Lachend legt Mama meine gefaltete Jeans auf einen Stuhl neben dem Bett und sieht mich dann an. »Als ich deinen Vater damals geheiratet habe, hatte ich kurz vor der Kirche das Gefühl, mich übergeben zu müssen.«

Sie streicht sich eine ihrer Locken, die sich aus ihrer Hochsteckfrisur gelöst hat, aus der Stirn. Mein Haar habe ich ganz und gar von Mama geerbt: Hellblond und unbändig, wobei ihres inzwischen von viel Grau durchwebt wird. Dafür komme ich figürlich leider nicht nach ihr, denn meine Mutter ist einen guten Kopf größer als ich und sehr schlank (ihr würde mein Wolkenkleid hervorragend stehen!). Sie überragt nicht nur mich, sondern auch meinen Vater, von dem ich meine Statur geerbt habe.

»Ja, so geht es mir auch«, gestehe ich erleichtert. Mama versteht mich tatsächlich wie keine andere. »Ich habe auch das Gefühl, mich jeden Moment übergeben zu müssen.«

»Wobei ich ja damals kurz nach der Hochzeit gemerkt habe, dass das nicht die Nerven waren, sondern dass du unterwegs warst«, fügt Mama hinzu und wirkt mit einem Mal beinahe melancholisch, während sie mein gefaltetes T-Shirt auf die Jeans legt.

Richtig. Als meine Eltern geheiratet haben, war Mama bereits mit mir schwanger, ohne es zu ahnen. Ich lache auf, doch als sie plötzlich ganz ernst wird und ihr Blick zu meiner Taille huscht, vergeht mir das Lachen.

»Nein!«, erkläre ich vehement. »Ich bin nicht schwanger. Wirklich nicht.«

Das weiß ich tatsächlich ganz genau. Mamas Augenbrauen wandern leicht in die Höhe, und sie mustert mich amüsiert. »Das habe ich auch gar nicht gesagt«, schmunzelt sie. »Wobei Verhütungsmittel natürlich durchaus mal versagen können, also, wer weiß ...«

»Doch, ich weiß es«, beharre ich stur und starre wieder in den Spiegel. Schräg hinter mir sehe ich das Spiegelbild meiner Mutter, die sich vom Stuhl mit meinen Klamotten abgewandt hat und schon wieder skeptisch meine Mitte in Augenschein nimmt. Nein, ich habe nicht unbedingt einen flachen, durchtrainierten Bauch. Aber ich bin trotzdem nicht schwanger.

Und dann rutscht mir unser Geheimnis heraus. Das Geheimnis, das zwischen Jay und mir bleiben sollte – aus gutem Grund. Ich schiebe es auf meine angespannten Nerven, dass mir die Worte einfach so über die Lippen gleiten. Auf die Übelkeit und auf die Tatsache, dass ich in dem Wolkenkleid zu wenig Luft bekomme. Akuter Sauerstoffmangel im Hirn, ja, das wird es sein.

»Jay und ich ... wir haben noch nicht miteinander geschlafen.«

Als mein Blick im Spiegel dem meiner Mutter begegnet und ich die Fassungslosigkeit darin erkenne, wird mir wieder voll bewusst, warum Jay und ich niemandem davon erzählen wollten: Weil wir befürchtet haben, dass es niemand versteht. Und dass diese Befürchtung berechtigt war, merke ich an der Art, wie Mama versucht, nicht allzu entsetzt zu wirken. Ich kenne sie zu gut, als dass mir das entgehen würde.

»Ihr ... hattet noch nie ... Sex?«, hakt sie vorsichtig nach, und ihre Wangen färben sich rosig.

»Ähm. Nein.« Ich räuspere mich. »Also – natürlich hatten wir schon Sex! Aber eben nicht ... miteinander.«

»Ach du meine Güte.« Mama lässt sich langsam auf das blau gemusterte Sofa neben dem bodentiefen Spiegel sinken. Ich lache nervös auf.

»Komm schon, jetzt tu bitte nicht so, als wäre das etwas ganz Furchtbares!«, sage ich betont munter, obwohl die Übelkeit auf einmal so stark wird, dass ich mir am liebsten das Kleid vom Leib reißen würde, um tief durchatmen zu können. »Früher war es normal, dass man vor der Hochzeit nicht miteinander ins Bett gegangen ist!«

»Früher war es auch normal, dass man Wäsche von Hand waschen musste und an Scharlach gestorben ist!«

Bei Mamas Worten lache ich erneut auf, aber sie bleibt immer noch ernst.

»So, hier ist dein Getränk«, höre ich da Gwendolyns Stimme, und meine Freundin und Brautjungfer kommt ins Zimmer. Richtig, als ich ihr gegenüber erwähnt habe, dass mir schummerig war, hat sie sofort angeboten, bei der netten Wirtin nach einer kalten Coca-Cola zu fragen. Strahlend hält sie mir nun die rote Dose entgegen, und erst, als ich nicht sofort reagiere, scheint sie zu realisieren, dass die Stimmung nicht mehr wirklich entspannt ist. Fragend sieht sie von mir zu Mama und wieder zu mir.

»Ist alles okay?«

»Ja, alles okay«, versichere ich rasch. »Mir ist inzwischen einfach richtig übel, du weißt schon, vor lauter Aufregung … und da dachte Mama, ich sei vielleicht schwanger …« Eilig presse ich meine Lippen aufeinander, doch die Worte sind schon darübergerutscht. Betroffen mustere ich meine Freundin. Gwen lächelt mich tapfer an, so wie sie immer alles wegzulächeln versucht. Dass das Thema Schwangerschaft sie sehr mitnehmen dürfte, merkt man ihr nicht an, als sie mir weiterhin geduldig die Cola-Dose entgegenhält und sagt: »Na, dann trink mal ein bisschen, vielleicht hilft das gegen die Übelkeit. Zumindest durfte ich als Kind immer Coke trinken, wenn ich Magen-Darm hatte. Aber ganz vorsichtig, kleckere bloß nicht!«

Besorgt mustert Gwen mein blütenweißes Wolkenkleid. »Warte, ich schenke dir lieber ein Glas ein.«

Natürlich weiß sie genau, dass ich nicht die geschickteste Person auf diesem Planeten bin. Vermutlich sollte ich das Risiko, in diesem Kleid Coca-Cola zu trinken, tatsächlich nicht eingehen. Es ist ohnehin ein Wunder, dass ich bisher noch so makellos aussehe.

Mama mustert mich nach wie vor schweigend vom Sofa aus, und mein Magen wird immer nervöser. Dankbar greife ich nach dem Glas, als Gwen es mir vorsichtig reicht, und nehme einen großen Schluck. Kurz schließe ich die Augen und lasse das kalte Getränk prickelnd meine Speiseröhre hinabrinnen, bevor ich Mama wieder ansehe und mit Nachdruck sage: »Jay ist mein bester Freund, und ich liebe ihn von ganzem Herzen. Nur weil wir uns den Sex bis nach der Hochzeit aufheben, heißt das doch nicht, dass wir keinen Sex haben wollen!«

Mamas Augenbrauen wandern ein wenig in die Höhe, ihre Wangen werden noch rosiger. Gwen stellt die Cola-Dose auf dem Schminktisch ab, wo ich vorhin gesessen habe, als die Friseurin die Rosenknospen in mein Haar gesteckt hat. Aus weit aufgerissenen hellblauen Augen starrt mich meine Freundin an.

»Wie jetzt?«, flüstert sie und sieht sich zur Tür um, als fürchte sie, dass jeden Moment weitere Hochzeitsgäste hereinkommen könnten. »Ihr habt noch nie …?«

Mit einem tiefen Seufzen rolle ich die Augen gen Zimmerdecke und schüttele den Kopf. »Nein. Haben wir noch nicht. Wir wollten, dass es nach der Hochzeit etwas ganz Besonderes wird. Darum habe ich ja auch so sexy Spitzenwäsche unter diesem Kleid an und quäle mich mit halterlosen Seidenstrümpfen herum, die sich bestimmt über meine Schenkel abwärtsrollen, während ich auf den malerischen Leuchtturm von Peggy's Cove zulaufe!«

Ich habe gehofft, dass die beiden lachen würden. Aber das tun sie nicht. Mama und Gwen sehen aus, als wüssten sie nicht wirklich, was sie sagen sollen. Mein Magen meldet sich schon wieder mit Nachdruck zu Wort. O Gott, hoffentlich spucke ich am Ende nicht tatsächlich mein Wolkenkleid voll! Wenn ich nicht wüsste, dass ich nicht schwanger sein kann, würde ich es glatt selbst glauben.

»Flo«, sagt Gwendolyn jetzt sanft und tritt neben mich. Stumm starre ich meine Kindheitsfreundin im bodentiefen Spiegel an. Genau wie Mama überragt mich auch Gwen um einen guten Kopf und ist wesentlich schlanker als ich – was heute noch einmal dadurch betont wird, dass der luftige Chiffonstoff ihres mauvefarbenen Brautjungfernkleides sie schmeichelhaft umfließt und wie eine Elfe aussehen lässt. Neben ihr wirke ich wie ein kleiner Wattebausch. Gwens Haar, das von der Friseurin zu einem eleganten Nackenknoten gesteckt worden ist, glänzt wie eine Kastanie.

Schon seit meiner Kindheit haben mich die schönsten Exemplare der Kastanien, die ich im Herbst in München aufgesammelt habe, immer an das Haar meiner kanadischen Freundin erinnert.

»Flo«, sagt sie noch einmal und mustert ernst mein Spiegelbild. Ich hole tief Luft.

»Ja?«

»Bist du dir ganz sicher, dass Jay und du … das Richtige tun?«

»Ja!« Ich drehe mich zu Gwen um und sehe sie aufgebracht an. »Fragst du das jetzt wirklich nur, weil wir noch keinen Sex hatten?«

»Wer hatte noch keinen Sex?«

Mit einem leisen Stöhnen schaue ich an Gwen vorbei zur Zimmertür, die gerade schwungvoll aufgeht. Fern kommt herein und mustert mich neugierig. Wenn ich in diesem Moment jemanden nicht sehen will, dann ist es meine Fast-Schwiegermutter.

»Niemand«, will ich rasch das Schlimmste verhindern, doch es ist zu spät. Jays Mutter hat Lunte gerochen, und mir ist klar, dass sie nicht lockerlassen wird. »Kannst du bitte die Tür zumachen? Sonst sieht mich Jay noch vor der Trauung«, bitte ich sie nervös und muss mich sehr zusammenreißen, um nicht an meinen Fingernägeln zu nagen und meinen wunderschönen »Ballettschuh«-Nagellack zu ruinieren.

»Es wäre ja nett, wenn Jay hier auftauchen würde, dann wüssten wir wenigstens, wo er ist«, bemerkt Fern trocken und schiebt die Zimmertür mit ihrer Hüfte zu. Ratlos starre ich sie an.

»Jay ist weg?« Okay, jetzt muss ich mich echt jeden Moment übergeben!

3

»Ach du meine Güte, nein, natürlich nicht ›weg‹ – nur eben nicht da, wo er sein sollte«, meint Fern so nervtötend tiefenentspannt, dass ich schreien könnte. »Du siehst übrigens wunderhübsch aus, Flo. So wolkig.«

Ich kann jetzt nicht über mein Kleid nachdenken, sondern hake atemlos nach: »Jay ist noch nicht auf dem Weg zum Leuchtturm?«

Fern schüttelt den Kopf. »Noch nicht. Nein. Aber jetzt reg dich bloß nicht auf. Bestimmt ist er auch nervös und macht einen kleinen Spaziergang, um den Kopf freizubekommen.«

Sie mustert mich eingehend. Ihr graues Haar, früher schwarz wie das ihrer Söhne, ist zu zwei langen Zöpfen geflochten, und ihre großen bunten Ethnoohrringe in Kombination mit ihrem bodenlangen Kleid aus roséfarbenem Batikstoff lassen sie auch mit über sechzig wie einen Bilderbuch-Hippie wirken.

»Jetzt wird mir auch klar, warum ihr zwei so extrem angespannt und nervös seid.«

Fragend sehe ich Fern an, während ich einen weiteren Schluck Cola nehme.

»Sex-Entzug ist nicht gut für die Nerven, meine Liebe.«

Überrascht huste ich los. Leider habe ich meine Cola noch nicht ganz runtergeschluckt, was dazu führt, dass ich eine Fontäne aus kleinen braunen Tropfen versprühe, bevor ich mir panisch beide Hände vor das Gesicht schlage und versuche, meinen Hustenreiz unter Kontrolle zu bekommen.

»Ist das Kleid dreckig?«, fiepe ich zwischen meinen Fingern hindurch und wage es nicht, nach unten zu schauen.

»Nein«, lügt Mama hektisch. Ich höre sofort, wenn sie nicht die Wahrheit sagt, sondern stattdessen versucht, mich mit einer Notlüge abzuspeisen. Ehe ich die Chance habe, nach unten zu sehen und den Schaden zu begutachten, ist sie schon dabei, mit einem feuchten Taschentuch über meine Brust zu rubbeln. Ich lasse meine Hände sinken und starre Gwen an, die meinen Blick stumm erwidert. Fern scheint noch nicht fertig zu sein. Sie schnalzt mit der Zunge und sagt: »Und dieses süße Teufelszeug, das du da in dich hineinkippst, ist auch tödlich für die Nerven! Aber auf mich hört ja keiner.« Mit einem Kopfschütteln sieht sie mich an. »War das Jays Idee oder deine?«

»Die Coke?«, hake ich schwach nach, während meine Mutter immer noch den Stoff bearbeitet. Fern rollt mit den Augen. »Nein, der ›Wir-warten-bis-zur-Hochzeitsnacht‹-Blödsinn!«, erwidert sie und spielt mit dem guten Dutzend Holzperlenarmbändern an ihrem Handgelenk. Mein Blick fällt flüchtig auf das filigrane Tattoo eines Farnblatts, das sich von ihren Pulsadern über ihren linken Unterarm bis in die Ellenbeuge zieht. Ihren Namen – Fern – hat sie sich wegen ihrer Lieblingspflanze selbst gegeben. Eigentlich heißt Jays Mutter Angela, aber ich habe noch nie gehört, dass sie so genannt wurde. Ihre Liebe zur Natur und ihr Hippie-Lebensgefühl zeigen sich auch in den Namen, die sie ihren Söhnen gegeben hat (nachdem deren nicht ganz so hippiemäßiger Dad davon überzeugt worden war): Sie sind beide nach Vögeln benannt. Jay nach den Blau- und Eichelhähern dieser Region – im Englischen »Canada Jay« beziehungsweise

»Blue Jay« genannt – und Raven nach den Raben, und dieser Name passt so gut zu ihm, mit seinem pechschwarzen Haar.

Aber um Raven geht es momentan gar nicht.

»Das war ... Jays Idee«, sage ich leise.

Wobei ... im Grunde genommen haben wir es beide so gewollt. Er war nur derjenige, der es laut ausgesprochen hat. Wenn man so lang gut befreundet ist wie wir, ist es nun einmal schwierig, von der platonischen Ebene auf eine sexuelle zu wechseln.

Das war auch der Grund, warum viele in unserem Umfeld so skeptisch reagiert haben, als wir ihnen von unseren Hochzeitsplänen erzählt haben: unsere lange Freundschaft.

Jay und ich sind befreundet, seit wir vier Jahre alt waren. Mit dreißig haben wir auf Gwens Hochzeit in betrunkenem Zustand den Pakt geschlossen, dass wir, wenn wir mit fünfunddreißig noch Single wären, heiraten würden.

Anfang dieses Jahres haben wir uns deshalb verlobt, denn wir waren inzwischen beide fünfunddreißig, allein und frustriert. Ich wollte kein einziges erstes Date mehr ertragen, und Jay ging es auch so. Noch dazu hat meine biologische Uhr seit meinem dreißigsten Geburtstag immer lauter und penetranter getickt, was mich zunehmend verzweifelt nach einem Partner hat suchen lassen – nicht unbedingt die beste Voraussetzung für entspanntes Dating, und darum war daran irgendwann natürlich rein gar nichts mehr entspannt. Jay möchte auch Kinder haben, und wir verstehen uns mit fünfunddreißig immer noch so gut wie damals als Vierjährige und wie in all den Jahren danach.

Warum also nicht heiraten und gemeinsam eine Familie gründen? Es gibt doch wirklich blödere Voraussetzungen für eine Ehe, oder? Wenn man zum Beispiel nur heiratet, weil man so scharf aufeinander ist, glaube ich kaum, dass man glücklich bleibt, bis man alt und grau ist. Zumindest nicht, wenn man nicht noch andere Gemeinsamkeiten findet als nur Sex.

Und, ja, Jay und ich haben Gemeinsamkeiten. Wir lieben dieselben Netflix-Serien, können über dieselben blöden Witze lachen, bis wir heulen, gehen beide gern zum Chinesen und teilen uns dort grundsätzlich unsere Gerichte, weil wir die Dinge, die der andere bestellt, auch liebend gern essen. Wir ergänzen uns also perfekt, ja, wir gehen sogar gern zusammen Klamotten shoppen, und wer kann das schon von seinem Verlobten behaupten?

Doch jetzt gerade ist mir völlig klar, dass Fern nicht an Gemeinsamkeiten wie chinesisches Essen, Netflix und Shopping denkt. Der Blick aus ihren wachen grünen Augen scheint mich zu durchbohren.

»Und du findest das normal? Dass zwei erwachsene und nicht besonders religiöse Menschen mit einem gesunden Sexualtrieb im 21. Jahrhundert auf die Idee kommen, bis nach ihrer Hochzeit enthaltsam zu bleiben?«

»Fern, bitte«, wirft meine Mutter ein und richtet sich auf. Mein Blick flackert nach unten, und zu meiner Erleichterung stelle ich fest, dass nur ganz schwach ein paar hellbraune Sprenkel zu erkennen sind. Die sieht man bestimmt nicht, wenn man nicht gerade mit der Nase an meiner Brust klebt.

»Aber es ist doch wahr!« Fern zwirbelt einen ihrer langen Zöpfe um ihre Finger. »Sex ist gesund! Und er gehört in eine Liebesbeziehung! Wie kannst du meinen Sohn heiraten, ohne zu wissen, wie er im Bett ist?«

»Fern!« Mamas Gesicht wird immer rosiger. Sie fängt an, sich Luft zuzufächeln. »Findest du nicht auch, dass es etwas spät für diese Unterhaltung ist? Die zwei können ja wohl kaum jetzt noch testen, ob sie im Bett gut zusammenpassen! Keine zwanzig Minuten vor der Trauung!«

Keine zwanzig Minuten mehr? Ach du meine Güte! Hektisch nehme ich einen weiteren Schluck Cola.

»Na ja, ich vermute mal ganz stark, dass sie nach all der Enthaltsamkeit weit weniger als zwanzig Minuten brauchen würden«, murmelt Fern mit einem süffisanten Grinsen. Ich starre meine Fast-Schwiegermutter fassungslos an.

»Du bist nicht hilfreich«, bemerkt Gwendolyn und fixiert Fern streng. »Wir sollten die arme Flo beruhigen und nicht noch nervöser machen, als sie ohnehin schon ist!«

Meine geliebte Freundin sieht mich an und sagt mit Nachdruck: »Flo, du kennst Jay schon ewig, ihr zwei gehört zusammen – und er sieht blendend aus, wieso sollte der Sex mit ihm nicht gut sein? Habe ich recht?«

Erleichtert nicke ich und lächele meine Freundin dankbar an. »Genau. Du hast recht. Alles wird gut. Und an unsere Hochzeitsnacht werden wir uns auf jeden Fall erinnern!«

Fern schnalzt leise mit der Zunge, schweigt jedoch. Irritiert sehe ich sie an. »Wolltest du noch etwas sagen?«

Sie sieht mich mit einem nachsichtigen Lächeln an. »Mir ist nur gerade mein erster Freund eingefallen. Max Miller. Ein Bild von einem Mann. Aber eine Katastrophe im Bett.«

»Fern!«

Meine Mutter und Gwen rufen ihren Namen im Chor, und ich muss fast lachen, trotz meiner erneut aufflammenden Übelkeit.

»Willst du nicht, dass ich deinen Sohn heirate, Fern?«, frage ich stattdessen ernst. Sie erwidert meinen Blick, ebenso ernst.

»Ich bin wirklich nicht sicher, ob ich will, dass du Jay heiratest«, sagt sie dann langsam, und ihre Ehrlichkeit haut mich um. Sprachlos starre ich sie an.

»Wie bitte?«, hakt Gwen für mich nach. »Was soll das? So kurz vor der Trauung?«

Fern sieht meine Freundin nicht an, sondern mustert nur mich eingehend. »Wenn ihr zwei euch ganz sicher seid, dass ihr absolut verrückt nacheinander seid, dass ihr nicht ohne einander leben und atmen könnt und dass ihr bis ans Ende eures Lebens gemeinsam durch dick und dünn gehen wollt und nicht die Finger voneinander lassen könnt – dann habt ihr meinen Segen, Flo.«

»Danke«, stoße ich matt hervor. »Das ... ja. Danke.«

Ich will sie fragen, warum sie das erst jetzt so gesagt hat. Ob sie mich wirklich dazu bringen will, mich auf mein Wolkenkleid zu übergeben. Doch ich komme nicht dazu, weil es an der Tür klopft und schon das nächste vertraute Gesicht hereinschaut.

»Mom«, sagt Gwen und macht einen Schritt auf die Tür zu. »Wir sind gleich so weit.«

»Ähm, mhhm«, macht Debbie, und ich höre sofort heraus, dass etwas nicht in Ordnung ist.

»Debbie?« Ich wende mich von Fern ab und sehe Gwens Mutter fragend an.

»Ähm, ich wollte eigentlich Fern sprechen«, windet sich Debbie. Ihr nach wie vor dunkelbraun gefärbtes Haar, das eigentlich wohl grau wie Ferns wäre, ist wie immer zu einem makellosen Bob geföhnt. Ihr korallenrotes, ärmelloses Cocktailkleid betont ihre durchtrainierten Oberarme und ihre braun gebrannten Beine. Man sieht Debbie an, dass sie eigentlich in Florida lebt und dort den lieben langen Tag mit ihrem zweiten Ehemann Tennis und Golf spielt. Als Kosmetikerin hat sie schon ewig nicht mehr gearbeitet, weil sie dank ihres ziemlich wohlhabenden Gatten längst nicht mehr arbeiten muss.

»Ja, ich komme schon«, sagt Fern und will auf die Tür zugehen, doch ich bin schneller. Mit raschelndem Wolkenkleid schiebe ich mich zwischen Fern und Debbie und frage: »Ist es wegen Jay? Wo ist er?«

Debbie kaut auf ihrer ebenfalls korallenrot geschminkten Unterlippe herum und sagt hilflos: »Ähm ... wir suchen ihn ...«

Da reicht es mir. Das ist alles zu viel. Die Nervosität, das mich einschnürende Wolkenkleid, das Entsetzen der anderen, weil wir noch keinen Sex hatten, und jetzt ist Jay weg? Ich muss aus diesem Zimmer raus. Muss an die frische Luft, muss versuchen, meine Übelkeit und meine wild in mir hochwallenden Ängste in den Griff zu bekommen.

Ich muss Jay finden, um mit ihm zu sprechen. Ich bin mir sicher, dass alles gut sein wird, wenn er mich in die Arme nimmt und mir versichert, dass wir das Richtige tun. Wir werden gemeinsam darüber lachen, und dann werden wir zum Leuchtturm gehen und uns das Jawort geben. So, wie wir es uns schon so oft ausgemalt haben.

Immerhin bin ich extra wegen Jay vor gerade mal zwei Wochen endgültig nach Kanada gezogen, in seine Wohnung in Halifax, der Hauptstadt der kanadischen Atlantikprovinz Nova Scotia. Vor einem Monat habe ich meine Arbeitserlaubnis bekommen, und kurz nach unserer Hochzeit werde ich meine Stelle als Konditorin in einer Bäckerei in Halifax antreten. Alles läuft nach Plan – und unsere Hochzeit wird da ganz sicher keine Ausnahme bilden!

»Wo willst du hin?«, fragt mich Gwen überrascht, als ich mir mein Telefon schnappe, das noch auf dem Schminktisch liegt, und mich der Tür zuwende.

»Ich muss an die frische Luft«, erkläre ich hastig und öffne die Tür weiter. Debbie macht rasch einen großen Schritt zur Seite, um Platz für mein ausladendes Kleid zu schaffen.

»Du bist wunderschön, Flo«, haucht sie fast ehrfürchtig, und da muss ich gegen ein paar aufsteigende Tränen ankämpfen.

»Danke dir«, murmele ich und wende mich der Treppe zu, die von dem schmalen oberen Flur der kleinen Pension in die Diele hinabführt. Hier, im Lighthouse Inn, sollen heute nicht nur Jay und ich unsere Hochzeitsnacht verbringen, sondern auch Gwen und ihre Mutter werden in einem Doppelzimmer ein Stockwerk über uns schlafen, neben ihnen meine Eltern und ein Zimmer weiter Fern und ihr viel zu junger Freund Noah. Morgen wollen wir alle gemeinsam frühstücken, bevor Jay und ich in unsere Flitterwochen nach New York City aufbrechen werden. Alles ist so wunderbar durchgeplant und organisiert! Meine größte Sorge war in den letzten Tagen, dass uns das Wetter einen Strich durch die Rechnung machen würde: Dass wir weder am Leuchtturm unter freiem Himmel würden heiraten, noch den Fototermin auf den Felsen und den Sektempfang auf dem geschmückten Fischerboot – inklusive kurzer Tour aufs offene Meer hinaus – würden realisieren, noch im Garten des kleinen Lokals am Meer hier in der Nähe würden feiern können.

Doch das Problem ist ausnahmsweise nicht das eher unbeständige Wetter in Nova Scotia, denn draußen scheint die Sonne von einem strahlend blauen Juli-Himmel. Richtiges Hochzeitswetter.

Nein, das Problem ist, dass ich mir plötzlich nicht mehr sicher bin, warum Jay und ich bisher keinen Sex hatten.

Und dass ich nicht weiß, wo Jay steckt.

Hinter mir höre ich meine Mutter und Debbie aufgeregt tuscheln, während ich mein Kleid hochraffe und vorsichtig den Abstieg ins Erdgeschoss der kleinen Pension beginne.

»Warte, ich komme mit«, sagt Gwen hinter mir, aber ich sehe sie über meine nackte Schulter hinweg entschuldigend an und erwidere: »Bitte, lass mich kurz allein, ja? Ich muss einfach einen klaren Kopf bekommen. Und ich werde versuchen, Jay zu erreichen.« Ich halte das Telefon hoch und lächele meine Freundin schief an. Gwen ringt sich ebenfalls ein Lächeln ab.

»Okay«, sagt sie und nickt mir zu.

Natürlich laufe ich im Erdgeschoss in die drei Musketiere hinein.

Die drei Musketiere, das sind mein Papa, Gwens Vater Bob und Steve, der Vater von Jay und Raven. Sie kennen sich seit Studienzeiten, und nach einer längeren Pause hat Papa nun, durch meine Hochzeit, endlich wieder Kontakt zu seinen besten Freunden von damals. Ich mustere die drei, wie sie in ihren schicken dunklen Anzügen nebeneinander in der Lobby stehen und nicht unterschiedlicher sein könnten: Mein Vater ist klein und ein wenig untersetzt, mit schütterem grauem Haar, Vollbart und einer verhängnisvollen Vorliebe für Socken in Sandalen, wenn er nicht gerade auf eine Hochzeit geht (heute trägt er zum Glück schwarze Lederschuhe). Steve – auch ein pensionierter Lehrer, wie meine Eltern – ist hingegen groß und hager, mit einem Kopf voll wilder grauer Locken, während Bob inzwischen eine Glatze hat. Er war seit jeher der modischste der drei Musketiere, und auch heutzutage sieht er sehr nach dem erfolgreichen Architekten aus, der er geworden ist, mit einer schicken schwarzen Brille von Calvin Klein und einer Vorliebe für dunkle Designerklamotten. Bob liebt alles, was mit Design zu tun hat, und obwohl er in Rente ist, schreibt er hin und wieder noch Gastbeiträge für Zeitschriften wie *Architectural Digest*, was Gwen sehr stolz macht.

Die drei Musketiere stehen in der Diele der Pension und haben offenbar gerade über etwas diskutiert. Und ich ahne auch, worüber, denn als Steve mich die Treppe herabkommen sieht, verstummt er sofort und macht eine rasche Geste, die die anderen zum Schweigen bringen soll, während er mich mit offenem Mund anstarrt.

»Wow«, macht er, und ich erkenne sofort, dass seine Unterlippe zu beben beginnt, wie immer, wenn ihn etwas rührt.

Mein Vater und Bob drehen sich zur Treppe um und schauen mich überrascht an. Während Bob ebenfalls »Wow« wispert, starrt Papa mich einfach nur wortlos an. Ich ringe mir ein schiefes Lächeln ab und bewältige die letzten Treppenstufen glücklicherweise tatsächlich, ohne mich in meinem Kleid oder Schleier zu verheddern.

»Hi«, sage ich und grinse hilflos in die Runde. Irgendwie habe ich es mir anders vorgestellt, als Braut zum ersten Mal Familie und Freunden gegenüberzustehen. Da ich eine hoffnungslose (und leider oft ziemlich naive) Romantikerin bin, habe ich mir immer ausgemalt, wie auf Wolke sieben meinen Hochzeitsgästen – und natürlich meinem Zukünftigen – entgegenzuschweben. Aber in diesem Moment in der Diele habe ich nur das Gefühl, jeden Augenblick in Ohnmacht zu fallen.

»Oh, Florentine.« Endlich sagt mein Vater etwas. Er macht eine unbeholfene Geste in die Richtung meines Kleides, und ohne Vorwarnung verzieht sich sein Gesicht zu einer Grimasse. Im ersten Moment bin ich geschockt, weil ich glaube, dass er entsetzt ist. Aber dann begreife ich: Mein Vater ist kurz davor, vor lauter Rührung die Fassung zu verlieren. Und da das meinem Vater überhaupt nicht ähnlich sieht, macht mich diese Tatsache ziemlich fertig.

»Paps«, sage ich und merke, dass meine Stimme zittrig und belegt klingt.

»Du ... du bist eine wunderschöne Braut, Flo«, wispert mein Vater, während er offenbar mühsam versucht, nicht in Tränen auszubrechen.

»Das stimmt«, schluchzt Bob, der den Kampf gegen die Rührung längst verloren hat, und putzt sich lautstark die Nase. Ich sehe ihn an und muss grinsen, trotz meiner Nervosität.

»O ja«, bestätigt Steve. »Wunderschön!«

»Ihr findet nicht, dass ich an einen Wolkenberg erinnere?« Befangen streiche ich über mein Kleid. Die drei Männer schütteln vehement ihre Köpfe.

»Wolkenberg? Ich bitte dich!«, schnaubt Papa entrüstet. »Eine Sahnehaube höchstens. Eine ganz entzückende Sahnehaube.«

Okay, das finde ich nicht wirklich besser als Wolkenberg, aber ich muss trotzdem kurz auflachen.

»Flo, das Kleid ist wunderschön – Vera Wang hatte letztes Jahr ein ganz ähnliches in ihrer Kollektion!«, erklärt Bob in einem Tonfall, der keinen Widerspruch duldet, und sofort bin ich ein wenig beruhigt, denn wenn einer Ahnung von Mode hat, dann Gwens Dad.

»Danke dir«, sage ich, bevor mir wieder einfällt, warum ich überhaupt auf dem Weg nach draußen gewesen bin. Unruhig schaue ich an den Männern vorbei zum Hauseingang. Durch das Fenster in der Tür kann man die Küstenstraße sehen, die sich Richtung Leuchtturm windet. Auf der gegenüberliegenden Straßenseite liegt die andere kleine Pension, in der sich Jay und sein Trauzeuge Trevor gemeinsam mit Raven, Neil und Luke sowie Bob und Steve umgezogen haben. Die meisten von ihnen – außer Jay – werden auch dort übernachten, weil hier, im Lighthouse Inn, nicht genug Platz für die ganze Hochzeitsgesellschaft ist.

»Ähm … Ihr habt nicht zufällig Jay gesehen?«, frage ich und nestele an der Spitze meines Schleiers herum.

Dass die drei Männer nervöse Blicke wechseln, entgeht mir natürlich nicht. Mir ist völlig klar, dass sie über Jay geredet haben, als ich die Treppe hinabgekommen bin.

»Wir suchen ihn noch«, erklärt mein Vater und räuspert sich. »Wir … waren gerade hier hereingekommen, um deine Mutter oder Gwen zu fragen, ob sie eine Ahnung haben, wo er …«

»Haben sie nicht, nein«, unterbreche ich ihn ungeduldig.

»Habt ihr versucht, ihn anzurufen?«

»Natürlich«, brummt Steve und starrt mit gefurchter Stirn auf seine blank polierten Schuhe hinab. Man merkt, dass es ihn sehr frustriert, nicht zu wissen, wo sein jüngerer Sohn steckt.

»Wann und wo habt ihr ihn denn zuletzt gesehen?«, hake ich nach und beginne nun doch, nervös am Nagel meines Ringfingers zu nagen, Ballettschuh-Rosa hin oder her.

»Vor ungefähr einer Stunde, in seinem Zimmer drüben in der Pension«, erwidert Bob bedrückt. »Er hat sich umgezogen, genau wie wir alle. Dann sind wir raus, haben ihn alleingelassen, weil wir noch einmal beim Boot vorbeigehen wollten, um nach dem Rechten zu sehen. Als wir zurückgekommen sind, fehlte jede Spur von ihm.«

»Und was ist mit Trevor und der Gang?«

»Trevor ist auch verschwunden«, antwortet mein Vater leise. »Neil, Luke und Raven sind noch einmal losgegangen, durch den Ort, um die beiden zu suchen.«

Ein wenig erleichtert atme ich auf. Wenn mein Verlobter mit seinem besten Freund Trevor unterwegs ist, dann bedeutet das doch bestimmt, dass die zwei vor der Trauung einfach noch einmal irgendwo einen Happen essen wollten oder sonst etwas machen, vielleicht um die Nerven zu beruhigen.

Aber warum er dann nicht an sein Telefon geht, kann ich beim besten Willen nicht nachvollziehen.

»Habt ihr es auch auf Trevors Telefon versucht?«

Betretenes Nicken der drei Musketiere. Ich seufze tief auf.

»Muss ein bisschen frische Luft schnappen«, erkläre ich und ringe mir ein tapferes Lächeln ab. »Ihr drei seht übrigens auch wahnsinnig gut aus, wisst ihr das?«

Sichtlich verlegen zupfen die Männer an ihren dunklen Anzügen herum. Papa wischt sich verstohlen eine Träne aus dem Augenwinkel. Rasch beuge ich mich vor und drücke ihm einen Kuss auf die Wange. Dann gehe ich eilig, so schnell es Kleid, Schleier und Pumps zulassen, auf die Haustür zu. Dort muss ich noch ein paar erstaunte Worte der resoluten Wirtin über mich ergehen lassen, die zu bedenken gibt, dass mich mein Bräutigam womöglich vor der Trauung sehen wird, wenn ich jetzt durch den kleinen Fischerort marschiere. Aber ich lächele nur höflich und murmele etwas von »nicht schlimm«, während ich die Haustür aufreiße und in Gedanken hinzufüge: Hauptsache, ich finde meinen Bräutigam überhaupt!

4

Tja, und jetzt, da ich ihn tatsächlich gefunden habe, wünschte ich fast, ich wäre nicht zu diesem verdammten Bootshaus gekommen. Ja, ich wünschte, ich wäre noch so ahnungslos wie vorhin, in der Honeymoon Suite des Lighthouse Inn. Ich hätte dortbleiben sollen, um noch ein wenig mit Gwen zu plaudern und meine kalte Coke zu trinken. Hätte meinen Kopf in den Sand stecken und so tun sollen, als wäre alles in bester Ordnung.

Doch dass gar nichts in bester Ordnung ist, das wird mir in dem Moment klar, als die Tür zum Bootshaus auffliegt und ich in den halbdunklen Raum starre.

Jay und Trevor schnellen zum Eingang herum und sehen mich so entsetzt an, dass es fast komisch wirken könnte – wenn nicht mein gesamter Lebensplan in diesem Moment in tausend Splitter bersten würde. Jay war offenbar gerade dabei, sichtlich aufgewühlt sein Hemd zuzuknöpfen – während sein Trauzeuge Trevor, ebenfalls mit offenem Hemd, eilig in seine Hose steigen wollte.

O Gott. Was passiert hier? Ist das mein geliebter Jay? Das kann nicht sein! Mein Gehirn weigert sich, diese Entwicklungen zu begreifen.

»Flo!« Jay macht ein paar Schritte auf den Eingang zu, während Trevor so wirkt, als würde er am liebsten in Tränen ausbrechen. Ich fühle mich genauso.

»Was … was machst du hier, Jay?«, stammele ich fassungslos. Ich erkenne meine eigene Stimme kaum wieder, während ich ein wenig zurückweiche. Dabei verheddert sich mein Absatz in meinem verdammten Wolkenkleid, und ich gerate ins Straucheln. Zwei Hände greifen von hinten nach meinen Armen, stützen mich kurz, lassen mich dann wieder los. Raven. Ich kann ihn jetzt nicht ansehen. Ich starre nur meinen Verlobten an. Den Mann, dem ich gleich vor dem Leuchtturm von Peggy's Cove das Jawort geben wollte. Den Mann, der so unfassbar gut aussieht, mit seiner schwarzen Smokinghose und den auf Hochglanz polierten Schuhen, auch wenn sein dunkles Haar völlig zerwühlt und das Hemd schief geknöpft ist. Seine Fliege hängt nur als schwarzes Band lose und irgendwie kraftlos um den gestärkten Hemdkragen. Mein Blick flackert flüchtig zu der dunklen Jacke, die auf einem der Fischernetze liegt. Die gute Smokingjacke, auf einem stinkenden Fischernetz! Die Ansteckblume im Knopfloch – eine Rose in Ballettschuh-Rosa – schimmert mir aus den Stofffalten entgegen und versetzt meinem Herzen einen Fausthieb. Ausgerechnet die Smokingjacke auf dem Fischernetz macht mir mit einem Schlag klar, dass es keine Hochzeit geben wird. Weil Jay niemals nach Fisch stinkend heiraten würde. Den Rest dieser Situation kann und will ich immer noch nicht begreifen.

»Flo, ich …« Jay fährt sich mit beiden Händen über das Gesicht, bevor er heiser aufschluchzt und hervorstößt: »Verdammt, ich wollte das nicht! Ich wollte das nicht, das musst du mir glauben!«

Hinter ihm gibt auch Trevor ein unterdrücktes Schluchzen von sich.

»Was wolltest du nicht, Jay?«

Ich starre ihn an, warte auf eine Erklärung. Mein Gehirn weigert sich nach wie vor, das zu begreifen, was hier geschehen ist. Ich muss die Worte hören.

»Das hier ...« Er macht eine hilflose Handbewegung, die Trevor und seine Smokingjacke auf dem Fischernetz einbezieht. »Ich ... ich wollte es mir lange nicht eingestehen, verstehst du?«

Jay schluchzt erneut auf, kommt mit verzerrtem Gesichtsausdruck ein paar weitere Schritte näher, weshalb ich noch mehr zurückweiche und rücklings in Raven hineinlaufe. Ich spüre seinen Körper hinter mir, doch ich mache keinen Schritt zur Seite, und er verharrt ebenfalls auf der Stelle, ist wie eine Mauer in meinem Rücken.

»Was wolltest du dir nicht eingestehen, Jay?« Meine Stimme steigt um eine Oktave, wird ein wenig schriller. Ich höre mich zunehmend hysterisch an, aber ich finde, ich darf mich in diesem Moment hysterisch anhören. Jetzt schießen auch mir heiße Tränen in die Augen. Tränen der Wut. Tränen der Enttäuschung. Tränen der Fassungslosigkeit.

Alles vorbei, hallt es in meinem Kopf wider. Es ist alles vorbei.

»Dass ... dass ...«, stammelt Jay und zerwühlt sich verzweifelt sein ohnehin schon zerzaustes Haar. Ich muss daran denken, wie gut sein Haar sich immer zwischen meinen Fingern angefühlt hat.

»Dass er schwul ist«, sagt da plötzlich Trevor mit brüchiger Stimme hinter ihm. Jay zuckt ein wenig zusammen und sieht über seine Schulter auf seinen besten Freund, der sich jetzt mit zittrigen Fingern sein Hemd zuknöpft. Die beiden starren sich einen Moment an, dann dreht sich Jay wieder zu mir um und mustert mich mit gequältem Gesichtsausdruck.

Da sind sie, die Worte. Die Worte, die ich hören musste. Auch wenn sie von Trevor kommen, so sagt mir Jays Blick doch, dass es die Wahrheit ist.

Ich fühle mich, als würde ich fallen. In die Tiefe stürzen, ohne Netz, ohne doppelten Boden. Alles, woran ich geglaubt habe, löst sich in Sekundenbruchteilen in Luft auf. Wie kann das sein?

Mühsam ringe ich nach Atem, hake mit bebender Stimme nach: »Das ... das ist doch nicht wahr, oder?«

Jay sieht mich an, Tränen rinnen über sein Gesicht. Auch ich schluchze jetzt gequält auf, presse mir eine Hand vor die Lippen. Als mein Verlobter – nein, wohl Ex-Verlobter – nichts sagt, stoße ich mühsam hervor: »Wie ... wie kannst du mir das hier antun, Jay? Wie kannst du mich in diesem ... diesem ...« Ich mache einen Schritt von Raven fort, greife nach meinem Kleid und schüttele es einmal auf, als wäre es ein Kopfkissen. »Wie kannst du mich in diesem affigen Aufzug hier herumrennen und wie eine Irre nach dir suchen lassen? Warum hast du mir nicht vorher etwas gesagt? Bevor ...« Erneut schluchze ich gegen meinen Willen auf, ringe wütend nach Luft und werde lauter: »Bevor ich unsere *fucking* Hochzeit bis ins Detail geplant, mich durch zig bescheuerte, nutzlose Diäten gequält und mir diesen Tag in den schönsten Bonbonfarben ausgemalt habe?«

Jay starrt mich ein paar Herzschläge lang wie vom Donner gerührt an, bevor sich sein Gesicht zu einer gequälten Grimasse verzieht, und er wispert: »Flo, das Kleid ist nicht affig! Du bist wunderschön, weißt du das? Die schönste Braut, die ich je gesehen habe, und du hättest auch keine einzige blöde Diät nötig gehabt.« Er schluchzt erneut auf, schlägt sich eine Hand vor den Mund. Trotz seiner offensichtlichen Verzweiflung muss ich wütend auflachen, während ich beginne, mir meinen wunderschönen Verlobungsring – zeitloses Weißgold mit einem kleinen, eleganten Diamanten in Solitärfassung – vom Finger zu zerren.

»Verdammt noch mal, es geht gerade überhaupt nicht um dieses beschissene Kleid oder um meine Figur, Jay!« Jetzt schreie ich. »Es geht um die Tatsache, dass du mich bis zur wortwörtlich allerletzten Minute in dem Glauben gelassen hast, dass du mich heiraten willst!«

Voller Wucht pfeffere ich den Ring zwischen die Fischernetze. Trevor zuckt zusammen und starrt hinter dem teuren Schmuckstück her, doch Jay hört nicht auf, mich anzusehen.

»Und das wollte ich auch!«, beteuert er aufgelöst. »Ich wollte dich heiraten, Flo! Und ich habe mir nie eingestehen können, dass ich … dass ich für Trevor längst mehr empfunden habe als Freundschaft.«

»Tja. Und was empfindest du dann für mich?«, frage ich und versuche vergeblich, das Beben in meiner Stimme unter Kontrolle zu bekommen. Das hier tut einfach zu weh.

»Ich liebe dich, Flo.« Jay sagt das so selbstverständlich und inbrünstig, dass ich wieder aufschluchze. Heiße Tränen schießen aus meinen Augen, laufen über meine Wangen, ruinieren vermutlich gerade das Rouge, das die Friseurin vorhin so sorgsam aufgepinselt hat. Aber nie war es unwichtiger, perfektes Rouge auf den Wangen zu haben als in diesem Moment, in diesem Bootshaus, vor diesem Mann, den ich für die Liebe meines Lebens gehalten habe.

»Du lügst«, erwidere ich heiser. »Wenn du mich lieben würdest, dann hättest du mir das hier nicht angetan.«

»Doch, ich liebe dich«, beteuert Jay nun fast trotzig. In seinen braunen Augen flackert Verzweiflung auf. »Aber … nicht so, wie man die Frau lieben sollte, die man heiraten will. Sondern … anders.« Hilflos zuckt er mit den Schultern. Voller Bitterkeit muss ich erneut auflachen, und in mein Lachen mischen sich weitere Schluchzer.

»Anders. Klar. Jetzt macht es auch Sinn, dass du keinen Sex vor unserer Hochzeit haben wolltest.« Ich spüre förmlich, wie Raven hinter mir ein wenig zusammenzuckt. Aber Ravens Anwesenheit ist mir ziemlich egal, als ich aufgewühlt hinterherschiebe: »Ja, jetzt habe sogar ich begriffen, dass du auch nach der Hochzeit nicht an Sex mit mir interessiert gewesen wärst. Ich war so unfassbar blöd!«

Mit diesen Worten drehe ich mich um und renne beinahe frontal in Raven hinein, der immer noch dicht hinter mir steht. Da ich mich erneut in meinem langen Kleid und noch dazu in meinem Schleier verheddere, muss ich gegen meinen Willen Halt an ihm suchen. Noch während er mich stützt und ich schluchzend versuche, meine Pumps aus den Massen an Stoff zu entwirren, sehe ich Raven in die Augen und fahre ihn aufgelöst an: »Und du … du hättest mich einfach zurück in die Pension gebracht und mir DAS HIER verschwiegen?«

Raven zuckt ein wenig zurück, und die Furche zwischen seinen Augenbrauen vertieft sich. Ohne seine Antwort abzuwarten, reiße ich mich aus seinem Griff los, raffe mein Kleid undamenhaft weit in die Höhe, streife mir die nervigen Pumps von meinen Füßen und renne auf Seidenstrümpfen los.

»Flo!«, höre ich Jays verzweifelte Stimme hinter mir, aber ich ignoriere ihn. Wohin ich will, weiß ich nicht, aber ich renne nicht in die Richtung der Pension, denn da warten meine Familie und Freunde und mit Sicherheit noch mehr Touristen mit Kameras. Nein, ich haste tränenblind an den Bootshäusern vorbei und eile auf den Pier zu, der sich in das dunkle Wasser der Bucht zieht. Fischerboote sind an den Holzpfählen festgebunden, überall stapeln sich Hummerkörbe und bunte Bojen. Ein Mann in Ölzeug hebt erstaunt den Kopf und mustert mich ratlos, als ich an ihm vorbeihetze, meinen Schleier nach wie vor wie ein sich blähendes Segel aus Spitze hinter mir flatternd.

Da sehe ich es plötzlich. Wie angewurzelt bleibe ich stehen. Neben einem gewöhnlichen Fischkutter, auf dessen Deck sich Netze und Kisten stapeln, liegt ein weißer Kutter vor Anker, der sauber geschrubbt und frei von Arbeitsmaterial, dafür über und über mit rosa Herzluftballons geschmückt ist. »Just Married« ist in Gold auf einem Banner aus weißer Folie zu lesen, das am Heck gespannt ist.

Da heule ich richtig los. Verzweifelt presse ich mir eine Hand vor den Mund, während sich hysterische Schluchzer aus meiner Brust ringen.

»Ma'am, kann ich Ihnen helfen?«

Es ist der Fischer, der zögernd näherkommt, wie ich flüchtig erkenne, bevor ich mein nasses Gesicht in meinen Händen verberge. Ich kann nichts sagen, kann dem fremden Mann nicht erklären, dass meine Welt gerade aufgehört hat, sich zu drehen. Kann ihm nichts von Jay und Trevor erzählen, die gemeinsam diesen Kutter geschmückt haben, auf dem ich als frischgebackene Ehefrau hätte fahren sollen. Haben sie dabei endgültig gemerkt, dass sie ihre Gefühle füreinander nicht mehr unterdrücken können? Dass Jay kurz davor war, einen Fehler zu begehen? Während sie Herzluftballons aufgeblasen und das Just-Married-Banner aufgehängt haben?

Weitere Schritte nähern sich von hinten über den Pier. Hoffentlich nicht noch mehr besorgte Dorfbewohner. Doch bevor ich mich dazu durchringen kann, einen Blick zu riskieren und womöglich eine Erklärung abliefern zu müssen, höre ich Ravens Stimme. Er spricht leise mit dem Fischer, der sich mit mitleidigem Murmeln abzuwenden scheint. Dann sind wieder Schritte zu hören, bis ich spüre, dass Raven neben mir steht. Immer noch habe ich die Hände vor meinem Gesicht. Ich kann nicht aufhören zu heulen. Und ich kann diesen Mann jetzt nicht ansehen. Weil ich nicht will, dass er mich dermaßen aufgelöst erlebt. Er, der immer so beherrscht ist. Der seine Emotionen niemals derart zur Schau stellen würde, wie ich es gerade tue.

Und außerdem bin ich immer noch extrem wütend auf ihn, weil er mich einfach vom Bootshaus wegbringen wollte. Verdammt, wenn ich mich nicht von ihm losgerissen und die Tür geöffnet hätte, wüsste ich jetzt vielleicht immer noch nicht, dass Jay nie das für mich empfunden hat, was er offenbar für Trevor empfindet!

Erst als ich eine starke Hand auf meiner nackten Schulter spüre, halte ich überrascht inne, vergesse für einen Moment, zu weinen. Ravens Finger verharren nur wenige Sekunden auf meiner Haut, bevor er sie rasch zurückzieht. Die Stelle, die er berührt hat, scheint zu brennen. Abwartend halte ich den Atem an, ohne meine Hände sinken zu lassen.

»Florentine«, sagt er ruhig. »Natürlich hätte ich es dir gesagt. Aber ich wollte dich erst einmal vom Bootshaus wegbringen, weil … weil du nicht das sehen solltest, was ich gesehen habe.«

Langsam lasse ich meine Hände nun doch sinken und starre zu ihm hoch. Sein ernster Blick huscht kurz über meine Gesichtszüge, und ich mag mir gar nicht ausmalen, wie ich aussehe. Wie die Parodie einer glücklichen Braut, vermute ich stark. Mit einem tiefen Seufzen schaut er jetzt an mir vorbei, betrachtet ebenfalls den geschmückten Kutter. Gequält schließe ich kurz die Augen, während ich versuche, nicht zu genau darüber nachzudenken, in welcher Situation Raven seinen Bruder überrascht haben mag.

»Es ist ... wie ein Déjà-vu, oder?«, wispere ich schließlich heiser. Die Bilder von damals flackern deutlich vor meinem inneren Auge auf. Und ich weiß, dass es Raven genauso geht. Nur, dass es für ihn noch um ein Zigfaches emotionaler sein muss. »Wieso spielen sich die dramatischen Szenen in unserem Leben immer in Bootshäusern ab?«

»Keine Ahnung«, murmelt er mit rauer Stimme. Ein paar Herzschläge lang stehen wir schweigend nebeneinander auf dem Pier, während eine Möwe etwas ratlos ein paar Schritte von uns entfernt sitzt und mit schief gelegtem Kopf meinen wild im Wind tanzenden Schleier beobachtet.

Dann hole ich zitternd Luft, sehe Raven von der Seite an und beginne mit brüchiger Stimme: »Hör zu, ich weiß, dass du mich nie sonderlich gemocht hast.«

Ich merke, dass seine Kiefermuskulatur sich anspannt, sein Mund wird zu einer harten Linie, während er mich ansieht. Sein Blick ist ernst wie eh und je, er gibt keinerlei Gefühle preis. Schnell schiebe ich hinterher: »Aber ... könntest du das heute ausnahmsweise vergessen und mich bitte von hier wegbringen?«

Ravens Augen weiten sich leicht. »Wie ...? Was meinst du?«

Ich deute auf das Boot. »Bitte. Ich will jetzt niemandem gegenübertreten müssen. Nicht ... so. Als sitzen gelassene Braut.«

Raven starrt mich an und scheint nicht zu wissen, wie er reagieren soll. Ich sehe, wie sich sein Adamsapfel bewegt, als er schwer schluckt. Endlich nickt er langsam.

»Okay«, sagt er leise. »Aber lass mich schnell Gwen anrufen, damit alle wissen, dass …«

Er lässt den restlichen Satz ungesagt zwischen uns in der salzigen Seeluft schweben.

»Dass es keine Hochzeit gibt«, vollende ich und schluchze einmal mehr auf.

5

Hätte ich meinen Verlobten nicht mit einem anderen Mann überrascht, und hätten wir tatsächlich am Fuße des Leuchtturms »Ja, ich will« zueinander gesagt, dann hätte Raven später an diesem Sommertag nicht nur mich mit diesem Boot aus der Bucht von Peggy's Cove gefahren, sondern noch dazu seinen Bruder und unsere Gäste. Obwohl Raven nicht der einzige unserer Gäste mit einem Bootsführerschein ist, denn in Nova Scotia gehört es irgendwie dazu, mit einem Boot auf den Atlantik hinauszufahren, so war er zumindest der Erste, der sich dazu bereit erklärt hat, bei der Rundfahrt zum Sektempfang am Ruder zu stehen. Alle anderen, die auch infrage gekommen wären, waren vermutlich einfach nur froh, dass der Kelch an ihnen vorübergegangen ist und sie somit mehr als einen Sekt trinken durften – alle außer Luke, der sowieso nichts trinkt und sich ebenfalls als Steuermann angeboten hat. Doch Raven wollte den Job unbedingt selbst übernehmen. Dass gerade er, der sich mir gegenüber immer so kurz angebunden und fast unwirsch verhalten hat, freiwillig diese eher undankbare Aufgabe übernehmen wollte, hat mich wirklich überrascht. Als ich ihn vorgestern darauf angesprochen habe, hat er nur in seiner üblichen, beinahe schroffen Art mit den Schultern gezuckt und, ohne mich anzusehen, gemurmelt:»Ist schließlich die Hochzeit meines Bruders.«

Doch jetzt fährt Raven nicht seinen Bruder, sondern nur dessen Braut mit dem geschmückten Boot, das Freunden seiner Eltern gehört, aus dem Hafen von Peggy's Cove hinaus. Der Schlüssel des Boots war zum Glück an Bord – so typisch für Nova Scotia, wo man selten Sorge um sein Eigentum hat. Zumindest auf dem Land ist die Welt hier noch in Ordnung, Einbrüche kommen extrem selten vor.

Mein Blick hängt an den bunten Holzhäusern von Peggy's Cove, die zwischen den Felsplateaus gebaut wurden und nur hier und da von Sträuchern und von blühenden Sommerblumen umgeben sind. Die karge und fast baumlose Landschaft erinnert eher an Island als an Kanada und ist völlig anders als die dicht bewaldete Küste auf der anderen Seite der Saint Margaret's Bay, dieser Meeresbucht an der Südküste von Nova Scotia. Doch trotz der eher rauen Umgebung wirkt Peggy's Cove mit seinen bunten Gebäuden, den Fischerbooten in ihren oft knalligen Farben und den Bootshäusern auf ihren Stelzen, die im dunklen Meereswasser von leuchtend gelbem Seetang umwabert werden, erstaunlich lieblich und überwältigt mich immer wieder mit seinem Charme. Darum hatte ich es mir auch in den Kopf gesetzt, hier zu heiraten – trotz der vielen Touristen, die täglich zum berühmten Leuchtturm pilgern. Ich fand diesen Ort so unfassbar romantisch.

Jetzt, seit ich weiß, was sich in einem dieser grau geschindelten und ach so malerischen Bootshäuser abgespielt hat, sehe ich das anders. Das Bild, das ich von Peggy's Cove in meinem Kopf hatte, ist überhaupt nicht mehr rosig. Wie blöd ich war! Und wie naiv!

Ein weiterer Schluchzer ringt sich aus meiner Brust, als ich zu unserer Linken mit einem Mal den weißen Leuchtturm mit seiner roten Spitze erkenne, der sich stolz von seinem Plateau aus Granitfelsen erhebt. Mein Blick ist tränenverschleiert, als er über die Felsen huscht, über die vielen Touristen, die sich gegenseitig oder selbst fotografieren, vorsichtig über die glatten Steine klettern oder einfach stillstehen und andächtig auf den Atlantik hinaussehen.

Und dann sehe ich Gwen. Mit wehendem mauvefarbenem Chiffonkleid eilt sie auf den Leuchtturm zu und sieht aus wie die schöne Heldin in einem romantischen Film. Nur ist dies leider kein romantischer Film, sondern mein völlig unromantisches Leben – und trotzdem bin ich momentan nur Zuschauerin, als ich unter Tränen fassungslos beobachte, wie meine kanadische Freundin vor Pastor McIntosh, dem Vater unseres gemeinsamen Kindheitsfreunds Neil, stehen bleibt, der am Fuße des Leuchtturms wartet. Dort, wo einige weiße Klappstühle auf den flachen Felsen aufgestellt worden sind und wo etliche Hochzeitsgäste sitzen und jetzt ratlos Gwen mustern, die mit dem Pastor zu reden beginnt. Zwar kann ich den Gesichtsausdruck des armen Mannes nicht erkennen, aber an der Art, wie er sich eine Hand vor den Mund schlägt und wie die Gäste anfangen, sich aufgeregt von ihren Stühlen zu erheben und eine Traube um Gwen und Jimm McIntosh zu bilden, wird klar, was dort gerade vor sich geht.

Immerhin ist es keine riesige Hochzeitsgesellschaft, versuche ich mich selbst ein wenig zu beruhigen, während ich den Blick nicht von der Szene unterhalb des Leuchtturms lösen kann. Nicht auszudenken, wenn dort jetzt einhundert Gäste erfahren würden, dass es keine Hochzeit gibt! Jay hat zwei Kollegen mit ihren Familien und einen Freund aus seiner Collegezeit eingeladen, außerdem ist seine Cousine aus Cape Breton mit ihrem Mann hier. Von meiner Seite sind eigentlich nur meine Eltern anwesend, weil die zwei Freundinnen, die ich eingeladen habe, beide nicht kommen konnten: Mareike, mit der ich seit der Grundschule befreundet bin, ist hochschwanger mit ihrem dritten Kind und kann schon München kaum noch verlassen und erst recht nicht über den Atlantik jetten. Und Sarah, mit der ich die Konditorenausbildung gemacht habe, hat gerade einen neuen Job gefunden und ist noch in der Probezeit, weshalb sie keinen Urlaub bekommen hat.

Aber dafür ist ja Gwen hier, was mir tatsächlich am allermeisten bedeutet. Denn Gwen habe ich so lange nicht gesehen – seit ihrer eigenen Hochzeit vor fünf Jahren nicht, als Jay und ich diesen schicksalshaften und völlig bescheuerten Plan geschmiedet haben, mit fünfunddreißig zu heiraten. Sie und ich, wir hatten in all den Jahren danach zwar hin und wieder Kontakt per WhatsApp, ganz selten auch per Telefon, aber besucht haben wir uns nie – und das lag nicht an mir. Mehr als einmal habe ich sie nach München eingeladen und ihr vorgeschlagen, sie in Montreal zu besuchen, und jedes Mal hat Gwen eine Ausrede parat gehabt. Mir ist völlig klar, dass Tom, ihr Mann, der Grund dafür ist. Tom, der heute nicht hier ist, weil er angeblich einen wichtigen Geschäftstermin hatte. Tom, der auf jeder Weihnachtskarte, die stets pünktlich bei mir ankommt, wie der Bilderbuchehemann neben Gwen steht, sein Mega-Watt-Lächeln angeknipst und immer einen Arm besitzergreifend um die Schultern meiner Freundin gelegt. Eine Geste, die mehr sagt als tausend Worte.

Raven hat eben mit Gwen telefoniert, die offenbar aus allen Wolken gefallen ist und mich unbedingt sprechen wollte – aber ich war nicht in der Lage, jetzt das Mitgefühl meiner Freundin zu erleben. Dann lieber Ravens eher stoische Art. Darum habe ich ihm stumm zu verstehen gegeben, dass er sein Telefon bloß nicht an mich weiterreichen sollte, und er hat zum Glück kooperiert und Gwen kurz angebunden erklärt, dass ich gerade nicht sprechen könne – was ja auch wirklich nicht gelogen war.

Aber als ich Gwen jetzt aus der Ferne beobachte, während Raven den Fischkutter aus der Bucht von Peggy's Cove lenkt, steigt Reue in mir auf. Ich will meiner Freundin am liebsten zurufen, dass es mir leidtut, weil ich sie abgewimmelt habe und sie jetzt die undankbare Aufgabe übernehmen lasse, unsere Hochzeit abzublasen. Weitaus weniger dramatisch wäre es natürlich, wenn ich sie einfach anrufen würde, doch noch bevor ich mein Telefon zücken und prüfen kann, ob ich hier draußen auf dem Meer überhaupt noch ausreichend Empfang habe, erkenne ich mit einem Mal, was auf den Felsen vor dem Leuchtturm geschieht: Einige Touristen haben uns entdeckt, immer mehr Kameras und Telefone werden plötzlich in unsere Richtung gehalten. Voller Schrecken wird mir bewusst, was für einen Anblick Raven und ich bieten: Wir zwei, auf diesem romantisch geschmückten Boot, Raven im schwarzen Anzug, in der offenen Steuerkabine stehend, ich an der Reling, im weißen Wolkenkleid, mein langer Spitzenschleier hinter mir im Fahrtwind flatternd. Zu meinem Entsetzen brandet nun Jubel auf, Leute deuten auf uns und unser »Just-Married«-Banner und auf meinen tanzenden Schleier. Ein kleines Mädchen kreischt entzückt und beginnt zu hüpfen und zu winken. Immer mehr Telefone und Fotoapparate werden auf uns gerichtet. Wir sind eine Attraktion.

Dabei wollte ich das hier mit Jay erleben. So oft habe ich mir ausgemalt, wie er und ich gemeinsam am Heck stehen, der majestätische Leuchtturm im Abendrot – und ein paar letzte Touristen im Dämmerlicht auf den Felsen, die uns angetan zuwinken.

So war der Plan. Jetzt allerdings ist es noch helllichter Tag, und die Touristen winken nicht Jay und seiner bezaubernden Braut zu, sondern seinem wie immer düsteren Bruder und einer völlig aufgelösten Person mit ruiniertem Make-up und ohne Schuhe.

Wie erstarrt umklammern meine Hände die kalte Reling, während ich zu den Touristen hinübersehe. Himmel, wenn die alle wüssten! Das hier sollte der schönste Tag meines Lebens werden. Und jetzt ... jetzt werde ich von meinem Beinahe-Schwager, der mich noch nicht einmal ausstehen kann und das auch nicht verheimlicht, vom Ort meiner Beinahe-Traumhochzeit fortgebracht. Womit habe ich diesen ganzen Mist eigentlich verdient?

Und zu allem Überfluss haben uns, wegen des Jubels der Touristen, jetzt auch unsere Gäste, Pfarrer McIntosh und Gwendolyn bemerkt. Ich starre meine Freundin an und glaube, über die Entfernung das Mitleid in ihren Augen aufflammen zu sehen. Sie hebt eine Hand an ihr Gesicht, und ich erkenne, dass sie mir einen Luftkuss sendet. Mit einem lauten Schluchzen erwidere ich die Geste, bevor ich mich von der Reling abwende und zu Raven ins offene Steuerhaus flüchte.

6

Ravens Blick flackert fragend zu mir, bevor er wieder konzentriert über das Steuer hinweg und auf das offene Wasser der Saint Margaret's Bay sieht, die sich nun vor uns erstreckt. Natürlich sagt er nichts, weil Raven selten etwas zu mir sagt, also stoße ich heiser hervor: »Die Leute am Leuchtturm dachten, dass wir zwei das Brautpaar wären. Hast du den Jubel gehört?«

Raven sieht mich erneut kurz an, die übliche steile Falte zwischen seinen Augenbrauen. Dann starrt er mit gefurchter Stirn über meinen Kopf hinweg, in die Richtung des Leuchtturms.

»Hab nichts gehört«, murmelt er über das Tuckern des Dieselmotors hinweg und sieht wieder nach vorn.

»Ist auch besser so«, lache ich voll Bitterkeit auf, plötzlich wieder eher wütend als traurig und verzweifelt. Verdammt, Jay, wie konntest du mir das antun? Blinder Zorn überrollt mich, und ehe ich so recht begreife, was ich da tue, beginne ich mit beiden Händen, die Haarnadeln aus meiner hübschen Hochsteckfrisur zu reißen. Entschlossen trete ich an der anderen Seite des Boots an die Reling, sodass ich die Leute beim Leuchtturm nicht länger sehen muss, und schleudere die Nadeln in hohem Bogen in die dunklen Wogen des Atlantiks, gefolgt von den rosa Seidenknospen.

»Was machst du da?«, höre ich Ravens irritierte Stimme aus dem Steuerhaus, doch der Kerl ist mir gerade herzlich egal. Soll er mich doch jetzt bitte auch weiterhin ignorieren, wie früher so oft!

Ich reiße immer weiter, spüre, wie sich einzelne Locken trotz der Unmengen an Haarspray von meinem Kopf lösen, schlaff nach unten sacken. Und dann, endlich, kann ich auch den dummen Schleier aus meiner Frisur befreien. Raven stößt ein »Vorsicht!« hervor, weil er vermutlich denkt, dass ich meinen schönen langen Spitzenschleier nicht dem Atlantik überlassen will.

Aber genau das will ich. Der Stoff bläht sich begeistert im Wind, endlich losgelöst von meinem Hinterkopf, endlich auf dem Weg in die Lüfte. Oder ins Meer.

»Florentine!«

Als ich mit einem Mal ein Stück nach vorn taumele, halte ich mich überrascht an der Ecke des Steuerhauses fest. Das Boot verlangsamt abrupt, Raven hat das Steuer losgelassen, macht einen langen Schritt an mir vorbei und fängt entschlossen meinen Schleier ein, dessen Ende bereits die Wellenkämme berührt hat. Leise fluchend zieht er den langen Spitzenstoff über die Reling nach oben und hält ihn mir entgegen.

»Das hättest du nicht tun müssen«, stoße ich hervor, immer noch wütend auf diese bescheuerte Situation, aber dennoch ein wenig verunsichert, weil es in Ravens grünen Augen aufgebracht lodert.

»Doch, musste ich. Oder willst du, dass sich Fische in deinem meterlangen Schleier verheddern und qualvoll sterben? Oder dass sich der Stoff in der Schraube eines anderen Boots verwickelt ... oder sogar in unserer eigenen Schraube? Dann wäre es vorbei mit der Flucht aus Peggy's Cove.«

Ungläubig starre ich ihn an, während er mir die triefende Spitze ohne ein weiteres Wort in die Hände drückt und dann mit einem leisen Seufzer zurück ans Steuer tritt. Das Boot nimmt wieder an Fahrt auf, während ich immer noch stumm schräg hinter ihm an der Reling stehe, den Berg aus Spitze in meinen Händen, den Blick vor Tränen verschwommen.

»Daran habe ich nicht gedacht«, murmele ich betroffen und lasse den Stoff sinken, wische mir ärgerlich mit dem Handrücken unter den Augen entlang.

Ich merke, dass mich Raven ernst über seine Schulter ansieht, und höre ihn sagen: »Auch wenn du das in diesem Moment nicht hören willst: Du solltest den Schleier nicht einfach so wegwerfen.«

»Ach, nein? Du meinst, ich sollte ihn aufheben, um mich immer an diesen besonderen Tag zu erinnern?«, frage ich bissig und trete wieder dichter neben ihn, ins offene Steuerhaus, um dem kühlen Fahrtwind zu entkommen. Raven sieht mich erneut flüchtig an, eine Augenbraue leicht in die Höhe gezogen. Als er nichts weiter sagt, fahre ich mit vor Spott triefender Stimme fort: »Oh, ich habe eine Idee: Ich könnte mir Spitzendessous daraus nähen!«

Ich merke, dass sich Ravens Kiefermuskulatur anspannt. Sehr gut. Irgendwie habe ich gerade das drängende Bedürfnis, ihn aus der Reserve zu locken. Seine stoische Ruhe macht mich zusätzlich zu meiner ruinierten Hochzeit noch einmal wütender, auch wenn er es ist, der mir hier den Arsch rettet und mich vom Ort meiner geplatzten Trauung fortbringt. Wie von selbst rede ich weiter, die Wut befeuert mich, lässt mich bitter und zynisch klingen, als ich hervorstoße: »Wobei ich mich frage, wozu ich mir noch mehr sexy Dessous aus weißer Spitze nähen sollte – immerhin trage ich schon welche. Weil ich dachte, dass sich dein Bruder in unserer *fucking* Hochzeitsnacht darüber freuen würde. Aber, weißt du was? Ich habe so eine Ahnung, dass Jay gar nicht auf ein Korsett mit Stringtanga und halterlosen Strümpfen steht. Also, zumindest nicht bei Frauen.«

Raven gibt ein Geräusch von sich, das sich nach einem halb erstickten Husten anhört. Irritiert blinzele ich ihn an, bevor ich den zusammengeknüllten Schleier auf den Boden des Steuerhauses pfeffere und kurzerhand mit meinem Fuß darauf trete, damit der dünne Stoff nicht erneut vom Wind davongerissen wird. So beschissen dieser Tag auch verläuft, die Fische haben es wirklich nicht verdient, in meinem Schleier zu verenden.

»Was machst du da?«, höre ich Ravens ungläubige Stimme, als ich mein Kleid hochraffe und mich vornüberbeuge, dicht neben ihm im Steuerhaus stehend. Als unser Boot von einer etwas größeren Welle hochgehoben wird, taumele ich seitlich gegen ihn, wobei ich, wegen meiner gebückten Haltung, mit dem Kopf gegen seinen Oberschenkel stoße.

»Florentine! Kannst du mir mal erklären, was das ...«

Raven verstummt. Offenbar hat er erkannt, dass ich es geschafft habe, meinen Seidenstrumpf über meinen Oberschenkel abwärtszurollen und von meinem Fuß zu kicken. Der hauchdünne Stoff gesellt sich zum Schleierhaufen auf dem Boden des Steuerhauses. Ohne aufzusehen, mache ich mich daran, auch den zweiten Strumpf abzurollen und vom Fuß zu zerren.

»So, das war das erste und letzte Mal, dass ich so bescheuerte Teile getragen habe!« Entschlossen richte ich mich auf. »Weißt du, wie unangenehm es ist, solche Dinger zu tragen?«

»Nein«, erwidert Raven trocken. »Ich will es auch gar nicht wissen.«

Ungerührt fahre ich fort: »Vor allem, wenn man merkt, wie die Strümpfe langsam anfangen, sich über die Schenkel nach unten zu rollen, und man in ständiger Angst lebt, dass man plötzlich mit so einem Wust aus Seidenstoff um den Knöchel durch die Gegend läuft? Am besten auf dem Weg zum Altar? Echt, das wäre wirklich das i-Tüpfelchen der Hochzeit gewesen, wenn ich …«

Ich verstumme und schnappe nach Luft. Nein. Das i-Tüpfelchen der Hochzeit war der Moment, als ich meinen Verlobten mit seinem Trauzeugen erwischt habe.

Schweigend starre ich auf die zusammengeknüllten Strümpfe hinab und blinzele weitere Tränen fort, die heiß unter meinen Lidern brennen. Als ich den Blick hebe, erkenne ich, dass Raven nach wie vor stoisch über das Steuerrad hinweg auf den Atlantik hinausstarrt – aber ich könnte schwören, dass sich seine Ohren ein wenig rot verfärbt haben. Doch das liegt bestimmt am Fahrtwind, der hier, auf dem offenen Meer, zunehmend kühl ist. Ganz sicher bekommt dieser Mann keine roten Ohren, weil ich von meinen Dessous erzähle und vor seinen Augen aus meinen Seidenstrümpfen steige.

»Tja, die blöden Dinger waren schon super unbequem – aber die Corsage, die ist echt das Allerletzte. Die zwickt und kneift überall.« Ich hole tief Luft und zerre zur Unterstreichung meiner Worte an der figurbetonten Taille meines Wolkenkleids.

»Bitte, zieh dir jetzt nicht auch noch die Corsage aus«, murmelt Raven ernst, ohne mich anzusehen. Nun muss ich doch auflachen. Wer hätte gedacht, dass ausgerechnet Raven Leblanc mich heute zum Lachen bringen würde?

»Nein, die nicht. Dafür müsste ich mich erst mal aus diesem Kleid quälen. Aber ... den dämlichen Stringtanga ertrage ich keine Sekunde länger. Nie wieder werde ich so etwas anziehen. Nie wieder. Genauso wenig wie so ein affiges Wolkenkleid! Wozu auch? Als ob ich jemals heiraten würde!«

Erneut schluchze ich verbittert auf.

»Florenti ...«, beginnt Raven, und ich spüre seinen geschockten Blick auf mir, als ich mich erneut bücke und beginne, unterhalb meines Kleides meinen Slip wutentbrannt über meine Beine nach unten zu zerren.

»So, geschafft«, murmele ich resigniert, werfe meine Unterhose auf den Schleier-Strumpf-Haufen und stelle mich mit meinen nackten Füßen darauf, um alles an Ort und Stelle zu halten. »Wen interessiert schon, was ich für Unterwäsche trage – oder auch nicht trage? Niemanden interessiert es – und am allerwenigsten Jay!« Zitternd hole ich Luft und füge mit belegter Stimme hinzu: »Ich war so dumm. So unfassbar dumm! Und naiv. Zu glauben, dass wir heute Nacht ... dass Jay sich auch nur die Bohne für meine Dessous interessiert hätte ...«

Raven atmet hörbar ein und aus. Es ist offensichtlich, dass er nicht Teil dieser Unterhaltung sein möchte. Aber wir sind zu zweit auf diesem Boot, und ich habe niemanden sonst hier, dem ich mein Herz ausschütten könnte.

»Zu glauben, dass wir heute Nacht endlich Sex haben würden!«

Raven gibt ein leicht ersticktes Geräusch von sich. Ich starre ihn an und warte auf eine Reaktion. Die natürlich nicht kommt. Er sieht weiterhin nur nach vorne. Aber er hat ja im Bootshaus schon mit angehört, dass sein Bruder und ich noch nie Sex hatten. Trotzdem hake ich nach, weil ich mit jemandem darüber reden will: »Kannst du das glauben? Dass ich dumm genug war, keinen Verdacht zu schöpfen, als Jay vorgeschlagen hat, mit dem Sex noch zu warten, bis wir verheiratet sind?«

Ein unverständliches Murmeln von Raven ist die Antwort. Ein paar Sekunden lang starre ich seine angespannte Kiefermuskulatur an, während er an den Horizont sieht, die Furche zwischen seinen Augenbrauen ausgeprägt wie selten. »Ja, ich weiß«, lache ich schließlich voll Bitterkeit auf. »Schön blöd war ich. Deine Mutter hat mich deswegen auch schon für bescheuert erklärt. Darum habe ich Jay vorhin überhaupt gesucht. Weil ich … also … ich wollte mich vergewissern, dass wir … uns lieben. Auch … ohne Sex. Noch. Wir wollten ja, heute Nacht … Also … ich wollte zumindest.«

Erneut werde ich von Tränen überwältigt, obwohl ich vor diesem Mann wirklich nicht schon wieder völlig die Fassung verlieren will. Aber es geht nicht mehr. Nichts geht mehr. Ich sehe Jays Lächeln vor mir, das fröhliche Funkeln in seinen braunen Augen, höre seine warme Stimme, die Art, wie er mich »Sweetie« nennt, glaube seine starken Arme zu spüren, die mich umschlingen und mich festhalten. Jay hat mir immer Halt gegeben, war immer für mich da. Jahrelang meistens nur per Videocall, aber in den letzten Wochen wieder direkt, am selben Ort, wie früher, in den Sommern unserer Kindheit. Wegen Jay habe ich meinen Job als Konditorin in München gekündigt und ein kanadisches Arbeitsvisum beantragt, habe meine Wohnung aufgegeben und mein Leben in zwei Koffer verpackt (und drei Kisten Luftfracht).

Erstickt schluchze ich auf. Mein Herz fühlt sich an, als hätte es jemand ausgepresst wie eine Zitrone und achtlos auf den Boden des Fischkutters geworfen, zu meinem Knäuel aus Braut-Accessoires. Ohne mich um Ravens Gegenwart zu scheren, heule ich den Schmerz und die Wut und die Enttäuschung aus mir heraus. Ich werde nie mehr unseren Hochzeitsgästen gegenübertreten können, weil ich mich in Grund und Boden schäme. Immerhin habe ich nicht kapiert, dass mein Verlobter gar nicht auf Frauen steht!

Eine weitere Welle hebt uns hoch und führt dazu, dass ich das Gleichgewicht verliere und erneut in Raven hineintaumele. Ich pralle seitlich gegen seinen Körper, spüre, wie seine Hand nach meinem Arm greift. Höre sein irritiertes Schnaufen – der Klassiker, den ich oft von ihm zu hören bekomme.

»Du musst dich festhalten, Florentine«, sagt er ruhig. Überrascht stelle ich fest, dass er nicht so genervt von mir klingt wie sonst. Als ich keine Anstalten mache, mir Halt zu suchen, sondern nur erneut zittrig aufschluchze, tut Raven etwas, das mich für den Bruchteil einer Sekunde erstaunt vergessen lässt, warum ich eigentlich heule: Er legt einen Arm um meinen Oberkörper und zieht mich seitlich gegen sich, sodass er nicht nur länger das Steuerrad, sondern auch mich sicher im Griff hat, als die nächste Welle auf unseren Kutter zurollt.

Stumm stehe ich dicht neben Raven, so dicht, wie selten in all den Jahren, die ich ihn schon kenne. Ich spüre den Druck seiner Hand auf meiner Taille, durch den Stoff des Wolkenkleides hindurch, so wie sonst nur in meinen Träumen. Ein paar Sekunden lang wage ich es nicht, mich zu rühren, und ich vergesse völlig zu weinen. Schließlich lasse ich meinen Kopf leicht zur Seite sinken, sodass ich mich an Ravens Brust lehne. Fast rechne ich damit, dass er seinen Arm wieder wegzieht und aufhört, mich zu halten. Dass er mir zu verstehen gibt, dass ich mich gefälligst selbst festhalten soll. Aber das tut er nicht. Er sagt gar nichts mehr, was mich nicht weiter überrascht, doch er zieht auch seinen Arm nicht fort. Vermutlich will er einfach verhindern, dass ich irgendwo gegen falle und mich verletze und somit für noch mehr Drama an diesem ohnehin schon sehr dramatischen Tag sorge. Selbst ich bin jetzt still, denn ich bin einfach zu erschöpft, um mich weiter aufzuregen oder auch nur zu heulen. Raven ist mit Sicherheit sehr erleichtert, dass ich ihm eine Pause von meinem ganzen aufgelösten Gebrabbel rund um unbequeme Unterwäsche und Sex in der Hochzeitsnacht gönne.

Schweigend stehen wir nebeneinander, sehen auf den Horizont, wo sich die Uferlinie der Aspotogan-Halbinsel abzuzeichnen beginnt. Mein Blick gleitet über das tiefe Blau des Atlantiks und dann über das dunkle Grün der Küstenlinie in der Ferne.

»Wohin fahren wir?«, frage ich, obwohl eigentlich klar ist, wohin. Und Raven bestätigt meine Vermutung: »Nach Wildberry Bay.«

7

Wildberry Bay. Ein paar Herzschläge lang schließe ich die Augen und sehe die Bilder von damals vor mir: Jay, Gwen und ich, wie wir auf dem Rasen des Sommerhauses sitzen, das warme Gras unter uns, der knallblaue Himmel über uns und vor uns der endlose Atlantik. Raven, Neil und Luke, die dazukommen und uns ärgern. Wie wir streiten. Uns wieder vertragen. Alle gemeinsam ins kalte Meer springen, um unsere sonnenheiße Haut abzukühlen. Ich erinnere mich an das Salzwasser auf meinen Lippen – und an den süßen, leicht rauchigen Geschmack der Marshmallows, die wir abends am Lagerfeuer an langen Holzstöcken über der Glut rösten, um sie mit einem Stück Schokolade zwischen zwei Kekse zu legen und zu verputzen – sogenannte S'Mores. Klebrig und köstlich. Ich sehe, wie Neil seine Gitarre zückt und anfängt, Lieder zu spielen, bis wir alle mitsingen, sogar ich, die ich gar nicht singen kann.

Schon wieder löst sich eine Träne aus meinem Augenwinkel, und ich wische sie ärgerlich fort. Dabei merke ich, wie Ravens Kopf sich ein wenig bewegt, so, als versuche er, meinen Gesichtsausdruck zu erkennen. Ich will ihn fragen, wie es weitergeht. Was mit den anderen wohl ist. Kommen sie auch alle nach Wildberry Bay? Meine Eltern? Gwen?

Jay?

Doch ich kann jetzt nicht so komplizierten Gedankengängen folgen. Ich will in diesem Moment keine Probleme lösen. Bleierne Müdigkeit überwältigt mich mit einem Mal, lässt mich verstohlen gegen Ravens Brust gähnen. Ich spüre, dass seine Finger sich noch ein wenig fester gegen meine Taille pressen, als fürchte er, dass ich im Stehen einschlafen könnte und dann doch noch umkippe.

»Danke, Raven«, sage ich leise, in sein Hemd hinein. »Danke, dass du mich von dort wegbringst.«

Ein paar Herzschläge lang schweigt Raven. Dann jedoch höre ich ihn leise erwidern: »Kein Problem.«

Vielleicht hätte mich die Erschöpfung wirklich übermannt und mich im Stehen wegnicken lassen, sicher in Ravens festem Griff, doch gerade, als meine Augenlider immer schwerer werden, fällt mein Blick auf den kleinen Bildschirm, der sich neben dem Steuerrad befindet und auf dem eine Seekarte zu sehen ist. Ein roter Punkt zeigt mir unsere Position in der Saint Margarets Bay an – wir bewegen uns von Osten nach Westen. Östlich von uns sieht man, am rechten Bildschirmrand, noch die Landzunge von Peggy's Cove. Am linken Bildschirmrand ist bereits die Küste der Aspotogan-Halbinsel zu erkennen, wo der Ort Wildberry Bay eingezeichnet ist. Doch mein Blick fällt auf einen Punkt weiter unten auf dem Bildschirm, südlich unseres Boots.

Ich erinnere mich an die Landkarte, die 1998 in den Medien zu sehen war: An das gleichschenklige Dreieck, das eingezeichnet wurde. Ein Schenkel des Dreiecks war die Verbindung zwischen Peggy's Cove und Wildberry Bay. Die anderen zwei Schenkel ragten auf der Karte ins Meer hinein, trafen sich an einem Punkt im Atlantik, jeweils um die zehn Kilometer von den beiden Küstenorten entfernt.

Die Absturzstelle von Swissair-Flug 111. Beklommen schlucke ich und richte meinen Blick auf das weite Wasser, sehe nach links, wo sich der Atlantik bis zum Horizont erstreckt. Dort draußen ist das Flugzeug in jener Nacht in den Ozean gestürzt. In jener Nacht, die so vieles verändert hat.

Ich merke, dass Raven ebenfalls nach links sieht, über meinen Kopf hinweg auf den Atlantik hinausstarrt, nach Süden, wo nur Wasser ist, nichts als Wasser. Das hat mein Vater mir mal erzählt: »Wenn man von Wildberry Bay aus nach Süden aufs Meer hinausfährt, ist die erste Landmasse, auf die man wieder trifft, Bermuda. Und wenn man die Insel verfehlt, muss man bis Puerto Rico durchhalten.«

»Da draußen ist sie ins Meer gestürzt«, sage ich leise, in Ravens Hemd hinein, und ich spüre, wie sich sein Griff um meine Taille leicht verstärkt, fast reflexartig, als wolle er verhindern, dass ich ihm verloren gehe.

Was für ein absurder Gedanke. Andersherum, ja. Er war mir schon immer wichtig. Mehr, als ich mir je wirklich eingestehen wollte. Aber Raven ... er hat mir nicht nur an jenem heißen Sommertag vor zwanzig Jahren, im gurgelnden Wasser des Wildberry Creek, deutlich zu verstehen gegeben, dass ich keine Chance bei ihm hatte.

Das war kurz vor dem Flugzeugabsturz.

»Ja, da ist sie ins Meer gestürzt«, höre ich ihn jetzt mit rauer Stimme sagen, während sein Blick sich wieder nach vorn richtet, in die Richtung, in die wir fahren.

»Kannst du es fassen, dass das heute passiert ist? Mit Jay und Trevor? Fast so wie damals, in der Nacht?«

In der Nacht. Die eine Nacht, die alles verändert hat.

Raven schüttelt den Kopf, erkenne ich aus den Augenwinkeln. Ich löse mich eine Spur von ihm, um ihm ins Gesicht sehen zu können. Dort erwartet mich das vertraute Zusammenspiel aus gefurchter Stirn und zusammengepressten Lippen. Raven erwidert meinen Blick nicht, starrt nur stumm geradeaus.

»Nein, ich auch nicht«, wispere ich, während die Erinnerungen an jene Nacht ungefragt und erschreckend heftig in mir auflodern: Jay, Raven, Luke und ich, wie wir auf der überdachten Veranda des Sommerhauses sitzen, in Decken gehüllt, weil es kühl war. Es duftete nach dem Popcorn, das Raven gerade aus der Mikrowelle geholt hatte, und nach dem leichten Regen, der leise auf das Dach der Veranda trommelte. Wir redeten über alles Mögliche: Über das Ende dieses Sommers, denn es war bereits der zweite September. In nur drei Tagen würden Gwen und ihre Eltern nach Montreal zurückfahren, während meine Eltern und ich noch eine knappe Woche in Kanada hatten, bevor auch für mich die Schule in München wieder losgehen würde. Jay erzählte davon, dass er im neuen Schuljahr in der Theater-AG mitmachen wollte, und ich redete von meinen Plänen, endlich einen Koch- und Backkurs an der Volkshochschule zu besuchen. Luke dachte laut darüber nach, von zu Hause abzuhauen, weil er es mit seinem Vater nicht mehr aushielt, und ich bemitleidete ihn im Stillen für seine schwierige Situation. Seine Mutter war gestorben, als er noch klein war, und sein Vater verbrachte mehr Zeit mit Alkohol, Drogen und Glücksspiel als mit seinen beiden Söhnen, Luke und Blake. Raven sagte nicht viel, er war schon damals eher schweigsam – aber vielleicht war er in Gedanken bei Neil und Gwen, wie wir alle an jenem Abend. Die beiden waren nämlich nicht bei uns. Nicht nur das: Wir wussten, dass Neils Eltern an dem Abend bei Freunden eingeladen waren, und dass Gwen zu Neil gefahren war, wo sie nun ganz allein waren, denn Neils jüngere Schwester Zoe übernachtete bei einer Freundin. Die beiden waren also so ungestört, wie sie es in diesem gesamten Sommer, der so viel verändert hatte, noch nie gewesen waren.

Ja, alles war anders geworden, seit meine beste Freundin und unser gemeinsamer Kindheitskumpel ein paar Wochen zuvor ein Paar geworden waren. Die Dynamik in unserer Clique hatte sich grundlegend verändert. Vielleicht, weil außer Gwen und Neil niemand eine Beziehung hatte und alle ein wenig neidisch auf die zwei glücklich Verliebten waren, auch wenn das niemand freiwillig zugegeben hätte.

Aber dann verpufften in jener regnerischen Septembernacht 1998 jegliche Gedanken an das neue Schuljahr, an Probleme mit Lukes Vater und an Neil und Gwen erschreckend schnell. Ein dumpfes Grollen ließ uns alle verstummen.

»Gewittert es?«, habe ich erstaunt gefragt. Das weiß ich noch heute.

Keiner kam mehr dazu zu antworten, denn das Grollen wurde lauter, war plötzlich ganz in unserer Nähe, in der Schwärze der Nacht, rauschte irgendwo über unseren Köpfen vorbei, auf den dunklen Atlantik hinaus. Wir sprangen alle auf, rannten über die Stufen der Verandatreppe hinab, vergaßen den Regen, der auf uns hinabfiel, als wir über nasses Gras auf die Küstenlinie zustolperten, uns gegenseitig zuriefen: »Was war das?«

Ein dumpfer Aufschlag in der Ferne, auf dem schwarzen Meer, ließ uns vier wie angewurzelt stehen bleiben, den Atem anhalten. Wir starrten gemeinsam an den Horizont, den wir nicht sahen, in die Dunkelheit, die nichts verriet, aber plötzlich vom beißenden Geruch nach Kerosin erfüllt war. Stille umgab uns – zumindest so lange, bis die Tür des Bootshauses aufging und unser Leben genauso veränderte wie das Flugzeug, das gerade über unsere Köpfe hinweggedonnert und in den Atlantik gestürzt war.

8

»Kannst du dich jetzt bitte selbst festhalten?«
Ravens raue Stimme reißt mich aus meinen Erinnerungen. Ich blinzele, um ins Hier und Jetzt zurückzufinden, und sehe ihn an. Er erwidert meinen Blick nicht, sondern löst nur seinen Arm von mir. Prompt taumele ich ein wenig zur Seite und suche rasch Halt an der Reling.
»Klar«, murmele ich und bemühe mich darum, mir nicht anhören zu lassen, dass mich Ravens Art kränkt. Es hat sich verdammt gut angefühlt, von ihm gehalten zu werden. Ganz egal, dass er mich nicht sonderlich mag, und ganz egal, dass ich heute eigentlich seinen Bruder heiraten wollte: Ich finde ihn nach wie vor extrem anziehend, genau wie schon mit fünfzehn Jahren. Jetzt bin ich 35 Jahre alt und müsste es doch eigentlich endlich besser wissen. Aber ich werde mir heute nicht noch mehr Gedanken darüber machen, warum ich in Sachen Männer tatsächlich ein Händchen für Katastrophen zu haben scheine. Nein, ich finde, ich muss mich an diesem demütigenden Tag, als Braut ohne Unterhose und Schuhe, mit zerrupfter Frisur und verschmiertem Make-up, nicht auch noch mit der Frage herumquälen, warum ich mich offenbar nur zu den Falschen hingezogen fühle. Damit kann ich mich morgen immer noch auseinandersetzen.
Plötzlich friere ich, so ganz ohne Ravens Körperwärme, und mit einem leichten Bibbern schlinge ich meine Arme

um meinen Oberkörper, den Blick auf die Küstenlinie vor uns gerichtet, wo die ersten Häuser von Wildberry Bay in Sicht kommen.

Vor Aufregung klopft mein Herz ein wenig schneller, wie immer, wenn ich mich dem Ort nähere. Das war schon so, als ich ein kleines Kind war. Meinen ersten Sommer durfte ich hier mit vier Jahren verbringen, und damals habe ich mich Knall auf Fall in Kanada verliebt – und in die Menschen, mit denen wir uns das Sommerhaus in Wildberry Bay geteilt haben.

In diesem Haus, direkt am Atlantik, wohnten früher Ravens und Jays Großeltern. Ihr Vater, Steve Leblanc, ist in Wildberry Bay aufgewachsen, bevor er als Student nach Halifax und dann eine Zeit lang nach Montreal gezogen ist, wo er seine Frau Fern und außerdem zwei Freunde kennengelernt hat, die ihn noch jahrelang begleiten würden: Gwens Vater Bob und meinen Papa, der als deutscher Austauschstudent zwei Semester in Montreal studiert hat. Die drei Musketiere fanden sich im Schachclub der Uni, und eine Freundschaft fürs Leben nahm ihren Anfang. Diese Freundschaft blieb auch bestehen, als Steve nach Halifax zurückkehrte und Papa nach München, wo sie jeweils ihre ersten Stellen als Lehrer fanden, während Bob in Montreal seine Karriere als Architekt begann.

Als Steve Jahre später – kurz nach meinem vierten Geburtstag – meinen Vater anrief und fragte, ob wir die kommenden Sommerferien nicht bei ihnen in Nova Scotia – in Wildberry Bay – verbringen wollten, haben Papa und Mama begeistert Ja gesagt. Steves Eltern waren inzwischen verstorben, und das Haus am Meer war zum Wochenend- und Ferienhaus umfunktioniert worden, denn Steve und Fern lebten mit Raven und Jay im gut eine Stunde entfernten Halifax.

Auch Gwens Familie kam in unserem ersten gemeinsamen Sommer aus Montreal nach Wildberry Bay, und da sich alle auf Anhieb so gut verstanden, beschlossen die drei Musketiere und ihre Frauen damals, sich auch im Sommer danach wieder im Haus am Atlantik zu treffen. Dieses Haus war an einem der langen gemeinsamen Abende unseres ersten Urlaubs auf den Namen »Cozy Cottage« getauft worden, denn jedes Sommerhaus braucht schließlich einen Namen.

Im folgenden Jahr, mit fünf Jahren, war ich so aufgeregt und voller Vorfreude, dass ich auf dem gesamten Flug von Frankfurt nach Halifax geredet und gesungen habe, wie meine Eltern noch heute gern erzählen. Sie haben sich an Bord der Maschine mit Sicherheit nicht viele Freunde gemacht. Aber ich war einfach so glücklich darüber, endlich Gwendolyn und Jay wiederzusehen. Und Raven, wobei ich damals eher Angst vor ihm hatte.

In meinem zweiten kanadischen Sommer war Raven sieben, genau wie Neil und Luke, seine besten Freunde, die das ganze Jahr über in Wildberry Bay lebten. Gwendolyn war sechs und kam mir schon so klug und vernünftig vor. Jay und ich waren mit unseren fünf Jahren die Nesthäkchen.

Tja, und jetzt bin ich 35 Jahre alt und nähere mich zum ersten Mal seit 1998 wieder dem Ort, an dem ich so viele glückliche Momente meiner Kindheitssommer verbracht habe. Heiliger Bimbam, ich war seit zwanzig Jahren nicht mehr hier! Zwar bin ich schon seit ein paar Wochen in Kanada, aber Jay und ich haben nur Zeit in Halifax verbracht – und in Peggy's Cove, wo wir die Hochzeit vor Ort geplant haben. Ein Psychologe würde vermutlich sagen, dass ich mich davor gedrückt habe, nach Wildberry Bay zurückzukehren, weil meine letzten Erinnerungen an diesen Ort so negativ sind.

»Hier«, reißt mich Ravens Stimme einmal mehr aus meinen Gedanken, und überrascht drehe ich den Kopf, als etwas Warmes meine nackten Schultern berührt. Er hat seine Anzugjacke ausgezogen und mir umgehängt.

»Das ... das musst du nicht machen«, beginne ich zu stammeln, aber Raven schnaubt nur auf und wendet sich wieder dem Steuer zu.

»Weiß ich. Aber wenn du dir jetzt auch noch eine Erkältung einfängst, wird diese Situation nicht wirklich angenehmer, oder?«

Mit einem Lachen schlüpfe ich in die Ärmel der Anzugjacke und stelle fest, dass Ravens Körperwärme noch im Stoff hängt. Verstohlen senke ich meine Nase zum Kragen der Jacke und inhaliere den schwachen Duft von Ravens Rasierwasser, bevor ich mich räuspere und sage: »Du meinst, dann müsstest du dir auch noch mein Gejammer wegen Halsschmerzen und Laufnase anhören und nicht nur wegen kneifender Stringtangas und schwuler Verlobter?«

Als Raven statt einer Antwort nur leise aufseufzt, sage ich mit Nachdruck: »Danke für die Jacke, Raven.«

Ein unverständliches Brummen ist die Antwort. Ich sehe wieder an die Küste, lasse meinen Blick über die schroffen Felsen, die Bäume und die Häuser gleiten, die sich an der Uferlinie entlangziehen wie farbige Perlen an einer Schnur. Es ist eine halbe Ewigkeit her, seit ich mit einem Boot nach Wildberry Bay gekommen bin, aber ich kann die Gebäude aus diesem Blickwinkel trotzdem sofort zuordnen: Am rechten Rand der Bucht thront das Sea Haven auf einer Anhöhe – Lukes ehemaliges Zuhause, danach jahrelang ein Inn, inzwischen leer stehend, wie ich von Jay weiß. Nicht weit entfernt von dem einst so eindrucksvollen Herrenhaus und von hier aus zwischen den Bäumen kaum zu erkennen, befindet sich mit Sicherheit immer noch das Rum Runner, Wildberry Bays einziges Pub, das ich nie von innen gesehen habe, denn in meinem letzten Sommer hier war ich fünfzehn und somit zu jung für eine Kneipe.

Nur durch ein Wäldchen vom Pub getrennt, ragt der weiße Holzglockenturm der anglikanischen Kirche auf. Dahinter erstreckt sich eine Wiese, und ich frage mich, ob sie heute immer noch als Baseballfeld genutzt wird.

Links von der Kirche steht das Blue Gables Bed & Breakfast, das gleichzeitig Neils Elternhaus ist. Sein Vater war schon in meiner Kindheit und ist immer noch der Gemeindepfarrer (und hat heute einen vergeblichen Trip nach Peggy's Cove unternommen), während Neils Mutter das Bed & Breakfast betrieben hat. Leider ist Caroline McIntosh vor Jahren gestorben, und ich frage mich, wer sich heutzutage um die Gäste kümmert. Schafft das Neils Dad allein?

Soweit ich gehört habe, lebt Neil selbst wieder auf dem Grundstück seines Vaters. Den McIntoshs gehört ein riesiges Stück Land, das sich von der Küstenstraße fort bis an das Seeufer des Wildberry Lake erstreckt, den man von hier aus wegen des dichten Waldes nicht erkennen kann. Wie Jay mir erzählt hat, wohnt Neil seit seiner Scheidung in einem kleinen Blockhaus am See, während seine Ex-Frau und die jüngere ihrer Töchter nach wie vor in dem Haus ein wenig weiter die Küstenstraße hinab wohnen, das Neil und sie seinerzeit gemeinsam gekauft hatten. Dass Neil auch Jahre nach seiner Scheidung immer noch alleinstehend ist, wundert mich wirklich – er ist so ein gut aussehender und vor allem extrem netter Kerl, wenn sein Job als Polizist auch mit unregelmäßigen Arbeitszeiten einhergeht. Aber, hey, dafür sieht er in Uniform bestimmt noch besser aus als in Jeans und T-Shirt!

Prompt muss ich an mein Gespräch gestern Abend mit Gwen denken. An ihr Geständnis, nach dem letzten Glas Wein. An ihre Tränen. In meinem Hals formt sich ein Knoten. Ich hätte eben, am Telefon, mit ihr sprechen sollen. Die arme, treue, gutherzige Gwendolyn. Wenn ihre Hochzeit damals doch auch geplatzt wäre, fährt es mir mit einem Mal durch den Kopf. Wenn sie niemals »Ja, ich will« zu Tom gesagt hätte! Und ... wenn Neil doch vor zwanzig Jahren bloß nicht ungeplant Vater geworden wäre. Ob Gwen und er zusammengeblieben wären? Ob sie heute verheiratet wären?

Ob meine Freundin dann glücklich wäre?

Gedankenverloren wandert mein Blick weiter, löst sich von Neils Elternhaus, gleitet über den Bootssteg der McIntoshs, der auf Pfählen in den Atlantik hinausragt. Dort liegt ein Kutter vor Anker, und Jay hat mir erzählt, dass Luke auf diesem Boot wohnt. Er hat den alten Fischkutter so umgebaut und isoliert, dass er das ganze Jahr über darauf leben kann, und zahlt eine (sehr geringe) Liegegebühr an Neils Dad. Dass sich Neils Familie immer noch so um Luke kümmert, finde ich rührend – vor allem, wenn man bedenkt, was Lukes Bruder indirekt für Unheil über die McIntoshs gebracht hat.

Nicht weit von Lukes Liegeplatz entfernt, plätschert der Wildberry Creek ins Meer, und ich verbiete mir jegliche Erinnerung an diesen kalten Bach an einem heißen Sommertag vor so vielen Jahren. Stattdessen betrachte ich neugierig die angrenzenden Häuser, deren Farben und vielleicht auch Bewohner mit den Jahren gewechselt haben und die ich nicht zuordnen kann. Ein Gebäude, das sich nicht verändert hat, ist der Salty Breeze Store, der einzige kleine Laden in Wildberry Bay, wo man in meiner Kindheit die nötigsten Lebensmittel, aber auch neue Gasflaschen für den Grill, Angelzubehör, Motoröl, Glückwunschkarten, ja, sogar Holzfällerhemden bekam – und natürlich Eis. Ich habe mich mit Jay und Gwen im Laufe der Jahre durch sämtliche Sorten probiert. Fast glaube ich, uns noch im Schatten der überdachten Veranda des knallroten Holzhauses sitzen zu sehen. Schräg hinter dem Salty Breeze Store erkenne ich das Dach eines größeren Gebäudes – aha, das muss Wildberry Bay Marine Services sein, wo Boote repariert und gewartet werden. Luke arbeitet dort als Mechaniker, hat Jay erzählt.

Und da ist natürlich noch ein Gebäude, das ich sofort wiedererkenne, da es sich zum Glück auch nicht verändert hat: Das Bayview Diner thront auf der Spitze einer Landzunge, an deren rechter Seite der kleine Fischerhafen von Wildberry Bay beginnt. Das Lokal liegt direkt am Meer und leuchtet nach wie vor in einem sonnigen Gelb, während Eingangstür und Sprossenfenster türkisblau gestrichen sind. Vor dem Gebäude zieht sich eine Rasenfläche bis zum Ufer, und dort aufgereiht stehen acht Adirondack-Stühle in verschiedenen fröhlichen Farben, von Pink über Hellgrün und Türkis bis zu Gelb und Himmelblau. Diese Stühle gab es in meinem letzten Sommer hier noch nicht, aber wenn es sie gegeben hätte, hätten Gwen und ich mit Sicherheit oft dort gesessen und mit Blick auf den Atlantik einen von Eliza Bakers berühmten Blaubeermilchshakes getrunken.

Im Bayview Diner habe ich als Kind die ersten Blaubeerpfannkuchen meines Lebens gegessen – natürlich mit Ahornsirup. Später, als Teenager, habe ich dort mit Gwen zu »Summer Of '69« aus der Jukebox getanzt. Habe heimlich Raven angehimmelt, bei einem Burger, während er mit Neil und Luke über das letzte Baseballspiel der Toronto Blue Jays gefachsimpelt hat.

Eine plötzliche Sehnsucht nach Eliza und ihren köstlichen Blaubeerpfannkuchen überkommt mich. Oder, noch besser: nach ihrem göttlichen Apple Pie mit Vanilleeis!

Als der Kutter mit einem Mal verlangsamt, reiße ich meinen Blick überrascht vom Bayview Diner los und lasse ihn weiter nach links wandern, über zwei weitere Grundstücke bis zu dem grau geschindelten Haus, auf dessen Bootssteg Raven nun zuhält.

Da ist es, das Cozy Cottage, in dem sich viele der schönsten Momente meines bisherigen Lebens abgespielt haben.

Und auch einige der schlimmsten.

Das Sommerhaus liegt auf einer weiteren Landzunge und wird somit nicht durch die Küstenstraße vom Atlantik getrennt, sodass der Garten direkt bis an die Küste reicht, die zu einem kleinen Halbmondstrand abfällt. Ein hölzerner Pier ragt auch hier auf Stelzen ins Meer hinaus, und auf ihm thront ein Bootshaus. Gequält wende ich meinen Blick von diesem Bootshaus ab und versuche, nicht an die heutige Szene zu denken – und schon gar nicht an die, die sich vor zwanzig Jahren genau hier abgespielt hat.

9

Als Raven mit dem Kutter geschickt am Pier angelegt hat, hilft er mir von Bord, damit ich die Leine auffangen kann. Ich versuche mich daran, sie um einen der Pfähle des Stegs zu binden, aber da steht Raven schon neben mir und nimmt mir die Leine mit einem leisen »Lass mich das lieber machen« ab.

Langsam gehe ich über das verwitterte Holz des Bootsstegs auf den Garten zu, mit dem ich so schöne Kindheitserinnerungen verbinde. Hier haben wir auf dem Rasen Fangen gespielt, uns hinter den Heckenrosensträuchern versteckt, auf den dicken Ästen des alten Ahorns gesessen und abends Glühwürmchen gezählt. Das Haus sieht aus wie immer: Die Zedernschindeln haben dasselbe verwitterte Grau wie eh und je, die Rahmen der Sprossenfenster sind weiß, und sogar die Korbsessel auf der überdachten Veranda könnten dieselben sein wie damals. Es sieht alles so aus, als hätte sich hier nie etwas geändert.

Wie man sich doch täuschen kann.

Ich merke, dass Raven neben mich tritt, und als ich etwas Weißes in seinen Händen wahrnehme, reiße ich überrascht meine Augen auf: Er hat den Schleier und meine Unterwäsche mitgenommen.

»Ich kann das nehmen«, murmele ich rasch und greife nach dem Knäuel aus Stoff, das er mir offenbar mehr als gern in die Hand drückt. Dann räuspert er sich und sagt: »Tja. Also … die anderen sind mit Sicherheit noch unterwegs.«

Die anderen. O Gott. Vielleicht war es keine so gute Idee hierherzukommen. Jetzt gerade will ich nur meine Ruhe haben. Auf gar keinen Fall möchte ich jetzt der ganzen ehemaligen Cozy-Cottage-Clique gegenüberstehen. Das Mitleid in ihren Augen sehen.

»Können wir … erst einmal zu dir gehen?«

Ich sehe Raven an, starre auf seine angespannte Kiefermuskulatur wie auf einen vertrauten Bekannten. Er seufzt leise, während er sich über das glatt rasierte Kinn reibt und meinem Blick ausweicht.

»Ich habe nicht aufgeräumt.«

Das bringt mich zum Lachen. »Wirklich, Raven – meinst du, das interessiert mich? Du kennst mich doch. Ich bin das Chaos auf zwei Beinen. Ich würde vermutlich nie merken, wenn es bei dir ›nicht aufgeräumt‹ ist – und schon gar nicht heute, an diesem beschissenen Tag.«

Raven lässt seine Hand sinken und schiebt sie in die Tasche seiner schwarzen Hose. Dann nickt er und sagt, immer noch, ohne mich anzusehen: »Okay. Komm.«

Und schon geht er voraus, durchquert mit langen Schritten den Garten, duckt sich unter den tief hängenden Ästen der Kiefer hindurch, und ich folge ihm, so schnell das mit meinem Kleid möglich ist. Zwischen den Zweigen einiger Blaubeersträucher bleibe ich hängen und muss meinen Saum befreien. Wenn ich daran denke, wie sorgsam ich dieses Kleid in den letzten Wochen in seinem Kleidersack gehütet habe, damit ich es bloß makellos zum Jawort schaffe – und nun reiße ich achtlos am Stoff und zucke bei der Aussicht auf Blaubeerflecken nicht einmal mit der Wimper.

Als ich es durch die Sträucher und unter ein paar weiteren tief hängenden Ästen hindurchgeschafft habe, sehe ich das kleine dunkelblaue Haus vor mir, in dem Raven wohnt. Dieses Haus gehörte damals, als ich zum letzten Mal hier war, noch einem alten Ehepaar, das ein paar Jahre später in ein Pflegeheim umziehen musste. Da Raven zu dem Zeitpunkt gerade mit der Uni fertig war und seine erste Lehrerstelle in der Nähe von Wildberry Bay ergattert hatte, hat er dieses Haus gekauft und wohnt seitdem hier, wie Jay mir erzählt hat.

Neugierig sehe ich mich um. Aus unserer Kindheit und Jugend kenne ich diesen Garten noch, denn ich musste hier mehrfach verirrte Frisbeescheiben und Bälle suchen. Die von Heckenrosen, Büschen und Bäumen gesäumte Rasenfläche erstreckt sich, genau wie beim Cozy Cottage nebenan, bis ans Meer hinab, und auch auf Ravens Grundstück gibt es einen Pier, der in den Atlantik ragt, und darauf ein kleines Bootshaus.

Nein, heute werde ich nicht weiter über Bootshäuser nachdenken!

Mit hochgerafftem Kleid folge ich Raven nun, als er auf sein Haus zumarschiert. Es ist wesentlich kleiner als das Nachbarhaus, wo ich die Sommer meiner Kindheit verbracht habe, doch auch hier gibt es einen gemauerten Schornstein an einer Stirnseite, sodass er vermutlich einen Kamin hat. Die Sprossenfenster schimmern ebenfalls weiß, und als ich die überdachte Veranda betrete und um das Haus herum nach vorne gehe, erblicke ich eine gelbe Eingangstür, durch die ich Raven folge.

»Dass ich dein Haus tatsächlich von innen zu sehen bekomme, hätte ich nie gedacht«, murmele ich.

»Wieso?«, fragt er und klingt ehrlich ratlos, während er die Tür hinter mir schließt. Ich hatte meinen Blick interessiert über die Wände des Flurs wandern lassen, an denen zahlreiche Bilder hängen – gemalte Bilder in kräftigen Farben –, doch nun sehe ich ihn amüsiert an.

»Na ja, du wirkst nun einmal immer so absolut begeistert davon, mich zu sehen, Raven Leblanc.«

Zwei Herzschläge lang starrt mich Raven wortlos an und wirkt irgendwie ... aufgewühlt. Aber dann reibt er sich erneut über das Kinn und wendet sich mit einem weiteren Seufzer ab. Vermutlich wird ihm gerade bewusst, dass es eine dumme Idee war, mich in sein Haus einzuladen.

»Die sind ja wunderschön«, sage ich, als ich ihm den Flur entlang folge und dabei die farbenfrohen Bilder betrachte. Als ich nach dem Namen des Künstlers suche, erkenne ich ihn in der unteren Ecke eines der Bilder: Joe Norris.

»Ist das ein bekannter Maler?«, frage ich, während ich das Wohnzimmer betrete, wo mich ein weiterer Druck von Joe Norris in einem blauen Rahmen erwartet: Genau wie die anderen Bilder zeigt auch dieses eine Küstenlandschaft wie die von Wildberry Bay, mit farbenfrohen Häusern, Fischerbooten, Wäsche an Leinen, Möwen auf Felsen.

»Ja«, erwidert Raven knapp, und ich merke, dass er in die Küche gegangen ist, die offen in den Wohnbereich übergeht.

»Wow«, hauche ich und bleibe vor einem Bild stehen, das neben dem gemauerten Kamin hängt: Diesmal ist in dem Rahmen tatsächlich Wildberry Bay zu sehen, vom Wasser aus betrachtet. Ich erkenne sofort das Cozy Cottage und das Diner, die Kirche und Blue Gables. In der Bildecke unten links sehe ich meine Vermutung bestätigt: »R. L.« steht dort in geschwungener Schrift. Raven Leblanc.

»Das ist wunderschön, Raven«, sage ich und betrachte geradezu ehrfürchtig das Bild. Zwar wusste ich schon von Gwen und Jay, dass Raven nicht nur Grundschullehrer, sondern noch dazu ein begnadeter Maler geworden ist, aber ich sehe zum ersten Mal eines seiner Bilder und bin überwältigt.

»Danke«, höre ich Raven in der Küche murmeln, während er sich an der Spüle ein Glas mit Wasser füllt. »Willst du etwas trinken?«

»Ja, gern – auch Wasser, bitte«, erwidere ich, immer noch vom Bild fasziniert. »Was für Farben sind das?«

»Öl«, kommt Ravens wie immer knappe Antwort, und ich muss lächeln. Immerhin ist er wie eh und je, und das gibt mir ein merkwürdiges Gefühl der Sicherheit. Nachdenklich wende ich mich vom Kamin ab, lasse meinen Blick über das Sofa und den Sessel in Blautönen wandern, über die alte Holztruhe, die als Couchtisch dient, und dann über gut gefüllte Bücherregale, weitere gemalte Landschaftsszenen an den Wänden und über den massiven Esstisch mit der wunderschön gemaserten Platte aus einem Baumstamm, um den vier Holzstühle gruppiert sind.

»Raven, wieso hast du behauptet, nicht aufgeräumt zu haben? Hier liegt nicht einmal ein Buch herum.«

Fassungslos sehe ich mich um. Ich wage es kaum, mein Knäuel aus Schleier, Schlüpfer und Strümpfen irgendwo abzulegen, sodass ich kurzerhand alles auf den Boden gleiten lasse, neben das Sofa. Da stören meine Brautsachen das Gesamtbild am wenigsten.

Als ich zur offenen Küche hinübersehe, in der Raven gerade ein zweites Glas mit Wasser füllt, erkenne ich, dass auch dort alles so sauber und ordentlich ist, wie es bei mir nicht einmal dann aussieht, wenn ich gerade aufgeräumt und geputzt habe. Als Raven nichts sagt, sondern mir nur das Glas Wasser in die Hand drückt, bedanke ich mich kopfschüttelnd und füge dann hinzu: »Vielleicht hättest du mich lieber nicht in dein Haus lassen sollen.«

Während ich einen Schluck Wasser nehme, fragt Raven in leicht irritiertem Tonfall: »Was meinst du?«

»Na, weil nicht ausgeschlossen ist, dass ich es verwüste.« Ich lasse das Glas sinken und grinse ihn schief an. »Hast du vergessen, dass ich früher der ›Flornado‹ genannt wurde?«

Ravens Kiefermuskulatur arbeitet, während er mich schweigend anstarrt. Ich wünschte wirklich, ich könnte mehr im Grün seiner Augen lesen, aber das konnte ich noch nie. Raven war von Kindheit an ein wandelndes Rätsel für mich.

»Wie könnte ich das vergessen?«, fragt er jetzt, und einen Augenblick lang schwingt da etwas in seinem Tonfall mit, das mich erstaunt das Glas, das ich erneut zu meinen Lippen führen wollte, sinken lässt. Doch bevor ich näher darüber nachdenken kann, wendet sich Raven schon ab und öffnet den Kühlschrank.

»Hunger?«

»Und ob«, sage ich inbrünstig. Tatsächlich meldet sich mein Magen gerade lautstark zu Wort.

»Ich könnte uns Spiegeleier machen.« Er zögert und sieht mich über die geöffnete Kühlschranktür hinweg an. »Du magst doch noch Spiegeleier, wie damals?«

Wie damals, als sein Dad für uns Kinder immer Spiegeleier zum Frühstück gezaubert hat. Ich konnte seitdem nie mehr Spiegeleier essen, ohne an Wildberry Bay zu denken. »Natürlich, ich liebe Spiegeleier immer noch!«, erwidere ich daher so inbrünstig, dass ich schwören könnte, es um Ravens Mundwinkel amüsiert zucken zu sehen, aber er wendet sich so rasch mit der Eierpackung dem Herd zu, dass ich mir nicht sicher bin.

»Und da du ja keine Vegetarierin bist, darf es zu den Spiegeleiern auch Speck sein?«

»Woher weiß du denn, dass ich keine Vegetarierin bin?« Neugierig mustere ich ihn, während ich an meinem Wasserglas nippe.

Raven weicht meinem Blick aus, bevor er brummt: »Du hattest doch vorgestern ein Steak.«

Raven hat vorgestern, als wir gemeinsam mit unseren Familien in einem Restaurant in Halifax waren, also tatsächlich mitbekommen, was ich bestellt habe? Okay, dass ER die Seafood Linguine hatte, daran erinnere ICH mich natürlich auch, aber ich habe ja grundsätzlich schon immer auf alles geachtet, was Raven angeht. Ich weiß, dass er Baseball lieber mag als Eishockey, dass er Gorgonzola hasst und Thunfischpizza liebt, gern bei Regenwetter auf dem Sofa liegt und liest, sich schon in der Grundschule für Van Gogh begeistern konnte, schlecht bei UNO verlieren kann und, und, und. Wobei er sich in den letzten zwanzig Jahren natürlich auch geändert haben könnte.

Bitte nicht.

»Magst du inzwischen eigentlich Gorgonzola?«, frage ich, ehe ich mich daran hindern kann. Raven starrt mich verständnislos an, bevor er langsam den Kopf schüttelt.

»Gorgonzola ist immer noch so widerlich wie eh und je, oder? Also: nein.«

»Gut.« Ich lächele ihn breit an, und als er fragend die Augenbrauen in die Höhe zieht, füge ich hinzu: »Es ist gut, dass manche Dinge so sind wie immer. Und, ja, ich hätte sehr gern Speck.«

Mit meinem Wasserglas in der Hand wandere ich weiter durch Ravens Wohnzimmer, das mich ein wenig an ein kleines, feines Folk Art Museum erinnert. Fasziniert betrachte ich ein paar geschnitzte Figuren auf einem Regalbrett und einen Korb, der offenbar aus Birkenrinde hergestellt wurde.

Da ich weiß, wie sehr sich Raven für die Kunst der Mi'kmaq, der Ureinwohner von Nova Scotia, interessiert, ist mir klar, dass diese Stücke mit Sicherheit indigene Kunstwerke sind. Ein Ururgroßvater von Ravens Dad war mit einer Mi'kmaq verheiratet, was damals, unter den ersten europäischen Siedlern in Nova Scotia, ein Skandal war. Die Liebesgeschichte der beiden hat mich schon immer fasziniert, und Raven fühlt sich wegen seiner indigenen Wurzeln besonders von der Kunst der Ureinwohner angezogen.

Während es in der Küche zu brutzeln beginnt und mein Magen einmal mehr nachdrücklich knurrt, trete ich vor einen Spiegel mit geschnitztem Holzrahmen, der über einem Buffetschrank, der sehr nach altem Farmhausstück aussieht, hängt. Erschrocken halte ich inne.

Während ich Ravens Kunstsammlung bewundert und in Spiegeleier-und-Gorgonzola-Erinnerungen versunken war, habe ich tatsächlich für ein paar Minuten verdrängt, warum ich hier bin. Was vorhin passiert ist.

Aber jetzt starrt mich mein Spiegelbild ungläubig an. Mein Make-up ist verschmiert – selbst die wasserfeste Wimperntusche hat offenbar meinem Geheule nicht spurlos standhalten können. Meine Locken stehen teilweise wirr von meinem Kopf ab, steif vom Haarspray, aber ohne haltende Haarnadeln. Ich sehe aus wie ein zerrupfter Vogel. Völlig lächerlich. Kein Wunder, dass mich Raven immer wieder so ungläubig mustert. Eigentlich muss ich es ihm hoch anrechnen, dass er bei meinem Anblick bisher nicht in Gelächter ausgebrochen ist.

Und das hier sollte der schönste Tag meines Lebens werden.

Ein heiserer Schluchzer ringt sich aus meiner Brust, während ich plötzlich das Gefühl habe, keine Luft mehr zu bekommen. Verzweifelt presse ich eine Hand auf mein nacktes Dekolleté und beginne, hysterisch nach Atem zu ringen. Ich muss aus diesem Kleid raus. Dieses dumme Wolkenkleid, in das ich mich völlig umsonst hineingehungert habe und das mich jetzt einzuschnüren droht. Ohne weiter darüber nachzudenken, was ich mache, beginne ich hektisch, nach den vielen kleinen Häkchen zu tasten, die das Kleid hinten zusammenhalten.

»Hey, Florentine.«

Ich merke, dass Raven auf mich zukommt, aber ich starre nach unten, auf meine nackten Füße, während ich verzweifelt an den Häkchen reiße.

»Ich ... muss ... aus dem ... Kleid raus«, keuche und schluchze ich mühsam.

»Ganz ruhig, du musst ruhig atmen«, höre ich Ravens Stimme, aber ich schüttele den Kopf und stoße hervor: »Kriege ... keine ... Luft!«

Da scheint er zu begreifen. Ohne einen weiteren Kommentar tritt er hinter mich und fängt an, mir mit den Häkchen zu helfen. Ich spüre, wie seine warmen Finger geschickt und schnell Verschluss um Verschluss öffnen, wie der Druck um meinen Brustkorb nachlässt, bis ich mit einem Mal tief durchatmen kann. Energisch reiße ich das Kleid auf, so weit es geht, beuge mich vornüber und inhaliere gierig.

»Ich ... hole dir etwas anderes zum Anziehen«, höre ich Ravens Stimme. Sie klingt ein wenig belegt. Seine Schritte entfernen sich über den knarzenden Holzfußboden, auf dessen Astlöcher ich gerade starre. Mein Schluchzen verebbt, ich stütze mich mit einem Arm am Kaminsims ab, warte darauf, dass mein Atem gleichmäßiger geht.

Ravens Schritte kehren zurück, ich höre sein Räuspern.

»Ähm ... Florentine ... du solltest dir etwas anziehen.«

Er klingt immer noch so gepresst. Du meine Güte, der Anblick meiner weißen Spitzencorsage von hinten wird ihn doch jetzt nicht so aus dem Konzept gebracht haben, oder?

Im nächsten Moment passieren mehrere Dinge auf einmal.

Die Haustür geht auf. Schritte sind im Flur zu hören, eine Frauenstimme, die Ravens Namen ruft. Ich spüre, wie er neben mir erstarrt. Aus meinem Blickwinkel, immer noch kopfüber, sehe ich die Klamotten, die er in einer Hand hält – T-Shirt und Jogginghose. Und ziemlich gleichzeitig wird mir mit einem Mal klar, warum Raven so komisch klang: Ich trage keine Unterhose. Und stehe immer noch vornüber gebeugt in seinem Wohnzimmer, während mein Kleid im Rücken bis über die Taille hinab auseinanderklafft. O Gott, mein halber Hintern muss zu sehen sein!

Noch während ich erschrocken in die Höhe fahre und versuche, mich um die eigene Achse zu drehen, ohne mich einmal mehr im Saum des Kleides zu verheddern, höre ich schon wieder die Frauenstimme: »Was zum Teufel …?«

Als ich die Drehung geschafft habe und in die Richtung starre, aus der die Stimme kam, erkenne ich, dass ich nicht schnell genug war. Im Türrahmen zum Flur steht Tara. Ravens Freundin. Und an der Art, wie ihr alle Farbe aus dem Gesicht weicht, merke ich deutlich, dass sie meinen nackten Hintern noch gesehen hat.

10

Tara und ich starren uns schweigend durch das Wohnzimmer hindurch an. Obwohl sie schon seit zwei Jahren mit Raven zusammen ist, haben wir uns erst vorgestern Abend, bei dem Abendessen mit Familie und Freunden in einem Restaurant in Halifax, kennengelernt, und es war nicht unbedingt Freundschaft auf den ersten Blick. Tara und Raven haben ihre Abneigung mir gegenüber eindeutig gemeinsam. Nicht nur das: Sie sehen sich sogar ein wenig ähnlich, könnten Geschwister sein. Tara ist alles, was ich nicht bin: Sie ist sicherlich fast 1,80 Meter groß, denn Raven überragt sie nur um einen halben Kopf. Noch dazu ist sie gertenschlank, mit kleinem Busen und kleinem Hintern. Und ihr Haar ist lang, glatt und schwarz. Wenn man sich fragt, warum ich Raven mein Leben lang heimlich angehimmelt habe und warum diese Schwärmerei so einseitig war, dann genügt ein Blick auf Tara, und es wird völlig klar, dass ich so weit davon entfernt bin, Ravens Typ zu sein wie ... mein Ringfinger von einem Ehering entfernt ist.

Ja, Tara hat mich schon vorgestern ganz offensichtlich nicht ins Herz geschlossen, aber jetzt ... jetzt blitzt in ihren hellbraunen Augen regelrechter Hass auf. Und das kann ich ihr nicht verübeln. Was würde ich wohl denken, wenn ich meinen Freund in der Gegenwart einer Frau mit nacktem Hintern erwischen würde?

Raven scheint zur Salzsäule erstarrt zu sein, was die Situation nicht unbedingt unschuldiger wirken lässt. Taras Nasenflügel blähen sich, während ihr Blick zum wiederholten Mal über mein Wolkenkleid wandert, bis hinab zum inzwischen nicht mehr blütenweißen Saum, dann wieder hinauf, bis zu meinem sehr offenherzigen Dekolleté. Ich ziehe das hinten auseinanderklaffende Kleid ein wenig höher über meinen Busen und lächele Tara betont freundlich an. Dann stoße ich rasch hervor: »Es ist wirklich überhaupt nicht so, wie es aussieht.«

Okay, mehr Klischee geht nicht. Raven zuckt bei meinen Worten regelrecht zusammen und starrt mich einen Moment lang irritiert an, bevor er sich räuspert und etwas sagen will, doch Tara kommt ihm zuvor. Sie verschränkt die Arme vor der Brust, lacht einmal bitter auf und fragt dann: »Ach, wirklich?« Nur an Raven gewandt, fügt sie hinzu: »Nicht nur, dass mein Freund mich einfach so kommentarlos in Peggy's Cove sitzen lässt und mit der armen Braut im Fischkutter davonfährt ... nein, zu allem Überfluss springt die unglückliche verlassene Braut dann auch noch halbnackt durch sein Haus!« Ihre Stimme ist mit jedem Vorwurf lauter geworden, die letzten Worte schreit sie. Ungläubig sehe ich von Tara zu Raven und wieder zu Tara.

Er hat ihr nicht Bescheid gesagt, dass er mich wegbringt?

»Ich hatte Gwen angerufen und darauf gezählt, dass sie alle informiert«, wirft Raven zerknirscht ein. »Es tut mir leid, Tara – wir waren doch eh mit deinem Wagen da. Ich bin davon ausgegangen, dass du es von den anderen erfährst und dann herkommst.«

»Ja.« Taras Augen werden zu schmalen Schlitzen. »So war es dann ja auch. Aber offenbar habt ihr nicht damit gerechnet, dass ich so schnell hier auftauchen würde, oder? Dachtest du, du hättest noch mehr Zeit, um die traurige Braut zu trösten?«

»Tara …«, sagt Raven hörbar entgeistert, und es wird völlig klar, dass er nicht im Traum auf diese Idee gekommen wäre. Ein wenig tut mir das schon weh, auch wenn ich ja eigentlich noch Jay hinterher trauere und noch dazu niemals etwas mit einem Mann anfangen würde, der liiert ist.

»Tja, klar, Florentine hatte es sicherlich bitter nötig, nach all der Zeit mit einem schwulen Verlobten!«, keift Tara wütend weiter.

Ich erstarre. All mein Blut scheint in meinen Kopf zu schießen. Auch Raven steht wie versteinert mitten im Wohnzimmer, in einer Hand immer noch die Klamotten, die er für mich geholt hat.

»Tara«, sagt er mit gepresster Stimme. »Das reicht jetzt wirklich. Du redest dir das alles ein. Du glaubst doch nicht im Ernst, dass ich … mit Florentine! Und ausgerechnet heute, nach dem ganzen Schlamassel! Als ob wir keine anderen Sorgen hätten.«

Ein paar Herzschläge lang sagt keiner von uns etwas, und ich versuche, meine Haltung zu wahren, während Taras bittere Worte wieder und wieder in meinem Kopf hallen: »Florentine hatte es sicherlich bitter nötig, nach all der Zeit mit einem schwulen Verlobten!«

Ich schlucke schwer und schließe flüchtig meine Augen, hoffe, dass all dies nur ein schrecklicher Traum ist. Dass ich gleich in meinem Bett erwache, neben Jay, mit seinem verwuschelten Haar und seinem liebsten T-Shirt, das ich ihm zum Geburtstag geschenkt habe und auf dem in goldenen Lettern prangt: »Ja, ich bin Physiotherapeut, und nein, ich möchte mir das nicht kurz ansehen.«

Doch das hier ist kein Traum, denn als ich die Augen wieder öffne, starrt Tara mich immer noch an, als wäre ich ein Insekt, das sie gern zerquetschen würde. Im nächsten Moment kräuselt sie die Nase und fragt: »Brennt hier etwas?«

Mit einem Stöhnen hechtet Raven zum Herd, wo die Spiegeleier und der Speck nicht mehr verlockend vor sich hin brutzeln, sondern stinkenden Qualm produzieren. Er reißt die Pfanne vom Herd, schleudert den Inhalt in die Spüle und öffnet dann das Fenster darüber weit.

Fast bin ich froh über diese Ablenkung. Möglichst diskret versuche ich, mich näher an die Wand zu drücken, um Tara nicht weiter negativ aufzufallen. Als ob das möglich wäre, mit meinem affigen Wolkenkleid, das mir mit jeder Minute voluminöser und störender erscheint! Raven steht immer noch an der Spüle, die Arme am Rand aufgestützt, den Kopf gesenkt. Er atmet tief ein und aus.

»Du musst dir echt keine Sorgen machen«, sage ich mit einem schiefen Lächeln an Tara gewandt, und sie sieht mich mit hochgezogenen Augenbrauen abwartend an. »Raven ist genauso wenig an Sex mit mir interessiert wie sein Bruder.«

Die Worte verhallen im ansonsten totenstillen Wohnzimmer. Dann hört man in der offenen Küche ein Stöhnen, und ich sehe, dass Raven sich mit einer Hand über das Gesicht reibt und leise »Das darf doch alles nicht wahr sein« murmelt.

»Schau ihn dir an – ich mache ihn einfach immer nur wahnsinnig«, sage ich an Tara gewandt, mit einer Geste Richtung Küche. »Wenn er irgendwann graue Haar bekommt, dann wegen mir.«

Ein Schnauben aus der Küche ist die Antwort. Ansonsten äußert sich Raven nicht weiter, und er macht auch keine

Anstalten, ins Wohnzimmer zu seiner wütenden Freundin zurückzukehren.

»So«, sagt Tara jetzt, und als ich wieder sie ansehe, merke ich, dass sie eine Stelle auf dem Fußboden fixiert. »Wenn das hier alles so harmlos ist – könnt ihr mir dann bitte mal eine vernünftige Erklärung dafür liefern, warum da ein weißer Spitzentanga neben dem Sofa auf dem Boden liegt? Wirklich: Ich würde es gern verstehen.«

11

Raven

»Tara, jetzt beruhige dich doch endlich.« Ich folge meiner Freundin mit langen Schritten, während sie durch die Haustür marschiert und auf ihr Mercedes Coupé zustürmt, das in meiner Auffahrt parkt.

»Ich soll mich beruhigen?«, zischt Tara und wirbelt wenige Schritte von ihrem Auto entfernt zu mir herum, sodass ich fast in sie hineinlaufe. Ihre Augen blitzen mich wütend an. »Nach dieser völlig bescheuerten Geschichte, die ihr zwei mir da aufgetischt habt?«

»Ich weiß, das klingt alles ... absurd«, stöhne ich auf und fahre mir mit beiden Händen über das Gesicht. »Aber, Süße ... du musst doch verstehen, dass Florentine völlig aufgelöst war, als ich sie mit dem Kutter aus Peggy's Cove weggebracht habe. Sie hat an Bord angefangen, sich den Schleier vom Kopf zu reißen, und dann ... dann hat sie sich ihre Strümpfe und, ja, ihre Unterhose ausgezogen, weil sie alles so unbequem fand und mit den Nerven am Ende war.«

»Stringtanga. Nicht einfach Unterhose«, faucht Tara, und ich unterdrücke ein weiteres Stöhnen, während ich versuche, nicht an das fragliche Kleidungsstück zu denken.

Oder an Florentines nackten Hintern. Was für ein völlig absurder Tag!

»Und welche einigermaßen vernünftige Frau zieht sich an Bord eines zugigen Fischkutters, mitten auf dem Atlantik, ihre Unterwäsche aus? Außer vielleicht ... um Sex zu haben?«

»Tara.« Ich atme tief ein und aus, bevor ich sie an den Schultern packe und ernst ansehe. »Glaub mir bitte eines: Weder Florentine noch ich waren an Bord dieses Fischkutters auch nur im Geringsten an Sex interessiert. Wirklich.«

»Nur auf dem Boot?« Taras Augen verengen sich leicht, und sie macht einen Schritt rückwärts, fort von mir, während sie mich mustert, als wäre ich der Hauptverdächtige in einem Kapitalverbrechen.

»Nein, Süße, nicht nur auf dem Boot. Auch danach nicht. Florentine ist eine Kindheitsfreundin, die ich jahrelang gar nicht gesehen habe, bis sie sich plötzlich mit meinem Bruder verlobt hat. Mehr nicht.«

»Aber jetzt ist sie nicht mehr mit Jay verlobt. Wie praktisch.«

Langsam verliere ich die Geduld, aber ich bemühe mich wirklich, Tara ruhig anzusehen und so sanft wie möglich zu erwidern: »Das ist richtig. Und, ganz ehrlich: Das sollte heute eigentlich das Hauptthema sein, findest du nicht?«

Tara mustert mich, immer noch skeptisch. Dann verschränkt sie die Arme vor der Brust und fragt: »Liebst du mich, Raven?«

Ich versuche, nicht instinktiv gequält die Augen zu schließen, weil das eindeutig die falsche Reaktion wäre. Die Wahrheit ist: Ich bin mir schon seit einigen Monaten nicht mehr sicher, was meine Gefühle für Tara angeht. Aber das werde ich ihr hier und jetzt, kurz nach dem Stringtanga-Desaster, auf gar keinen Fall klarmachen. Außerdem kann ich selbst nicht genau sagen, ob sie nicht vielleicht doch die Frau fürs

Leben ist. Sie kann witzig und humorvoll sein, was man heute allerdings nicht merkt. Sie ist schlagfertig, interessiert sich für alles Mögliche – nur nicht für meine Kunst und Wildberry Bay –, und langweilig wird es mit ihr nicht. Außerdem haben wir ganz guten Sex.

»Raven?«

Erschrocken stelle ich fest, dass ich schweigend auf das Muttermal auf ihrer linken Schulter gestarrt habe, das ein bisschen wie Australien aussieht – und so antworte ich jetzt fast panisch, wie aus der Pistole geschossen: »Ja, klar.«

»Dann lass uns heiraten.«

Ich brauche ein paar weitere Sekunden, bis ich begreife, was Tara gesagt hat. Dass sie zu starken Stimmungsschwankungen neigt, daran habe ich mich inzwischen mehr oder weniger gewöhnt, auch wenn ich mich dadurch oft wie in einem Minenfeld fühle, nie sicher, wo gleich etwas hochgehen wird. Aber dieser Vorschlag ... jetzt, direkt nach ihren Vorwürfen ... und vor allem nach der geplatzten Hochzeit meines Bruders ... der setzt Taras sonstigen Launen die Krone auf.

Ungläubig blinzele ich, räuspere mich und hake langsam nach: »Ähm ... heiraten?«

Tara nickt seelenruhig, ohne die Miene zu verziehen. »Genau, Raven. Heiraten. Du bist siebenunddreißig. Ich bin vierunddreißig. Wir sind seit zwei Jahren zusammen. Worauf warten wir noch?«

Ich spüre, wie sich zwischen meinen Schulterblättern Schweiß sammelt und in einem dünnen Rinnsal beginnt, meinen Rücken hinabzurinnen. Die Sonne brennt hier, im Windschatten hinter meinem Haus, ziemlich warm von einem wolkenlosen Juli-Himmel auf uns herab. Rasch fange ich an, die obersten Knöpfe meines Hemds zu öffnen, während ich mich umständlich räuspere. Mein Gehirn ist wie leergefegt.

Heiraten.

Ich muss mich sehr zusammenreißen, um meinen Blick nicht zu meinem geöffneten Küchenfenster schweifen zu lassen, hinter dem sich die Spüle mit den verkohlten Spiegeleiern und Speckscheiben befindet. Irgendwo da drinnen ist nach wie vor Florentine, in ihrem Brautkleid, und ich weiß genau, dass ich nie wieder das Wort »Hochzeit« werde hören können, ohne an dieses ganze Drama heute zu denken.

»Ähm ... Tara ... findest du, dass das jetzt der passende Moment ist?«, frage ich langsam. Der Blick, den ich ernte, verlangt nach einem Waffenschein.

»Du meinst, nachdem ich dich mit deiner ›Kindheitsfreundin‹ und deren Stringtanga erwischt habe? Oder eher: ohne deren Stringtanga!« Taras Augen werden noch schmaler. Ich kenne diesen Blick und seine potenziellen Folgen.

»Nein, ich meinte eigentlich, nachdem die Hochzeit meines Bruders geplatzt ist«, erwidere ich müde.

»Ganz ehrlich: Ich hatte immer schon den Verdacht, dass Jay schwul ist«, sagt Tara gelassen. Einen Moment lang sehe ich sie fassungslos an und frage mich flüchtig, warum ich überhaupt noch mit ihr zusammen bin. In manchen Momenten ist sie wirklich sensibel und mitfühlend wie eine KGB-Agentin.

»Hey. Du.« Ihre Gesichtszüge werden mit einem Mal weicher, und sie macht einen Schritt auf mich zu. »Das muss heute alles ziemlich anstrengend für dich gewesen sein.«

Überrascht mustere ich sie, bevor sie schon ihre Arme um meinen Hals schlingt und sich an mich presst. Ihr Duft – nach ihrer teuren Bodylotion und dem Shampoo mit irgendwelchen glättenden und besonders pflegenden Inhaltsstoffen – hüllt mich ein, und ich schließe einen Moment lang erschöpft die Augen. Ich bin einfach nur froh darüber, dass sie aus dem Anklagemodus herausgefunden zu haben scheint und aufhört, mich wie einen Schwerverbrecher zu behandeln. Taras Hände fahren kreisend über meinen Rücken, während mich ihre Lippen seitlich auf den Hals küssen. Ich umfasse ihre Taille und wünsche mir, einfach so stehen bleiben zu können. Aber inzwischen müsste ich sie doch wirklich besser kennen. Denn immer, wenn ich glaube, eine Mine unbeschadet hinter mir gelassen zu haben, detoniert die nächste und erwischt mich ohne Vorwarnung.

»Was hältst du von einer Weihnachtshochzeit, Baby?«

Erschrocken reiße ich meine Augen wieder auf. Habe ich etwa Ja zu ihrem Vorschlag, dass wir heiraten sollten, gesagt?

»Wäre das nicht superromantisch?« Sie lehnt sich ein wenig zurück, die Hände immer noch um meinen Nacken gelegt, und sieht mich abwartend an. Ihre dunkelrot geschminkten Lippen verziehen sich zu diesem lasziven Lächeln, das damals, vor zwei Jahren, überhaupt erst dazu geführt hat, dass wir zum ersten Mal miteinander im Bett gelandet sind. Das war nach der Geburtstagsparty eines meiner Lehrerkollegen, mit dessen Schwester Tara eng befreundet ist. Wir hatten beide zu viel getrunken. Nüchtern hätte ich mich vermutlich gar nicht getraut, mit dieser Frau zu sprechen. Vor meinem dritten Whiskey Sour fand ich Tara zwar sexy, aber auch sehr einschüchternd und ein wenig überheblich. Nach dem dritten Drink war ich ihr gegenüber lockerer, und wir haben uns sehr lange unterhalten. Oder sagen wir besser: Sie hat geredet, und ich habe an ihren Lippen gehangen. Schließlich haben eben diese

Lippen mich geküsst, und ein wenig später hat Tara mich gefragt, ob ich mit zu ihr komme. Einfach so. Ich war so baff, dass ich nicht wirklich reagiert habe, was sie als »Ja« interpretiert hat, und ehe ich michs versah, saß ich neben ihr im Taxi. Und bin tatsächlich mit ihr in ihre Wohnung gegangen. Tja, und zwei Jahre später stehen wir hier, in meiner Einfahrt, und reden plötzlich über eine Weihnachtshochzeit.

Wie konnte das schon wieder passieren?

»Ich sehe die Deko in der Kirche schon vor mir: ganz viel Tannengrün und silberne Kugeln. Oder goldene. Oh, und glitzernden Kunstschnee um den Altar herum! Und ich werde natürlich nicht so ein Sahnebaiser-Kleid tragen wie Florentine, sondern etwas Figurbetontes. Immerhin KANN ich etwas Figurbetontes tragen.« Sie lacht auf, und automatisch sehe ich zum Küchenfenster. Taras Finger legt sich unter mein Kinn, und sie dreht mein Gesicht so, dass ich sie wieder ansehen muss. Eine gewisse Härte ist in ihren Blick geglitten.

»Hör mir mal zu, Raven. Du und ich, wir sind seit zwei Jahren ein Paar. Ich möchte ein Kind haben. Oder zwei. Wenn du jetzt einen Rückzieher machst und mich nicht heiratest, dann kann ich wieder von vorne mit der Suche nach Mr. *Fucking* Right anfangen, während sich meine letzten brauchbaren Eizellen verabschieden. Willst du mir das wirklich antun?«

Fassungslos starre ich Tara an. Wie SIE MIR das hier antun kann, möchte ich sie am liebsten fragen. Wie kann sie mich so unter Druck setzen, nachdem ich gerade meinen Bruder und seinen Trauzeugen in flagranti erwischt und meiner Beinahe-Schwägerin bei ihrer Flucht von ihrer Albtraumhochzeit geholfen habe – ohne Unterhose?

Ich sammele noch all meinen Mut, um Tara klarzumachen, dass wir nicht heiraten sollten, weil ... weil wir im Grunde genommen gar nicht zusammenpassen – doch genau in diesem Moment hält auf der anderen Straßenseite ein Pick-up an, den ich sehr gut kenne.

»Da bist du ja!«, höre ich Luke aus dem offenen Fahrerfenster rufen, während Neil schon die Beifahrertür öffnet.

»Hi«, rufe ich matt. Tara dreht sich nicht zu meinen Freunden um, sondern sieht mich immer noch ernst an, ihren Finger nach wie vor unter mein Kinn gelegt.

»Raven, ich möchte eine Antwort haben.«

Als ich sie wieder ansehe, merke ich zu meiner Erschütterung, dass sich ihre hellbraunen Augen mit Tränen gefüllt haben. Tara weint sonst nie – nicht einmal bei *Grey's Anatomy* oder Tiersendungen, während ich immer heimlich mit der Fassung kämpfen muss.

»Hey, Süße«, murmele ich und mustere sie besorgt. Eine Träne löst sich aus ihrem Augenwinkel. Hinter ihr höre ich Schritte näherkommen – Neil und Luke. Ich sehe den Schmerz und die Enttäuschung in Taras Augen, während eine weitere Träne über ihre Wange rollt. Rasch strecke ich meinen Finger aus und halte diese zweite Träne auf. Dann höre ich mich heiser sagen: »Eine Weihnachtshochzeit klingt gut.«

»Was? Du willst Tara heiraten?«

Neil fragt das, als hätte ich ihm gerade eröffnet, ins Kloster gehen zu wollen.

Ganz ehrlich: Diese Option erscheint mir in diesem Moment relativ verlockend.

Ich nicke und starre schweigend Taras Coupé hinterher, das Richtung Halifax davonbraust. Sie ist schon wieder eingeschnappt, weil ich mich geweigert habe, mit ihr zu fahren – aber, hey, ich muss erst einmal im Haus nebenan nachsehen, wie die Lage bei meiner Familie ist! Und ... in meinem eigenen Haus wartet eine hoffentlich inzwischen umgezogene Ex-Braut.

»Warum, um Gottes willen?«

Es ist Luke, der das fragt, und ich sehe meinen Kumpel ernst an. Luke erwidert meinen Blick mit dramatisch aufgerissenen Augen.

»Im Ernst: Warum? So gut kann der Sex nun auch wieder nicht sein.«

Als ich aushole, um ihn unsanft in die Seite zu boxen, weicht er mir mühelos aus und bleibt mit einem Sicherheitsabstand von einigen Schritten vor mir stehen.

»Luke hat völlig recht, finde ich«, murmelt da Neil nachdenklich, den Blick immer noch auf die Kurve in der Küstenstraße geheftet, hinter der Tara verschwunden ist. »Nichts für ungut, Rav, aber ... Tara macht mir Angst.«

Und das sagt mein Freund Neil, der Polizist ist und schon so einige böse Jungs (und Mädchen) hinter Gitter gebracht hat. Er hat mit Drogendealern und anderen Kleinkriminellen zu tun, mit Randalierern, Einbrechern und dem einen oder anderen Idioten, der seine Frau und Kinder schlägt.

Aber meine Freundin Tara macht ihm Angst. Halt – meine Verlobte Tara.

Himmel, Raven, das hast du dir alles ganz toll eingebrockt!

Neil sieht mich ernst an, und ich kann in seinen blauen Augen, die sonst meistens fröhlich und unbekümmert blitzen, erschreckend viel Ernsthaftigkeit erkennen. Ich seufze tief auf.

»Lasst uns jetzt nicht über Tara reden«, bitte ich und vergrabe meine Hände in den Taschen meiner Anzughose, die mich schlagartig wieder daran erinnert, dass ich heute eigentlich am Leuchtturm von Peggy's Cove meinem Bruder an seinem großen Tag zur Seite hätte stehen sollen. Suchend blicke ich zum Nachbargrundstück hinüber, doch wegen des von Heckenrosen überwucherten Zauns erkenne ich nicht, was sich dort abspielt.

»Sind die anderen mit euch zusammen aus Peggy's Cove aufgebrochen?«

Luke schüttelt nur den Kopf, während Neil sagt: »Nicht alle. Deine Mom und ihr Lover ... sorry, ihr Freund sind nebenan, außerdem Gwens Eltern. Flos Eltern und dein Dad sind zum Restaurant in Peggy's Cove gefahren, um dort die Deko abzuholen und das Finanzielle wegen der abgeblasenen Feier zu klären. Und Jay ist mit Trevor weg ... nach Halifax, vermute ich.« Er macht eine Pause und fragt leise: »Wie geht es Flo?«

Ich reibe mir mit einem tiefen Seufzer über das Gesicht. »Sie war völlig außer sich, als sie ... Jay und Trevor im Bootshaus entdeckt hat.« Ich merke genau, wie meine Freunde beide leicht zusammenzucken. Dass auch sie an jene Nacht vor zwanzig Jahren denken, ist völlig klar.

»Na ja, dann kam eben Tara dazu, und irgendwie ... drehte sich plötzlich nichts mehr um Florentine und Jay, sondern nur noch um uns.« Ich seufze erneut, und als Neil Luft holt, knurre ich rasch: »Spar dir den Kommentar.«

»Okay, okay«, murmelt Neil beschwichtigend, während Luke mit einem schiefen Grinsen den Kopf schüttelt. Dann wird er jedoch schnell wieder ernst und sagt leise: »Arme Flo.«

»Ja«, bestätige ich. Schweigend sehen wir alle drei zu meinem Haus hinüber, und ich merke, dass keiner meiner Freunde sich darum reißt, mit mir hineinzugehen, um nach der verlassenen Braut zu sehen.

»Wo ist eigentlich Gwen?«, frage ich, als mir die rettende Idee kommt: Natürlich würde Florentines Brautjungfer und beste Freundin jetzt einen viel besseren Job in Sachen Trösten machen, als wir Kerle das jemals könnten. Doch als sich Neils Gesichtsausdruck verfinstert, kenne ich die Antwort, bevor ich sie höre.

»Rate mal«, bestätigt er meine schlimmste Vermutung.

»Nein«, murmele ich und schließe einen Moment die Augen.

»Doch«, grollt Neil. »Sie ist auf dem Weg zum Flughafen.«

»Aber ... ihre Freundin wurde gerade vor dem Altar sitzen gelassen, verflucht!« Ich merke, dass ich lauter geworden bin, und wir drehen uns gemeinsam besorgt zum Haus um. Doch dort ist zum Glück nichts von Florentine zu erkennen.

»Wie konnte sie das machen?«, frage ich mit gedämpfter Stimme und sehe Neil an, als wäre er nach wie vor ihr Freund. O Mann, in Momenten wie diesem wünsche ich mir wirklich, dass das der Fall wäre. Dass sich die beiden damals nie getrennt hätten. Dass Neil und Gwen ein Paar wären. Alles wäre dann sicherlich irgendwie unkomplizierter, weil die beiden einfach großartig zusammen waren. Sie würden uns allen guttun.

»Als ihr Typ gehört hat, dass die Hochzeit gar nicht stattfindet, hat er sofort angefangen, sie zu beschuldigen, dass sie von vornherein alles erfunden habe, um allein zu verreisen«, gibt Luke nüchtern das wieder, was ich mir schon ungefähr denken konnte.

»Ich stand neben ihr, als sie mit ihm telefoniert hat, und ich konnte die Kälte und die Anschuldigung in seiner Stimme ohne Lautsprecher hören.« Luke verschränkt die Arme vor der Brust und sieht mich ernst an. In seinen dunklen Augen ist deutlich zu lesen, dass er verstanden hat, was in Gwens

Ehe los ist. Gerade er, der als Kind oft von seinem betrunkenen Vater geschlagen worden ist, weiß, wie es ist, im eigenen Haus terrorisiert zu werden. Wobei Gwen angeblich hoch und heilig geschworen hat, dass Tom ihr nie körperlich wehtun würde.

Nur seelisch.

Gwen hat nie mir oder Luke oder gar Neil von ihren Eheproblemen erzählt. Wie auch? Wir haben sie alle seit Jahren nicht zu Gesicht bekommen, und keiner von uns hatte wirklich damit gerechnet, dass sie tatsächlich zu Florentines und Jays Hochzeit auftauchen würde. Ich selbst weiß erst, dass es in Gwens Ehe nicht rosig zugeht, seit ihr Dad vor ein paar Monaten unter Tränen meinem Vater davon erzählt hat und ich zufällig dazugestoßen bin.

Aber Florentine weiß mit Sicherheit auch, was los ist. Trotzdem wird sie bestimmt nicht damit rechnen, ihre Brautjungfer nicht mehr zu Gesicht zu bekommen.

»Dieses Arschloch«, stoße ich voller Verachtung hervor. »Wie kann er Gwen so behandeln?«

»Wenn ich den jemals in die Finger bekommen würde«, knurrt Neil und fährt sich mit beiden Händen durch sein dunkelblondes kurzes Haar. »Ich würde dem so gern ein paar Takte erzählen.«

»Oh, das glaube ich gern, Constable McIntosh«, spottet Luke mit einem flüchtigen Grinsen, das Neil nur mit einem finsteren Blick kommentiert. Bei Gwen kennt er keinen Spaß.

»Darum würde der gute Tom auch ums Verrecken nicht nach Wildberry Bay kommen«, fügt Luke hinzu.

Meine zwei Kumpels kennen Tom gar nicht. Bei Gwens Hochzeit vor fünf Jahren waren nur Florentine, Jay und ich eingeladen.

»Die Frage ist aber auch: Warum lässt Gwen sich so behandeln? Warum verlässt sie ihn nicht?«, frage ich ehrlich ratlos und sehe zwischen meinen Freunden hin und her.

»Keine Ahnung. Vielleicht ist es wie bei Tara und dir: Der Sex ist gut«, sagt Luke mit einem Schulterzucken, und diesmal kassiert er nicht nur von mir einen Stoß in die Seite, sondern auch von Neil.

»Hey, hey, nun werdet mal nicht gewalttätig!«, lacht Luke mit einem Kopfschütteln auf und flüchtet ein paar Schritte die Auffahrt hinab. Dann deutet er mit dem Zeigefinger auf mich und sagt: »Und du willst wirklich Tara heiraten, du armer Vollidiot? Schau dir Gwen an, die ihre beste Freundin in den Wind schießt und zu diesem Tyrannen nach Montreal zurückeilt! Sieh dir Florentine an, die da drinnen sitzt und vermutlich in ihren Schleier heult. Sieh dir die Ehe deiner Eltern an. Und die von Gwens Eltern. Und von meinen auch. Verdammt, sieh dir Neil hier an!«

Neil schüttelt unwillig den Kopf und starrt auf seine blank polierten schwarzen Schuhe. Er fängt an, seine Hemdsärmel aufzuknöpfen und hochzurollen, während er sagt: »Ich habe für heute genug übers Heiraten und gescheiterte Ehen geredet. Wir haben heute alle frei – kommt, lasst uns ins Rum Runner gehen und diesen Tag in Bier und Whiskey ertränken.«

»Aber vorher müssen wir Florentine Bescheid sagen«, werfe ich ein und sehe unschlüssig zu meinem Küchenfenster hinüber. Einerseits fühle ich mich verpflichtet, mich um sie zu kümmern. Sie soll heute auf keinen Fall einsam und unglücklich irgendwo sitzen. Andererseits will ich nicht schon wieder in so eine Situation geraten wie gerade eben. Ein nackter Frauenhintern, der nicht meiner Freundin – Verlobten, verdammt! – gehört, reicht mir pro Tag.

Als sich keiner von uns rührt, sagt Luke schließlich mit einem tiefen Seufzer: »Okay, ich gehe rein und rede mit ihr. Obwohl ja eigentlich DU Schulungen für schwierige Situationen wie diese bekommen hast, mein Freund.« Er deutet auf Neil, den Polizisten, und grinst uns flüchtig an, bevor er ergänzt: »Ich frage sie, ob sie vielleicht mit ins Rum Runner kommen will.«

»Du glaubst doch wohl nicht, dass sie freiwillig in Wildberry Bays einziges Pub geht und sich von allen dort fragen lässt, warum sie nicht mit weißem Kleid in Peggy's Cove ist?«, brumme ich mit einem Kopfschütteln, doch Luke ist schon fast am Haus.

»Er glaubt ja auch nach wie vor, dass er beim Tauchen irgendwann die verlorenen Diamanten der Swissair-Maschine vor unserer Küste findet«, bemerkt Neil trocken.

»Das ist wahr«, murmele ich ernst und muss daran denken, dass Luke ein paar Jahre nach dem Flugzeugunglück tatsächlich im Bereich der Absturzstelle den Meeresgrund nach der verschollenen Fracht abgesucht hat: Mit Swissair-Flug 111 sind Diamanten, andere Juwelen, jede Menge Bargeld und ein Picasso-Gemälde in den Tiefen des Atlantiks verschwunden, wobei das Gemälde mit ziemlicher Sicherheit durch die Wucht des Aufpralls zerstört worden ist. Doch auch der Rest der Fracht mit einem Wert von insgesamt rund 300 Millionen Dollar wurde bis heute nicht gefunden – zumindest nicht offiziell. Womöglich haben andere Taucher wie Luke, die zunächst geduldet waren, aber seit einer Gesetzesänderung vor einigen Jahren illegal entlang der Küste von Nova Scotia auf Schatzsuche gehen, die Diamanten längst gefunden und dies niemandem verraten. Trotzdem hat unser Freund die Hoffnung nie aufgegeben, womöglich noch einen wertvollen Fund zu machen. Da er seit seiner Jugend davon träumt, eines Tages sein Elternhaus Sea Haven zurückkaufen zu können, ist das wohl sogar verständlich, auch wenn ich jedes Mal Bauchschmerzen habe, wenn er tauchen geht.

Einen Augenblick später ist Luke bereits zurück. Er kommt mit langen Schritten auf uns zu und erklärt ernst: »Flo möchte ihre Ruhe haben. Sie hat mir versprochen, keine Dummheiten zu machen.«

»Ha«, mache ich leise und muss wieder daran denken, dass wir sie früher ›Flornado‹ genannt haben, weil sie für gewöhnlich eine Spur der Verwüstung hinter sich hergezogen hat.

»Na gut, dann lasst uns gehen.«

12

WILDBERRY BAY WHATSAPP-GRUPPE

Samstag, 7. Juli 2018

LEANNE SMITH:
Ich habe gestern das frisch vermählte Ehepaar mit dem Boot in Wildberry Bay anlanden gesehen! Toll sahen die beiden aus @steveleblanc – so ein schönes Paar!

RACHEL SULLIVAN:
Leanne, lass uns mal telefonieren. Du bist nicht auf dem neuesten Stand.

Florentine

Als ich aufwache, habe ich ein paar wunderbare Sekunden lang keinen blassen Schimmer, wo ich bin und was passiert ist. Allerdings nur so lange, bis ich die Augen ein wenig öffne und nicht nur merke, dass das Tageslicht schmerzt, weil ich offenbar einen gewaltigen Kater habe, sondern auch geradewegs auf einen mir fremden Holzfußboden starre – und auf einen Berg aus weißem Stoff, der sich dort türmt.

Da überrollt mich unbarmherzig die Erinnerung an meine geplatzte Hochzeit, und mit der Erinnerung kommt die Übelkeit. Ich schieße vom Sofa hoch, auf dem ich offenbar gestern Nachmittag einfach so weggenickt bin, und stoße dabei eine Flasche um, die auf dem Boden stand. Zum Glück ist sie leer – was auch meine Übelkeit erklärt, denn es ist eine Ginflasche.

Richtig. Das nächste Erinnerungs-Puzzlestück schiebt sich an seinen Platz: Nachdem Raven hinter Tara her aus dem Haus gerannt war, habe ich erst einmal mein peinliches Outfit gegen die Jogginghose und das T-Shirt getauscht, die er mir gegeben hatte – und dann habe ich die Ginflasche entdeckt. Und Tonic Water gab es auch im Kühlschrank. Noch während ich in der Küche gestanden und überlegt habe, ob ich nachmittags schon mit Gin und Tonic anfangen sollte, habe ich durch das offene Fenster über der Spüle gehört, wie Tara zu Raven gesagt hat, dass SIE nicht so ein Sahnebaiser-Hochzeitskleid tragen werde wie ich, sondern etwas *Figurbetontes*. Weil SIE das immerhin könne.

Diese Worte, gesagt in Taras spitzem Tonfall, haben mein seelisches Fass gestern Nachmittag zum Überlaufen gebracht. Ich weiß wieder, wie ich das Tonic Water entschlossen herausgeholt und mir den ersten Drink gemischt habe. Dann kam Luke kurz herein und hat mich gefragt, ob ich mit ihm und den anderen ins Rum Runner gehen wollte. Zum Glück konnte er die verräterische Ginflasche hinter dem Sofa nicht erkennen, denn ich weiß, dass Luke sensibel auf Alkohol reagiert (auch wenn er seine Freunde ins Rum Runner begleitet). Als er wieder weg war, folgte mein zweiter Drink. Ich weiß noch, dass ich mir bald ein drittes Glas eingeschenkt und überlegt habe, wann ich eigentlich das letzte Mal etwas gegessen hatte, da ja Ravens Spiegeleier leider verkohlt in der Spüle gelandet waren … und danach … weiß ich nichts mehr. Doch, da war noch etwas … ich glaube, sehr verschwommen Raven gesehen zu haben, der in sein Wohnzimmer kam und etwas zu mir gesagt hat. Der eine Decke genommen und sie über mir ausgebreitet hat. Dann war da nur noch Schwärze. Wohltuende, alles einhüllende Dunkelheit. Und ich habe gnädigerweise tatsächlich traumlos geschlafen. Was für ein Glück.

Aber jetzt ist diese kurze Gnadenfrist vorbei, merke ich, als sich die Übelkeit stärker zu Wort meldet. Panisch renne ich los, zur Tür der Gästetoilette, die sich glücklicherweise nur wenige Schritte vom Sofa entfernt nahe dem Eingangsbereich befindet. Fast falle ich dabei über einen voluminösen Koffer, der im Flur steht, und erst, nachdem ich auf der Toilette fertig bin und auf zittrigen Knien wieder herauskomme, erkenne ich, dass es sich dabei um MEINEN voluminösen Koffer handelt, der gestern noch in der Honeymoon Suite im Lighthouse Inn stand. Der eigentlich heute mit mir auf dem Weg zum Flughafen sein sollte, um mit Jay und mir nach New York in die Flitterwochen zu fliegen. Aber jetzt ist er hier, in Wildberry Bay. Wer hat ihn geholt? Und wo ist Raven?

Ich lausche auf Geräusche im Haus, doch bis auf das Brummen des Kühlschranks in der offenen Küche ist alles still. Es ist halb neun – Raven ist bestimmt schon draußen. Er ist kein Langschläfer – zumindest war er das als Siebzehnjähriger nicht, und wenn man als Siebzehnjähriger gern früh aufsteht, dann tut man das mit siebenunddreißig sicherlich auch noch. Das glaube ich also über ihn zu wissen, selbst wenn ich ansonsten recht wenig über den Raven von heute weiß.

Er scheint zum Beispiel mit Tara verlobt zu sein, die so viel Wärme wie die Arktis versprüht. Seit wann – und warum?

Raven mag selbst nicht der einfachste Typ sein, und er ist mit Sicherheit kein lockerer Sunnyboy wie Neil, aber Tara passt nun wirklich nicht zu ihm.

Gedankenversunken sehe ich mich noch einen Moment lang im Flur um und fasse dann einen Entschluss.

Eine halbe Stunde später fühle ich mich schon ein wenig besser, einer ausgiebigen heißen Dusche sei Dank. Außerdem trage ich jetzt zum Glück etwas aus meinem Koffer und nicht länger Ravens Jogginghosen: Der Ausschnitt des rosa Sommerkleids mit dem fröhlichen Muster aus bunten Lollis betont mein Dekolleté, das sich durchaus sehen lassen kann, während der weit ausgestellte Rock gnädigerweise gleichzeitig meine ausladenden Hüften kaschiert. Ich habe mich in diesem Kleid an Jays Seite durch Manhattan schlendern sehen, stattdessen stehe ich im Badezimmer seines Bruders. Ich wische im beschlagenen Spiegel über Ravens Waschbecken einen Flecken frei und sehe mich an. Noch bin ich ungeschminkt, weshalb ich ziemlich blass wirke – was natürlich auch mit den drei Gin Tonic auf nüchternen Magen zu tun haben dürfte.

Erst denke ich, dass es egal ist, wie ich aussehe – wen interessiert es schon? Doch dann regt sich mein Widerstandsgeist in mir. Verdammt, jetzt erst recht! Auch wenn mein Verlobter seinen Trauzeugen attraktiver fand als mich, auch wenn ich keine Traumhochzeit hatte, auch wenn ich schon wieder Single und meilenweit von einer eigenen Familie entfernt bin – ich werde jetzt nicht als blasses, bemitleidenswertes Etwas nach unten schleichen!

Weitere zehn Minuten später sieht mein Spiegelbild zwar immer noch traurig aus, aber hat immerhin keine Augenringe wie ein Junkie. Ich türme die Kringellocken auf meinem Kopf zu einem wirren Messy Bun, greife zu meinen liebsten Ohrringen (hängende Bonbons blau-pink geringelt) und verlasse dann das Bad. Auf dem Weg zur Treppe, die mich zurück ins Erdgeschoss führt, höre ich plötzlich Gelächter und halte erstaunt inne. Die Stimmen kenne ich doch! Ich trete an das Fenster am Ende des Flurs heran und schaue hinaus. Von hier oben aus kann ich in den Garten des Nachbargrundstücks hinabsehen: in den Garten des Cozy Cottage.

Und plötzlich fühle ich mich, als wäre ich mit dem Verlassen des Badezimmers aus einer Zeitmaschine gekommen: Dort auf dem Rasen sind sie alle versammelt. Meine Eltern. Gwens Eltern. Jays Eltern. Raven. Und Noah, der Freund seiner Mutter.

Nur Gwen fehlt. Und Jay.

Ich hole tief Luft. Zeit, sich den anderen zu stellen.

Als ich unter den Ästen der Sträucher und Bäume hindurchtauche, die die Grundstücke voneinander trennen, höre ich wieder Gelächter. Einen Moment lang bin ich irritiert. Was könnte heute Morgen so lustig sein? Nachdem ich gestern von meinem Verlobten verlassen worden bin?

Sobald ich zwischen den Zweigen hervortrete, erkenne ich, was auf dem Rasen vor sich geht: Fern macht gerade auf ihrer Yogamatte einen Kopfstand, und eine Matte weiter ist Gwens Mutter Debbie eifrig bemüht, es ihr gleich zu tun. Auf einer dritten Matte ist meine Mutter offenbar gerade umgekippt, zumindest liegt sie lachend auf der Seite, während Noah anscheinend versucht, ihr zu erklären, was sie falsch macht. Ferns Freund ist mit seinen vierzig Jahren ganze fünfundzwanzig Jahre jünger als sie, hat lange blonde Dreadlocks und ist beruflich Yogalehrer, genau wie Fern. Die beiden haben sich vor einem Jahr bei der Arbeit in einem Yogastudio in Vancouver kennengelernt und wirken tatsächlich ziemlich verliebt, habe ich am Tag vor meiner geplatzten Hochzeit erstaunt festgestellt. Aber warum auch nicht – wenn Noah Mitte sechzig wäre und Fern gerade mal vierzig, fände das niemand ungewöhnlich.

Die drei Väter plus Raven stehen mit Kaffeetassen in den Händen in einem Halbkreis um die Yogamatten herum und scheinen sehr froh zu sein, dass sie selbst nicht kopfüber hängen. Der Anblick der drei Musketiere würde mich unter anderen Umständen wohl zum Lachen bringen, aber heute bekomme ich kaum ein Schmunzeln zustande, als ich Bob mustere, der barfuß ist und einen Morgenmantel aus dunkelblauem Satin trägt, während Steve eine Schürze mit dem Aufdruck eines muskulösen Männerkörpers über seinen gestreiften Pyjama gebunden hat – offenbar will er gleich Frühstück machen. Das war schon vor zwanzig Jahren so – Steve hat immer für unser leibliches Wohl gesorgt, und nicht nur seine Spiegeleier waren legendär, sondern auch seine Pfannkuchen konnten es mit denen von Eliza Baker im Bayview Diner aufnehmen. Mein Vater trägt Shorts, T-Shirt und einen Cowboyhut aus Stroh, auf dem das Logo einer Biermarke prangt und den er vermutlich von einem der anderen ausgeliehen hat, denn so einen Hut würde sich Papa selbst nie kaufen.

Mama lacht erneut auf, während Noah etwas zu ihr sagt. Meine Mutter am Morgen nach meiner geplatzten Hochzeit so fröhlich zu erleben, versetzt meinem ohnehin malträtierten Herzen einen schmerzhaften Stich. Und Mama scheint das sofort zu erkennen – auch kopfüber. Denn sie hat es jetzt in den Kopfstand geschafft, wobei sie an den

Beinen von Noah gehalten wird, der ihr immer noch etwas erklärt. Doch Mama hört nicht mehr zu, sondern starrt mich an – und lässt sich rasch zurück gen Boden plumpsen.

»Flo!«

Sofort richten sich acht Paar Augen auf mich. Betretene Stille breitet sich im Garten aus. Ich lache nervös auf.

»Hi, guten Morgen!«, sage ich und grinse in die Runde. »Na, ihr seid ja schon fleißig! Wie in alten Zeiten, hmm?«

In den Sommern meiner Kindheit haben Fern, Debbie und meine Mutter oft morgens auf ihren Matten im Garten Yoga gemacht. Mama hat seitdem allerdings damit aufgehört – weshalb sie im Kopfstand so elegant wirkt, wie ich es wohl auch täte.

Jetzt kommt meine Mutter auf mich zu, während mich alle anderen stumm mustern und sich ganz sicher fragen, ob ich jeden Moment in Tränen ausbreche oder sonst etwas tue, was verlassene Bräute am »Morgen danach« vermutlich tun.

»Hey, Süße.« Mama ist vor mir stehen geblieben und sieht mich besorgt an. »Wie geht es dir? Du bist ganz blass.«

»Hmm«, mache ich und ringe mir ein weiteres Lächeln ab. »Daran ist Ravens Gin schuld.« Ich sehe an Mama vorbei und nicke Raven mit einem entschuldigenden Lächeln zu: »Sorry – ich kaufe dir eine neue Flasche.«

Seine Antwort ist ein unverständliches Brummen, während er nicht mich, sondern den Rasen zu seinen Füßen anstarrt.

»Ach, Kind.« Mama tritt auf mich zu und nimmt mich fest in ihre Arme. »Es tut mir so leid«, flüstert sie an meinem Ohr, auf Deutsch, nur für mich bestimmt.

Tränen schießen mir in die Augen, während ich blinzele und tapfer nicke.

»Ich weiß«, erwidere ich heiser.

»Als wir gestern hier in Wildberry Bay angekommen sind, wollten Papa und ich gleich zu dir, aber Raven meinte, dass du auf dem Sofa eingeschlafen warst.« Sie spricht jetzt wieder Englisch, um die anderen nicht auszuschließen, und auch ich antworte auf Englisch: »Ja, dem Gin sei Dank.«

Ich sehe wieder Raven an, muss daran denken, wie er mich zugedeckt hat, aber jetzt starrt er mit gefurchter Stirn auf den Atlantik hinaus, während er einen Schluck aus seiner Kaffeetasse nimmt.

»Ihr habt also alle hier geschlafen?«, frage ich Mama, weil ich von mir ablenken will. Sie nickt, und ein winziges Lächeln spielt um ihre Mundwinkel.

»Ja, es war tatsächlich fast wie in alten Zeiten.«

Im nächsten Augenblick scheint ihr aufzugehen, dass sich ein paar wesentliche Dinge verändert haben, seit alle zum letzten Mal unter dem Dach des Cozy Cottage geschlafen haben, denn sie beißt sich auf die Unterlippe, kaut unschlüssig darauf herum und seufzt dann auf. »Na ja. Wie gesagt: fast.«

Ich nicke. »Hmm«, mache ich. »Aber wo seid ihr denn alle untergekommen?«

»Papa und ich haben im Keller geschlafen, da steht jetzt ein Ausziehsofa, wo früher das Stockbett war.«

Das Stockbett, wo Gwen und ich immer geschlafen haben. Mein Herz meldet sich schmerzhaft zu Wort. Wo ist Gwen?

»Debbie hat das Gästezimmer im ersten Stock bekommen, und Fern und Noah sind ins Bootshaus gezogen.«

O Gott, heute Morgen bitte noch keine Bootshäuser.

»Aha. Und Gwen?«

Meine Mutter atmet tief durch. Dann erwidert sie in ihrem sanften »Alles-wird-gut«-Tonfall, den ich früher bei Heimweh auf Klassenfahrten am Telefon zu hören bekommen habe: »In Montreal.«

»Nein.« Ungläubig starre ich sie an. »Sie ist einfach ... abgereist?«

»Nicht einfach, nein. Tom hat sie dazu gebracht. Mal wieder.«

Ich schlucke und muss kurz meine Augen schließen, weil mir schummerig wird. »Dieser manipulative Mistkerl!«

»Yep«, höre ich Raven leise bestätigen und sehe ihn an. Er erwidert meinen Blick nur kurz, starrt mich ernst an und nippt dann wieder an seinem Kaffee.

»Es tut mir so leid, meine Süße«, sagt Mama mitfühlend und streicht mir über den nackten Arm.

»Und wo ist Jay?«

Meine Mutter sieht beklommen zu den anderen hinüber, die mich alle mit tiefem Mitgefühl mustern – alle außer Raven, der seinen Kaffee mustert.

»Mit Trevor auf dem Weg nach New York«, sagt Fern schließlich.

Mir wird gleichzeitig heiß und kalt. »Im Ernst?«, frage ich mit zittriger Stimme.

»Allerdings«, erwidert Fern sachlich. »Er meinte, dass ihr das Geld für das Hotel eh nicht mehr zurückbekommt, und einen weiteren Flug für Trevor konnten sie spontan buchen ...«

Ich höre nicht, was Fern noch zu sagen hat, weil die Übelkeit mich erneut überrollt und hektisch zu den Büschen rennen lässt. Mama tritt neben mich, während ich mich übergebe, ihre Hand streicht beruhigend über meinen Rücken, wie sie es schon früher getan hat, wenn ich Magen-Darm hatte. Mit einem Mal steht auch Papa dicht bei mir, ich sehe seine übliche Socken-in-Sandalen-Kombi, während ich immer noch kopfüber hänge.

Zum Glück habe ich diesmal keinen nackten Hintern, fährt es mir durch den Kopf, als ich an mich in dieser Position gestern Nachmittag denke, in Ravens Wohnzimmer. Ich kann es Tara nicht verdenken, dass sie auf falsche Gedanken gekommen ist, so abwegig es auch generell ist, dass Raven sich in irgendeiner Weise für meinen Hintern interessieren könnte.

Ich höre leises Gemurmel aus dem Garten, doch erst als ich mich aufrichte, um mir mit einem Taschentuch, das Mama mir reicht, über den Mund zu wischen, verstehe ich ein paar Wortfetzen: »Vielleicht doch schwanger …?«

Das kam von Gwens Mom Debbie.

»Nein«, wispert eine Männerstimme – das war Bob.

»Wie könnt ihr euch so sicher sein?«

Das war Ravens und Jays Dad, Steve.

Und dann, lauter als die anderen, mit fester Stimme, die deutlich macht, dass ihr nichts peinlich ist, schon gar nicht dieses eine Thema: »Weil Jay und sie keinen Sex hatten, Liebster. Das hatten wir doch gestern schon geklärt.«

Ich merke, wie meine Eltern synchron zusammenzucken, und höre Mama empört »Fern!« schnaufen.

»Schon gut«, seufze ich leise. »Sie hat ja recht.« Lauter sage ich, an die anderen gewandt: »Ich bin definitiv nicht schwanger – es sei denn, der Heilige Geist ist mal wieder der Vater.«

Bei meinem Witz grinse ich schief, bevor ich, beim Blick in Ravens fassungsloses Gesicht, rasch hinterherschiebe: »Also … damit wollte ich jetzt nicht sagen, dass ich noch Jungfrau bin! Eine jungfräuliche Empfängnis wäre das nicht gewesen. Nur … definitiv keine Empfängnis, an der Jay irgendwie beteiligt gewesen wäre.«

Ich spüre, wie mir die Hitze ins Gesicht kriecht. Alle mustern mich schweigend und scheinen sich zu fragen, wie sie reagieren sollen. Schließlich fragt Bob betont fröhlich: »Wollen wir nicht erst einmal frühstücken?«

Zustimmendes Gemurmel ertönt, und schon beginnt Noah, die Yogamatten zusammenzurollen. Ich atme tief durch, lasse mir von Papa beruhigend die Schulter tätscheln, lächele ihn schief an.

»Ist schon gut«, sage ich leise. »Mir geht es prima. Wirklich.«

13

Beim Frühstück geht es zum Glück erst einmal nicht um Jay oder mich oder um unser nicht existentes Liebesleben, sondern hauptsächlich um die Essgewohnheiten der sechs über Sechzigjährigen plus Noah an unserem langen Tisch. Dieser Tisch, der aus drei einzelnen besteht und mit der Hilfe mehrerer Tischdecken zu einer charmanten langen Tafel zusammengefügt worden ist, steht, wie in alten Zeiten, im Schatten des riesigen Ahornbaums auf dem Rasen hinter dem Cozy Cottage. Und, genau wie damals, muss man auf seine Gläser und Tassen aufpassen, denn der nicht ganz ebene, hier und dort von dicken Wurzeln durchzogene Boden unter der langen Tafel lässt die einzelnen Tische immer mal wieder gefährlich wackeln, egal, wie oft mein Vater versucht, durch Holzstückchen und Steine unter den diversen Tischbeinen eine stabile Fläche zu erreichen. Auch das war schon in meiner Kindheit so – Papa war bei jeder Mahlzeit, die wir hier draußen eingenommen haben, mindestens einmal auf allen vieren unter dem Tisch und versuchte hartnäckig, dem Wackeln ein Ende zu bereiten.

Raven und ich sitzen nebeneinander auf der sogenannten »Kinderbank«, einer alten Holzbank, auf der früher Jay, Gwen und ich unseren Platz am Tisch hatten, und hören uns schweigend an, wie Fern und Debbie darüber diskutieren, ob ein Omelett Eigelb oder nicht enthalten sollte.

(Debbie besteht auf ihrer kalorienarmen *Eggwhite*-Variante, und Steve, der Küchenchef des Cozy Cottage, hat extra eines für sie gezaubert.) Als Bob einen Vortrag darüber hält, wie gut es ihm bekommt, nur noch Mandelmilch statt Kuhmilch in sein hausgemachtes Müsli zu gießen, wirft Noah ein, dass für die Herstellung von Mandelmilch zwar weniger Treibhausgase freigesetzt werden, als es bei Kuhmilch der Fall ist, aber dass die meisten Mandeln aus dem ohnehin schon dürregeplagten Kalifornien kommen, sodass die Umweltbilanz nicht unbedingt besser ist.

»Darum trinke ich nur noch Hafer- oder Sojamilch in meinem Kaffee«, erklärt Noah und lächelt mich über den Tisch hinweg an, während er seine blonden Dreadlocks zu einem *Man Bun* auf seinem Hinterkopf hochbindet. Kaffee ist das Stichwort für meine Mutter, die seit einiger Zeit ohne Kaffein lebt (und meiner Meinung nach dadurch morgens wesentlich ungenießbarer geworden ist). Fern nippt mit einem entspannten Lächeln auf den Lippen an einem grünen Smoothie, von dem sie mir auch angeboten hat, was meine Übelkeit spontan wieder anfachen wollte. Daher habe ich rasch dankend abgelehnt und mich an den Kaffee gehalten, auch wenn Mama mir ihren grünen Tee aufdrängen wollte. Überhaupt sind Raven und ich die Einzigen, die zum gewöhnlichen Toastbrot und stinknormalem Rührei (mit Eigelb UND Kuhmilch!) plus Speck greifen – okay, und Steve sowie mein Vater auch. Zumindest, als er endlich unter dem Tisch hervorkommt, noch einmal prüfend an der Platte rüttelt, die weiterhin wackelt, sodass er sich mit einem resignierten Seufzer neben Noah sinken lässt.

Als endlich geklärt ist, wer was warum isst oder auch nicht, senkt sich Schweigen über unseren Tisch, das nur vom gleichmäßigen Krachen der Brandung gegen die Felsen und vom Kreischen der Möwen unterbrochen wird.

»Schönes Wetter heute«, bemerkt meine Mutter in bemüht positivem Tonfall.

»Mhhm«, murmele ich. »Perfektes Hochzeitswetter, genau wie gestern.«

Ich spüre, wie mich alle am Tisch prüfend mustern. Alle, außer Raven, der weiterhin stur auf den Atlantik hinausstarrt.

»Ich frage mich, warum der Junge sich nicht früher seine sexuelle Neigung eingestehen konnte«, seufzt Fern. »Es ist ja nun wirklich nicht so, dass wir ihn verklemmt großgezogen hätten. Oder, Darling?«

Sie sieht ihren Ex-Mann über den Tisch hinweg an. Auch nach all diesen Jahren, und obwohl er sie betrogen und verlassen hat, nennt Fern Steve immer noch »Darling«.

Steve räuspert sich. Er legt seinen Müslilöffel zur Seite, sieht Bob an und atmet tief durch.

»Also ... ich habe gestern mit Jay darüber gesprochen«, sagt er ruhig. Sein Blick sucht meinen. Seine sanften braunen Augen erinnern mich so sehr an Jays, dass ein Stich mich schmerzhaft durchzuckt. Steve hat dichte graue Locken und einen Bart, und wenn ich ihn ansehe, weiß ich, wie seine Söhne mit Mitte sechzig mal aussehen könnten.

Ich lege meinen Marmeladentoast zurück auf meinen Teller, ohne davon abgebissen zu haben.

»Jay hat mir gestanden, dass er schon lange geahnt hat, homosexuell zu sein«, sagt Steve mit belegter Stimme und räuspert sich umständlich. »Aber ... er wollte es sich nicht eingestehen. Wegen ... mir. Uns.«

Er sieht wieder Bob an, und Bob greift nach seiner Hand. Die beiden tauschen einen langen Blick aus, während ich in Gedanken zwanzig Jahre zurück katapultiert werde, in jene Nacht, als wir im Regen auf den Atlantik hinausgestarrt und uns panisch gefragt haben, was da gerade über unsere Köpfe hinweggerauscht und in der Schwärze der Nacht auf dem Meer aufgeschlagen war. Hinter uns, im Cozy Cottage, ging die Verandatür auf – eigentlich hatten sich unsere Eltern alle früh ins Bett verabschiedet, schienen aber nun ebenfalls wieder wach zu sein.

Doch dann ging noch eine Tür auf. Die vom Bootshaus. Jay, Raven, Luke und ich standen im Dunkeln, dicht gedrängt am Ufer, schauten zwischen Felsen und Büschen auf das schwarze Meer hinaus und erkannten auf dem Steg vor dem Bootshaus zwei Gestalten, die nach draußen traten. Diese Gestalten sahen ebenfalls geschockt an den Horizont – und dann zu uns hinüber. Von hinten, vom Cozy Cottage, näherten sich aufgeregte Stimmen. Meine Mutter rief nach mir, fragte, was geschehen sei und warum wir überhaupt alle draußen seien. Gwens Mutter fragte aufgelöst, wo Gwen sei – und ihr Mann. Fern sagte, ihr Mann sei auch fort.

Debbie, Fern und meine Eltern erreichten unser Grüppchen am Ufer, und dann standen wir alle nebeneinander in der Dunkelheit, während am Horizont ganz schwach roter Feuerschein auflodderte und von einer großen Tragödie erzählte. Doch unsere Blicke waren auf die zwei Männer gerichtet, die nebeneinander vor der offenen Tür des Bootshauses standen, nur in Boxershorts, die Augen vor Schreck weit aufgerissen, weil sie offenbar nicht damit gerechnet hatten, dass wir alle hier draußen sein würden.

Und so kam in jener Nacht heraus, dass Gwens Vater Bob und Steve, der Vater von Jay und Raven, ein Liebespaar waren.

14

Niemals werde ich das Durcheinander und die Aufregung jener langen Stunden bis zum Morgengrauen am 3. September 1998 vergessen: Debbie schrie und weinte, Bob versuchte, alles irgendwie zu erklären, Steve war im schwachen Schein der Verandalampen weiß wie sein T-Shirt, seine Söhne sahen ihn starr vor Schreck an, während Fern ihnen zu erklären versuchte, dass Homosexualität nichts sei, vor dem man sich fürchten müsse, sondern etwas ganz Natürliches. Ich weiß noch, dass ich mich ungläubig gefragt habe, wie sie so ruhig bleiben konnte, während sogar meine Mutter weinte, obwohl ihr Mann nicht mit seinem besten Freund fremdgegangen war. In dem ganzen Tohuwabohu hat sich Luke unbemerkt aus dem Staub gemacht – am nächsten Tag erfuhren wir, dass er zum Fischerhafen gelaufen war, wo einige Männer mit ihren Kuttern losfuhren, um zu sehen, ob draußen auf dem Meer noch Menschen gerettet werden konnten. Später würde sich auch Neil ein paar Fischern anschließen und versuchen, Leben zu retten, wo tragischerweise keine Leben mehr zu retten waren.

Doch zunächst tauchte Neil gemeinsam mit Gwen im nächtlichen Garten auf, während Debbie nach wie vor heulte und Bob hilflos versuchte, sie zu beruhigen. Von der Küstenstraße waren Sirenen zu hören, erste Ambulanzen und Polizeiautos fuhren durch Wildberry Bay, genau wie die Freiwillige Feuerwehr, auch wenn niemand so recht wusste, wohin sie überhaupt unterwegs waren. Bis die ersten Hubschrauber über unsere Köpfe hinwegdonnerten und ihre Suchscheinwerfer über das schwarze Wasser gleiten ließen, würde noch eine weitere Stunde vergehen – oder vielleicht waren es sogar Stunden, mich hatte jegliches Zeitgefühl in jener Nacht verlassen.

Gwen hat mir später erzählt, dass sie Angst gehabt hatte, zu unserem Haus zurückzukehren, weil ihr klar war, dass nun alle wach waren und somit mitbekommen würden, dass sie heimlich bei Neil gewesen war. Doch niemand kümmerte sich darum, woher sie auftauchte, und Gwen begriff schnell, dass ihre Eltern gerade ganz andere Sorgen hatten als den ersten Sex ihrer Tochter.

Natürlich schliefen wir alle nicht in jener Nacht. Irgendwann saß ich mit Gwen auf den Stufen der Veranda und starrte auf den Atlantik hinaus, wo die Morgendämmerung anbrach, als wäre dies ein ganz normaler Tag. Immer noch flogen Hubschrauber, und wir sahen die Polizeiboote und ein Schiff der Küstenwache am Horizont. Viele der Fischer, die nachts mit ihren Kuttern draußen gewesen und nach Überlebenden gesucht hatten, waren vor Sonnenaufgang heimgekommen, um sich auszuruhen und zu stärken. Nun, als es langsam hell wurde, sahen wir die Boote erneut hinausfahren. Später erfuhren wir, dass all ihre Bemühungen umsonst gewesen waren, denn kein einziger Überlebender wurde in jener Nacht aus dem kalten Atlantik gefischt. All die Krankenwagen, die bereitstanden, fuhren nach und nach leer wieder zurück zu den Kliniken der Umgebung. Nur die Polizei blieb, genau wie die Presse, die noch in der Dunkelheit überall im Ort mit ihren Übertragungswagen aufgetaucht war. Im Laufe des Morgens kamen Mitarbeiter der Flugsicherheit aus Kanada und der Schweiz hinzu, es wurde nach Gründen dafür gesucht, dass Swissair-Flug 111 in jener Nacht in den Atlantik gestürzt war. Wir erfuhren später an diesem Tag, als wir die Nachrichten einschalteten, dass die Maschine auf dem Weg von New York nach Genf gewesen war. Dass es Rauchentwicklung im Cockpit gegeben hatte, weshalb Pilot und Copilot über Funk das Signal PAN-PAN-PAN abgesetzt hatten, was bedeutete, dass die Maschine in Schwierigkeiten war. Über Funk wurde mit dem Flughafen in Halifax ausgemacht, dass die Maschine dort notlanden würde – doch der Funkkontakt brach ab, kurz bevor die Maschine über Wildberry Bay donnerte und in den Atlantik stürzte.

Dass der Grund für die Rauchentwicklung ein Kabelbrand in der ersten Klasse des Flugzeugs war, stellte sich erst sehr viel später heraus.

Als am 3. September 1998 die Sonne über der Atlantikküste aufging, wussten Gwen und ich kaum etwas über diesen Absturz, aber uns war völlig klar, dass sich in unserem Leben sehr viel verändert hatte. Dass dies womöglich der letzte Morgen war, den wir zusammen in Wildberry Bay verbringen würden. Und wir sollten recht behalten.

15

Als Steve sich räuspert, blinzele ich und finde aus meinen Erinnerungen heraus und zurück an unseren Frühstückstisch, im Garten des Cozy Cottage, das mittlerweile ganzjährig von Steve und Bob bewohnt wird. Ich merke, dass mich Ravens Dad ernst ansieht, während er heiser weiterspricht: »Offenbar hat Jay damals, als Bob und ich … zusammengekommen sind, mehr gelitten, als ich mitbekommen habe. Er ist wohl sehr in der Schule gehänselt worden, was er nie erzählt hat. Er wurde wegen mir als Schwuchtel beschimpft und hat eine wirklich schlimme Zeit durchlebt.«

Mit Tränen in den Augen sieht er zunächst mich an, dann Raven. »Ging es dir damals etwa auch so, Raven?«

Ich starre Raven von der Seite an. Er mustert seinen Vater ernst, schüttelt dann den Kopf. »Nein«, sagt er leise. »Jay hatte wohl Pech mit den Typen in seiner Stufe.«

»Und … hat er dir davon erzählt?« Fern sieht ihren Sohn aus großen grünen Augen an, die ihrem Älteren so ähnlich sind.

»Nein, Mom. Dann hätte ich ihm doch geholfen. Aber er hat das mit keiner Silbe erwähnt.«

Fern seufzt tief auf und schüttelt den Kopf. »Mir gegenüber auch nicht. Dabei dachte ich immer, dass ihr mit uns über alles reden konntet! Haben dein Vater und ich das nicht immer deutlich gemacht?«

»Doch, habt ihr«, murmelt Raven. »Keine Ahnung, warum Jay das mit sich herumgeschleppt hat.«

»Und dass er sich deshalb in all diesen Jahren nicht eingestehen konnte, dass er sich eigentlich auch zu Männern hingezogen fühlt ... Ich meine, wie konnte er nur so lange eine Lüge leben? Wenn ich allein an seine schreckliche Freundin im College denke. Die hätte er sich selbst – und uns! – doch wirklich ersparen können!«, sagt Fern.

»Und mir hätte er die ganzen Hochzeitsvorbereitungen ersparen können«, bemerke ich trocken, greife nach meinem Kaffee und nehme einen großen Schluck, während ich sofort wieder alle Blicke auf mich gerichtet spüre.

»Nun ja, hätte ich früher mitbekommen, dass ihr zwei noch gar nicht zusammen in der Kiste wart, hätte sich das Ganze bestimmt eher geklärt«, bemerkt Fern. »Da war doch eigentlich schon klar, dass er schwul ist.«

»MIR war das nicht klar«, stoße ich aufgebracht hervor und stelle meine Tasse so schwungvoll ab, dass Kaffee über den Rand und auf die Tischdecke schwappt. »ICH dachte einfach, es wäre wahnsinnig romantisch, bis zur Hochzeitsnacht zu warten.«

Noah gibt ein unterdrücktes Husten von sich, und ich sehe ihn über den Tisch hinweg vorwurfsvoll an. Er weicht meinem Blick aus und starrt betont ernst in seinen Kaffee mit Hafermilch, doch mir entgehen nicht die Blicke, die die anderen stumm austauschen. Es ist sonnenklar, dass mich alle an dieser Frühstückstafel für ein wenig bis mittelschwer naiv halten. Und vermutlich bin ich das auch.

Steve räuspert sich und sagt: »Auf jeden Fall ... also, Bob und ich haben gestern Nacht noch lange darüber gesprochen und ... es ist ja nun zwanzig Jahre her, seit wir alle hier zusammen im Cozy Cottage waren. Bis auf Gwen und

Jay sind wir jetzt endlich wieder alle versammelt, und wir wollten die Gelegenheit nutzen und euch mitteilen, dass es uns wahnsinnig leidtut, was wir euch im Sommer 1998 angetan haben.«

Er muss sich räuspern, und ich sehe deutlich die Tränen in seinen Augen schimmern.

»Ja«, bestätigt Bob und nickt mit Nachdruck. »Wir haben euch in jenem Sommer ziemlich viel zugemutet. Dass ihr auf diese Art und Weise von unserer Liebe erfahren musstet, das war falsch und für euch … und auch für uns … sehr schmerzhaft.«

»Das könnt ihr laut sagen«, murmelt Debbie und tupft sich mit der Ecke ihrer Serviette über ihren Mund. Schon zum Frühstück sind ihre Lippen erneut in ihrem typischen Korallenrot geschminkt.

»Ach kommt, Leute, das ist zwanzig Jahre her«, sagt Fern betont locker und lacht auf. »Du meine Güte, nach all dieser Zeit müsst ihr euch doch nicht mehr dafür entschuldigen. Ihr habt euch verknallt, habt euren Gefühlen freien Lauf gelassen, wie es sein sollte, und wir anderen haben uns damit arrangiert.«

»Haben wir das?« Debbie zerknüllt ihre Serviette neben ihrem Teller und sieht Fern über den Tisch hinweg aus schmalen Augen an.

Neben mir legt Raven sein Messer zur Seite und fängt an, sich halb von der »Kinderbank« zu erheben.

»Untersteh dich«, zische ich leise und greife nach Ravens nacktem Unterarm, ziehe ihn zurück auf die Bank. Er wirft mir einen überraschten Seitenblick zu. »Bleib schön hier«, wispere ich.

»Warum?«

»Darum.«

Raven schnaubt leise, bleibt aber tatsächlich sitzen. »Du könntest auch gehen.«

»Nein, ich habe noch Hunger.«

Raven gibt ein Geräusch von sich, das nach einem unterdrückten Lachen klingt, aber als ich ihn von der Seite ansehe, ist sein Gesichtsausdruck ernst wie eh und je. Was auch daran liegen könnte, dass Fern gerade mit einem spöttischen Lachen zu Debbie sagt: »Ach komm, Debbs, natürlich bist du auch längst über diese ganze uralte Geschichte hinweggekommen! Immerhin bist du schon seit ... wie vielen Jahren? Zehn? ... wieder verheiratet.«

»Ja, und bald bin ich zum zweiten Mal geschieden«, faucht Debbie.

Alle sehen sie überrascht an. Dass sich Gwens Mutter von ihrem zweiten Ehemann Harvey, einem stinkreichen Amerikaner, mit dem sie eigentlich in Florida lebt, scheiden lassen will, ist offenbar nicht nur für mich neu. Auch Gwen hat nichts davon erzählt – aber wir haben uns vorgestern Abend auch hauptsächlich über ihre Ehe mit Tom unterhalten.

»Ich hatte keine Ahnung, Debbie«, spricht Bob das aus, was wohl alle denken, doch Debbie winkt ab.

»Konntest du auch nicht«, sagt sie knapp zu ihrem Ex-Mann und tupft sich schon wieder mit ihrer Serviette über das Korallenrot ihrer Lippen, obwohl dort längst keinerlei Krümel mehr zu sehen sind. »Ich habe es bisher niemandem erzählt. Aber, so ist es nun einmal. Mein erster Mann hat mich für seinen besten Freund verlassen. Mein zweiter Mann verlässt mich für die älteste Tochter seines besten Freundes.«

Ich höre, wie Raven neben mir ein gequältes Stöhnen unterdrückt, und muss ebenfalls geschockt nach Luft schnappen.

»Für die Tochter? Wie alt ...?«

»Candy ist dreiundzwanzig und hat, dank Daddys letztem Weihnachtsgeschenk, vergrößerte Brüste, die wohl ausschlaggebend für Harveys Interesse waren, denn unterhalten kann man sich mit Candy über nicht viel – außer über TikTok und Pilates.«

Betretenes Schweigen senkt sich einmal mehr über den Tisch. Mitleidig mustere ich Debbie, die ihre Serviette erneut neben ihrem Teller zusammengeknüllt hat.

»Tut mir echt leid, Debbs«, sagt Fern. »Aber, ganz ehrlich: Sei froh, dass du den Arsch loswirst. Soll er mit den Riesentitten glücklich werden.«

Debbie verschränkt die Arme vor der Brust und murmelt etwas Unverständliches vor sich hin, während sie ernst auf den Atlantik hinausstarrt.

»Fern hat recht«, meldet sich Mama zu Wort. »Wenn es nicht Candy gewesen wäre, dann früher oder später eine andere. Manchmal ist ein Ende mit Schrecken besser als ein Schrecken ohne Ende.«

»Das sagt die Richtige«, schnaubt Debbie, und ich sehe sie erstaunt an. Was ist denn hier los?

»Debbie ...«, beginnt Mama und klingt merkwürdig alarmiert, doch Debbie redet schon weiter, und man merkt, dass sich in ihr viel Wut und Frust angestaut haben, und diese Gefühle suchen gerade ein Ventil. Aufgebracht faucht sie: »Wer hat denn gestern noch erzählt, nur deshalb die Trennung herausgezögert zu haben, weil Flos Hochzeit vor der Tür stand und ihr das Fest nicht verdorben werden sollte?«

Moment mal ... was? Vor Schreck fällt mir meine angebissene Toastscheibe aus der Hand. Kaum hat sie die Worte ausgesprochen, scheint Debbie aufzugehen, was sie gerade gesagt hat, und sie starrt mich aus weit aufgerissenen Augen quer über den langen Frühstückstisch hinweg erschrocken an.

»Oh ... entschuldigt«, stammelt sie, und ich sehe, wie Papa und Mama entsetzte Blicke wechseln.

»Wie bitte?«, frage ich heiser und muss husten, als mich ein Toastkrümel im Hals kratzt. Rasch nehme ich einen Schluck Kaffee und frage dann noch einmal: »Ihr ... ihr trennt euch doch nicht, oder?«

Meine Eltern sitzen betreten nebeneinander und starren auf ihre Teller.

»Na, das ist ja eine Überraschung«, stellt Fern fest. »Und ich dachte immer, ihr zwei wärt für die Ewigkeit bestimmt.«

Ja. Das dachte ich auch. Tränen schießen ohne Vorwarnung in meine Augen, und ich beuge mich vor, um an Raven vorbei meine Eltern besser erkennen zu können.

»Hey, ihr zwei! Könnt ihr bitte mal einen Ton von euch geben? Ist das wahr, was Debbie gerade behauptet hat?«

Endlich hebt Mama den Blick und sieht mich bekümmert an. Als ich auch in ihren Augen Tränen schimmern sehe, greift kalte Angst nach meinem Herzen. Nein, das darf doch nicht wahr sein!

»Herzchen, wir wollten tatsächlich warten, bis ...«

»... bis ich glücklich verheiratet bin?«, frage ich sarkastisch und lache bitter auf. »Tja, da müsst ihr wohl noch eine ganze Weile warten, fürchte ich! Was soll das? Warum behandelt ihr mich wie eine Fünfjährige? Ich bin fünfunddreißig, Himmel noch mal!«

»Ja, das wissen wir, Flo«, sagt Papa in seiner ruhigen Lehrerart, die von vielen schwierigen Gesprächen mit schwierigen Schülern erzählt. »Aber ... wir wollten an deinem großen Tag nicht als getrenntes Paar auftreten, verstehst du?«

»Warum nicht? Das bekommen wir doch auch hin. Und es wäre ehrlich gewesen«, bemerkt Fern und wickelt das Ende ihres geflochtenen grauen Zopfes um ihren Finger.

Papa wirft ihr einen leicht genervten Blick zu, während Mama sanft an mich gewandt sagt: »Wir wollten es dir heute sagen. In Ruhe. Nicht ... so.«

»Sorry«, murmelt Debbie erneut, als Mama sie vorwurfsvoll anstarrt.

»Aber ... warum wollt ihr euch denn trennen?«, frage ich hilflos und fühle mich wie ein kleines Kind. Das darf doch nicht wahr sein! Meine Eltern sind seit sechsunddreißig Jahren verheiratet!

»Das können wir vielleicht später erklären, im kleineren Kreis«, bemerkt Papa, doch Fern fragt schon: »Liegt es am Sex? Bei den meisten Trennungen nach so langer Zeit liegt es am fehlenden Sex.«

»Fern«, stöhnt Mama auf, und Raven macht neben mir abermals Anstalten, sich zu erheben.

Ich greife wieder nach seinem Arm, umklammere ihn wie eine Ertrinkende. Ohne ein weiteres Wort sinkt er erneut auf die Bank zurück.

»Fern, wir werden hier jetzt nicht unser Liebesleben erörtern«, sagt Papa gepresst.

»Dafür wäre ich sehr dankbar«, murmelt Raven, und ich kann ihm nur zustimmen.

»Also IST das der Grund«, stellt Fern beinahe triumphierend fest.

»Mom«, stöhnt Raven genervt auf. »Bitte.«

Erst jetzt fällt mir auf, dass ich nach wie vor seinen Arm festhalte, aber er macht keine Anstalten, ihn wegzuziehen.

»Fein, wenn du es unbedingt wissen willst: Wir haben uns auseinandergelebt«, sagt Mama in aufbrausendem Tonfall.

»Seit wir in Pension sind, haben wir gemerkt, dass wir eigentlich nichts gemeinsam haben. Als wir noch als Lehrer gearbeitet haben, drehten sich unsere Gespräche beim Abendessen um das Schulleben, um unsere Problemschüler, um Lehrerkollegen. Jetzt ... wissen wir nicht mehr, worüber wir reden sollen.«

Eine Träne löst sich aus Mamas Wimper und rollt über ihre Wange. Betroffen sehe ich von ihr zu Papa, der sehr blass geworden ist und langsam nickt.

»Tja, so sieht es aus. Da stellt man nach sechsunddreißig Ehejahren fest, dass man, sobald das Kind aus dem Haus und man im Ruhestand ist, nichts mehr hat, was einen zusammenhält. Früher hatten wir nie Zeit zum Fernsehen, weil wir beide abends noch Klausuren korrigiert und die nächsten Stunden vorbereitet haben. Jetzt hätten wir Zeit, aber können uns auf keine gemeinsame Sendung einigen, sodass ich im Keller vor der Glotze hocke und Regina im Erdgeschoss.«

»Bernd will nur noch Krimiserien schauen«, sagt Mama in anklagendem Tonfall. »Dabei gibt es auf Netflix auch so spannende Dokumentationen! Und er will nicht einmal mit mir in den Urlaub fahren!«

»Das stimmt so nicht«, widerspricht mein Vater vehement. »Ich will nur keinen Städtetrip nach Paris machen, weil ich Großstädte hasse, und die Franzosen sind immer so arrogant, wenn man kein Französisch kann!«

Nun löse ich mich doch von Ravens rettendem Arm und lasse mit einem Stöhnen die Stirn auf meinen Teller sinken. Das darf doch alles nicht wahr sein!

»Aber jetzt seid ihr ja hier, in Wildberry Bay«, höre ich Bob plötzlich sagen. »Hier habt ihr immer gern zusammen Urlaub gemacht, wisst ihr noch?«

»Vor einer halben Ewigkeit«, murmelt Mama.

»Ja, mag sein. Aber manche Dinge ändern sich nicht. Wildberry Bay hat sich auf jeden Fall nicht verändert. Warum bleibt ihr nicht ein wenig? Unser Gästekeller steht euch zur Verfügung, solange ihr mögt. Immerhin seid ihr in Pension und müsst nicht unbedingt bald zurück nach Deutschland, oder?«

Mein Kopf schnellt wieder in die Höhe. Ich merke, wie Raven mich von der Seite anstarrt, doch ich sehe nur meine Eltern an.

»Das ist eine fantastische Idee«, sage ich mit Nachdruck. »Ihr bleibt noch eine Weile. Mindestens zwei Wochen. Wenn ihr euch dann immer noch trennen wollt, dann ist das so. Aber ... vielleicht bewirkt Wildberry Bay ja ein Wunder.«

»Also, Kind, ich weiß nicht«, seufzt Mama. »Wunder ... ich glaube, ich bin zu realistisch für Wunder.«

»Komm schon«, höre ich meinen Vater wispern. »Es ist doch alles schon schwer genug für Flo!«

»Ja, und willst du ihr umsonst Hoffnung machen?«, flüstert meine Mutter aufgebracht zurück.

»Alle können euch hören, das wisst ihr schon, oder?«, frage ich gereizt.

Neben mir räuspert sich Raven, und ich sehe ihn fragend an. Er deutet auf meine Stirn. »Krümel«, sagt er leise.

Rasch wische ich mir mit dem Handrücken über die Stirn, wo tatsächlich einige dicke Toastbrösel hängen.

»Aber wir haben doch unsere Rückflüge schon gebucht«, seufzt Mama auf.

»So ein Rückflug ist nicht in Stein gemeißelt«, meint Steve mit Nachdruck. »Wirklich, denkt mal an eure Tochter. Sie musste gerade die Absage ihrer Hochzeit verkraften. Dann könnt ihr doch wohl ein Rückflugticket umbuchen?«

»Bitte«, wispere ich in die Richtung meiner Eltern.
»Bitte«, bestätigt Debbie.
Wir sehen sie alle verdutzt an.
»Wenn ihr länger bleibt, dann bleibe ich nämlich auch noch ein bisschen.« Sie räuspert sich und fügt fast beschämt hinzu: »Zurück in unser Haus nach Miami Beach kann ich ohnehin nicht. Da ist Candy gestern eingezogen.«
»Ach du Schande«, bemerkt Fern. Dann sieht sie Bob und Steve an und fragt: »Wenn wir hier schon so eine Art Cozy-Cottage-Reunion machen, können Noah und ich dann auch noch ein wenig im Bootshaus bleiben? Ich hatte ganz vergessen, wie schön ich dieses Örtchen und dieses Grundstück mal fand. Oder was meinst du, Schnuckelbär?«
Trotz meiner äußerst angespannten Nerven muss ich ein spontanes Lachen unterdrücken. Sie nennt Noah Schnuckelbär? Auch Raven neben mir zuckt leicht zusammen, und als ich ihn von der Seite mustere, merke ich, dass er ebenfalls verzweifelt versucht, ernst zu bleiben.
»Klar könnt ihr auch bleiben«, sagt Bob und lächelt seine Ex-Frau und ihren jungen Schnuckelbären entspannt an. »Aber ... was machen wir mit Flo?«
Sofort sehen wieder alle mich an. Ich war noch dabei, den Schnuckelbären zu verarbeiten, und starre überrascht in die fragenden Gesichter der anderen. Einen Moment lang stehe ich wirklich auf dem Schlauch. Dann dämmert es mir, was Bob meint.
»Tja. Ich ... würde auch gern noch hierbleiben«, sage ich langsam. Dass dies der Fall ist, wird mir erst in diesem Augenblick bewusst. Aber wo sollte ich auch sonst hin? Nach Halifax, in Jays Wohnung, in die ich erst vor Kurzem eingezogen bin, wohl kaum. Eine Wohnung in München habe ich nicht mehr. Meine Eltern bleiben selbst noch länger hier,

in Wildberry Bay. Und immerhin ist dies der Ort, an dem ich die glücklichsten Sommer meines bisherigen Lebens verbracht habe.

»Das dachte ich mir«, lächelt Bob. »Ich meinte aber eher: Wo sollen wir dich unterbringen? Deine Eltern sind im Gästekeller, und ich finde es gut, dass sie dort eine gewisse Rückzugsmöglichkeit haben, oder?« Er sieht erst Steve und dann meine Eltern an.

»Du meinst, falls sie doch wieder Sex haben?«, fragt Fern, und diesmal sagt Raven laut und hörbar genervt: »Mom!«

»Was denn? Sex ist wichtig, Darling. Das solltest du nie vergessen.«

»Das tue ich nicht«, knurrt Raven neben mir, und als ich ihn mustere, merke ich, dass er wieder rote Ohrenspitzen bekommt. Vielleicht lag die Färbung seiner Ohren gestern, auf dem Boot, doch nicht am kühlen Fahrtwind?

»Okay, also, Regina und Bernd bleiben im Gästekeller«, wirft Debbie rasch ein. »Und Fern und Noah im Bootshaus – aus genau dem Grund, den Fern gerade angesprochen hat.«

Zwei Sekunden lang sagt niemand etwas, bis alle gleichzeitig begreifen, was Debbie damit sagen will, und gemeinsam losprusten – bis auf Raven, der erneut nur unterdrückt stöhnt.

»Gut erkannt, Debbs«, sagt Fern mit einem zufriedenen Grinsen auf dem Gesicht. Ich merke genau, wie Noah und sie sich über den Tisch hinweg ansehen und dass Raven konzentriert auf seinen Teller starrt. Zum ersten Mal spüre ich deutlich, dass ihm die Beziehung zwischen seiner Mutter und Noah, der immerhin nur drei Jahre älter ist als er selbst, überhaupt nicht geheuer ist.

»Raven, entspann dich«, lacht Fern auf, denn auch sie scheint den Blick ihres Sohnes bemerkt zu haben. »Wirklich, mein

Jüngerer kann sich seine Homosexualität nicht eingestehen, und mein Älterer wird rot wie eine Jungfrau, wenn man von Sex redet.«

»Fern!«, sage ich aufgebracht. »Lass doch Raven mal in Ruhe!«

Erneut starren mich alle überrascht an, auch Raven.

»Ähm, um zu deiner Unterbringung zurückzukommen«, meldet sich Bob zögernd zu Wort und schiebt sich seine Brille ein wenig höher auf den Nasenrücken, doch er wird abermals von Fern unterbrochen, die mit Nachdruck sagt: »Wieso? Flo ist doch schon untergebracht. Bei Raven.«

Ich merke, wie Raven scharf die Luft einsaugt.

»Das geht nicht«, sage ich rasch. »Er hat doch kein Gästezimmer.«

»Und du hattest zu lange keinen Sex.« Fern sieht mich mit hochgezogenen Augenbrauen bedeutungsschwer an.

Diesmal brauche ich tatsächlich einige Sekunden, bis ich begreife, was sie sagen will. Raven ist schneller als ich. Bevor ich dazukomme, rot zu werden, steht er jetzt wirklich auf, wobei er seiner Mutter einen bitterbösen Blick zuwirft.

»Sehr witzig, Mom«, knurrt er, und erneut bin ich flüchtig gekränkt, dass Sex mit mir so absolut abwegig für ihn zu sein scheint. Dann jedoch melde ich mich selbst rasch zu Wort, um meine Würde irgendwie zu retten: »Fern, ich bitte dich – dein Sohn ist doch mit Tara verlobt!«

Wie vom Donner gerührt, sieht Fern erst mich an, dann Raven, der wie erstarrt neben unserer Bank stehen geblieben ist.

»Bitte was? Seit wann seid ihr denn verlobt?«, fragt Fern.

Raven atmet tief ein und aus. Ohne mich anzusehen, sagt er langsam, in die Richtung seiner Mutter: »Seit ... gestern.«

»Gestern?«, frage ich überrascht. »Ihr habt euch GESTERN verlobt? Nach meiner geplatzten Hochzeit? Ist das ein Witz?«

»Nein, das ist kein Witz«, stößt Raven gepresst hervor und sieht mich an. In seinen grünen Augen funkelt es aufgebracht. »Woher weißt du überhaupt davon?«

»Ich habe Tara durchs Küchenfenster von ihrem Brautkleid reden hören. Dass es … figurbetonter sein soll als meines.« Ich sehe genau, dass Raven sich an die Worte seiner Liebsten erinnern kann, und er weiß, dass ich den beleidigenden Teil weglasse. Seine Kiefermuskulatur arbeitet sichtbar, er atmet tief durch.

»Aber … bist du dir sicher, dass du Tara heiraten willst, Schatz?« Steve sieht seinen Sohn beinahe erschrocken an. Dass er kein Tara-Fan ist, wird in diesem Moment mehr als deutlich.

»Ich bin mir sicher, dass ich jetzt nicht über dieses Thema reden will«, knurrt Raven. Dann sieht er wieder mich an und sagt knapp: »Von mir aus wohn bei mir. Du kannst mein Zimmer haben, ich penne auf der Wohnzimmercouch. Ist kein Problem.«

Und mit diesen Worten dreht er sich um und marschiert los. Als er den Garten schon halb durchquert hat, ruft Bob ihm hinterher: »Hey, Raven, spielen die ›Young Rebels‹ heute Abend im Rum Runner?«

»Ja, tun sie«, kommt Ravens Antwort, ohne dass er sich noch einmal zu uns umdrehen würde, bevor er unter den Ästen zu seinem Grundstück hindurchtaucht.

16

Die Sonne ist schon untergegangen, als ich mich abends aus dem Haus wage.

Den größten Teil dieses heißen Sommertages habe ich an dem schmalen Strand verbracht, der sich zwischen Ravens Garten und dem Garten von Steve und Bob an der Küste entlangschmiegt. Dieser ungefähr zehn Meter lange Halbmondstrand, der bei Ebbe etwas Sand bietet, aber bei Hochwasser fast nur aus einem Felsgürtel besteht, gehört noch zum Grundstück des Cozy Cottage, ist allerdings auch von Ravens Garten aus über einen Pfad, der zwischen einigen großen Findlingen und Weymouth Kiefern hinabführt, zu erreichen. Am Ende des Strandes ragt Ravens Pier auf hölzernen Pfählen ins Meer hinaus, und auf dem Pier thront ein Bootshaus, in dem sich sein Atelier befindet. Das Bootshaus des Cozy Cottage kann man vom Strand aus hingegen nicht sehen, es liegt hinter einer felsigen Landzunge, über die man am Ufer hinwegklettern muss, um das Grundstück von Steve und Bob zu erreichen.

Gwen und ich haben früher oft am Halbmondstrand gesessen und von unserer Zukunft geträumt. Was hätte ich darum gegeben, heute wieder meine Freundin an meiner Seite zu haben, mit ihr über meine Sorgen reden zu können, während ich dort saß, meine Zehen im feuchten Sand vergraben, meinen Rücken an den sonnenwarmen Felsen gelehnt, der mir schon vor zwanzig Jahren eine angenehme Stütze geboten hat. Ich sehnte mich auf einmal so sehr nach Gwen, die mich hätte trösten und aufmuntern können wie keine andere, dass ich es telefonisch bei ihr versuchte. Aber sie nahm meinen Anruf nicht an. Also habe ich ihr eine WhatsApp-Nachricht geschickt und sie gebeten, sich zu melden. Habe lange auf die Häkchen gestarrt, die jedoch nicht von grau auf blau springen wollten.

Schließlich habe ich das Telefon weggelegt und frustriert auf den Atlantik hinausgestarrt, mit meinen Gedanken noch eine Weile bei meiner Freundin in Montreal, die einfach so nach meiner geplatzten Hochzeit verschwunden war. Ich hätte sauer auf sie sein können, wenn ich nicht so gut wüsste, warum Gwen sofort zu ihrem Tom zurückgeflogen ist.

Schließlich wanderten meine Gedanken von Gwen weiter zu Jay und Trevor, die inzwischen in Manhattan angekommen sein dürften. Im Nachhinein war ich so viel schlauer als noch in meinem Wolkenkleid, auf der Suche nach meinem Liebsten. Zum Beispiel wurde mir am Halbmondstrand endlich klar, warum sich Trevor mir gegenüber immer so komisch verhalten hatte. Zwar war er nie abweisend gewesen, aber auch nicht wirklich herzlich. Er hat sich so verhalten, wie es jemand tut, der eifersüchtig auf einen ist, und warum ich das erst heute erkannt habe, ist mir schleierhaft.

Als wären all diese Sorgen und Gedanken nicht schon genug für einen Sommertag, musste ich zu allem Überfluss auch noch verdauen, dass sich meine Eltern nach sechsunddreißig Ehejahren offenbar scheiden lassen wollen. Wenn die Ehe der beiden nach so langer Zeit in die Brüche geht, welche Ehe soll dann überhaupt noch halten?

Nach dem Frühstück hatte Mama mich noch abgefangen und beteuert, dass sie sich auch wünschte, es sähe zwischen Papa und ihr besser aus. Sie hat sich darüber beschwert, dass er nach all den Jahren immer noch nicht wisse, wie man die Waschmaschine bedient, und keine Hobbys habe, außer Lesen und Schach, und für Letzteres konnte sich Mama noch nie begeistern.

Ich hatte Ravens Haus kaum erreicht, als mich Papa atemlos einholte und ich dieselbe Leier noch einmal zu hören bekam, nur dass mein Vater sich darüber beklagte, dass Mama Hummeln im Hintern habe und ständig etwas unternehmen müsse, während er gern einfach mal zu Hause sitzt und liest.

Aber das war doch schon immer so, hätte ich am liebsten geschrien und meine Eltern beide an den Schultern geschüttelt. Mama hat schon immer gern viel unternommen, Papa nicht. Er hatte schon immer zwei linke Hände, was Hausarbeit anging, aber es gab mal Zeiten, da haben meine Eltern zusammen hervorragendes Coq au Vin gemacht. Das kann doch nicht egal geworden sein, nach sechsunddreißig gemeinsamen Ehejahren?

Zwischendurch habe ich Raven gesehen, der über die teils schon sehr verwitterten Bretter seines Piers ging und im Bootshaus verschwand. Die Neugierde nagte an mir, und ich hätte zu gern gesehen, wie es in seinem Atelier aussah. Was er gerade malte. Aber die tiefe Furche zwischen seinen Augenbrauen, die sofort auftauchte, als er mich im Schatten der Kiefern am Strand hocken sah, hielt mich von dieser Idee ab.

Raven hat heute Abend lange vor mir sein Haus verlassen. »Kommst du auch ins Rum Runner?«, hat er mich gefragt, als er um kurz nach sechs losgezogen ist, in verwaschenen dunklen Jeans und einem schlichten hellgrauen T-Shirt, eine schwarz-weiß gemusterte Bandana um den Kopf geschlungen. Ich musste mir Mühe geben, um ihn nicht wie der verliebte Teenager anzuschmachten, der ich mal war.

»Ich glaube nicht«, habe ich ausweichend erwidert, obwohl ich wirklich gern gehört hätte, wie die Band, die aus Raven, Neil und Luke besteht und deren Musik ich schon zu ihren Anfängen im Jahr 1998 unglaublich toll fand, heutzutage spielt. Aber das Rum Runner bedeutet automatisch ganz Wildberry Bay auf einem Haufen. Und genau deshalb hatte ich ja heute das Haus nicht verlassen – weil ich dem Klatsch und Tratsch des kleinen Örtchens entgehen wollte.

So sehr ich Wildberry Bay auch immer geliebt habe, ich weiß noch sehr gut, dass sich eine Neuigkeit hier wie ein Lauffeuer verbreitet. Als Jay und ich 1997 von den Rettungsschwimmern an der Pine Tree Beach aus dem Wasser gezogen werden mussten, weil wir es bei starkem Wind mit unserem Schlauchboot nicht mehr zurück an den Strand geschafft hatten, wussten unsere Eltern Bescheid, bevor wir überhaupt zurück im Cozy Cottage waren.

Ganz sicher ist die Story über meine geplatzte Hochzeit heute schon Dutzende Male im Bayview Diner und im Salty Breeze Store zum Besten gegeben und bei jedem Mal ein wenig mehr ausgeschmückt worden.

»Okay«, war Ravens kränkend gleichgültige Antwort, und schon war er verschwunden und ließ mich allein in seinem stillen Haus zurück. Er hatte zuvor ohne viel Aufhebens sein Zimmer für mich geräumt, obwohl ich tausendmal betont hatte, dass ich auch auf dem Sofa im Wohnzimmer schlafen könnte. Doch gegen Ravens Sturheit kommt man schwer an, und so steht mein Koffer inzwischen in seinem

Schlafzimmer, dessen breites Holzbett frisch bezogen worden ist, während sich sein Bettzeug auf dem Sofa im Wohnzimmer türmt.

Auch meine Eltern haben natürlich versucht, mich zu überreden, mit ins Rum Runner zu kommen, immerhin wollten die anderen alle gemeinsam gehen. Doch ich habe Kopfschmerzen vorgetäuscht und gefühlte eintausendmal beteuert, dass es mir nichts ausmachte, allein zu bleiben und dass ich wirklich allein sein WOLLTE. Gegen halb acht habe ich auf der breiten Fensterbank des Erkers in Ravens Schlafzimmer gesessen und versucht, mit dem Cheese-Sandwich, das ich mir gemacht hatte, nicht alles vollzukrümeln – und da habe ich gesehen, wie nebenan alle aus dem Cozy Cottage gekommen und gemeinsam die Küstenstraße entlanggegangen sind, der Kneipe entgegen: Fern in einem weiteren bodenlangen Batikkleid, ihr Haar auf dem Kopf aufgetürmt und von einem bunt gemusterten Tuch umschlungen, Noah neben ihr, barfuß und in knielangen Badeshorts, als wäre er auf dem Weg zum Surfen und nicht ins Pub. Debbie trug ein dunkelblaues Spitzenkleid, das viel zu elegant für einen Abend in Wildberry Bays Fischerkneipe war. Bob und Steve sahen schon eher nach Bier zur Musik der »Young Rebels« aus: beide mit Jeans und lockeren T-Shirts. Was meine Eltern trugen, habe ich gar nicht groß beachtet, ich war zu sehr damit beschäftigt, von meinem Platz im Erker aus zu beobachten, wie sie miteinander umgingen. Sie liefen mit Abstand zueinander, ihre Hände berührten sich nicht ganz selbstverständlich, wie sie es früher getan hatten. Sie lächelten sich nicht an, sondern sahen in entgegengesetzte Richtungen, während sie den anderen die Straße entlang folgten. Mein Herz zog sich schmerzhaft zusammen.

Und nun, als die Sonne untergegangen ist und der Atlantik in das letzte Licht dieses ungewöhnlich warmen Sommertages getaucht wird, wage auch ich mich hinaus. Ich weiß, dass ganz Wildberry Bay nun im Rum Runner ist, denn wenn die Young Rebels dort spielen, hält es lediglich die Minderjährigen und ihre Babysitter zu Hause – zumindest habe ich das gehört. Alle zwischen neunzehn und neunzig sollen liebend gern zur Musik von Luke, Neil und Raven tanzen, darum fühle ich mich sicher, als ich nun die Küstenstraße entlangspaziere.

Da es auch jetzt, nach Sonnenuntergang, noch ungewöhnlich warm für die Atlantikküste von Nova Scotia ist, trage ich nach wie vor mein rosa Sommerkleid mit dem fröhlichen Muster aus Lollis und dazu die Bonbon-Ohrringe. Eine leichte Brise bringt den Geruch nach Salzwasser und Seetang mit sich, während ich auf dem grasbewachsenen Streifen am Fahrbahnrand entlanglaufe. Mein Blick wandert vom tiefen Blauviolett des Meeres und dem in Rosarottöne getünchten Himmel am Horizont zu meiner Rechten über den gelben Mittelstreifen der Küstenstraße, deren Asphalt noch die Sonnenwärme eines langen Julitages abstrahlt, bis hinüber zu den Gärten auf der anderen Straßenseite, in denen pinkfarbene und weiße Heckenrosen, knallgelbe Rudbeckien und die letzten, sicher bald verblühenden Lupinen in sattem Violett und zartem Rosa um die Wette leuchten. Genauso farbenfroh und hübsch wie die Blumen sind die Häuser, an denen ich vorbeikomme – mal hellblau, mit einer gelben Eingangstür, mal knallrot mit weißen Sprossenfenstern, und ein Haus ist sogar in einem wagemutigen Türkis gestrichen und hat Fensterläden in Brombeerblau. Bunte Wäsche flattert an einer Leine, und in einer Garageneinfahrt türmen sich, neben aufeinandergestapelten Hummerkörben, viele Bojen, die blau-weiß-gelb geringelt sind. Ich weiß, dass jeder Fischer seinen eigenen Farbcode hat, sodass man genau erkennt, wessen Hummerkorb im Meer versenkt ist, wenn man die dazugehörige Boje bunt auf dem dunklen Wasser treiben sieht. Am Straßenrand stehen Briefkästen mit Namen, die ich teilweise noch kenne, doch manche sind mir neu. Namen wie Zwicker, Zink und Himmelman sind so typisch für diese Gegend, in der im 18. Jahrhundert zahlreiche deutsche Siedler ihr Glück auf einem fremden Kontinent gesucht haben. Dann gibt es die schottischen Namen der MacDougalls und der McIntoshs, die von anderen Siedlern aus der alten Welt erzählen.

Als ich an der Stelle vorbeikomme, wo es rechts auf die Landzunge des Bayview Diners geht, laufe ich ein wenig schneller, aber ein flüchtiger Blick zeigt mir, dass der Parkplatz vor dem Restaurant leer ist. Das Diner hat also wohl bereits geschlossen, genau wie der Salty Breeze Store auf der gegenüberliegenden Straßenseite, wo auch schon alles dunkel ist. Ich frage mich, wie Carrie, die Ex-Frau von Neil, die das Geschäft betreibt, wohl heutzutage aussieht. Soweit ich gehört habe, ist sie momentan mit ihrer jüngeren Tochter im Urlaub, und der Laden wird von einem Angestellten geführt.

Als ich eine Frauenstimme meinen Namen rufen höre, drehe ich mich überrascht um.

»Flo? Bist du das?« Neben mir verlangsamt ein rostiger Ford-Kombi, und ich fluche innerlich. So viel zu meiner Theorie, dass ich unentdeckt einen Abendspaziergang an der Küste entlang machen kann, während die Young Rebels spielen!

Ich bleibe stehen und spähe im Dämmerlicht durch das Beifahrerfenster, dessen Scheibe hinuntergelassen wurde. Im ersten Moment habe ich keine Ahnung, wer das sein könnte, aber dann erkenne ich das strahlende Lächeln auf dem runden Gesicht doch wieder.

»Oh, hi, Eliza!«, rufe ich überrascht.

»Was machst du denn hier draußen, während im Rum Runner die Young Rebels spielen?«, fragt Eliza.

Ich grinse schief und zucke mit den Schultern. »Wollte allein sein«, gebe ich zerknirscht zu.

Eliza beugt sich vor und öffnet die Beifahrertür. »Steig mal ein, Honey Bun. Komm, fahr ein Stückchen mit mir.«

Honey Bun. Nach all diesen Jahren nennt sie mich immer noch Honey Bun!

Ich kann nicht Nein sagen. Das hier ist Eliza, bei der ich mit vier Jahren meine ersten kanadischen Pancakes gegessen habe. Nach deren Burgern und Milchshakes ich in den Sommern meiner Kindheit und Jugend süchtig geworden bin. Die den besten Apple Pie der Welt backt. Eliza Baker, die Besitzerin des Bayview Diners und das Herzstück von Wildberry Bay.

Als ich in den Wagen klettere, beugt sie sich über die Gangschaltung ihres uralten Fords hinweg und zieht mich in eine kurze, aber heftige Umarmung. Ich habe sie seit zwanzig Jahren nicht gesehen, aber ich erinnere mich sofort an ihren Geruch: Genau wie damals wird sie von einer Duftwolke nach frischem Gebäck und Bratfett umgeben, wobei Letzteres nicht unangenehm riecht – eher nach frischen, knusprigen Pommes frites. Bevor die Innenbeleuchtung des Wagens erlischt, mustere ich Eliza flüchtig und stelle mit einer gewissen Genugtuung fest, dass sie fast genauso aussieht wie früher: weites T-Shirt mit lustigem Aufdruck (heute ist es Garfield, der sich eine ganze Lasagne ins Maul schiebt), Lachfältchen um die blauen Augen hinter den Brillengläsern, zerzaustes kurzes Haar, inzwischen in Silbergrau.

»Es tut mir so leid, was passiert ist, Honey Bun«, sagt sie, während die Innenbeleuchtung ausgeht und sie bedächtig aufs Gas tritt. Honey Bun, so hat sie mich schon als Vierjährige genannt. Honigbrötchen. Wieso, habe ich nie verstanden, aber ich mag den Namen.

»Du meinst, es tut dir leid, was nicht passiert ist?«, hake ich in sarkastischem Tonfall nach.

Eliza seufzt tief auf. »Ja. Genau. Du meine Güte, wer hätte gedacht, dass ich dich nach zwanzig Jahren unter solchen Umständen wiedersehe?«

»Ich hoffe, du bist gestern schnell informiert worden, dass die Trauung ausfällt? Oder hast du schon am Leuchtturm auf einem der Klappstühle gesessen, als Gwen Pfarrer McIntosh erreicht hat?«

Eliza lacht trocken auf. »Carl und ich waren spät dran«, erklärt sie mit einem tiefen Seufzer. »Dem Helden ist im letzten Moment eingefallen, dass sein einziges Hemd nicht gebügelt war.«

Carl ist Elizas älterer Bruder. Er hat nie geheiratet, und seit Eliza geschieden ist, wohnen die beiden wie ein altes Ehepaar gemeinsam in ihrem Elternhaus neben dem Bayview Diner.

»Wir waren also gerade erst auf dem Parkplatz am Leuchtturm angekommen, als die Telefonkette mich erreicht hat.«

»Es gab eine Telefonkette?«, hake ich matt nach. Aber klar, das macht wohl Sinn.

»Ja. Wir sind also gleich wieder zurück nach Wildberry Bay gefahren«, erwidert Eliza ernst.

»Da hat Carl sein Hemd ganz umsonst gebügelt«, seufze ich auf.

»Oh, das habe natürlich ICH für ihn gemacht«, knurrt Eliza, bevor sie über die Mittelkonsole hinweg nach meiner

Hand greift und meine Finger drückt. »Aber das ist völlig nebensächlich. Was ich eigentlich wissen wollte, ist: Wie geht es dir, Honey Bun?«

Ich atme tief durch. »Tja«, murmele ich, während mein Blick an den Booten des kleinen Fischerhafens von Wildberry Bay hängt, der draußen vorbeizieht. »Keine Ahnung. Irgendwie ... leer.«

»Mhhm«, macht Eliza nachdenklich. »Hat Jay sich schon bei dir gemeldet?«

»Er hat mir ein paar WhatsApp-Nachrichten mit tausend Entschuldigungen und traurigen Emojis geschickt«, sage ich und schnaube leise. Dann schiebe ich wahrheitsgemäß hinterher: »Und er hat gefragt, ob wir telefonieren sollen, aber ich habe abgelehnt. Ich bin noch nicht so weit – und ich will ihn auf keinen Fall sprechen, während er mit Trevor in unserem Honeymoon-Hotel in Manhattan wohnt.«

»Mhhm«, macht Eliza wieder. »Holy Muffins. Das ist eine wirklich schwierige Situation, meine Kleine. Ich hätte mir für Jay und dich so sehr ein Happy End gewünscht.«

»Ja«, wispere ich und wische mir unter den Augen entlang. »Ich mir auch.«

Wir biegen auf einen Parkplatz ein, Schotter knirscht unter den Reifen des Wagens. Überrascht erkenne ich in der Dämmerung die beleuchteten Worte »Rum Runner« über dem Eingang eines grau geschindelten Hauses, das wesentlich windschiefer wirkt als vor zwanzig Jahren. Ich will meinen Mund öffnen, um zu protestieren – warum sind wir hier? –, aber da stellt Eliza den Motor aus und sagt mit Nachdruck in der Stimme: »Aber manchmal, Honey Bun, sind die Tatsachen, mit denen wir überraschend konfrontiert werden, die besten Wendungen, die uns passieren konnten.«

Ratlos starre ich sie an. Noch bevor ich etwas erwidern kann, fügt sie erklärend hinzu: »Es war für dich gestern eine furchtbare Situation. Als Braut wenige Schritte vom Jawort entfernt sitzen gelassen zu werden, das tut unheimlich weh und ist eine riesige Demütigung. Aber ... was wäre die Alternative gewesen? Jay hätte das Ganze durchgezogen, ihr hättet geheiratet, und in der Hochzeitsnacht – und in den Nächten danach – hättest du gemerkt, dass eure Beziehung niemals so sein wird, wie du dir das gewünscht hast. Und dann?«

Ich kämpfe gegen aufsteigende Tränen an, als ich heiser sage: »Das weiß ich. Jay hätte es mir früher sagen müssen. Er hätte sich nie mit mir verloben dürfen, verdammt!«

»Das stimmt«, bestätigt Eliza ernst. »Aber vielleicht hat er bis kurz vor der Hochzeit immer noch daran geglaubt, dass du die Eine für ihn sein könntest.«

»Aber dann hätte er wohl früher Sex mit mir haben wollen«, werfe ich ein und schluchze trocken auf. »Himmel, Eliza, ich komme mir wie die dümmste Braut des Universums vor!«

»Oh, nein, Honey Bun, das bist du ganz sicher nicht«, widerspricht Eliza lachend. »Du bist nur eine riesengroße Romantikerin, das ist alles. Die warst du schon mit fünfzehn. Ich sehe dich noch vor mir, wie du im Diner gesessen und Jane Austen gelesen hast.«

Bei der Erinnerung muss ich lächeln.

»Und ein Verlobter, der sich euer erstes Mal bis zur Hochzeitsnacht aufheben will, der hat nun einmal voll deine romantische Ader à la Jane getroffen.«

»Mag sein«, murmele ich düster. »Außerdem war Jay einfach so eine Abwechslung zu all den komischen Typen, die ich in den Jahren vorher bei Tinder kennengelernt hatte und die NUR Sex wollten, nichts anderes. Dann kam Jay, und er wollte keinen Sex, sondern erst einmal heiraten – und ich dachte: Halleluja, der Mann meines Lebens, der nicht nur an meinen Titten interessiert ist! Sorry für die Ausdrucksweise.«

Eliza lacht herzhaft auf. »Ach, ich bitte dich, ich betreibe seit über vierzig Jahren ein Diner, das die meiste Zeit von Fischern und manchmal auch von Truckern auf ihrem Stopp an unserer Küste besucht wird. Das T-Wort ist noch ziemlich harmlos im Vergleich mit dem, was ich manchmal zu hören bekomme!«

Ich grinse sie über die Mittelkonsole hinweg an. Dann richte ich meinen Blick auf die beleuchtete Kneipe vor uns. »Was machen wir hier, Eliza?«

»Wir gehen da jetzt rein, Honey Bun.«

Vehement schüttele ich den Kopf. »Auf keinen Fall. Ich kann das nicht.«

»Und warum nicht?«, hakt Eliza sanft nach.

»Weil … alle über mich reden werden.«

»Oh, das tun sie aber auch, wenn du nicht da bist.«

Ich stöhne leise auf. »Ganz toll. Aber immerhin muss ich mir dann ihre mitleidigen Blicke und ihr Getuschel nicht antun.«

»Mitleid hat man nur mit denen, die traurig in einer Ecke hocken. Oder die allein an der Küstenstraße entlangtrotten, weil sie sich nicht in die Kneipe trauen, wo die beste Band der Gegend spielt.«

»Und auch die einzige Band der Gegend. Die eigentlich gestern bei meiner Hochzeit hätte auftreten sollen!«

»Ja. Genau.« Eliza greift erneut nach meiner Hand und drückt sie mit Nachdruck. »Und darum sage ich dir: Geh da jetzt rein. Genieß diese verdammt gute Musik. Tanz dir die Seele aus dem Leib, wie du es gestern gemacht hättest. Zeig den Leuten, dass Florentine Schiller sich nicht von einer geplatzten Hochzeit unterkriegen lässt. Gib ihnen so richtig was zu reden, Honey Bun!«

17

Raven

Ich entdecke Florentine sofort, als sie mit Eliza Baker die Kneipe betritt, und das, obwohl sie aufgrund ihrer Körpergröße in der Menschenmenge eher untergeht. Doch zum einen ist sie mit dem hellblonden, unordentlichen Dutt auf ihrem Kopf und dem leuchtend bunten Lolli-Kleid nun wirklich schwer zu übersehen – und zum anderen scheint Florentine sowieso der Mittelpunkt jedes Raums zu werden, den sie betritt. Vermutlich merkt sie selbst das gar nicht, aber es ist so.

Während meine Finger die Basssaiten zupfen und ich gemeinsam mit Neil den Refrain von »Highway to Hell« anstimme, beobachte ich, wie Florentine sich durch die Bar bewegt. Ich merke ganz genau, dass die anderen Kneipenbesucher sich nach ihr umdrehen, dass sie hinter vorgehaltenen Händen über sie reden, und ich wünsche mir einen Augenblick lang, ich könnte etwas dagegen tun. Doch Eliza ist bei Florentine, sie legt einen Arm um ihre Schultern und zieht sie mit sich, zur Theke, wo Barkeeper Jones die beiden freudig anstrahlt. Noch bevor wir den Song zu Ende gespielt haben, nippt Florentine an ihrem ersten Drink – aufgrund ihres gestrigen Exzesses auf meinem Sofa hätte ich mir gewünscht, dass sie eine Coke oder Ähnliches ordert, aber ich sehe genau, dass Jones zum Bombay Sapphire greift, und ahne nichts Gutes.

Unser Song ist zu Ende, und Neil bedankt sich in seiner üblichen lockeren, charmanten Art beim begeistert klatschenden Publikum: »Danke, Leute! Habt ihr übrigens mal darüber nachgedacht, was uns die Songs ›Highway to Hell‹ und ›Stairway to Heaven‹ über die Menge an Reisenden in die jeweilige Richtung sagen sollen?«

Gelächter und Gegröle aus der feiernden Menge sind die Antwort. Mit einem Grinsen greife ich zu meiner Mappe mit Songtexten und blättere um, auch wenn ich das nächste Stück ohnehin auswendig kann.

Und ich weiß, dass Florentine dazu tanzen wird, bevor Neil die ersten Akkorde auf der E-Gitarre gespielt hat. Ich sehe sie aufjubeln, als das charakteristische Intro durch die Kneipe röhrt. Sie drückt Eliza ihren Drink in die Hand und drängt näher zur Bühne, auf der Neil und ich nun die ersten Worte des Klassikers von Bryan Adams singen: »I got my first real six-string, bought it at the five and dime …«

Augenblicklich singt die ganze Kneipe mit, und ich habe das Gefühl, dass das in die Jahre gekommene Dach des Pubs jeden Moment in die Höhe gedrückt werden könnte, so laut ist es hier drinnen – und ich liebe es.

»Me and some guys from school, had a band and we tried real hard …« An einem Abend wie diesem, wenn ich mit Luke und Neil im Rum Runner Musik mache und sich fast ganz Wildberry Bay auf der engen Tanzfläche drängt, fühle ich mich wieder wie siebzehn und zurück im Jahr 1998 – auch wenn ich damals noch gar nicht ins Rum Runner durfte. Aber von außen haben Luke, Neil und ich oft gebannt zugehört, wenn hier drinnen die Dare Devils, die damalige lokale Band, gespielt haben, und wir wollten das genauso. Neil spielte ganz passabel Gitarre, ich hatte mich schon eine Weile am Bass versucht, und Luke trommelte ständig auf irgendetwas herum – wieso also keine Band gründen? Mein Dad kannte jemanden von der Schule, der sein altes Schlagzeug günstig abzugeben hatte, und so haben meine Eltern es kurzerhand gekauft und unserer Band zur Verfügung gestellt – von da an konnte Luke seinen angestauten Frust so richtig rauslassen und hat sich in kürzester Zeit selbst das Schlagzeugspielen beigebracht. Das war die Geburtsstunde der Young Rebels.

Der Sommer lag damals endlos und unbeschwert vor uns, alles schien irgendwie möglich. Noch war kein Flugzeug in den Atlantik vor Wildberry Bay gestürzt, und noch hatte mein Vater sich nicht als schwul geoutet. Noch war die ganze Wildberry Bay Clique im Cozy Cottage vereint.

Als mein Blick über die Tanzfläche schweift, habe ich tatsächlich kurz den Eindruck, dass wir wieder 1998 haben. Dort sind sie alle versammelt, wenn auch zum großen Teil deutlich grauer als damals, und mit jemandem in ihrer Mitte, den ich nicht gern dort sehe: Noah tanzt mit meiner Mutter, und selbst wenn Mom so ausgelassen herumwirbelt, versetzt dieser Anblick mir mal wieder einen Stich. Was will meine Mutter mit diesem 40-jährigen Yoga-Heini?

Neben den beiden tanzen Bob und mein Dad, und wie immer, wenn ich die zwei beobachte, bin ich echt gerührt. Ich habe schon lange meinen Frieden mit der Tatsache gemacht, dass mein Vater einen Freund – inzwischen sogar Ehemann – hat. Dass Gwen, Jay und ich somit Stiefgeschwister sind. Wenn ich Dad und Bob sehe, kann ich nicht verstehen, dass es da draußen Menschen gibt, die es verurteilen, wenn sich zwei Männer oder zwei Frauen ineinander verlieben. Mein Dad wirkt mit Bob so glücklich und im Reinen mit sich und der Welt, wie er es früher, mit Mom, nie getan hat. Ich muss daran denken, wie ich Bob und Dad im letzten Winter nachmittags besucht habe und sie dicht nebeneinander auf der Couch vor dem Kamin vorfand: Bob massierte die chronisch kalten Füße meines Vaters und schaute nebenher die neueste Folge von *Queer Eye*, während mein Vater in ein paar Kochzeitschriften vertieft war. Für mich war dieser banale Moment an einem grauen Februarnachmittag der Inbegriff von Glück.

Glücklich miteinander wirken Florentines Eltern leider tatsächlich nicht mehr. 1998 war das anders, glaube ich mich zu erinnern. Die beiden waren hier, in Wildberry Bay, immer so entspannt – ich sehe sie noch vor mir, wie sie lesend nebeneinander an dem kleinen Strand saßen, wo Florentine heute den halben Tag verbracht hat. Oder wie sie im Bayview Diner zu einem Song aus der Jukebox getanzt haben, der offenbar »ihr Song« war: »Wonderful World«, der mit den Worten *Don't know much about history* beginnt. Das muss so ein Insider zwischen ihnen gewesen sein, weil Florentines Mutter pensionierte Geschichtslehrerin ist, und ihr Vater Biologielehrer – und der Song geht mit *don't know much biology* weiter.

Heute Abend tanzen sie mit reichlich Abstand zueinander, sehen nur aneinander vorbei, lächeln sich kein einziges Mal an.

And now the times are changin', look at everything that's come and gone, sometimes when I play that old six-string, I think about you, wonder what went wrong ...

Bei diesen Zeilen muss ich darüber nachdenken, wie sehr sich die Zeiten tatsächlich geändert haben – und wie doch einiges geblieben ist wie immer. Mein Blick wandert zu Florentine. Sie wirbelt neben Debbie im Kreis, ihre Arme in die Luft gestreckt, und sieht genau wie der »Flornado« aus, der sie mal war. Immer noch ist. Ja, obwohl sie natürlich nicht mehr die Fünfzehnjährige aus unserem letzten Sommer hier in Wildberry Bay ist, erkennt man immer noch das ausgelassene, sorglose Mädchen von damals in der Fünfunddreißigjährigen auf der Tanzfläche. Ich kann mich gut daran erinnern, wie Gwendolyn, Florentine und Jay zu genau diesem Bryan-Adams-Song durch unser Sommerhaus gewirbelt sind, laut gesungen und gelacht haben.

Gwen und Jay fehlen heute, aber Florentines Lachen ist so ansteckend wie damals – selbst einen Tag, nachdem ihre Traumhochzeit geplatzt ist. Es überrascht mich, dass sie aus ihrer Trauerblase gekrochen ist, in der sie sich den ganzen Tag versteckt hat. Ob Eliza das geschafft hat? Florentine wollte ja gar nicht herkommen, in die Kneipe. Und mir war völlig klar, dass sie nicht zu Hause bleiben wollte, weil sie unsere Musik nicht mag oder weil sie nicht gern feiern geht, sondern weil sie nicht das mitleidige Starren der anderen auf sich spüren wollte. Doch von Mitleid ist momentan nicht viel zu sehen, merke ich beim Blick auf die anderen Tanzenden – vielmehr Bewunderung für eine junge Frau, die sich offenbar nicht so leicht unterkriegen lässt. Und ich merke auch ganz genau, wie einige andere Männer Florentine ansehen und sich mal mehr, mal weniger subtil in ihre Nähe auf der Tanzfläche vorarbeiten. Florentine scheint davon nichts mitzubekommen. Sie singt aus vollem Hals den Songtext mit, wie immer etwas schräg, das höre ich bis hier auf der Bühne, so laut ist sie. Und es ist ihr egal, sie freut sich einfach über die Musik und ist völlig in diesem Moment. Alles an ihr scheint zu tanzen: Ihr blonder Dutt wippt, ebenso ihre Bonbon-Ohrringe – und ihr Busen. Ich senke den Blick und starre auf meine Finger, die die Basssaiten zupfen, während Neil und ich und der Rest der Kneipe zum letzten *Me and my baby in '69 …* ansetzen. Als die letzte Silbe und der letzte E-Gitarrenakkord verklungen sind, bricht der Raum in Applaus und Gejubel aus. Ich hebe den Blick und begegne augenblicklich dem von Florentine. Ihre dunkelbraunen Augen strahlen mich an, und ich kann nicht anders, ich muss zurücklächeln. Das scheint sie irgendwie zu erstaunen, denn sie hebt regelrecht verblüfft die Augenbrauen. Fragend sehe ich sie an, komme jedoch nicht mehr dazu, stumm zu kommunizieren, denn Neil stimmt schon das nächste Stück an, und eilig schlage ich eine neue Seite in meinem Songbuch um.

Zwar hatte ich gehofft, dass unsere Musik und ihr wildes Tanzen Florentine davon abhalten würden, sich wieder dem Gin Tonic zu widmen, aber leider schafft sie es zwischendurch immer wieder, sich zur Bar hindurchzudrängeln. Mehr als einmal reicht Jones ihr Nachschub über die Theke hinweg, wie ich zunehmend missgelaunt von der Bühne aus beobachte. Wenn sie so weitermacht, kotzt sie am Ende heute Nacht in mein Bett, was ich nicht so lustig fände. Als wir eine Pause machen, dränge ich mich durch die Menge und fasse Florentine am Ellbogen.

»Hey«, sage ich zu ihr, und sie dreht sich zu mir um und strahlt mich an. Ihre Wangen sind gerötet, ihre Augen leuchten. Einige ihrer Locken haben sich aus ihrem Dutt gelöst und umrahmen wild kringelnd ihr Gesicht.

»Selber hey!«, ruft sie ausgelassen über einen Country-Klassiker hinweg, der als Pausenfüller aus den Lautsprechern dröhnt. »Super gespielt!«

»Danke«, murmele ich und füge dann ernst hinzu: »Du solltest langsam mal auf Wasser oder Coke oder so umsteigen.«

Florentines Augenbrauen wandern erstaunt in die Höhe. Sie lallt bereits leicht, als sie fragt: »Warum?«

»Weil du gestern schon zu tief in meine Ginflasche geschaut hast.«

»Raven hat völlig recht.« Luke ist neben mir aufgetaucht und sieht Florentine ebenfalls ernst an. Er hat ein Glas, gefüllt mit Coke und Eiswürfeln, in der Hand, und nippt bedeutungsschwer daran. Luke trinkt grundsätzlich keinen Alkohol, aus gutem Grund.

»Hey, hey, macht mal langsam, Jungs«, lacht Florentine auf, und als auch noch Neil neben uns tritt und ihr freundschaftlich einen Arm um die Schulter legt, kichert sie übermütig: »Oh, oh, jetzt ist sogar die Polizei hier! Aber ich kann Sie beruhigen, Officer: Ich werde zu Fuß nach Hause gehen, keine Sorge!«

»Wenn du noch laufen kannst, Flo«, grinst Neil mit einem leichten Kopfschütteln. »Raven und Luke haben recht – ich finde es super, dass du heute hier bist, aber bitte übertreib es nicht, Süße.«

»Jungs, bei aller Liebe: Ich brauche echt keine Aufpasser«, stöhnt Florentine mit einem Augenrollen.

»Manchmal schon. Du solltest dich heute Abend nicht schon wieder völlig abschießen. Alkohol löst keine Probleme, Florentine.« Ich weiß, dass ich wie der Lehrer klinge, der ich bin, aber ich komme nun einmal auch in den Sommerferien nicht aus meiner Haut – wobei ich meinen Grundschülern ja zum Glück noch keine Moralpredigten wegen Alkohol halten muss.

Vermutlich habe ich mich wirklich zu sehr nach Grundschullehrer angehört, denn Florentine sieht mich auf einmal aus schmalen Augen warnend an und sagt: »Raven, hör auf, mich wie ein Kind zu behandeln, okay?« Dann schwenkt sie den Zeigefinger in meine Richtung und fügt mit schwerer Zunge hinzu: »Geht lieber wieder auf die Bühne und macht weiter Musik!«

»Genau, das sehe ich auch so.«

Als ich die Stimme höre, die ich so lange nicht gehört habe, fahre ich erstaunt herum – und starre geradewegs in das Gesicht von Blake Cabot, Lukes jüngerem Bruder.

»Blake? Was …? Seit wann bist du hier?«, stoße ich verblüfft hervor und frage mich flüchtig, ob Luke wusste, dass sein Bruder wieder in Wildberry Bay ist – doch ein Blick auf meinen Freund sagt mir, dass dem nicht so war.

»Hi, Raven«, grinst mich Blake an und klopft mir auf die Schulter. Ich hätte ihn überall erkannt, auch wenn nur noch die dunkelbraunen Augen, die Lukes so ähnlich sind, an den Vierundzwanzigjährigen erinnern, der vor acht Jahren aus Wildberry Bay verschwunden ist. Der seitdem einige Monate im Knast war und danach Gott weiß wo. Niemand von uns hatte eine Ahnung, wo sich Blake nach seinem Gefängnisaufenthalt herumgetrieben hat, und ich hatte schon befürchtet, dass er womöglich tot ist. Doch hier steht er, sehr lebendig, mit wesentlich muskulöseren Oberarmen und einigen Tattoos mehr als vor acht Jahren. Das lange Haar von damals hat einem raspelkurzen Schnitt Platz gemacht.

Luke ist vor seinen Bruder getreten und starrt ihn fassungslos an. »Blake, woher kommst du denn plötzlich?«, fragt er leise. Dass er sich nicht freuen kann, sieht man ihm deutlich an – und Neil geht es ganz genauso, dafür muss ich meinen Kumpel nicht anschauen. Immerhin hat Neil gute Gründe, warum Blake ein rotes Tuch für ihn ist.

»Freust du dich gar nicht, dass ich wieder hier bin, Big Brother?« Blake sieht Luke mit hochgezogenen Augenbrauen abwartend an. Als Luke nicht reagiert, blitzt in Blakes dunklen Augen etwas auf – ich erkenne Enttäuschung, glaube ich zumindest. Rasch wendet er sich von Luke ab und grinst Florentine an, die immer noch neben unserem Grüppchen steht und offenbar versucht zu verstehen, was hier vor sich geht.

»Hi, Florentine. Dich habe ich auch ewig nicht gesehen.« Als Blake sein charmantestes Lächeln anknipst, schlucke ich gereizt eine Bemerkung wie »Du warst ja auch acht Jahre lang nicht hier« herunter. Ganz abgesehen von der Tatsache, dass Florentine selbst seit 1998 nicht mehr hier war, werde ich mich da raushalten. Es geht mich nichts an, was Blake zu ihr sagt.

»Ich habe gehört, dass du von deinem Verlobten sitzen gelassen worden bist.« Blake nimmt einen großen Schluck aus seiner Bierflasche. »Wie man bei dir schwul sein kann, ist mir ein Rätsel.«

»Das reicht. Lass sie in Ruhe«, grollt Luke und macht einen Schritt auf seinen Bruder zu, aber zu meiner Überraschung sagt Florentine mit Nachdruck: »Ich bin erwachsen und brauche euch nicht als meine Beschützer, okay? Und ihr habt mir übrigens auch nicht zu sagen, was ich trinken soll und was nicht.«

Sie reckt ihr Kinn nach vorn und sieht uns der Reihe nach störrisch an.

»Wenn die Gefahr besteht, dass du später in MEIN Bett brichst, dann schon«, sage ich, bevor ich die Worte herunterschlucken kann. Prompt sieht mich Florentine wütend an.

»Wenn ich dir doch so zur Last falle, dann sag es ruhig, Raven! Ich kann auch woanders schlafen!«

»Oha, ich komme nicht mehr mit«, höre ich da schon wieder Blake, der erneut einen großen Schluck von seinem Bier genommen hat.«Wieso schläft Flo in DEINEM Bett, Raven? Flo, hast du dich etwa so schnell mit Jays Bruder getröstet?«

Ich mache einen Schritt nach vorn, weil ich Blake gern packen und schütteln würde – manche Dinge ändern sich offenbar nie, selbst wenn acht Jahre vergangen sind. Aber auch Neil ist nach wie vor der Streitschlichter vom Dienst, denn er schiebt sich blitzschnell zwischen Blake und mich.

»Okay, das reicht. Blake, pass auf, was du so von dir gibst, okay?«

»Wieso? Kann man neuerdings verhaftet werden, weil man harmlose Fragen stellt?«, fragt Blake gedehnt und sieht Neil provozierend an. Neil erwidert seinen Blick betont beherrscht, doch auf seiner Stirn zeichnet sich deutlich die Ader ab, die mir verrät, dass mein Freund innerlich nicht so ruhig ist, wie er nach außen wirkt.

»Jungs, lasst uns weiter Musik machen«, sagt Luke gepresst. Und mit warnender Stimme an seinen Bruder fügt er hinzu: »Wir zwei unterhalten uns später in Ruhe, okay?«

»Kann es kaum erwarten«, brummt Blake und trinkt erneut einen großen Schluck aus seiner Flasche. Dann legt er zu meinem Entsetzen seinen Arm um Florentines Schulter, und sie lässt ihn gewähren und geht sogar mit ihm durch die Menge zur Bar. Wut wallt in mir auf, doch ich kann und werde jetzt nichts tun. Sie hat es ja gesagt: Sie ist erwachsen und braucht keine Beschützer.

Ein paar Stücke später stehen Florentine und Blake auf dem Tresen und tanzen dort zu unserer Version des Springsteen-Songs »Dancing in the Dark«. Ich verpasse fast meinen Soloeinsatz, weil ich so fassungslos beobachte, wie Florentine barfuß neben Lukes Bruder auf der Bar herumhüpft, während Jones so tut, als würde er ihr nicht unter den Rock gucken, aber es natürlich macht. Neil und ich tauschen einen besorgten Blick aus, und Luke am Schlagzeug muss ich gar nicht erst ansehen, um zu wissen, dass er innerlich kocht.

Als der letzte Akkord des Songs verklungen ist und einmal mehr Applaus aufbrandet, ertönt von der Theke her ein Schrei, Gläser klirren, und ein Barhocker stürzt um. Erschrocken starre ich in den Tumult, der am Tresen ausgebrochen ist, und erst, als ich erkenne, wie sich ein blonder Haardutt vom Boden aufrappelt, begreife ich, dass Florentine von der Theke gefallen ist, während Blake nach wie vor oben steht und ein wenig bedröppelt in das Chaos hinabschaut, an dem er alles andere als unschuldig ist.

18

»Wenn mich einer meiner Kollegen erwischt, habe ich ein Riesenproblem«, brummt Neil, bevor er mir einen letzten prüfenden Blick zuwirft und dann die Klappe der Ladefläche von Lukes Pick-up schließt.

»Aber wenn wir alle vorne sitzen, und Florentine wird in der Fahrerkabine schlecht, dann hat Luke ein Riesenproblem«, erwidere ich trocken.

»Es sind doch wirklich nur ein paar hundert Meter die Küstenstraße runter«, höre ich Luke vom Fahrersitz aus sagen. »Falls wir tatsächlich so viel Pech haben und von einer Streife angehalten werden, tun wir beide so, als hätten wir die zwei da hinten nicht bemerkt.«

»Schönen Dank auch, Jungs«, knurre ich, während ich Neils leises Lachen und das Zuschlagen der Beifahrertür höre.

»Schau mal, die Sterne«, lallt es neben mir, und ich sehe zur Seite. Florentine und ich sitzen mit lang ausgestreckten Beinen auf der Ladefläche von Lukes Pick-up, zwischen den Koffern mit Neils Gitarre und meinem E-Bass. Luke will morgen sein Schlagzeug und die Lautsprecherboxen abholen. Da er auf seinem Boot keinen Platz für das Schlagzeug hat, darf er es in der alten Scheune hinter dem Blue Gables Bed & Breakfast abstellen, die auch unser Probenraum ist.

Wir lehnen uns mit dem Rücken gegen die Fahrerkabine, doch als der Pick-up langsam losfährt, kippt Florentine in Zeitlupe wie ein nasser Sack zu der Seite, wo ich nicht sitze. Rasch beuge ich mich vor und ergreife ihren Arm, um sie wieder in eine sitzende Position zu ziehen, aber stattdessen kippt sie jetzt in die andere Richtung, direkt auf mich. Mit einem leisen »Uff« sinke ich zurück gegen die Fahrerkabine und versuche, sie so zu drehen, dass ich einen Arm um ihre Schulter legen und sie seitlich gegen meinen Oberkörper ziehen kann. Auf diese Weise kann sie während der kurzen Fahrt immerhin nicht unkontrolliert in der Gegend herumkullern.

»Siehst du die Sterne, Raven?« Sie hebt ihren Kopf ein wenig und mustert mich fragend.

»Ja, Florentine, ich sehe die Sterne«, antworte ich ruhig, ohne den Blick wirklich zum schwarzen Nachthimmel heben zu müssen. Ich weiß, dass dies eine der Nächte ist, in denen die Milchstraße schimmernd über dem dunklen Atlantik zu sehen ist. Das Zirpen von Grillen erfüllt die Luft, gemischt mit dem Krachen der Brandung an die Felsen, während wir langsam die Küstenstraße entlangfahren. Die frische Brise vom Meer tut mir nach der stickigen Luft im Rum Runner wirklich gut. Ich atme tief ein, doch in den Duft nach Salz und Seetang mischt sich auch der von Florentines Shampoo, weil mir ihr Haardutt so nah ist. Sie duftet nach Pfirsich, so wie mein ganzes Badezimmer, seit sie dort heute ihre Sachen ausgebreitet hat.

»Ihr habt so toll gespielt«, seufzt Florentine und sieht mich wieder schräg von der Seite an.

»Danke dir«, murmele ich.

»Es wäre eine tolle Hochzeit geworden, wenn ihr da gespielt hättet. Wirklich. Ich hätte den ganzen Abend getanzt, so wie heute. Nur mit Jay. Jay ist ein toller Tänzer, weißt du?«

»Mhhm.«

»Meinst du, er wäre gut im Bett gewesen? Männer, die gut tanzen, sind doch meistens gut im Bett, oder?«

Ich bemühe mich darum, nicht aufzustöhnen. »Florentine, ich kann es dir beim besten Willen nicht sagen, ob Jay gut im Bett ist«, murmele ich in ihren Haardutt hinein.

»Bestimmt ist er das. Ich muss Trevor mal fragen.«

»Tu, was du nicht lassen kannst.«

»Bei meiner Hochzeit hätte ich natürlich nicht auf der Theke getanzt«, lallt sie mit schwerer Zunge und dreht sich zur Seite, wobei ihr Kopf ein wenig nach unten rutscht, sodass sie ihr Gesicht plötzlich gegen meine Brust presst. »Mit meinem Wolkenkleid wäre ich auch gar nicht auf die Theke gekommen. Es sei denn, man hätte mir geholfen. Gwen hätte mir bestimmt geholfen. Aber stell dir mal vor, ich hätte ohne meinen Stringtanga auf der Theke getanzt! Bei meiner Hochzeit!«

»Das stelle ich mir lieber nicht vor«, brumme ich leise und versuche, ihren warmen Atem zu ignorieren, der durch mein T-Shirt auf meine Haut dringt.

»Es tut mir so leid, dass ich Eliza umgeworfen habe«, murmelt Florentine. »Meinst du, ich habe ihr sehr wehgetan?«

»Hoffentlich nicht«, antworte ich.

Neil, Luke und ich haben sofort die Bühne verlassen und versucht, in dem Gewühl vor der Bar zu helfen. Wie mir einer der Fischer erzählt hat, hatte Blake Florentine in eine Drehung gewirbelt, sie dann aber versehentlich losgelassen, sodass Florentine rücklings vom Tresen gestürzt ist und dabei Eliza von ihrem Barhocker und zu Boden geworfen hat. Eliza hat sich dabei wohl am Handgelenk wehgetan, zumindest habe ich am Rande mitbekommen, wie Jones Eiswürfel in ein Geschirrtuch gefüllt und ihr zum Kühlen gereicht hat. Florentine ging es ganz gut, wenn man bedenkt, dass sie von der Theke zu Boden gefallen war. Während Luke Blake einen Kopf kürzer gemacht hat, haben Neil und ich unsere Sachen zusammengepackt und uns darauf geeinigt, dass wir Florentine irgendwie nach Hause bringen mussten – immerhin war die Cozy-Cottage-Clique bereits vor dem Theken-Sturz zu Fuß aufgebrochen, nachdem sich Regina und Bernd bei mir vergewissert hatten, dass ich nicht ohne ihre Tochter zu meinem Haus zurückkehren würde.

Und nun sitze ich mit dieser Tochter auf der Ladefläche von Lukes Pick-up und starre zur Milchstraße hinauf, während Florentine neben mir weiter vor sich hin lallt: »Weißt du, ich wollte so gern heiraten. Und Kinder bekommen. Vier Kinder wollte ich immer haben. Aber dafür brauche ich natürlich einen Mann, der Sex mit mir haben will. Und keinen, der schwul ist.«

»Ja«, bestätige ich leise. »Das stimmt.«

»Geküsst habe ich Jay wirklich gern. Wir HABEN uns nämlich geküsst, falls ... falls du dich das gefragt hast, Raven.«

Das hatte ich mich tatsächlich gefragt, aber das werde ich nicht laut zugeben.

»Er kann wirklich gut küssen«, lallt Florentine leise. »Aber es waren nie sehr leidenschaftliche Küsse, eher ... sanfte.«

Okay, viel zu viele Informationen. Ich räuspere mich gequält.

»Manchmal will man leidenschaftlich geküsst werden und nicht sanft, oder?«

Ich schließe meine Augen und massiere mit meiner freien Hand die steile Falte zwischen meinen Brauen, ohne darauf zu antworten. Florentine seufzt tief auf und schweigt ein paar Sekunden lang. Ich hoffe schon, dass sie eingeschlafen ist, als sie leise sagt: »Nach dem Abi, da kam mir alles so klar und einfach vor. Ich war mit Florian zusammen – Florian und Florentine, komisch, oder?« Sie fängt an, wie wild gegen meinen Oberkörper zu kichern, und trotz meiner Anspannung muss auch ich flüchtig schmunzeln.

»Ich dachte echt, mit Florian würde ich alt werden. Dachte, er wäre meine große Liebe. Aber dann ... dann habe ich mein Lehramtsstudium abgebrochen. Weil ich gemerkt habe, dass ich keine Lehrerin sein wollte. Ich meine, nur weil meine Eltern Lehrer sind, muss ich doch keine Lehrerin werden wollen, oder?« Sie hebt den Kopf und sieht mich an. Ihr Zeigefinger bohrt sich in meine Brust, als sie lallt: »DU bist natürlich Lehrer geworden, Raven Leblanc, Sohn eines Lehrers. Aber ICH – ich habe nach fünf Semestern gemerkt, dass ich das gar nicht machen will. Dass ich viel lieber Kuchen backe. Verstehst du?«

»Ja, das verstehe ich«, sage ich sanft und greife nach ihrem Zeigefinger, der sich schmerzhaft in meine Brust bohrt. »Und ich finde es gut, dass du Konditorin geworden bist, wenn dir der Beruf Spaß macht. Was ich allerdings nicht verstehe: Was hat das mit Florian zu tun?«

»Fl...Floooorian«, seufzt sie, »fand, dass ich nicht genug aus mir machen würde. Dass ich fertig studieren sollte. Er konnte überhaupt nicht begreifen, dass ich eine Ausbildung zur Konditorin machen wollte. Meine Eltern, die haben es verstanden und unterstützt. Aber Floooorian ... er hat mich verlassen. Einfach so. Und ... unsere gemeinsamen Freunde, die haben mich auch verlassen. Waren alle auf seiner Seite.«

»Wow. Okay«, murmele ich erschüttert. Das wusste ich gar nicht. Aber ich weiß ohnehin sehr wenig von Florentines Leben in Deutschland.«Dieser Florian klingt nach einem Arsch, wenn du mich fragst.«

»Genau! Ein Arsch war er. Ganz genau.« Ihr Zeigefinger bohrt sich schon wieder in meine Brust, während sie so heftig mit dem Kopf nickt, dass ihr Dutt gefährlich ins Wanken gerät.

»Aber danach kamen auch nur noch Arschlöcher. Arschloch Nummer 2, Jens M...M...Müller, habe ich nach zwei Monaten Beziehung mit seiner Chefin im Bett erwischt. Mit der Chefin, die zwanzig Jahre älter war als er! Er hat mir gesagt, er hätte das nur gemacht, um befördert zu werden.« Sie schnaubt und lacht gleichzeitig, und ganz kurz fürchte ich, dass sie sich übergibt, aber dann lehnt sie sich wieder gegen mich und starrt zu den Sternen hinauf, während sie langsam weiterlallt: »Dann war da noch Stefan Koslowski. Der hat nach ein paar Monaten per WhatsApp Schluss gemacht. Dann Markus Holten. Der hat gar nicht Schluss gemacht, sondern sich einfach nicht mehr gemeldet. Ghosting nennt man das.«

»Du hast echt ein Händchen für Arschlöcher«, bemerke ich leise.

»Ja. Du sagst es. Und dann, nach all diesen Griffen ins Klo, begegne ich auf Gwendolyns Hochzeit Jay wieder, und er ist genauso desillusioniert von der Liebe wie ich, und wir beschließen, dass wir heiraten, wenn wir beide mit fünfunddreißig immer noch Single sind.«

Ich muss an Gwens Hochzeit denken. Daran, wie Florentine und Jay miteinander getanzt haben und wie Regina zu mir gesagt hat: »Vielleicht wird aus den beiden ja auch noch ein Paar!«

Gwendolyns Hochzeit war in so vielerlei Hinsicht ein merkwürdiges Ereignis. Nicht nur wegen Tom und der Art, wie er uns alle angesehen hat, als wären wir Ungeziefer, das er nicht mehr in seinem und Gwens Leben haben wollte. Nein, noch dazu haben mein Bruder und unsere Kindheitsfreundin nach mehreren Proseccos zu viel diesen absurden Schwur geschlossen. Ich habe Jay nach der Hochzeit gleich gesagt, dass das doch Bullshit ist: Entweder, man verliebt sich und will heiraten, oder man tut es nicht. Aber man beschließt doch nicht zu heiraten, wenn man es innerhalb von fünf Jahren nicht schafft, anderweitig glücklich zu werden!

Jay hat mich nur angesehen und leise gesagt: »Du hast ja keine Ahnung, Raven.«

Die hatte ich offenbar in der Tat nicht, denn erst jetzt kann ich irgendwie verstehen, was Jay dazu bewogen hat, so zu handeln. Warum er unbedingt seine beste Kindheitsfreundin heiraten wollte: Weil er sich verzweifelt nach einem Happy End sehnte, denn er ist genauso hoffnungslos romantisch wie diese lallende Person an meiner Seite, die gestern noch die schönste Braut war, die ich je gesehen habe. Diese nach Pfirsich duftende, mich in den Wahnsinn treibende Person, die genauso verzweifelt geliebt werden will wie mein Bruder.

»Nach Gwens Hochzeit habe ich es auf Tinder versucht«, lallt es jetzt neben mir, und bei dem Gedanken an Florentine auf Tinder ziehe ich eine Grimasse. Da sie gerade den Kopf gedreht hat und dies sieht, nickt sie mit Nachdruck.

»Ja, ganz genau. Es war furchtbar. Ich hatte mindestens zwanzig erste Dates, die zu nichts geführt haben. Ein Typ ist gar nicht erst aufgetaucht. Da habe ich vor einem Biergarten in München herumgestanden und gewartet und schließlich so einen jungen Kerl angesprochen, der auch da herumstand und so gewirkt hat, als würde er auf jemanden warten. Der hatte so eine Plastiktüte in der Hand, sah aber eigentlich ganz okay aus. Ich frage ihn: ›Sind wir verabredet?‹ Und er so: ›Nee, aber ich teile gern meine Pulle Bier mit dir!‹ Das war ein Obdachloser, der gerade überlegte, wo er sein Schlafplätzchen aufschlagen sollte, wie er mir dann noch erklärt hat.«

Ihr wildes Kichern geht so plötzlich in Schluchzen über, dass ich überrascht den Kopf drehe, um ihr ins Gesicht sehen zu können.»Tja, ich hätte mir wirklich das Bier mit ihm teilen sollen, denn der Obdachlose war tatsächlich der Netteste von den Kerlen, die ich damals kennengelernt habe! Es waren so bescheuerte Typen dabei, Raven! Einer hat mir bei unserer ersten Verabredung gesagt, dass er nur Sex haben kann, wenn seine Schlangen zuschauen dürfen. Ein anderer hat noch bei seiner Mutter gewohnt und wollte, dass sie mich erst in Augenschein nimmt und ihr Okay gibt. Und mit einem war ich beim ersten Date im Englischen Garten verabredet, und ich wundere mich, dass der Typ immer schneller marschiert, sodass ich mich gar nicht mehr unterhalten, sondern nur noch nach Luft schnappen kann, und da erklärt er mir allen Ernstes, dass er die Gelegenheit nutzen und seinen neuen Schrittzähler testen wolle!«

Ich weiß selbst nicht, ob ich bei Florentines Horrorgeschichten lachen oder entsetzt sein soll. Sie schluchzt immer noch, dreht sich wieder zur Seite und presst ihr nasses Gesicht in mein T-Shirt. Ihre Wärme geht mir durch und durch.

»Und dann schreibe ich Jay diese WhatsApp – ›Hey, ich bin gerade fünfunddreißig geworden und immer noch Single – wie sieht es bei dir aus? Wollen wir heiraten?‹. Oder so ähnlich.« Sie hickst in mein T-Shirt hinein.»Und er antwortet total enthusiastisch, mit ganz vielen Herzchen-Emojis, und schon waren wir verlobt! Und jetzt ist er schwul!«

Bestimmt nicht erst jetzt, will ich sagen, aber ich beiße mir auf die Unterlippe. Unbeholfen streiche ich ihr über den Rücken und überlege verzweifelt, was ich Sinnvolles sagen könnte, als ich zu meiner Erleichterung merke, dass Luke den Pick-up in meine Garagenauffahrt lenkt.

»Wir sind da«, sage ich und richte mich auf, sodass auch Florentine wieder in eine aufrechte Position geschoben wird. Sie wischt sich schniefend über die Augen und sieht mich mit bebender Unterlippe an.

»Du musst mich für völlig bescheuert halten«, sagt sie mit schwerer Zunge.

»Nein, das tue ich nicht«, versichere ich ruhig und stehe dann auf. Ich halte ihr die Hand hin und helfe ihr in die Höhe, während Luke die Klappe der Ladefläche herunterlässt und uns im Schein der Solarlaternen, die meine Auffahrt säumen, erwartungsvoll ansieht.

»Na, alles okay hier hinten?«, fragt er und hilft Florentine dabei, die Ladefläche zu verlassen. Sie fällt halb in seine Arme, und als er sie lachend auf die Füße stellt, umarmt sie ihn überschwänglich und verkündet: »Ich hätte einen von euch heiraten sollen, Jungs! Echt! Von euch ist doch keiner schwul, oder?«

»Nicht, dass ich wüsste«, lacht Neil leise und tritt neben Luke. Sofort wankt Florentine zu ihm und umarmt ihn ebenfalls.

»Neil, du bist so ein Schatz, weißt du das? Und du bist Polizist! So ein toller Beruf! Und so sexy irgendwie! Wirklich, Gwenny hätte dich heiraten sollen. Nicht To-hom. Das Arschloch.«

»Wo sie recht hat«, murmele ich und tausche einen Blick mit Luke aus, der die Szene sprachlos beobachtet und sich offenbar nicht entscheiden kann, ob er lachen oder ernst bleiben soll, genau wie ich. Neil befreit sich sanft aus Florentines Umarmung und sagt: »Du bist auch fabelhaft, Flo. Und irgendwann wirst du heiraten, ganz bestimmt.«

»Heiratest du mich, Neil?«, fragt sie und kichert los, ohne eine Antwort abzuwarten. »Oder du, Luke?« Sie sieht ihn mit schwerem Schlafzimmerblick an, weil ihr die Augen halb zufallen, und Luke schüttelt mit einem leisen Lachen den Kopf. »Bitte! Du bist so viel netter als dein Bruder und siehst auch viel besser aus!«

»Danke dir, Flo. Aber ich muss dein Angebot leider trotzdem ausschlagen.«

»Schade…« Sie dreht sich leicht um die eigene Achse, und ihr Blick fällt auf mich. »Dich muss ich ja gar nicht erst fragen«, sagt sie langsam, und ich ziehe ratlos die Augenbrauen in die Höhe. »Du kannst mich ja eh nicht leiden. Also heiratest du mich auch nicht.«

Noch ehe ich irgendwie reagieren kann, macht sie eine weitere halbe Drehung und verkündet theatralisch: »Tja, dann muss ich wohl als alte Jungfer enden!«

Und bevor einer von uns etwas sagen oder tun kann, torkelt sie meine Einfahrt hinauf, wankt dann ein paar Schritte nach links und übergibt sich in die Heckenrosen.

19

WILDBERRY BAY WHATSAPP-GRUPPE

Sonntag, 8. Juli 2018

RACHEL SULLIVAN:
O mein Gott, @ElizaBaker, wie geht es dir?
Ich habe gehört, du bist gestern im Rum Runner fast
erschlagen worden? Weil die deutsche Braut
von der Theke gestürzt und auf dich gefallen ist?
Und Blake Cabot *is back in town*???

HARRIET WHITE:
Gott steh uns bei.

JIMM MCINTOSH:
Amen.

Florentine

»Was zum Teufel tust du da?«

Ich fahre zu Raven herum, die Hände voll Teig, den ich gerade mit Feuereifer durchgeknetet habe. Raven steht in seinem makellosen Wohnzimmer, auf dessen Sofa er heute Nacht geschlafen hat, und starrt mich mit gefurchter Stirn an.

»Ich knete Teig«, erwidere ich und grinse schief. »Mit den Händen, weil ich keinen Mixer gefunden habe. Wieso hast du Mehl im Vorratsschrank, aber keinen Mixer?«

Raven atmet hörbar ein, bevor er antwortet: »Weil ich hin und wieder Lasagne mache. Mehl brauche ich für die Béchamelsoße.«

»Oh, deine Lasagne würde ich sehr gern mal probieren«, sage ich begeistert, aber Raven starrt mich so ernst an, dass eine Einladung zum Essen wohl in weite Ferne gerückt ist, fürchte ich.

Es ist schon Mittag, und ich bin vor einer knappen Stunde aus tiefem, fast komatösem Schlaf aufgewacht. Eine heiße Dusche und eine Kopfschmerztablette später habe ich das Wohnzimmer verwaist vorgefunden und nach kurzer Überlegung mit meiner liebsten Feel-Good-Tätigkeit begonnen: Backen. Wenn ich backe, habe ich das Gefühl, alle negativen Gedanken abschütteln, ja, wegkneten zu können. Es ist eine fast meditative Tätigkeit für mich. Den Teig zwischen meinen Fingern zu spüren, mal glatt, mal klebrig, den Duft in meiner Nase zu haben, erfüllt mich mit einer Zufriedenheit, die ich sonst im Alltag schwer finde. Um ehrlich zu sein, hätte ich diesen Mürbeteig, aus dem ein wunderbarer Streuselkuchen entstehen wird, wohl sogar dann mit den Händen geknetet, wenn Raven einen Mixer besitzen würde.

Ich mustere Raven verstohlen. Er trägt eine sehr verwaschene Jeans und ein T-Shirt, das mal weiß war, aber jetzt von reichlich Farbschmierern und -spritzern überzogen ist. Um den Kopf hat er wieder ein Bandana geschlungen, wie gestern Abend, beim Musik machen – nur ist diese rot, allerdings auch mit ein paar Farbsprenkeln.

»Und du ... du warst in deinem Atelier?«, erkundige ich mich betont fröhlich, weil mir beim Blick in sein finsteres

Gesicht wieder Erinnerungen an die letzte Nacht durch den Kopf flattern: Ich, wild tanzend auf der Theke des Rum Runner. Blake, dem meine verschwitzte Hand nach einer Drehung aus seinem Griff entgleitet. Ich sehe mich auf dem Boden liegen, einen Barhocker über mich gekippt, neben mir Eliza, die sich das Handgelenk hält. Raven, der sich über mich beugt, mich besorgt ansieht. Raven und ich auf der Ladefläche eines Pick-ups. War das Lukes Auto? Keine Ahnung. Was ich noch weiß, ist: Ich war ganz dicht neben Raven. Mein Kopf an seiner Brust. Raven hat mich gehalten. Raven, Raven, Raven.

»Hallo? Florentine?«

Florentein.

»Ähm, ja?« Ups, er hat mich etwas gefragt, und ich habe ihn nur angestarrt, als wäre ich immer noch betrunken, fürchte ich.

»Ich habe gefragt, wie es dir geht.« Die Art, wie er das betont, mit Nachdruck, sagt deutlich, dass ich seiner Meinung nach noch gar nicht fit sein dürfte. Bin ich ja eigentlich auch nicht. Mein Kopf brummt bei jeder Bewegung, die ich mache, nach wie vor, trotz der Kopfschmerztablette. Und immer mal wieder steigt leichte Übelkeit in mir hoch, die nur vom Geruch des Teigs besser wird.

»Geht so«, erwidere ich mit einem matten Lächeln, weil ich bei seinem finsteren Blick auch wieder daran denken muss, wie ich mich in seine schönen Heckenrosen übergeben habe.

Und vorher, auf der Ladefläche des Pick-ups, habe ich ganz schön viel erzählt, fürchte ich. Leider kann ich mich nicht mehr an alles erinnern, aber da sind noch schwache Erinnerungsfetzen an eine Zusammenfassung meiner desaströsen Dates der letzten Jahre. O Gott.

»Sorry, dass ich mich in deine Rosen übergeben habe«, sage ich und wische mir mit dem Unterarm über die Stirn, weil dort eine lästige Locke klebt. Wahrscheinlich habe ich anstatt der Locke jetzt Teig auf der Haut, geht mir auf, als ich einen flüchtigen Blick auf meinen Arm werfe und erkenne, dass man ihm ansieht, was ich eben mit Feuereifer geknetet habe. Raven schweigt. Bei seinem ernsten Anblick schiebt sich noch ein Erinnerungsstück an seinen Platz – eines, das mir heiße Röte ins Gesicht steigen lässt: Raven, der mich in sein Bett bugsiert. Die Decke über mir ausbreitet. Und ... o Gott ... ich habe etwas von »Du kannst auch hier schlafen« gelallt. Und dann noch ... nein. Oder? Doch, ich fürchte, das habe ich gesagt.

»Das, was ich letzte Nacht noch zu dir gesagt habe ... als du mich zugedeckt hast ... das meinte ich nicht so.«

»Was genau?«, hakt Raven ernst nach. »Du hast letzte Nacht viel gesagt.«

Gequält stöhne ich auf und murmele dann, während Hitze in meine Wangen kriecht: »Dass ich lieber dich hätte heiraten sollen anstatt Jay.«

Raven starrt mich schweigend an, und seine Kiefermuskulatur beginnt zu arbeiten.

»Keine Sorge. Du hast auch zu Neil und Luke gesagt, dass du sie hättest heiraten sollen.«

»Oh. Okay.« Ich grinse hilflos. Raven bleibt ernst. Er hat die Arme vor der Brust verschränkt und starrt erst ein paar Herzschläge lang mich an, dann seine Küche. Ich folge seinem Blick mit meinem und stöhne innerlich auf. Ups. Vor lauter Feuereifer, mit dem ich für gewöhnlich backe, habe ich gar nicht gemerkt, dass ich seine vorher so makellose Küche in ein Schlachtfeld verwandelt habe. Eierschalen liegen überall auf der Anrichte, dazwischen ist Mehl verteilt – warum zum Teufel ist alles voller Mehl? Beim Abmessen des Zuckers ist auch ziemlich viel danebengegangen, weil ich heute wohl nicht das sicherste Händchen für solche Dinge habe. Zu allem Überfluss habe ich noch etwas Milch verschüttet, als ich mir meinen lebensrettenden Kaffee eingeschenkt habe, aber erst jetzt merke ich, dass die Milch von der Arbeitsfläche nach unten getropft ist und eine kleine Pfütze auf dem Holzfußboden gebildet hat. Rasch schnappe ich mir ein Stück Küchenpapier und wische den Boden sauber, bevor ich mich wieder aufrichte und Raven kleinlaut ansehe.

»Und sorry für das hier«, füge ich matt hinzu. »Backen ist meine Medizin gegen Kater. Backen lenkt mich ab ... und macht mich glücklich.« Ich zucke leicht mit den Schultern und grinse ihn schief an.

Raven grinst nicht zurück. »Zwei Vorschläge«, sagt er in rauem Tonfall. »Nummer 1: Hör auf, dich sinnlos zu betrinken. Das macht die Sache mit Jay nicht besser – und noch einmal spritze ich meine Rosenbüsche morgens nicht mit dem Schlauch sauber, das nächste Mal machst du das. Falls du also weiterhin in meinem Haus wohnen willst, halt dich von jetzt an lieber an andere Getränke. Und Nummer 2: Eliza hat ein verstauchtes Handgelenk. Vielleicht willst du ihr ja das, was du hier fabrizierst, als Aufmunterung vorbeibringen.«

Hier drinnen ist wirklich die Zeit stehen geblieben, denke ich, als ich zwei Stunden später mit einem Kuchenblech in den Händen das Bayview Diner betrete. Ich fühle mich wieder wie fünfzehn, als ich meinen Blick von der mir wohlbekannten Jukebox neben dem Eingang über die vertraute Einrichtung wandern lasse, die ein wenig an amerikanische Diner der Fünfzigerjahre erinnert: Zu meiner Rechten befinden sich vor der langen Sprossenfensterfront immer noch die sechs Holztische mit Blick aufs Meer, und jeder dieser Tische wird wie eh und je von zwei gepolsterten Sitzbänken in dunklem Blau flankiert. Diese typischen Diner-Bänke im Retrostil findet man auch linkerhand, in den drei gemütlichen Nischen mit den größeren Tischen für sechs Personen, wo Gwen, Luke, Neil, Raven, Jay und ich schon so manchen Sommerabend bei Burgern oder Fish & Chips verbracht haben. Die Lampen aus hellblauen Glasbojen, die an dicken Tauen von der Decke hängen, sind mir ebenso gut in Erinnerung wie die gerahmten Fotos an den holzgetäfelten Wänden. Wobei – da sind auch ein paar gemalte Bilder in Rahmen, erkenne ich jetzt. Die gab es damals noch nicht. Moment mal … Ich trete näher an ein Bild heran, das direkt neben dem Eingang hängt, und stelle fest, dass es tatsächlich ein von Raven gemaltes ist. Und das Motiv ist das Bayview Diner selbst – vom Meer aus gesehen, so wie ich es vorgestern getan habe, als Raven und ich uns mit dem Boot Wildberry Bay genähert haben. Raven hat das Gebäude so gut getroffen, dass ich ein paar Sekunden lang staunend das Bild mit den kräftigen Farben betrachte, bevor ich mich zögernd abwende.

Wie immer, wenn ich das Bayview betrete, werfe ich einen Blick nach oben, in den offenen Dachgiebel hinauf: Zum Glück hat sich auch dort nichts geändert. Die gesamte Giebeldecke ist nach wie vor mit Geschirrtüchern aus aller Welt behangen. Eliza hat irgendwann angefangen, schöne Geschirrtücher dort oben an allen vier Ecken festzunageln, sodass sie flach an der Holzvertäfelung der Decke hängen. Sie kann sich nach eigenen Angaben nicht mehr daran erinnern, welches das erste war und wieso sie diese Idee hatte. Auf jeden Fall haben mit der Zeit immer mehr Wildberry-Bay-Bewohner Geschirrtücher aus dem Urlaub mitgebracht, sodass die Sammlung bunter und internationaler geworden ist. Sogar einige Touristen, die hier waren, haben Eliza aus ihrer Heimat ein Andenken in textiler Form geschickt, und natürlich ist zwischen all den bunt bedruckten Stoffen dort oben im Giebel, flankiert von einem Union-Jack-Geschirrtuch und einem bunt gemusterten Stoff aus Mexiko, auch ein Motiv aus München zu sehen: eine Frau im Dirndl, jeweils drei Maß Bier in den Händen, wie sich Kanadier unsere Heimat nun einmal vorstellen. Das Geschirrtuch haben meine Eltern Eliza in unserem zweiten Kanada-Sommer mitgebracht. Auch das Logo der »Canadiens de Montréal«, des Eishockeyteams aus Gwens Heimatstadt, hängt auf Stoff gedruckt in vergilbtem Rot dort oben, ein Mitbringsel von Debbie und Bob.

Ich sehe mich nach Eliza um, kann sie jedoch nicht entdecken, als ich den Raum durchquere und auf die Theke zugehe, die sich parallel zur Fensterfront mittig durch das Diner zieht. Auf den hölzernen Barstühlen sitzen vier ältere Herren mit wettergegerbten Gesichtern nebeneinander und beobachten mich schweigend über ihre größtenteils leer geputzten Teller hinweg. Nur auf dem äußersten Stuhl am Tresen sitzt ein kleiner Junge mit großer runder Brille, der über ein Blatt Papier gebeugt ist.

Der Anblick der Barstühle, auf denen die Männer und der Junge sitzen, bringt die unangenehme Erinnerung an die Geschehnisse von gestern Abend zurück, und ich sehe mich wieder unter dem Barhocker im Rum Runner liegen.

»Ähm, hi! Ist Eliza nicht hier?«, frage ich die junge Frau hinter der Theke. Sie hat einen himbeerrosa Pferdeschwanz und kommt mir vage vertraut vor, aber ich kann sie nicht einordnen. Gerade druckt sie eine Rechnung aus und legt sie in der Gesellschaft von zwei rot-weiß geringelten Pfefferminzbonbons auf ein kleines Holztablett, das sie an einen der Tische bringen wird. Ich kann mich so gut an diese Pfefferminzbonbons erinnern, die man hier mit seiner Rechnung bekommt.

»Doch, sie ist gerade hinten in der Küche«, antwortet die junge Frau zu meiner Erleichterung und deutet mit dem Daumen über ihre Schulter zu der offenen Tür, durch die der Geruch nach Frittiertem dringt. Dann eilt sie an mir vorbei, um den wartenden Gästen die Rechnung zu bringen. Als ich das Kuchenblech auf dem Ende des Tresens abstelle, hebt der kleine Junge den Kopf und sieht erst mich, dann meinen Streuselkuchen ernst an.

»Riecht lecker«, sagt er und mustert mich weiter eingehend. Ich lächele ihn an.

»Ist auch lecker«, erwidere ich keck.

»Oh, das glaube ich sofort«, höre ich eine mir vertraute Stimme und drehe mich erleichtert zu Eliza um, die aus der Küche tritt. Auf ihrem heutigen T-Shirt ist zu lesen: »Zum Glück muss ich mein Essen nicht selbst jagen. Ich wüsste gar nicht, wo Pommes leben.«

Sie lächelt mich an, doch mein Blick fliegt sofort zu ihrer bandagierten rechten Hand.

»Nein, das darf nicht wahr sein! Wie geht es dir?«, frage ich angstvoll und eile auf sie zu.

»Gut geht es mir. Das sieht dramatischer aus, als es ist«, versichert Eliza rasch. »Ich wäre gar nicht zum Arzt gegangen, aber Zoe hat darauf bestanden, und sie hatte auch recht.«

Eliza nickt der Kellnerin mit dem rosafarbenen Pferdeschwanz dankbar zu, als sie mit einem Stapel dreckiger Teller an uns vorbei und in die Küche eilt.

»Moment mal … Zoe?«, hake ich überrascht nach und sehe Eliza fragend an. »Neils Zoe?«, wispere ich, als die junge Frau auch schon wieder aus der Küche tritt und mich aufmerksam mustert.

»Ja, ich bin Neils Schwester Zoe. Und du … du musst Florentine sein.«

Ich lächele sie breit an. »Und ob. Du meine Güte, Zoe, ich hätte dich wirklich nicht wiedererkannt.«

Neils jüngere Schwester lacht auf, und, ja, jetzt erkenne ich die Ähnlichkeit mit Neil. Genau wie ihr Bruder hat sie tiefblaue Augen, und ich vermute, dass auch sie blond wäre, wenn ihr Haar nicht himbeerrosa gefärbt wäre. Zoe wirkt insgesamt wesentlich rebellischer als ihr Polizisten-Bruder, mit Nasenpiercing, schwarzem Nagellack und einem Tattoo, das unter ihrem T-Shirt-Ärmel hervorblitzt.

»Kein Wunder. Als du mich zum letzten Mal gesehen hast, war ich … zehn? Du warst doch zuletzt beim Flugzeugabsturz hier, oder?«

»Allerdings«, bestätige ich.

»Mir tut das mit deiner geplatzten Hochzeit sehr leid.«

»Danke dir.« Ich grinse Zoe schief an.

»Ach, du bist die Braut?«, fragt der Mann, der neben dem Jungen am Tresen sitzt, und sieht mich unter seinen buschigen weißen Augenbrauen hervor interessiert an. Ich nicke mit einem gequälten Lächeln.

»Genau die.«

»Oh, ich habe dich vorgestern in Wildberry Bay ankommen sehen, auf dem Boot, mit Raven. Du hast wunderschön ausgesehen, wie aus einem Film!«, ruft der kleine Junge aufgeregt und schiebt seine Brille höher auf die Nase.

»Danke dir«, sage ich bemüht fröhlich. »Leider ein Film ohne Happy End.«

Eliza legt mir tröstend einen Arm um die Schultern. »Das Happy End findet dich noch, du wirst sehen«, versichert sie mir, und ich muss lächeln.

»Deshalb hast du gestern Abend wohl deinen Kummer im Alkohol ertränkt, wie?« Der zweite der älteren Männer mustert mich ernst über den Rand seiner Kaffeetasse hinweg. Ich spüre, wie verlegene Hitze über meinen Hals hinaufkriecht.

»Ähm ... ja. War leider etwas zu viel. Und ich hätte niemals mit Blake auf den Tresen steigen sollen.«

Als ich Zoe wieder ansehe, merke ich, dass sie noch ernster geworden ist. Gerade denke ich, dass sie sich Sorgen wegen Elizas Handgelenk und der Arbeit im Diner macht, als es mir siedend heiß einfällt: Du meine Güte – Blake ist doch der Vater ihres Kindes, hat Jay mal erzählt! Wie konnte ich das vergessen?

»Du hast also gestern Blake wiedergetroffen«, sagt Zoe langsam und stemmt mit einem Seufzer die Hände in die Hüften.

»Ähm ... ja. Kann man so sagen«, erwidere ich matt und zermartere mir den Kopf, wie die Geschichte zwischen ihr und Blake abgelaufen ist. Dass es ebenfalls eine Story ohne Happy End war, liegt auf der Hand.

»Tja. Nur gut, dass ich nie ins Rum Runner gehe«, murmelt sie mit einem ärgerlichen Kopfschütteln und marschiert wieder los, in die Richtung, wo ein Gast gerade nach der Rechnung gerufen hat.

Besorgt sehe ich ihr nach.

»Mein Dad ist nicht mehr im Gefängnis, aber er will uns gar nicht sehen«, sagt da der kleine Junge, und ich starre ihn erschrocken an. Ein paar Herzschläge lang sagt niemand etwas, dann frage ich mit belegter Stimme: »Du bist also ... Zoes Sohn?«

»Ja. Ich bin Elliott McIntosh, siebeneinhalb Jahre alt«, erwidert der Junge und streckt mir ernsthaft die rechte Hand entgegen, während er mit der Linken wieder seine Brille höher schiebt.

»Freut mich sehr, Elliott«, sage ich mit einem Lächeln, als wir uns die Hände schütteln. »Ich bin Florentine, und ich kannte deine Mom schon, als sie noch Windeln getragen hat.«

Elliott scheint kurz darüber nachzudenken, dann nickt er und starrt wieder das Kuchenblech an. »Für wen ist der Kuchen?«

»Unter anderem für dich. Wenn du möchtest.« Ich lächele ihn breit an und bekomme tatsächlich ein ebenso breites Zahnlücken-Lächeln zurück.

»Oh, ich möchte auch«, meldet sich der alte Mann mit den buschigen Augenbrauen zu Wort, und sein Sitznachbar bekräftigt: »Ich auch! Heute gibt es hier nämlich keinen Pie zum Nachtisch.«

»Weil gestern Nacht jemand auf Eliza gefallen ist«, ergänzt der dritte Mann und grinst mich ebenfalls an, was eine Zahnlücke enthüllt, die noch größer als Elliotts ist. Ich hüstele und nicke.

»Das ist leider wahr. Darum habe ich ja diesen Kuchen als Entschädigung mitgebracht.«

Ein Schnauben lässt mich aufsehen. Zoe eilt an uns vorbei, den Blick stur auf die Küchentür geheftet, doch sie sagt laut: »Wenn hier einer Entschädigungskuchen vorbeibringen müsste, dann der Kerl, der dich von der Theke hat fallen lassen. Aber der ist zu feige, um sich hier blicken zu lassen.«

Erschüttert sehe ich Eliza an, die mir ihre gesunde Hand auf die Schulter legt und sagt: »Komm, wir bringen deinen Kuchen unter die Leute, und dann setzen wir uns hinter das Haus.«

20

»Dass Blake so lange fort war und sich auch bei Zoe nicht gemeldet hat, das wusste ich nicht«, stelle ich erschüttert fest, während ich die letzten Krümel von meinem Teller klaube. Eliza hat sich schon ein zweites Stück von meinem Streuselkuchen genommen und kaut mit einem wohligen Stöhnen.

»So unfassbar gut«, murmelt sie. Als sie geschluckt hat, sieht sie mich ernst über den wackeligen kleinen Tisch hinweg an, der unterhalb der alten Kastanie mit den ausladenden Ästen steht. Im Schatten dieses Baumes, der neben dem Bayview Diner wächst, haben Gwen und ich früher oft auf der verwitterten Holzbank gesessen und Milchshakes getrunken, die wir von unserem Taschengeld bei Eliza hatten kaufen wollen und immer wieder geschenkt bekommen haben. Nun sitze ich mit Eliza auf dieser Holzbank. Von hier aus haben wir die offene Hintertür zur Küche im Blick, sind aber weit genug entfernt, um ungestört reden zu können. Auch den Fischerhafen von Wildberry Bay kann man erkennen und die Küstenstraße, die sich in etwa fünfzig Metern Entfernung vorbeiwindet.

»Nein, das konntest du nicht wissen. Neil redet so gut wie nicht darüber, und er hat ja eh kaum Kontakt zu Zoe, seit ... seit Caroline gestorben ist.«

Caroline war Neils und Zoes Mutter. Ich erinnere mich gern an sie, denn sie war so eine lebensfrohe, herzliche Frau, die immer für ihre Kinder da war. Besonders Zoe und Caroline hatten ein sehr enges Verhältnis, als Neils Schwester jünger war.

Doch ein paar Jahre nach dem Flugzeugabsturz hat sich das goldige Mädchen in einen rebellischen Teenager verwandelt, der nicht mehr so gut mit den Eltern klarkam, wie Jay mir erzählt hat. Zoe fing an, mit der falschen Clique herumzuhängen, zu trinken, Joints zu rauchen. Als sie sich dann auch noch in Lukes ebenso schwierigen Bruder Blake verknallt hat, versuchten Neils Eltern alles, um die Beziehung zu unterbinden. Und tatsächlich sah es eine Weile so aus, als würde Zoe zur Besinnung kommen, denn sie ging nach der High School aufs College, begann sogar ein Kunststudium, weil sie immer gut im Zeichnen gewesen war. Doch dann fing alles wieder an: Sie nahm Drogen, trank – und traf sich heimlich erneut mit Blake, ohne ihren Eltern oder Neil davon zu erzählen. Neil war damals schon Polizist, und Blake, der bereits als Jugendlicher mit kleineren Diebstählen aufgefallen war, war für ihn ein rotes Tuch.

Dann kam der Abend, als Zoe ihre Eltern von einer Polizeiwache in Halifax anrief. Sie war in Blakes Auto gewesen, als er von der Polizei bei einer Routinekontrolle angehalten worden war. Sowohl Zoe als auch er waren high gewesen. Doch nicht nur das: Im Auto wurde eine nicht geringe Menge an Drogen gefunden, und zu allem Überfluss stellte sich heraus, dass es sich um einen gestohlenen Wagen handelte. Blake wurde später zu mehreren Monaten Haft verurteilt, während Zoe, die von Blake entlastet worden war, an jenem Abend von ihrer Mom auf der Polizeiwache abgeholt wurde.

Offenbar kam es auf der Heimfahrt zu einem heftigen Streit zwischen Caroline und Zoe, wie Jay erzählt hat. Noch dazu regnete und stürmte es, und Caroline McIntosh verlor die Kontrolle über ihren Wagen. Sie starb noch an der Unfallstelle, während Zoe mit leichten Verletzungen davonkam. Danach war nichts mehr wie zuvor, denn Jimm McIntosh brach den Kontakt zu Zoe ab. Für ihn war klar, dass sie am Tod seiner geliebten Frau schuld war, schließlich war Caroline nur wegen Zoe zur Polizeiwache in Halifax gefahren – und wegen Blake. Als sich dann auch noch herausstellte, dass Zoe schwanger von Blake war, ging sie fort. Sie wollte auf keinen Fall Blakes Baby in Wildberry Bay bekommen, während ihr Vater und auch Neil und so manch anderer im Ort sie für Carolines Tod verantwortlich gemacht haben.

»Und wann ist Zoe mit Elliott zurück nach Wildberry Bay gekommen?«, frage ich jetzt, weil ich den Teil der Geschichte nicht wirklich kenne.

»Vor drei Jahren. Da war Elliott vier. Sie war die ganze Zeit in Halifax, hat dort gekellnert, wenn Elliott im Daycare Center war. Aber die Kosten für die Betreuung und die Miete waren für ihr mageres Gehalt einfach zu viel, und immer, wenn Elliott krank war, konnte sie nicht arbeiten und hat noch mehr Geld verloren.«

»Also ist sie einfach zurückgekommen?«, hake ich nach und werfe einen besorgten Blick zur offen stehenden Küchentür, um sicherzugehen, dass Zoe nicht in Hörweite ist.

»Nein, nicht einfach so. Ich habe sie durch Zufall in Halifax getroffen, als ich in dem Restaurant, in dem sie gekellnert hat, essen gegangen bin.« Eliza sieht in die Krone der alten Kastanie hinauf und fügt gedankenverloren hinzu:

»Erst wollte sie nichts davon wissen, nach Wildberry Bay zurückzukehren. Hier waren die Erinnerungen an ihre Mom zu präsent. Ihr Dad sprach nicht mit ihr – tut es immer noch nicht. Und ihr Verhältnis zu Neil ist ebenfalls angespannt, obwohl er sich immerhin an Elliotts Geburtstagen und an Weihnachten stets bei ihnen gemeldet und auch regelmäßig Geld für den Kleinen überwiesen hat, selbst wenn Zoe sich immer dagegen gesträubt hat. Du weißt schon: verbohrter Stolz und so.«

Eliza lächelt mich schief an, und ich nicke wissend. Ich kann mir beides so gut vorstellen: Dass Zoe nichts von ihrer Familie annehmen wollte, aber auch, dass Neil sich trotz allem um sie kümmert. Weil er auf keinen Fall der Typ Bruder ist, der seine jüngere Schwester mit ihrem Sohn hängen lässt.

Dass allerdings Jimm McIntosh als Pfarrer so schwer vergeben kann, das erschüttert mich.

»Zum Glück konnte ich Zoe von einem Umzug hierher überzeugen«, fährt Eliza fort. »Ich habe ihr klargemacht, dass es so viele Leute hier gibt, die sich freuen würden, sie wiederzusehen. Und dass keinesfalls der ganze Ort glaubt, dass sie an Carolines Tod schuld sei, wie sie dachte. Zoe hat sich also tatsächlich überwunden, und seitdem kellnert sie bei mir und wohnt mit Elliott da hinten, in unserem Tiny House im Wald.«

»Tiny House im Wald?« Verdutzt sehe ich in die Richtung, in die Eliza zeigt, kann jedoch zwischen den Bäumen nichts erkennen. Ich weiß, dass das Grundstück von Eliza und ihrem Bruder Carl auf der anderen Seite der Küstenstraße weitergeht und fast bis zum Wildberry Lake reicht. Während dort allerdings bis heute hauptsächlich Wald ist (dachte ich zumindest, denn offenbar gibt es zwischen all den Bäumen ja ein Tiny House, von dem ich nichts wusste), ist auf dieser Seite der Straße, auf der Landzunge, die ins Meer reicht, vor ungefähr sechzig Jahren das Bayview Diner gebaut worden, das schon von Elizas und Carls Eltern betrieben wurde. Die Großeltern hatten noch als Fischer auf diesem Land gelebt, woran bis heute der große rote Bootsschuppen nahe dem Ufer erinnert, wo früher die Hummerkörbe gelagert wurden. Schräg daneben, mit freiem Blick auf den Atlantik, steht das Elternhaus von Eliza und Carl, mit überdachter Veranda und hübschen Schnitzereien am Giebel.

»Ja«, lacht Eliza jetzt. »Carl hatte vor ein paar Jahren mal diese Idee, dass er gern ein Häuschen im Wald, in der Nähe des Sees hätte. Ein Stück weg von der Straße und vor allem vom Diner. Er hat hier vorn auf dem Grundstück immer das Gefühl, dass alle Diner-Kunden bei uns ins Küchenfenster schauen, womit er nicht unrecht hat.«

Mit einem Schmunzeln sehe ich wieder in die Richtung des Wohnhauses der Geschwister und muss Carl Baker recht geben.

»Aber dann hat er sein Tiny House an Zoe und Elliott abgegeben?«, hake ich nach.

»Ja. Carl ist doch Zoes Patenonkel. Das ist wirklich das Mindeste, was wir für Carolines und Jimms Tochter und ihren Enkel tun können. Das ... und der Job im Diner. Sie ist aber auch wirklich eine Perle von Kellnerin, die ich nicht missen möchte.«

Mit einem Blick auf ihr bandagiertes Handgelenk fügt sie seufzend hinzu: »Wobei sie leider kaum Erfahrung in der Küche hat. Die Fritteuse kann ich mit der linken Hand bedienen, und Burger flippen geht auch noch. Und Zoe hat mir heute durchaus immer wieder beim Kochen geholfen –

vor allem hat sie jede Menge Kartoffeln geschält und Gemüse für den Fish Chowder geschnippelt. Aber die Blaubeer- und Apple-Pies, für die ich hier in der Gegend bekannt bin, die kann sie nicht auch noch für mich backen, und die bekomme ich mit links leider nicht hin. Und Brenda, die mir normalerweise in der Küche und bei Bedarf auch beim Kellnern hilft, hat ausgerechnet jetzt eine Woche frei, weil ihr Schwiegervater in Calgary gestorben ist und sie das Haus auflösen müssen. Tja, darum gab es heute statt Blueberry Pie mit Eis nur Eis ohne Blueberry Pie zum Nachtisch.«

Leise stöhne ich auf. »Eliza, das tut …«

»… dir sehr leid, ich weiß, Kindchen.« Lachend tätschelt sie meine Hand. »Aber du konntest ja wirklich gar nichts dafür. Blake hat dich fallen gelassen.« Sie seufzt tief auf. »Und nicht nur dich. Aber das ist ja nichts Neues.«

»Er ist also nach all den Jahren wieder in Wildberry Bay aufgetaucht, aber hat sich noch gar nicht bei Zoe und Elliott gemeldet?«, hake ich leise nach.

»Er hat sich überhaupt in all den Jahren gar nicht bei den beiden gemeldet, und das, obwohl Zoe ihm noch im Gefängnis mitgeteilt hat, dass sie schwanger von ihm war.« Eliza schüttelt schnaubend den Kopf. »Kein Wort von dem Kerl. Bis heute nicht. Und jetzt ist er plötzlich wieder hier. Keine Ahnung, warum. Wenn ich ihn sehen sollte, werde ich auf jeden Fall ein paar Takte mit ihm reden. Gestern Abend hatte ich leider keine Gelegenheit mehr dazu.«

Gedankenverloren starrt sie wieder in die Krone der Kastanie hinauf, bevor sie erneut das inzwischen halb leere Blech mit Streuselkuchen mustert. »Wie lange bleibst du eigentlich in Wildberry Bay, Honey Bun?«

Ernst sehe ich sie an. »Ich weiß es nicht«, gebe ich leise zu. »Ich weiß überhaupt nicht, was ich machen soll. Wohin ich gehen soll. In München habe ich keine Wohnung mehr. In Halifax stehen in Jays Bude ein paar Sachen von mir, aber dort kann ich natürlich auch nicht wohnen. Ich weiß nicht einmal, ob ich meinen Job als Konditorin in Halifax überhaupt antreten will. Eigentlich habe ich das Gefühl, dass ich noch hier in Wildberry Bay bleiben sollte, denn meine Eltern denken zu allem Überfluss über eine Scheidung nach und ... keine Ahnung ... vielleicht ist es gut, wenn wir hier gemeinsam vor Ort sind und über alles reden können?«

Ich merke erst, dass mir Tränen über das Gesicht rinnen, als Eliza sich vorbeugt und mir mit ihrer linken Hand zart über die Wange streicht.

»Honey Bun, ich glaube, du hast deine Entscheidung längst getroffen«, sagt sie sanft. »Wildberry Bay ist immer eine Lösung. Hier hast du dich seit eh und je wohl gefühlt, und das scheint bis heute so zu sein. Wenn du möchtest, hast du sogar einen Job.«

Fragend sehe ich sie an, und sie deutet lächelnd auf meinen Kuchen. »Die Leute hier würden sich wahnsinnig freuen, wenn sie nicht weiter Eis ohne Pie essen müssten. Und deine deutschen Kuchen wären ohnehin eine exotische Bereicherung für unsere altbekannte kanadische Speisekarte. Was sagst du? Darf ich dir aushilfsweise einen Job im Bayview Diner anbieten?«

Ich starre sie an und weiß gar nicht, was ich sagen soll. Dann stoße ich hervor: »O mein Gott, Eliza, du bist die Beste! Ja, ja und nochmals ja!«

»Na, Gott sei Dank«, höre ich eine Männerstimme, und als ich mich umdrehe, sehe ich Carl Baker um die Hausecke kommen. Er lächelt mich schief an, die Hände in die Taschen seiner abgewetzten Cordlatzhose geschoben. Trotz seines Alters – er muss weit über sechzig sein – wirkt er nach wie vor wie ein frecher Schuljunge, mit einem fröhlichen Funkeln in den blauen Augen.

»Ohne Kuchen geht im Bayview Diner nämlich gar nichts. Schön, dass du wieder in Wildberry Bay bist, Flo.«

21

Da ich natürlich keinesfalls daran schuld sein will, dass die Gäste im Bayview Diner ohne Kuchen auskommen müssen, stehe ich am selben Abend in der Restaurantküche und versuche mich an zwei meiner liebsten Blechkuchenrezepte. Leider sind in Kanada, dem Land der Pies, Springformen nicht sehr verbreitet, und auch eine Gugelhupfform hat Eliza nicht, also fallen meine absoluten Lieblinge – Mohn-Marzipan-Torte und Frankfurter Kranz – leider weg. Natürlich habe ich Deutschland nicht ohne meine Springformsammlung – ja, Sammlung – und meine geliebte Silikon-Gugelhupfform verlassen, aber all meine Backutensilien lagern in einem Karton in Jays Wohnung in Halifax.

Nun stehe ich also ohne meine deutschen Backformen in der Küche des Bayview Diners und mache mich daran, einen weiteren Streuselkuchen (diesmal jedoch verfeinert mit Sauerkirschen) und einen Butter-Mandel-Blechkuchen zu zaubern. Es ist schon nach acht, und die Küche des Diners hat offiziell geschlossen. Der letzte Fish Chowder und der letzte Burger sind von Zoe serviert worden, und während noch ein paar Gäste vorn an den Tischen sitzen und beim Blick auf die Abenddämmerung über dem Atlantik ihr Essen beenden, habe ich an der langen Arbeitsfläche freie Bahn. Während ich die Zutaten in die Küchenmaschine fülle und der Teig geknetet wird, beladen Eliza und Zoe die

Spülmaschine. Gut gelaunt unterhalten sie sich dabei über das heiße Sommerwetter und die japanischen Touristen, die heute im Diner waren und Dutzende Fotos von den Geschirrtüchern an der Decke gemacht haben.

»Sie waren irre enttäuscht, als sie gehört haben, dass man die nicht kaufen kann«, lacht Eliza.

»Ja, eine der Bojen-Lampen wollten sie auch unbedingt kaufen«, sagt Zoe mit einem Kopfschütteln, bevor sie die Küche wieder verlässt.

»Geht es deiner Hand gut?«, erkundige ich mich mit einem ernsten Blick auf den Verband, denn für meinen Geschmack hat Eliza trotz ihrer Verletzung heute viel zu viel Hand angelegt, aber natürlich bekomme ich nur ein fröhliches »Klar!« als Antwort. Als ob Eliza jemals zugeben würde, wenn sie Schmerzen hat!

»Gibt es hier in Wildberry Bay inzwischen eigentlich einen Souvenirladen?«, frage ich daher, weil ich weiß, dass Eliza nicht weiter über ihre Hand reden will.

»Nein. Den gibt es heutzutage genauso wenig wie damals, als du ein Kind warst«, erwidert Eliza leichthin. »Ein ganzer Laden würde sich wirklich nicht lohnen, immerhin ist die Saison so kurz – von Juni bis Oktober. Und was sollte den Rest des Jahres über mit dem Geschäft passieren, wenn die Asiaten, Europäer und Amerikaner weg sind?«

»Und was ist mit dem Salty Breeze Store?«

»Ach, Carrie schimpft eh schon immer, dass sie zu wenig Platz für alles hat«, meint Eliza kopfschüttelnd. »Man bekommt bei ihr ein paar Postkarten, ja. Für den Rest müssen die Touristen halt nach Chester, Lunenburg oder Peggy's Cove fahren!«

»Mhhm«, murmele ich nachdenklich und bin in Gedanken noch bei den Japanern und den Geschirrtüchern, als

Zoe mit ein paar weiteren dreckigen Tellern hereineilt und sie in die Spülmaschine räumt.

»Uff, das waren die letzten. Ich mache die Rechnung für Tisch 5 fertig, und dann gehe ich mit Elliott nach Hause.«

»Alles klar, Süße«, sagt Eliza und folgt Zoe aus der Küche ins Restaurant hinein. Gedankenverloren sehe ich ihr nach, dann wende ich mich der Küchenmaschine zu.

Zehn Minuten später habe ich den Teig auf den Backblechen glatt gestrichen und bin dabei, ihn mit Kirschen aus der Dose zu belegen, während die Münchener Freiheit für mich aus dem Lautsprecher meines Smartphones »Ohne dich schlaf' ich heut Nacht nicht ein« singen.

Ich fange an, den Streuselteig mit meinen Fingern zu zerpflücken und als Flocken über den Kirschen zu verteilen, während ich mit meiner deutschsprachigen Lieblingsband singe: »Will mit dir was erleben, besser gleich als irgendwann ...«

Verdammt. Ich liebe dieses Lied über alles, aber jetzt gerade ... jetzt macht es mich plötzlich sehr traurig, weil mir mit einem Schlag wieder bewusst wird, was ich am Bootshaus von Peggy's Cove alles verloren habe: die Aussicht auf gemeinsames Einschlafen und gemeinsames Aufwachen. Auf Frühstück zu zweit, Händchen halten im Kino, romantische Dinner. Auf Kinder. Auf ein volles Haus, laut, turbulent, mit viel Chaos und viel Liebe. So, wie ich es immer schon haben wollte. Aber hier stehe ich, 35 Jahre alt, und so weit von all meinen Träumen entfernt, dass ich heulen könnte.

Ich merke erst, dass mir tatsächlich Tränen über die Wangen rinnen, als eine davon auf das Backblech fällt. Rasch wische ich mir über das Gesicht, während ich mit einem Mal das Gefühl habe, beobachtet zu werden. Ich drehe mich zur Tür um und erkenne Raven, der dort steht und mich stumm beobachtet. Als er merkt, dass ich ihn beim Starren ertappt habe, zuckt er leicht zurück und schaut verlegen auf seine Sneakers hinab.

»Hi«, sage ich betont locker und könnte schwören, dass Ravens Ohrspitzen ein wenig rot werden.

»Ähm ... hi«, sagt Raven.

»Du kannst beruhigt sein: Ich verursache jetzt hier Chaos und nicht mehr in deiner Küche«, bemerke ich, schnappe mir das fertige Backblech und trage es zum Ofen, der schon vorgeheizt ist. Als ich versuche, das Blech an der Doppeltür des riesigen Kühlschranks abzustützen, um die Klappe des Ofens öffnen zu können, gerät das Ganze gefährlich ins Wanken.

Im nächsten Moment steht Raven neben mir und öffnet den Ofen für mich.

»Danke dir«, murmele ich und versuche zu ignorieren, dass er gut riecht. Nach Waschpulver und Farben. Und ganz leicht wieder nach seinem Rasierwasser, das so gut zu ihm passt. Es ist irgendwie würzig, duftet nach Wald und Erde.

»Kein Problem«, sagt Raven und schließt die Klappe wieder, während ich die Schnüre der Schürze löse, die Eliza mir geliehen hat. Mir entgeht nicht, dass sich Ravens Blick kurz in die Richtung meines Oberkörpers verirrt, als ich die Schürze sinken lasse, und dass sich seine Ohren prompt noch röter färben. Erstaunt schaue ich an mir herab und merke, dass der Ausschnitt meines geblümten Sommerkleids von der Schürze nach unten gezogen worden ist und mein Dekolleté dadurch ziemlich freizügig ist. Außerdem habe ich aus unerfindlichen Gründen relativ viel Mehl auf eben diesem Dekolleté verteilt – und das, obwohl ich doch bis gerade eben die Schürze getragen habe.

»Ups, entschuldige«, kichere ich und ziehe mein Kleid in Form, während Raven sich abwendet, ohne mir ins Gesicht zu sehen. »Nur gut, dass diesmal deine Verlobte nicht hier ist«.

Ich merke, wie er erstarrt und mich dann flüchtig über die Schulter ansieht.

»Ich meine ... nicht, dass Tara Grund hätte, sich hier über irgendetwas aufzuregen. Überhaupt keinen Grund«, beeile ich mich hinterherzuschieben, während Raven mit einem leichten Kopfschütteln weiter Richtung Durchgang zum Restaurant geht.

»Warst du nicht heute bei ihr?«

Mir fällt wieder ein, dass Raven seine Liebste in Halifax besuchen wollte.

»Ja«, erwidert er knapp. »War ich.«

»Und du bist schon wieder hier?« Ratlos werfe ich einen Blick auf die Uhr, die über dem Kühlschrank hängt. Es ist nicht einmal halb neun. Die Fahrt nach Halifax dauert fast eine Stunde. Wieso ... Raven will schon die Küche verlassen, als mir ein Kronleuchter aufgeht.

»Ist sie sauer, weil ich bei dir wohne?«

Anstatt einer Antwort bekomme ich nur ein Schnauben zu hören, und schon ist Raven im Restaurant verschwunden. Eilig folge ich ihm und stoße in der Tür fast mit Eliza zusammen.

»Holy Muffins, riecht das gut!«, juchzt sie fröhlich und schnuppert anerkennend. Es stimmt, stelle ich zufrieden fest: Die Küche beginnt, sich mit köstlichem Duft nach Streuselkuchen zu füllen.

»Oh, Honey Bun, du bist ein bisschen mehlbestäubt«, bemerkt Eliza und deutet mit einem breiten Grinsen auf mein Dekolleté, bevor sie sich der Spülmaschine zuwendet.

»Hmm, ich weiß«, brumme ich und wische mir halbherzig über die Haut, während ich ins Restaurant eile.

Raven steht am Tresen und verfolgt mit ernster Miene eine Unterhaltung zwischen Zoe und Elliott. Der Kleine hat die meiste Zeit dieses Sonntags am Tresen gesessen und gemalt. Jetzt sagt er mit bebender Stimme zu Zoe: »Nein, Mom, ich will nicht zum Baseballcamp. Wirklich nicht.«

»Aber Süßer, du kannst doch nicht die ganzen Ferien nur hier im Diner herumhängen! Und Raven ist doch dabei!«

Elliott schiebt seine Brille höher auf seine Nase und sieht erst Raven ernst an, dann wieder Zoe.

»Trotzdem nicht.«

»Warum?« Zoe stemmt die Hände in die Hüften und bläst sich sichtlich frustriert in die rosafarbenen Ponyfransen. »Du kennst die anderen Kinder doch! Das sind alles Kinder aus deiner Schule!«

»Ja. Eben.« Elliott verschränkt die Arme vor der Brust, seine Unterlippe beginnt zu zittern.

»Seit wann willst du denn mit den Kindern aus deiner Schule nicht mehr spielen?«, fragt Zoe ratlos.

»Seit mich die anderen immer hänseln, Mom! Die sind gemein zu mir!«

Elliotts Augen füllen sich mit Tränen. Betroffen verharre ich auf der Stelle. Ich will nicht stören, aber ich möchte Raven trotzdem sprechen, und ich fürchte, dass er mir entwischt, wenn ich jetzt in die Küche zurückkehre. Sein Blick flackert kurz zu mir, doch dann sieht er sofort wieder den Jungen an.

»Was machen die anderen Kinder denn?«, fragt er in seiner ruhigen Art, die ich so mag. Meine Knie werden weich, als ich beobachte, wie er seine Unterarme auf die Theke stützt und sich ein wenig hinabbeugt, sodass er Elliott in die Augen sehen kann. Er ist bestimmt ein wunderbarer Lehrer.

»Sie ... sie ...« Elliott wischt sich unter der Nase entlang, was Zoe dazu veranlasst, mit einem Seufzer nach einer sauberen Papierserviette zu greifen und sie ihrem Sohn zu reichen.

»Ich kann das nicht vor Mom sagen«, erklärt Elliott schließlich leise und senkt den Blick auf seine Hände, die die Serviette umklammert halten.

»Ell, du kannst mir ALLES sagen!«, bricht es fassungslos aus Zoe heraus.

Ein rascher Blick durch das Restaurant zeigt mir, dass zum Glück die letzten Gäste gegangen sind, sodass niemand mitbekommt, wie Zoe sich aufregt ... und wie Elliott nun in Tränen ausbricht.

»Die anderen Jungs sagen, dass es gar nicht sein kann, dass Blake mein Dad ist. Weil Blake ein harter Hund ist, der im Knast war und so. Und dass ich so ein Waschlappen bin und überhaupt keine Ähnlichkeit mit ihm habe. Dass ich nur male, wie ein Mädchen. Und kein Baseball spielen kann. Und ... lesen kann ich auch nicht! Immer, wenn ich in der Schule drankomme, dann lachen die anderen über mich. Weil ich so stammele.«

Erschüttert sehe ich den Jungen an, während Zoe einen erstickten Laut von sich gibt, bevor sie mit wenigen Schritten die Theke umrundet und Elliott in ihre Arme zieht.

Ich nutze die Chance und trete näher neben Raven. »Worum geht es überhaupt?«, wispere ich.

Als ich aufsehe, merke ich, dass Raven offenbar immer noch vom Mehl auf meinem Dekolleté fasziniert ist, zumindest hebt er jetzt ruckartig den Blick, sieht mir flüchtig in die Augen und starrt dann auf eine Stelle über meinem Kopf, während er ein wenig gepresst erwidert: »Ähm, um Baseball.«

»Ja, soviel hatte ich herausgehört. Aber was hast du mit Baseball zu tun?«

»Die Kirche hat ein Sommercamp für die Kids von Wildberry Bay auf die Beine gestellt«, höre ich Eliza neben mir sagen. Ich hatte gar nicht gemerkt, dass sie wieder aus der Küche gekommen ist und nun mit ernster Miene Zoe und Elliott mustert. »Raven übernimmt vier Tage lang das Baseballcamp und dann noch am Freitag einen Kunstkurs.«

»Du spielst morgen also mit den Kids Baseball?«, hake ich nach. Raven nickt.

»Ja. Luke ist auch dabei.«

»Und Neil, oder?«, fragt Eliza, doch Raven schüttelt den Kopf. »Nein, ihm ist leider eine Schicht dazwischengekommen, weil ein Kollege krank geworden ist.«

»So verbringen Sie also Ihre Sommerferien, Herr Lehrer«, necke ich Raven. Er verschränkt mit einem Räuspern die Arme vor der Brust und bleibt ernst, während er auf das glänzende Holz des Tresens starrt.

»Elliott täte das Baseballspielen an der frischen Luft wirklich gut. Der Kleine hockt während der Ferien viel zu oft hier drinnen.« Eliza schüttelt mitleidig den Kopf. »Zwar nimmt Carl ihn hin und wieder mit auf einen Ausflug in den Wald oder auf eine Tour mit seinem Kutter, aber mein Bruder ist auch nicht mehr der Jüngste und kann sich nicht jeden Tag um Elliott kümmern.«

Nachdenklich mustere ich den Jungen und seine Mom, bevor ich wieder Raven ansehe. »Ist der Baseballkurs nur für Kinder?«

Raven starrt mich erstaunt an. »Na ja, es ist ein Sommerferienkurs«, bemerkt er langsam, als wäre ich etwas schwer von Begriff.

»Ja, schon klar. Aber Luke und du ... ihr spielt doch auch mit, oder?«

»Ähm, ja. Vermutlich. Worauf willst du hinaus?«

Ich grinse Raven breit an. Dann rufe ich Elliott zu: »Hey, Süßer, weißt du was? Ich kenne da ein paar Deutsche, die müssen dringend lernen, wie Baseball überhaupt geht. Was meinst du ... gehst du morgen zusammen mit meinen Eltern und meiner Wenigkeit zum Baseballcamp? Ich wäre dir super dankbar, wenn du mir die Regeln erklären könntest, denn ich könnte schwören, dass Mr. Grumpy hier mal wieder an mir verzweifeln wird. Das war schon vor dreißig Jahren so, als ich ein Kind war und ziemlich erfolglos versucht habe, mit den Kanadiern Baseball zu spielen.« Zur Unterstreichung meiner Worte ramme ich Raven leicht den Ellbogen in die Seite, was ihn leise keuchen lässt.

»Oh, die Idee ist fantastisch. In dir steckt bestimmt ein verborgenes Baseballtalent, Honey Bun!« Eliza klatscht begeistert in die Hände.

»Sehr verborgen, fürchte ich«, lache ich auf, während Raven mich nur schweigend anstarrt. Da ich aus seinem düsteren Blick mal wieder nicht schlau werde, sehe ich wieder zu Elliott hinüber. Der Kleine hat sich seine Tränen abgewischt und schluchzt trocken auf, bevor er mich mit schief gelegtem Kopf skeptisch mustert.

»Aber die anderen werden mich immer noch hänseln. Auch, wenn ihr dabei seid. Ganz sicher.«

»Oh, die anderen werden garantiert damit beschäftigt sein, über meine geringen sportlichen Fähigkeiten zu lachen«, erwidere ich unbekümmert. »Und wenn einer es wagen sollte, etwas zu dir zu sagen, dann bekommt er es mit mir zu tun.«

Ich stemme die Hände in die Hüften und setze meinen düstersten Blick auf, was ein helles Lachen aus Elliott hervorlockt. Grinsend hebe ich meine Augenbrauen und frage: »Also, was ist? Darf ich morgen auf deine moralische Unterstützung zählen, wenn ich mich zum Volltrottel von Wildberry Bay mache?«

Elliott mustert mich nachdenklich, bevor er mit den Schultern zuckt und sagt: »Okay, von mir aus. Aber nur, wenn du vor lauter Baseball nicht aufhörst zu backen.«

»Oh, damit höre ich nicht so schnell auf«, lache ich los, und ich freue mich, als Zoe mir zulächelt und ihr Mund ein lautloses »Danke« formt.

»Und du meinst, deine Eltern haben Lust, morgen mit einem Dutzend Schulkindern Baseball zu spielen?«

Raven geht neben mir die Küstenstraße entlang und hört sich ziemlich fassungslos an. Ich lache auf.

»Keine Ahnung, ob sie Lust haben. Aber ich verdonnere sie dazu. Immerhin wollen sie mich doch ständig vom Hochzeitstrauma ablenken. Und statt auf Yogamatten Kopfstand zu machen, kann Mama ruhig den Baseballschläger schwingen.«

»Solange sie niemanden damit erschlägt«, murmelt Raven zweifelnd.

»Ach was«, erwidere ich unbekümmert. »Ganz ehrlich, je länger ich darüber nachdenke, desto besser finde ich die Idee: Wenn ich meine Eltern dazu bekomme, mehr Zeit miteinander zu verbringen, dann … dann überlegen sie sich das mit der Trennung vielleicht. Wer weiß, womöglich entdecken sie ein neues gemeinsames Interesse?«

»Baseball?«, hakt Raven zweifelnd nach.

»Himmel, Raven, kannst du nicht mal kurz auf die Pessimismus-Pausentaste drücken?«, fahre ich ihn genervt an, und er bleibt überrascht stehen.

»Auf die was?«

Ich bin auch stehen geblieben und erwidere: »Die Pessimismus-Pausentaste!«

Es zuckt deutlich um seine Mundwinkel, doch Raven wendet sich hastig ab und starrt mit verschränkten Armen auf den Atlantik hinaus, der sich in der heranbrechenden Dunkelheit schwarzblau vor uns erstreckt.

»Ich muss diese Pausentaste erst einmal finden«, sagt er schließlich leise, ohne mich anzusehen.

»Okay, das klingt fair.« Ich grinse schief, bevor mir wieder einfällt, was ich ihn vorhin schon fragen wollte, bevor die Unterhaltung mit Elliott dazwischenkam: »Wie war es mit Tara?«

Raven wendet seinen Blick wieder mir zu. Ich sehe seine Kiefermuskulatur arbeiten. Er räuspert sich leise und sagt dann: »Sie findet es bescheiden, dass du in meinem Bett schläfst, und scheint nicht zu glauben, dass ich wirklich auf dem Sofa penne. Darum war unsere Verabredung heute eher ... kurz.«

Ohne meine Reaktion abzuwarten, wendet er sich zum Gehen und marschiert entschlossen auf dem grasbewachsenen Seitenstreifen der Küstenstraße entlang. Ich muss fast rennen, um mit ihm Schritt halten zu können.

»Hey, sei bitte nicht wie der Tinder-Typ mit dem Schrittzähler«, stoße ich keuchend hervor, weil ich mich leider daran erinnere, Raven auf der Ladefläche von Lukes Pick-up von meinen Desaster-Dates erzählt zu haben.

Raven verlangsamt augenblicklich und knurrt, ohne mich anzusehen: »Ich hoffe sehr, dass ich extrem weit von irgendwelchen Tinder-Idioten entfernt bin!«

»Hey, mach mal halblang – hast du eine Ahnung, wie viele Leute heutzutage auf solchen Plattformen sind, um ihr großes Glück zu finden?«

»Du meinst: um jemanden fürs Bett zu finden«, bemerkt Raven trocken und wird schon wieder schneller. Da ich lachen muss, während ich versuche, mit ihm Schritt zu halten, bekomme ich prompt Seitenstechen und verlangsame stöhnend. Raven bleibt ebenfalls stehen und mustert mich mit hochgezogenen Augenbrauen.

»Was ist denn daran so lustig?«

»Ach, ich habe mir nur gerade vorgestellt, wie du ein Dating-Webseiten-Profil anlegst: ›Suche Frau mit Tendenz zum Pessimismus für ernste Gespräche ohne Lacher. Sex ist ausdrücklich nicht erwünscht.‹«

Raven mustert mich mit einem leichten Kopfschütteln.

»Ich weiß wirklich nicht, wie Jay es mit dir ausgehalten hat«, sagt er.

Ich merke sofort, dass ihm diese Bemerkung unbedacht herausgerutscht ist, denn er macht eine Bewegung, als wolle er sich eine Hand vor den Mund schlagen, lässt den Arm dann jedoch wieder sinken und starrt mich regelrecht erschüttert an.

Mir ist das Lachen wirklich vergangen. Ich zucke mit den Schultern und bemerke matt: »Hat er ja im Endeffekt nicht.«

»Hey, ich … ich habe das nicht so gemeint«, sagt Raven unbeholfen. Ich grinse schief.

»Doch, ich glaube schon, dass du das so gemeint hast. Und ich weiß, dass du mich nur schwer erträgst, Raven. Darum rechne ich es dir auch so hoch an, dass du mich bei dir schlafen lässt.« Ich greife flüchtig nach seinen Fingern und drücke sie. Für den Bruchteil einer Sekunde glaube ich, dass er meine Hand festhalten will, doch dann lösen sich meine Finger auch schon wieder von seinen, und zurück bleibt nur der Hauch einer Erinnerung auf meiner Haut.

»Es stimmt nicht, dass ich dich nur schwer ertrage«, sagt Raven mit kratziger Stimme und räuspert sich.

»Natürlich stimmt das«, lache ich auf. »Du musst mir echt nichts vormachen, dafür kennen wir uns zu lange. Es tut mir übrigens total leid, dass du wegen mir Stress mit Tara hast. Ich werde mich umhören – vielleicht ergibt sich doch noch eine andere Übernachtungsmöglichkeit. Hey, ich habe bisher gar nicht im Blue Gables nachgefragt!«

Raven starrt mich immer noch todernst an. »Das ist ausgebucht«, sagt er leise. »Florentine, du musst dir keine andere Unterkunft suchen. Mein Schlafzimmer gehört dir. Solange du willst.«

Ich blinzele gegen ein paar aufsteigende Tränen an und nicke. »Danke«, wispere ich und lache verlegen auf. »Keine Sorge, ich heule nicht schon wieder! Schließlich will ich deine Nerven nicht überstrapazieren.«

Entschlossen setze ich mich wieder in Bewegung, gehe jetzt voraus. Raven folgt mir schweigend. Als wir am Sommerhaus ankommen, drehe ich mich flüchtig zu ihm um und verkünde: »Ich muss meinen Eltern noch sagen, dass wir morgen am Baseballcamp teilnehmen. Bis später.«

»Okay«, murmelt Raven, und ich spüre seinen Blick in meinem Rücken, bis ich die Haustür des Sommerhauses erreiche.

22

WILDBERRY BAY WHATSAPP-GRUPPE

Montag, 9. Juli 2018

HARRIET WHITE:
Ich hatte heute Nacht wieder Besuch von Lucille. Bin heute Morgen fast in einen großen Bärenhaufen am Ende meines Gartens getreten – voller Blaubeeren!

PETER O'NEIL:
Lucille war bestimmt im Bayview Diner frühstücken – Elizas leckere Blaubeerpfannkuchen 😊

THOMAS HUGH:
In den Rocky Mountains raten sie einem ja, immer mit Bärenglöckchen wandern zu gehen, wegen der Grizzlys. Und wisst ihr, wie man die Bärenhaufen von Schwarzbären und Grizzlys auseinanderhält?
Die von Schwarzbären sind voller Blaubeeren.
Die von Grizzlys sind voller Bärenglocken. Ha, ha, ha.

Florentine

Was ich mir dabei gedacht habe, kann ich selbst nicht mehr so genau sagen. Meine Eltern scheinen sich das auch zu fragen, als wir am Montagmorgen gemeinsam das Baseballfeld hinter der Kirche betreten. Der Duft nach frisch gemähtem Gras hängt über der weitläufigen Rasenfläche, er vermischt sich mit dem Geruch nach Sonnenmilch und Meer und bringt die Erinnerung an unsere früheren Baseballspiele auf diesem Platz zurück. Schon damals habe ich die Regeln nicht wirklich verstanden und mich nicht sehr geschickt angestellt, aber ich habe Raven zu gern beim Spielen zugesehen, als dass ich mir diese Ausflüge zum Baseballfeld hätte entgehen lassen. Obwohl es erst neun Uhr morgens ist, kündigt der wolkenlose Himmel in Kombination mit der Windstille einen weiteren heißen Sommertag an. Zum Glück hat mir Raven eine seiner Baseballmützen geliehen, so ist mein Gesicht hoffentlich vor einem Sonnenbrand geschützt. Ich ziehe mir die Mütze der Toronto Blue Jays ein wenig tiefer in die Stirn, während ich mit meinen Eltern im Schlepptau über die Rasenfläche auf die Picknicktische zugehe, die im Schatten einiger Kiefern und Ahornbäume stehen. Dort ist Raven damit beschäftigt, auf einem Clipboard die Namen der Kinder, die um ihn herumwuseln, abzuhaken. Ich habe ihn heute Morgen schon zu Gesicht bekommen, aber trotzdem haut mich sein Anblick jetzt, am Spielfeldrand, um: Er trägt eine Baseballuniform der Wildberry Bay Bears, des lokalen Vereins, der auf diesem Feld regelmäßig trainiert. Und Baseballuniformen kommen nun einmal mit ziemlich engen, meist weißen Hosen daher. So auch diese. Ich versuche wirklich, nicht Ravens Hintern anzustarren. Vergeblich. Schweiß rinnt mir unter meinem T-Shirt den Rücken hinab. Dieses Baseballtraining verspricht, anstrengender zu werden als gedacht.

»Ich verstehe immer noch nicht, warum wir uns unter die Kinder mischen, um Baseball zu spielen«, sagt meine Mutter in leidendem Tonfall. Sie wirft einen missmutigen Blick auf die Gruppe aus Jungs, die sich ein wenig von Raven entfernt hat und nun beginnt, lautstark auf dem Spielfeld zu rangeln. Ich glaube, Mama hat als Realschullehrerin einfach schon zu viele Begegnungen mit Halbwüchsigen für dieses Leben gehabt.

»Hey, Jungs, immer mit der Ruhe, spart euch eure Kräfte fürs Training auf!«, ruft Raven, bevor er sich wieder seinem Clipboard widmet.

»Weil wir Elliott moralisch unterstützen«, sage ich entschlossen zu meiner Mutter.

»Aber wir kennen Elliott doch gar nicht. Und er kennt uns nicht.« Mein Vater kratzt sich zweifelnd an der Stirn, bevor er sich seine Baseballmütze wieder tiefer ins Gesicht zieht. Diese Mütze hat er sich extra von Bob ausgeliehen, um wenigstens ein wenig hierher zu passen, was ich sehr rührend finde. Dass die knallblaue Mütze mit dem Aufdruck »The Wild« von einem gleichnamigen LGBTQ-Club in Halifax stammt, scheint meinen Vater nicht zu stören – Bob hat ihn extra darauf hingewiesen, als er ihm die Kappe in die Hand gedrückt hat. Ich finde es klasse, dass Papa sich nicht um so etwas schert. Und er geht inzwischen auch sehr entspannt mit seinen beiden Studienfreunden um, worüber ich wirklich froh bin, denn dass seine besten Kumpels plötzlich ein Paar geworden waren, hat Papa damals, nach dem Flugzeugabsturz, ziemlich kalt erwischt. Ich weiß noch, wie er immer wieder fassungslos gemurmelt hat »Aber wir kennen uns doch schon so lange, und ich habe nie etwas gemerkt.«

Jetzt, zwanzig Jahre später, scheint er das Ganze mit so viel Abstand betrachten zu können, dass er es versteht und akzeptiert. Bob, Steve und er haben in den letzten Tagen wieder so viel Zeit miteinander verbracht, dass ich den Eindruck habe, dass die Freundschaft von damals eine neue Chance bekommt. Und das macht mich ungeheuer glücklich. Immerhin eine positive Folge dieses verkorksten Sommers!

»Noch kennt ihr Elliott nicht, aber ihr werdet ihn gleich kennenlernen – da kommt er schon«, sage ich und deute auf den Jungen, der sich nun zu Fuß vom Parkplatz der Kirche aus mit seiner Mom nähert. Zoe hält seine Hand, als habe sie Angst, dass er doch noch fliehen könnte, während sie entschlossen auf das Baseballfeld marschiert.

»Na so was, die kleine Zoe von damals hätte ich wirklich nicht wiedererkannt«, sagt meine Mutter ungläubig, als wir beobachten, wie Zoe ihren Sohn bei Raven abliefert, ein paar Worte mit ihm wechselt, Elliott kurz an sich drückt und dann, mit einem strengen Blick in die Richtung der anderen Jungs, wieder davoneilt, garantiert zurück zum Bayview Diner.

Als ich sehe, wie unsicher Elliott zu den Jungs hinüberguckt, zieht sich mein Herz voller Mitleid zusammen. Er wirkt so viel schmächtiger als die anderen. Jetzt haben die Kinder ihn entdeckt, und einer ruft: »Hey, seht mal, da ist E-E-E-Elliott!«

Gelächter ist die Antwort. Elliott läuft dunkelrot an und dreht sich so, dass die anderen nur seinen Rücken sehen. Wut wallt in mir hoch, und ich erkenne sofort, dass es Raven genauso geht. Er lässt die große Sporttasche, aus der er gerade ein paar Baseballhandschuhe gezogen hatte, sinken und starrt aus schmalen Augen in die Richtung der Jungs, die immer noch lachen und feixen. Dann sagt er etwas zu Elliott, stellt die Tasche ab und will einen Schritt aufs Spielfeld machen, als sich von hinten eine Mutter mit zwei weiteren Kindern nähert, die offenbar Fragen an ihn hat. Raven wirft den Jungs einen letzten wutblitzenden Blick zu und widmet sich dann der Mutter und ihren Kindern, einem Mädchen und einem Jungen.

»So, die Jungs werde ich mir mal vorknöpfen«, höre ich da meinen Vater sagen und sehe ihn überrascht an. Er rückt sich seine Baseballmütze zurecht und nickt mir entschlossen zu.

»Glaub mir, nach fast vierzig Jahren als Gesamtschullehrer habe ich nun wirklich gelernt, wie man mit Querulanten umgeht.«

Und schon marschiert er quer über das Baseballfeld, auf die Truppe aus Jungs zu, die ihm überrascht entgegenstarren. Als ich meine Mutter ansehe, merke ich, dass sie genauso überrascht zu sein scheint. Und mir entgeht auch nicht der leichte Glanz in ihren Augen, als sie Papa beobachtet.

Mein Herz macht einen kleinen Freudenhüpfer.

Doch das Hüpfen legt sich erschreckend schnell, als unser Baseballtraining beginnt und Mama es nicht lassen kann, Papa ständig vorzuhalten, dass er den Schläger falsch hält und deshalb immer wieder ins Leere schwingt. Mama selbst trifft den Ball von Anfang an erstaunlich präzise, was ihr lobende Worte von Raven und Luke einbringt, der mit leichter Verspätung zum Camp dazugestoßen ist. Mit von der Partie ist auch Lukes Hund Peter Pan, ein gutmütiger Golden Retriever, der sofort von allen Kindern belagert wird. Ich habe den Hund bisher noch gar nicht kennengelernt und streichele ihn ausgiebig, während ich versuche, die Zankerei meiner Eltern auszublenden. Zum Glück verstehen die Kids, die um uns herum wuseln wie die Ameisen, kein Deutsch, denn die Bemerkungen der beiden werden immer gereizter.

Mit einem tiefen Seufzer lasse ich Peter Pan schließlich weitertrotten und richte mich auf, während Mama Papa oberlehrerhaft erklärt, dass er nicht seitlich genug zum Werfer steht. Der Werfer ist ein schlaksiger Junge mit Zahnspange, der zunehmend verunsichert seine Bälle in Papas Richtung wirft. Vermutlich tut mein Vater ihm leid. Verzweifelt sehe ich Raven an, der gerade dem Mädchen, das kurz davor von seiner Mutter gebracht worden ist, hilft, die Schnürsenkel der Baseballschuhe wieder zuzubinden. Dieser Anblick lenkt mich flüchtig ab und lässt mich innerlich ein wenig dahinschmelzen.

»Danke«, sagt die Kleine und strahlt Raven an, bevor sie hinter Peter Pan herläuft. Oh, ich kann mir Raven so gut mit seinen Grundschülern vorstellen! Auch wenn er mir gegenüber immer so ernst wirkt – ich habe genau gesehen, wie er das Mädchen gerade liebevoll angelächelt hat. Und mein Herz hat das auch sehr deutlich zur Kenntnis genommen.

»Kennst du die Kids eigentlich aus deiner Schule?«, frage ich ihn und sehe dem Mädchen nach, das sich jetzt wieder zu Elliott gesellt. Mir ist schon aufgefallen, dass die beiden sich gut zu verstehen scheinen – zum Glück!

»Annabell ist neu hier, ihre Familie ist erst vor ein paar Tagen von Ontario hergezogen. Aber einige andere Kinder sind in meiner Schule. Ein paar sogar in meiner Klasse«, murmelt Raven, ohne mich anzusehen.

»Welche Stufe unterrichtest du denn gerade?«

»Ich habe eine zweite Klasse, aber Kunst unterrichte ich auch in den anderen Stufen.«

»Das sind dann also Sechsjährige?«, frage ich und sehe ihn neugierig an. Irgendwie kann ich mir diesen ernsten Mann so gar nicht mit einem Haufen lauter Kinder in einem Klassenraum vorstellen.

»Sechs bis sieben, yep«, sagt Raven und starrt dabei weiterhin konzentriert aufs Spielfeld hinaus.

»Herausforderndes Alter«, stelle ich fest.

»Aber auch supersüß«, kommt Ravens Antwort, die mich fast umhaut. Ungläubig starre ich ihn an, als ich von einem weiteren scharfen Kommentar meiner Mutter abgelenkt werde.

»Das war schon wieder zu spät, Bernd«, kann Mama sich mal wieder nicht verkneifen.

»O Mann. Ich fürchte, mein Plan geht noch nicht so richtig auf«, murmele ich und beobachte besorgt, wie Papa erneut ins Leere schwingt.

»So, wir wechseln jetzt mal die Stationen!«, ruft Raven energisch über den Lärm der Kinder hinweg. »Alle von den Schlagstationen gehen zur Wurfecke und umgekehrt!«

»Tausend Dank, du bist ein Schatz«, wispere ich, und Raven nickt mir knapp zu. »Beim Werfen kann hoffentlich nicht so viel schiefgehen.«

Dachte ich. Bis ich mit meinen Eltern, Elliott, dem kleinen Mädchen, das Annabell heißt, Raven und ein paar frechen Jungs im Kreis auf der Wiese stehe und wir den Ball im Uhrzeigersinn werfen. Papa hat sich schon wieder eine spitze Bemerkung von Mama anhören müssen, bevor es überhaupt losging, weil er den Baseballhandschuh auf seine rechte Hand gestülpt hat.

»Du bist Rechtshänder, Bernd!«, hat Mama gestöhnt.

»Ja, eben«, hat Papa ratlos erwidert.

»Du wirfst mit rechts! Darum musst du den Handschuh links tragen, um mit der Hand zu fangen!«

»Stimmt, ich habe das auch verkehrt gemacht«, habe ich betont fröhlich aufgelacht und mich im Stillen gefragt, ob meine Mutter immer schon so kritisch gegenüber meinem Vater war, das aber früher einfach sanfter verpackt hat.

Von sanft ist jetzt auf jeden Fall keine Rede mehr. Und das nicht nur im Hinblick auf meine Eltern, denn ich habe das Pech, links von Raven zu stehen, und jedes Mal, wenn er mir den Ball zuwirft (und ich es schaffe, ihn überhaupt mit meinem Handschuh zu fangen), zucke ich vor Schmerz zusammen.

»Aua«, murmele ich, als der harte Baseball mal wieder in meinen Handteller geknallt ist.

»Sorry – ich werfe schon extra mit weniger Kraft«, kommt Ravens gebrummte Antwort, was ich mit einem Lachen kommentiere. Wenn das »mit weniger Kraft« ist, möchte ich nicht unter normalen Bedingungen mit Raven Baseball spielen.

Links von mir steht mein Vater, und ich gebe mir Mühe, so zu werfen, dass er den Ball gut fangen kann. Was ihm selten gelingt. Ob es nun an meiner Wurftechnik oder an seinem Fanggeschick liegt, kann ich nicht sagen – vermutlich ist es eine dramatische Kombination aus beidem. Von wem ich mein sportliches Talent geerbt habe, ist nicht schwer zu erkennen. Mama, die neben Papa steht, fängt auch kaum einen Ball, was sie allerdings voll und ganz auf Papas Wurftechnik schiebt. Zum Glück lenken die vielen von uns Deutschen fehlgeworfenen und fallen gelassenen Bälle zumindest von Elliott ab, der jetzt bei Weitem nicht mehr der schwächste Spieler in der Gruppe ist. Immerhin ist dieses ganze Debakel heute also wenigstens in der Hinsicht ein

Erfolg: Elliott spielt mit den anderen Kindern Baseball – und seit mein Vater zu Beginn ein ernstes Wort mit den feixenden Jungs gewechselt hat, macht sich auch keiner offen über Elliott lustig. Zumindest nicht mehr, als sie sich über unsere schwachen Würfe amüsieren, aber es bleibt im Rahmen. Und ist nicht verletzend. Ja, Papa mag nicht der geborene Baseballspieler sein, aber zu Jugendlichen hat er nach wie vor einen Draht, auch als pensionierter Lehrer, das muss man ihm lassen.

Als Papa zum x-ten Mal an Mamas ausgestrecktem Handschuh vorbeiwirft und sie wütend »Bernd!« zischt, was ein paar der Jungs nun doch dazu verleitet, wild zu kichern, werfe ich Raven einen verzweifelten Blick zu. Ich bin so frustriert von meinen Eltern, dass sich meine Augen mit Tränen füllen. Es kann doch nicht sein, dass die beiden einfach nicht mehr miteinander auskommen! Sie waren doch lange Zeit so glücklich zusammen.

»Richtungswechsel!«, ruft Raven. Ich wische mir verstohlen unter den Augen entlang und nicke ihm mit einem schiefen Lächeln zu.

»Na, Gott sei Dank«, höre ich meine Mutter sagen, während ich mich umdrehe, um meinen Vater anzusehen. Leider schaut Papa gerade zu ein paar der besonders vorlauten Jungs hinüber, die angefangen haben, sich gegenseitig gespielt streng »Bernd!« zuzuflüstern, als wäre das ein deutsches Wort für »Vollidiot!«. Und da Papa so abgelenkt ist, bekommt er nicht mit, dass Mama schon ausgeholt hat, um nun ihm den Ball zuzuwerfen.

Der Ball fliegt an Papa vorbei, der gar nicht so schnell reagieren kann – und ich ebenso wenig.

Mama hat einen kräftigen Wurf, das muss man ihr lassen. Als der Ball mich unterhalb des Schirms meiner Baseballmütze aufs linke Auge trifft, taumele ich rückwärts, gerate ins Straucheln und ... werde aufgefangen.

»Aua«, stöhne ich und presse eine Hand auf mein Auge, während ich wie in Zeitlupe nach hinten sinke, rücklings auf das sonnenwarme Gras. Als ich nach oben blinzele, erkenne ich Raven, der mich aufgefangen und für meine weiche Landung auf dem Boden gesorgt haben muss. Er geht in die Hocke und umfasst vorsichtig meinen Kopf mit beiden Händen, während er mich eingehend mustert. Der Schirm seiner Baseballmütze hüllt seine Augen in Schatten, aber ich glaube trotzdem, die Sorge darin zu erkennen.

»Wow, Mama wirft so hart wie du«, ächze ich leise und lächele schwach zu Raven hinauf. Im nächsten Moment schiebt sich Peter Pan winselnd in mein Blickfeld, und ehe ich michs versehe, gleitet eine nasse Hundezunge über mein Gesicht.

»Aus, Pete!«, höre ich Raven streng sagen, und gleichzeitig ertönen die besorgten Stimmen meiner Eltern.

»Flo, o nein, geht es dir gut?«, höre ich Papa fragen, und dann Mama, die wütend zu ihm sagt: »Das ist nur deine Schuld, Bernd!«

»Meine?«, höre ich meinen Vater. »Wer hat den Ball denn geworfen?«

»Und wer hat ihn nicht gefangen? Mal wieder?«

»Ich war noch nicht so weit, Regina! Himmel noch mal, immer du und deine Ungeduld!«

»Das reicht!« Ich setze mich ruckartig auf, was dazu führt, dass mir ein stechender Schmerz in die lädierte Augenhöhle schießt. Autsch, verdammt! Mit einem Stöhnen halte ich mir das Auge, bevor ich meine Eltern einäugig ansehe und hervorstoße: »Ihr benehmt euch schlimmer als der Haufen Grundschüler auf diesem Platz! Wirklich, ich schäme mich für euch!«

Als ich versuche, mich in die Höhe zu rappeln, hält mir Raven seine Hand hin und zieht mich mühelos nach oben. Peter Pan tänzelt schwanzwedelnd um uns herum und bellt aufgeregt, bis Luke ihn ein wenig zur Seite zieht, wobei er mich mitleidig mustert. Während meine Eltern bedröppelt neben mich treten, greift Raven vorsichtig nach meiner Hand, bewegt sie ein Stückchen von meinem lädierten Auge fort und murmelt mit einem Kopfschütteln: »Das muss sofort gekühlt werden. Komm mit, ich habe Kühlkompressen im Wagen.«

Zu den anderen sagt er: »Ihr macht eine Pause und trinkt etwas!«

Mama greift nach meiner Hand, aber ich schüttele sie ungeduldig ab.

»Ihr hattet recht. Es war eine doofe Idee, Baseball zu spielen«, sage ich heiser. Mein Blick fällt wieder auf Elliott, der dicht neben Annabell steht. Die beiden mustern uns sichtlich bekümmert. Ich ringe mir ein Lächeln ab und rufe betont munter in Elliotts Richtung: »Siehst du, Süßer, wir müssen wirklich noch einiges in Sachen Baseball lernen!«

Dann folge ich Raven zu seinem Wagen. Er hat eine Verbandstasche von der Rückbank geholt und zieht gerade eine Kühlkompresse hervor, die er knickt und energisch schüttelt, sodass die Kälte aktiviert wird. Dann schlägt er die Kompresse in ein sauberes Handtuch ein und reicht sie mir.

»Hier, die musst du mindestens dreißig Minuten aufs Auge pressen. Je länger, desto besser«, sagt er. »Für dich ist der Baseballtag erst mal vorbei.«

»Gott sei Dank«, lache ich auf. »Hast du für meine Hand zufällig noch eine Kompresse? Jemand, der neben mir stand, hat einen ziemlich harten Wurf.«

»Kein Vergleich zu deiner Mutter«, erwidert Raven leise, und als ich ihn ansehe, spielt tatsächlich ein winziges Lächeln um seine Mundwinkel. Was mich allerdings noch mehr aus der Bahn wirft, ist die Tatsache, dass er nach meiner linken Hand greift, die mit dem Handschuh immer wieder den von ihm geworfenen Ball gefangen hat, und anfängt, mit seinem Daumen kreisend meinen Handteller zu massieren. Sein Daumen ist so kräftig, wie man es von jemandem, der so einen Wurf hat, erwarten darf, und seine Berührung schießt mir bis in die Zehenspitzen. Aber nicht etwa vor lauter Schmerz. O nein, ich habe das Gefühl, dass meine Hand zu brennen beginnt, und diese Hitze breitet sich wie ein Lauffeuer in meinem ganzen Körper aus. Ich muss mir auf die Unterlippe beißen, um nicht aufzustöhnen. Ein paar Sekunden lang vergesse ich zu atmen. Ungläubig starre ich auf meine Hand in seiner hinab und stoße schließlich ein wenig heiser hervor: »Unfassbar. Ich habe dich gerade tatsächlich lächeln gesehen, Raven Leblanc. Nur sehr kurz, aber immerhin. Deine Mundwinkel haben sich in meiner Gegenwart in die Höhe bewegt.«

Raven lässt meine Hand los und schnaubt leise, ohne meinen Blick zu erwidern.

»Hoffentlich muss ich nicht jedes Mal einen Baseball aufs Auge bekommen, um dich lächeln zu sehen«, necke ich ihn weiter.

»Kühl du mal dein Auge, und zerbrich dir nicht den Kopf über mein Lächeln«, erwidert Raven trocken und wendet sich von mir ab. Doch ich sehe genau, dass er schon wieder lächelt. Es geschehen doch noch Wunder. Nur leider nicht im Hinblick auf meine Eltern, fürchte ich.

Und ich muss jetzt nicht nur mein Auge kühlen, so viel steht fest.

23

WILDBERRY BAY WHATSAPP-GRUPPE

Dienstag, 10. Juli 2018

BETTY LANCASTER:
Heute Nacht war Lucille bei mir – sie hat mal wieder meinen Müll geplündert.

THOMAS HUGH:
Dann hast du ihn aber nicht in deiner Müllkiste verstaut, oder? Ich hoffe nicht, dass Lucille inzwischen Deckel öffnen kann.

BETTY LANCASTER:
Nein, ich war selbst schuld und habe den Müllsack auf der Veranda vergessen.

THOMAS HUGH:
Ups.

BETTY LANCASTER:
Du sagst es. @AmandaCleveland – ich komme heute etwas später zum Book Club, muss erst die Veranda vom Müll befreien 🙁

CARL BAKER:
Ich komme auch später, muss zum Zahnarzt ☹
Würde lieber Müll wegräumen.

LEANNE SMITH:
Hey, habe gerade die deutsche Braut mit blauem Auge die Küstenstraße entlanglaufen gesehen – was ist denn jetzt wieder passiert???

Florentine

Als ich am nächsten Morgen schon um halb acht das Diner betrete, bleibt Zoe bei meinem Anblick so abrupt stehen, dass aus den zwei Tassen, die sie trägt, ein wenig Kaffee über den Rand schwappt.

»Ach du Schande, das sieht aber wirklich schlimm aus«, sagt sie ungläubig und mustert mich eingehend. »Elliott hat davon erzählt.«

»Oh, was ist denn mit dir passiert?«, meldet sich eine Frau zu Wort, die an einem Tisch ganz in unserer Nähe sitzt. Sie dürfte um die siebzig sein, hat ein dickes Buch vor sich liegen, trägt Lockenwickler und wirkt so, als wäre sie hier zu Hause. Ich habe sie auch vorgestern gesehen, als ich im Diner war – sie war offenbar mit Freundinnen hier, die alle zur Stammkundschaft zu gehören schienen. »Daran ist hoffentlich nicht schon wieder der, der hier namentlich nicht erwähnt wird, schuld, oder?«, wispert sie jetzt und reißt ihre Augen dramatisch weit auf.

Obwohl das Thema »Blake« ja überhaupt nicht komisch ist, muss ich bei dieser Formulierung dennoch schief grinsen – und zucke sofort zusammen, weil mein Auge ziemlich schmerzt, sobald sich meine Gesichtszüge verändern.

Zoe schnaubt mit einem Kopfschütteln und murmelt etwas von »Hier kann jeder meinen Idioten von Ex erwähnen, das verbiete ich niemandem«, während sie die zwei Kaffeetassen schwungvoll vor der Frau abstellt. »So, bitte schön, Amanda. Wo ist denn Betty? Nicht, dass ihr Kaffee kalt wird.«

»Ach, Betty kommt bestimmt gleich. In der WhatsApp-Gruppe hat sie geschrieben, dass heute Nacht mal wieder Lucille ihren Müll geplündert hat. Wahrscheinlich hat das Aufräumen länger gedauert.«

»Lucille?«, frage ich ratlos, froh darüber, von meinem Auge ablenken zu können. »WhatsApp-Gruppe?«

Amanda nimmt einen großen Schluck Kaffee und nickt mit einem breiten Lächeln. »Unsere Wildberry-Bay-WhatsApp-Gruppe. Super praktisch. Man bekommt so viel mehr von seinen Nachbarn mit! Zum Beispiel weiß man im Winter immer sofort, wo schon Schnee geräumt wurde und welche Straßen noch nicht befahrbar sind. Und nach Stürmen können wir uns gleich austauschen, wer Strom hat und wer nicht. Na ja, zumindest, solange die Handys noch funktionieren!« Sie grinst und nimmt noch einen Schluck Kaffee, bevor sie hinzufügt: »Ach so, ja, und Infos zu Lucille sind auch immer wichtig.«

»Wer ist …?«, setze ich erneut an, als Zoe, die in der Zwischenzeit einen der Nachbartische sauber gewischt hat, im Vorbeigehen erklärt: »Unsere lokale Schwarzbärdame.«

»Bitte was?«, frage ich erschrocken und starre Zoe nach, bevor ich wieder Amanda ansehe, die seelenruhig begonnen hat, in ihrem Buch zu blättern. Ich kann mich nicht daran erinnern, dass es in meiner Kindheit einen Schwarzbären im Ort gab! Amanda sieht zu mir auf und nickt mit einem Lächeln.

»Ja. Aber keine Sorge, Lucille vergeht sich nur regelmäßig an unseren Mülltonnen, nicht an den Bewohnern von Wildberry Bay.«

»Ach, na dann«, murmele ich und schüttele leicht den Kopf, doch als ich mich abwenden will, hakt Amanda nach: »Also, Süße, wer hat dir denn nun dieses Veilchen verpasst? Doch hoffentlich kein fieser Typ, oder?« Sie mustert mich besorgt, bevor sie ihre Augen weiter aufreißt und atemlos fragt: »Warte mal ... Bist du nicht die Deutsche, die am Leuchtturm sitzen gelassen wurde?«

»Richtig«, sage ich mit einem müden Lächeln. »Ich bin die sitzen gelassene Braut vom Leuchtturm. Und, nein, kein Typ ist schuld an meinem blauen Auge, sondern meine Mutter.«

»Hey, hey, diese Formulierung ist wirklich irreführend und unangebracht!«, höre ich hinter mir prompt Mamas entrüstete Stimme und drehe mich zu ihr um. Sie hat gerade das Diner betreten und sieht mich gekränkt an.

»Was machst du denn hier?«, frage ich verdutzt.

»Ich habe gesehen, wie du Ravens Haus verlassen hast, und dachte mir, dass ich dich hier finde. Ich hatte gehofft, dass wir zusammen frühstücken.«

»Oh«, mache ich erstaunt. »Ähm, Mama, ich bin deshalb so früh hier, weil ich dringend Kuchen backen muss. Denn gestern bin ich ja nicht mehr dazu gekommen, vor lauter Kühlen und so.« Ich deute auf mein blaues Auge, und Mama holt tief Luft.

»Es war ein *Unfall*«, erklärt sie an Amanda gewandt, die fasziniert zuhört. »Weil *jemand* den Ball nicht gefangen hat.«

»Okay, nicht wieder das Thema«, seufze ich leise und mache den Fehler, mit den Augen zu rollen. »Aua«, stöhne ich auf. »Ich glaube, ich besorge mir in der Küche noch einmal etwas zum Kühlen.«

»Aber du kommst zurück und frühstückst mit mir?«, hakt Mama nach, während sie auf den Tisch neben Amanda zusteuert und sich auf die Bank sinken lässt. »Bitte, ich möchte dich wenigstens auf Blaubeerpfannkuchen einladen dürfen, als ... Entschädigung.« Sie mustert geknickt mein Auge.

»Blaubeerpfannkuchen als Ausgleich fürs blaue Auge?«, hake ich nach und kann mir ein weiteres unbedachtes Grinsen gerade noch verkneifen.

»Ja, genau«, bestätigt meine Mutter mit Nachdruck.

»Ich schaue mal nach, wie die Lage in der Küche ist«, weiche ich aus, bevor ich Richtung Theke gehe, wo erneut Elliott sitzt und malt. Da es ja erst kurz nach halb acht ist, hat das Baseballcamp noch nicht begonnen. Zwar werde ich heute nicht mehr teilnehmen (ein blaues Auge reicht mir fürs Erste), aber Elliott will heute wohl tatsächlich weitermachen, wie Raven erwähnt hat. Das liegt vermutlich an dem netten neuen Mädchen Annabell, das gestern beim Training war.

»Hey, Kumpel«, sage ich zu dem Jungen, als ich die Theke erreiche. Elliott schaut auf und starrt mich ernst an.

»Oh, das tut bestimmt weh«, murmelt er. »Aber ... es sieht irgendwie cool aus!«

»Ha!«, mache ich. »Danke dir.«

Ich will mich schon der Küche zuwenden, als mein Blick erneut auf Mama an ihrem Fensterplatz fällt. Spontan kommt mir ein Gedanke, und ich ziehe rasch mein Telefon aus der Tasche meines geblümten Sommerrocks. Ich öffne Whats-

App und schicke eine Nachricht an Papa: »Kommst du auf ein paar Blaubeerpfannkuchen ins Bayview?«

Zufrieden lasse ich das Telefon zurück in meine Rocktasche gleiten. Ein romantisches Frühstück zu zweit bewirkt vielleicht Wunder.

Eliza steht am Herd und versucht, mit der linken Hand Speckstreifen zu wenden, was nicht ganz so einfach zu sein scheint, zumindest flucht sie leise vor sich hin.

»Guten Morgen, warte, ich helfe dir!«, sage ich rasch und eile zu ihr. Eliza sieht mich an und macht erschrocken einen halben Schritt rückwärts.

»Holy Muffins, Honey Bun! Ich hätte nicht gedacht, dass Regina so einen harten Wurf hat.«

»Ich auch nicht, glaub mir«, murmele ich.

»Du solltest dringend dein Auge kühlen und keinen Speck wenden!«

»Das habe ich gestern schon stundenlang gemacht, aber okay: Mit links kühle ich, mit rechts wende ich«, erkläre ich betont fröhlich und nehme Eliza resolut den Pfannenwender aus der Hand.

»O Mann, da lässt man euch Deutsche einmal Baseball spielen«, bemerkt sie mit einem Kopfschütteln und öffnet den Eisschrank. Ich konzentriere mich auf die brutzelnden Speckscheiben, während ich erwidere: »Das hat Raven auch schon gesagt.«

»Mhhm«, macht Eliza, tritt neben mich und drückt mir ein Geschirrtuch, gefüllt mit Eiswürfeln, in die Hand. »Wie verstehst du dich überhaupt mit Raven? Kommt ihr gut miteinander aus?«

Da meine Gedanken sofort zu seinem massierenden Daumen in meiner Handfläche schießen, bin ich froh, meine linke Gesichtshälfte hinter dem Eiswürfelpaket verbergen zu dürfen, als ich erwidere: »Alles prima bei uns.«

»Und ... wie sieht seine Freundin eure WG?«

»Verlobte«, korrigiere ich automatisch. Ich finde das wichtig. Immerhin war ich auch mal verlobt.

»Stimmt.« Ich sehe Eliza überrascht an, denn ihre Stimme klingt ... nun ja, nicht unbedingt begeistert. »Verlobte«, wiederholt sie, und bei ihr hört es sich ähnlich an, als würde jemand »Bestattungsunternehmen« sagen.

»Warum betonst du das so komisch? Magst du Tara nicht?«

Eliza zieht ihre Augenbrauen in die Höhe und sieht mich mit verschränkten Armen an. Dann schüttelt sie langsam den Kopf. »Und ob ich Tara nicht mag. Und das nicht nur, weil sie nach ihrem ersten Besuch hier im Diner nie wieder gekommen ist. Man sagt, ihr sei mein Essen zu fettig gewesen.«

»Sagt man das, ja?«, hake ich amüsiert nach, während ich den Speck wende. »Ich habe sie zwar nur kurz kennengelernt, aber dass sie sich in Wildberry Bay nicht wohlfühlt, das kann ich mir gut vorstellen.«

»Oh, sie passt so gut hierher wie diese Speckscheiben in ein vegetarisches Restaurant.«

Natürlich muss ich prompt so sehr lachen, dass ich im nächsten Moment gequält zusammenzucke und den Eisbeutel fester umklammere. »Sport ist wirklich Mord«, brumme ich. »Jetzt weiß ich wieder, warum ich sonst keinen mache. Im Gegensatz zu Tara vermutlich. Sie sieht so aus, als würde sie im Fitnessstudio wohnen.«

»Um wen geht es?«, erkundigt sich Zoe, die mit einem Tablett voll mit dreckigem Geschirr hereingeeilt kommt. »Ach ja, und Tisch 4 bekommt zweimal die Blaubeerpfannkuchen plus O-Saft. Den Saft mache ich fertig. Also: Um wen geht es?«

»Tara«, sagen Eliza und ich wie aus einem Munde, während Eliza mit links nach einer gefüllten Teigschüssel greift und damit neben mich an den Herd tritt.

»Komm, ich mache die Pfannkuchen«, sage ich und nehme ihr die Schüssel aus der Hand.

»Du bist ein Schatz«, seufzt Eliza dankbar.

»Wer ist Tara?«, hakt Zoe nach, die gerade zwei Gläser mit Orangensaft aus dem Kühlschrank füllt.

»Ravens Verlobte«, erkläre ich.

»Wie, Raven ist verlobt?«, fragt Zoe verblüfft. Ich nicke, während ich die fertigen Speckscheiben auf die bereitstehenden Teller verteile, auf denen schon zwei Rühreiportionen in der Gesellschaft von dicken Brotscheiben mit geschmolzener Butter warten. Als ich den Blick hebe, merke ich genau, dass Eliza und Zoe sich ansehen. Und dass sie stumm kommunizieren – aber was da ungesagt zwischen ihnen hin- und herfliegt, begreife ich leider nicht.

»Hey, raus mit der Sprache!« Ich fuchtele mit dem Pfannenwender in ihre Richtung. »Was ist los?«

Zoe sieht mich betont unschuldig an und zuckt mit den Schultern. Ich wende mich an Eliza.

»Na los, lasst mich Matschauge nicht so ahnungslos hier am Herd stehen. Was habe ich nicht mitgekriegt?«

Eliza verschränkt die Arme vor der Brust und sieht mich nachdenklich an. »Zoe und ich haben gestern noch über dich gesprochen«, sagt sie langsam. Verdutzt werfe ich Zoe einen Blick zu, aber die lädt nur mit Unschuldsmiene die zwei Teller mit Rührei und Speck zu den Gläsern voll Orangensaft auf ihr Tablett und eilt zurück ins Restaurant.

»Worüber genau habt ihr denn geredet?«

»Darüber, dass ich immer schon gedacht habe, dass du gut zu Raven passen würdest.«

Vor Schreck entgleitet mir der Eisbeutel, er rutscht haarscharf an der Pfanne vorbei und landet auf meinen nackten Füßen in ihren Flip-Flops. Aua – ich brauche jetzt nicht auch noch geprellte Zehen! Mit einem leisen Lachen bückt sich Eliza nach dem Geschirrtuch, sammelt die Eiswürfel wieder ein und reicht mir das Ganze erneut. Prüfend mustert sie mich, während ich das Gefühl habe, dass mein ganzes Gesicht anfängt zu brennen.

»Danke. Und, nein, wir passen überhaupt nicht gut zusammen«, sage ich rasch, presse das Eis zurück auf mein Auge und gieße schwungvoll eine Schöpfkelle voll Blaubeer-Pfannkuchenteig in die Pfanne. Etwas zu schwungvoll leider – der Herd bekommt einige Spritzer ab, genau wie mein Sommerrock.

»Ich hätte dir eine Schürze geben sollen«, murmelt Eliza. Dann fügt sie seelenruhig hinzu: »Und, übrigens: doch.«

»Doch?«

»Doch. Ihr passt gut zusammen.«

Mit einem Seufzer lasse ich den Pfannenwender sinken und sehe Eliza an. »Nein, tun wir nicht. Die meiste Zeit mache ich ihn einfach nur wahnsinnig.«

»Wahnsinn gehört zum Verliebtsein dazu.«

»Verliebtsein?« Ich lache auf, zucke sofort zusammen und presse den Eisbeutel fester aufs Auge. »Wirklich, Eliza, du irrst dich gewaltig. Eher reißt sich ein vegetarisches Restaurant um diesen Speck, als dass Raven in mir etwas anderes sieht als die nervige Tochter des Studienfreunds seines Vaters. Und die Ex-Verlobte seines Bruders. Und die Freundin seiner Stiefschwester. Himmel, ist das bei uns alles kompliziert.«

»Das ändert nichts an der Tatsache, dass ich bei euch beiden so ein Gefühl habe.«

Ich pruste leise, während ich die aufsteigenden Bilder in meinem Kopf verdrängen muss. Der Sommertag damals, der so heiß war wie heute. Der Bach. Ravens nasses T-Shirt.

Ich schlucke schwer und sage dann mit Nachdruck: »Eliza, wirklich: Dein Gefühl täuscht dich. Und Tara ist übrigens nicht begeistert davon, dass ich bei Raven wohne. Ich sollte mir dringend etwas anderes suchen. Hast du nicht noch eine Idee, wo ich unterkommen könnte?«

Eliza sieht mich nachdenklich an, dann schüttelt sie resolut den Kopf. »Nein, tut mir leid. Es ist Hochsaison, in den Pensionen findest du jetzt nichts. Und ich kenne niemanden, der ein Gästezimmer frei hätte.«

»Was ist denn mit ...?«, beginnt Zoe, die gerade wieder hereingekommen ist, doch Eliza dreht sich zu ihr um, und ich sehe gerade noch, dass da wieder etwas Unausgesprochenes zwischen ihnen hin- und herschießt.

»Was ist mit wem?«, hake ich nach, aber Zoe winkt ab.

»Doch nicht, habe mich vertan«, murmelt sie, und mir entgeht ihr Grinsen nicht, das sie vor mir zu verstecken versucht.

»Du musst wohl in Ravens Bett bleiben«, seufzt Eliza, und ich merke, dass ihr die Zweideutigkeit ihrer Aussage Spaß bereitet. Erneut deute ich mit dem Pfannenwender auf sie und sage streng: »Eliza, hör bitte auf, so süffisant aus der Wäsche zu gucken.«

Eliza lacht nur vergnügt und sagt dann ernst: »Du solltest die Pfannkuchen wenden, Honey Bun, sonst werden sie zu dunkel.«

»Oh, Mist«, fluche ich leise und beeile mich, die Pfannkuchen zu retten.

Als Zoe wieder durch die Tür kommt, ruft sie: »Für Amanda bitte Spiegeleier mit Speck und Vollkorntoast und für Betty

Pfannkuchen ohne Blaubeeren, dafür mit Obstsalat an der Seite. Und, Flo, deine Mom wartet auf dich. Sie hat gefragt, ob du noch lange brauchst, weil sie verhungert.«

»Ah, verdammt«, seufze ich auf und ziehe wieder mein Telefon hervor. Okay, immerhin hat Papa ein Daumen-hoch-Emoji geschickt – allerdings erst vor fünf Minuten. Wer weiß, wann er hier auftaucht. Bis dahin hat Mama garantiert die Geduld verloren.

»Geh ruhig mit deiner Mom frühstücken«, sagt Eliza sanft und versucht, mir mit links den Pfannenwender abzunehmen, aber ich halte ihn so, dass sie nicht drankommt.

»Auf keinen Fall«, widerspreche ich. »Ich bin sofort zurück.«

24

Noch mit dem Pfannenwender in der Hand marschiere ich ins Restaurant hinaus, wo Amanda inzwischen in der Gesellschaft von Betty an ihrem Tisch sitzt. Betty trägt sehr gewagte pinkfarbene Shorts mit einem leuchtend gelben Ananasmuster, und ich bewundere sie dafür, weil sie nicht unbedingt ein Leichtgewicht ist und außerdem über sechzig sein dürfte. Genau wie Amanda hat Betty ebenfalls ein Buch dabei, und ich schnappe im Vorbeigehen auf, dass sie gerade dabei ist, der Freundin den Inhalt des Romans zu erklären.

»Seid ihr zwei ein Mini-Buchclub?«, frage ich sie interessiert, und Amanda strahlt mich an und nickt.

»Eigentlich sind wir gar nicht so mini«, erklärt Betty in resolutem Tonfall. »Und damit meine ich nicht meine Figur!« Sie lacht herzhaft auf, und ich versuche, um meines Auges willen, mein Grinsen in Schach zu halten. »Nein, was ich eigentlich sagen will: Wir sind normalerweise fünf Frauen und ein Mann, aber die anderen können heute alle nicht oder kommen später.«

»Wie toll, ich liebe Buchclubs«, sage ich enthusiastisch und werfe einen Blick auf die beiden Romane, die auf dem Tisch liegen: Betty hat eine historische Liebesschnulze à la Bridgerton mitgebracht und Amanda einen skandinavischen Krimi.

»Oh, Mama, schau mal, den Krimi hast du auch gelesen!«, rufe ich begeistert und sehe meine Mutter an, die in der Gesellschaft einer Teetasse ein paar Schritte entfernt sitzt und mich fragend ansieht.

»Aha«, macht sie ratlos. »Und warum hast du einen Pfannenwender in der Hand?«

»Weil ich zurück in die Küche muss, um Eliza zu helfen«, erkläre ich.

»Welchen Krimi hat Regina gelesen?«, höre ich da eine weitere vertraute Stimme und drehe mich überrascht zu meinem Vater um. Er trägt erneut das Baseballkäppi des LGBTQ-Clubs.

»Hi, Papa«, sage ich, erleichtert, dass er tatsächlich gekommen ist und Mama nicht allein frühstücken muss. Ich drücke ihm einen Kuss auf die unrasierte Wange. »Das hier sind Amanda und Betty, und sie sind Mitglieder des Wildberry-Bay-Buchclubs.«

»Oh, der neue Gunnar Invarsson!« Mein Vater betrachtet angetan den Krimi vor Amanda. Richtig, er liest die Bücher des Schriftstellers auch gern – sogar lieber als Mama, wird mir jetzt bewusst. »Der war gut, oder?«

Amanda nickt so heftig, dass die Lockenwickler auf ihrem Kopf hin und her wippen. »Und wie!«

»Ich bin Bernd«, stellt sich mein Vater mit seinem charmanten deutschen Akzent vor, und während Betty und Amanda ihre Namen nennen, werfe ich meiner Mutter einen Blick zu. Sie sitzt sichtlich unzufrieden allein an ihrem Tisch und starrt jetzt demonstrativ aus dem Fenster.

»Darf ich?«, fragt mein Vater in diesem Moment, und zu meinem Entsetzen nimmt er neben Betty Platz, die völlig entzückt wirkt. Im Gegensatz zu Mama. Ich unterdrücke ein Stöhnen und frage Papa leise auf Deutsch: »Willst du nicht lieber mit Mama frühstücken? Sie sitzt ganz allein da drüben und ... ich muss zurück in die Küche, um Eliza zu helfen.«

»Deine Mutter ist sicherlich froh, wenn ich nicht in ihrer Nähe bin«, gibt Papa trocken zurück, bevor er sich Amanda zuwendet und sie auf Englisch fragt, ob sie auch die anderen Bücher der Krimireihe gelesen habe.

Geknickt gehe ich zu Mamas Tisch und frage sie leise: »Willst du dich nicht auch an den Buchclub-Tisch setzen und ...?«

»Nein, schon gut. Wirklich, es ist okay, Flo. Könntest du Zoe wohl sagen, dass ich die Rechnung brauche?«

»Aber du hattest doch nur einen Tee – wolltest du nicht noch etwas essen?«, frage ich ratlos.

»Ich habe doch keinen Hunger. Und ich muss bald los, Debbie will unbedingt nach Halifax, zum Shoppen. Ich begleite sie.«

»Es ist gerade mal acht Uhr, und die Geschäfte machen doch frühestens um neun ...«

»Flo, bitte.«

Mit einem tiefen Seufzer gebe ich auf und gehe zurück Richtung Küche. An der Theke steht Zoe neben ihrem Sohn und redet ernst mit ihm. Ich will sie nach der Rechnung für meine Mutter bitten, zögere jedoch, als ich die Tränen erkenne, die Elliott über das Gesicht rinnen.

»Du musst einfach üben«, sagt Zoe leise und streicht ihm sanft über das Haar. »Irgendwann fällt es dir leicht, und dann wird das Lesen dir auch Spaß machen, ganz bestimmt.«

»Nei-hein«, schluchzt Elliott trotzig auf und schüttelt heftig den Kopf. Jetzt erkenne ich das aufgeklappte Buch, das vor ihm liegt, und das er nun wütend zuschlägt und zur Seite schiebt.

Ich wispere Zoe im Vorbeigehen nur schnell zu, dass meine Mutter zahlen will, und gehe eilig in die Küche weiter, wo Eliza sich allein am Herd abmüht. »Bin wieder da«, verkünde ich und sehe genau das erleichterte Lächeln auf ihrem Gesicht, als ich sie an der Pfanne ablöse.

»Ist alles okay mit Elliott?«, frage ich besorgt, als Zoe ein paar Minuten später in die Küche kommt. Zoe schüttelt seufzend den Kopf.

»Er hat solche Schwierigkeiten mit dem Lesen. Es ist im Laufe des Schuljahrs eher schlimmer geworden statt besser. Weil die Mitschüler immer mehr gelacht haben, wenn Elliott sich beim Lesen verhaspelt hat, hat er immer mehr Fehler gemacht und sich kurz vor Ende des Schuljahrs ganz geweigert, überhaupt noch etwas laut vorzulesen.«

»Der Arme«, murmele ich.

»Er müsste regelmäßig üben, aber ich habe so selten Zeit, und außerdem weigert er sich momentan sogar in meiner Gegenwart, etwas laut zu lesen. Raven hat auch schon angeboten, sich mit ihm hinzusetzen, immerhin ist er Grundschullehrer und kennt sich mit dem Lesenlernen nun wirklich bestens aus – aber Elliott will nicht, und dabei vergöttert er Raven. Er liebt Geschichten, und er hört so gern zu –, doch selbst lesen will er jetzt gar nicht mehr. Aber seine Lehrerin hat mich extra eindringlich gebeten, dass er die Sommerferien nutzen sollte, um besser zu werden.«

Ich sehe, dass sich Zoes Augen mit Tränen füllen, und lege ihr flüchtig meine freie Hand auf die Schulter. Sie grinst mich schief an, doch dann kommen wir nicht dazu, weiter über Elliott zu reden, weil Eliza hereinstürmt und verkündet, dass eine ganze Gruppe Blue-Gables-Gäste angekommen sei.

»Wie, die Gäste aus dem Bed & Breakfast frühstücken hier?«, erkundige ich mich verdutzt und verteile Speckscheiben und Rührei auf zwei bereitstehenden Tellern.

»Genau. Mein Vater betreibt nur noch ein ›Bed‹, ohne ›Breakfast‹«, erwidert Zoe. Erschrocken sehe ich sie an, weil ihr Tonfall so scharf klingt – erst recht, als sie noch hinzufügt: »Weil Mom tot ist. Sie hat sich immer um das Frühstück gekümmert.«

Ehe ich reagieren kann, eilt sie schon wieder hinaus. Betroffen sehe ich Eliza an. Sie zuckt seufzend mit den Schultern.

»Seit Carolines Tod gibt es im Blue Gables Frühstückscoupons für die Gäste, die sie hier im Diner einlösen können. Eigentlich hat Jimm eh kaum Zeit, um sich um das Bed & Breakfast zu kümmern – das hat ja früher immer Caroline gemacht, weil er als Pfarrer genug um die Ohren hat. Aber ... er weigert sich, die Pension ganz aufzugeben, weil es Carolines Lebenstraum war. Sie hat die Gesellschaft der Gäste geliebt, besonders, nachdem Neil und Zoe ausgezogen waren. Und ihr zu Ehren will Jimm unbedingt weitermachen – nur ohne Frühstück. Wenn er nur ...«

Zoe kommt wieder herein, und Eliza bricht ab und holt die Schüssel mit dem Obstsalat aus dem gigantischen Kühlschrank. Erst als Zoe mit den zwei Tellern voll Rührei und Speck wieder hinausgeeilt ist, vollendet Eliza ihren Satz: »Wenn er nur Zoe zurück in sein Leben lassen würde. Sie könnte sich mit ihrer Erfahrung so gut im Bed & Breakfast einbringen. Ich glaube, Zoe könnte dort ein wunderbares Frühstück zaubern, wenn Jimm sie nur ließe.«

»Wobei dir dann eine hervorragende Kellnerin fehlen würde«, gebe ich zu Bedenken.

»Das stimmt.« Eliza tritt ans Küchenfenster und sieht nachdenklich hinaus. »Wobei ich hier ja sowieso nicht mehr lange weitermachen will.«

Vor Schreck fällt mir fast der Pfannenwender aus der Hand. »Wie bitte?«, hake ich entsetzt nach. »Was soll das denn heißen? Willst du etwa aufhören?«

Eliza nickt. »Ich denke darüber nach, ja. Das Problem ist nur, jemanden zu finden, der das alles übernimmt. Die Leute reißen sich nicht unbedingt darum, das ganze Jahr über hier, in unserer kleinen Gemeinde, zu leben. Die Sommersaison ist kurz, man muss viel einnehmen, um den langen Winter zu überstehen, wenn nur noch die Einheimischen im Diner ein und aus gehen.«

»Aber ... warum willst du denn aufhören?«, frage ich und klinge ein wenig wie ein verstörtes Kind, merke ich. Eliza gehört doch einfach zum Bayview Diner! Ohne sie kann ich mir dieses Restaurant nicht vorstellen. Und ohne dieses Restaurant kann ich mir Wildberry Bay nicht vorstellen.

»Honey Bun, ich werde in ein paar Monaten fünfundsechzig«, erklärt Eliza sanft. »Glaub mir, den ganzen Tag hier in der Küche zu stehen, das fällt mir auch ohne verstauchte Hand nicht mehr leicht. Ich habe in diesem Restaurant mitgearbeitet, seit ich zwölf war. Schon damals gab es keinen Ruhetag, wir waren immer geöffnet, hatten nie Ferien. Ich liebe dieses Diner, es ist mein Leben ... aber ich möchte auch mal verreisen, verstehst du? Oder einfach mal ausschlafen. Allerdings würde ich das Bayview niemals schließen, denn Wildberry Bay ist auf so ein Lokal angewiesen. Wo sollten die Fischer sich sonst bei Nebel, wenn sie nicht rausfahren können, auf ihren Kaffee treffen? Wo sollte der Buchclub zusammenkommen, wo sollten die Bed & Breakfast-Gäste frühstücken?«

»Mir fallen noch tausend andere Gründe ein, warum dieses Lokal nicht schließen darf«, sage ich leise. »O Mann, Eliza. Ich wünschte, ich hätte so viel Geld, dass ich es dir abkaufen könnte.«

Eliza sieht mich nachdenklich an und nickt langsam. »Das wünschte ich auch.«

»Hey, guten Morgen, ich hoffe, ich störe nicht«, hören wir eine Stimme an der geöffneten Hintertür, und als ich den Kopf hebe, sehe ich Luke dort stehen, Peter Pan neben sich. Optisch erinnert Luke kaum noch an den schlaksigen Jungen mit dem kurz geschorenen Haar, den ich bis 1998 kannte. Heute ist sein dunkelbraunes Haar wesentlich länger – nicht so lang wie Ravens, der einen kurzen Pferdeschwanz hinbekommt, aber lang genug, um sich unbändig zu locken und ihm immer wieder ins Gesicht zu fallen. Er hat einen kurz gestutzten Vollbart, und das Tattoo an seinem linken inneren Oberarm – eine Welle – erinnert daran, dass er das Meer genauso liebt wie Neil, der Surfer. Doch Luke surft eher weniger, taucht in seiner Freizeit dafür leidenschaftlich gern und erklärt sich immer freiwillig bereit, die Boote der Werkstatt-Kunden nach einer Reparatur zur Probe auf den Atlantik hinauszufahren, wie ich gehört habe.

Luke lächelt mich breit an, während sein Hund begeistert schwanzwedelnd in die Küche hineinschnuppert und einmal laut aufbellt. Offenbar gefällt ihm sehr, was er bei uns riecht. Ich kann es ihm nicht verdenken – welcher Hund kann schon beim Duft nach gebratenem Speck cool bleiben?

»Ihr stört doch nie, Süßer«, sagt Eliza, und ich merke, dass sie froh ist, für den Moment nicht mehr über den Verkauf des Diners reden zu müssen. »Frühstück?«

»Würde ich gern, aber ... ich muss leider schnell los. Ich springe heute spontan bei einer Tauchtour von Atlantic Adventures ein. Denen ist ein Taucher ausgefallen, der die Gruppe begleiten kann.«

»Und was ist mit dem Baseballcamp?«, frage ich erstaunt, weil mir einfällt, dass Luke doch heute eigentlich wieder zusammen mit Raven die Kids betreuen wollte. Er lächelt schuldbewusst.

»Fang bloß nicht davon an«, murmelt er und reibt sich den Nacken. »Raven hat mir schon die Hölle heiß gemacht, weil ich ihn hängen lasse. Aber ... diese Tour heute ist einfach zu spannend – wir wollen nach dem Wrack des Segelschiffs ›Sweat‹ suchen, das 1779 in der Mahone Bay gesunken ist und nie gefunden wurde.«

»Das wird Raven doch sicherlich verstehen«, sagt Eliza und trocknet sich die Hände an ihrer Schürze ab.

»Klar verstehe ich das«, kommt prompt die Antwort, und überrascht drehe ich mich zum Durchgang zum Restaurant um, wo Raven aufgetaucht ist. Genau wie gestern trägt er wieder die Baseballuniform mit der engen weißen Hose und einer Baseballmütze und ... ich schlucke schwer und senke den Blick. An seinen Anblick werde ich mich wohl nie gewöhnen. Mich nie an ihm sattsehen.

»Solange ihr das Wrack nur sucht und, falls ihr es findet, alles so lasst, wie es ist, ist das ja auch völlig in Ordnung.«

Der Tonfall, mit dem Raven das zu Luke sagt, lässt mich aufhorchen. Fragend schaue ich zwischen den Freunden hin und her, sehe die Blicke, die sie sich zuwerfen.

»Wie, sollte Luke das Wrack etwa einpacken und mit nach Hause nehmen?«, frage ich amüsiert. Beide Männer sehen mich ernst an.

»Es soll ja Taucher geben, die vor der Küste von Nova Scotia in den Wracks von gesunkenen Segelschiffen nach wertvollen Fundstücken suchen«, sagt Raven schließlich langsam. »Alte Goldmünzen. Juwelen. So was in der Art. Aber das ist seit 2010 illegal. Was manche Schatzsucher allerdings nicht abschreckt.«

»Du klingst schon wie Neil«, sagt Luke und rollt mit den Augen, während ich Ravens Worte sacken lasse. Luke geht auf verbotene Schatzsuche?

Plötzlich muss ich wieder daran denken, dass er vorbestraft ist. Ich habe nie verstanden, warum er 1998, wenige Tage nach dem Flugzeugabsturz, in die Pension eingebrochen ist, die in seinem ehemaligen Elternhaus – Sea Haven – eröffnet worden war. Luke wurde erwischt und musste einige Stunden Sozialarbeit leisten. Als Jay mir das erzählt hat, konnte ich das nicht glauben. Nicht Luke, der immer so ein sanfter, oft viel zu ernster und trauriger, aber durch und durch anständiger Junge gewesen war. Ganz anders als sein jüngerer Bruder Blake, der schon als Kind gern Ärger angezettelt hatte, der beim Kaugummi-Klauen im Salty Breeze Store und später beim Stehlen von Bier und Gin aus dem Lager des Rum Runner erwischt worden war.

Aber Luke war nie wie Blake, und zum Glück auch nie wie ihr zu früh verstorbener Dad, der sicher seine eigenen tragischen Gründe für seine Alkohol- und Drogensucht hatte, vielleicht ebenfalls durch eine traumatische Kindheit so geworden war, wie er war. Luke jedoch ist trotz seiner miserablen Kindheit und Jugend nicht auf die schiefe Bahn geraten, er ist nicht selbst zum Drogenabhängigen geworden, nein, er raucht noch nicht einmal und rührt keinen Tropfen Alkohol an.

Aber warum dann der Einbruch ins Sea Haven damals – und warum geht er offenbar auf illegale Schatzsuche vor der Küste von Nova Scotia?

Luke wendet sich jetzt an Eliza und sagt: »Eigentlich bin ich hier, um Peter Pan für heute unterzubringen. Ich kann ihn nicht so lange am Ufer in meinem Auto warten lassen. Darf er ein bisschen hier hinter dem Diner abhängen? Ich will ihn Raven nicht zusätzlich beim Baseball aufs Auge drücken.«

Der leise Vorwurf in seiner Stimme ist unüberhörbar. Raven schnaubt. »Mir reichen auch wirklich die zwölf Kinder, die ich heute ALLEIN betreuen darf, vielen Dank«, brummt er.

»Ich habe doch gesagt, dass ich Hilfe organsiert habe«, seufzt Luke. »Nur leider erst ab Mittag.«

»Richtig«, sagt Raven mit vor Ironie triefender Stimme. »Die Frau deines Chefs, die noch nie Baseball gespielt hat.«

»Hey, aber sie hat drei Söhne großgezogen und kann dir helfen, die Bande beisammenzuhalten!«, knurrt Luke hörbar gekränkt.

»Ja. Zumindest ab Mittag. Egal, bin ja mit meiner Klasse auch immer allein. Ich schaffe das schon. Solange heute niemand einen Baseball aufs Auge bekommt.«

Er wirft mir einen ernsten Blick zu, und ich will auf seine Bemerkung eingehen, als Eliza rasch sagt: »Natürlich darfst du Peter Pan hierlassen, Luke, gar kein Problem.« Sie wirkt sichtlich bekümmert über die angespannte Stimmung zwischen den beiden Freunden.

»Danke dir«, murmelt Luke und reibt sich über die Falte zwischen seinen Augenbrauen. Er grinst mich schief an, nickt Eliza zu und beugt sich dann flüchtig zu seinem Hund hinab.

»Du bist schön brav, bis ich zurück bin, hörst du? Es werden keine Eichhörnchen gejagt, keine Möwen angebellt, und es wird nicht nach Essen gebettelt.«

Und mit einem letzten Winken in unsere Richtung wendet sich Luke ab und marschiert mit langen Schritten davon. Irgendwo seitlich vom Haus höre ich einen Motor anspringen – ganz sicher Lukes Pick-up, auf dessen Ladefläche Raven und ich neulich Nacht nach Hause gefahren sind.

»Was ist denn bei euch los?«, frage ich Raven ratlos. »Trouble in paradise?«

Raven schnaubt leise. »Das Thema ist leider kein neuer wunder Punkt in unserer Freundschaft«, erwidert er mit einem Kopfschütteln und trinkt seinen restlichen Kaffee in einem Zug aus. »Danke dir für den Kaffee, Eliza. Ich muss los, muss vor dem Camp noch ein paar Dinge erledigen.«

»Hey, ich würde dich ja gern beim Camp unterstützen«, sage ich, während ich fertige Pfannkuchen auf zwei bereitstehenden Tellern verteile. »Aber ich traue mich heute nicht mehr in die Nähe eines Baseballs.«

»Und dich lasse ich auch nicht mehr so schnell in die Nähe eines Baseballs«, erwidert Raven todernst. Ich grinse und versuche, besonders lässig einen Pfannkuchen zu wenden, was dazu führt, dass er mir vom Wender rutscht und zusammengeklappt in der Pfanne landet, was mich leise fluchen lässt. Da fällt mir etwas ein. Entschlossen rette ich den verunglückten Pfannkuchen und stelle die Gasflamme kleiner, bevor ich durch die Küche eile.

»Bin gleich wieder da«, sage ich zu Eliza, während ich mich an Raven vorbeischiebe, der mich erstaunt mustert. »Warte kurz, Raven, okay?«

25

Im Restaurant merke ich zu meiner Überraschung, dass alle Tische besetzt sind. Unglaublich, was hier los ist! Ich eile zu dem Tisch, wo der Buchclub versammelt ist – also Amanda, Betty und Papa. Während Amanda und Betty ihr Frühstück essen, erzählt mein Vater offenbar gerade von einem Thriller, den er neulich gelesen hat. Dass die beiden Frauen ihm fasziniert an den Lippen hängen, finde ich irgendwie amüsant – aber als mein Blick auf Mama fällt, die nach wie vor stoisch am Nachbartisch sitzt und aufs Meer hinaussieht, doch eher tragisch.

»Papa, tut mir leid, dass ich dich unterbrechen muss«, sage ich resolut. Mein Vater sieht mich überrascht an. »Raven braucht deine Hilfe beim Baseballcamp. Luke fällt heute aus, somit wäre er allein. Kannst du ihn unterstützen?«

»Weil dein Vater so ein Naturtalent im Baseball ist?«, höre ich Mamas spöttische Stimme vom Nebentisch und seufze tief.

»Mama, bitte«, murmele ich.

»Warum fragst du deinen Vater und nicht mich?«, fragt meine Mutter vorwurfsvoll.

»Weil du mit Debbie nach Halifax wolltest«, erwidere ich ruhig. Obwohl wir Deutsch sprechen, merke ich, dass einige Leute um uns herum leiser oder gar nicht mehr reden und unsere Unterhaltung interessiert verfolgen. Vermutlich sagt Mamas Tonfall mehr als alle unverständlichen deutschen Wörter.

»Ich helfe Raven gern«, meldet sich Papa zu Wort und nimmt einen großen Schluck von seinem Kaffee.

»Lass mal, Bernd, bleib du ruhig bei deinem Buchclub«, sagt meine Mutter bissig und erhebt sich von ihrer Bank.

»Ich werde Raven unterstützen. Immerhin treffe ich auch mal den Ball.«

»Oder das Auge unserer Tochter«, bemerkt Papa eisig. »Geht es wieder um 9 Uhr los?«

»Ähm ... ja«, murmele ich und sehe hilflos zwischen meinen Eltern hin und her. »Ihr wollt jetzt aber nicht wieder beide ...?«

»Was dein Vater macht, weiß ich nicht. Aber ich werde Debbie sagen, dass wir Halifax verschieben, weil ich gebraucht werde«, sagt Mama entschlossen. »Ah, da kommt sie ja gerade.«

Sie winkt zum Eingang hinüber, und ich beobachte, wie sie auf Gwens Mutter zueilt, die gerade das Diner betreten hat. Wie immer sieht Debbie aus, als sei sie auf dem Weg zu einem Brunch im Four Seasons und nicht auf einen Kaffee im Bayview Diner.

»Papa, dann kannst du ja in Ruhe bei deinem Buchclub bleiben«, versuche ich möglichst diplomatisch, eine weitere Eskalation auf dem Baseballfeld zu verhindern, doch Papa erhebt sich ebenfalls entschlossen.

»Auf keinen Fall. Es ist höchste Zeit, dass ich meine Schwungtechnik verbessere. Außerdem haben diese vorlauten Jungs gestern doch wunderbar auf mich gehört, oder?«

»Ja, schon, aber ...« Ich verstumme, als sich Papa höflich auf Englisch von Amanda und Betty verabschiedet –

allerdings nicht, ohne zu versprechen, beim nächsten Treffen am Freitag wieder dabei zu sein und ein Buch mitzubringen.

Meine Beine fühlen sich mit einem Mal bleischwer an, als ich zurück Richtung Küche gehe. Raven steht neben Elliott am Tresen und unterhält sich leise mit ihm. Ich höre noch, wie der Junge ernst sagt: »Ja, ich verspreche es. Ich komme gleich rüber.«

»Sehr gut«, lächelt Raven und klopft ihm auf den Rücken. »Ich zähle auf dich, Kumpel.« Dann fällt sein Blick auf mich. Ich muss sehr verstört wirken, denn er zieht fragend die Augenbrauen in die Höhe. »Ist alles okay?«

Ich schüttele den Kopf. »Nein«, murmele ich. Raven tritt dichter neben mich, weil ich sehr leise spreche. Es soll ja nicht das ganze Diner mitbekommen, dass ich meine Eltern gerade dahin wünsche, wo der Pfeffer wächst.

O Gott, Raven riecht schon wieder so gut. Das ist einfach nicht fair!

»Ich wollte dir helfen und einen weiteren Betreuer fürs Camp organisieren. Aber ich fürchte, das ist nach hinten losgegangen, und du musst heute mit meinem Vater UND meiner Mutter als Unterstützung auskommen«, sage ich und unterstreiche das Wort ›Unterstützung‹ mit Anführungszeichen, die ich in die nach Speck duftende Luft des Diners male.

Raven zieht eine flüchtige Grimasse, bevor er mit dem üblichen stoischen Gesichtsausdruck gelassen erwidert: »Okay. Besser, als allein mit den zwölf Chaoten auszukommen.«

»Bist du dir sicher?«

Raven lächelt schief, was mein Magen mit einiger Nervosität zur Kenntnis nimmt. Dann schüttelt er ganz leicht den Kopf und sagt: »Nein, Florentine, sicher bin ich mir nicht. Aber einen Versuch ist es wert.«

»Ja, mag sein«, murmele ich und lächele ihn schwach an. »Ich wünsche dir alles Glück dieser Welt und dass meine Eltern sich heute nicht gegenseitig verletzen.«

»Ich passe auf sie auf«, verspricht Raven.

Gerade will ich mich zurück in die Küche flüchten, um am Herd Ablenkung von den Eheproblemen meiner Eltern zu finden, als mein Blick erneut auf Elliott fällt, der mit hängendem Kopf über sein Buch gebeugt am Tresen sitzt. Ich starre auf die Lippen des Kindes, die lautlos die Wörter formen, während sein Zeigefinger im Schneckentempo über die aufgeschlagene Buchseite wandert, und bleibe abrupt stehen. Eine Idee züngelt begeistert in mir hoch.

»Hey, Elliott«, sage ich und trete neben ihn. Der Junge sieht mich an, und ein Lächeln erhellt sein Gesicht.

»Hast du schon Kuchen fertig?«, fragt er hoffnungsvoll, was mich zum Lachen bringt.

»Nein, das nicht. Aber ich habe etwas anderes für dich. Komm doch mal mit – und bring dein Buch mit!«

Bevor mich Zweifel packen können, ob ich das Richtige mache, gehe ich schnurstracks durch die Küche und zur Hintertür, und Elliott folgt mir. Gemeinsam treten wir hinaus, in die warme Sonne. Peter Pan liegt nach wie vor im Schatten der Kastanie. Er öffnet nur ein Auge, als ich das Diner verlasse, aber sein Schwanz beginnt, auf den Rasen zu klopfen. Erst, als ich auf ihn zugehe, kommt Leben in ihn, und er richtet sich hechelnd auf, sieht mich mit schief gelegtem Kopf fragend an.

Ebenso fragend sieht mich Elliott an, als ich mich zu ihm umdrehe. Er folgt mir langsam, sein Buch in der Hand, und fragt: »Ähm, und was jetzt?«

»Hör zu, Peter Pan muss heute den ganzen Tag hier auf Luke warten«, sage ich und bücke mich, um den Hund hinter den Ohren zu kraulen. »Da dachte ich mir … du könntest ihm vorlesen, damit er sich nicht so langweilt. Was hältst du davon?«

Elliott starrt mich an, als hätte ich den Verstand verloren. »Er ist ein Hund«, sagt er langsam.

»Ich weiß«, erwidere ich ebenso langsam und zwinkere ihm zu. »Aber wer sagt, dass Hunde nicht gern vorgelesen bekommen? Ich wette, Peter Pan ist ein exzellenter Zuhörer.«

Elliott sieht mich an, dann den Hund, dann sein Buch. »Ich muss aber bald zum Baseball.«

»Ja, aber eine gute halbe Stunde hast du noch. Du würdest diesem Hund eine große Freude machen, da bin ich ganz sicher. Was liest du denn eigentlich? Oh, eine Piratengeschichte. Peter, magst du Piratengeschichten?«

Als ich den Hund fragend ansehe, tut er mir den riesigen Gefallen und bellt einmal. Ich grinse Elliott triumphierend an. »Na, da hast du es selbst gehört. Komm, setz dich hier zu ihm in den Schatten. Wie wäre es mit einem Glas Orangensaft? Oder kalte Milch?«

»O-Saft wäre toll«, sagt Elliott und lässt sich neben Peter Pan ins warme Gras plumpsen. Ich merke, dass er ihn ein wenig zögernd mustert, während er ihm den Nacken krault. Doch als Eliza ein paar Minuten später zu mir an den Herd tritt, sagt sie in verschwörerischem Tonfall: »Dein Plan geht auf, du kleines Genie. Elliott liest Peter Pan vor. Langsam und stockend, aber das ist dem Hund herzlich egal. Er schaut ihn einfach nur treuherzig an und lässt ihn machen.«

Zufrieden nicke ich und strahle Eliza an, bevor ich einen Pfannkuchen wende, diesmal zum Glück unfallfrei. »Das hatte ich gehofft.«

»Wie bist du denn bloß auf die Idee gekommen?« Zoe ist zu uns getreten, und ich sehe, dass sie ungläubig durch die Hintertür nach draußen späht.

»Ich habe mal einen Artikel über Hunde gelesen, die Kindern, die Leseschwierigkeiten haben, zuhören. Das fiel mir eben wieder ein. Wer weiß, vielleicht bringt es ja was?«

Zoe beobachtet ihren Sohn noch ein paar Sekunden lang und sieht dann mich an. Sie lächelt zaghaft und zuckt mit den Schultern. »Einen Versuch ist es auf jeden Fall wert.«

»Wenn du so tolle Ideen hast, dann solltest du dir als Nächstes den Kopf über meinen lieben Bruder Carl zerbrechen«, sagt Eliza und geht mit einem Schmunzeln zum Kühlschrank, um die Orangensaftpackung zurückzustellen.

»Wieso, was ist denn mit Carl?«, hake ich nach.

»Ach, Zoe hat eben beobachtet, dass er zurück in unser Elternhaus geflüchtet ist, als er am Eingang zum Diner erkannt hat, dass Debbie im Lokal ist«, sagt sie mit einem Kopfschütteln. »Dabei warten Amanda und Betty vom Buchclub auf ihn.«

»Ach, er ist auch im Buchclub?«, frage ich erstaunt.

»O ja, der einzige Mann im Wildberry-Bay-Buchclub. Aber heute müssen die Damen wohl ohne ihn auskommen. Er war beim Zahnarzt und wollte danach dazustoßen, aber … nun ja, dann kam Debbie.«

»Was hat denn Debbie damit zu tun?« Ich stehe wirklich auf dem Schlauch, merke ich. Eliza zwinkert mir zu.

»Bei Debbie und meinem Bruder ist es wie bei Raven und dir: Sie trauen sich auch nicht, sich ihre Gefühle einzugestehen.«

Ich lasse den Pfannenwender sinken und starre Eliza ungläubig an. »Das wird mir heute mit den Neuigkeiten alles zu viel«, sage ich mit einem Kopfschütteln und beschließe, den Teil mit Raven und mir würdevoll zu ignorieren. »Erst sagst du mir, dass du das Diner verkaufen willst, dann erfahre ich nebenher, dass Luke verdächtigt wird, illegal auf Schatzsuche zu gehen – beziehungsweise zu tauchen – und jetzt ... Carl und Debbie? Seit wann sind denn da Gefühle im Spiel?«

Eliza tritt mit nachdenklichem Gesichtsausdruck neben mich und zuckt mit den Schultern. »Bei Carl schon ewig. Seit er Debbie kennengelernt hat, damals, als du auch zum ersten Mal in Wildberry Bay warst. Wann war das? 1988?«

»1987«, sage ich leise. »Seit damals ist Carl in Gwens Mom verliebt?«

»O ja«, seufzt Eliza. »Damals war Debbie natürlich noch mit Bob verheiratet. Jahre später kam der Flugzeugabsturz, und auf einen Schlag wussten alle, dass Bob und Steve ein Paar waren, und Debbies Ehe lag in Trümmern – aber dann kam sie ja nicht mehr nach Wildberry Bay. Bis jetzt.«

»Und jetzt liegt sogar ihre zweite Ehe in Trümmern«, murmele ich fassungslos.

»Wirklich?« Eliza sieht mich überrascht an, und als ich nicke, sagt sie gedankenverloren: »Das wäre jetzt also endlich Carls Chance. Aber ... Mein Bruder ist einfach unfassbar schlecht in Sachen Liebe.«

»Im Gegensatz zu dir«, meldet sich eine knurrige Stimme zu Wort, und ich drehe mich überrascht zur Hintertür um, wo Carl mit hochrotem Kopf im Türrahmen steht. Verlegen flackert sein Blick flüchtig zu mir, bevor er seine Schwester vorwurfsvoll ansieht und mit einem von Arthritis gekrümmten Zeigefinger auf sie deutet.

»Du bist die Richtige, um große Reden wegen vergeudeter Chancen zu schwingen«, sagt er ernst. »Nur zur Info: Es gibt heutzutage im Internet Suchmaschinen. Man kann Menschen wiederfinden, die mal hier in Wildberry Bay waren. Vor zwanzig Jahren.«

»Carl Baker, du lenkst nur von deiner eigenen Unfähigkeit ab«, erwidert Eliza und stemmt kopfschüttelnd die Hände in die Hüften. »Du brauchst gar keine Suchmaschine, du kannst einfach ins Restaurant gehen, dich zu Debbie an den Tisch setzen und mit ihr einen Kaffee trinken! Falls du das gerade nicht mitbekommen hast: Ihre zweite Ehe ist übrigens auch gescheitert!«

»Und öffne du doch endlich Google und tipp einen gewissen Namen ein!«, kontert ihr Bruder bissig. »Dann findest du deinen Bären sicher wieder!«

Ich bin so fassungslos angesichts dieses Schlagabtauschs, dass mich erst der Geruch nach verkohltem Pfannkuchen aus meinem Starren reißt. »Verdammt«, fluche ich leise und wende mich rasch der Pfanne zu. Als ich wieder aufsehe, ist Carl verschwunden, und Eliza marschiert mit einem gebrummten »Brüder!« ins Restaurant hinaus.

Ich sehe Zoe an, die während des hitzigen Wortgefechts hereingekommen ist. »Ist das hier jeden Tag so?«, frage ich sie ungläubig, während sie mir einen weiteren Bestellzettel neben den Herd legt. Fragend sieht sie mich an.

»Ob hier immer so viel los ist? Ja, zum Frühstück schon«, erwidert sie. Ich schüttele den Kopf.

»Ich meinte: Ist es hier immer wie mitten in einer Seifenoper?«

Zoe wirft ihren Kopf in den Nacken und lacht herzhaft auf, sodass ich flüchtig ihr Zungenpiercing bewundern kann. Dann bestätigt sie mit einem vergnügten Nicken: »Das auch, ja.«

»Hast du eine Ahnung, wen Eliza googeln soll? Eine Person, die vor zwanzig Jahren in Wildberry Bay war? Einen ›Bären‹?«

»Nein«, sagt Zoe bedauernd. »Das habe ich gerade auch zum ersten Mal gehört. Aber vor zwanzig Jahren war der Swissair-Absturz, darum wird diese mysteriöse Person wohl damit zu tun haben.«

26

Raven

Als ich abends mein Haus betrete, finde ich es leer vor, was mich erstaunt. Florentine ist weder im Erdgeschoss noch im oberen Stockwerk zu finden – aber im Diner war sie auch nicht mehr, als ich nach dem Baseballcamp dort vorbeigeschaut und ein letztes Stück ihres unfassbar guten Streuselkuchens ergattert habe. Ich habe mir bisher nie viel aus Kuchen gemacht – bis ich ihren probiert habe. Jetzt verstehe ich, warum neuerdings der ganze Ort über Kuchen redet. Was für ein Glück, dass Florentine keine Lehrerin geworden ist, sondern Konditorin! Obwohl sie als Lehrerin sicherlich auch großartig gewesen wäre, so gut, wie sie mit Kindern zurechtkommt, überlege ich, als ich daran denke, wie sie Elliott dazu gekriegt hat, zum Baseballcamp zu gehen und Peter Pan laut vorzulesen. Sowohl der Junge als auch die kleine Annabell im Baseballcamp scheinen ganz verzaubert von Florentine zu sein – aber wie sollten Kinder so eine fröhliche, warmherzige Person auch nicht mögen?

Ja, fröhlich, warmherzig ... und leider immer noch so chaotisch wie 1998. Ratlos werfe ich einen kurzen Blick durch die offen stehende Tür in mein Schlafzimmer, das im typischen Flornado-Chaos versinkt. Wie ein einzelner Mensch es in so kurzer Zeit schaffen kann, einen vorher makellosen Raum in ein Schlachtfeld zu verwandeln, ist mir ein Rätsel. Ich lehne die Tür rasch an und wende mich dem Badezimmer zu, bevor ich in die Versuchung komme, Florentines auf dem Fußboden verteilte Klamotten aufzuheben und das Bett zu machen. Fast fühle ich mich wie ein Vater, der an seiner Teenagertochter verzweifelt.

Das Badezimmer sieht nicht wesentlich besser aus, aber ich ignoriere mit einem tiefen Seufzer die auf dem Waschbeckenrand verteilten Schminkutensilien, Ohrringe und Haarnadeln – und den Pfirsichduft, der mich sofort einhüllt. Energisch schmeiße ich meine völlig verschwitzten Baseballklamotten in die Wäschetruhe und stelle mich dann unter die Dusche. Das kalte Wasser tut unfassbar gut nach der Hitze des Sommertages, die das Baseballtraining heute besonders herausfordernd gemacht hat. Das ... und das ewige Gezanke von Florentines Eltern. Das fand ich weitaus anstrengender als das Rambo-Verhalten von einigen Jungs. Das einzig Positive an der Anwesenheit von Florentines Vater war, dass Bernd die Jungs immer wieder eingenordet hat – vor allem, wenn sie wieder anfangen wollten, auf Elliott herumzuhacken. Der hat sich heute allerdings ziemlich gut geschlagen, finde ich – was nicht nur daran lag, dass er dank Bernd nicht der schwächste Spieler der Gruppe war und dem Deutschen immer wieder erklären konnte, was er falsch machte (wenn Regina das nicht schon getan hatte), sondern auch an Annabells Anwesenheit. Es war einfach supersüß, zu sehen, wie die beiden sich immer wieder schüchtern angestrahlt haben.

Mehr als einmal musste ich heute an Florentine als Kind denken. Daran, wie wir alle damals Baseball hinter der Kirche gespielt haben. Wie sie auch nie einen Ball getroffen hat, aber trotzdem immer viel Spaß hatte. Wie ihr unbekümmertes Lachen über die Wiese getragen wurde. Das waren noch Zeiten.

Mit einem tiefen Seufzer reibe ich mir über den Kopf, um das Shampoo aus meinem Haar zu waschen, als ich ein Geräusch höre. Erstaunt drehe ich mich um ... und erkenne gerade noch, wie die Tür zugezogen wird.

War das Florentine? Hat sie ... mich beobachtet? Ein paar Herzschläge lang starre ich einfach nur auf das Glas der Duschkabine, das mich vom restlichen Badezimmer trennt – allerdings ohne jeglichen Sichtschutz. Immerhin dusche ich kalt – da beschlägt das Glas leider kaum. Hatte ich die Tür nur angelehnt? Ja, vermutlich. Ich bin zu sehr daran gewöhnt, allein in diesem Haus zu sein.

Ich drehe mein Gesicht der Duschbrause entgegen und lasse den kalten Strahl auf meinen Kopf prasseln, bevor ich das Wasser schließlich ausstelle, die Kabine öffne und nach dem Duschtuch greife. Während ich mich abtrockne, wird mir bewusst, dass ich vergessen habe, von unten frische Klamotten mitzunehmen. Da ich im Wohnzimmer campiere, habe ich im Flurschrank neben Bügelbrett, Wischmopp und Winterstiefeln provisorisch eine Auswahl an Anziehsachen deponiert, damit ich nicht jedes Mal in Florentines Zimmer rennen muss.

Mit einem leisen Seufzer knote ich mir das Duschtuch um meine Hüften und verlasse barfuß das Badezimmer. Die Tür zu meinem Schlafzimmer ist halb offen, und als ich vorbeigehe, sehe ich Florentine, die ausgestreckt auf meinem Bett liegt. Sie trägt noch immer denselben geblümten Sommerrock mit dem schlichten weißen Spaghettiträger-Oberteil wie heute Morgen im Diner und starrt gedankenverloren an die Dachschräge. Ich will gerade leise an ihrer

Tür vorbeigehen, als unter meinem Fuß eine Holzdiele knarzt – diese alten Häuser taugen einfach nicht zum Herumschleichen. Florentines Kopf schnellt herum, und sie sieht mich an. Der Anblick ihres Veilchens versetzt mir einen heftigen Stich, vor allem, weil sie inzwischen unterhalb ihres Auges eine Schwellung hat, was, zusammen mit der Lila-Blau-Färbung, noch dramatischer aussieht. Ich hatte bei meinen Schülern schon oft mit blauen Augen infolge von zu wilden Schulhofabenteuern zu tun und weiß, dass diese Schwellung unter dem unteren Augenlid nur mit dem abfließenden Blut zusammenhängt und normal ist, aber ich möchte Florentine trotzdem nicht so sehen. Ich muss wieder daran denken, wie sie ausgestreckt vor mir im Gras des Baseballfeldes lag, während ich einen Moment lang gefürchtet habe, sie könnte sich mehr als eine Prellung zugezogen haben – eine Gehirnerschütterung etwa. Einen Baseball aufs Auge zu bekommen, ist keine Lappalie. Nicht auszudenken, wenn sie den Kopf gestern seitlich gedreht und der Wurf ihrer Mutter sie an der Schläfe getroffen hätte. Nur gut, dass Florentine heute nicht mehr beim Training war – eine Sorge weniger für mich.

Langsam färbt sich Florentines Gesicht rosiger, während sie sich aufrichtet. Ihr Blick huscht flüchtig über meinen nackten Oberkörper und zum Duschtuch um meine Hüften.

»Hi«, krächzt sie mit belegter Stimme und hebt wieder den Blick, um mir sichtlich verlegen in die Augen zu sehen. »Damit das klar ist: Ich habe nicht absichtlich gespannt.«

Ich versuche, ein Lachen zu unterdrücken und gebe ein Geräusch von mir, das sich wie eine Mischung aus Schnauben und Husten anhört.

»Nicht?«

»Nein!« Ihre Wangen werden noch röter. »Ich wollte auch duschen und ... ich war so in Gedanken, dass ich zu spät das Wasser gehört habe. Da hatte ich die Tür schon halb aufgeschoben und ...«

Florentine bricht ab, und ich merke, dass sie versucht, ihren Blick oberhalb meines Schlüsselbeins zu halten. Sie scheitert kolossal, und ihre Gesichtsfarbe wird eine weitere Nuance dunkler.

»Und?«, hake ich ruhig nach.

»Und ... dann habe ich die Tür wieder geschlossen«, erwidert sie eine Spur patzig und verschränkt die Arme vor der Brust.

Ich muss lächeln, und wie so oft scheint Florentine regelrecht überrascht zu sein, dass ich lächeln kann. Wieso das so ist, habe ich nie begriffen. Allerdings muss ich zugeben, dass ich sehr oft sehr ernst bin.

»Ich hatte mich schon gefragt, wo du bist, als ich nach Hause gekommen bin«, sage ich, bevor ich mich selbst daran hindern kann. Hoffentlich klingt das jetzt nicht so, als würde ich ständig über Florentine nachdenken.

»Hab einen kleinen Spaziergang an der Küste entlang gemacht. Den Kopf durchlüften, nachdenken und so«, erklärt sie ernst.

»Mhhm.« Ich räuspere mich. »Die Dusche ist jetzt frei.« Florentine nickt. Zwei Herzschläge lang erwidere ich ihren Blick schweigend, dann will ich mich abwenden ... und werde von Florentines nächster Frage aufgehalten.

»Wie war es mit meinen Eltern?«

Ich unterdrücke ein Seufzen und rücke mein Duschtusch zurecht, um meine Antwort ein paar Sekunden herauszögern zu können.

Was zum Teufel soll ich dazu sagen?

»Ähm ... ähnlich wie gestern«, erwidere ich schließlich ehrlich. Florentine hat Ehrlichkeit verdient. Vor allem nach dem ganzen Schlamassel, den Jay angerichtet hat.

»Verdammt«, flüstert Florentine und lässt sich erneut rückwärts auf ihr ... nein, eigentlich mein ... Bett sinken. Sie streckt die Arme über ihren Kopf und schlingt ihre Hände ineinander. Als sie weiterspricht, klingt ihre Stimme tränenerstickt. »Ich kann das alles nicht glauben. Meine Hochzeit ist geplatzt, und meine Eltern werden sich wohl wirklich scheiden lassen. Einfach so. Nach all diesen Jahren. Langsam fürchte ich, dass es die große Liebe im echten Leben gar nicht gibt. Dass das nur eine Erfindung der Industrie ist, um an Valentinstag mehr überteuerten Blödsinn verkaufen zu können!«

Langsam gehe ich auf mein Bett zu und setze mich auf die Kante. »Das glaubst du jetzt aber nicht wirklich, oder?«, frage ich leise und versuche, ernst zu bleiben. Florentines Verzweiflung ist ja auch überhaupt nicht lustig. Warum ich also ständig ein Lächeln unterdrücken muss, ist mir ein Rätsel. Wie gesagt: Ich bin eigentlich eher ernst.

»Doch!«, stößt sie trotzig hervor und starrt mit gefurchter Stirn an die Zimmerdecke.

»Und was ist mit den großen Liebesgeschichten, die es schon gab, bevor die Valentintags-Vermarktungsmaschine angelaufen ist? Romeo und Julia zum Beispiel? Meinst du, Shakespeare hatte auch nur den Verkauf von roten Rosen im Sinn?«

Florentine dreht ihren Kopf und starrt mich an. »Du machst Witze, oder? Erstens ist das eine LiebesGESCHICHTE, Raven. Fiktion, nichts als Fiktion. Und zweitens endet das Ganze ziemlich bescheiden. Nicht einmal ein Hauch von Happy End.«

»Okay, okay«, beschwichtige ich und muss nun doch flüchtig lächeln. »Das war nicht das beste Beispiel. Aber was ist mit ... ähm ...«

»Jetzt sag bloß nicht *Titanic*«, warnt Florentine mich düster, und da muss ich spontan loslachen. Ihre Miene hellt sich ein wenig auf, und sie lächelt ebenfalls.

»Ich kann nicht glauben, dass ich dich lachen sehe«, bemerkt sie, und sofort werde ich wieder ernst und starre sie schweigend an. Ihr Gesicht ist immer noch sehr rosig, und ihr Blick flackert erneut flüchtig über meinen nackten Oberkörper, bevor er wieder zu meinen Augen schnellt. Ich räuspere mich und ziehe das Duschtuch um meine Hüften zurecht, während ich mir das Hirn nach weiteren Liebespaaren zermartere, die mir helfen können, Florentines Glauben an die Liebe wiederherzustellen.

Denn ich will nicht, dass sie aufhört, an die Liebe zu glauben. Wenn einer an die Liebe glauben sollte, dann jemand wie Florentine. Sie ist so voller Leben, so überschwänglich und warm und positiv – wenn sie nicht gerade im Brautkleid sitzen gelassen wurde und die Trennung ihrer Eltern verkraften muss. Jemand wie Florentine darf nicht aufhören, an die Liebe zu glauben!

»John Lennon und Yoko Ono«, sage ich schließlich, was Florentine leise schnauben lässt.

»Wegen ihr ging eine der besten Bands aller Zeiten kaputt, und er wurde erschossen«, brummt sie.

»Aber nicht von ihr«, werfe ich ein, was Florentine zum Lachen bringt.

»Stimmt«, grinst sie, und ich lasse mich langsam auf den Rücken sinken und starre ebenfalls an meine Zimmerdecke.

»Woher weißt du, dass Tara die Eine für dich ist, die du heiraten willst?«, fragt Florentine, und ich erstarre. Ein paar

Sekunden lang sage ich nichts, sondern fixiere ein Astloch an der Dachschräge über uns. Dann stößt mich Florentine mit dem Ellbogen in die Seite, und ich sehe sie an. Sie zieht fragend ihre Augenbrauen hoch und dreht sich auf die Seite, wobei sie ihren Kopf auf ihrem angewinkelten Arm abstützt. Ich konzentriere mich voll und ganz auf ihre braunen Augen und die Blaufärbung ihres Veilchens, denn weiter unten macht ihre seitliche Liegeposition Sachen mit dem Ausschnitt ihres Spaghetti-Tops, die ich mir nicht näher ansehen sollte.

»Raven?«, fragt Florentine langsam, und ich sehe sie ratlos an.

»Hmm?«

»Ich habe dich gefragt, woher du weißt, dass Tara die Eine ist.«

»Ja.« Ich räuspere mich und drehe mich ebenfalls auf die Seite, um Zeit zu schinden. Dann lege ich meinen Kopf auf meinen lang ausgestreckten Arm und starre Florentine gedankenversunken an. Mir ist klar, dass ich ihr eine Antwort schulde, nur ... mir fällt keine ein. Dafür fällt mir auf, dass Florentines Augen im sanften Abendlicht, das durch das Fenster hinter uns fällt, zimtbraun wirken. Und ich stelle fest, dass ihre Wimpern ziemlich lang sind. Sie tuscht sie dunkel, ist mir klar, denn ich kann mich gut an ihre blonden Wimpern als Kind erinnern. Und an ihre geöffnete Mascaratube in meinem Badezimmer, die ich heute Morgen zugeschraubt habe, um sie am Austrocknen zu hindern. Leider habe ich Florentine noch nicht ungeschminkt zu Gesicht bekommen, seit sie in meinem Haus wohnt.

Warum denke ich das? Und warum kann ich ihr nicht beantworten, woher ich weiß, dass Tara die Eine ist, verdammt?

Weil sie es nicht ist, wispert eine kleine Stimme in meinem Kopf. Es ist dieselbe nervige Stimme, die ständig versucht, mir zu verstehen zu geben, dass es eine Möglichkeit gäbe, Florentine ganz schnell klarzumachen, dass diese Welt nicht ohne Liebe ist. Und dass sie ein Recht auf ein Happy End hat. Doch ich beschließe, diese Stimme weiterhin zu ignorieren – und höre dafür eine andere Stimme plötzlich umso deutlicher.

»Raven Leblanc.«

Erschrocken fahre ich zur Zimmertür herum, wo Tara steht und fassungslos zwischen Florentine und mir hin- und hersieht.

Shit, shit, shit!

Sie muss nichts weiter sagen. Mir ist selbst völlig klar, wie das hier aussieht. Ich mit meinem lächerlichen Duschtuch um die Hüften, der Länge nach auf meinem Bett ausgestreckt, genau wie Florentine, deren Rock weit über ihre Schenkel nach oben gerutscht ist, wie ich jetzt feststelle, als ich mich ruckartig aufsetze. Und einer der Spaghettiträger ihres Oberteils hängt auf Halbmast über ihre Schulter hinab. Klar. *Just my luck.*

»Tara«, murmele ich matt, während sich Florentine ebenfalls aufrichtet und den herabgerutschten Träger nach oben schiebt. Sie sieht dabei so schuldbewusst aus, als hätten wir ...

Nicht nur auf diesem Bett gelegen und geredet.

Aber genau das haben wir getan. Weil sie und ich ... ja, was eigentlich? Ich bin mir nicht einmal sicher, ob wir wirklich befreundet sind. Oder es jemals waren. Sie war immer mit Gwen und Jay zusammen, die drei Unzertrennlichen. Für mich war in Florentines Leben eigentlich nie Platz.

Ich merke, dass meine Gedanken schon wieder um die falsche Frau kreisen, und sehe rasch Tara an, deren Blick mich regelrecht erdolcht. Erst jetzt erkenne ich, dass sie einen Stapel Prospekte in der Hand hält. Sie macht einen Schritt ins Zimmer hinein und wirft diese Papiere nach mir.

»Du Vollidiot«, zischt sie, und ihre Augen sprühen Funken. »Wie war das? ›Da läuft nichts zwischen Florentine und mir!‹? Hast du das nicht erst vorgestern beteuert? Und dann bist du nach Hause gefahren, anstatt die Nacht mit mir zu verbringen – weil du nämlich zu IHR wolltest! Du ... du ... verlogenes Arschloch!«

Und dann macht sie etwas, was weitaus schlimmer ist als ihre Wut und Eifersucht und ihre bitteren Vorwürfe: Sie fängt tatsächlich an zu weinen. Tara, die sonst so knallhart und cool ist, schluchzt auf, bevor sie sich umdreht und aus dem Zimmer stürmt. Ich höre ihre hochhackigen Sandalen über meine Treppe hinabeilen und bleibe einen Moment benommen sitzen. Zu meinen nackten Füßen liegen die Prospekte, und ich erkenne, dass es Broschüren von Hotels der Umgebung sind. Und von Restaurants. Es ist auch ein Segelschiff dabei. Offenbar hat sie angefangen, nach Hochzeitslocations Ausschau zu halten, und wollte mir ihre erste Auswahl präsentieren. Wir waren zwar heute nicht verabredet, aber ... vielleicht wollte sie sichergehen, dass hier alles seine Ordnung hat. Dass ihr Verlobter nicht halbnackt mit der Frau, die sich in seinem Schlafzimmer einquartiert hat, auf seinem Bett herumliegt.

Verdammt, Raven, du bist so ein Arschloch!

»Du solltest ihr hinterhergehen«, sagt Florentine leise, und ich merke, dass ihre Stimme ein wenig bebt. Ernst sehe ich sie an. Sie erwidert meinen Blick und wirkt ziemlich erschüttert. »Bitte«, flüstert sie schließlich, als ich mich immer noch nicht rühre. »Ich möchte wenigstens an euer Happy End glauben dürfen, wenn es schon Jay und ich nicht geschafft haben. Und meine Eltern. Und Romeo und Julia. Und John und Yoko.«

Ich schlucke und starre sie an, obwohl mir klar ist, dass ich meiner Verlobten hinterhermuss. Denn sie hat recht: Tara hat ihr Happy End verdient. Ich bin nun schon seit zwei Jahren mit ihr zusammen, und sie hatte es wirklich nicht immer leicht mit mir. Sie hat meine Launen ertragen, hat meine Freunde ertragen, die sie nicht mögen. Und sie ist auch immer wieder den weiten Weg bis nach Wildberry Bay gefahren, um mich zu sehen, obwohl sie sich hier nicht wohlfühlt.

Natürlich habe ich auch ihre nervigen Freundinnen ertragen, bin mit ihr in die Disco gegangen, obwohl ich die hasse, und fahre regelmäßig nach Halifax, um sie in ihrem schicken Apartment mit Blick auf eine große Kreuzung zu besuchen, wo ich mich absolut unwohl fühle. Aber das ist jetzt egal.

»Ja«, sage ich daher nur einsilbig zu Florentine, und ohne ein weiteres Wort stehe ich auf und gehe zur Treppe. Als ich draußen vor dem Haus einen Motor angehen höre, fange ich an zu rennen.

»Tara!«, rufe ich, als ich durch die Haustür haste. Ihr Wagen rollt gerade an, doch ich rufe ihren Namen noch einmal, lauter diesmal, und renne barfuß die Einfahrt hinunter. Die vielen zerkleinerten Muscheln, die, wie bei den meisten Häusern hier am Meer, anstatt von Kies oder Schotter den Boden bedecken, bohren sich schmerzhaft in meine nackten Fußsohlen, aber ich jogge mit zusammengebissenen Zähnen weiter, bis ich neben ihrer Fahrertür stehe. Atemlos rücke ich das Duschtuch um meine Hüften zurecht. Tara hat das Fenster heruntergelassen und sieht mich an. Tränen rollen über ihre Wangen und lassen ihre braunen Augen schimmern. Taras Augen sind nicht zimtbraun, sondern schokoladenbraun. Sie sieht in diesem Moment so wunderschön aus, dass es mir wehtut.

»Tara, ich ... wir haben uns nur unterhalten. Das musst du mir glauben. Ich war duschen, und als ich nach unten gehen wollte, um meine Klamotten zu holen, da habe ich sie auf dem Bett sitzen sehen, und sie wollte über ihre Eltern reden, die sich wohl scheiden lassen werden, und ... Ach, verdammt. Wir haben nur geredet. Weil wir lediglich befreundet sind. Wenn überhaupt. Vielleicht sind wir nicht einmal das. Vielleicht ist sie nur die Tochter der Freunde meiner Eltern. Und die Ex-Verlobte meines Bruders. Ich kenne Florentine nach all diesen Jahren kaum noch, Tara.«

Tara sieht mich schweigend an. Ich kann den Schmerz in ihren Augen ablesen. Sie ist verletzt. Ich habe sie verletzt. Wieder muss ich an die anderen braunen Augen denken, in denen dieser Blick zu sehen war. Zimtbraun. Die Fassungslosigkeit in ihrem Ausdruck, angesichts eines riesigen Verrats. Jay hat Florentine so weh getan – und ich bin gerade im Begriff, Tara dasselbe anzutun.

Ich atme tief durch. Niemals wollte ich so sein. Niemals wollte ich jemanden so verletzen.

»Bitte. Steig wieder aus dem Auto, Tara. Lass uns die Broschüren anschauen, die du mitgebracht hast.«

»Nein«, erwidert sie mit belegter Stimme. »Ich werde nicht in dieses Haus gehen, wo SIE auf DEINEM Bett herumliegt, mit ihrem für ihre Figur viel zu kurzen Röckchen und den bestimmt ganz zufällig verrutschten Trägern und ... sie stinkt nach Bratfett, wie dieses ganze verfluchte Diner, das ihr hier alle so toll findet!«

Ich schlucke und versuche, nicht an das Bayview Diner zu denken, das für mich wie ein zweites Zuhause ist. Tara hat einfach eine andere Ernährungsphilosophie. Nichts von dem, was sie üblicherweise zu sich nimmt, steht auf Elizas Speisekarte. Veganer Chia-Pudding. Eiweißomelett mit grünem Spargel. Grünkohl-Kichererbsen-Puffer.

Aber nur, weil Tara niemals Elizas Blaubeerpfannkuchen oder auch nur den Krümel einer krossen Speckscheibe essen würde, heißt das nicht, dass sie weniger liebenswert wäre. Sie ist anders als die meisten Einwohner von Wildberry Bay. Aber anders bedeutet nicht schlecht.

»Ich steige nicht wieder aus«, wiederholt Tara und wischt sich entschlossen die Tränen von ihren Wangen. Ihr Blick bohrt sich in meinen, und nun schimmern ihre Augen nicht länger feucht, als sie entschlossen sagt: »Du ziehst dir etwas an und steigst ein. Es ist halb acht, das Halifax Shopping Centre hat noch bis 22 Uhr auf. Wir fahren einkaufen.«

»Einkaufen«, wiederhole ich matt. Es gibt wenige Dinge, die ich so sehr hasse, wie mit Tara in eine Shopping Mall zu fahren, wo ich ihr die Tüten tragen darf. Aber … ich habe heute einiges gut zu machen. Also nicke ich langsam und sage: »Gib mir fünf Minuten.«

27

Florentine

Am folgenden Tag bekomme ich Raven nicht zu Gesicht. Als ich morgens zum Diner aufbreche, ist sein Sofa im Wohnzimmer unberührt – er war offenbar die ganze Nacht bei Tara. Nicht einmal im Bayview sehe ich ihn, wo er sich sonst immer vor dem Baseball einen Kaffee geholt hat. Ich versuche nach Kräften, mich abzulenken, indem ich koche und brate, was das Zeug hält, und nach dem Frühstück drei Blech Kuchen backe, für die ich einiges an Lob zu hören bekomme. Zoe ist heute so aufgeschlossen wie noch nie und erzählt in einer ruhigen Minute sogar ein wenig von ihrer unglücklichen Liebe zu Lukes Bruder Blake – bis die nächste Bestellung dazwischenkommt.

Doch alle Ablenkung hilft nichts, denn Ravens Worte von gestern Abend wollen mir einfach nicht mehr aus dem Kopf gehen. Die Worte, die er zu Tara gesagt hat, draußen, vor dem Haus. Ich habe nicht bewusst gelauscht – ich war ins Badezimmer gegangen, um endlich selbst zu duschen. Dort habe ich auf die nassen Fliesen in der Duschkabine gestarrt und versucht, nicht mehr an SEINEN Anblick in dieser Dusche zu denken ... und da habe ich sie durch das geöffnete Fenster gehört.

Raven hat zu Tara gesagt, dass er gar nicht sicher sei, ob er und ich Freunde seien. Und sie hat zu ihm gesagt, dass mein Rock für meine Figur zu kurz sei. Und dass ich nach Bratfett stinke.

Aber nicht nur all diese Worte beschäftigen mich heute, während ich Teig knete, sondern auch ... die Erinnerung an Raven in der Dusche. Ich habe immer geahnt, dass er ohne Klamotten fantastisch aussehen würde. Aber jetzt weiß ich es leider genau. Und es bringt mich wirklich um mein seelisches Gleichgewicht. Dabei wollte ich doch gar nicht spannen. Aber ... als ich gestern Nachmittag gemerkt habe, dass er nackt in der Dusche stand und dass die Tür nicht geschlossen war, da war es zu spät. Meine Hand hat sich selbstständig gemacht, die Tür einfach aufgeschoben. Mein Verstand hat ausgesetzt. Meine Augen konnten nicht genug bekommen.

»Vielleicht ist sie nur die Tochter der Freunde meiner Eltern. Und die Ex-Verlobte meines Bruders. Ich kenne Florentine nach all diesen Jahren kaum noch.«

Das ist wahr. Und ich kenne Raven eigentlich auch kaum. Aber das, was ich von ihm weiß, gefällt mir zu gut, als dass ich es einfach ignorieren könnte. So war das schon immer. Und es hat mich schon immer genervt, wie absolut ausgeliefert mein dummes Herz Raven zu sein scheint.

Er ist verlobt, bete ich mir im Laufe des Tages wieder und wieder vor, während ich Speckscheiben neben Rührei, Spiegeleiern oder Omelette platziere, Pfannkuchen mit Puderzucker bestreue und Porridge umrühre, bevor es mittags mit Burgern, Grilled Cheese Sandwiches und Fischsuppe weitergeht. Er ist verlobt, und auf keinen Fall will ich, dass Tara durch das durchgehen müsste, was mir mit Jay passiert ist.

Außerdem: Raven erwidert meine Gefühle nicht. Er bringt mich um den Verstand, er beschäftigt mich mehr, als gut für mich ist. Aber umgekehrt? Umgekehrt ist er nicht einmal sicher, ob ich eine Freundin für ihn bin. Oder nur eine entfernte Bekannte. Tara muss sich wegen mir also wirklich überhaupt keine Gedanken machen.

Erst von meinen Eltern erfahre ich nachmittags, nach dem Diner, dass Raven direkt vom Baseball aus erneut zu Tara gefahren ist. Der Stich in meinem Herzen ist überraschend heftig, aber ich versuche nach Kräften, ihn zu ignorieren. Meine Eltern fragen, ob ich mit ihnen im Sommerhaus zu Abend essen möchte, und leichtsinnigerweise sage ich Ja. Fern und Noah sind ausgegangen, Debbie ist noch nicht von einem weiteren Shopping-Ausflug zurück, aber Steve und Bob essen mit meinen Eltern und mir. Obwohl die beiden nach Kräften versuchen, die Stimmung aufzulockern, müssen wir fast pausenlos Mamas und Papas bissige Anekdoten von einem weiteren, offenbar katastrophalen Baseballtag ertragen (keiner der beiden hat heute klein beigeben und das Camp sausen lassen wollen, und so haben sie weiter »mitgeholfen«, obwohl Luke wieder mit von der Partie war und Raven sicher auf ihre Anwesenheit hätte verzichten können). Nach dem Essen flüchte ich mich schließlich zurück in die Stille von Ravens Haus, frustriert und einsam.

Ich hoffe sehr, dass es so nicht in meinem Leben weitergehen wird: Dass ich abends bis in alle Ewigkeit allein vor Netflix sitze und all die Paare in meinem Freundeskreis beneide. Das hatte ich jahrelang. Das will ich nicht mehr!

WILDBERRY BAY WHATSAPP-GRUPPE

Donnerstag, 12. Juli 2018

BRENDA CARLISLE:
Ich bin aus Calgary zurück, ihr Lieben! Es scheint hier ja einiges passiert zu sein, seit ich gefahren bin ...

RACHEL SULLIVAN:
Yay, welcome back 😊

PETE O'DONELL:
Schön, dass du zurück bist! Übrigens ein großes Kompliment an die deutsche Braut bei euch im Diner: Ihre Kuchen sind fantastisch. Also, ich liebe natürlich auch deine Pies @ElizaBaker – aber der Kirsch-Streusel-Kuchen gestern, also, der hat mich wieder an Gott glauben lassen.

JIMM MCINTOSH:
Amen.

ZOE MCINTOSH:
Ich gebe das Kompliment gern weiter @PeteODonell – und die deutsche Braut heißt übrigens Florentine.

Florentine

Als ich am nächsten Nachmittag erneut vom Diner heimkehre, parkt Ravens Wagen wieder in der Einfahrt. Ich bleibe im Schatten einer Kiefer stehen und atme tief durch, während ich den alten Jeep betrachte.

Da Brenda, Elizas zweite Mitarbeiterin im Diner, aus Calgary zurück ist, konnte ich heute früher Feierabend machen. Trotzdem hat mich Eliza inständig gebeten, morgen wieder meine Kuchen zu backen, weil ich schon eingefleischte Fans unter ihren Kunden habe, was mich sehr glücklich macht. Ich bin jetzt nicht mehr nur die Deutsche, die am Leuchtturm von Peggy's Cove sitzen gelassen wurde, sondern die Deutsche, die tolle Kuchen zaubern kann.

Die Sonne scheint erneut warm von einem fast wolkenlosen Himmel, und spontan beschließe ich, nicht gleich ins Haus zu gehen, sondern direkt hinab zum kühlen Wasser des Atlantiks. Natürlich halte ich nach Raven Ausschau, als ich an der Außenwand des Hauses entlangkomme, aber durch die Fenster kann ich ihn weder im Wohnzimmer noch in der Küche entdecken.

Bestimmt ist er zu Fuß zu Luke oder Neil gegangen, überlege ich. Auf dem Weg durch den Garten ziehe ich mir die Sandalen aus und laufe barfuß weiter über das sonnenwarme, trockene Gras bis zu der Barriere aus Felsen, die den Garten vom Meer trennt. Als ich schon auf einem der ebenfalls sonnenwarmen Steine stehe und mir balancierend einen Weg zum Ufer hinab suchen will, fällt mein Blick auf Ravens Bootshaus. Die Tür steht halb auf, und plötzlich nehme ich über das gleichmäßige Rauschen der Brandung hinweg Musik wahr.

Raven ist in seinem Atelier.

Zögernd bleibe ich stehen und überlege, ob ich zu ihm gehen und Hallo sagen soll. Ob ich ihn fragen soll, wie es beim Baseball war – und mit Tara. Aber eigentlich geht mich Letzteres nichts an. Und für mein Seelenheil wäre ein wenig Abstand wohl besser. Nach dem ganzen Drama vorgestern Abend habe ich mir ohnehin schon den Kopf darüber zerbrochen, wohin ich ziehen könnte, um nicht länger für Stress zwischen Raven und Tara zu sorgen. Eigentlich wäre ja das Sofa im Wohnzimmer des Cozy Cottage eine Option – immerhin schläft Raven momentan auch nicht komfortabler. Aber dann müsste ich mir täglich die Streitereien zwischen meinen Eltern antun, von denen ich im Haus nebenan sicherlich sehr viel mehr mitbekommen würde, als es momentan der Fall ist.

Noch während ich auf dem Felsbrocken verharre und versuche, meinen eigenen Gedanken zu folgen, dringen Worte an mein Ohr, die mir seltsam vertraut vorkommen.

Deutsche Worte. Gesungene deutsche Worte. Moment mal ... Das ist doch ... die Münchener Freiheit. Warum zum Teufel läuft hier ein Lied von der Münchener Freiheit?

»Ohne dich schlaf' ich heut Nacht nicht ein ...«

Mein Herz schlägt mir bis zum Hals, als ich den vertrauten Zeilen, tausendmal gehört, lausche. Sie werden über das Krachen der Brandung, das Kreischen der Möwen und das Flüstern des Windes hinweg bis zu mir getragen.

Wie von selbst setzen sich meine nackten Füße in Bewegung, ich balanciere über die sonnenwarmen Felsen bis zum Bootssteg, der auf seinen algenumwobenen Pfählen in den Atlantik hinausreicht. »Ohne dich komm' ich heut nicht zur Ruh ...«, singt die Münchener Freiheit, während ich über die rauen Bretter des Stegs gehe, auf das windschiefe Bootshaus zu. Durch eines der Sprossenfenster erkenne ich Raven, der mir den Rücken zuwendet.

Genau wie vorgestern, im Badezimmer, ziehe ich die angelehnte Tür weiter auf. Mir ist klar, dass ich klopfen oder mich anderweitig bemerkbar machen sollte, aber ich kann nicht denken, nur handeln.

»Das, was ich will bist du ...«

Das E-Gitarrensolo setzt ein, das mir jedes Mal eine Gänsehaut bereitet, aber diesmal ist diese Gänsehaut voll und ganz Raven geschuldet, der sich zu mir umgedreht hat. Er starrt mich an wie vom Donner gerührt, wie gestern, in der Dusche – fragend, ernst, ratlos. Doch diesmal ist da noch etwas ... er wirkt ertappt. Sein Blick schnellt zu seinem Lautsprecher, der in der Ecke des Bootshauses inmitten von Farbtöpfen, Gläsern voller Pinsel und einer wunderschönen Wal-Skulptur auf einer Kommode steht, und aus dem nun wieder die deutschen Worte dringen: »Ohne dich schlaf' ich heut Nacht nicht ein ...«

Ich sehe ebenfalls den Lautsprecher an, als könnte ich dort des Rätsels Lösung finden. Dann wandert mein Blick wieder zu Raven. In seinen grünen Augen flackert etwas auf, und noch während ich überlege, wie ich ihn frage, warum er dieses Lied hört, fällt mein Blick auf das Bild, das er in den Händen hält. Hier, in seinem Atelier, sind Dutzende seiner Bilder. Sie hängen zwischen den großen Sprossenfenstern und lehnen an jedem verfügbaren Stück freier Wand, meistens mindestens drei oder vier hintereinander. Einige liegen auch auf der langen Arbeitsfläche, die sich unterhalb der Fenster an drei der Wände entlangzieht.

Ich war noch nie hier in seinem Atelier, und jetzt, da ich zum ersten Mal in Ravens kreativem Reich bin, werde ich vom Geruch nach Farben und Leinwand, gemischt mit dem immer präsenten Duft nach Meer, überwältigt. Und von dem Anblick der zahlreichen Bilder. Es sind viele Landschaftsstudien, einige Stillleben – buntes Herbstlaub, die glatt geschliffenen Steine am Strand, Treibholzstücke, aufgehäufte Bojen, Hummerkörbe –, aber auch ein paar Porträts. Auf einem erkenne ich Jay, und mein Herz stolpert beinahe schmerzhaft, als ich sein vertrautes Lächeln sehe, das so unfassbar gut eingefangen wurde. Auch Fern entdecke ich, eine Feder hinter ihrem Ohr, das Kinn vorgereckt, ein Funkeln in den Augen. Pure Lebensfreude und Entschlossenheit, sehr gekonnt auf Leinwand festgehalten.

Aber es sind nicht diese Bilder, die meinen Herzschlag aufgeregt beschleunigen. Es ist das Bild, das Raven gerade in der Hand gehalten hat und das er nun eilig hinter ein paar andere, aneinander lehnende Werke schieben will.

Ehe ich weiß, was ich tue, durchquere ich rasch das kleine Atelier und trete neben Raven. Ich spüre seinen überraschten Blick auf mir, als ich die Hand ausstrecke, entschlossen nach dem Bild greife und es in die Höhe ziehe, sodass ich die Leinwand betrachten kann.

»Ich will mich nicht verändern, um dir zu imponieren ...«, dringt es aus den Lautsprechern, und erst jetzt wird mir bewusst, dass das Lied von vorn begonnen hat. Es läuft in Dauerschleife.

Meine Augen füllen sich mit Tränen, als ich das Bild mustere, während der vertraute Song das gesamte Bootshaus erfüllt.

Es ist kein Porträt. Es ist kein Stillleben. Es ist auch nicht einfach nur eine Landschaftsstudie, selbst wenn man das auf den ersten flüchtigen Blick glauben könnte. Wenn man nicht weiß, was dort genau zu sehen ist.

Wenn man nicht dabei war.

Ich erkenne sofort die schlanken Birken mit ihrer hellen Rinde und die Pappeln mit ihrem silbrigen Laub. Sie wachsen am Ufer eines Bachs, dessen klares Wasser sich seinen Weg zwischen großen Felsbrocken und kleineren Steinen hindurchsucht, das Ufer gesäumt von Farn und Blaubeerbüschen. Fast glaube ich, das Wasser gurgeln zu hören und zu spüren, wie es kalt meine nackten Füße umfließt. Mein himbeerrotes Kleid durchnässt.

Ich blinzele ein paar Tränen fort, während ich auf den himbeerroten Farbfleck starre, der zwischen den Steinen in den Bach gemalt wurde. Auf das helle Blond, das sich dort lockt – und sich mit schwarzem Haar vermischt. Schwarzes Haar, das in der Sonne schimmert, die durch die Äste der Birken und Pappeln fällt und Reflexe auf das Wasser des Bachs malt.

Auf das Wasser des Wildberry Creek, der sich vom See Richtung Atlantik schlängelt.

Der Wildberry Creek, in den ich vor zwanzig Jahren an einem heißen Sommertag gefallen bin.

Erneut erfüllt das E-Gitarrensolo das Atelier, während Raven und ich reglos nebeneinanderstehen und schweigend auf das Bild starren, das ich in den Händen halte.

Ich sehe uns wieder vor mir, wie wir damals zum Wildberry Lake spaziert sind – Gwen, Neil, Luke, Jay, Raven und ich. Es war ein heißer Sommertag, wie heute. Ich höre noch das Zirpen der Grillen und das Quaken eines Froschs, das Wasser des Bachs gurgelt, Neil und Luke lachen laut über etwas, während sie vorausgehen. Gwen und Jay sind direkt hinter ihnen, sie sind in eine Unterhaltung vertieft, während ich trödele. Ich liebe den Wildberry Creek, und bei der Hitze dieses Tages tut es so gut, barfuß durch das kalte Wasser zu waten.

Ich dachte, dass Raven zu den anderen aufgeschlossen wäre, mich allein gelassen hätte. Immerhin sieht er mich immer so an, als würde ich ihm gewaltig auf den Keks gehen – und das tue ich mit Sicherheit auch. Doch als ich den Blick von den kleinen Steinen hebe, die ich mit meinen Zehen hochzuheben versucht habe, steht er am Ufer des Bachs und beobachtet mich, während die anderen schon zwischen den Bäumen verschwunden sind.

Verblüfft starre ich Raven an. »Wartest du auf mich?«

»Ja.«

Er wirkt ernst und finster wie eh und je, sogar eine Spur Ungeduld schwingt in seiner Stimme mit, als er das sagt. Ich grinse ihn an, halb überrascht, halb verlegen – und weil mich Ravens Anwesenheit mal wieder buchstäblich aus dem Gleichgewicht bringt, rutsche ich auf einem glitschigen Stein im Bachbett aus. Vergeblich rudere ich mit den Armen ... und falle dann rücklings ins kalte Wasser.

Noch während ich mich erschrocken aufrappele und versuche, möglichst würdevoll im gurgelnden Strom zu sitzen, brummt Raven am Ufer etwas Unverständliches und kommt dann mit ein paar leichtfüßigen Schritten über die Felsbrocken auf mich zu.

»Komm«, sagt er und bückt sich nach mir, um mir aufzuhelfen. Er hält mir seine Hand hin – und ich kann nicht widerstehen. Mein innerer Kobold, von dem Gwen steif und fest behauptet, dass ich ihn immer mit mir herumtrage, gewinnt die Überhand: Ich greife nach Ravens Fingern – und ziehe ihn von dem Stein, auf dem er balanciert. Mit einem erschrockenen »Hey!« versucht er noch, sich meinem Griff zu entziehen und sein Gleichgewicht wiederzufinden, doch der Stein ist glitschig, und ich ziehe hartnäckig an ihm. Erst später wird mir klar, was alles hätte passieren können – er hätte mit dem Kopf gegen einen der vielen Felsen stoßen können, er hätte sich etwas brechen oder zumindest verstauchen können. Aber mit fünfzehn denkt man nicht so weit – schon gar nicht, wenn man den ganzen heißen Sommer über heimlich diesen Jungen angehimmelt hat, der jetzt mit seinem freien Arm rudert und dann mit einem Platschen ins Wasser fällt.

Raven wischt sich mit beiden Händen über das Gesicht und prustet, bevor er mich ungläubig anstarrt.

»Was sollte das denn?«, fragt er langsam, als sei ich ein wenig schwer von Verstand. Doch ich kann nicht antworten. Ich kann ihn nur ansehen, weil er so dicht neben mir gelandet ist, dass sich unsere nassen Arme berühren. Sein schwarzes Haar ist von Tropfen besprenkelt, sein hellgraues T-Shirt klebt ihm nass am Oberkörper.

Ich kann nicht antworten. Ich weiß auch gar nicht, was ich sagen sollte. Weil ich selbst nicht logisch erklären kann, was das sollte.

Alles, was ich weiß, ist, dass ich Raven Leblanc jetzt so gern küssen würde. Obwohl ich noch nie einen Jungen geküsst habe und allein die Vorstellung bisher mittelschwere Übelkeit bei mir verursacht hat.

Das Problem ist allerdings nicht nur, dass ich noch keinerlei Kusserfahrung habe, sondern auch – was viel schwerwiegender ist –, dass mich Raven nach wie vor so wenig begeistert ansieht, wie er es den ganzen Sommer über getan hat. So, wie man die nervige Freundin des jüngeren Bruders beziehungsweise die Tochter der Freunde der Eltern eben ansieht.

Warum ich ihn zu allem Überfluss auch noch in das kalte Wasser dieses Bachs ziehen musste, kann ich nicht mehr erklären. Als ob er mich nicht schon bescheuert genug fände!

Raven starrt mich immer noch an, eine nasse Strähne klebt an seiner Stirn, in seinen grünen Augen funkelt so viel, und nichts davon kann ich begreifen.

Moment mal – zuckt da etwa ein Lächeln in seinen Mundwinkeln, oder täusche ich mich?

»Hey, ihr zwei, alles okay?« Plötzlich steht Neil am Ufer des Wildberry Creek und sieht uns besorgt an.

»Ja, alles okay«, ruft Raven und steht aus dem Wasser auf. »Nur wieder eine von Florentines Schnapsideen.«

Ich höre Neil überrascht auflachen. »Na ja, ist ja auch heiß heute, da kann man eine kleine Abkühlung doch gut gebrauchen.«

»Ja«, murmelt Raven, und sein Blick gleitet zu mir. Ich sitze immer noch im kalten, gurgelnden Wasser und starre zu ihm hoch. Die Sonne, die durch die Zweige der Bäume fällt, malt goldene Reflexe auf Ravens dunkles Haar und seine sonnengebräunte Haut.

Nur eine von Florentines Schnapsideen hallt es in meinem Kopf wider. Raven sieht mich noch einen langen Moment an, dann wendet er sich ab. Einfach so. Er hält mir nicht noch einmal die Hand hin. Stattdessen rappele ich mich allein aus dem Bach hoch und zupfe mein himbeerrosa Lieblingskleid, das ich in dem Sommer so oft getragen habe, zurecht. Dann gehe ich hinter Raven her, der ohne ein weiteres Wort oder auch nur einen Blick in meine Richtung ans Ufer steigt und Neil durch das Unterholz zum Wildberry Lake folgt, wo die anderen schon warten.

In der folgenden Nacht hatte ich einen Traum. Ich habe geträumt, dass Raven und ich uns im kalten Wasser des Wildberry Creek küssen. Und ich habe uns eng umschlungen im flachen Wasser liegen sehen, Ravens schwarzes Haar nass, meine hellblonden Locken ebenfalls. Der Traum war so realistisch, dass ich in jener Nacht mit wild hämmerndem Herzen aufgewacht bin und lange nicht mehr einschlafen konnte. Am nächsten Tag wurde ich rot, sobald ich in Ravens Nähe war. Ich konnte ihm nicht mehr in die Augen sehen, aber merkwürdigerweise schien es ihm ähnlich zu gehen wie mir.

Und am späten Abend dieses Tages, an dem ich so verlegen war wie noch nie, wenn ich Raven Leblanc über den Weg lief, stürzte Swissair-Flug 111 über dem Atlantik ab und veränderte unsere Leben – und die Leben so vieler Menschen – für immer.

Jetzt, zwanzig Jahre später, stehe ich hier, in Ravens Atelier, und starre auf das Bild in meinen Händen, während die Münchener Freiheit schon wieder von vorn beginnt.

Ich sehe die blonden Locken und das schwarze Haar zwischen den vielen verschwommenen Farben des Bachs. Sehe das hellgraue T-Shirt, das sich über das himbeerrosa Kleid beugt. Wir sind auf diesem Bild eng umschlungen, wie wir es in Wirklichkeit im Bach nicht waren.

Nur in meinem Traum.

»Das ... sind wir«, sage ich und merke, dass meine Stimme sehr belegt klingt.

Raven sagt nichts, aber als ich den Blick hebe, erkenne ich, dass sich seine Ohrenspitzen rot verfärbt haben und sein Kiefer angespannt ist.

»Das sind wir, Raven«, sage ich wieder, als müsste ich ihm das Bild erklären. Als wäre er nicht derjenige, der es gemalt hat. »Im Bach. Am Tag, bevor das Flugzeug abgestürzt ist.«

»Das ist ein altes Bild«, sagt Raven rasch, und ehe ich begreife, was er tut, nimmt er mir die Leinwand aus den Händen und will sie hinter einem weiteren Stapel Bilder verschwinden lassen, aber ich halte seinen Arm fest.

»Das Bild ist vielleicht alt, aber ... es ist ein Bild von uns! Von dir und mir! Im Wildberry Creek!«

Raven versucht, meine Hand abzuschütteln, aber ich kralle mich regelrecht in seinen Unterarm, bis er nachgibt und mir die Leinwand zurückreicht.

»Wann hast du das gemalt?«, flüstere ich und betrachte erneut ungläubig die verschwommenen Farben.

Raven räuspert sich. »Weiß ich nicht mehr«, murmelt er und wendet sich ab. »Florentine, ich muss ein paar Sachen sortieren, für den Malkurs, der morgen anfängt. Ich war auf der Suche nach ein paar leeren Leinwänden, die ich mal hier hinten gelagert hatte, und ...«

»Raven«, unterbreche ich ihn und sehe ihn ernst an. »Diese Szene – von der habe ich geträumt. Und damit meine ich nicht das, was an dem Tag wirklich passiert ist – wir zwei, mit Abstand zueinander im Bach. Nein, ich meine ... das hier, was du gemalt hast. Genauso. Du und ich ... so ... nah beieinander. Ich habe das in der Nacht geträumt, nachdem wir in den Bach gefallen waren. In der Nacht, bevor die Swissair abgestürzt ist.« Diese Worte hängen bedeutungsschwer in der nach Farbe riechenden Luft im Bootshaus, sie schweben zwischen uns.

Raven starrt mich schweigend an. Seine Kiefermuskulatur arbeitet, während er mich mustert. Ich erwidere seinen Blick atemlos.

»Und ... du hörst dieses Lied. Mein Lied. ›Ohne dich‹.«

Ich sehe ihn an, suche in seinem Blick nach Antworten, doch Raven weicht mir aus, starrt an die Decke des Bootshauses und murmelt: »Das lief ... zufällig.«

»Das Lied läuft in Dauerschleife, Raven! Und ... es ist ein deutsches Liebeslied!«

»Woher sollte ich das wissen?«, brummt Raven und verschränkt die Arme vor der Brust. Ich weiß nicht, ob ich lachen soll oder weinen oder ihn anschreien ... oder ihn küssen. Doch noch ehe ich zu einer Entscheidung gekommen bin, hören wir Schritte auf dem Steg, und schon schaut Fern um die Ecke und mustert uns überrascht.

»Oh, hi! Ich wusste nicht, dass du auch hier bist, Flo.«

»Hi, Fern«, murmele ich und versuche, mich zu sammeln. Raven scheint regelrecht erleichtert über diese Unterbrechung zu sein. Er macht ein paar schnelle Schritte zum Lautsprecher, greift nach seinem Smartphone, das daneben liegt, und klickt die Münchener Freiheit weg. Stattdessen dringt nun die Stimme von Paul McCartney aus dem Lautsprecher.

»Ich wollte euch überhaupt nicht stören, ihr Süßen«, fährt Fern fort und klingt so, als würde sie sich ärgern, hier hereingeplatzt zu sein. Ihr Blick fliegt regelrecht begeistert zwischen ihrem Sohn und mir hin und her.

»Du störst nicht, Mom«, seufzt Raven. »Florentine wollte gerade gehen.«

Fassungslos starre ich ihn an. Ich werde wirklich nicht schlau aus diesem Mann, der mir nun den Rücken zuwendet und sich stur weigert, mich noch einmal anzusehen. Gekränkt stelle ich das Bild auf dem Boden ab, lehne es gegen ein wunderschönes Landschaftsbild, das Wildberry Bay in seiner Herbstpracht zeigt.

»Ja, das stimmt«, versuche ich, betont gelassen zu sagen. Ich lächele Fern schief an, sie bleibt jedoch ernst, während ich zum Ausgang des Bootshauses gehe.

»Ihr seid heute Abend bei uns im Cozy Cottage zum Essen eingeladen«, sagt sie rasch, als ich schon im Türrahmen stehe. Überrascht sehe ich mich zu ihr um. »Wir dachten, wir machen mal wieder einen Grillabend. Wie in alten Zeiten.«

»Oh«, mache ich zögernd und muss sofort an meine Eltern und ihre ewigen Streitereien denken. Ich bin nicht sicher, ob ich mich auf ein weiteres Abendessen mit ihnen freue.

»Okay, danke dir. Dann … bis später«, sage ich und verlasse das Bootshaus schnellen Schritts.

28

Raven

»Was war denn das?«, fragt meine Mutter erstaunt, sobald Florentine verschwunden ist, und ich stütze mit einem genervten Seufzer meinen Unterarm gegen den Rahmen des Sprossenfensters und lehne meine Stirn dagegen.

»Was meinst du, Mom?«, frage ich langsam, wobei die Scheibe auf Höhe meines Mundes ein wenig beschlägt.

»Ach komm, Junge. Verarschen kann ich mich allein«, sagt meine Mutter in ungewohnt scharfem Tonfall, und ich hebe überrascht den Kopf und sehe sie an.

»Wie bitte?«

Sie lacht auf. Dann deutet sie auf den Lautsprecher unterhalb des Fensters, aus dem Paul McCartney gerade »Let it be« singt. Das ist eines meiner absoluten Lieblingslieder.

»Wusstest du, dass viele zu Unrecht glauben, der gute Paul hätte über die Heilige Mutter Maria gesungen?«, fragt sie.

Ratlos sehe ich sie an. Genau in diesem Moment singt Paul es wieder: »When I find myself in times of trouble, Mother Mary comes to me, speaking words of wisdom, let it be …«

Fragend mustere ich meine Mutter. Sie lächelt wissend, bevor sie sagt: »Paul McCartney meinte nicht die Jungfrau Maria, sondern seine Mutter, die Mary hieß. Sie war gestorben, als er vierzehn war, und soll ihm später, als er längst ein erfolgreicher Musiker war, im Traum erschienen sein und diese Worte gesagt haben. Let it be. Lass es geschehen.«

Ungläubig starre ich meine Mutter an. Schon wieder ist von Träumen die Rede. Das kann doch nicht sein!

Ohne dass ich es verhindern könnte, wandert mein Blick wieder zu der Leinwand, die Florentine gerade abgestellt hat.

Sie hat damals dasselbe geträumt wie ich, hämmert es in meinem Kopf.

»Raven«, sagt meine Mutter und tritt neben mich. »Wann wirst du endlich das geschehen lassen, was geschehen soll?«

Irritiert sehe ich sie an. »Was meinst du, Mom?«

Ein Lächeln spielt um ihre Lippen. »Das weißt du ganz genau, mein Liebling. Du hättest dir deine Gefühle für Florentine schon vor Jahren eingestehen müssen. Das hätte dir und ihr und auch Jay viel Kummer erspart.«

»Mom! Drehst du jetzt völlig durch?«, frage ich, barscher als gewollt, und mache einen Schritt fort von ihr. »Hast du mit Noah mal wieder einen Joint geraucht?«

Ich sehe genau, dass meine Fragen sie treffen, aber ich kann diese Worte nicht zurücknehmen. Und ich will es auch nicht. Weil ich nämlich nicht weiter über all dies nachdenken will. Nicht über ihre Worte, und schon gar nicht über all das Ungesagte zwischen Florentine und mir.

»Nein, das habe ich nicht«, sagt meine Mutter ruhig. »Raven, wenn du nur einmal ehrlich zu dir selbst wärst ...«

»Das bin ich, Mom«, unterbreche ich sie ungeduldig. »Ich bin ehrlich zu mir selbst. Und zu Tara. Mit der ich verlobt bin – und der ich vorgestern Abend in der Mall in Halifax einen Ring gekauft habe, der all meine Ersparnisse verschlungen hat!«

Warum ich meiner Mutter diese Worte an den Kopf knalle, als wäre der Kauf eines Verlobungsrings ein schreckliches Erlebnis – darüber will ich nicht genauer nachdenken. Ich merke deutlich, dass Mom leicht zusammenzuckt. Dann schüttelt sie den Kopf und murmelt etwas von »Ach du meine Güte, wie spießig«.

Ich schnaube auf. »O ja, wie spießig, ich weiß. Wir können nicht alle Hippies sein, Mom. Aber eines kann ich dir versichern: Ich muss nicht anfangen, ehrlich mit mir zu sein, denn ich habe mein Leben im Griff. Ich werde Tara heiraten, weil sie ein Happy End verdient hat.«

»Und Florentine?«, fragt meine Mutter ruhig.

»Was soll mit Florentine sein?«, frage ich aufbrausend.

»Hat sie kein Happy End verdient? Und du? Was ist mit dir? Ich höre hier immer nur ›Tara‹.«

»Mom, ich werde sie nicht verlassen, wie Dad dich damals verlassen hat, okay? Und wie Jay Florentine sitzen gelassen hat! Ich bin besser, ich mache das nicht!«

»Aber du liebst Tara nicht«, stellt meine Mutter ungerührt fest. »Zumindest nicht so, wie du Florentine liebst.«

Da reicht es mir. Wutschnaubend stelle ich die Musik aus und marschiere an meiner Mutter vorbei. »Mom, du hast keine Ahnung«, knurre ich im Hinausgehen. »Du bist nicht Mother Mary, und ich bin nicht Paul McCartney, okay?«

Ich merke erst, wo ich hingehe, als ich schon fast am Blue Gables Bed & Breakfast bin. Ich muss jetzt mit einem Freund reden, doch als ich auf den Pier hinausgehe, bis zu Lukes Boot, und seinen Namen rufe, kommt keine Antwort. Vielleicht ist er mit Peter Pan eine Runde laufen gegangen. Luke war gestern und heute wieder beim Baseballcamp dabei, und wir haben beide so getan, als wäre vorgestern nichts geschehen. Ich bin zwar immer wieder sauer, wenn Luke mich plötzlich hängen lässt, und vor allem, wenn er diese Tauchtrips macht. Jedes Mal fürchte ich dann, dass er tatsächlich einmal etwas Wertvolles in einem der Segelschiffwracks, zu denen die Gruppen von Atlantic Adventures bevorzugt tauchen, findet. Dass er dann alle guten Vorsätze über Bord schmeißen und den Fund illegalerweise einstecken könnte. Immerhin ist mir klar, dass Luke das Geld, das so ein Fund bringen würde, sehr gut gebrauchen könnte. Und weil ich das weiß, bin ich immer hin- und hergerissen zwischen Sorge, Verständnis und auch manchmal Wut, wenn Luke mich wegen eines spontanen Tauchtrips versetzt, wie vorgestern. Aber meistens überwiegt doch das Verständnis, denn ich weiß, dass Tauchen seine große Leidenschaft ist.

In Gedanken versunken, überquere ich die Küstenstraße und gehe an der Einfahrt der Pension vorbei, winke dabei Jimm McIntosh zu, der offenbar gerade neue Gäste auf dem Parkplatz begrüßt, und schlage den Weg zum Wildberry Lake ein. Als ich das Gurgeln des Bachs höre, hebe ich den Blick. Ich kann das Wasser erkennen, das sich, parallel zum Trampelpfad, silbern glitzernd seinen Weg zwischen den Kiefern, Birken und Pappeln hindurch sucht.

Sofort sehe ich sie wieder vor mir, wie sie damals im Wasser saß. In ihrem himbeerrosa Kleid, das an ihr klebte. Ich sehe den Schalk in ihren zimtbraunen Augen aufflammen, als sie nach meiner Hand greift, ihre zarten Finger fest um mein Handgelenk schlingt und mich entschlossen zu sich in den Bach zieht.

Ich weiß noch genau, dass ich starr vor Schreck war, wie paralysiert von ihrer übersprudelnden Energie und ihrer

Lebensfreude. Ich hätte so gern etwas gesagt. Ich hätte sie so gern ... geküsst. Aber ich war wie gelähmt.

Langsam folge ich dem Weg im Schatten der Bäume weiter, bis sich die Zweige an einer Stelle lichten, den Blick auf die Windungen des Bachs freigeben ... und da sehe ich sie.

Erst glaube ich, dass ich Halluzinationen habe. Aber nein, sie sitzt tatsächlich dort im Bachbett, ziemlich genau an der Stelle, wo sie mich damals vom Stein gezogen hat. Sie hat sich an einen moosbewachsenen Felsen gelehnt, das Wasser umfließt sie bis zur Taille. Der weite Rock ihres Sommerkleides – heute nicht himbeerrosa, sondern mintgrün mit weißen Tupfen – wird von den sanften Stromschnellen hin und her bewegt, bauscht und bläht sich auf, als würde er tanzen. Ihr linker Arm liegt auf einem umgefallenen Baumstamm, der über und über von Flechten bewachsen ist. Florentine hat die Augen geschlossen und sitzt dort, mitten im Wasser, in ihrem Sommerkleid, als wäre dies das Normalste der Welt. Verdammt, ich wünschte, ich hätte meine Malsachen dabei – ich würde diese Szene so gern festhalten. Florentine sieht aus wie eine Elfe, umgeben von moosbewachsenen Felsen, sattgrünem Farn, dichten Blaubeersträuchern und hellen Flechten, die hier und da von den Ästen der Kiefern hängen.

»Hey, Raven«, höre ich eine leise Stimme und drehe mich erschrocken um. Neil steht hinter mir, sein Surfbrett unter einem Arm, das Haar feucht und salzwasserverklebt. Er sieht mich ruhig an, dann schaut er an mir vorbei, zu Florentine. Sein Blick gleitet wieder zu mir, und ich erkenne mehr darin, als mir lieb ist.

Hastig vergewissere ich mich, dass sie nach wie vor mit geschlossenen Augen im gurgelnden Bach sitzt und uns nicht bemerkt hat. Ich sehe wieder Neil an, und er mustert mich mit einer fragend hochgezogenen Augenbraue.

»Komm, lass uns gehen«, wispere ich und beeile mich, dem Pfad weiter Richtung See zu folgen, fort von der Stelle im Bach, wo die Elfe badet.

»Du wolltest zu mir?«, fragt Neil, als wir so weit von Florentine entfernt sind, dass sie uns ganz sicher nicht mehr hören kann.

»Ja. Hast du Zeit?«, frage ich, und Neil nickt.

»Klar. Für dich immer.«

»Wie waren die Wellen?«

»Großartig«, erwidert Neil und grinst mich breit an. Mein Freund ist eigentlich nur dann richtig glücklich, wenn er surfen kann – wobei ihm sein Job auch viel Spaß macht. Besonders seit er, zusätzlich zu seinen regulären Aufgaben in der Polizeistation in Bridgewater, für die verschiedenen Highschools in der Gegend zuständig ist und dort regelmäßig Streit schlichtet, Kids berät, leider auch mal jemanden wegen Drogenbesitzes festnehmen muss, aber dann wieder lustige Highlights hat. Wie im letzten Winter, als er das Lasergerät mitgebracht und die Geschwindigkeit des Puks beim Eishockey gemessen hat.

»Und wie war der Dienst?«

»Okay. Ich war heute in der Maple High und habe einen Vortrag über die Gefahren im Internet gehalten.«

»Absolut wichtig«, murmele ich. »Auch schon für meine Schüler. Ich finde es echt erschreckend, wie früh die sich heutzutage auf TikTok und YouTube tummeln und Dinge sehen, die sie noch lange nicht sehen sollten. Wenn ich daran denke, wie unschuldig wir in dem Alter waren ...«

»Du sagst es«, seufzt Neil. »Ein Hoch auf eine Kindheit ohne Internet.«

»Neulich hat mir ein Erstklässler auf meinem Handy gezeigt, wie ich meine eigenen Emojis entwerfen kann. Ich hatte keine Ahnung, dass das ganz leicht möglich ist. Ein Erstklässler!«

»Und wieso lässt du Erstklässler auf deinem Handy spielen?« Neil sieht mich mit hochgezogenen Augenbrauen fragend an, bevor er sein Surfbrett geschickt durch ein paar tief über den Weg hängende Zweige hindurchmanövriert.

»Weil ich mit ihm in der Notaufnahme auf seine Mutter gewartet habe, die nicht so schnell von ihrem Job am Fließband in einer Fabrik wegkonnte.«

»Oh«, macht Neil, und ich nicke grimmig, während ich an den kleinen Joey und seine gestresste alleinerziehende Mom denke.

Gemeinsam gehen wir den Weg weiter entlang, bis zwischen den Bäumen der See hindurchschimmert. Auf einer Lichtung taucht Neils Blockhaus auf – ein kleines Holzhaus, das sein Großvater vor Jahren als Jagdhütte gebaut hatte und in das Neil nach seiner Scheidung gezogen ist.

»Hast du Durst?«, fragt er, während er sein Surfbrett an einen der Pfosten seiner überdachten Veranda lehnt.

»Ein Bier wäre cool«, murmele ich und lasse mich in einen der hölzernen Adirondack-Stühle fallen, die im Kreis um eine Feuerstelle unweit des Seeufers stehen, während Neil im Haus verschwindet. Nachdenklich lasse ich meinen Blick über den See wandern, dessen tintenblaues Wasser in der Spätnachmittagssonne glitzert, nur hier und da durchbrochen von Felsen. Zwar liebe ich den oft rauen Charme des wilden Atlantiks, aber hier, am Wildberry Lake, herrscht so eine unfassbar wohltuende Stille, nur gelegentlich unterbrochen vom Keckern der Eichhörnchen und Heulen des Eistauchers, der eher nach Wolf klingt als nach Wasservogel.

»Bitte schön«, höre ich Neils Stimme und greife dankbar nach der kalten Flasche, die er mir reicht. Er lässt sich neben mich in einen Stuhl fallen und prostet mir mit seinem eigenen Bier zu.

»Cheers«, murmele ich mit einem schiefen Lächeln.

»Cheers«, sagt Neil. »Auf ...« Er bricht ab und betrachtet mich nachdenklich.

Ich lächele ihn betont gelassen an und warte nicht ab, bis er seinen Toast zu Ende führt, sondern nehme einen großen Schluck. Was ein Fehler war, denn als Neil nach einer langen Pause sagt: »Auf die erste Liebe«, verschlucke ich mich prompt.

Hustend stelle ich die Flasche im Gras ab und sehe meinen Kumpel aus tränenden Augen an. »Bitte was?«

»Auf die erste Liebe«, wiederholt Neil mit einem Schulterzucken und nimmt ebenfalls einen Schluck von seinem Bier. Ich huste noch immer ein wenig, als er seine Flasche ebenfalls abstellt und sich in seinem Stuhl nach vorn beugt. Ernst sieht er mich an und sagt mit Nachdruck: »Du musst mit ihr reden.«

Ich reibe mit einer Hand über mein Gesicht, greife dann erneut nach der Flasche und nehme ein paar weitere große Schlucke von dem Getränk. »Ich muss gar nichts«, sage ich schließlich leise.

»Ich habe doch gesehen, wie du sie anschaust. Gerade eben, beim Bach. Und neulich, im Rum Runner. Raven, das kannst du nicht auf Dauer ignorieren.«

»Doch. Kann ich«, gebe ich knapp zurück und stelle meine Flasche erneut ab, nur dieses Mal leider so heftig, dass sie umkippt. Fluchend richte ich sie wieder auf. »Ich wollte dich nicht sehen, um mir von dir Vorwürfe anzuhören«, knurre ich.

»Keine Vorwürfe. Ich versuche nur, dir die Augen zu öffnen, Mann.«

»Die sind längst weit geöffnet, verdammt!«

»Nein. Sind sie nicht.« Neil starrt mich in seiner sturen Art an, die mich manchmal wirklich wahnsinnig macht.

»Doch, Neil! Weit offen!«, gebe ich aufgebracht zurück und reiße meine Augen demonstrativ weit auf. Neil lacht leise auf und schüttelt seinen Kopf.

»Du solltest dich dringend von Tara entloben.«

Schnaubend lehne ich mich in meinem Stuhl nach hinten und starre mit gefurchter Stirn auf den See hinaus, wo jetzt ein Eistaucher in der Ferne vorbeischwimmt.

»Zu spät. Ich habe ihr vorgestern einen Ring gekauft. Jetzt bin ich pleite.«

»Alter, bist du wahnsinnig?« Neil sieht mich so ehrlich entsetzt an, dass ich auflachen muss.

»Hey, jetzt mach mal langsam. Ich bin gern mit Tara zusammen.«

»Mhhm«, murmelt mein Freund kopfschüttelnd. »Ich bin auch gern mit dir und Luke zusammen, aber heiraten würde ich keinen von euch.«

Das bringt mich erst recht zum Lachen, obwohl ich das ganze Thema kein bisschen komisch finde. Dementsprechend werde ich auch ziemlich schnell wieder ernst und erwidere schließlich: »Ich weiß, dass du Tara nicht sehr magst, und sie hat es euch bisher vermutlich nicht leicht gemacht. Aber wenn ihr sie besser kennenlernen würdet …«

»Wie denn, wenn sie Wildberry Bay meidet wie der Teufel das Weihwasser?«

»Blöder Vergleich«, knurre ich.

»Ich finde den Vergleich eigentlich sehr treffend. Und wo wollt ihr nach der Hochzeit überhaupt wohnen, hmm?

Sie wird ja wohl kaum hierherziehen. Also siedelst du nach Halifax über?«

Das ist ein Punkt, über den ich momentan nicht weiter nachdenken möchte – weil ich nämlich keine Antwort darauf habe. Auf keinen Fall will ich in Halifax wohnen – da habe ich immerhin meine ganze Kindheit und Jugend verbracht, und ich konnte es nie erwarten, an manchen Wochenenden und in den Ferien wieder hierherzukommen, in unser Haus in Wildberry Bay. Raus aus der Stadt, ans Meer. Damals habe ich mir geschworen, alles zu versuchen, um als Erwachsener hier leben und arbeiten zu können. In der Natur, die mich ständig zu neuen Bildern inspiriert. In der Nähe meiner besten Freunde.

Aber ich weiß, dass Tara nicht hier wohnen will, und das macht mich ziemlich unglücklich. Wir werden eine Lösung finden müssen, einen Kompromiss – aber wie der aussehen soll, kann ich beim besten Willen nicht sagen.

Zum Glück komme ich um eine Antwort herum, denn wir werden von einem Bellen unterbrochen. Im nächsten Moment schießt ein uns wohlbekannter Golden Retriever auf die Lichtung – gefolgt von Luke, der im Laufschritt hinter dem Hund herjoggt.

29

Peter Pan kommt auf Neil und mich zu, bellt uns freudig an und springt schwanzwedelnd und wild hechelnd abwechselnd an uns hoch.

»Pete, du tust ja so, als hättest du uns seit einem Jahr nicht gesehen«, brumme ich kopfschüttelnd. »Hey, langsam, langsam«, versuche ich, mich der Hundezunge zu entziehen – vergebens.

»Hi, ihr zwei«, grüßt uns Luke, der jetzt die Feuerstelle erreicht hat. »Habt ihr den fetten Bärenhaufen da hinten am Rand der Lichtung gesehen? Ich wäre fast reingetreten.«

»Ja, Lucille war nachts mal wieder hier«, nickt Neil. »Cool, dass du auch vorbeischaust. Komm, setz dich – ich hol dir was aus dem Kühlschrank. Worauf hast du Lust? Ginger Beer?«

»Lieber eine Coke, falls du eine dahast.« Luke lässt sich mit einem tiefen Seufzer in einen Stuhl fallen und streckt seine Beine lang aus.

»Ich war eben bei dir am Boot, aber ihr wart ausgeflogen«, sage ich und kraule Peter Pan am Kopf.

»Ja, sind eine Runde laufen gegangen. Und, alles fürs Art Camp vorbereitet?«, fragt Luke.

»Mhhm«, mache ich und versuche, nicht an meine Begegnung mit Florentine im Bootshaus zu denken. Die blöden Leinwände habe ich immer noch nicht alle zusammen, ich muss gleich noch einmal suchen. Ich weiß, dass sie da sind.

»Sorry noch mal wegen vorgestern. Ich hätte dich nicht mit dem Baseballcamp hängen lassen sollen, aber diese Tauchtour ...«, beginnt Luke, und ich unterbreche ihn mit einem Augenrollen.

»Hör auf, darüber haben wir doch schon gesprochen. Es ist okay, wirklich. Ich habe es ja geschafft. Schade nur, dass du mir nicht beim Art Camp helfen willst.« Ich grinse ihn über meine Bierflasche hinweg an, und Luke schüttelt lachend den Kopf.

»Glaub mir, da wäre ich keine Hilfe. Aber falls ihr euch irgendwann langweilt, komm mit den Kids bei uns in der Werkstatt vorbei. Wir haben heute eine tolle Jacht reinbekommen, hat Jason mir gesagt.«

Luke hat sich wegen des Baseballcamps vier Tage von seinem regulären Job in der Bootswerkstatt freigenommen – wobei er im Endeffekt dann ja nur drei Tage für Baseball und einen fürs Tauchen gebraucht hat.

»Wir langweilen uns zwar garantiert nicht, aber ich behalte das Angebot im Hinterkopf«, gebe ich trocken zurück, und Luke grinst mich breit an, während er nach der Cola-Flasche greift, die Neil ihm jetzt reicht.

»Danke dir. Und, irgendwelche bösen Jungs verhaftet?«, fragt er.

»Nee, heute war es zum Glück ruhig. Ich war ein paar Stunden in der Maple High, hab ich Rav schon erzählt. Ach, und bei uns auf der Wache war heute eine Touristin aus Holland, die in ihrem Ferienhaus direkt an der Küste angekommen ist und uns entrüstet erzählt hat, dass jemand während des Winters ihren Bootssteg geklaut habe.«

Überrascht sehe ich Neil an, bis sein Lachen mir klarmacht, was wirklich passiert ist. »Ach, mal wieder das Eis, ja?«

»Ja, klar. Sie wohnt in der Horseshoe Bay, die komplett zugefroren war. Die Nachbarn konnten bestätigen, dass der Steg vom auftauenden Eis weggetragen worden ist. Es wundert mich übrigens, dass dein Bootshaus und das deines Dads so unbeschadet durch den letzten Winter gekommen sind, Rav.«

Beim Thema Bootshaus muss ich sofort wieder an Florentine und an das Bild denken. Und an das Lied dieser deutschen Band – Münchener Freiheit.

»Mhhm«, murmele ich abwesend und bin froh, dass Luke jetzt seine Flasche hebt.

»Cheers«, sagt er und prostet Neil zu.

»Cheers«, wiederholt Neil. Sein Blick sucht meinen, und ich ahne, was jetzt kommt. Ich versuche noch, ihm einen warnenden Blick zuzuwerfen, aber da fügt er schon mit einem wissenden Lächeln hinzu: »Auf die erste Liebe.«

Luke reagiert genau wie ich: Er verschluckt sich an seiner Cola und sieht hustend von Neil zu mir und wieder zu Neil. »Hab ich was verpasst?«

»Nein«, sage ich rasch, doch Neil sagt zeitgleich: »Und ob.«

»Neil!«, warne ich ihn, aber mein Kumpel wendet sich ungerührt Luke zu und sagt: »Ich habe Raven dabei überrascht, wie er völlig versunken am Wildberry Creek stand und Flo angeschmachtet hat.«

Ich lehne mich in meinem Stuhl zurück und schließe die Augen, weil ich weiß, was jetzt kommt. Neil allein ist schlimm genug, aber in Kombination mit Luke habe ich keine Chance. Wahrscheinlich sollte ich das Weite suchen.

»Ach?«, fragt Luke hörbar begeistert. »Tatsächlich? War sie schwimmen?«

»Sie saß im Wasser«, murmele ich. »Wie eine Elfe.«

Das wollte ich eigentlich nicht laut sagen. Als ich ein Auge öffne und meine Freunde anschaue, sehe ich genau den Blick, den sie austauschen.

»Ihr müsst gar nicht so gucken«, brumme ich und schließe mein Auge wieder. »Da war nie etwas zwischen uns. Und da wird nie etwas sein.«

»Und warum nicht?«, fragt Neil ruhig. »Ich meine – nur, weil Luke und ich damals Fehler gemacht haben, die man nicht mehr korrigieren kann, muss das doch nicht für dich gelten. Verdammt, Rav, DU hast als Einziger von uns die Chance, das verfluchte Ende des Sommers 1998 auf null zu setzen und noch einmal anzufangen!«

Ich öffne meine Augen und setze mich aufrechter hin, während Luke unseren Kumpel genauso ratlos ansieht, wie ich es tue. »Moment mal, Alter«, sagt er und stützt seine Ellbogen auf seinen Knien ab. »Dass du es damals mit Gwen versemmelt und sie später an dieses Arschloch Tom verloren hast – okay, ja, das wissen wir.« Ich sehe genau, wie Neil bei Lukes nüchterner Zusammenfassung der Fakten leicht zusammenzuckt. »Aber ... was habe ich damals für eine Chance vertan?«

»Das wollte ich auch gerade fragen«, murmele ich ratlos.

Neil schüttelt den Kopf und beugt sich dann vor, um den Hund zu kraulen. »Die beiden sind echt nicht die Schnellsten, oder, Peter Pan?«, fragt er leise.

Da fällt bei mir der Groschen, und ich erkenne an Lukes Gesichtsausdruck, dass es ihm genauso geht.

»Ach komm, hör auf«, murmelt er und lehnt sich wieder in seinem Stuhl nach hinten. »Das war ein einziger Nachmittag.«

»Ein einziger Nachmittag an der Pebble Beach, der dich für immer verändert hat«, ergänzt Neil leise. »Du hast noch monatelang von diesem Mädchen aus der Schweiz gesprochen.«

»Und du hast deinen Hund Peter Pan genannt«, ergänze ich überflüssigerweise, während meine Gedanken zu den Tagen nach dem Flugzeugabsturz zurückwandern.

Florentine und ihre Eltern waren abgereist, genau wie Gwen und ihre Mom. Bob war ins Blue Gables Bed & Breakfast gezogen. Nur Jay und ich waren noch mit unseren Eltern im Cozy Cottage.

Ich denke wirklich ungern an diese Zeit zurück. Warum wir nicht sofort nach Halifax gefahren sind, ist mir ein Rätsel. So mussten Jay und ich das Ende der Ehe unserer Eltern verkraften UND mit ansehen, wie draußen auf dem Meer ständig Boote der Marine vorbeifuhren, Helikopter dicht über unser Haus flogen, Journalisten auf der Küstenstraße standen und fotografierten oder filmten.

Das einzig Gute war, dass ich noch in Neils und Lukes Nähe war. Zu dritt konnten wir uns ein wenig Halt geben. Die beiden versuchten, mich aufzubauen, obwohl sie mit Sicherheit auch ziemlich schockiert waren, weil mein Vater und Gwens Dad plötzlich ein Paar waren. Aber sie waren für mich da – und Luke und ich waren für Neil da, der ausgerechnet am Tag nach dem Flugzeugabsturz erfahren hat, dass seine Ex-Freundin Carrie schwanger von ihm war. Er hatte Carrie zu Beginn der Sommerferien verlassen, als Gwen mit ihren Eltern angekommen war und Neil nach eigenen Angaben schlagartig erkannte, dass er nie das für Carrie empfinden würde, was er für Gwen empfand. Er war hin und weg von Gwendolyn, die er seit dem Sommer zuvor nicht gesehen hatte. Zwar dauerte es noch ein paar Wochen, bis er und sie ein Paar wurden, aber Neil verfolgte sein Ziel verbissen – und hatte extra vorab klare Verhältnisse geschaffen.

Doch er hatte nicht mit den zwei rosa Streifen auf Carries Schwangerschaftstest gerechnet. Und so war mit Gwen schnell wieder Schluss, und das, während die Arme auch noch den Schock mit ihrem Dad und das entsetzliche Geschehen rund um Swissair-Flug 111 verkraften musste.

Ja, und in all diesem Durcheinander während der Tage nach dem Absturz traf Luke an der Pebble Beach – einem kleinen, versteckten Strand unweit seines ehemaligen Elternhauses Sea Haven – auf ein Mädchen. Ein schwarzhaariges, bildhübsches Mädchen mit einer Flechtfrisur und Brille, wie er uns beschrieben hat. Sie las das Buch *Anne of Green Gables* – und zwar nach eigenen Angaben schon zum vierten Mal, weshalb Luke die Bemerkung machte, dass sie dann ja eine richtige Anne sei. Das fremde Mädchen ging auf das Spiel ein, obwohl sie eigentlich sehr traurig wirkte – und sie fragte Luke, nach welchem fiktiven Charakter sie ihn nennen sollte.

»Peter Pan«, war seine Antwort. Weil Luke damals gern davonfliegen wollte, in ein Neverland, wo es keinen ewig betrunkenen Vater gab, ständig auf der Suche nach Geld für Drogennachschub.

Sie begannen zu reden. »Anne« kam aus der Schweiz und war aus einem tragischen Grund in Wildberry Bay: Ihre Mutter war an Bord des abgestürzten Flugzeugs gewesen. Anne und ihr Vater waren aus der Schweiz angereist, um mit eigenen Augen die Unglücksstelle zu sehen.

Warum der Vater seiner Tochter das antat, habe ich nie begriffen. Hätte das Mädchen nicht in der Schweiz bleiben können? Hätte man ihr den Trubel vor Ort nicht ersparen müssen? Aber vielleicht dachte der Vater, es sei wichtig für sie, um das Ganze verarbeiten zu können. Oder sie wollte unbedingt mitkommen. Keine Ahnung.

Auf jeden Fall blieben Anne und Luke noch lange am Strand, und als sie zu weinen begann, lenkte Luke sie mit seiner geliebten U2-CD ab, die sie gemeinsam auf seinem Discman hörten. Beim Abschied nahm Luke ihr das Versprechen ab, dass sie sich am nächsten Tag wieder am Strand treffen würden – aber Anne tauchte nicht mehr auf, und Luke wurde bald klar, dass sie abgereist war.

Diese fremde Schweizerin hat meinen Freund nach ihrem Verschwinden nicht mehr losgelassen. Und nicht nur das: Sie hat ihn zu einem der folgenschwersten Fehler seines Lebens verleitet. Aber trotzdem würde er uns gegenüber niemals zugeben, dass Anne das erste Mädchen war, in das er sich verliebt hat.

»Ihr spinnt doch, ihr zwei«, murmelt Luke jetzt und starrt ernst seinen Hund an, als würde er überlegen, warum er ihn Peter Pan genannt hat. »Das mit ›Anne‹ – oder wie auch immer sie wirklich hieß – das war ein einziger Nachmittag. Wir waren Kinder, die sich unterhalten haben.«

»Du warst genauso alt wie ich, und ich habe in dem Sommer erfahren, dass ich Vater werde«, korrigiert Neil ihn mit Nachdruck. Luke zuckt mit den Schultern und reibt sich den Nacken.

»ICH war noch ein unerfahrenes Kind. Und, ja, ich habe danach noch oft an das Mädchen vom Strand gedacht. Aber das ist zwanzig Jahre her. Und bei dem Mädchen und mir ist es wohl ziemlich eindeutig, dass wir keine zweite Chance bekommen – ich weiß ja nicht einmal, wie sie richtig heißt.«

»Aha, also wenn du es wüsstest, dann würdest du versuchen, sie zu finden?«, hake ich nach, weil ich wild darauf bin, meine Freunde so lange wie möglich von dem anderen großen Thema abzulenken, das in der milden Luft über der Lichtung schwebt.

Luke schaut mich mit einem Kopfschütteln an, und ich sehe deutlich etwas in seinem Blick aufflackern – allerdings kann ich die Emotion nicht genau einordnen. Reue? Trauer? Keine Ahnung ... Luke ist für Neil und mich auch nach all den Jahren unserer Freundschaft oft noch ein Buch mit sieben Siegeln.

»Nein, würde ich nicht«, behauptet er jetzt, und an der Art, wie er das sagt und wie er dabei meinem und Neils Blick ausweicht, ist völlig klar, dass er nicht ehrlich ist. Er nimmt einen Schluck Coke, deutet dann mit der Flasche auf mich und sagt: »Aber du, Raven Leblanc, du hast deine zweite Chance direkt vor deiner Nase. Und ich kapiere nicht, warum du sie nicht ergreifst.«

»Luke hat recht, Rav. Und jetzt fang bloß nicht wieder von teuren Verlobungsringen an. Wenn das der einzige Grund ist, dass du die Hochzeit mit Tara durchziehen willst, dann Gute Nacht.«

»Schönen Dank«, murmele ich kopfschüttelnd. »Leider werde ich keinen von euch beiden zum Trauzeugen bei unserer Hochzeit machen können. Vor eurer Tischrede hätte ich den ganzen Tag über Schiss.«

»Zu Recht«, knurrt Luke mit betont düsterem Gesichtsausdruck, was Neil und mich zum Lachen bringt.

»Aber jetzt mal im Ernst«, sagt Neil dann und krault Peter Pan ausgiebig hinter den Ohren, was dieser mit einem genüsslichen Winseln kommentiert. »Als geschiedener Mann kann ich dir nur eines raten, mein Freund: Heirate Tara nur, wenn du dir wirklich hundertprozentig sicher bist. Nicht, weil du dich irgendwie verpflichtet fühlst oder schon einen teuren Ring gekauft hast.«

»Ach, jetzt hört doch mal mit dem blöden Ring auf«, grolle ich ungehalten und sehe einem Kolibri nach, der, wie eine dicke Hummel, an uns vorbei und zum knallroten Futterspender surrt, der an Neils Veranda hängt.

»Bei Carrie und dir war das doch etwas ganz anderes, Neil. Sie war schwanger von dir, und du hast halt das gemacht, was die Gesellschaft von dir erwartet hat. Von mir erwartet keiner was, außer vielleicht Tara.«

»Ja, und das ist das Problem«, bemerkt Luke. »Tara will unbedingt heiraten, und du bringst es nicht über dich, ihr zu sagen, dass sie nicht deine große Liebe ist.«

»Ach, und woher willst du das bitte wissen?«, frage ich gereizt. »Bist du plötzlich der Experte in Sachen Liebe, oder was? Dafür bist du schon verdammt lang Single, Luke! Und du übrigens auch, Neil.«

»Ja, und glaub mir, ich wünschte, ich könnte das ändern«, sagt Neil ungewohnt ernst, weshalb ich ihn überrascht ansehe. Er mustert mich eindringlich und fügt ohne die üblichen Lachfältchen um die Augen herum hinzu: »Ich wünschte, ich könnte es noch einmal mit Gwen versuchen. Ich wünschte, sie hätte nicht dieses Arschloch geheiratet. Ich wünschte, sie würde sich von ihm trennen. Dann würde ich Himmel und Hölle in Bewegung setzen, um sie zurückzugewinnen, das könnt ihr mir glauben.«

Er nimmt einen großen Schluck Bier und starrt mit gefurchter Stirn in die Baumkronen hinter seinem Haus. Ich habe mir schon gedacht, dass ihn das erste Wiedersehen mit Gwen seit zwanzig Jahren sehr mitgenommen hat –

aber wie sehr das der Fall ist, erkenne ich erst in diesem Moment, als ich seine Augen feucht schimmern sehe.

»Du könntest auch jetzt Himmel und Hölle in Bewegung setzen«, sage ich ruhig. »Jeder, der Augen im Kopf hat, merkt doch, wie unglücklich sie in ihrer Ehe ist.«

»Ich mische mich in keine Ehe ein«, sagt Neil mit Nachdruck und schüttelt entschieden den Kopf. »Sie müsste den ersten Schritt machen. Und, apropos Augen: Jeder, der Augen im Kopf hat, sieht auch, dass Tara nicht die Eine für dich ist.«

Ich lache spöttisch auf. »Nicht die Eine, ja? Und wer sollte das wohl sein?«

Sobald mir diese unbedachte Frage über die Lippen gerutscht ist, bereue ich sie zutiefst. Weil die Antwort auf der Hand liegt. Und meine Freunde sehen mich fast mitleidig an, als würden sie sich fragen, wie ich so schwer von Begriff sein kann.

»Hört bloß auf«, knurre ich gereizt.

»Meinst du nicht, dass Flo die Wahrheit verdient hat?«, fragt Luke ruhig.

»Welche verdammte Wahrheit meinst du denn?«, blaffe ich aufgebracht und stehe abrupt auf.

»Dass SIE die Eine für dich ist«, erwidert Neil, als wäre das das Normalste der Welt. »Und es schon immer war!«

Ich schnaube mit einem Kopfschütteln und fahre mir mit beiden Händen durch die Haare. »Ihr zwei Spinner solltet eine Talkshow moderieren. Oder einen Ratgeber schreiben.«

Bevor meine Freunde reagieren können, springt Peter Pan plötzlich auf. Sein freudiges Bellen lässt uns alle aufsehen – und mir gefriert das Blut in den Adern. Denn zwischen den Bäumen, eindeutig in Hörweite, steht eine nasse Elfe und starrt mich an.

30

Florentine

»Meinst du nicht, dass Flo die Wahrheit verdient hat?«, fragt Luke ruhig, und ich halte den Atem an. Ich habe die drei gerade erst entdeckt, und so bleibe ich jetzt ganz still zwischen den Büschen und Bäumen stehen und lausche mit wild hämmerndem Herzen. Die drei reden über MICH?

»Welche verdammte Wahrheit meinst du denn?«, fragt Raven und klingt ziemlich aufgebracht. Als er mit einer wütenden Bewegung von seinem Stuhl aufsteht, weiche ich unwillkürlich ein wenig zurück, weil ich fürchte, dass er mich sieht.

»Dass SIE die Eine für dich ist. Und es schon immer war!« Neils Worte hauen mich fast um. Ungläubig starre ich auf die Lichtung, und zu spät wird mir klar, dass auf einmal ein Hund bellt.

Peter Pan. Er ist aufgesprungen und kommt aufgeregt kläffend in meine Richtung gerannt. An der Feuerstelle drehen alle drei Männer die Köpfe in meine Richtung. Das Blut schießt mir heiß ins Gesicht, als ich flüchtig Neil und Luke ansehe und dann Ravens Blick begegne. Er starrt mich so fassungslos an, dass meine Wangen noch stärker zu glühen beginnen. Trotz des nassen Sommerkleides, das mir am Körper klebt, pulsiert die Hitze durch mich hindurch.

Peter Pan erreicht mich und springt hechelnd und freudig bellend an mir hoch. Es ist eindeutig, dass ich sehr in seiner Gunst gestiegen bin, seit ich ihm gestern und auch heute im Diner immer mal wieder etwas zu fressen zugesteckt habe.

»Hi, Süßer«, murmele ich und kraule ihn am Kopf, dankbar über die Ablenkung. Dann sehe ich wieder die drei Männer an, die immer noch in derselben Pose verharren – Neil und Luke sitzend, Raven stehend, alle haben ihren Blick schweigend auf mich gerichtet.

»Hi!«, rufe ich und winke möglichst unbefangen, als hätte ich gerade nicht gehört, was Neil zu Raven gesagt hat.

»Ich ... ähm ... ich gehe mal zurück zum Haus und ... ja, bis später! Vergiss nicht das Abendessen im Cozy Cottage, Raven.«

Ich warte nicht ab, bis einer etwas erwidert, sondern streiche Peter Pan ein letztes Mal über den Kopf und eile dann los, wieder den Pfad durch den Wald entlang, der mich vom See fort und Richtung Atlantik führt. Flüchtig sehe ich zu der Stelle am Bach hinüber, wo ich eben im kalten Wasser gesessen habe, genau wie damals. Nachdem ich Ravens Bild von uns beiden im Sommer 1998 entdeckt hatte, musste ich zurück zum Bach. Ich wollte wieder das kalte Wasser um mich herumfließen spüren, wollte das Gurgeln und Rauschen hören, wollte mich daran erinnern, wie es war, Raven mit tropfendem Haar und nassem T-Shirt neben mir sitzen zu haben.

Ich bin so unglaublich durcheinander. Schon im Bootshaus war ich ziemlich fassungslos, als ich die Münchener Freiheit singen gehört und die Bedeutung der verschwommenen Farben auf dem Bild begriffen habe. Wäre Fern nicht hereingekommen, hätte ich es womöglich geschafft, von

Raven die Wahrheit zu erfahren: Warum hat er dieses Bild von uns gemalt? Und warum hat er in seinem Atelier »Ohne dich« gehört? Das Lied, das neulich in der Küche des Diners lief, als er hereinkam? Das Lied, das ich schon 1998 hoch und runter gehört habe, auf dem CD-Player im Gästekeller des Sommerhauses.

Mein Herz hämmert schnell, als ich durch das kniehohe Gras zurück bis zur Küstenstraße laufe und dieser dann ein Stück folge, vorbei am Sea Breeze Store und am Diner, schließlich vorbei am Cozy Cottage bis zu Ravens Haus. Es ist schon fast sechs Uhr, und wir werden gleich nebenan zum Abendessen erwartet.

Ob Raven überhaupt dorthin kommt? Er hat mich gerade so erschrocken angesehen, als er mich erblickt hat. Natürlich ist ihm klar, dass ich gehört habe, was Neil gesagt hatte: Dass ICH die EINE für ihn sei.

Ich? Meinte er wirklich mich? Eigentlich kann das überhaupt nicht sein. Nein, mein Verstand schafft es nicht, das zu begreifen. Andererseits: Von welcher Flo sollte er wohl sonst gesprochen haben? Es ist ja nicht so, dass hier tausend Frauen mit diesem Spitznamen herumlaufen.

Trotzdem: Das kann gar nicht sein. Nie im Leben bin ich »die Eine« für Raven Leblanc. Für den Mann, der mich extrem nervig fand, seit ich denken kann. Der selten mal ein Lächeln oder gar ein nettes Wort für mich überhatte. Wie sollen dieses Verhalten und die Feststellung, ich sei für ihn »die Eine«, zusammenpassen? Und warum hat er dieses verflixte Bild gemalt? Und die Münchener Freiheit gehört? Warum, um Himmels willen?

Ich bin so durcheinander, dass ich blindlings nach dem erstbesten trockenen Kleid greife, das mir im Schrank zwischen die Finger gerät. Erst als ich schon wieder im Erdgeschoss bin und einen Blick in den Flurspiegel werfe, wird mir bewusst, dass ich mein dunkelblaues Kleid mit dem Spitzenoberteil herausgesucht habe, das sehr dünne Spaghettiträger hat und ziemlich weit ausgeschnitten ist. Kurz verharre ich vor dem Spiegel und drehe meine nassen Locken in einem Messy Bun hoch, bevor ich an den Trägern meines Kleides ziehe und überlege, ob ich lieber noch einmal nach oben gehen und etwas anderes anziehen soll. Dann jedoch wende ich mich der Eingangstür zu. Raven wird ohnehin nicht kommen. Niemals wird er mir heute Abend wieder unter die Augen treten, das spüre ich.

31

»Hey, da bist du ja!«, begrüßt mich Debbie, als ich im Garten des Sommerhauses auftauche. Sie stellt gerade eine Schüssel mit Salat auf dem langen Tisch unter dem alten Ahorn ab und strahlt mich an. Gwens Mom trägt ein ärmelloses Sommerkleid aus weißer Spitze und sieht mit ihrer gepflegten dunklen Frisur mal wieder aus wie Jackie Kennedy. Sofort muss ich an Elizas Bemerkung zu Debbie und ihrem Bruder Carl denken. Ob es da tatsächlich mal Gefühle zwischen den beiden gab – und womöglich immer noch gibt?

»Hi«, begrüße ich sie lächelnd.

»Oh, dein Veilchen sieht aber schon besser aus. Hast du regelmäßig die Heparin-Salbe aufgetragen, die ich dir gegeben habe?«

»Und ob, ich habe mich ganz an deine Anweisungen gehalten. Vielen Dank noch einmal«, bestätige ich und taste vorsichtig nach meinem Auge. Es stimmt, dass ich heute nicht mehr ganz so dramatisch aussehe, seit die Schwellung unterhalb meines unteren Lids weniger geworden und die Färbung zu einem helleren Violett übergegangen ist.

»Hmm, das sieht ja lecker aus.« Ich schnuppere. »Und es riecht köstlich!«

»Ja, dein Vater ist voll in seinem Element«, höre ich meine Mutter sagen und drehe mich zu ihr um. »Grillen kann er zum Glück besser als Baseball spielen.«

Mama tritt neben mich und drückt mir einen Kuss auf die Wange. Dann weicht sie überrascht ein wenig zurück und streicht ratlos über mein Haar. »Du bist ja ganz nass!«

Ich zucke mit den Schultern. »Der Tag war so heiß, dass ich im Bach ein Bad genommen habe.«

»Im Wildberry Creek?«, fragt Debbie amüsiert. »Der ist doch so flach!«

»Ja. Aber für ein Sitzbad reicht es«, grinse ich verlegen und greife dankbar nach dem Glas Rotwein, das meine Mutter mir reicht.

»Eine Abkühlung hätte sicherlich nicht nur dir gutgetan«, bemerkt Fern, die ebenfalls zu uns getreten ist, und zwinkert mir zu. Ich muss sofort an sie und Raven und mich im Bootshaus denken und spüre, wie mir das Blut wieder ins Gesicht steigt.

»Ich sehe mal nach, wie die Stimmung am Grill ist«, verkünde ich betont fröhlich und marschiere mit meinem Weinglas durch den abendlichen Garten. Das gleichmäßige Krachen der Brandung gegen die Felsen beruhigt meine flatternden Nerven ein wenig, und ich inhaliere genüsslich den würzigen Duft nach Salzwasser und Seetang, nach Gras und Erde, die noch feucht vom Bewässern ist. Diese Mischung war für mich DER Duft des Sommers, seit ich vier war, und er wird es immer sein.

Mein Vater hat eine riesige Schürze umgebunden, auf der »Burger Meister« steht (die haben wir Steve und Fern vor vielen Jahren aus Deutschland mitgebracht), und wendet mit konzentriertem Gesichtsausdruck ein paar Koteletts, als ich mich nähere.

»Hi, Paps«, sage ich und grinse ihn schief an. Er lächelt erfreut, als er mich sieht.

»Hallo, mein Schatz. Wie schön, dass du hier bist. Dann wird der Abend ja sicherlich doch noch ganz nett.«

Mit gefurchter Stirn lasse ich meinen Blick über die beeindruckende Ansammlung an Grillkäse, Garnelenspießen, Fleisch, Maiskolben und etwas Undefinierbarem gleiten und hake nach: »Warum sagst du das? Wegen Mama?«

Papa zuckt mit den Schultern und seufzt, bevor er sich verstohlen umsieht und dann, als er sicher ist, dass niemand in Hörweite ist, leise erwidert: »Wir treiben uns hier alle gegenseitig in den Wahnsinn. Ganz ehrlich: Wie das damals mit uns allen hier im Cozy Cottage funktioniert hat, kann ich mir beim besten Willen nicht mehr erklären. Es fängt beim Frühstück an, wenn alle diskutieren, wer sich richtig ernährt und wer nicht.«

O ja, ich erinnere mich. Mit einem frustrierten Seufzer wendet Papa das undefinierbare, aber zweifelsohne sehr gesunde Dingsbums und fährt dann fort: »Bob und Steve reißen sich fast ein Bein aus, um uns allen hier eine schöne Zeit zu machen, aber Debbie mäkelt an allem herum, weil sie einfach immer noch nicht über die Trennung von Bob und die Tatsache, dass er schwul ist, hinweggekommen ist, und Fern ... Fern betont permanent, dass Debbie einen Neustart braucht, dass sie nach vorn und nicht zurück schauen soll, dass sie sich ein Beispiel an ihr nehmen soll, bla, bla, bla.«

Er schüttelt seufzend den Kopf. »Dabei macht sich die arme Debbie ohnehin die ganze Zeit Sorgen wegen Gwen, und Bob natürlich auch. Es hat die beiden ziemlich mitgenommen, dass Gwen so schnell wieder abgereist ist und seitdem telefonisch nicht erreichbar war.«

Seufzend nicke ich. »Weil Tom sie mal wieder vor ihrer Familie und ihren Freunden abschirmt«, murmele ich frustriert und wünsche mir, meiner Freundin helfen zu können.

Mein Vater seufzt tief auf. »Tja. So sieht es bei den anderen aus. Und deine Mutter und ich – das muss ich dir ja nicht mehr erläutern. Ich bin einfach nur froh, dass das Baseballcamp vorbei ist. Wenn sie mir noch einmal gesagt hätte, dass ich falsch zum Ball stehe, hätte ich ihr noch meinen Schläger über den Kopf gezogen.«

Frustriert nehme ich einen großen Schluck Wein, bevor ich frage: »Wie kann das alles bloß sein? Das mit Mama und dir? Und mit euch allen? Ihr wart doch mal enge Freunde! Also, bis auf Noah.«

Papa lacht traurig auf. »Noah ist das geringste Problem, glaub mir. Na ja, wenn man mal von seinem komischen Essen absieht.« Er gibt dem undefinierbaren Etwas einen angeekelten Stups mit der Grillzange, was mich zum Kichern bringt, obwohl mir eher nach Heulen zumute ist.

Mein Vater sieht mich ernst an und sagt dann leise: »Kindchen, wir haben uns einfach alle mit den Jahren sehr verändert. Deine Mutter und ich ... und alle anderen. Oder ... manche von uns haben sich eben nicht verändert. Fern zum Beispiel raucht immer noch ihre Joints, als wäre sie nach wie vor Mitte zwanzig, wie damals, als Steve und Bob und ich sie in Montreal an der Uni kennengelernt haben. Sie war eine verdammt coole Hippie-Schönheit, mit ihren langen schwarzen Haaren und ihren Tattoos und eben den Joints. Aber, ganz ehrlich, mit den Jahren sollte man doch auch vernünftiger werden. Muss man sich mit Mitte sechzig immer noch zukiffen und dann mit dem viel jüngeren Lover so herummachen, dass die Mitbewohner das unfreiwillig mitbekommen? Ich finde nicht.«

Bei seinen Worten ziehe ich eine Grimasse und bin heilfroh, dass Raven mir sein Schlafzimmer angeboten hat. Wobei ich nicht sicher bin, ob ich heute Nacht dort schlafen will.

»Na ja, und Debbie, sie ist völlig verbittert, weil sie jetzt schon vom zweiten Ehemann verlassen wurde, und macht ständig ihre spitzen Bemerkungen, sobald es um Bob und Steve geht. Die beiden sind wie gesagt die ganze Zeit darum bemüht, es allen recht zu machen, aber wenn die Stimmung dann trotzdem schlecht ist – vor allem, wenn Regina und ich uns mal wieder gestritten haben –, sind sie beleidigt wie zwei Dramaqueens. Wirklich, ich habe das Gefühl, dass wir alle in den letzten zwei Jahrzehnten um ein Vielfaches komplizierter geworden sind.«

»Oder weniger tolerant«, überlege ich laut. »Wenn ich mir Mama und dich so anschaue, vermute ich das stark. Sonst würden euch die Schrullen des anderen, mit denen ihr jahrzehntelang ausgekommen seid, doch nicht plötzlich so nerven. Achtung, das undefinierbare Etwas da kokelt an.«

»Oh, verdammt«, flucht Papa leise. »Noahs Tofu-Burger.«

Ich muss lachen, als er die Augen rollt. Doch im nächsten Moment vergeht mir jegliches Lachen, als ich mich zu den anderen im abendlichen Garten umdrehe und Raven erkenne, der offenbar gerade das Grundstück betreten hat. Langsam geht er über den Rasen auf den langen Tisch unter dem Ahorn zu, auf dem heute Abend Dutzende Kerzen und Teelichter in Einmachgläsern und Sturmlaternen flackern. Als Raven mich neben Papa auf der Veranda erblickt, verlangsamt er und starrt mich stumm an, bevor er sich rasch Debbie und meiner Mutter zuwendet, die mit ihren Weingläsern in den Loungestühlen mit Blick aufs Meer sitzen.

O Gott, denke ich und spüre schon wieder die Hitze in mir emporkriechen. Ich hätte nicht gedacht, dass er wirklich kommt!

Doch als Papa mich im nächsten Moment bittet, den ersten Teller voll mit Gegrilltem zum langen Tisch zu tragen, wird mir klar, dass Raven eigentlich gar nicht bleiben will. Offenbar hat er nur persönlich absagen wollen, zumindest interpretiere ich das in die Wortfetzen hinein, die ich mitbekomme, während ich den Teller neben einer Salatschüssel abstelle: »Mom, wirklich, ich habe keinen Hunger … Wollte nur kurz Bescheid geben … Im Ernst … Dad, jetzt fang du nicht auch noch an …«

Verstohlen mustere ich ihn, wie er auf der anderen Seite der langen Tafel zwischen seinen Eltern steht und sich mit gesenkter Stimme um Kopf und Kragen redet.

Natürlich setzt sich Fern durch. Raven bekommt ein Glas Wein in die Hand gedrückt, und dann greift auch noch Bob durch und bugsiert ihn entschlossen zur »Kinderbank«.

O Gott. Ich muss neben Raven auf der Kinderbank sitzen. Während sich alle um den Tisch versammeln, gehe ich langsam zu meinem Stammplatz und lasse mich ergeben auf die Bank sinken, neben Raven, der mich schweigend ansieht. Erst als sein Blick flüchtig zu meinem Dekolleté gleitet und dann rasch in die von ein paar Lichterketten durchwobene Baumkrone über unseren Köpfen schnellt, wird mir wieder bewusst, welches Kleid ich trage. Mit einem leisen Seufzen zerre ich am Ausschnitt, als könnte ich ihn dadurch irgendwie verkleinern, und nippe an meinem Glas. Um uns herum verteilen sich alle auf ihre Plätze, nur Papa steht noch am Grill. Die erste Salatschüssel wird im Kreis gereicht, gefolgt von der Grillplatte.

Raven und ich schweigen uns an, bis der Teller mit Fleisch, Käse, Fisch, Gemüse und Noahs gegrilltem Tofu bei uns ankommt. Raven hält mir den Teller hin und wartet schweigend, bis ich mir etwas genommen habe. Meine Finger sind fahrig, als ich mit einer Gabel nach einem Kotelett angele.

»Danke«, sage ich leise. »Komm, ich halte sie für dich.« Raven nickt und wartet schweigend, bis ich die Platte in den Händen halte, um sie loszulassen. Allerdings platziere ich meine Finger unterhalb des Tellers versehentlich auf seinen, was dazu führt, dass wir beide zurückzucken, unsere Hände gleichzeitig wegziehen – und die Platte fast zum Sturz bringen. Zum Glück hält Raven mit der anderen Hand noch den Tellerrand fest, aber auf meiner Seite kommt das Ganze so in Schieflage, dass mir ein paar Grillsachen in den Schoß rutschen.

»Ups«, macht Raven und bringt eilig den Teller in die Waagerechte, während ich fassungslos auf meinen Schoß starre, wo ein Maiskolben in der Gesellschaft von einer Scheibe Schafskäse und Noahs Tofu liegt.

»Sorry«, murmelt Raven, und als ich den Blick hebe, merke ich, dass er betroffen in meinen Schoß starrt. Er sieht mich an, und wir schauen uns einen Moment in die Augen. Dann muss ich urplötzlich kichern. Ein heftiges Lachen bricht aus mir hervor, und Raven sieht mich noch ein paar Herzschläge lang ernst an, bevor auch er anfängt, breit zu grinsen. Dieses so seltene Lächeln auf seinem Gesicht macht mich so unfassbar glücklich, dass ich noch mehr lachen muss – bis mir die Tränen über die Wangen rollen.

»Was genau macht ihr zwei da mit der Grillplatte?«, fragt Bob, der zwei Plätze weiter sitzt und fragend den Hals reckt, um erkennen zu können, warum Raven und ich immer wieder auf meinen Schoß starren.

»Ach, nichts«, kichere ich und lege mit spitzen Fingern den Maiskolben zurück auf den Teller. Raven will mir helfen, merke ich, aber er traut sich offenbar nicht, die Sachen direkt aus meinem Schoß zu angeln.

»Du darfst da ruhig hinfassen, ich haue dir keine runter oder so«, stoße ich nach Atem ringend hervor und wische mir mit einer Hand Tränen von den Wangen, während ich mit der anderen Noahs Tofu zurück auf die Grillplatte lege.

»Sorry, Noah«, sage ich in die Richtung von Ferns Freund, der mich fragend anlächelt. »Dein Tofu-Teil hat kurz Kontakt mit meinem Kleid gehabt. Ich bin mir sicher, das verschlechtert den Geschmack nicht.«

Bei diesen Worten muss ich schon wieder so sehr lachen, dass ich mich regelrecht schüttele. Die anderen grinsen ein wenig ratlos in meine Richtung, und als ich Raven ansehe, merke ich, dass er mich mit diesem leichten Lächeln mustert, das mich völlig aus der Bahn wirft. Mein Lachen versiegt – erst recht, als er vorsichtig in meinen Schoß greift und die Scheibe Schafskäse auf seinen Teller legt.

»So«, sagt er und leckt sich den Finger ab. »Dein Schoß ist frei von Gegrilltem.«

Eigentlich finde ich das schon wieder wahnsinnig komisch. Aber ich kann nicht mehr lachen. Stattdessen starre ich Raven an, und er erwidert meinen Blick ernst.

»Ähm, könnten wir vielleicht auch etwas vom Gegrillten bekommen? Bevor noch mehr verunglückt?« Die Frage kommt von Debbie, und ich höre das amüsierte Schmunzeln in ihrer Stimme, aber hinsehen kann ich nicht. Ich kann nur in das Grün von Ravens Augen starren.

Raven bricht unseren Blickkontakt, als er Debbie die Platte mit dem Grillgut reicht, und ich versuche, mich zu sammeln. Mit meiner Papierserviette tupfe ich über die Fettflecken in meinem Schoß und nippe an meinem Wein, dann nehme ich die Salatschüssel entgegen, die Debbie mir mit einem »Vorsicht, jetzt nicht auch noch Salat im Schoß!« reicht. Ich grinse flüchtig, schaufele mir die Eisberg-Tomaten-Mischung auf den Teller und stelle die Schüssel dann so auf den Tisch, dass Raven herankommt. Ich merke genau, dass er abwartet, bis meine Hände sich von der Schüssel entfernt haben, bevor er danach greift.

Was war das eben? Dieses Auseinanderzucken, nur weil sich unsere Finger berührt haben? Als hätte ich nicht schon tausendmal Ravens Hand berührt! Und natürlich sind mir seine zufälligen Berührungen schon immer durch und durch gegangen. Aber ... er ist noch nie zurückgezuckt. Oder habe ich das sonst nie gemerkt?

32

Ich bin so durcheinander, dass ich von der Unterhaltung am Tisch wenig mitbekomme. Raven und ich essen schweigend, und ich spüre die Spannung zwischen uns so deutlich, dass ich völlig hibbelig werde. Jedes Mal, wenn Ravens nackter Unterarm meinen ebenso nackten Arm auf der engen »Kinderbank« zufällig streift, wenn unsere Oberschenkel sich berühren oder sein Fuß unter dem Tisch versehentlich gegen meinen stößt, habe ich das Gefühl, dass mein ganzer Körper verglüht. So extrem wie heute habe ich wirklich noch nie auf ihn reagiert. Es ist fast so, als ob unser Moment im Bootshaus all das, was ich schon immer für ihn empfunden habe, um ein Vielfaches potenziert hätte. Vielleicht auch, weil mir unsere damalige Begegnung im Wildberry Creek mit einem Schlag wieder so lebhaft in Erinnerung ist, als wäre es gestern gewesen, dass ich die Tropfen beobachtet habe, die über Ravens Hals nach unten geronnen sind.

»Flo, geht es dir gut? Du wirkst so erhitzt«, bemerkt Fern, die mich prüfend über den Tisch hinweg mustert. Ich sehe sie an und spüre, wie mir noch mehr Hitze in den Kopf schießt. Alle Blicke richten sich auf mich, und ich lache betont unbekümmert auf.

»Natürlich ist mir warm«, erwidere ich mit einem etwas zu schrillen Kichern. »Es IST unfassbar warm, findet ihr nicht?«

»Oh, und ob es das ist. Ich kann nachts kaum schlafen«, stöhnt meine Mutter und nippt an ihrem Wein. »Was natürlich auch daran liegen könnte, dass Bernd mit jedem Lebensjahr lauter schnarcht.«

Ein Brummen meines Vaters, der inzwischen den Grill verlassen und sich neben Mama gesetzt hat, ist die Antwort. Ich atme tief durch und überlege, ob ich Papa irgendwie verteidigen soll, als mich Ravens Stimme ablenkt. Er sagt neben mir leise – so leise, dass ich mir gar nicht sicher bin, ob er überhaupt mit mir oder mit sich selbst spricht: »Vielleicht solltest du wieder ein kaltes Bad nehmen.«

Verblüfft starre ich ihn von der Seite an. Raven wirkt, als würde er sich selbst fragen, warum er das laut gesagt hat, denn er greift rasch nach seinem Glas und nimmt einen großen Schluck Wein.

In meinem Kopf rattert es. Wieso …?

»Woher weißt du, dass ich baden war?«

Raven sieht mich an, und seine Kiefermuskulatur arbeitet. Dann senkt er den Blick auf seinen Teller und murmelt: »Deine Haare sind nass. Und dein Kleid war nass, als du bei Neils Haus aufgetaucht bist.«

Doch das nehme ich ihm nicht ab – vor allem nicht, weil seine Ohrenspitzen mal wieder rot werden. »Du hast mich eben im Bach gesehen, oder?«

Raven antwortet nicht, sondern kaut so konzentriert, als hinge sein Leben von dem Schafskäse auf seinem Teller ab.

Ferns Stimme reißt mich kurz aus meiner Raven-Welt, als sie unnötig laut verkündet: »Also, wenn ich nicht schlafen kann, dann hilft mir Sex mit Noah.«

Allgemeines Stöhnen ist die Antwort, und ich merke, dass Raven gequält die Augen schließt.

»Was denn?«, fragt Fern. »Nun seid doch nicht alle so prüde! Wirklich, Regina und Bernd, vielleicht wäre bei euch noch alles in Ordnung, wenn ihr das mit den Tantra-Massagen mal versucht hättet. Aber auf mich hört ja keiner.«

»Fern, jetzt hör doch mal auf, dich hier als Sex-Göttin aufzuführen!«, keift Debbie und klingt dabei so aggressiv, dass ich zusammenzucke.

»Besser Sex-Göttin als Depri-Queen, findest du nicht, Debbs?«, kontert Fern mit einem lasziven Lächeln.

Ravens Griff um seine Gabel verstärkt sich so sehr, dass seine Fingerknöchel weiß hervortreten. Spontan lege ich meine Hand auf seine.

Sein Kopf fährt zu mir herum, sein Blick bohrt sich in meinen. Ich sehe ihn an, und einen herrlichen Augenblick lang kann ich die anderen am Tisch ausblenden: Debbies gekränkte Antwort, Steves verzweifelten Schlichtungsversuch vom Kopfende der Tafel her, die leise Streiterei zwischen meinen Eltern, die gar nicht mitbekommen, worüber sich die anderen gerade aufregen.

Ich drücke leicht Ravens warme Hand und sage dann leise: »Raven ... wir müssen reden. Darüber, was das Bild zu bedeuten hat. Und das Lied. Und warum du mich im Bach beobachtet hast, aber so tust, als wäre nichts.«

Raven sieht mich einige wilde Herzschläge lang schweigend an, und ich könnte im Grün seiner Augen versinken. Doch dann senkt er den Blick, und ich starre nur noch auf seine dichten schwarzen Wimpern, während er leicht gepresst erwidert: »Da gibt es nichts zu reden, Florentine.«

Und er entzieht seine Hand meinem Griff.

Da reicht es mir. Etwas in mir brennt in diesem Augenblick durch, merke ich deutlich. Mit der flachen Hand schlage ich energisch auf den Tisch, sodass Besteck und Teller klirren. Ich spüre Raven neben mir zusammenzucken. Schlagartig verstummen alle Gespräche rund um die lange Tafel, und erneut richten sich sämtliche Blicke auf mich. Aber diesmal will ich es so. Ich versuche, meine Stimme gefasst klingen zu lassen, als ich beginne, mir all das von der Seele zu reden, was sich in den letzten Tagen dort angesammelt hat.

»Wie kommt es eigentlich«, fange ich an und hole tief Luft, »dass in dieser Runde alle ihre wahren Gefühle totschweigen? Ich meine ... bis auf euch, Mama und Papa. Ihr habt eure wahren Gefühle füreinander in den letzten Tagen wirklich überdeutlich gezeigt, herzlichen Dank. Aber ihr anderen? Zum Beispiel du, Debbie?«

Gwens Mutter zuckt erschrocken zusammen, als ich sie anspreche. »Ja, du. Es ist zwanzig Jahre her, seit deine erste Ehe in die Brüche gegangen ist, und seitdem hast du noch einmal geheiratet. Aber trotzdem gibst du dich hier als verbitterte Frau, die ihrem ersten Ex-Mann nicht verzeihen kann.«

Debbie starrt mich aus weit aufgerissenen Augen an. »Was soll das?«, fragt sie mit bebender Stimme. »Ich bin von zwei Ehemännern verlassen worden! Muss ich mir hier wirklich anhören, dass ICH etwas falsch mache?«

»Oh, du machst eindeutig etwas falsch«, bemerkt Fern mit einem Augenrollen. Debbie sieht sie mit wutblitzenden Augen an.

»DU halte dich da bloß raus, du mit deinem ewigen Gerede von Sex mit Noah und ...«

»Moment, um Fern geht es jetzt ausnahmsweise nicht«, unterbreche ich Debbie rasch und sage mit Nachdruck, bevor ich es mir anders überlege: »Hätte die Nacht damals, als das Flugzeug abgestürzt ist und die Wahrheit über Bob und Steve herauskam, nicht auch für dich die Chance für einen Neubeginn sein können?«

Debbie blinzelt und starrt mich ratlos an. Ihre Wangen haben sich hochrot verfärbt. »Ich ... ich verstehe nicht, was du meinst.«

»Die Nacht hätte die Chance für einen Neubeginn sein können ... wenn du Carl Baker und dir eine Chance gegeben hättest.«

Debbies Gesicht wird noch eine Nuance dunkler, sie springt von ihrem Stuhl auf, setzt sich dann wieder hin und fährt sich mit beiden Händen durch ihre perfekt sitzende Frisur. »Wieso ...? Wie kommst du darauf, Flo?«

Trotz meiner Anspannung und der Wut, die immer noch in mir pulsieren, muss ich lächeln. »Von Eliza«, sage ich leise. »Sie hat gesagt, dass sie nicht versteht, warum ihr Bruder und du nicht längst zueinander gefunden habt.«

»Carl Baker!« Fern pfeift auf, und Debbie wirft ihr einen bitterbösen Blick über den Tisch hinweg zu.

»Ich warne dich, Fern, ein Wort zu irgendjemandem außerhalb dieses Gartens und ich sorge dafür, dass du nie wieder auch nur an Tantra-Massagen denken magst!«

Fern reißt ihre Augen weit auf und starrt Debbie an, halb amüsiert, halb erschrocken. »Was meinst du damit? Wie ...?«

»Das lass mal meine Sorge sein«, zischt Debbie. »Nur so viel: Als Kosmetikerin weiß ich Dinge über den falschen Einsatz von Pflegeprodukten an pikanten Stellen, die dir Albträume bereiten würden!«

Fern wird schlagartig ernst und schweigt, während sich jetzt Bob zaghaft zu Wort meldet: »Aber, Darling ... ich hatte keine Ahnung, dass du etwas für Carl übrig hattest! Oder ... hast?«

Debbie nestelt verlegen an ihrer Serviette herum und nimmt erst einmal einen großen Schluck Wein, bevor sie tief Luft holt und sagt: »Ja, okay, es stimmt. Carl und ich ... wir haben uns in unserem letzten Sommer hier ein paar Mal sehr ... intensiv unterhalten.«

»Unterhalten«, murmelt Fern mit einem Grinsen, aber sobald Debbies Blick sie warnend trifft, verstummt sie rasch.

»Nur unterhalten?«, hakt jetzt jedoch auch Bob mit hochgezogenen Augenbrauen nach, und Debbie nagt an ihrer korallenroten Unterlippe, bevor sie atemlos hervorstößt: »Okay, also, wir ... wir haben uns geküsst. Ein Mal. Am Abend, bevor das Flugzeug abgestürzt ist.«

Alle um den Tisch herum starren Debbie an wie vom Donner gerührt. Bob findet als Erster seine Stimme wieder.

»Aber ... warum zum Teufel hast du dann immer so getan, als wärst du wegen des Endes unserer Ehe am Boden zerstört, und hast mich mit Vorwürfen und Schuldgefühlen überflutet?«

Erschüttert sieht er seine Ex an, und ich merke, dass sich Debbies Augen mit Tränen füllen. »Weil ich wirklich schockiert war, dass unsere Ehe so enden musste!«, stößt sie dann hervor. »Es war ja nicht so, dass ich dich nicht mehr geliebt habe, Bob! Ich wollte nicht, dass unsere Ehe zu Ende ging. Ich wollte eine heile Familie, nicht nur für Gwen, aber vor allem für sie. Und ... eigentlich war ich glücklich mit dir. Zumindest ... in Montreal. Denn dort habe ich Carls Existenz immer ausgeblendet. Aber hier, in diesen Wochen in Wildberry Bay ... da fiel es mir Jahr für Jahr schwerer, meine Gefühle für ihn zu ignorieren.« Zitternd holt sie Luft und fügt hinzu: »Aber als ich ihn an dem Abend geküsst habe, da habe ich Carl klargemacht, dass ich dich niemals für ihn verlassen würde. Unsere Ehe war mir heilig, Bob – immerhin bin ich katholisch!«

»Dafür warst du ganz schön oft verheiratet«, murmelt Fern, aber Debbie beachtet sie gar nicht weiter, sondern fährt mit bebender Stimme fort: »Carl war deshalb am Boden zerstört, er hat versucht mich umzustimmen, und wir haben uns sehr gestritten. Das war das letzte Mal, dass ich ihn gesehen habe.«

Sie schluckt und wischt sich eine Träne von der Wange. »Am nächsten Abend habe ich erfahren, dass du Steve schon lange geliebt hast und dass du sehr wohl unsere Ehe aufgeben wolltest. Deshalb war ich in all diesen Jahren so wütend auf dich: Weil ich dich statt Carl gewählt hatte. Aber du nicht mich statt Steve.«

Erschüttert sieht Bob seine Ex-Frau an. Debbie lächelt schief in die Runde und fragt: »Tja, jetzt seid ihr überrascht, was? Die brave Debbie hätte fast eine Affäre gehabt. Aber auch nur fast, und dann wurde sie verlassen. Zweimal.«

Sie knüllt ihre Serviette in einer Hand zusammen und wirft sie auf ihren leeren Teller.

»Also ich bin in erster Linie überrascht darüber, dass du hier mit uns im Cozy Cottage sitzt und nicht längst ausprobierst, wie Carl Bakers Matratze sich anfühlt«, bemerkt Fern trocken.

»Fern!«, sagt Debbie entrüstet, aber Steve mischt sich ein und sagt: »Debbs, ich muss meiner Ex ausnahmsweise absolut recht geben. Warum bist du nicht längst zu Carl gegangen und hast ihm gesagt, dass du es noch einmal mit ihm versuchen willst? Du bist doch jetzt wirklich Single, und ihr zwei könntet endlich eure Chance bekommen!«

»Ich habe ihm eine E-Mail geschrieben«, erwidert Debbie leise und starrt auf ihre Hände hinab. »Vor vielen Jahren.

Ein paar Monate nach unserer Scheidung, Bob. Ich habe mich bei ihm entschuldigt und ihn gefragt, ob wir telefonieren wollen. Aber er ... er hat sich nie bei mir gemeldet.«

»Das ist ewig her!«, ruft meine Mutter entgeistert. »Debbs, wirklich, geh hin und stell ihn zur Rede! Gib euch beiden eine Chance!«

Ich räuspere mich und sage: »Gutes Stichwort, Mama, vielen Dank. Ich war nämlich noch längst nicht fertig.«

»Moment, Moment, ich möchte auch noch etwas dazu sagen«, meldet sich jetzt Steve zu Wort und sieht seinen Ehemann an. »Weil hier nur davon die Rede war, wie die Trennung für dich, Debbie war – und, nun ja, über dich, Fern, haben wir gar nicht geredet ...«

»Müssen wir auch nicht, ich bin seit zwei Jahrzehnten über dich hinweg, mein Süßer«, lacht Fern unbekümmert, woraufhin Steve sich eine Spur gekränkt räuspert, bevor er fortfährt: »Also, wir haben über die geredet, die verlassen wurden – aber, ganz ehrlich: Für Bob und mich war unser Coming-out damals nun wirklich kein Spaziergang! Ihr könnt euch nicht vorstellen, was wir für Anfeindungen erlebt haben – im Beruf, in unserer Nachbarschaft in Halifax, ganz vereinzelt sogar hier, in Wildberry Bay – wobei der einzige Griesgram, der uns in der Hölle schmoren sehen wollte, vor zehn Jahren gestorben ist.«

»Halleluja«, murmelt Raven und nimmt einen großen Schluck Wein. Ich sehe ihn flüchtig von der Seite an, bevor ich mich wieder Steve zuwende. »Auf jeden Fall war das ein ganz schönes Spießroutenlaufen und hat unsere Liebe zu Beginn ziemlich auf die Probe gestellt. Oder, Bob?«

Bob nickt, und ich erkenne zu meiner Erschütterung, dass er seine Designerbrille leicht anhebt und sich Tränen unter den Augen abtupft.

»Und das Schlimmste«, fährt Steve fort, und seine Stimme droht mit einem Mal zu brechen, »das Schlimmste ist, dass ich erst jetzt begriffen habe, wie sehr meine Kinder gelitten haben.«

Alle Blicke richten sich auf Raven, und ich spüre, wie er neben mir unbehaglich hin und her rutscht. »Raven, für dich war das Ganze mit Bob und mir ganz sicher nicht leicht ... aber offenbar hat Jay noch viel mehr gelitten. Dass er wegen seines Vaters so lange eine Lüge gelebt hat, das ... also, das bricht mir das Herz!«

Steve fängt an zu weinen, und Bob legt einen Arm um seine Schultern und zieht ihn an sich. Betroffen mustere ich die beiden noch, als Fern sagt: »Na, ist ja gut, Süßer, so zerfleischen musst du dich nun aber wirklich nicht. Du meine Güte, wir haben doch unsere Jungs zu aufgeklärten und modernen Menschen erzogen, hoffe ich zumindest – da hätte Jay doch eigentlich keinen Grund haben dürfen, sich in so einem Lügenkonstrukt zu verheddern.«

»Hat er aber«, sagt Raven mit harter Stimme, bevor ich selbst dazukomme, Jay zu verteidigen. »Hat er, Mom, weil er offenbar sehr sensibel ist und nicht alles erträgt, was irgendwelche ignoranten Mitmenschen ihm an den Kopf knallen. Darum schien es ihm offenbar lange Zeit erträglicher, so zu tun, als wäre er ›normal‹ – was auch immer das sein soll! –, als dass er sich solchen Anfeindungen ausgesetzt hätte, wie Bob und Dad sie erlebt haben.«

»Nun ja, aber heutzutage muss man sich doch wegen seiner Sexualität wirklich nicht mehr schämen«, beginnt Fern, und ich merke, dass sie sich in Fahrt reden will. Raven scheint das genauso zu erkennen, denn er unterbricht sie ungewohnt resolut: »Nein, Mom, jetzt fängst du bitte nicht wieder mit deinem Tantra-Mist an. Bitte. Und noch etwas:

Wenn wir schon beim Thema Wahrheit sind, dann könntest du auch endlich aufhören, die Legende zu verbreiten, dass du die Trennung von Dad damals so locker weggesteckt hast. Jay und ich, wir haben dich danach nächtelang weinen hören, also finde ich es sehr befremdlich, wenn du Debbie gegenüber ständig so tust, als hättest du das vor zwanzig Jahren im Vorbeigehen verarbeitet, weil du ohnehin nicht an Monogamie glaubst.«

Alle sehen Fern an, die wiederum ihren Sohn erschüttert mustert. »Ihr habt mich damals gehört?«

»Ja.« Raven seufzt tief auf. »Glaub mir, Jay und ich haben damals einiges gehört, was wir besser nicht gehört hätten.«

»Es tut mir leid«, murmelt Fern leise, und sie sieht bei diesen Worten erst Raven an, dann Debbie. Diese nickt Fern zu und lächelt schief.

»Glaub mir, ich habe auch nächtelang geweint«, sagt sie und tupft sich mit ihrer Serviette unter den Augen entlang.

Während wir noch alle bewegt zwischen Fern, Debbie und Raven hin und her sehen, fragt Noah seine Freundin mit hochgezogenen Augenbrauen: »Du glaubst nicht an Monogamie?«

Fern rollt ihre Augen und sagt: »Doch, schon. Vielleicht hatte ich mal eine Phase – nach der Trennung von Steve – als ich der Meinung war, dass es für mich besser ist, nicht mehr nach dem Einen fürs Leben zu suchen, sondern einfach Spaß zu haben.«

Raven stöhnt leise auf und vergräbt sein Gesicht in seinen Händen.

»Hey, Mr. Moralapostel, bleib mal ganz ruhig«, sagt Fern mit einem Kopfschütteln zu Raven, und dann sieht sie Noah ernst an und erklärt: »Mit dir möchte ich gern monogam sein, mein Schnuckelbär.«

Irgendwie rührt mich diese Aussage von Fern so sehr, dass meine Augen feucht werden. Neben mir räuspert sich Raven, und während ich einen Schluck von meinem Wein nehme, sagt er mit Nachdruck: »Okay, also … das ist … cool. Und, Noah, ich hoffe, dass du dir nicht nur ein bisschen die Zeit mit meiner Mom vertreibst. Sie tut gern so, als wäre sie eine coole Hippie-Queen, aber sie ist in Wahrheit viel verletzlicher, als sie nach außen preisgibt.«

»Ich weiß«, sagt Noah seelenruhig und lächelt erst Raven und dann Fern an, die neben ihm sitzt und ihren Sohn anstarrt wie vom Donner gerührt. »Unter anderem dafür liebe ich sie auch von ganzem Herzen.«

Jetzt löst sich wirklich eine Träne aus meinem Augenwinkel, und ich muss ein Schluchzen unterdrücken, als Noah sich vorbeugt und Fern küsst. Bob und Steve fangen an zu klatschen, und meine Eltern und Debbie stimmen mit ein. Nur Raven sitzt regungslos neben mir, und ich sehe ihn fragend von der Seite an. Er hält seinen Blick jedoch fest auf seine Mutter und ihren Freund gerichtet – und dann steht er abrupt von unserer Bank auf.

33

Raven

Entschlossen marschiere ich um die lange Tafel herum, während mich alle fragend mustern. Noah hat sich von meiner Mutter gelöst, und die Art und Weise, wie er mich aus leicht geweiteten Augen anstarrt, sagt mir, dass er fürchtet, ich würde ihm jetzt eine runterhauen.

Dabei will ich das Gegenteil. Ich beuge mich zu Mom hinunter und ziehe sie fest in meine Arme, während ich leise in ihr Ohr murmele: »Ich freue mich für dich. Wirklich. Und ... entschuldige bitte, dass ich heute Nachmittag so unverschämt war.«

Als ich mich von ihr löse, schimmern tatsächlich Tränen in den Augen meiner sonst so coolen Mom. Sie lächelt mich schief an und nickt, und ich merke, dass sie nicht sprechen kann. Also sehe ich Noah an, der das Ganze stumm beobachtet hat. Ich klopfe ihm leicht auf die Schulter und sage: »Als ich dich das erste Mal gesehen habe, dachte ich, mich trifft der Schlag. Ich meine ... wir könnten vom Alter her Brüder sein. Aber ich muss zugeben, dass ich mich in dir getäuscht habe. In euch.«

Noah nickt und grinst regelrecht verlegen. Ich sehe wieder Mom an und füge mit Nachdruck hinzu: »Aber ich möchte bitte nie wieder etwas über Tantra von euch beiden hören. Können wir uns darauf einigen?«

Meine Mutter lacht auf, dann streckt sie sich und legt eine Hand in meinen Nacken, zieht meinen Kopf zu sich herab und drückt mir einen Kuss auf die Wange.

»Wie ich einen so prüden Sohn bekommen konnte, ist mir ein Rätsel«, bemerkt sie und zwinkert mir zu. Ich rolle mit den Augen und gehe dann mit einem leichten Kopfschütteln zurück zu meinem Platz auf der Kinderbank. Florentine sitzt dort und sieht mich aus großen Augen an, während mein Vater sein Weinglas hebt und sagt: »Das war so schön, Raven! Kommt, stoßen wir auf Fern und Noah und Tantra an!« Allgemeines Gelächter ist die Antwort.

»Nein, im Ernst«, fügt Dad hinzu, als ich mich langsam neben Florentine niederlasse, sorgsam darauf bedacht, nicht wieder versehentlich ihren Oberschenkel oder nackten Arm zu berühren. Als ich den Blick hebe, merke ich, dass mein Vater mich über den Tisch hinweg ansieht und mit einem gerührten Lächeln fortfährt: »Auf Fern und Noah, aber auch auf Fern und das, was sie und ich mal hatten. Und auf unsere wunderbaren Söhne, die uns immer daran erinnern werden.«

Okay, jetzt wird mein Hals eng, und ich greife schnell nach meinem Glas, um den anderen damit zuzuprosten und dann einen großen Schluck Wein nehmen zu dürfen. Verdammt, dieser Abend droht, viel zu emotional für meinen Geschmack zu werden. Was hat Florentine da bloß losgetreten?

Doch sie ist noch nicht fertig, stelle ich fast erschrocken fest, als sie sich neben mir räuspert und ihr Glas abstellt.

»Apropos ›was sie und ich mal hatten‹«, beginnt sie laut und deutlich, und die anderen verstummen augenblicklich.

Hitze beginnt, durch meinen Körper zu pulsieren. Sie wird doch nicht ...?

Doch zu meiner Erleichterung sagt sie nichts zu mir, als sie ernst fortfährt: »Mama und Papa, jetzt muss ich was zu euch loswerden.«

Ich fasse es nicht, was sie heute Abend hier macht. Verstohlen sehe ich diese Frau an, die neben mir auf der unbequemsten Holzbank des Universums sitzt und sich gerade erst so richtig in Rage zu reden scheint. Beklommen frage ich mich, ob sie danach auch noch zu mir kommen wird.

Hoffentlich nicht.

Ich merke, dass Regina und Bernd unbehagliche Blicke austauschen, doch dann muss ich wieder Florentine ansehen. Ihre Wangen sind gerötet, ihr Haar, das ganz offensichtlich noch feucht ist von ihrem Bad im Wildberry Creek, türmt sich in einem völlig zerzausten Knoten auf ihrem Kopf, einzelne Locken umrahmen ihr Gesicht. Und ... weiter nach unten darf ich nicht schauen, denn dieses Kleid, das sie heute Abend trägt, treibt mich langsam, aber sicher in den Wahnsinn.

Florentine räuspert sich und fährt dann mit leicht bebender Stimme fort, ihren Blick fest auf ihre Eltern gerichtet: »Vielleicht ist euch das gar nicht klar, aber eure Ehe war immer mein Vorbild. Bei all den desaströsen Dates und überwiegend kurzen Beziehungen der letzten rund achtzehn Jahre wart ihr mein Maßstab, an dem sich jeder Mann messen lassen musste. Jedes Mal, wenn ein Typ mal wieder nicht zurückgerufen hat, habe ich gedacht, dass Papa Mama so nicht behandelt hätte. Jedes Mal, wenn ich mich mit einem Mann beim Date über nichts richtig unterhalten konnte oder wenn ich gemerkt habe, dass er nicht über meine Witze lachen konnte, musste ich daran denken, wie ihr euch bei den Abendessen meiner Kindheit stundenlang über Gott und die Welt unterhalten habt und wie wir zu dritt Tränen gelacht haben, wenn ihr Anekdoten aus der Schule zum Besten gegeben habt. Und darum erschien mir, nach diesen ganzen Dating-Katastrophen, die Idee, meinen besten Kindheitsfreund zu heiraten, wirklich gut: Denn mit Jay konnte ich immer reden und lachen, und er hat immer zurückgerufen. Wir zwei haben uns blendend verstanden, seit wir vier waren. Ich habe gedacht: Das ist er, das ist der Partner, den ich mir immer gewünscht habe. Einer, mit dem ich durch dick und dünn gehen kann. Wie ihr zwei es immer gemacht habt.«

Sie bricht ab, und ich sehe sie von der Seite an, merke betroffen, dass sich eine Träne aus ihrem Augenwinkel löst. Ich fürchte schon, dass sie die Fassung verlieren wird, aber dann strafft sie die Schultern und reckt das Kinn, um entschlossen fortzufahren: »Ganz abgesehen davon, dass Jay und ich es ja nicht einmal bis zum Altar beziehungsweise zum Leuchtturm geschafft haben: Wie soll ich denn überhaupt noch auf eine glückliche Beziehung hoffen, wenn auch noch eure Ehe scheitert? Woran soll ich noch glauben? Oder soll ich jetzt einfach aufgeben und mich damit abfinden, dass ich einsam und allein durchs Leben gehen werde?«

Noch eine Träne löst sich aus ihren Augen, und ich starre Florentine stumm von der Seite an und würde sie so gern in den Arm nehmen. Oder wenigstens nach ihrer Hand greifen. Aber ich traue mich nicht.

Ein flüchtiger Blick zu ihren Eltern hinüber zeigt mir, dass Bernd und Regina erschüttert nebeneinandersitzen und dass ihre Augen ebenfalls verdächtig schimmern, soweit ich das bei der schwachen Beleuchtung durch die Kerzen in den Einmachgläsern und Sturmlaternen erkennen kann. Ich habe gar nicht gemerkt, dass sich die Dämmerung mehr und mehr über uns herabgesenkt hat und nun den ganzen Garten einhüllt.

Neben mir lacht Florentine leise auf, bevor sie weiterspricht: »Ich erinnere mich daran, wie ich euch als Teenager beobachtet habe – ich glaube, ich war dreizehn oder vierzehn. In dem Sommer seid ihr zum ersten Mal mit Steves und Ferns Kajak auf den Atlantik gefahren, und ich weiß noch, wie ich hier im Garten saß und euch zugesehen habe. Mama wollte unbedingt hinten sitzen, und wer hinten sitzt, muss sich nun mal an das Tempo des vorne Paddelnden anpassen, damit man im Rhythmus ist. Das hatte Steve euch erklärt. Aber Mama war immer schon die sportlichere von euch beiden, und ich habe ihr angesehen, dass sie gern in flottem Tempo lospaddeln wollte. Aber du, Paps, du hast ständig etwas am Ufer gesehen, was du mit deinem Fernglas beobachten wolltest, und so musstet ihr wieder und wieder unterbrechen und von Neuem in einen Rhythmus finden, und ich weiß noch, dass ich damals gedacht habe: So muss es sein. Der eine nimmt auf den anderen Rücksicht, auch wenn er – oder in diesem Fall sie, nämlich Mama – gern zügiger vorankommen würde.«

Mit einem Kopfschütteln wirft Bernd ein: »Herzenskind, du hast vom Ufer aus zum Glück nicht mitbekommen können, dass deine Mutter ständig gemeckert hat, dass ich endlich aufhören soll, Vögel zu beobachten.«

»Das stimmt nicht, ich habe dich ausgiebig gucken lassen und dabei versucht, unser Boot vorm Kentern zu bewahren, was bei dem Wellengang auf dem Atlantik nicht unbedingt ein Kinderspiel ist, wenn der zweite im Boot nur durchs Fernglas starrt! Wirklich, Bernd, ich habe ständig Rücksicht genommen!«, schimpft Regina aufgebracht.

Bernd schnappt schon nach Luft und will kontern, als Florentine rasch einwirft: »Aber Papa hat das auch getan, Mama, er hat auch oft Rücksicht genommen! Als du zwischendurch deine vegetarische Phase hattest, da hat er brav auf Fleisch verzichtet!«

»Weil ICH immer gekocht habe! Er hätte sich ja selbst ein Stück Fleisch braten können!«

»Aber – Papa hat doch auch manchmal gekocht. Ihr habt doch immer Coq au Vin zusammen gemacht«, wirft Florentine fast flehentlich ein.

»Mit Tofu?«, fragt Noah ratlos.

»Nein, mit Huhn, das war vor und auch nach Mamas vegetarischer Phase«, erklärt Florentine ungeduldig und sieht dann wieder ihre Eltern an. Die Verzweiflung in ihrem Blick zerreißt mir das Herz.

»Ach, Coq au Vin – das gab es doch nur, wenn Gäste kamen. Im Alltag hat dein Vater fast nie gekocht! Und was meinst du, wie oft er sich in meiner vegetarischen Phase heimlich nach der Schule einen Döner geholt hat? Ich habe die Knoblauchsoße immer sehr deutlich gerochen, wenn er nach Hause kam! Er hat also NICHT wegen mir auf Fleisch verzichtet!«

Regina holt tief Luft und fährt fort, bevor Bernd die Chance hat zu reagieren: »Außerdem, wenn wir schon über so etwas Lächerliches wie Opfer beim Essen reden: Seit Jahrzehnten bekomme ich sonntags immer die Brötchenoberhälften, weil dein Vater die Unterhälften will!«

Bernd fällt an dieser Stelle tatsächlich die Gabel aus der Hand. »Wie bitte? Das ist nicht dein Ernst, Regina! Ich war immer überzeugt davon, dass du die Oberhälften lieber isst!

Ich meine, jeder isst doch die Brötchenoberhälften lieber, oder?«

»Ich nicht. Ich mag die Unterhälften lieber.«

»Worum geht es? Ich verstehe nur Bahnhof«, sagt Debbie ratlos, und mir geht es genauso.

»Das ist ein sehr deutsches Problem«, bemerkt Florentine neben mir trocken. »Dieses Problem kann man nur haben, wenn man Brötchen zum Frühstück isst. Ihr Kanadier macht das mit euren Eiern und Speck und Pfannkuchen eindeutig besser.«

»Oh, man kann sich auch streiten, wer den letzten Speckstreifen bekommt«, bemerkt Bob vielsagend und sieht meinen Dad an, der ihm liebevoll zuzwinkert.

»Es hat eindeutig Vorteile, Vegetarier zu sein«, wirft Noah ein und grinst auf seinen Tofu-Burger hinab.

»Man kann sich über alles streiten«, stellt nun meine Mom kopfschüttelnd fest. »Aber man kann auch viele Streitigkeiten vermeiden, indem man einfach mal ganz konkret seine Wünsche äußert und nicht hofft, dass der andere sie errät. Zum Beispiel, welche Brötchenhälfte man möchte. Ob man einen Rot- oder Weißwein öffnen will. Ob man lieber oben oder unten ist. Ob man ...«

»Okay, Mom, wir haben es begriffen«, werfe ich ein und reibe mir gequält über das Gesicht.

»Und man kann sich immer wieder vertragen«, fährt meine Mutter ruhig fort. »Aber wenn man das irgendwann nicht mehr fertigbringt, dann ... dann ist das wohl der Anfang vom Ende.«

»Ja«, murmelt Regina und klingt mit einem Mal sehr traurig. »Genauso ist es wohl. Wenn man sein Leben lang Rücksicht genommen hat, dann kommt irgendwann der Zeitpunkt, an dem man an sich selbst denken will. An dem man das Gefühl hat, dass man selbst an erster Stelle kommen sollte.«

»Und ich dachte immer, ihr zwei wärt immer noch in einem Kajak. Nicht immer im selben Rhythmus und im selben Tempo unterwegs, und einer schaut öfter durchs Fernglas als der andere, aber immerhin in einem Boot.« Florentines Stimme droht zu brechen. »Bei gutem und schlechtem Wetter. Bei hohem Wellengang und stiller See.«

Als ich sie wieder von der Seite ansehe, erkenne ich erschüttert, dass ihr jetzt die Tränen über die Wangen strömen. »Aber dann merke ich mit einem Mal, dass ich schrecklich naiv war und ihr das Boot längst verlassen habt. Und dabei ist doch morgen sogar euer Hochzeitstag!«

Nun greife ich doch nach ihrer Hand. Einfach so. Und ich spüre sofort dieses Kribbeln, das durch meine Finger strömt, sobald wir uns berühren.

Florentine sieht mich an und scheint ihre Tränen für einen Moment vergessen zu haben. Ich habe das Gefühl, dass der Tisch unter dem alten Ahorn kollektiv den Atem anhält, und darum tue ich das einzig Vernünftige: Ich drücke ihre Finger sanft ... und bringe meine Hand dann wieder in Sicherheit. Florentine sieht mich einige Herzschläge lang schweigend an, doch ich weiche ihrem Blick aus. Niemand am Tisch sagt etwas, nur das Rauschen der Brandung und das Zirpen der Grillen erfüllen die milde Abendluft.

Als Florentine schließlich weiterredet, kann ich sie nicht ansehen, sondern halte meinen Blick stur auf meinen Teller gerichtet, wo ein halb abgenagter Maiskolben daran erinnert, dass wir eigentlich gar nicht mit dem Essen fertig waren. Aber wen kümmert das noch?

»Und ich habe auch noch gemerkt«, sagt Florentine, und ich spüre, dass sie mich von der Seite nach wie vor ansieht.

»Dass da eine Sache war, die bei Jay und mir immer fehlte: die Elektrizität, wenn ich ihn berührt habe. Das Herzrasen, wenn ich ihn angesehen habe. Die Träume, die ich nicht von ihm hatte. Aber so ist es nun einmal im Leben: Der eine ist immer für einen da und geht mit einem durch dick und dünn, aber wenn man seine Hand berührt, fühlt man nur eine warme Hand. Und der andere besucht einen in seinen Träumen und lässt einem das Herz rasen und die Haut bei jeder noch so kleinen Berührung brennen – aber behandelt einen gleichzeitig, als wäre man ein lästiges Insekt, oder, schlimmer noch: Als wäre man Luft.«

Bei ihren Worten schlucke ich schwer und wage es kaum zu atmen.

»Wie Luft«, wiederholt Florentine, und ihre Stimme klingt jetzt sehr belegt. »Keine Erklärung zu gemalten Bildern oder deutschen Liedern. Nur Schweigen. Und diese ganze Verschwiegenheit, die bin ich so leid!«

Abrupt steht sie auf, und ich sehe zögernd zu ihr hoch. Sie wirft mir einen flammenden Blick zu, der mir bis in die tiefsten Eingeweide schießt. Mein Gesicht brennt mindestens so sehr wie ihres, als wir uns einige aufgeregte Herzschläge lang anstarren. Mein Mund ist trocken, ich öffne ihn, um etwas zu sagen, doch kein Ton findet heraus. Florentine atmet tief durch, ihr Dekolleté hebt und senkt sich heftig, und mein letztes bisschen Verstand droht sich zu verkrümeln.

Dann dreht sie sich um und rennt durch den Garten und zum Meer hinab.

Alle am Tisch sehen mich an. Ich bleibe wie erstarrt sitzen und senke meinen Blick erneut auf meinen Teller, auf den gottverdammten Maiskolben. Meine Mutter räuspert sich und will etwas sagen, doch mein Dad kommt ihr zuvor:

»Wenn ich dir einen Tipp geben darf, mein Sohn: Geh ihr nach.«

Ich schlucke und presse meine Lippen aufeinander, während ich den Maiskolben fixiere, als könnte ich dort die Antwort auf all meine Probleme ablesen. Meine Kiefermuskulatur beginnt zu schmerzen, so sehr beiße ich mal wieder die Zähne zusammen, wie so oft, wenn ich versuche, meine Gefühle unter Kontrolle zu halten. Ich atme tief durch, dann stehe ich von der Bank auf. Das leise Aufatmen, das von Regina kommt, verrät mir, was die anderen denken.

Es tut mir leid, dass ich sie mal wieder enttäuschen muss.

34

Florentine

Mit hämmerndem Herzen haste ich zum Wasser hinab und stolpere hier und da beinahe über Wurzeln und Steine auf dem abschüssigen Weg. Was ich hier unten, am Atlantik, will, kann ich selbst nicht sagen.

Doch, natürlich kann ich das, wenn ich nur einmal ehrlich zu mir selbst bin: Ich will, dass Raven mir folgt. Ich will, dass er mich hier, in der Stille dieser Sommernacht, in seine Arme zieht und mir sagt, dass er mich liebt.

Ja, das wünsche ich mir. Aber daran glauben kann ich nach wie vor nicht, denn ... das ist einfach zu abwegig. Zu surreal. Das wäre wie die Nachricht, dass man im Lotto gewonnen hat. Man träumt davon, weiß aber, dass man eher vom Blitz getroffen wird. Ja, genauso ist es bei Raven und mir – ich dachte immer, eher erschlägt mich ein Blitz, als dass er sich für mich interessieren könnte. Aber dennoch hat er sich heute so merkwürdig verhalten. Erst das Lied und dann das Bild, das er nicht erklärt hat. Und eben, beim Essen – wie er meine Hand gehalten hat, als ich zu emotional geworden bin. Fast könnte ich schwören, dass er dasselbe Kribbeln gespürt hat wie ich, diese geradezu elektrische Spannung, die zwischen unseren Fingern hin und her schoss. Vielleicht bin ich aber auch mal wieder zu romantisch und interpretiere in jede Kleinigkeit zu viel hinein. Vielleicht hat er einfach meine Hand gedrückt, weil er mich ewig kennt und mich wie eine Schwester behandelt. Und das Bild hat er gemalt, weil ihm die Szene damals Inspiration geschenkt hat – einfach so, unabhängig von mir. Und das Lied … Ich weiß es nicht. Vielleicht fand er es einfach schön. Es ist schließlich nicht so, dass Raven Deutsch könnte und den Text verstehen würde.

Aufgewühlt sinke ich auf einen Felsen, der von flachem Meereswasser umspült wird, und schließe die Augen. Ich bin so unfassbar durcheinander. Heute habe ich nicht ein einziges Mal an Jay gedacht – und dabei habe ich doch bis vor wenigen Tagen geglaubt, dass ich den Rest meines Lebens mit ihm verbringen würde. Und jetzt liegt er vermutlich in Manhattan mit Trevor im Bett und ich … ich habe heute im Wildberry Creek gesessen und davon fantasiert, wie es wäre, wenn Raven zu mir ins Wasser steigen und mich küssen würde. Und nicht nur küssen. Schon bei der Vorstellung werden meine Wangen mal wieder glühend heiß, und ich schlage mit einem leisen Stöhnen die Hände vors Gesicht. O Gott, ich bin verloren.

Als ich Schritte auf dem Pfad hinter mir höre, schnellt mein Kopf in die Höhe. Atemlos bleibe ich sitzen und starre ein paar schnelle Herzschläge lang auf den Atlantik hinaus, wage es nicht, mich umzudrehen.

Kommt er wirklich hinter mir her? Könnte … könnte sich das, wovon ich so lange heimlich geträumt habe, doch noch erfüllen? Lag ich nicht falsch mit meiner wilden Hoffnung, dass Raven Gefühle für mich haben könnte?

»Hey«, höre ich eine Stimme hinter mir, und all meine aufkeimende Aufregung zerplatzt augenblicklich wie ein Luftballon.

»Hey«, erwidere ich leise, als Steve neben mich tritt. Er schiebt die Hände in die Taschen seiner hellen Leinenhose, und gemeinsam starren wir ein paar Sekunden lang schweigend aufs Meer hinaus.

»Ist Raven gegangen?«, frage ich mit belegter Stimme, weil mir plötzlich klar wird, dass es so sein muss. Nie im Leben sitzt er nach meinem emotionalen Ausbruch noch seelenruhig oben am Tisch im Garten und tut so, als hätte ich nicht ihn gemeint. Sicher ist er zu Neil oder Luke gegangen oder …

»Ja«, bestätigt Steve und klingt sehr bedrückt. »Ich bin noch hinter ihm her, wollte mit ihm reden, aber … er ist zu Tara gefahren.«

Die Worte durchbohren mich wie ein heißes Messer, denn dadurch wird dieser Tag heute plötzlich so unbedeutend. Ich habe mir doch wieder nur alles eingebildet, bin einem romantischen Traum hinterhergelaufen, wie schon bei Jay. Raven interessiert sich nicht die Bohne für mich, und ich habe alles überinterpretiert – jede kleine Geste, jedes Bild, jedes Lied.

Und vielleicht war das, was Neil gesagt hat, ein Witz. Ein Insider der drei Freunde – dass ich die Eine für Raven sei. Ha, ha, ha.

Ich bin so unfassbar dumm. Und allein.

Dass ich schon wieder in Tränen ausgebrochen bin, wird mir erst bewusst, als Steve sich zu mir herabbeugt und einen Arm um meine Schultern legt. Er zieht mich an sich und hüllt mich in den dezenten Duft seines Rasierwassers ein, das nach Nadelholz und Tabak riecht. Dieser Geruch erinnert mich an meine Kindheit und Jugend, weil Steve schon damals dieses Rasierwasser benutzt haben muss. Es ist tröstlich und aufwühlend zugleich, weil einerseits etwas noch so ist wie damals, und andererseits weiß ich genau, dass sich in der Zwischenzeit fast alles verändert hat.

Meine Eltern werden sich scheiden lassen, fährt es mir durch den Kopf. Jay ist mit Trevor zusammen. Raven heiratet Tara. Und ich, ich bin allein, allein, allein.

Ich schluchze laut auf, und Steve zieht mich fester an sich. Hemmungslos heule ich in sein Leinenhemd, während er beruhigend über meinen Rücken streichelt. So verharren wir ein paar Minuten lang – ich nach wie vor auf dem Felsen sitzend, Steve über mich gebeugt –, bis er schließlich leise sagt: »Flo, das hat viel mit Selbstschutz zu tun.«

Verwirrt halte ich inne, löse mich aus seinem Hemd und wische mit beiden Händen über mein nasses Gesicht. »Wie bitte?«, stoße ich zwischen zwei trockenen Schluchzern hervor und mustere ihn ratlos. Mit einem tiefen Seufzer lässt sich Steve auf einen zweiten Felsen neben meinem sinken und sieht mich ernst an.

»Ravens Verhalten, das ist Selbstschutz.«

»Ich verstehe nicht«, flüstere ich.

»Nein, das kannst du wohl nicht«, murmelt Steve und starrt nachdenklich aufs Meer hinaus. »Ich kann Ravens Verhalten so gut nachvollziehen, weil es mir damals genauso ging. Damals, als das mit Bob und mir anfing. Weißt du, wir kannten uns, seit wir Anfang zwanzig waren. Wir waren an der Uni einfach nur Freunde. Dann kam dein Dad dazu, und wir wurden eine eingeschworene Clique, die durch dick und dünn gegangen ist.«

Ich nicke ein wenig ratlos, denn all das ist nun wirklich nichts Neues für mich.

»Aber wenn ich so zurückblicke, dann weiß ich, dass sich meine Freundschaft mit Bob immer schon anders angefühlt hat als die mit Bernd. Ich … ich fand ihn immer schon attraktiv und war so gern in seiner Gesellschaft. Aber ich habe mir nie eingestehen wollen, dass das nicht nur platonisch sein könnte. Er hat mir später gestanden, dass es ihm genauso ging. Wir konnten unsere Gefühle beide nicht einordnen, wohl auch, weil wir aus recht konservativen Familien kamen und Homosexualität einfach kein Thema war. So etwas gab es bei uns nicht, und selbst an der Uni haben wir uns nicht in den Kreisen bewegt, wo das selbstverständlich war.« Er seufzt tief auf. »Dann habe ich Fern getroffen, und Bob hat Debbie kennengelernt, und irgendwie nahm alles seinen Lauf. Hochzeit und Kinder, und wir trafen uns immer noch als Freunde, gemeinsam mit deinen Eltern. Bob hatte seinen Alltag in Montreal, ich meinen in Halifax. Wir telefonierten regelmäßig, aber gesehen haben wir uns nur noch im Sommer, wenn die Familien hier in Wildberry Bay zusammenkamen.«

Er macht eine Pause und reibt sich seufzend das Kinn. »Ich kann mich genau an den Sommer 1998 erinnern, als wir wieder hier zusammentrafen. Bob, Debbie und Gwen kamen hier an, ihr wart noch nicht da, weil eure Schulferien noch nicht begonnen hatten. Fern war auch noch nicht hier, sie hatte ein Yoga-Retreat in Neufundland. Gwen zog mit den Jungs los, Debbie ging auch irgendwohin … ich kann gar nicht sagen, was sie an dem Tag gemacht hat. Auf jeden Fall waren Bob und ich seit einer Ewigkeit zu zweit. Wir saßen hier unten, am Strand, und haben uns über all das ausgetauscht, was in den vergangenen Monaten bei uns passiert war. Und plötzlich ging es um unsere Ehen, und wir gestanden uns gegenseitig, dass es nicht so gut lief. Debbie und Bob stritten viel, und bei Fern und mir war es ähnlich. Fern war immer schon die aktivere von uns, ständig bei irgendeinem Yogakurs, Mediationswochenende, Klangschalen-Lehrgang, was weiß ich. Mir war das immer zu viel, ich wollte da nie mitmachen, weil ich von meinem Schulalltag k. o. war, am Wochenende Unterricht vorbereiten und Tests korrigieren musste. Wir haben immer weniger zusammen gemacht.«

Er seufzt erneut und sieht mich an. »An dem Tag, den Bob und ich zu zweit verbracht haben, waren die Gefühle plötzlich mit voller Wucht da. Wir haben uns angesehen und gemerkt, dass wir das all die Jahre – ach, Jahrzehnte! – verdrängt und ignoriert hatten.«

Ratlos starre ich Steve an. »Aber ... was hat das jetzt mit Selbstschutz zu tun? Und mit Ravens Verhalten?«

Steve lächelt. »Ich habe damals so reagiert wie Raven heute: Ich bin weggelaufen. Habe so getan, als wäre da nichts zwischen uns, weil es mir Angst gemacht hat. Verfluchte Angst. Ich hatte doch eine Familie! Sollte ich meiner Frau und meinen Söhnen etwa einfach so sagen, dass ich mich in einen Mann verliebt hatte? Und was würde unser Umfeld davon halten? Die Schule, meine Kollegen, die Schüler?« Steve schüttelt mit einem bitteren Lachen den Kopf. »Ich habe genau geahnt, was kommen würde, und habe damit auch recht behalten. Die Reaktionen unseres Umfelds waren alles andere als positiv. Aber damals, an dem ersten Tag unserer Ferien hier, da habe ich erst einmal alles abgeblockt, und das ging noch zwei Wochen so. Ich habe es vermieden, mit Bob allein zu sein. Er wollte mich ständig zur Rede stellen, aber ich bin ihm aus dem Weg gegangen, habe ihn ignoriert. Das wurde so schlimm, dass Bob mir irgendwann regelrecht aufgelauert hat, mich ins Bootshaus gezerrt und mir unter Tränen angedroht hat, dass er auf der Stelle nach Montreal zurückkehren würde, wenn ich nicht endlich mit ihm über das, was zwischen uns war, reden würde.«

Steve holt zitternd Luft. »Und so haben wir endlich geredet. Und ... mehr gemacht.« Er räuspert sich. »Ich habe an dem Tag endlich begriffen, dass meine Gefühle für Bob zu stark geworden waren, um sie weiterhin zu ignorieren. Und so wurde das Bootshaus in jenem Sommer zu unserem heimlichen Treffpunkt. Bis das Flugzeug abgestürzt ist und alles herauskam.«

»Wolltet ihr es denn euren Familien gar nicht sagen?«, frage ich leise.

»Doch, schon. Aber wir schoben das Ganze vor uns her, weil wir beide einen riesigen Schiss davor hatten. Tja, das Unglück in jener Nacht hat uns die Entscheidung dann auf dramatische Weise abgenommen.«

Ein paar Sekunden lang schweigen wir beide, und ich starre die Wellen an, die schwarzblau an die Küste rollen.

»Ich verstehe immer noch nicht, was das mit Raven und mir zu tun hat«, wispere ich schließlich. Er lacht leise auf und fragt: »Bist du dir sicher?«

Jetzt drehe ich mich zu ihm und sehe ihn aufgebracht an. »Ja, da bin ich mir sicher! Raven hat mich Zeit meines Lebens behandelt, als wäre ich für ihn der nervigste Mensch der Welt. Wirklich, wenn das seine Art sein soll, Zuneigung zu zeigen, dann weiß ich auch nicht.«

»Darum habe ich ja gesagt: Selbstschutz«, sagt Steve ernst. »Ich war in jenem Sommer auch sehr oft ziemlich fies zu Bob, habe unterbewusst wohl versucht, ihn zu vergraulen, um unser unvermeidbares Aufeinandertreffen im Bootshaus zu verhindern. Ich denke, das war bei Raven genauso. Ist es immer noch.«

»Aber ... warum?«, stammele ich.

»Vermutlich dachte er immer, er hätte keine Chance bei dir, und hat dich deshalb auf Abstand gehalten. Um sein eigenes Herz zu schützen.«

Ich lache auf. »Das kann nicht sein, Steve. Warum sollte er gedacht haben, er hätte keine Chance bei mir?«

Steve zuckt mit den Schultern. »Überleg doch mal ... wir waren hier immer als Familien zusammen im Urlaub. Für euch war es in jenem letzten Sommer schon merkwürdig genug, als Gwen und Neil plötzlich ein Paar waren – dabei hat Neil gar nicht hier im Haus gewohnt. Aber Raven und du, unter einem Dach – und du warst erst fünfzehn. Und du warst immer mit Jay zusammen. Befreundet nur, aber ... ihr zwei, ihr wart permanent gemeinsam unterwegs. Mit Gwen. Wie hätte Raven dir da je näherkommen sollen?«

Ungläubig starre ich Steve an, während ich dies sacken lasse. »Na ja, und seit 1998 hattet ihr ja ohnehin kaum noch Kontakt, oder? Jay und du, ihr habt euch immer E-Mails geschrieben und telefoniert. Aber Raven und du natürlich nicht. Und ... dann warst du plötzlich mit Jay verlobt. Wann hätte Raven dir denn jemals seine Gefühle zeigen sollen?«

»Heute zum Beispiel«, erwidere ich aufbrausend. »Als ich ins Bootshaus gekommen bin und ihn mit einem Bild überrascht habe, das er eindeutig von uns beiden gemalt hat. Wir zwei, 1998, im Wildberry Creek.« Ich schluchze auf, weil mich die ganzen Emotionen wieder überrollen.

»Ich glaube, ich kenne das Bild«, sagt Steve nachdenklich, und ich sehe ihn überrascht an. »Er hat es in den Tagen nach dem Absturz gemalt, als wir noch hier in Wildberry Bay waren. Ihr wart alle abgereist, Fern und ich redeten und weinten ständig, die Bergungsarbeiten auf dem Meer waren in vollem Gange – und Raven hat sich ins Malen geflüchtet. Ich weiß noch, wie ich ihn im Bootshaus mit diesem Ölbild überrascht habe, das er gerade fertigbekommen hatte. Er hat es angestarrt und wirkte dabei so ... traurig. Ich habe ihn gefragt, ob das der Wildberry Creek sein sollte, und er hat nur genickt und das Bild dann weggestellt. Aber ... ich habe das himbeerrosa Kleid erkannt, das du in dem Sommer immer getragen hattest. Und ... seitdem habe ich mich immer gefragt, ob in dem Sommer vielleicht etwas zwischen euch passiert war, was ihr uns nicht erzählt habt.«

»Nur in meinen Träumen«, wispere ich und wische mir Tränen unter den Augen fort. Steve lächelt mich traurig an.

»Verstehe. Ich habe auch jahrelang nur von Bob geträumt. Aber ... man sollte nie die Hoffnung aufgeben. Manche Träume werden doch noch wahr, auch nach langer Zeit.«

»Glaube ich nicht«, sage ich heiser. »Immerhin ist Raven mit Tara verlobt. So ein Heiratsversprechen ist eine große Sache.«

Steve nickt mit einem tiefen Seufzer. »Ja, das ist wahr. Raven würde Tara niemals betrügen, weil ... weil er damals mitbekommen hat, wie seine Mutter gelitten hat, als das mit Bob und mir herauskam.«

»Meinst du, er liebt Tara?«, frage ich. Ich habe Angst vor der Antwort, aber ich will unbedingt Steves Meinung wissen.

Doch er zuckt nur mit den Schultern. »Das kann ich dir nicht sagen, Flo. Das musst du mit Raven klären.«

»Ha«, murmele ich. »Dafür muss er sich ja erst einmal mit mir unterhalten.«

»Die Gelegenheit wird kommen, da bin ich mir sicher«, sagt er mit Nachdruck. »So wie bei Bob und mir damals.«

Eine Weile sagen wir beide nichts, dann fügt Steve nachdenklich hinzu: »Was du vorhin beschrieben hast, wie es bei Jay und dir war ... Freundschaft und Vertrautheit, aber ohne das Kribbeln ... so war es bei Fern und mir. Und als ich gemerkt habe, dass ich Bob kaum noch ansehen konnte, ohne Herzrasen zu bekommen, da wusste ich, dass ich keine Wahl hatte.«

»Und das zu akzeptieren, das tat erst ganz schön weh«, hören wir plötzlich Ferns Stimme und drehen uns beide zu ihr um. Sie kommt langsam die Holztreppe zum Ufer hinab, die hier und da von Solarlaternen beschienen wird, und lächelt uns wehmütig an.

»Hi, Darling«, sagt Steve und erhebt sich von seinem Felsen, um seine Ex-Frau in den Arm zu nehmen. Ein paar Herzschläge lang stehen die beiden eng umschlungen, und ich kann mir die Frage nicht verkneifen, ob meine Eltern, wenn sie sich schon trennen, wohl zu so einer Beziehung finden können.

Als sich Fern von Steve löst, wischt sie sich tatsächlich eine Träne aus dem Augenwinkel. Ich kann mich nicht erinnern, Fern jemals weinen gesehen zu haben – nicht einmal in unserem letzten Sommer hier. Aber ich muss daran denken, was Raven eben gesagt hat: Dass er seine Mutter nächtelang weinen gehört hat. So taff, wie sie gern tut, ist selbst Fern nicht.

»Da hast du heute Abend ja etwas ausgelöst«, sagt Fern zu mir und kommt auf mich zu. Ich stehe von meinem Felsen auf und sehe sie unsicher an, doch da lacht sie auf und zieht mich in ihre Arme.

»Das war gut«, sagt sie dann und sieht mich zufrieden an. »So eine Aussprache war überfällig. Ich werde Debbie heute Abend erst einmal bei einer weiteren Flasche Wein zu Carl ausfragen und mit ihr zusammen einen Schlachtplan aushecken.« Sie lacht kehlig auf, und ich muss grinsen. »Aber noch ist sie mit Bob beschäftigt. Die beiden lachen und weinen gerade abwechselnd. Ich habe das Gefühl, dass sie seit Jahren nicht mehr so viel geredet haben wie in der letzten halben Stunde. Das hast du wirklich gut gemacht, Flo.«

Ich grinse schief. »Das freut mich«, wispere ich und sehe die Treppe hinauf, zum Garten. »Und ... meine Eltern?«, frage ich leise.

Fern seufzt und zuckt bedauernd mit den Schultern. »Regina redet mit Noah über Yoga. Dein Vater macht den Grill sauber.«

»Ganz toll«, seufze ich. »Na ja, zu viel darf man von diesem Abend dann auch wieder nicht erwarten, hmm?«

Fern mustert mich ernst, dann sagt sie leise: »Ich hoffe, mein Junge wacht bald auf und begreift, was gut für ihn ist. Nämlich du.«

Gerührt starre ich Fern an, ohne etwas sagen zu können, denn ein Knoten schnürt meinen Hals zu.

Fern fährt seelenruhig fort: »Du und Jay, das hat nicht gepasst. Ich hätte es früher sagen sollen, aber ... ich habe euch ja vor der geplanten Hochzeit gar nicht zusammen erlebt. Nur auf Gwens Hochzeit, und da wart ihr noch kein Paar. Aber spätestens, als ich in Peggy's Cove von eurer Enthaltsamkeit vor der Trauung gehört habe, da wurde mir klar, dass etwas nicht stimmt. Und das sage ich jetzt nicht, weil ich ständig von Tantra & Co. anfange und der Meinung bin, dass Sex wichtig ist. Das sage ich, weil ich wohl in dem Moment begriffen habe, was ich lange nicht gesehen habe: Dass Jay seinem Vater ähnlicher ist, als mir bis dahin klar war.« Sie sieht Steve an und streicht ihm über die Wange.

»Und du, mein Lieber, du musst aufhören, dich deshalb zu quälen. Unser Sohn hat ja noch die Kurve gekriegt. Und er hat dafür nicht so lange gebraucht wie du, mein Schatz.«

»Schön wäre es gewesen, wenn ich noch kein weißes Kleid angehabt hätte«, bemerke ich trocken, doch dann lache ich auf. »Aber immerhin ist mir die Scheidung erspart geblieben.«

»Und eine enttäuschende Hochzeitsnacht«, bemerkt Fern, was mich losprusten lässt. Und dann wende ich mich verlegen ab, als sie auch noch zu Steve sagt: »Nichts für ungut, Baby, ich habe dir damals wirklich eine ganze Zeit hinterhergetrauert, weil ich gern mit dir verheiratet war. Aber ... der Sex mit Noah ist so viel besser.«

»Okay, zu viele Infos«, murmele ich und bin froh, dass Steve ungezwungen auflacht und seine Ex erneut umarmt. Ich will die beiden schon allein lassen und über die Felsen an der Küstenlinie zurück zu Ravens Haus wandern, als mich Ferns Stimme aufhält.

»Willst du nicht noch ein Glas mit uns trinken?«, fragt sie. »Noah hat so tolle vegane Brownies als Nachtisch gemacht.«

Ich muss mir ein Schmunzeln verkneifen, als ich den Kopf schüttele. »Die sind bestimmt lecker, aber ich muss jetzt ein wenig allein sein. Und ihr habt doch bestimmt auch noch viel zu besprechen. Euch einen schönen Abend.«

»Vergiss nicht, dass morgen wieder die Young Rebels im Rum Runner spielen«, erinnert mich Steve.

O Gott, auch das noch, denke ich. Ob ich das überlebe? Ich will mich erneut abwenden, als Fern sagt: »Hey, Flo. Weißt du noch, was ich dir im Zimmer im Lighthouse Inn auf deine Frage, ob ich nicht wolle, dass du meinen Sohn heiratest, geantwortet habe?«

Ratlos sehe ich sie an und schüttele dann langsam den Kopf.

»Ich habe nicht gesagt, dass ich nicht will, dass du meinen Sohn heiratest. Ich habe gesagt, dass ich nicht will, dass du *Jay* heiratest. Und den Rest, den kannst du dir jetzt selbst zusammenreimen. Gute Nacht, Flo.«

35

WILDBERRY BAY WHATSAPP-GRUPPE

Freitag, 13. Juli 2018

HUGH THOMAS:
O Mann, Pete, du hattest recht – ich war gestern im Bayview Diner und habe diesen deutschen Kuchen probiert – der ist ja 'ne Wucht! Ich bin verliebt. In einen Kuchen.

LUKE CABOT:
Kann ich verstehen @HughThomas – das geht uns wohl allen so. Übrigens, nicht vergessen: Die Young Rebels spielen heute Abend wieder im Rum Runner!

HARRIET WHITE:
Wie könnten wir das vergessen?
Dafür lasse ich extra meinen Strickzirkel ausfallen!

BETTY LANCASTER:
Ich kann heute leider nicht, meine Nichte aus Halifax hat sich zum Geburtstag einen Kinoabend mit mir gewünscht!

LEANNE SMITH:
Hoffentlich fällt diesmal niemand von der Theke.

JIMM MCINTOSH:
Amen.

Florentine

Als ich am nächsten Abend gemeinsam mit Zoe das Rum Runner betrete, sind meine Nerven zum Zerreißen gespannt.

Ich habe Raven nicht mehr gesehen, seit ich gestern Abend die Grillparty verlassen habe. Er ist die ganze Nacht weggeblieben, und als ich heute Morgen ins Diner gefahren bin, war sein Wagen immer noch nicht zurück. Eigentlich hätte ich heute gar nicht so früh im Diner helfen müssen, weil Brenda ja wieder hier ist, aber ich habe dringend eine Beschäftigung gebraucht und war froh, dass Eliza mich herzlich willkommen hieß.

Während der gesamten Frühstücksschicht habe ich immer wieder den Kopf aus der Küche gestreckt, habe die Gäste des Blue Gables Bed & Breakfast und den Buchclub gesehen, bei dem auch Papa mal wieder saß. Elliott hat am Tresen sein Frühstück gegessen, bevor er es sich wie inzwischen täglich mit Peter Pan hinter dem Haus unter der Kastanie gemütlich gemacht und ihm vorgelesen hat. Leute kamen und gingen, doch einer blieb fort: Raven.

»Du kommst doch heute Abend?«, hat Neil gefragt, als er einmal seinen Kopf in die Küche gestreckt hat. Ich habe betont unbekümmert bejaht und dann, als Neil fort war, Zoe gefragt, ob sie auch kommen würde.

»Ich? Nein, auf keinen Fall«, hat Zoe rigoros abgewunken, woraufhin ich sie nach dem Grund gefragt habe.

»EIN Grund?« Sie hat spöttisch aufgelacht. »Mehrere! Also, Grund Nummer 1 sitzt draußen unter der Kastanie und liest

Peter Pan etwas vor.« Ihr Blick wurde weich bei diesen Worten, und sie fügte in sanfterem Tonfall hinzu: »Danke übrigens, dass du diese großartige Idee mit dem Hund hattest. Ich erkenne meinen Jungen nicht wieder. Er liest schon viel besser als noch vor ein paar Tagen!«

»Hunde sind die besten Zuhörer«, habe ich lächelnd bestätigt und dann resolut nachgehakt: »Und die anderen Gründe?«

Zoe hat geseufzt und aufgezählt: »Mein Ex. Mein Bruder. Und eventuell mein Vater. Alles Gründe, warum ich nicht ins Pub gehe.«

»Also, meine Süße, dein Dad lässt sich dort genauso wenig blicken wie du«, hat Eliza eingeworfen, die plötzlich in der Küche aufgetaucht war. »Dein Bruder wird auf der Bühne mit Musik beschäftigt sein, und außerdem ist es ja nun wirklich nicht so, dass du dich mit Neil in die Haare bekommst, wenn ihr euch begegnet, oder? Und dein Ex ... Tja. Vielleicht ist es an der Zeit, dass ihr euch endlich mal seht und redet? Auch über den Süßen da draußen?«

»Du meinst also wirklich, das Rum Runner wäre der ideale Ort, um den Vater meines Kindes nach all diesen Jahren zum ersten Mal wiederzusehen?«, hat Zoe gezischt. »Und apropos Kind: Elliott kann ja wohl schlecht mit mir ins Pub gehen!«

Doch Eliza hat nicht lockergelassen und sich als Babysitter angeboten. »Mit meiner Hand gehe ich heute eh nicht ins Pub«, hat sie betont und dann mich angesehen und mit Nachdruck gesagt: »Wehe, du entschuldigst dich schon wieder. Ich habe verstanden, dass es dir leidtut. Es ist alles gut, ich habe in meinem Leben schon mehr Abende in diesem Pub verbracht, als es Geschirrtücher an meiner Decke gibt. Aber ihr zwei, ihr seid jung, ihr solltet feiern gehen. Carl und ich werden uns mit Elliott einen Disney-Film ansehen, und dann darf er bei mir im Bett schlafen. Okay?«

Es hat noch einige gebratene Speckscheiben, Blaubeerpfannkuchen und Spiegeleier lang gedauert, bis wir Zoe überzeugen konnten, aber jetzt ist sie tatsächlich an meiner Seite, als ich mich nervös im Pub umsehe.

Die Band ist natürlich schon da, auch wenn ihr Auftritt noch nicht begonnen hat. Ich erkenne Luke, der bereits an seinem Schlagzeug sitzt, und dann betreten Neil und Raven die kleine Bühne, Gitarre und Bass jeweils um den Hals hängend. Sie besprechen etwas, und Neil blättert dabei in einem Liederheft, dann dreht er sich zu Luke um – und Raven lässt seinen Blick über die Menge der Pub-Gäste wandern. Er sieht mich, und unsere Blicke bleiben aneinander hängen. Da ist sie wieder, die Elektrizität, die zwischen uns zu surren scheint. Ich bin überzeugt davon, dass die ganze Kneipe diese aufgeladene Atmosphäre spüren muss, rechne fast mit Funkenflug. Hitze kriecht durch meinen Körper, als Raven mich regungslos anstarrt.

Und dann wendet er sich wieder Neil zu und sagt etwas zu ihm. Die beiden blättern erneut im Songbuch, und Raven zupft prüfend an seinen Basssaiten.

Er tut so, als wäre nichts zwischen uns geschehen. Und das ist es ja im Grunde genommen auch nicht, rufe ich mir energisch ins Gedächtnis. Wirklich geschehen ist zwischen uns nur etwas in meiner Fantasie, von der ich eindeutig zu viel habe. Und Raven war die ganze Nacht bei Tara. Was das zu bedeuten hat, ist ja wohl eindeutig.

»Komm, holen wir uns etwas zu trinken«, sagt Zoe neben mir, und ich folge ihr durch die Menge der Gäste zur Bar. Dort treffe ich auf meinen Vater, der neben zwei der Frauen seines Buchclubs an der Theke lehnt und gerade lautstark über etwas lacht, was eine der beiden gesagt hat. Mit gerunzelter Stirn stelle ich mich neben ihn und sage auf Englisch, damit es die anderen auch verstehen: »Hi, Papa. Na, feierst du euren Hochzeitstag?«

Ich sehe genau, wie meine Bemerkung ihn trifft, aber ich kann nicht anders. Er räuspert sich und wird sofort ernst, nippt beinahe schuldbewusst an seinem Bier und sagt: »Ähm, die anderen sind da drüben.« Er deutet auf das Ende der Theke, wo Fern gerade mit Noah knutscht, Bob und Steve sich mit bunten Cocktails zuprosten und Debbie und meine Mutter mit leeren Gesichtern auf zwei Barhockern sitzen und in ihre Gläser starren.

»Super«, seufze ich. Und dann bestelle ich bei Jones ein Tonic Water ohne Gin, weil ich heute Abend auf keinen Fall wieder von der Theke fallen will.

»Oh, was ist mit deinem Auge passiert? Noch ein Kneipen-Unfall?«, fragt der Barkeeper prompt und grinst mich schief an.

Zum Glück tritt jetzt Neil ans Mikrofon, und die Kneipe bricht in Applaus aus, sodass ich mir eine Antwort sparen kann.

»Hi, Leute, schön, dass so viele von euch heute Abend wieder hier sind! Für die, die nur zu Besuch in Wildberry Bay sind und uns noch nicht kennen: Am Schlagzeug sitzt Luke Cabot, den Bass spielt Raven Leblanc, und mein Name ist Neil McIntosh.«

Während alle klatschen und jubeln, pfeift jemand in unserer Nähe laut, und ich erkenne Fern, die auf ihrem Barhocker kniet und mit zwei Fingern im Mund einen weiteren lauten Pfiff von sich gibt, bevor sie ihrem Sohn begeistert zuwinkt. Gerührt sehe ich zu Raven hinüber, der seiner Mom von der Bühne aus gerade zuzwinkert. Dann treffen sich unsere Blicke erneut, und er dreht sich rasch zu Neil.

Ich umklammere mein Glas fester, als die Jungs das erste Stück beginnen – »Nothing else matters« von Metallica –, und kann nicht aufhören, Raven anzustarren, während seine Finger über die Saiten seines E-Basses gleiten.

»Kann ich dich mal etwas fragen?«, höre ich Zoes Stimme neben mir. Ich sehe sie an und nicke.

»Klar.«

Sie mustert mich ernst. »Wenn du doch offenbar so in Raven verschossen bist – warum wolltest du dann überhaupt Jay heiraten?«

Ich weiß nicht, ob ich lachen soll oder nicht. Mit einem leichten Kopfschütteln erwidere ich: »So einfach war das nie zwischen ihm und mir, Zoe. Ich weiß bis jetzt nicht wirklich, was er für mich empfindet, weil wir nie darüber geredet haben.«

»Darüber muss man doch nicht reden«, murmelt Zoe und nippt an ihrem Glas, bevor sie auf Raven deutet und mit Nachdruck zu mir sagt: »Das ist doch wirklich nicht zu übersehen, was da zwischen euch beiden vor sich geht! Wie er dich immer wieder anschaut – und du ihn!«

Verlegen nehme ich einen großen Schluck von meinem Tonic Water und sage: »Keine Ahnung, ich ... Ja, ich war schon in Raven verschossen, seit ich denken kann. Als ich ein kleines Mädchen war, habe ich ihn heimlich angehimmelt, und als ich ein Teenager war, konnte ich nur noch an ihn denken. Aber ... er hat sich mir gegenüber immer abweisend verhalten. Und jetzt ...« Ich seufze tief auf. »Jetzt ist er mit Tara verlobt.«

»Allerdings noch nicht verheiratet«, bemerkt Zoe sachlich.

»Nein«, bestätige ich ruhig. »Aber ich will auf keinen Fall der Grund für eine Trennung sein. Ich bin selbst von meinem Verlobten verlassen worden, und ich möchte nicht, dass Tara dasselbe durchmacht.« Ich sehe Zoe an und ringe um Gelassenheit.

Sie mustert mich ernst und sagt: »Aber wenn Raven sie nur aus Pflichtgefühl heiratet, ist das auch Mist.«

»Ja, das stimmt«, murmele ich und sehe wieder auf die Bühne, wo die Band gerade das Stück beendet hat. Ich stelle mein Glas auf die Theke, um klatschen zu können.

»Übrigens habe ich noch einmal versucht, aus Eliza herauszukitzeln, wer diese mysteriöse Person – beziehungsweise ›der Bär‹ – von vor zwanzig Jahren ist, die sie googeln sollte«, sagt Zoe. Erwartungsvoll sehe ich sie an, aber sie zuckt resigniert mit den Schultern. »Keine Chance. Sie ist wie eine Auster, die sich bei dem Thema verschließt. Und Carl will ich nicht fragen. Sie sollte es selbst verraten, oder?«

»Ja«, stimme ich nachdenklich zu.

»Komm, lass uns tanzen gehen«, sagt Zoe plötzlich, als die Band »Hungry Heart« von Bruce Springsteen anstimmt. Ich kann gerade noch mein Glas abstellen, und schon zieht sie mich durch die Menge und auf die Tanzfläche, wo sie beginnt, wie wild zu tanzen und aus vollem Halse sämtliche Lieder mitzusingen – sie kennt sie alle. Überrascht beobachte ich die junge Frau neben mir, die plötzlich so ausgelassen in der Musik aufzugehen scheint, während ich mich sehr bemühe, nicht ständig die Bühne im Auge zu haben. Hin und wieder glaube ich, Ravens Blick in meinem Rücken zu spüren, aber immer, wenn ich ihn ansehe, schaut er konzentriert woanders hin. Dafür merke ich, dass Neil seine Schwester ständig beobachtet. Mir wird bewusst, dass dies Zoes erster Abend im Pub ist, seit sie damals Wildberry Bay verlassen hat – nach dem Tod ihrer Mutter. Als die Band den nächsten Song beendet hat und der Applaus ein wenig abebbt, sagt Neil ins Mikrofon: »Ihr Lieben, wie viele von euch wissen, wurde ich nach dem Sänger Neil Diamond benannt, weil meine Mom ein riesiger Fan von ihm war. Und meine Mom hieß Caroline, weshalb klar ist, welches Lied von Neil Diamond ihr Favorit war. Mein Dad hat gern behauptet, dass Neil Diamond unsere Mom kannte und für sie den Song geschrieben hat.«

Ich merke, dass Zoe sich eine Hand vor den Mund schlägt, und lege einen Arm um ihre Schultern. Da sucht Neils Blick den seiner Schwester, und er sagt: »›Sweet Caroline‹ war das erste Lied, das ich auf der Gitarre spielen konnte. Aber ich habe damals nicht gern gesungen – Pubertät, Stimmbruch und so.« Er lacht kurz auf, wird dann aber wieder ernst, als er fortführt: »Dafür hat jemand anderes gesungen, wenn ich gespielt habe. Und zwar meine Schwester Zoe. Darum freue ich mich umso mehr, dass sie heute Abend hier ist und mich hoffentlich wieder begleitet. Zoe?«

Zoe versteift sich neben mir, und ich sehe sie von der Seite an. Dass Neil sie auf die Bühne bittet, scheint nicht nur mich völlig zu verblüffen. Sie starrt ihn aus weit aufgerissenen Augen an, die sich mit Tränen füllen. Das Publikum beginnt zu applaudieren und »Zoe! Zoe!« zu rufen, und ich stupse sie sanft an und sage: »Na los, dein Bruder wartet auf dich.«

Und Zoe geht tatsächlich auf die Bühne. Gerührt beobachte ich, wie Luke sie anlächelt und Raven ihr aufmunternd zunickt, während Neil das Mikrofon auf ihre Höhe einstellt. Dann sieht er seine Schwester an, beugt sich vor und umarmt sie flüchtig. Diese kurze Geste lässt mich gerührt dahinschmelzen, und das Publikum brüllt und klatscht sich die Seele aus dem Leib. Klar, bis auf die wenigen Touristen, die heute hier sind, wissen vermutlich alle, wie schwierig die Beziehung von Zoe und Neil in den letzten Jahren war.

Die Young Rebels beginnen, das Intro zu spielen, und Zoe streicht sich nervös eine Haarsträhne hinter das Ohr, während sie mit beiden Händen den Mikrofonständer umklammert hält.

Und dann singt sie die ersten Worte des Liedes, noch leise, aber klar und wunderschön.

Neil nickt seiner Schwester zu, und sie grinst schief und singt entschlossen weiter, wird mit jedem Wort lauter, bis sie den Refrain erreicht – und an dieser Stelle setzt nicht nur die Band mit ein, sondern die gesamte Kneipe bricht in lautes »Sweet Caroline!« aus. Ich bekomme eine Gänsehaut – erst recht, als ich sehe, wie sich Zoe und Neil anstrahlen.

Ich schaue mich um und merke, dass mit einem Mal die ganze Cozy-Cottage-Clique neben mir tanzt und singt: Debbie wippt auf der Stelle, ihr Weinglas in der Hand, Fern wird von Noah im Kreis gedreht, Bob und Steve halten sich an den Händen, während sie hin und her schunkeln und aus vollem Hals »Sweet Caroline!« singen. Und auch meine Eltern haben sich dazugesellt, aber sie stehen mit Abstand zueinander, und jeder tanzt für sich.

Dieser Anblick lässt mein Herz sofort wieder schwer werden, und meine momentane Euphorie wegen dieses schönen Moments zwischen Neil und Zoe verpufft erneut. Trotzdem singe auch ich tapfer das nächste *Sweet Caroline!* mit, und als ich wieder auf die Bühne sehe, merke ich, dass Raven mich beobachtet. Ich will ihn anlächeln, doch irgendwie sind meine ganzen Emotionen zu heftig und vielfältig, und so starren wir uns nur ein paar Herzschläge lang ernst an, während Zoe zum letzten lang gezogenen *Sweet Caroline* ansetzt, begleitet von einem erstklassigen Schlagzeugsolo von Luke.

Das Pub explodiert quasi vor Applaus, und auf der Bühne umarmen sich Zoe und Neil. Ich sehe, dass er noch etwas in ihr Ohr flüstert, was Zoe grinsen und nicken lässt, bevor sie ein »Danke!« ins Mikrofon haucht.

»Leute, wie wäre es, wenn meine Schwester noch etwas singt?«, fragt Neil, und als das Publikum »Zoe! Zoe!« skandiert, scheint die Sache besiegelt.

»Okay, okay«, lacht Zoe und wirkt schon viel selbstbewusster als noch vor wenigen Minuten. »Dann singe ich jetzt eines meiner Lieblingslieder aus meiner Jugend. Jungs, ich hoffe, ihr könnt noch ›Heads Carolina, Tails California‹ von Jo Dee Messina?«

Raven und Luke grinsen, und Neil blättert in seiner Songsammlung. Die drei beratschlagen kurz, dann geht es auch schon los. Und Zoe beginnt, klar und laut und mit so viel Enthusiasmus zu singen, dass das Publikum schon wieder losklatscht.

Begeistert singe ich den Countrysong mit, an den ich mich jetzt wieder deutlich aus einem der kanadischen Sommer meiner Jugend erinnere, weil er damals im Radio rauf und runter lief. Der Cozy-Cottage-Clique scheint es ähnlich zu gehen, genau wie dem Rest des Pubs, denn so ziemlich alle können in den Refrain einstimmen.

Während ich noch mit Singen beschäftigt bin, ergreift Steve plötzlich meine Hand und wirbelt mich lachend im Kreis, und ich mache ausgelassen mit, versuche einfach, mir ein paar Minuten lang keine Gedanken zu machen. Doch dann erkenne ich aus dem Augenwinkel plötzlich ein Gesicht, das meine Aufmerksamkeit erregt: Blake Cabot steht wie erstarrt inmitten der Menschenmenge, er singt nicht und tanzt nicht, sondern hängt förmlich an Zoes Lippen oben auf der Bühne, während er sich an seiner Bierflasche festzuklammern scheint. Besorgt sehe ich zu Zoe hinauf, aber sie hat den Blick auf ihren Bruder gerichtet, während sie gut gelaunt singt und strahlt. Ob sie weiß, dass Blake hier ist? Hat sie ihn gesehen?

Unruhig mustere ich wieder Zoes Ex, der nach wie vor auf der Stelle festgewachsen zu sein scheint, während die Frau mit dem himbeerrosa Pferdeschwanz und den eng anliegenden schwarzen Lederhosen auf der Bühne aus vollem Hals davon singt, wie sie mit jemandem durchbrennen möchte – entweder nach Kalifornien oder nach Carolina, je nachdem, wie die Münze geworfen wird.

Als der Song zu Ende ist und der Applaus erneut losbricht, scheint Blake aus seiner Erstarrung zu finden. Er wirft einen letzten langen Blick zur Bühne, dann wendet er sich rasch ab und bahnt sich einen Weg durch die Menge. Ich recke meinen Kopf und versuche, ihm hinterherzusehen. Er steuert den Ausgang an, und Erleichterung durchflutet mich – Erleichterung, weil es hier heute Abend hoffentlich keine Szene geben wird.

Zoe singt noch ein paar weitere Songs mit der Band, und als sie schließlich die Bühne strahlend verlässt, bekommt sie reichlich Applaus.

»Vielen Dank an meine wunderbare Schwester«, sagt Neil ins Mikro, während sich eine verschwitzte Zoe ihren Weg zur Bar bahnt, wo Jones ihr schon ein frisches Glas einschenkt und die Leute ihr reihenweise auf die Schultern klopfen und gratulieren. Ich will mich ebenfalls zu ihr durchkämpfen, als mich Neils nächste Worte erstarren lassen.

»So, ihr Lieben, und jetzt haben wir einen ganz besonderen Song für einen ganz besonderen Anlass.«

Ich merke, dass Raven mich ansieht, und augenblicklich werde ich von einer Vorahnung überrollt und bekomme eine Gänsehaut – erst recht, als Neil fortfährt: »Wie der Band zu Ohren gekommen ist, hat heute ein Paar hier im Pub seinen Hochzeitstag. Und deshalb ist der nächste Song für diese beiden. Applaus für Regina und Bernd!«

Ich starre immer noch ungläubig zu Raven hoch, der mir jetzt zulächelt. Ja, er lächelt mich tatsächlich an, und ich könnte in diesem Lächeln versinken. War das seine Idee? Kann er sich wirklich an dieses Lied erinnern? Daran, dass meine Eltern in den Sommern unserer Kindheit im Bayview Diner gern zu diesem Song aus der Jukebox getanzt haben? Weil sie sich als Studenten auf einer Party zum ersten Mal zu diesem Lied geküsst hatten?

Ravens intensiver Blick hält mich fest und lenkt mich so sehr ab, dass ich mich erst suchend nach meinen Eltern umsehe, als die anderen aus der Clique ihnen schon ihre Gläser abgenommen haben. Ich erkenne Mamas Verlegenheit und Papas Zögern, als Debbie und Fern sie resolut aufeinander zuschieben. Die Leute applaudieren und jubeln – und dann fängt das Lied an.

»Don't know much about history …« singen Neil, Raven und Luke gemeinsam, und als ich das überraschte Lächeln auf Mamas Gesicht sehe, kommen mir tatsächlich die Tränen.

»Don't know much biology …«

Auch Papa lächelt jetzt, verhalten und verlegen, aber er lächelt. Und er zieht Mama näher an sich heran.

Gerührt sehe ich wieder zur Bühne hinauf und merke, dass Raven mich nach wie vor unverwandt ansieht. Ich wische mir mit beiden Händen Tränen von den Wangen und lächele schief, während unsere Blicke aneinanderhängen. Mit einem Mal werde ich von einer wilden Welle des Glücks überrollt. Während meine Eltern sich langsam im Kreis drehen und der Rest des Pubs den Song mitsingt und ebenfalls tanzt, bleibe ich ganz still auf der Stelle stehen und sehe Raven an. Er singt und spielt den Bass und hält dabei meinen Blick mit seinem fest. Es ist, als würde er die Worte »But I do know that I love you« nur für mich singen – für mich allein. O mein Gott. Was, wenn er wirklich echte Gefühle für mich hat?

Doch als ich eine Bewegung am Rande der Bühne wahrnehme, falle ich regelrecht aus meiner Blase des Glücks und schlage hart auf dem Kneipenboden auf. Die Band hat das Lied gerade beendet, das Pub bricht mal wieder in Applaus aus, und meine Eltern klatschen und lachen ebenfalls, während ihnen von allen Seiten Glückwünsche zugerufen werden. Doch ich kann Mama und Papa nicht lange beachten, weil ich zur Treppe am Bühnenaufgang starren muss – dorthin, wo ich eine Frau erkannt habe. Eine Frau, die mir leider sehr vertraut geworden ist.

36

Tara geht leicht wankenden Schritts auf die Bühne hinauf. O Gott, ist sie etwa betrunken? Neil, der gerade etwas ins Mikrofon sagen wollte, bricht ab und mustert sie erschrocken. Das ganze Pub scheint kollektiv den Atem anzuhalten, als Tara sich an das Mikrofon drängt. Ich erkenne, dass Raven entsetzt einen Schritt auf sie zu machen will. Aber dann hält er inne, als Tara sich vorbeugt und ins Mikrofon sagt: »Ganz toll gespielt, wirklich toll, so ein schöner, romantischer Song für ein Ehepaar an seinem Hochzeitstag! Herzlichen Glückwunsch, ihr zwei!«

Tara winkt meinen Eltern zu, die fragend zu ihr hinaufsehen. Sie sind völlig ahnungslos, aber Steve, Bob und Fern wirken umso alarmierter.

»Ich kenne euch eigentlich gar nicht richtig, wir haben uns nur einmal bei diesem schrecklichen Abendessen in Halifax gesehen, vor der geplatzten Hochzeit«, fährt Tara mit schwerer Zunge fort, »aber ich kenne eure Tochter.«

Jetzt sieht sie zu meinem Entsetzen genau mich an, fixiert mich mit hartem Blick, bevor sie laut und deutlich verkündet: »Florentine Schiller. Die bemitleidenswerte Person, die erst neulich am Leuchtturm von Peggy's Cove im Brautkleid sitzen gelassen worden ist. Die Person, die es eigentlich besser wissen müsste, der völlig klar sein sollte, was es bedeutet, betrogen und belogen und verlassen zu werden, diese Person steht hier in aller Seelenruhe und himmelt den Mann neben mir an. Den Mann, mit dem ich bis gestern Abend verlobt war.«

Tara sieht zur Seite und starrt Raven an, der mit entsetztem Gesichtsausdruck wie paralysiert neben ihr steht, die Hände um seinen Bass gekrallt. Offenbar ist er ebenso erschüttert von dieser Situation, wie ich es bin. Im Pub ist es jetzt so still geworden, dass man das Meer durch die geöffnete Eingangstür rauschen hört.

»Ja«, lacht Tara voll Bitterkeit auf. »Raven Leblanc hat mich gestern Abend verlassen, nachdem er mir vorher versprochen hatte, dass wir bis ans Ende unserer Tage glücklich werden. Nachdem er mir diesen wunderschönen Ring geschenkt hatte.«

Tara streckt ihre Hand aus, schwankt dabei leicht zur Seite, und es wird ganz klar, dass sie eindeutig mehr als einen Drink zu viel hatte. Wie sie überhaupt hergekommen ist, ist mir ein Rätsel. Ist sie etwa in diesem Zustand Auto gefahren? Sie hält den Ring so, dass der Diamant im schwachen Licht der Kneipe strahlt und funkelt. Fassungslos starre ich diesen Ring an und frage mich, ob ich das gerade richtig verstanden habe: Raven hat sich von Tara getrennt? Gestern Abend?

Mein Herz hämmert aufgeregt gegen meinen Brustkorb, während ich das Geschehen auf der Bühne mit wachsender Besorgnis beobachte, denn Tara ist noch nicht fertig. Sie sieht mich erneut an, als sie jetzt mit harter Stimme fragt: »Und wisst ihr alle, was das Mieseste an dieser ganzen Sache ist? Bisher haben Raven und Florentine immer behauptet, dass nichts zwischen ihnen laufen würde. Dabei war mir schon am Tag von Florentines geplatzter Hochzeit klar, dass das gelogen war. Wisst ihr, warum?«

Tara macht eine bedeutungsschwere Pause und sieht sich in der Kneipe um. Mein Gesicht wird heiß, meine Knie werden weich, und mein Herz rutscht mir in die Hose. O bitte nicht! Ich merke, dass Neil Tara etwas zuwispert und entschlossen versucht, sie vom Mikrofon fortzuschieben, aber Tara stemmt sich energisch dagegen und kreischt: »Lass mich ausreden, verdammt, ich bin noch nicht fertig!«

Sie sieht wieder mich an, und ein bitteres Lächeln stiehlt sich auf ihr Gesicht.

»Ich bin nach der geplatzten Hochzeit in Ravens Wohnzimmer gekommen, und da stand Florentine: noch im Brautkleid. Ohne Unterhose. Jawohl, mit nacktem Arsch.«

Ich merke, wie einige im Raum die Luft anhalten, andere lachen ungläubig auf, manche tuscheln, viele neugierige Blicke richten sich auf mich. Mein Gesicht glüht so sehr, dass ich das Gefühl habe, mein Kopf könnte jeden Moment explodieren. Ich wage es nicht, den Blick zu Raven zu heben oder die Cozy-Cottage-Clique neben mir anzusehen, sondern starre verzweifelt auf meine Hände hinab.

»Das reicht!«, höre ich Ravens Stimme auf der Bühne und merke, dass es ein kurzes Gerangel gibt, aber ich kann nicht hinschauen. Hoffentlich schaffen sie es, Tara das Mikrofon wegzunehmen, hoffentlich ... Nein, sie setzt sich durch, keift wutentbrannt weiter: »Lass mich ausreden, Raven! Klar, jetzt ist dir das alles peinlich, was? Ja, noch im Brautkleid hatte diese Frau da vorn nichts Besseres zu tun, als den Verlobten einer anderen Frau zu verführen!«

Ich würde gerne einwenden, dass sie zu dem Zeitpunkt noch gar nicht mit Raven verlobt war. Und außerdem die nicht ganz unwichtige Kleinigkeit, dass niemand an dem Nachmittag in Ravens Haus verführt wurde – schon gar nicht Raven. Aber natürlich sage ich keinen Ton, während sich Tara auf der Bühne immer weiter in Rage redet.

»O ja, mein toller Verlobter hat mir die ganze Zeit weismachen wollen, dass es völlig okay wäre, dass seine platonische ›Kindheitsfreundin‹«, an dieser Stelle malt Tara Ausführungszeichen in die Luft, »in seinem Haus unterkommt. In seinem Schlafzimmer. Ich meine, das macht doch jeder vernünftige Mann, oder? Lässt seine Kindheitsfreundin in seinem Bett schlafen und behauptet der Verlobten gegenüber, er würde im Wohnzimmer schlafen. Und dann komme ich mal wieder unangekündigt ins Haus und finde die beiden.«

Sie blickt zur Seite und starrt Raven mit funkelnden Augen an. »Beide fast nackt, auf seinem Bett liegend. Am helllichten Tag. Eine schöne platonische Freundschaft, sage ich euch!«

An diesem Punkt wünsche ich mir dringend, dass sich der Boden des Rum Runners öffnen und mich verschlingen möge, damit ich den ganzen neugierigen Blicken entfliehen könnte. Da treten plötzlich meine Eltern neben mich. Mama links von mir, Papa rechts von mir. Er legt einen Arm um meine Schultern, und meine Mutter greift nach meiner Hand. Sie sind für mich da. Ich sehe auf die Bühne und merke, dass Neil und Raven dichter neben Tara getreten sind, so wie meine Eltern mich in ihre Mitte nehmen. Luke schafft es jetzt endlich, ihr den Mikrofonständer zu entwenden, während Neil sie festhält und Raven ruhig etwas zu Tara sagt. Doch Tara schreit los, ist auch ohne Mikrofon gut zu hören: »Du bist so ein Arschloch, weißt du das? Du hast mir gegenüber immer behauptet, mit der Frau da würde nichts laufen, aber das war gelogen, oder?«

Raven steht auf der Bühne wie vom Donner gerührt. Er starrt auf seine Füße, während Neil erneut leise etwas zu

Tara sagt. Doch Tara schüttelt den Kopf und sieht Raven an. Plötzlich laufen ihr Tränen über das Gesicht, und mein Herz zieht sich vor Mitleid zusammen. Sie hat das alles nicht verdient, verdammt!

Da tritt Raven mit einem Mal ans Mikrofon und räuspert sich. Er sieht Tara an, als er mit fester Stimme sagt: »Ja, ich habe gelogen, und das tut mir von Herzen leid. Ich weiß, dass ich dir sehr wehgetan habe, was absolut unverzeihlich ist. Du musst mir glauben, dass ich das alles so nicht wollte.« Ich starre ihn atemlos an, genau wie der Rest der Pub-Besucher, als er tief Luft holt und rasch fortfährt: »Das Problem war, dass ich mir meine Gefühle für Florentine selbst lange nicht richtig eingestehen konnte.«

37

Die Worte hallen regelrecht in der stillen Kneipe wider, und mir wird ein wenig flau im Magen. Ungläubig starre ich ihn an, während er sich mit einer Hand durch sein verschwitztes Haar fährt und den Blick von Tara abwendet, und als er mich ansieht, fängt mein Herz an zu rasen. Seine Stimme klingt sanfter, irgendwie weicher, als er fortfährt:

»Weißt du, ich kenne Florentine schon fast mein ganzes Leben lang. Sie war vier, als sie zum ersten Mal nach Nova Scotia kam, und ich kann mich genau daran erinnern, wie ich sie und ihre Eltern zusammen mit Dad und Jay am Flughafen abgeholt habe. Ich weiß noch, wie die Schiebetür zum Sicherheitsbereich des Flughafens aufging und Bernd herauskam, mit dem Gepäckwagen vor sich. Und auf den zwei Koffern oben auf diesem Wagen thronte Florentine. Sie hatte zwei geflochtene Zöpfe, hielt eine Puppe im Arm, und als sie uns gesehen hat, sprang sie vom Gepäckwagen und rannte auf uns zu. Sie hat Jay und mich sofort umarmt, obwohl sie uns gar nicht kannte.«

Er lächelt mich an, und ich starre sprachlos zu ihm hoch. An diese Szene kann ich mich beim besten Willen nicht mehr erinnern, ich war ja nur vier. Ein flüchtiger Blick auf meine Eltern zeigt mir, dass die beiden feuchte Augen haben, während sie genauso atemlos an Ravens Lippen hängen wie der Rest der Kneipe.

»Wir wurden so etwas wie Freunde, wobei ich schon damals den größten Teil des Sommers mit diesen beiden Chaoten hier verbracht habe«, fährt Raven fort und deutet auf Luke und Neil, die flüchtig grinsen, dann aber wieder ernst werden. »Florentine war vom ersten Tag an eng mit Jay und Gwendolyn befreundet. Und so ging das Sommer für Sommer. Wir haben uns wiedergesehen, waren alle ein Jahr älter geworden, wir wuchsen und veränderten uns – und dann kam der Sommer 1998.« Raven macht eine kurze Pause, und ich höre, wie so mancher in der Kneipe hörbar einatmet, denn der Sommer 1998 hat nicht nur für unsere Familie eine Zäsur bedeutet.

»Ich weiß noch genau, wie Florentine im Sommer 1998 hier in Wildberry Bay ankam«, sagt Raven jetzt, und sein Blick verlässt mich keine Sekunde. Ich halte den Atem an, als er mit einem leichten Lächeln sagt: »Ich war damals siebzehn und sie war fünfzehn, hatte längst keine Puppe und keine Zöpfe mehr, und als sie aus dem Mietwagen vor unserem Haus gestiegen ist, wusste ich, dass sich alles verändert hatte.«

Er räuspert sich, und meine Gedanken überschlagen sich, rasen zurück in den Sommer 1998, zu meinen Haut- und Figurproblemen, den Komplexen und Unsicherheiten, zu meiner stillen Schwärmerei für Raven. Ungläubig hänge ich förmlich an seinen Lippen, als er mit einem kleinen Lachen fortfährt: »Das Problem war, dass ich viel zu schüchtern war, um meine Gefühle in irgendeiner Art zu zeigen oder sogar auszusprechen. Ich hatte auch überhaupt keine Gelegenheit dazu, denn Florentine hing ja fast immer nur mit Jay und Gwen ab. Dann begann zwar die Lovestory von

Neil und Gwen, und sie hatte nicht mehr so viel Zeit für ihre Freundin, aber es gab ja immer noch Jay.«

Ich sehe flüchtig Neil an, der nach wie vor neben Raven steht und Tara im Blick behält, die wie versteinert auf der Stelle verharrt. Neil grinst verlegen, als Gwen und er erwähnt werden, dann sucht er meinen Blick und nickt mir ruhig zu, als wolle er mir Mut machen.

»Jay und Florentine waren die besten Freunde, sie waren von morgens bis abends unzertrennlich, und für mich gab es keinen Platz zwischen ihnen. Also habe ich meine Klappe gehalten. Ich habe nichts zu Florentine gesagt, als wir gemeinsam im kalten Wasser des Wildberry Creek gelandet sind, weil sie mich in ihrer typischen übermütigen und unberechenbaren Art dort hineingezogen hatte. Ich habe nichts gesagt, als ich in der Nacht darauf einen Traum von ihr und mir in diesem Bach hatte, der wirklich nichts mehr mit Freundschaft zu tun hatte.«

Überrascht reiße ich meine Augen weit auf. Er hatte in der Nacht nach dem Bach auch einen Traum von mir? Raven sieht mich an und nickt langsam. »Ja, genau«, sagt er, nur zu mir, und alle in der Kneipe drehen ihre Köpfe und sehen mich fragend an. »Ich hatte auch einen Traum – aber bevor ich mit dir darüber reden konnte, stürzte die Swissair-Maschine ins Meer, und alles hat sich verändert.«

Ein wissendes Raunen geht durch das Pub. »Am nächsten Tag seid ihr abgereist, und wir haben uns erst wieder auf Gwens Hochzeit gesehen.«

»Hat Gwen Neil geheiratet?«, ruft jemand aus dem Publikum, und ich sehe überrascht zu der Frau, die vom Akzent her eine Britin sein dürfte. Ich erkenne sie aus dem Diner wieder, sie gehörte zu den Blue-Gables-Gästen, die heute bei uns gefrühstückt haben.

»Leider nicht, Ma'am«, antwortet Neil auf der Bühne mit einem schiefen Lächeln, und daraufhin ruft die Frau: »Wie schade!«, und einige im Pub stimmen zu und klatschen sogar. Hoffentlich ist Neils Ex-Frau Carrie heute Abend nicht hier, denke ich besorgt, bis mir wieder einfällt, dass sie ja im Urlaub ist. Dann hänge ich erneut an Ravens Lippen, als er sagt: »Das ist eine andere Geschichte, die jetzt wohl den Rahmen sprengen würde.«

»Allerdings«, zischt Tara, was man wegen des Mikrofons deutlich hört. Raven sieht sie betroffen an, und man merkt, dass er selbst nicht mehr weiß, warum er so viel geredet hat, während seine Ex neben ihm steht und mit verbitterter Miene an die Decke der Kneipe starrt. Er wendet sich Tara zu und greift nach ihren Händen, was mein Herz mit einer gewissen Unruhe zur Kenntnis nimmt.

»Ich möchte, dass du eines weißt, Tara«, sagt er laut und deutlich. »Als das mit uns beiden begonnen hat, da gab es keine Florentine in meinem Leben. Sie war seit 1998 nicht mehr hier in Nova Scotia, ich habe sie nur einmal auf Gwens Hochzeit in Montreal wiedergesehen, und da war sie wieder die gesamte Feier über nur mit Jay zusammen und hat mich gar nicht beachtet.«

Das stimmt nicht, möchte ich am liebsten rufen, halte aber wohlwissend meinen Mund. Hat er damals etwa nicht gemerkt, dass ich ihn den ganzen Abend über heimlich angeschmacht habe? Er sah so unfassbar gut aus in seinem grauen Anzug, und ich hätte alles gegeben, um mich mit ihm allein unterhalten zu dürfen – aber Jay klebte förmlich an mir, war extrem anhänglich, und am Ende dieser Feier, als wir beide sehr angeheitert waren, beschlossen wir, mit fünfunddreißig zu heiraten, sollten wir dann noch Singles sein.

Was für ein folgenreicher Abend.

»Dann war sie mit einem Mal mit Jay verlobt, und ich dachte, okay, somit kann ich sie mir offiziell und für immer aus dem Kopf schlagen.«

»Aber da waren wir schon zusammen, Raven«, bemerkt Tara kühl. »Als dein Bruder und Florentine beschlossen haben, diese Schnapsidee umzusetzen, da waren wir ein Paar. Und trotzdem hast du da erst gedacht, dass du sie dir jetzt endgültig aus dem Kopf schlagen musst?«

Raven schweigt ein paar Sekunden lang, dann erwidert er leise: »Ja. Vielleicht hat sie mir noch hin und wieder im Hinterkopf herumgespukt, in all den Jahren. Immer mal wieder. Wenn ich ein deutsches Lied gehört habe oder einen Film gesehen habe, den wir damals, als Teenager, zusammen geguckt hatten. Aber ... das heißt nicht, dass meine Gefühle für dich nicht echt waren, Tara.«

»*Waren*, genau«, sagt Tara heiser.

Raven seufzt, und nach wie vor scheint das ganze Pub den Atem anzuhalten. Wie gebannt verfolgen alle diese denkwürdige Szene auf der Bühne.

»Tara, es tut mir leid, dass ich dich so enttäuscht habe. Ich habe wirklich versucht, das Richtige zu machen. Ich dachte, wenn ich erst einmal ein paar Tage mit Florentine unter einem Dach verbracht habe, wird mich ihr Chaos in den Wahnsinn treiben, genau wie früher, wenn sie im Sommerhaus immer ihre Klamotten auf dem Badezimmerboden verteilt und vergessen hat, die Mückentüren zu schließen.«

Ein Stöhnen geht durch die Menge, immerhin weiß hier jeder, dass das mit das Schlimmste ist, was man im Sommer in Nova Scotia machen kann. Ich weiß das jetzt, mit fünfunddreißig, auch. Verlegen lächele ich flüchtig, bevor ich wieder ernst Ravens Worten lausche.

»Und, glaub mir, ihr Chaos hat mich in den Wahnsinn getrieben, auch wenn sie den Dreh mit der Mückennetztür inzwischen raushat. Aber ... das Chaos hat nicht geholfen.« Flüchtig sieht er zu mir hinüber, bevor er wieder Tara anschaut. »Ich hatte gehofft, dass ich merke, dass wir wirklich nur platonische Freunde sind, Tara. Ich dachte, wenn ich erst einmal mehr Zeit mit ihr verbracht habe, dann verliert sie an Faszination, verstehst du? Aber ... leider ist mein Plan nicht aufgegangen, und das tut mir leid.«

Tara blinzelt gegen die Tränen an, und mir geht es genauso. Auch an anderen Stellen im Publikum ist leises Schniefen zu hören, hinter mir fragt Debbie Bob nach einem Taschentuch.

»Du hättest es mir früher sagen müssen«, sagt Tara jetzt heiser. »Du hättest dich nicht mit mir verloben dürfen.«

»Ich weiß. Aber ... ich wollte dir nicht wehtun, so blöd das klingt. Und ich dachte an jenem Tag ja wirklich noch, dass wir zwei es schaffen. Vielleicht war ich naiv. Aber ich will, dass du eines weißt: Zwischen Florentine und mir ist nichts passiert. Das musst du mir glauben.«

»Und warum der nackte Hintern?«, ruft ein Mann aus dem Publikum und sieht mich ehrlich fasziniert über die Köpfe der anderen hinweg an.

Ich räuspere mich und erwidere mit leicht bebender Stimme: »Ich werde jetzt nicht ins Detail gehen, nur so viel: Ich werde mir nie wieder Stringtangas zulegen, schon gar nicht aus Spitze.«

Hier und da ist Gelächter zu hören, ein paar Frauen nicken wissend und murmeln zustimmend. Tara sieht mich von der Bühne aus ernst an. Dann entzieht sie Raven langsam ihre Hände und sagt in meine Richtung: »Sieht so aus, als hättest du gewonnen, Florentine Schiller. Und weißt du, was am meisten wehtut?« Sie sieht Raven an, dann wieder mich und fährt mit brüchiger Stimme fort: »Er hat mich nicht ein einziges Mal so angesehen, wie er dich ansieht. Kein einziges Mal.«

Sie lächelt schief und wischt sich unter den Augen entlang. Dann nickt sie in meine Richtung und erklärt heiser: »Er gehört dir.«

Und mit diesen Worten dreht sie sich um und geht würdevoll von der Bühne.

38

Einen langen Moment ist es ganz still im Publikum – dann fangen ein paar Leute an zu klatschen. Der Applaus schwillt an, und Tara bleibt am Hinterausgang stehen und blinzelt verwirrt. Als sie begreift, dass die Leute wirklich sie meinen und ihre innere Größe, so die Bühne und ihren Liebsten zu verlassen, lächelt sie flüchtig. Sie winkt wie eine Königin, die sich verabschiedet, und verlässt dann die Kneipe.

Ich sehe Raven an, der nach wie vor am Mikrofon steht. Er hat Tara genauso erstaunt nachgesehen wie ich, doch nun sucht er wieder meinen Blick. Wir starren uns an, und in meinem Kopf flattern die Worte wie aufgeregte Motten durcheinander: »Er gehört dir.«

Raven sieht mich noch zwei Sekunden lang stumm über die Köpfe der übrigen Pub-Besucher hinweg an, dann wendet er sich ab, und ich beobachte, wie er sich kurz mit Neil und Luke beratschlagt. Im nächsten Moment verlassen alle drei eilig die Bühne und folgen Tara nach draußen – ganz sicher werden sie sie in ihrem Zustand nicht allein nach Hause fahren lassen, so viel ist klar.

Meine Eltern treten vor mich, sehen mich besorgt an. »Geht es dir gut?«, fragt Mama leise, und ich nicke.

»Ja. Mir tut bloß Tara so leid.«

»Sieh es positiv, Süße: Lieber ein Ende mit Schrecken als ein Schrecken ohne Ende. Ihre Verlobung hat nur ein paar

Tage gehalten, und SIE stand nicht im weißen Kleid vorm Altar«, meldet sich Bob zu Wort, und Steve korrigiert ruhig: »Leuchtturm. Vorm Leuchtturm.«

»Ja, wie auch immer, ihr wisst, was ich meine.« Bob sieht mich an und streckt seine Hand aus, um mir über die Wange zu streichen. »Nur Mut, Flo. Wenn man um seine große Liebe kämpft, dann gibt es leider oft Verluste.«

»Hört, hört«, murmelt Debbie, und als sie alle alarmiert ansehen, lacht sie auf und sagt betont munter: »Nein, keine Sorge, jetzt kommt nicht wieder ein Vorwurfsmarathon und auch kein Selbstmitleid! Heute Abend bin ich tatsächlich froh, einfach Single zu sein.«

»Wo ist eigentlich Carl?«, fragt Fern und sieht sich mit gerecktem Hals um.

»Zu Hause, bei meinem Sohn. Eliza und er haben sich als Babysitter angeboten.« Wir drehen uns zu Zoe um, die bei unserer Gruppe aufgetaucht ist. Sie lächelt alle der Reihe nach an, dann mustert sie mich mit hochgezogenen Augenbrauen und fragt: »Was um alles in der Welt ist hier denn heute Abend passiert?«

Mit einem leisen Lachen zucke ich mit den Schultern und erwidere: »Ich habe absolut keine Ahnung!«

»Übrigens toll gesungen, Zoe!«, meldet sich Papa zu Wort, und die anderen stimmen ihm zu. Zoe bedankt sich, dann hakt sie sich bei mir unter und fragt: »Kommst du mit Luft schnappen?«

»Unbedingt«, erwidere ich und folge ihr nach draußen.

Unruhig sehe ich mich um, als wir das volle Pub verlassen haben und draußen neben dem Gebäude stehen. Vor uns liegt der Parkplatz, dahinter windet sich die Küstenstraße durch die Dunkelheit. Nur das gleichmäßige Krachen der Brandung an die Felsen verrät, dass das Meer nicht weit entfernt ist – und natürlich der immer präsente Duft nach Salzwasser, der sich jetzt mit dem Geruch nach Zigaretten mischt, denn hier draußen stehen einige Raucher herum.

»Sie ist nicht mehr hier«, höre ich Lukes Stimme, und er tritt neben uns und lächelt mich ruhig an.

»Tara?«

Er nickt. »Rav fährt sie nach Hause.«

»Allein hätte sie sich auch wirklich nicht mehr ans Steuer setzen können«, murmele ich gedankenverloren. Dann seufze ich tief auf und sage: »O Mann. Von nun an werde ich hier im Ort nicht mehr nur die Braut sein, die am Leuchtturm sitzen gelassen wurde, sondern auch noch die mit dem nackten Arsch unterm Brautkleid.«

Luke und Zoe lachen gemeinsam auf, während ich ernst bleibe.

»Ach, komm. Da gibt es schlimmere Storys«, wirft Zoe ein. »Zum Beispiel die, am Tod der eigenen Mutter schuld zu sein.«

Sofort wird auch Luke ernst und starrt Zoe betroffen an.

»Du warst nicht schuld, Zoe.«

Überrascht drehen wir uns alle zu Neil um, der langsam auf uns zukommt und neben seiner Schwester stehen bleibt. Sie sieht ihn aus weit aufgerissenen Augen an, und Neil wiederholt ruhig: »Keiner war schuld. Weder du noch Blake. Es war ein Unfall.«

»Sag das mal Dad«, wispert Zoe und wischt sich eine Träne aus dem Augenwinkel.

»Das werde ich bei Gelegenheit«, erklärt Neil ruhig. »Ich verspreche es dir, Zoe. Und es tut mir leid, dass ich mich so lange wie ein Arsch verhalten habe. Es war nur so … so verdammt schwer nach Moms Tod. Und ich war so sauer auf die ganze Situation. Blake und du und deine Schwangerschaft. Dass du dein Kunststudium an den Nagel hängen musstest. Aber ich hätte dir keine Vorwürfe machen, sondern für dich da sein sollen.« Er macht einen Schritt auf Zoe zu und zieht sie mit einem heiseren »Es tut mir so leid« in die Arme.

Luke und ich sehen uns an und treten ein wenig zur Seite, um den beiden Geschwistern ihre Privatsphäre zu lassen.

»Hast du Blake heute Abend gesehen?«, frage ich Luke leise, damit Zoe es nicht hört.

Er nickt mit grimmiger Miene. »Hab ihn rausgehen gesehen, ja. Er war ja zum Glück nicht lange da.«

»Wo wohnt er denn überhaupt?«

Luke zuckt mit den Schultern. »Ich habe keine Ahnung«, seufzt er leise. »Er hat sich kein einziges Mal bei mir gemeldet.«

Als sich Neil und Zoe voneinander gelöst haben und sich uns zuwenden – beide mit leicht geröteten Augen –, sage ich mit einem breiten Lächeln zu Zoe: »Du hast wirklich super gesungen, weißt du das?«

Sie sieht mich an und lächelt. »Danke. Es war auch echt ein schönes Gefühl, mal wieder auf der Bühne zu stehen.«

Überrascht mustere ich sie. »Hast du das früher schon gemacht?«

»Na klar«, erwidert Neil und grinst breit. »Zoe hat als Teenager schon einige Male mit den Young Rebels Musik gemacht. Natürlich nicht hier im Pub, aber auf dem Sommerfest von Wildberry Bay und so.«

»Darum hoffe ich auch, dass das von jetzt an wieder öfter der Fall sein wird«, fügt Luke bedeutungsschwer hinzu. »Es war nämlich echt cool, dich endlich wieder bei uns auf der Bühne zu haben.«

»Apropos Bühne«, sagt Zoe und sieht mich aus weit aufgerissenen Augen an. »Das, was da eben auf der Bühne passiert ist, war die bewegendste Liebeserklärung, die Wildberry Bay je erlebt hat. Oder, Jungs?«

»Und ob«, bestätigt Luke und betrachtet mich mit leicht schief gelegtem Kopf, während Neil nickt.

»Das ist wahr«, sagt er ruhig. »Und ich bin nicht nur heilfroh, dass Raven sich tatsächlich von Tara getrennt hat, sondern auch, dass er dir endlich gestanden hat, was er für dich empfindet, Flo.«

»Hat ja auch nur über dreißig Jahre gedauert«, brummt Luke mit einem leichten Grinsen, was mich ungläubig auflachen lässt.

»Ach, kommt, die ganze Zeit über war Raven aber nicht in mich verliebt«, werfe ich ein, während meine Wangen in der kühlen Nachtluft erneut zu glühen beginnen.

»Nicht die ganzen einunddreißig Jahre, seit er dich kennengelernt hat, nein«, bestätigt Neil ernst.

»Ungefähr dreißig Jahre«, meint Luke und sieht seinen Freund mit hochgezogenen Augenbrauen an. »Oder? Was meinst du? Neunundzwanzig?«

»Hmm«, macht Neil nachdenklich und reibt sich mit gefurchter Stirn über das Kinn. »In welchem Sommer hat er angefangen, ständig über Flo zu reden? Mit sieben? Oder mit acht?«

»Ach kommt, hört auf«, wehre ich verlegen ab. »Nie im Leben war Raven in dem Alter schon in mich verknallt.«

»Flo, der Mann hat eben auf einer Bühne gestanden und dem versammelten Ort erzählt, dass er noch weiß, wie du mit vier Jahren am Flughafen angekommen bist. Hallo? Was genau sagt uns das?«, fragt Zoe resolut.

»Dass er ein extrem gutes Gedächtnis hat?«, versuche ich einen lahmen Witz, über den keiner der drei lacht.

»Und wann hat er noch gleich begonnen, Deutsch zu lernen?«, fragt Neil jetzt an Luke gewandt, und erst, als ich ihn verblüfft anstarre, schlägt er sich eine Hand vor den Mund und fragt gespielt erschüttert: »Ups, das sollten wir eigentlich nicht verraten, Luke, oder?«

»Nein, Raven hat uns einen qualvollen Tod angedroht, wenn wir das jemals ausplaudern«, bestätigt Luke ernst. »Da war er übrigens vierzehn. Wir haben Nintendo gespielt, und er hat Deutschvokabeln gelernt.«

»Ihr verarscht mich«, sage ich fassungslos, was mir ein energisches Kopfschütteln von Ravens Freunden einbringt.

»Absolut nicht«, sagt Neil leise. »Luke, keine Sorge, ich kann versuchen, uns in ein Zeugenschutzprogramm hineinzubekommen.«

»Ja, das wäre gut«, bestätigt Luke ernst, was Zoe kichern lässt, während ich mit einem leichten Anflug von Panik frage: »Raven hat also die ganze Zeit verstanden, was ich auf Deutsch mit meinen Eltern geredet habe?«

»Könnte sein«, bestätigt Luke mit einem frechen Grinsen, während Neil einwirft: »Na ja, er hat sich immer darüber beklagt, wie schwer Deutsch ist, also glaube ich nicht, dass er so viel verstanden hat. Aber er konnte es irgendwann ganz gut lesen.«

»Sogar den Text von diesem einen Lied«, nickt Luke. »Das du 1998 immer gehört hast, Flo. Das mit dem coolen E-Gitarren-Solo.«

»›Ohne dich‹«, murmele ich überwältigt, während sich meine Augen mit Tränen füllen. »Er hat sich den Text meines Lieblingslieds durchgelesen?«

»Nicht nur durchgelesen«, sagt Neil ernst. »Er kann das Lied in- und auswendig.«

Mir fehlen wirklich die Worte. In all diesen Jahren dachte ich, dass ich Raven rein gar nichts bedeute – und er hat heimlich wegen mir Deutsch gelernt?

Leise fragt mich Zoe: »Was brauchst du noch, um endlich klar zu sehen, dass ihr zwei ganz offensichtlich füreinander bestimmt seid? Also ... zumindest, wenn du genauso für ihn empfindest wie er für dich.«

Drei Paar Augen mustern mich gespannt, niemand sagt mehr etwas, während aus dem Pub ein Lied von Taylor Swift dringt und sich mit dem leisen Geräusch der Brandung mischt.

Mit wild klopfendem Herzen starre ich erst Zoe, dann Neil und zuletzt Luke stumm an. Schließlich fahre ich mir mit leicht zittriger Hand durch meine wilde Frisur und erkläre mit belegter Stimme: »Okay, ähm, ich werde jetzt mal zurück zu Ravens Haus laufen. Er ... er kommt doch wohl heute Nacht zurück?«

Neils Augenbrauen wandern noch ein wenig weiter in die Höhe, als er sagt: »Davon gehe ich mal ganz stark aus.«

»Ich auch«, murmelt Luke und grinst auf seine Sneakers hinab. Mir wird noch ein wenig wärmer, als mir ohnehin schon ist. Aber diese Sommernacht ist auch immer noch verdammt warm!

»Okay, dann ... wünsche ich euch eine gute restliche Nacht«, sage ich betont gelassen und will mich zum Gehen wenden.

»O ja, wir dir ebenfalls«, bemerkt Zoe mit einem süffisanten Grinsen, was Luke mit einem leisen Lachen kommentiert.

»Ich bringe dich schnell«, erklärt Neil, doch als ich abwinke, beharrt auch Luke: »Doch, komm, ich laufe mit dir, dann können Neil und Zoe noch ein wenig reden.«

»Jungs, bei aller Liebe«, sage ich amüsiert. »Das hier ist Wildberry Bay. Neil, wann gab es hier den letzten Überfall auf eine Frau, die vor Mitternacht die Küstenstraße entlanggelaufen ist?«

Neil legt den Kopf schief und tut so, als müsse er nachdenken, bevor er sagt: »Ist meines Wissens noch nie vorgekommen. Auch nicht nach Mitternacht.«

»Siehst du.« Ich trete auf ihn zu und umarme ihn kurz, dann ziehe ich Zoe an mich und zu guter Letzt Luke.

»Es war ein Abend, der mir noch sehr lange in Erinnerung bleiben wird«, erkläre ich mit Nachdruck, was die anderen mit einem Lachen quittieren.

»Dir und dem Rest von Wildberry Bay«, meint Luke.

»Und den Touristen«, fügt Zoe hinzu. »Ich habe gehört, wie eine der Britinnen, die im Blue Gables wohnen, gefragt hat, ob hier jeden Abend so ein Unterhaltungsprogramm geboten wird. Und damit meinte sie absolut nicht nur die Band.«

»Hey, Flo«, hält mich Neils Stimme noch einmal auf, als ich mich erneut abwenden will.

»Ja?«

»Bitte sieh zu, dass Raven und du endlich das Happy End bekommt, das ihr verdient. Ganz ehrlich, wenn ich mir das Drama mit euch beiden noch länger ansehen muss, ziehe ich in einen anderen Ort, das hält ja kein Mensch aus.«

Jetzt muss ich doch wieder herzhaft lachen.

»Auf keinen Fall ziehst du weg«, sagt Zoe streng. »Elliott braucht dich als Onkel. Und ich einen Bruder. Schließlich habe ich auf den lang genug verzichten müssen.«

»Hey, und die Band kann nicht ohne dich als Gitarrist und Leadsänger auskommen«, pflichtet Luke ihr bei. »Und Peter Pan braucht dich regelmäßig als Hundesitter.« Er wirft mir einen strengen Blick zu. »Du siehst also, Flo, die Verantwortung lastet jetzt völlig auf deinen Schultern. Vermassele das mit Raven und dir bitte nicht, denn wenn Neil diesen Ort verlässt, dann werden wir dir das ewig übel nehmen.«

Ich muss wieder lachen. »Okay. Danke, dass ihr so wenig Druck aufbaut, Leute.«

»Keine Ursache! Für ein Happy End geben wir einfach alles«, ruft mir Zoe noch nach, und Luke und Neil murmeln und lachen zustimmend.

Als ich um die Ecke des Pubs komme, sehe ich zwei Gestalten, die am Vordereingang auf den Stufen sitzen und sich bei einer Flasche Bier unterhalten. Es sind meine Eltern, erkenne ich erschüttert. Sie sitzen sehr dicht nebeneinander, und Papa zeigt gerade in den Himmel. Er scheint etwas zu einem Stern oder einer Konstellation zu sagen, denn Mama sieht ebenfalls nach oben. Und sie lächelt ganz versonnen. Dann sehen die beiden sich an und lassen ihre Bierflaschen leise aneinanderklirren, bevor sie einen Schluck nehmen. Ich wende mich rasch ab und tauche in den Schatten der Bäume am Rande des Parkplatzes ein, denn ich möchte diesen Moment auf gar keinen Fall zerstören. Mein Herz schlägt aufgeregt in meiner Brust, als ich schnellen Schrittes die Küstenstraße entlanglaufe.

Raven hat dafür gesorgt, dass die Band »Wonderful World« spielt, denke ich zum x-ten Mal, während ich dem Rauschen der Wellen und dem Flüstern des Windes in den Baumwipfeln lausche. Er hat das für meine Eltern getan, aber er hat es vor allem für mich getan, da bin ich mir ganz sicher.

Als mir auf der Küstenstraße ein Auto entgegenkommt, die Scheinwerfer eine flüchtige helle Lichtspur über die dunklen Gärten mit ihren Büschen, Bäumen und Häusern am Straßenrand zeichnen, schlägt mein Herz noch schneller als ohnehin. Raven, denke ich.

39

Aber das Auto fährt an mir vorbei, und es ist nicht Ravens Wagen. Natürlich ist er das nicht, denn so schnell kann er gar nicht aus Halifax zurück sein.

Und was, wenn er nicht zurückkommt? Wenn er sich doch wieder mit Tara versöhnt, sie ihn davon überzeugt, bei ihr zu bleiben?

Vor lauter Angst wird mir ein wenig übel. Ich bleibe am Straßenrand stehen und lasse mich auf einen der Felsen sinken, die den Seitenstreifen von der abfallenden Küste trennen. Eine Weile starre ich nachdenklich auf den dunklen Ozean hinaus, bis eine Bewegung weiter unten zwischen den Felsen meine Aufmerksamkeit erregt. Eine Sekunde lang befürchte ich tatsächlich, dass dort ein Bär sein könnte. Zwar habe ich in all meinen Sommern noch nie einen zu Gesicht bekommen, aber es soll hier ja diese Schwarzbärin Lucille geben, die nachts durch die Gärten geistert.

Doch nach einem kurzen Schreckmoment erkenne ich Blake. Er sitzt, mit einer Bierdose in der Hand, nahe der Wasserlinie und starrt ernst auf den Atlantik hinaus. Als ich mich langsam wieder von meinem Felsen erhebe, um leise das Weite zu suchen, dreht er den Kopf und sieht mich. Ein paar Herzschläge lang starren wir uns an, dann hebe ich mit einem verlegenen Lächeln meine Hand zum

Gruß und will mich abwenden, als Blake mir hinterherruft: »Flo?«

Überrascht drehe ich mich noch einmal um, sehe ihn über die Felsen hinab fragend an. Blake schiebt sich die Trucker-Mütze, die er trägt, weiter nach hinten, sodass der Schirm sein Gesicht nicht länger in Schatten hüllt. Zwar gibt es hier entlang der Küstenstraße keine Straßenlaternen, aber der Mondschein hilft, ihn relativ klar zu erkennen.

»Ja?«

»Ich habe mich noch gar nicht bei dir entschuldigt. Weil ich dich neulich von der Bar habe fallen lassen.«

»Mhhm«, mache ich ehrlich überrascht. »Du solltest dich vielleicht bei Eliza entschuldigen, wegen ihrer Hand.«

»Ja, das ... das will ich auch noch«, sagt Blake und nimmt einen großen Schluck Bier. »Traue mich nur nicht ins Diner. Wegen ... Du weißt schon.«

»Wegen Zoe«, sage ich ruhig und merke, wie er bei der Erwähnung ihres Namens leicht zusammenzuckt.

»Genau«, murmelt er.

»Du hast doch wohl keine Angst vor Zoe, oder?«, frage ich und steige über einen Felsen weiter nach unten, um mich besser mit ihm unterhalten zu können. Blake weicht meinem Blick aus und starrt wieder aufs Meer.

»Nicht direkt Angst. Oder ... ja, doch. Habe ich.« Er grinst flüchtig. Der Alkohol lockert seine Zunge, merke ich. Ich glaube kaum, dass ich diese Unterhaltung mit dem nüchternen Blake Cabot führen würde. Andererseits bin ich dem auch ewig nicht mehr begegnet.

»Ich habe tierische Angst. Vor Zoe, vor ihrer Wut und Enttäuschung, weil ich mich in all den Jahren nicht gemeldet habe. Vor ihrem Dad, der mich sicherlich umbringt, wenn ich ihm jemals über den Weg laufe.«

»Ach komm«, lache ich auf. »Ich glaube kaum, dass Pfarrer McIntosh jemanden umbringen würde. Schon gar nicht mit einem Polizisten als Sohn.«

Blake bleibt ganz ernst, als er leise ergänzt: »Die größte Angst habe ich davor, Elliott zu begegnen.« Seine Augen schimmern feucht, stelle ich verblüfft fest, als er mich nun doch wieder ansieht. »Ich bin so ein Versager als Dad. Habe mich nie bei Zoe und ihm gemeldet. Aber, ganz ehrlich, was hätte ich machen sollen? Briefe aus dem Knast nach dem Motto ›Wie geht es euch so? Hier gibt es nicht viel Neues!‹. So was hat mein Sohn nicht verdient. Einen Knasti als Dad.«

»Aber er hat noch viel weniger einen Vater verdient, der ihn wie Luft behandelt«, sage ich mit Nachdruck. Blake starrt mich sichtlich gequält an. »Außerdem hättest du dich doch nach dem Knast melden können. Ich meine, du warst doch nicht bis vor Kurzem hinter Gittern ... oder?«

»Nein, ich bin schon seit einigen Jahren draußen«, murmelt Blake und reibt sich mit der freien Hand seinen Nacken. »Aber ich ... ich wollte einige Dinge erreichen, bevor ich mich zurück nach Wildberry Bay wage.«

»Was für Dinge?«

Er seufzt tief auf. »Einen Job finden, etwas Geld verdienen, nicht wie der letzte Loser ohne alles dastehen«, sagt er schließlich. »Bei uns im Gefängnis gab es so ein Programm, bei dem man beruflich was lernen konnte, und ich war in der Gefängnisküche eingesetzt. Als ich entlassen wurde, bin ich 'ne Zeit lang nach Toronto gegangen. Ein Typ, den ich im Knast kennengelernt hatte, hat mir dort einen Job im Diner seines Onkels vermittelt, wo ich gekocht und gekellnert habe. Der Arbeitsmarkt hier in Nova Scotia ist ja nicht der einfachste, und auf Typen wie mich wartet sowieso keiner. Ich weiß nicht, ob ich ohne Vitamin B überhaupt etwas gefunden hätte.«

»Aber auch von Toronto aus hättest du dich mal bei Zoe melden können, oder? Ich meine, auch dort gibt es Telefone, hoffe ich. Und Internet.«

Blake lacht bitter auf. »Ja. Klar. Ich ... ich hab es immer vor mir hergeschoben. Und wollte auch nicht einfach anrufen und sagen: ›Hey, Zoe, lange nichts von dir gehört!‹«

»Das wäre ein Anfang gewesen.«

»Ich weiß.« Blake seufzt tief auf und vergräbt seinen Kopf zwischen den Händen.

»Und ... was machst du jetzt in Wildberry Bay? Wie lange bleibst du?«

Blake hebt seinen Kopf wieder und zuckt mit den Schultern, bevor er einen weiteren Schluck Bier nimmt. »Ich wohne nicht hier im Ort, sondern wieder in Halifax. Hab dort seit Kurzem ein Zimmer – nur das mit dem Job hat noch nicht richtig geklappt. Ich hatte einen in Aussicht, aber dann hat die Frau des Restaurantbesitzers mitbekommen, dass ich im Knast war, und hat ihr Veto eingelegt. Ihr Mann hat mir abgesagt – nur hatte ich da meinen Job und mein Zimmer in Toronto schon gekündigt und war im Auto auf dem Weg nach Nova Scotia. Tja, schön blöd, ich hätte natürlich warten sollen, bis ich etwas Schriftliches hatte, aber ... ich wollte unbedingt zurück hierher, an den Atlantik. Hier ist es doch anders als in Ontario. Schöner. Mir hat das Meer gefehlt. Und ... Zoe.«

Erschüttert erkenne ich die Träne, die sich aus seinem Augenwinkel löst, bevor er schnell mit seinem nackten Unterarm über seine Wange wischt und dabei ein wenig Bier verschüttet. Ich will etwas sagen, aber in dem Moment lässt mich ein vorbeifahrendes Auto aufgeregt herumfahren und zur Straße hinaufstarren.

Es ist nicht Raven.

Als ich mich wieder zu Blake umdrehe, lächelt er mich schief an. »Bringt er seine Ex nach Hause?«, fragt er leise.

Überrascht mustere ich ihn. »Ich dachte, du wärst längst nicht mehr im Pub gewesen, als ...«

»Als Raven dir vor ganz Wildberry Bay eine Liebeserklärung gemacht hat?« Sein Lächeln wächst sich ganz flüchtig zu einem Grinsen aus, und ich erkenne den jüngeren Blake wieder, den ich als Teenager kannte.

»Hab mich am Hinterausgang herumgedrückt, um Zoe weiter singen zu hören. Ich wollte nur nicht, dass sie mich sieht. War mir nicht sicher, ob das so gut gewesen wäre, während sie auf einer Bühne steht.«

»Dann hast du also auch Taras Auftritt mitbekommen«, murmele ich. »Sie tut mir leid, Dramaqueen hin oder her.«

»Verstehe ich«, bestätigt Blake leise. »Das ist echt hart für diese Tara. Aber Raven scheint ja wirklich ziemlich verrückt nach dir zu sein. Und ... so was kann man nun einmal nicht einfach abstellen. Das weiß ich leider aus Erfahrung.«

Ernst mustere ich Blake. »Du solltest dringend mit Zoe sprechen«, sage ich dann mit Nachdruck. »Manchmal hat man im Leben zweite Chancen.«

Blake lacht leise auf. »Leute wie ich eher selten«, sagt er dann bitter und nimmt einen großen Schluck Bier, bevor er die Dose in seiner Hand zusammendrückt.

»Aber du arbeitest doch schon an deiner zweiten Chance. Du hast ein Zimmer in Halifax und findest sicher auch einen Job. Und du hast einen fantastischen Sohn, der dich bestimmt sehr gern kennenlernen würde, Blake.«

Er starrt mich ernst an und nickt langsam. Dann murmelt er: »Ich wünsche Raven und dir alles Glück der Welt, Flo. Und deinen Eltern übrigens auch.«

»Danke«, wispere ich gerührt und stehe von meinem Felsen auf. »Das wünsche ich dir auch, Blake. Vielleicht sehen wir uns bald.«

Und während ich weiter die Küstenstraße entlanggehe, kann ich mir die aufkeimende Hoffnung nicht verkneifen, dass vielleicht mehr als nur ein Happy End am Horizont zu erkennen ist.

40

Raven

Es ist immer noch ungeheuer schwül, als ich um halb zwei nachts meine Einfahrt hinaufrolle. Mit einem tiefen Seufzer stelle ich den Motor aus und bleibe noch ein paar Sekunden lang im Wagen sitzen – so lange, bis das Licht des Bewegungsmelders auf meinem Hof wieder ausgeht und die Dunkelheit mich beruhigend einhüllt. In meinem Haus brennt kein einziges Licht, und ich frage mich, ob Florentine noch im Pub oder schon im Bett ist. Nach den Ereignissen des heutigen Abends kann ich mir Letzteres nur schwer vorstellen, zumindest, wenn sie auch nur halb so aufgewühlt ist wie ich.

Allerdings hat sie ja nicht zu allem Überfluss noch ihre betrunkene und sehr aufgelöste Ex nach Hause gefahren, die sich unterwegs zweimal übergeben musste. Zum Glück hat mich Tara beide Male rechtzeitig gewarnt, und ich konnte auf dem leeren Highway noch rechts heranziehen und sie sich aus der Beifahrertür lehnen. Immerhin ist mir also Erbrochenes im Auto erspart geblieben – aber ansonsten war es keine angenehme Fahrt. Ich habe mein Bestes gegeben, um Tara zu beruhigen und ihr klarzumachen, dass es mir leidtut. Dass sie ohne mich besser dran ist. Dass sie bestimmt schneller wieder liiert sein wird, als sie »Ich bin Single« aussprechen kann. Allein heute Abend im Rum Runner waren ganz sicher mindestens zehn Männer, die Tara sofort mit Kusshand zu ihrer Freundin machen würden.

Ich bin wirklich überzeugt davon, dass sie glücklicher ohne mich wird, aber ich fühle mich trotzdem beschissen – vor allem, weil ich Florentine quasi von der Bühne aus eine Liebeserklärung gemacht habe, während meine verheulte Ex neben mir stand. Wer macht so etwas?

Jemand, der nicht mehr klar denken kann vor lauter Verliebtheit. Mit einem leisen Stöhnen lasse ich meinen Kopf auf das Lenkrad sinken, sorgsam darauf bedacht, nicht mit der Stirn auf der Hupe zu landen. Sollte Florentine wirklich schon schlafen, will ich sie auf keinen Fall wecken.

Oder ... Doch. Eigentlich würde ich sie sogar sehr gern wecken. Ich hebe den Kopf wieder und lasse meinen Blick zu dem Fenster im 1. Stock wandern, wo ihr ... nein, wo mein Zimmer ist. Wo sie in meinem Bett liegt. Ich hole tief Luft und stelle mir zum Millionsten Mal, seit der Flornado zurück in mein Leben gewirbelt ist, vor, wie ihr Körper sich in meine Matratze schmiegt. Wie ihre Wangen, Locken und vielleicht sogar hin und wieder Lippen mein Kissen berühren. Wie meine Bettdecke ihren Kurven ganz nah sein darf – und inzwischen ganz sicher auch nach Pfirsich duftet.

Ich schlucke und reibe mir über die Stirn. Genau diese Gedanken haben mir mit jedem Tag der vergangenen, völlig verrückten Woche stärker klargemacht, dass es so nicht weitergehen konnte. Zwar war ich mir bis vor Kurzem gar nicht sicher, wie Florentine für mich empfindet – das war ich nie gewesen –, aber was ich für sie empfinde, das wurde immer deutlicher. Und deshalb wusste ich, dass ich es Tara sagen musste. Dass es keinen Sinn mehr machte, so zu tun, als wäre alles in Ordnung. Als könnte ich durch reine Entschlossenheit versuchen, Florentine zu vergessen und Tara so zu lieben, wie sie geliebt werden sollte.

Spätestens, als Florentine beim Grillabend mit einem Mal angefangen hat, über das zu sprechen, was offensichtlich zwischen uns vor sich ging, war ich am Ende meiner Willenskraft angekommen. In dem Moment ist mir tatsächlich klargeworden, dass sie mich nicht nur als platonischen Freund sieht. Das war zwar irgendwie schon klar, als sie im Bootshaus so heftig auf mein Bild reagiert und gesagt hat, dass sie diese Szene geträumt hatte – sie und ich, eng umschlungen im Bach, wie es in der Realität leider nicht der Fall gewesen ist, weil ich als Siebzehnjähriger nur wie erstarrt neben ihr im Wasser gesessen habe und nicht wusste, wie ich reagieren sollte. Dafür habe ich dann von uns beiden im Bach geträumt, so, wie ich es gemalt habe. Und Florentine hatte in derselben Nacht offenbar einen ganz ähnlichen Traum, was völlig irre ist.

Bis zu dem Moment in meinem Atelier, als sie überwältigt mein Bild angestarrt und ihren Traum erwähnt hat, hatte ich immer befürchtet, dass nur ich heimlich seit einer gefühlten Ewigkeit von ihr fantasiert habe. Doch im Bootshaus habe ich plötzlich begriffen, dass Florentine zumindest damals, als sie mich in den Bach gezogen hat, ähnlich empfunden haben muss.

Aber damals war sie auch noch ein halbes Kind. Mit fünfzehn hat man doch noch keine Ahnung, und der Geschmack ändert sich bei den meisten – also warum sollte sie heute noch an mir interessiert sein?

Erst als sie beim Grillabend gesagt hat, dass bei Jay und ihr die Funken gefehlt haben, sind die letzten nagenden

Zweifel von mir abgefallen. In diesem Moment wurde mir wirklich klar, dass sie offenbar genauso elektrisiert von jeder noch so flüchtigen Berührung unserer Hände oder Beine war wie ich. Ich konnte vorgestern kaum etwas essen, weil Florentine so dicht neben mir saß und so gut roch. Wie ein Pfirsich – genau wie meine ganze Dusche seit ein paar Tagen, weshalb es für mich zunehmend zur Qual geworden ist, mein eigenes Badezimmer zu betreten. Und dazu noch die Vorstellung von Florentine nackt in meiner Dusche – das reichte in den letzten Tagen, um mich fast fluchtartig aus dem Haus zu treiben, möglichst weit fort von ihr.

Ich habe meiner Selbstbeherrschung Tag für Tag weniger über den Weg getraut. Aber dann hat sie beim Essen unter dem alten Ahorn die Worte gesagt, die mir seither immer wieder im Kopf herumgeistern und mich nicht mehr loslassen: »Und der andere besucht einen in seinen Träumen und lässt einem das Herz rasen und die Haut bei jeder noch so kleinen Berührung brennen – aber behandelt einen gleichzeitig, als wäre man ein lästiges Insekt, oder, schlimmer noch: Als wäre man Luft.«

Wie ein Insekt? Wie Luft? Habe ich sie jemals wie ein Insekt oder Luft behandelt? Das habe ich mich seitdem erschüttert wieder und wieder gefragt. Wie konnte sie das bloß so empfinden? Aber ... wenn ich ganz ehrlich mit mir selbst bin, muss ich zugeben, dass ich wohl tatsächlich so rübergekommen bin. Dass ich jedes Mal, wenn Florentine in den letzten Tagen gelächelt oder überschwänglich von etwas erzählt oder gesungen oder getanzt oder auch einfach nur andächtig aufs Meer hinausgesehen hat, Herzrasen bekommen habe und zu keinem klaren Gedanken mehr fähig war, das konnte sie mir wohl kaum ansehen. »Ravens

Pokergesicht«, so nennt Jay es, wenn auf meinem Gesicht nicht abzulesen ist, was ich fühle oder denke.

Zum Glück. Wenn Florentine in den letzten Tagen immer darauf hätte lesen können, was ich in ihrer Gegenwart gefühlt oder gedacht habe, dann wären wir beide vermutlich extrem verlegen gewesen.

Mit einem leisen Stöhnen reibe ich mir die Stirn und steige endlich aus dem Wagen. Ich kann hier schlecht die ganze Nacht verbringen. Irgendwann muss ich mein Haus betreten.

Muss ihr gegenübertreten, selbst wenn mein Herz allein bei der Vorstellung zu rasen beginnt. Verdammt, ich bin so was von verloren.

Darum habe ich die Grillparty vorgestern auch so abrupt verlassen, bin regelrecht aus dem Garten des Cozy Cottage geflüchtet und zu Tara gefahren. Auf dem Weg zum Auto und während des ersten Teils der Strecke habe ich noch versucht, mir einzureden, dass ich einfach nur Abstand zu Florentine brauchte und dass ich in Taras Gegenwart wieder klar würde denken können. Dass ich dann wieder erkennen würde, was ich an ihr hatte. Dass ich durchaus mit ihr glücklich werden könnte.

Aber Florentines Worte geisterten mir wieder und wieder durch den Kopf, und, schlimmer noch: Ich habe immer noch geglaubt, den sanften Druck ihrer Finger zu spüren. Und die Wärme ihrer Haut, die durch den Stoff ihres Sommerkleides drang, wenn sich unsere Oberschenkel auf der Bank flüchtig berührten und mich in den Wahnsinn trieben.

Und so habe ich auf halber Strecke nach Halifax auf dem Seitenstreifen des Highways gehalten und sehr lange aus dem Fenster gestarrt, um mir darüber klar zu werden, was ich tun sollte. Wie ich mich verhalten sollte.

Ich hatte mir die ganze Zeit immer selbst gepredigt, dass ich Tara nicht so verletzen wollte, wie Mom damals von Dad verletzt worden war, als er sie verlassen hatte. Wie Debbie von Bob verletzt worden war. Und Florentine von Jay.

Das Problem war nur: Ich hatte nicht bedacht, dass ich Tara noch viel mehr verletzen würde, wenn ich sie heiraten würde, während ich heimlich von einer anderen Person träumte. So, wie Dad damals heimlich von Bob geträumt hatte. Und Jay von Trevor.

Auf dem Seitenstreifen des dunklen Highways wurde mir plötzlich klar, dass ich im Begriff war, alles noch schlimmer zu machen, weil ich Tara mit einem Ring versprochen hatte, dass wir zwei miteinander alt werden würden. Und glücklich. Ich habe schlagartig begriffen, dass ich sie niemals würde glücklich machen können. Ob mir das bei Florentine gelingen könnte, das ist natürlich ebenso wenig klar – aber immerhin musste ich Tara endlich die Wahrheit sagen, so schmerzhaft diese auch war.

Lieber ein Ende mit Schrecken als ein Schrecken ohne Ende.

Tara hat mir eine schallende Ohrfeige gegeben, als ich ihr mit Tränen in den Augen gestanden habe, dass ich Gefühle für Florentine habe.

»Das ist ja mal was Neues«, hat sie wütend gezischt, und ich habe sie ratlos gemustert. »Ach komm, tu nicht so unschuldig, Raven Leblanc! Du hattest immer schon Gefühle für diese Deutsche. Oder hast du vielleicht gedacht, ich hätte nicht gemerkt, wie fertig du warst, als Jay dir erzählt hat, dass Florentine und er heiraten würden?«

»Ich war nicht fertig!«, habe ich mich verteidigt, während meine Gedanken zu dem Tag zurückrasten, als Jay mich angerufen und von den Hochzeitsplänen erzählt hat. Er war ziemlich euphorisch, daran erinnere ich mich gut. Und ich war alles andere als euphorisch, das stimmt schon – aber in erster Linie, weil ich stark daran gezweifelt habe, dass Florentine und Jay in ihrer überschwänglichen Art das Richtige machten!

Ich war damals mit Tara auf dem Weg ins Kino, wir standen in der Schlange vor der Kasse, und Tara wollte sofort wissen, was los war. Aber fertig war ich doch nun wirklich nicht!

»Doch, warst du«, hat Tara heftig widersprochen. »Du hast nichts vom Film mitbekommen und wolltest hinterher keinen Sex haben, weil du angeblich Kopfschmerzen hattest!«

Ungläubig habe ich sie gemustert, weil sie sich wirklich noch so genau an diesen Abend erinnern konnte. Gut, vielleicht hatte mich die Nachricht von der Verlobung damals mehr mitgenommen, als ich mir eingestehen wollte.

»Und ich habe es auf deinem Gesicht abgelesen, sobald Florentine hier war. Du hast sie ständig angesehen, als wäre sie – keine Ahnung – Schokokuchen.«

Ich wusste wirklich nicht, ob ich lachen sollte oder nicht. »Schokokuchen? Ich mag doch gar keinen ...«

»Herrgott nochmal, Raven, dann eben etwas anderes! Steak! Du hast sie angesehen wie ein Steak, medium-rare!«

Tara hat das ohne jegliche Note Humor gesagt, und ich habe sie todernst angesehen. Denn ich wusste, dass sie recht hatte. Ich wusste, wie ich Florentine angesehen hatte, obwohl ich gehofft hatte, dass das niemand merkt.

Eins ist klar: Florentine selbst hat das offenbar nicht getan, immerhin war sie der Meinung, dass ich sie wie ein Insekt oder Luft behandele. Aber Tara hat da anscheinend leider mehr mitbekommen, als ich gedacht hatte.

Und ich hasse mich dafür, dass ich sie so sehr habe leiden lassen.

Ich habe an dem Abend nach der Grillparty noch eine Weile versucht, sie zu beruhigen und mein Verhalten zu erklären, aber ich musste bald einsehen, dass beides sinnlos war. Tara war zutiefst enttäuscht und verletzt, aber nichts, was ich tat oder sagte, machte irgendetwas besser. Darum habe ich mich zum zehntausendsten Mal entschuldigt und bin dann gefahren. Allerdings wollte ich nicht auf dem Sofa in meinem Haus übernachten. Zum einen war ich zu aufgewühlt, um mich einfach schlafen zu legen, und wollte noch mit jemandem reden – und zum anderen habe ich mir selbst nicht über den Weg getraut und war mir nicht sicher, wie ich reagieren würde, wenn ich Florentine begegnen würde.

Denn nun war ich offiziell getrennt. Aber ... es wäre wirklich schäbig, keine Stunde, nachdem man versucht hat, seine Ex zu beruhigen, zu einer anderen Frau zu rennen. Ich wollte auf keinen Fall so jemand sein – und deshalb bin ich zu Neil gefahren, von dem ich wusste, dass sein Schlafsofa immer für solche Fälle frei ist.

Wir haben bis in die Morgenstunden gequatscht, weil Neil am nächsten Tag zum Glück keine Schicht und ich erst ab neun Uhr das Art Camp hatte, das ich wohl auch mit wenig Schlaf packen würde – immerhin durfte ich da zwischendurch sitzen und musste nicht Baseball spielen. Und malen kann ich ohnehin immer, auch mit wenig Schlaf.

Zum Frühstück hat Neil uns Rühreier gemacht, und ich habe Luke angerufen, der vor dem Beginn seines Arbeitstags in der Bootswerkstatt mit Peter Pan vorbeikam. Gemeinsam haben wir auf Neils Veranda mit Blick auf den friedlichen See gesessen, und ich habe mir von meinen Freunden wieder und wieder versichern lassen, dass ich das Richtige getan hatte.

Etwas anderes hatte ich allerdings auch wirklich nicht erwartet, denn ich wusste, dass keiner der beiden Tara je sehr gemocht hatte. Sogar Peter Pan schien irgendwie begeistert und ließ sich besonders ausgiebig von mir hinter den Ohren kraulen.

»Hast du den Ring zurückbekommen?«, hat Luke besorgt gefragt, was mich zum Lachen brachte, obwohl mir gar nicht danach zumute war.

»Nein«, habe ich geseufzt. »Sie soll ihn behalten, immerhin hat sie wegen mir genug gelitten.«

»Alter, du hast das einzig Richtige getan.« Neil hat mir Kaffee nachgeschenkt und mich ernst angesehen. »Als wir uns haben scheiden lassen, hat Carrie zu mir gesagt, sie wünschte, sie wäre mit sechzehn reif genug gewesen, um Nein zu sagen, als ich ihr einen Antrag gemacht habe. Sie meinte, dass sie damals schon wusste, dass ich sie nur aus Pflichtgefühl heiraten wollte. Aber ... sie war immer noch in mich verliebt und war schwanger und ... tja. Dass das mit uns nicht funktionieren würde, war aber schon immer klar, und Carrie meinte auf dem Weg zu unserem Scheidungstermin, wir hätten uns all das ersparen sollen, indem wir nie geheiratet hätten.«

»Aber dann gäbe es Dawn nicht«, habe ich meinen Freund an seine jüngere Tochter erinnert, was er mit einem liebevollen Lächeln kommentiert hat.

»Das habe ich Carrie auch gesagt«, hat er bestätigt. »Dawn war es auf jeden Fall wert, dass wir es noch eine Weile miteinander versucht haben.«

Daraufhin sind wir alle schweigend unseren Gedanken nachgegangen, und ich habe im Stillen überlegt, wie Neils

Leben wohl verlaufen wäre, wenn er Carrie nicht geheiratet hätte.

Und wie Gwens Leben wohl verlaufen wäre. Ob sie jetzt mit ihm in Wildberry Bay wohnen würde. Ob es statt Lilybelle und Dawn jetzt zwei Mädchen mit kastanienbraunen Haaren gäbe, die Neils und Gwens ganzer Stolz wären.

Aber was brachten solche »Was-wäre-gewesen-wenn?«-Gedanken schon?

»Du kannst es noch ändern«, hat Neil unvermittelt zu mir gesagt und seine Kaffeetasse in einem Zug geleert. Fragend habe ich ihn angesehen.

»Wie bitte?«

»Ich weiß genau, dass du gerade mal wieder über Gwen und mich nachgedacht hast. Und du auch«, meinte er zu Luke, der unschuldig die Hände hob und mit einem schiefen Grinsen nach seiner eigenen Tasse griff.

»Aber die Sache ist die: Bei Gwen und mir ist der Zug vor langer Zeit abgefahren. Bei Flo und dir läuft er gerade ein zweites Mal in den Bahnhof ein. Also sieh zu, dass du ihn diesmal nicht verpasst, Rav.«

»Du bist mir nach so wenig Schlaf wirklich zu philosophisch«, habe ich kopfschüttelnd erwidert, was Luke und Neil mit lautem Gelächter kommentiert haben. Dann haben wir uns beim Abwaschen über das letzte Baseballspiel der Toronto Blue Jays unterhalten und uns schließlich bis zum Abend voneinander verabschiedet.

Doch als wir abends im Rum Runner auf der Bühne standen und ich Florentine mit Zoe hereinkommen sah, wusste ich, dass es wirklich allerhöchste Eisenbahn wurde (um bei Neils Beschreibung zu bleiben), dass ich ihr sagte, WIE wahnsinnig sie mich macht.

Und nun gehe ich zögernd meine eigene Einfahrt hinauf und lausche auf Geräusche aus dem Haus, doch ich höre nur das Knirschen der zerkleinerten Muscheln unter meinen Sneakers und das Rauschen der Brandung an der Küste. Irgendwo ruft eine Eule, und als ich neben meinem Eingang stehen bleibe und durch den dunklen Garten zum Meer schaue, erkenne ich die glimmenden Punkte der Glühwürmchen, die zwischen den Ästen der Bäume herumgeistern.

Während ich noch Richtung Atlantik starre, weiß ich mit einem Mal, dass sie dort ist. Dass sie bei dieser Hitze ... und nach diesem Abend ... nicht in ihrem – meinem – Zimmer, in meinem Bett liegt. Zögernd gehe ich weiter, über das Gras, streife meine Schuhe von den Füßen und spüre die trockenen Halme an meinen Sohlen. Leise folge ich dem Weg, der zwischen den Bäumen bergab führt, bis zum Ufer des Atlantiks, der sich mit der Ebbe zurückgezogen und den Strand breiter hat werden lassen.

Und genau dort liegt sie, rücklings auf einem Badetuch im feuchten Sand, ihre geschlossenen Augen gen Sternenhimmel gerichtet. Der Mond scheint vom wolkenlosen Himmel, er wirft sein milchiges Licht auf ihre nackten Schultern und lässt die Haut ihrer Arme und Beine hell schimmern. Ich bin mir nicht sicher, ob ich froh sein soll, dass sie nicht länger eines dieser Sommerkleider wie beim Grillabend oder im Pub trägt, die ihre Kurven so unverschämt gut betonen – denn der Badeanzug, den sie nun anhat, macht nichts leichter. Im Gegenteil.

41

Florentine

Als ich die Augen öffne, merke ich sofort, dass ich nicht mehr allein bin. Ich schrecke hoch ... und erkenne Raven. Er sitzt nur wenige Zentimeter von mir entfernt im feuchten Sand, hat die Knie angewinkelt und die Arme um seine Beine geschlungen, während er mich stumm mustert.

»Hi«, stoße ich hervor und ziehe befangen das Badetuch, auf dem ich liege, höher um meine Oberschenkel, bevor ich mich aufrichte. Dass Raven mich im Badeanzug sieht, ist mir peinlich, auch wenn der Mond nur für ein schwaches Licht sorgt. Immerhin ist er Taras gertenschlanken Körper gewöhnt und nicht meinen.

»Muss kurz eingenickt sein«, murmele ich verlegen, während ich mir Sand von den Armen wische.

»Mhhm«, macht Raven, und ich höre das leichte Lächeln in seiner Stimme. Als ich aufsehe, merke ich, dass ich recht habe, und wieder einmal bin ich fassungslos, wie mein Körper auf Ravens Lächeln reagiert. Nur gut, dass er sonst in meiner Gegenwart immer so ernst war, sonst hätte ich jahrelang in einem emotionalen Ausnahmezustand leben müssen.

Der emotionale Ausnahmezustand heute Nacht hat mich schon beinahe um den Verstand gebracht. Zum Glück kann Raven nicht wissen, wie ich hier am Strand gesessen und mit zum Zerreißen gespannten Nerven auf jedes vorbeifahrende Auto gelauscht habe. Wie mein Herz quasi übergeschäumt ist, und ich mir Raven so sehr herbeigewünscht habe, dass mein ganzer Körper zu brennen schien, trotz des kühlen, feuchten Sandes unter mir. Und er brennt nach wie vor. Ja, er steht förmlich in Flammen, jetzt, da Raven so dicht neben mir sitzt und ich sein Lächeln sehe. Ich wünschte, ich hätte mich vor seiner Ankunft überwunden und wäre in den kalten Atlantik gegangen, um mich abzukühlen. Genau deshalb hatte ich mir nach meiner Rückkehr zum Haus ja auch gleich den Badeanzug angezogen, den ich eigentlich für meinen Honeymoon gekauft hatte, weil das Hotel in Manhattan einen Rooftop Pool hatte. Ich hätte ein kühles Bad nach diesem Abend im Rum Runner wirklich dringend nötig gehabt!

»Du bist also aus Halifax zurück«, stelle ich leise fest. »Ja«, erwidert Raven.

»Ich hatte schon befürchtet, dass du ... dortbleiben würdest«, sage ich und schaue auf meinen Arm hinab, wo ich konzentriert ein paar weitere Sandkörner fortwische.

»Das ist nicht dein Ernst, oder?«

Zögernd sehe ich Raven an, der jetzt nicht mehr lächelt. Er mustert mich lange und fügt dann mit einem leichten Kopfschütteln hinzu: »Du hast schon gehört, was ich vorhin im Pub gesagt habe, oder?«

»Ja«, wispere ich, während sein intensiver Blick noch mehr Hitze durch meinen Körper pulsieren lässt. »Und ich habe heute Nacht noch mehr gehört. Du hast wegen mir Deutsch gelernt, Raven.«

Seine Augenbrauen wandern leicht in die Höhe, während er mich regungslos ansieht und dann leise erwidert: »Ich bringe Neil und Luke um.«

»Bitte nicht«, sage ich mit einem breiten Lächeln. »So tolle Freunde findet man nicht alle Tage. Und was würde dann aus den Young Rebels werden?«

»Keine Ahnung«, knurrt Raven nur, aber auch um seine Mundwinkel zuckt es leicht.

Zögernd frage ich: »Wie ging es Tara, als du sie abgesetzt hast?«

Raven seufzt leise und starrt auf seine Hand hinab, die er seitlich in den Sand gestützt hat. »Es geht so. Sie war natürlich ziemlich fertig. Hat sich zweimal übergeben müssen. Ich werde noch einmal mit ihr reden, wenn sie ... ganz nüchtern ist. Und nicht mehr so aufgewühlt wie heute Nacht.«

Ich nicke leicht, dann bleiben wir schweigend nebeneinander sitzen. Schließlich sehe ich ebenfalls auf seine Hand im Sand hinab und bewege meine Finger verstohlen ein wenig näher an seine heran. Raven merkt das sofort, und auch er schiebt seine Hand näher – bis sich unsere Finger leicht berühren. Dieser zarte Hauch von Haut an Haut reicht aus, um mich erschaudern zu lassen. Es ist genau wie beim Baseballcamp, als sein Daumen meinen Handteller massiert hat – nur kommt mir seine Berührung heute sogar noch elektrisierender vor. Ich staune, dass keine Funken fliegen, als sich unsere Finger berühren.

Raven sieht mich an, und das Lächeln, das nun um seine Mundwinkel zuckt, sagt mir, dass er genau weiß, was in mir vorgeht. Dann jedoch wird er wieder ernst, und er sagt mit rauer Stimme: »Es tut mir leid, dass es heute zu dieser Szene im Pub kommen musste. Dass Tara vor all den Leuten so viel Blödsinn erzählt hat.«

»Das muss dir nicht leidtun«, sage ich schnell. »Streng genommen hatte Tara ja sogar recht. Also ... ich meine natürlich nicht den Vorwurf, dass du sie betrogen hättest, denn das hast du schließlich nicht.«

»Doch«, sagt Raven leise. »Habe ich.«

»Wie bitte?« Ich sehe ihn erschrocken an. »Du hast Tara betrogen? Mit wem?«

Er starrt mich ein paar wilde Herzschläge lang stumm an, bevor er leise erwidert: »Ich habe sie in Gedanken betrogen. Zigmal. Seit ... seit du wieder in Wildberry Bay bist. Glaub mir, ich bin nicht stolz darauf.«

Ungläubig sehe ich Raven an. »Du hast Tara ... in Gedanken mit mir betrogen?«, hake ich vorsichtig nach. Raven nickt nur und hält meinen Blick mit seinem fest, der so intensiv ist, dass ich schwer schlucke.

»Warst du schwimmen?«, fragt er unvermittelt, und ich lache überrascht auf.

»Nein, also, ich wollte, aber ... das Wasser ist so verdammt kalt!«

»Komm, wir gehen zusammen.«

Überrascht sehe ich zu, wie er aufsteht, und will etwas erwidern, doch da Raven sich in diesem Moment sein T-Shirt über den Kopf zieht, verliere ich kurz die Fähigkeit zu sprechen. Das wird nicht besser, als er seine Jeans aufknöpft und ich sprachlos zusehe, wie die Hose an seinen Beinen herabgleitet, seine sexy Füße aus dem blauen Stoff steigen und der Mann, von dem ich unanständige Träume habe, seit ich fünfzehn war, mit einem Schlag in nichts als Boxershorts neben mir steht.

»Also, wollen wir?«, fragt er, als wäre das hier eine völlig alltägliche Situation. Als würde es jeden Tag passieren, dass er mir erst von einer Bühne aus den Inhalt seines Herzens ausschüttet, den er jahrelang – ach was, jahrzehntelang! – sorgsam vor mir geheim gehalten hat, um dann seine aufgelöste Ex nach Hause zu bringen und anschließend mit mir im Mondschein im Atlantik schwimmen zu gehen.

»Klar«, erwidere ich, und in diesem einen Wort schwingt all die Aufregung mit, die mich in diesem Moment tsunamigleich durchflutet. Erst recht, als ich nach seiner warmen Hand greife, meine Finger von seinen umschlungen werden und Raven mich scheinbar mühelos in die Höhe zieht. Nervös sehe ich ihn an, und er sagt mit einem kleinen Lächeln im Mundwinkel: »Das Badetuch solltest du hierlassen.«

Da erst wird mir bewusst, dass ich nach wie vor mit der Hand, die nicht von seinen warmen Fingern umschlossen wird, das Badetuch um meine Hüften festkralle, als hinge mein Leben davon ab. Mit einem verlegenen Lächeln lasse ich den Frotteestoff los und finde mich damit ab, dass ich nun in nichts als einem ziemlich knapp geschnittenen Badeanzug vor dem Mann meiner Träume stehe. Doch als Ravens Blick flüchtig über meinen Körper nach unten und zurück zu meinen Augen huscht, wirkt er nicht so, als käme ihm mein Badeanzug irgendwie unvorteilhaft vor. Im Gegenteil, ich könnte schwören, etwas in seinem Blick aufglimmen zu sehen, das meinen Herzschlag noch stärker beschleunigt.

»Wer zuerst im Wasser ist!«, stoße ich atemlos hervor, drehe mich von ihm weg und renne los.

Ravens Schritte sind dicht hinter mir, was mich wirklich überrascht, weil ich nicht gedacht hätte, dass er sich auf so ein nächtliches Wettrennen ins Meer überhaupt einlässt. Das Salzwasser spritzt hoch auf, als ich hineinrenne, und die Eiseskälte lässt mich aufschreien.

»Ahh, ist das kalt«, flucht auch Raven schräg hinter mir auf, als er ebenfalls platschend und spritzend das Wasser erreicht. Entschlossen wate ich weiter, wage mich bis zur Hüfte ins Wasser, und Raven bleibt an meiner Seite. Mit jeder heranrollenden Welle werde ich ein wenig höher von der salzigen Kälte umspült, was ich quietschend und bibbernd kommentiere. Als ich bis zum Dekolleté im Wasser stehe, drehe ich mich triumphierend zu Raven um ... und bin überrascht, wie dicht er bei mir ist. Mein Atem geht schneller, was ganz sicher nicht nur an meinem Sprint ins Meer liegt. Unsere Arme streifen sich leicht unter Wasser, und ich kann nicht sagen, ob meine Gänsehaut nur von der Kälte ausgelöst wird. Wir sehen uns wieder an, und ich kann immer noch nicht glauben, was da plötzlich zwischen uns vor sich zu gehen scheint. Wie ist das mit einem Mal möglich? Ich will so viel sagen, ihn so viel fragen, aber mir fehlen die Worte. Stattdessen löse ich meinen Blick von seinem und lege den Kopf in den Nacken.

»Diesen Sternenhimmel habe ich in Deutschland immer vermisst«, erkläre ich leise und merke, dass Raven mich noch ein paar Herzschläge lang mustert, bevor auch er zum Himmel hinaufsieht.

»Aber ihr seht doch in Deutschland denselben Himmel, hoffe ich zumindest?«, fragt er in seiner ruhigen Art, und ich muss lachen.

»Oh, absolut. Aber in Deutschland ist es fast überall zu hell, um nachts die Sterne so deutlich sehen zu können wie hier. Die Milchstraße erkennt man in München mit dem bloßen Auge nie.«

»Hmm«, murmelt Raven nachdenklich. »Und wir nehmen das hier als so selbstverständlich hin.«

»Ihr habt ein riesiges Glück, an so einem wunderschönen Ort leben zu dürfen, das kann ich dir sagen, Raven Leblanc.«

Neckend sehe ich ihn von der Seite an, immer noch den Kopf in den Nacken gelegt, und Raven mustert mich ernst. Ich merke, wie sein Blick flüchtig zu meinen Lippen wandert, und halte unwillkürlich den Atem an, als Raven plötzlich an mir vorbeischaut, und dann reagiert er blitzschnell: Ehe ich auch nur begreife, was los ist, packt er mich an den Armen und ... zieht mich an sich. Dabei hebt er mich ein wenig in die Höhe, sodass die Welle, die mit einem Mal von hinten angerauscht kommt und die ein gutes Stück höher als die vorherigen ist, mich nicht unter sich begraben kann.

Raven taumelt ein wenig, weil die Wucht der Welle so stark ist, und ich spüre, wie er seine Arme fest um meinen Körper schließt, während ich gegen ihn gepresst werde und meine Beine um seine Hüften schlinge, um besseren Halt zu finden. Mein Herz hämmert auch dann noch wie wild, als sich die Welle längst am Ufer gebrochen hat und das Wasser zurückgeflossen ist. Die folgenden Wellen sind nicht mehr so hoch, und eigentlich könnte Raven mich wohl zurück auf meine Füße stellen, aber das tut er nicht. Wir verharren beide still auf der Stelle, ich umschlinge ihn mit Armen und Beinen, spüre seine nasse, kühle Haut, seine schnellen Atemzüge und seinen wilden Herzschlag an meinem Körper.

»Danke«, flüstere ich und wage es endlich, meinen Kopf so zu drehen, dass ich ihn ansehen kann. Raven erwidert meinen Blick, und im milchigen Licht des Mondes schimmern mehrere Tropfen an seinen langen Wimpern.

»Kein Problem«, murmelt er mit rauer Stimme.

»Gib es zu, die Welle war nur ein Vorwand, um mich anfassen zu dürfen.«

Es zuckt deutlich um Ravens Mundwinkel, und in seinen Augen blitzt etwas auf, als er erwidert: »Ich habe die

Welle sogar bestellt. Bin echt beeindruckt, wie pünktlich sie kam.«

Ich muss loslachen, und auch Raven grinst mich an, was mich einmal mehr ungeheuer verblüfft.

»Du starrst mich mal wieder an, als hättest du einen Alien vor dir«, bemerkt Raven leise und schiebt seine Hand, die auf meinem Rücken liegt, ein wenig tiefer, sodass sie fast meinen Hintern berührt.

Ich schlucke schwer. »Habe ich auch«, bestätige ich leise. »Ich glaube tatsächlich, dass du gar nicht der echte Raven Leblanc bist. Der echte Raven Leblanc würde nicht mit mir hier im Mondlicht stehen und mich anlächeln und dabei seine Hand wenig subtil näher an meinen Arsch heranbewegen.«

Ravens Augenbrauen wandern in die Höhe, und er macht mit seiner Hand eine nachdrückliche Bewegung, sodass er jetzt tatsächlich meine rechte Pobacke umfasst, was mich scharf die Luft einsaugen lässt.

»Du liegst mal wieder sowas von falsch, Florentine Schiller. Der echte Raven Leblanc wollte nämlich schon seit einer halben Ewigkeit mit dir im Mondlicht stehen und dich anlächeln und … deinen Hintern berühren«, erklärt er leise.

»Nur meinen Hintern?«, hake ich mit belegter Stimme nach, was Raven mit einem heiseren Lachen kommentiert.

»Nein, nicht nur deinen Hintern«, erwidert er dann ruhig.

»Seit einer halben Ewigkeit?«

»Seit einer halben Ewigkeit«, bestätigt Raven und verstärkt seinen Griff um meinen Po, während ich meine Arme fester um seinen Hals schlinge und ihn ungläubig mustere.

»Im Ernst«, flüstere ich schließlich. »Sagen Sie mir, was Sie mit Raven gemacht haben. Ist er längst auf dem Mars?«

Raven lacht erneut heiser auf, und ich gebe ihm einen leichten Schlag auf die nackte Brust. Überrascht hält er inne und sieht mich mit hochgezogenen Augenbrauen an.

»Wofür war das jetzt?«

»Fürs Lachen! Raven, wirklich: Ich war schon hoffnungslos in dich verliebt, als du mich wie eine Aussätzige behandelt hast, und jetzt lachst du mich plötzlich zu allem Überfluss an und bist dadurch noch viel sexyer als vorher und … wie soll mein armes Herz das alles verkraften?«

Raven erwidert meinen Blick ernst und sagt mit Nachdruck: »Ich habe dich nie wie eine Aussätzige behandelt.«

»Doch, hast du.«

»Nein, absolut nicht!«

»Dann wie Luft. Als wäre ich nicht da.«

Raven schüttelt mit einem Seufzen den Kopf, und sein Blick streift mal wieder flüchtig meine Lippen, bevor er mir wieder in die Augen sieht und mit Nachdruck erklärt: »Ich … ich war in deiner Gegenwart einfach immer so unsicher. Du hast mich durcheinandergebracht, und mir fehlten jedes Mal die Worte, wenn ich dich gesehen habe, Florentine.«

Florentein. Ich schmelze dahin, trotz der Kälte des Atlantiks, in dem wir immer noch stehen, als wären wir im Karibischen Meer. Keiner von uns scheint die Wassertemperatur noch wirklich wahrzunehmen. Ungläubig mustere ich ihn.

»Dir haben wegen mir die Worte gefehlt?«, wispere ich gerührt. Raven nickt.

»Und wie. Außerdem war da immer Jay. Er und du, ihr wart so ein eingeschworenes Team, dass ich mich nicht dazwischendrängen wollte. Ich war immer eifersüchtig auf Jay, weil er so viel Zeit mit dir verbringen durfte. Weil er in deiner Gegenwart so natürlich und einfach er selbst war, während ich das Gefühl hatte, keinen klaren Gedanken mehr fassen zu können.«

Dieses Geständnis haut mich so sehr um, dass ich Raven nur stumm anstarren kann. Er lächelt verlegen, und ich will ihn so viel fragen. Ich will ihn fragen, seit wann er so für mich empfunden hat. Warum er nie etwas gesagt hat. Und – der Gedanke kommt mir plötzlich und mit drängender Heftigkeit: Ich will ihn fragen, ob er damals nie den Verdacht hatte, dass Jay sich eigentlich für Jungs interessieren könnte. Hatte er als Bruder nie eine Ahnung?

Doch ich komme zu keiner meiner Fragen, denn die nächste große Welle überrascht uns beide. Raven steht so, dass das Wasser ihn rücklings trifft, sodass er, immer noch mit mir im Arm, vorwärtstaumelt und schließlich das Gleichgewicht verliert. Wir werden gemeinsam von der Woge mitgerissen, von Salzwasser überspült und herumgewirbelt, doch die ganze Zeit hält Raven mich fest, bis wir gemeinsam prustend wieder auftauchen, er halb über mir, genauso nach Luft schnappend wie ich. Ich sehe zu ihm hoch, lache ihn übermütig an, während er sich mit einer Hand triefend nasse Strähnen aus der Stirn schiebt, und frage ihn grinsend: »Die Welle war auch bestellt, oder?«

»Und ob«, murmelt Raven und wird mit einem Mal ganz ernst. Sein Blick wandert wieder zu meinem Mund, und noch ehe ich begreife, dass der Moment nun wirklich gekommen ist, beugt er sich entschlossen zu mir herab und küsst mich.

Ein paar aufgeregte Herzschläge lang liege ich still da und wage es kaum, in irgendeiner Weise zu reagieren, vor lauter Angst, dass Raven wieder aufhören könnte. Dann jedoch halte ich es keine Sekunde länger aus, immerhin habe ich seit zwanzig Jahren auf diesen Augenblick, auf diesen Kuss gewartet – und so beginnen meine Lippen, sich gierig gegen seine zu bewegen. Er schmeckt nach Salz, genau wie ich ganz sicher, und fühlt sich noch tausendmal besser an als in den vielen wilden Träumen, die ich in den letzten Jahrzehnten von ihm hatte. Daher kann ich es nicht verhindern, dass ich leise aufstöhne, als unsere Münder sich in stummer Übereinkunft öffnen und sich unsere Zungen finden. Ich kralle meine Hände in Ravens nassen Schultern fest, und wir küssen uns auch dann noch, als die nächste Welle an seinem breiten Rücken bricht und mein Kinn mit Wasser umspült. Ohne aufzuhören, sich sehr intensiv mit meinen Lippen vertraut zu machen, bewegt sich Raven langsam auf allen vieren vorwärts, während ich rücklings, auf meine Ellbogen gestützt, in dieselbe Richtung krieche, ein wenig weiter fort vom Meer, damit wir nicht wieder völlig vom Salzwasser überrollt werden – denn dafür haben wir gerade beide keine Zeit. Wir haben zwanzig Jahre an Küssen nachzuholen, und genauso fühlt sich das an, was wir hier machen. Wir wirken beide beinahe fiebrig, atemlos, wie im Rausch. Meine Hände fahren gierig über Ravens nackten Rücken, ertasten jeden Muskel, jede Erhebung und jedes Tal, während seine Hände entschlossen die Badeanzugträger über meine Schultern und Arme nach unten schieben. Ich bekomme überall eine Gänsehaut, als Raven seine Lippen doch noch von meinen löst, um sie langsam und voller Genuss über meinen Hals hinabwandern zu lassen. Als sie meine linke Brust erreichen, lege ich meinen Kopf in den Nacken und stöhne auf. Ich lasse meine Augen ein paar Herzschläge lang geschlossen, bevor ich sie wieder öffne und zum Mond hinaufstarre, während in mir der Gedanke tobt, dass ich wahnsinnig werde vor lauter Lust auf diesen Mann.

Ich vergrabe meine Hände in seinem nassen Haar und will ihn wieder zu mir hochziehen, auch wenn meine Brust absolut nichts dagegen hätte, wenn sein Mund weiter bei ihr bliebe, aber dann ... dann lässt mich eine Bewegung schräg hinter Raven erstarren.

»Was ist los?«, fragt Raven alarmiert und hebt den Kopf, um mich schwer atmend anzusehen. Er hat sofort mitbekommen, dass ich mich vor Schreck versteift habe, während ich mit hämmerndem Herzen in die Richtung sehe, wo ich gerade die Bewegung bemerkt habe. Ist das ...? Das kann nicht sein!

»Da ist ... ein Bär«, flüstere ich.

42

Raven dreht sich langsam um und sieht in die Richtung, in die auch ich schaue. In etwa fünfzig Metern Entfernung steht tatsächlich ein Schwarzbär am Ufer und starrt aufs Meer hinaus. Der Mondschein lässt sein Fell blauschwarz glänzen, und nun hebt er den Kopf und schnüffelt in die Luft.

»Ganz ruhig«, flüstert Raven, ohne den Blick vom Bären abzuwenden. »Der Wind kommt nicht aus unserer Richtung. Sie riecht uns nicht.«

»Sie?«

»Ja. Das ist Lucille, unsere Wildberry-Bay-Bärin.«

Ein Lächeln spielt um seine Lippen, als er das sagt, und ich würde diese Lippen eigentlich gern wieder küssen, aber ich traue mich nicht, solange Lucille dort hinten herumstromert.

»Du kennst diese Bärin also?«, flüstere ich atemlos. »Ist sie öfter hier?«

»Gesehen habe ich sie nur einmal, aber am Wildberry Creek liegen manchmal Bärenhaufen von ihr.«

Am Wildberry Creek. Ich schlucke. Dort, wo ich gestern noch arglos im kalten Wasser gesessen habe!

»Keine Sorge, Lucille hat viel mehr Angst vor dir als du vor ihr«, murmelt Raven, ohne den Blick von der Bärin abzuwenden, die jetzt zwischen den Felsen am Ufer herumschnüffelt. Zum Glück bewegt sie sich dabei nicht in unsere Richtung.

»Da wäre ich mir nicht so sicher«, flüstere ich. »Ich glaube, ich sehe wie leichte Beute für eine Bärin aus.«

Bei dieser Bemerkung fällt mir meine nackte Brust wieder ein, und ich ziehe mit langsamen, bedächtigen Bewegungen meine Badeanzugträger zurück über meine Schultern nach oben. Raven wirft mir einen Blick zu, in dem Belustigung und Bedauern miteinander kämpfen.

»Was machen wir denn jetzt?«, frage ich leise, weil Lucille immer noch am Ufer steht. »Wenn wir jetzt aufstehen und zum Haus hinauflaufen, bemerkt sie uns doch bestimmt, oder?«

Raven scheint zu überlegen. Dann sagt er leise: »Wir könnten geduckt bis zum Bootshaus gehen.«

Alarmiert starre ich das Bootshaus an, in dem sich Ravens Atelier befindet. Der Steg, auf den dieses Bootshaus gebaut wurde, ragt auf seinen von Seetang und Algen umspülten Pfählen am äußersten Rand des kleinen Strands ins Meer hinaus – und Lucille turnt hinter dem Steg über die Felsen. Wir würden uns also auf die Bärin zubewegen, um zu versuchen, das Bootshaus zu erreichen.

Raven sieht mich an und scheint meine panischen Gedankengänge ganz genau auf meinem Gesicht ablesen zu können. »Solange wir uns nicht aufrichten, bemerkt sie uns nicht«, wispert er in entschiedenem Tonfall. »Da sind so viele hohe Felsen und Büsche zwischen uns. Und sobald wir den Steg erreicht haben, sind es nur wenige Schritte bis zur Tür des Bootshauses. Wenn wir über den Pfad bis zum Haus hinaufgehen, machen wir viel mehr Krach, da bemerkt sie uns auf jeden Fall. Und, wie gesagt, ich glaube nicht, dass sie uns etwas tun würde, vermutlich würde sie nur abhauen.

Aber ...« Er senkt den Blick flüchtig auf meine Brust, bevor er mir wieder in die Augen sieht und mich dann warm anlächelt. »Ich will kein Risiko eingehen, weil ich dich auf gar keinen Fall mit Lucille teilen werde. Und zwar keinen Millimeter von dir.«

»Ich bin sehr froh, das zu hören«, flüstere ich mit einem flüchtigen Grinsen. »Dich werde ich übrigens auch nicht teilen. Niemals.«

»Okay, dann komm«, wispert Raven, und bevor ich dazu komme, mich weiter ängstlich zu sträuben, löst er sich von mir und steht mit langsamen, bedächtigen Bewegungen so weit auf, dass er gebückt innehalten und mir mit ausgestreckter Hand aufhelfen kann. Geduckt und mit panisch hämmerndem Herzen folge ich ihm über den nassen Sand, lasse mein Badetuch achtlos zurück, während Raven sich im Vorbeigehen zumindest noch seine Jeans vom Boden angelt. Meine Hände sind schweißnass, und ich bete lautlos, dass der Wind nicht dreht, denn ganz sicher würde die Bärin meine Angst sofort riechen. Vor meinem inneren Auge sehe ich schon die Schlagzeile in der lokalen Tageszeitung: »Verlassene Braut beim Sex mit Beinahe-Schwager von wilder Bärin zerfleischt«. Dass Raven und ich noch nicht einmal Sex hatten, wird niemanden interessieren.

Doch, mich interessiert es. Ich will nämlich unbedingt noch Sex mit diesem Mann haben, und deshalb eile ich entschlossen weiter. Auf gar keinen Fall werde ich mir diese verrückte Nacht von Lucille verderben lassen!

Atemlos erreiche ich hinter Raven die Felsen, über die man auf den Bootssteg hinaufklettern kann. Er geht voraus, späht in Lucilles Richtung und dreht sich dann zu mir um. »Sie schnüffelt noch immer dort hinten zwischen den

Felsen herum«, murmelt er leise, greift nach meiner Hand und zieht mich zu sich auf den Bootssteg hinauf. Wir bleiben ganz still nebeneinander stehen und sehen von oben auf den Bären hinab, der jetzt nur noch gute dreißig Meter von uns entfernt über die Felsen am Ufer turnt. Als Lucille mit einem Mal innehält und in die Luft schnüffelt, umklammere ich erschrocken Ravens Hand.

Die Bärin wendet den Kopf und starrt im Mondschein angestrengt in unsere Richtung, während sie die Schnauze witternd in die Luft reckt.

»Raven«, wispere ich angstvoll.

»Ganz ruhig«, murmelt Raven und beginnt langsam, sich rückwärts Richtung Bootshaus zu bewegen, meine Hand immer noch fest in seiner. Die Bretter des Stegs knarren unter unseren bloßen Füßen, und ich sehe, wie Lucilles Ohren sich bewegen.

Sie wird jeden Moment losrennen, auf uns zu, denke ich angstvoll, und die Schlagzeilen in meinem Kopf überschlagen sich geradezu. Doch dann geschehen zwei Dinge gleichzeitig: Ich merke, wie Raven hinter mir die Tür zum Bootshaus öffnet – und gleichzeitig richtet sich Lucille flüchtig auf, steht ein paar Sekunden auf ihren Hinterbeinen, während sie offenbar versucht zu erkennen, wer sich hier in der Dunkelheit herumtreibt. Ich komme gar nicht dazu, Panik zu kriegen, weil mich Raven blitzschnell in das Bootshaus zieht und die Tür hinter uns schließt. Schwer atmend lasse ich mich gegen seine nackte Brust sinken und drehe den Kopf so, dass ich durch das große Sprossenfenster hindurch die Bärin beobachten kann, die draußen im Mondschein zurück auf alle viere sinkt – und dann losrennt. Allerdings nicht in unsere Richtung, sondern fort vom Bootshaus, an der Küstenlinie entlang. Mit wild hämmerndem Herzen sehe ich ihr nach, bis Lucilles enormer schwarzer Hintern von Büschen und Bäumen verschluckt wird.

»Siehst du«, flüstert Raven in mein Haar. »Sie hatte Angst vor uns.«

»Aber bestimmt nicht mehr als ich vor ihr«, wispere ich. Ravens Arme umschlingen mich fester, und seine Hände gleiten beruhigend über meinen nackten Rücken. »Es gab hier im Ort noch nie einen Vorfall mit einem Bären«, murmelt er leise.

»Bevor die Swissair hier ins Meer gestürzt ist, gab es in Wildberry Bay auch noch keinen Flugzeugabsturz«, sage ich und löse mein Gesicht von seiner Brust, um ihn mit hochgezogenen Augenbrauen anzusehen. Er nickt.

»Da hast du recht«, gibt er leise zu. »Trotzdem glaube ich nicht, dass Lucille uns etwas getan hätte, auch ohne dieses Bootshaus.«

»Wieso heißt sie eigentlich Lucille?«

Sein Lächeln vertieft sich, als er erwidert: »Jack O'Hara hat sie nach seiner Schwiegermutter benannt. Allerdings erst nach seiner Scheidung.«

Ich pruste leise los, und als ich Ravens sexy Lächeln sehe, wird mir wieder voll bewusst, wobei uns Lucille eben unterbrochen hat. Gerade will ich näher an ihn herantreten, als mein Blick auf die Jeans fällt, die er beim Hereinkommen achtlos auf einen Stuhl neben der Tür geworfen hat.

»Kannst du mir mal verraten, warum du deine Hose mitgenommen hast?«, frage ich leise, während mich Raven noch enger an sich zieht. »Hattest du Sorge, dass Lucille uns durch den ganzen Ort jagt und du nur mit Boxershorts bekleidet im Lokalfernsehen landen könntest? Und hast du bei diesem Szenario auch nur eine Sekunde an mich in diesem winzigen Badeanzug gedacht?«

Ravens Blick verdunkelt sich, als er an mir hinab und dann wieder in meine Augen schaut. »Ich denke seit der Sekunde, als ich dich am Strand entdeckt habe, an nichts anderes als an diesen winzigen Badeanzug.«

Er grinst leicht, während mir die Hitze in die Wangen steigt. Dann fährt er mit seinem rechten Zeigefinger lasziv über meine Wange, seitlich an meinem Hals hinab und bis zum sehr gewagten Ausschnitt des Kleidungsstücks, über das er so viel nachzudenken scheint.

»Aber meine Jeans habe ich mitgenommen, weil mein Portemonnaie und Telefon noch in den Taschen stecken und ich die nicht einfach der Flut überlassen wollte. Wenn mein T-Shirt wegschwimmen sollte, kann ich damit leben.«

»Wir könnten natürlich jetzt zurückgehen und dein T-Shirt einsammeln«, bemerke ich, während ich meine Finger langsam über seinen nackten Rücken gleiten lasse und zufrieden zur Kenntnis nehme, dass sich Ravens Atem beschleunigt. »Und mein Badetuch. Beziehungsweise DEIN Badetuch, denn ich habe es aus deinem Badezimmer mitgenommen.«

»Könnten wir«, bestätigt er mit rauer Stimme, und seine Hand schiebt sich erneut unter einen meiner Badeanzugträger und streift diesen entschlossen über meine Schulter hinab. »Wir könnten auch zum Haus gehen, jetzt, da Lucille weg ist.«

»Mhhm«, murmele ich, während ich irgendwie keinen klaren Gedanken mehr fassen kann.

Raven scheint das ähnlich zu gehen, denn er beugt sich ohne einen weiteren Vorschlag, wohin wir sonst noch gehen könnten, zu mir herab und küsst mich erneut. Ich schlinge wieder meine Beine um seine Hüften, diesmal auch ohne Wellengang, und vergrabe meine Hände in seinem salzwasserverklebten Haar, das jetzt offen ist, da sein Haargummi irgendwo zwischen Knutschen im Meer und Flucht vor Lucille verloren gegangen sein muss. Als Raven erneut leicht mit mir rückwärtstaumelt, fallen wir dieses Mal natürlich nicht ins kalte Wasser, sondern stoßen gegen eine der Arbeitsplatten aus Sperrholz. Ohne auch nur eine Sekunde von meinem Mund abzulassen, setzt Raven mich auf der Arbeitsplatte ab, bevor seine Hände entschlossen den Badeanzug über meinen Oberkörper nach unten schieben. Bereitwillig helfe ich mit, lehne mich etwas nach hinten und hebe meine Hüften an, sodass er es schafft, den nassen Stoff über meinen Hintern zu ziehen und bis zu meinen Knien abwärtszuzerren. Er stellt sich zwischen meine gespreizten Oberschenkel, und ich schlinge meine Arme um seinen Hals, um ihn erneut zu küssen, bis wir beide nach Atem ringen müssen. Gerade will ich meine Hand in den Bund seiner Boxershorts schieben und das einzig verbleibende Kleidungsstück nach unten schieben, als mir ein Gedanke kommt, der mich stöhnend innehalten lässt.

»Warte«, murmele ich heiser gegen Ravens Hals und küsse ihn auf die Stelle, wo sein Puls unter seiner salzigen Haut hämmert, während seine Hand ihren Weg zwischen meine Schenkel gefunden hat und droht, mir den letzten klaren Gedanken zu rauben.

»Hmm?«, murmelt Raven und sieht mich schwer atmend an. Wir haben keine Lampe im Bootshaus angemacht, unser einziges Licht ist nach wie vor der Mond, der durch das Sprossenfenster hinter mir hereinscheint und Ravens Augen dunkel schimmern lässt.

»Wir … wir müssen doch ins Haus gehen. Wegen … also …«

»Ich habe ein Kondom dabei«, flüstert Raven und lässt seine andere Hand beinahe ehrfürchtig über meine nackte Brust gleiten.

»Du hast hier im Bootshaus Kondome?«, hake ich ein wenig irritiert nach, weil ich mich sofort frage, ob er hier mit Tara …

Raven unterbricht mein Gedankenkarussell mit einem weiteren intensiven Kuss, bevor er gegen meine Lippen wispert: »In meiner Jeans.«

Er küsst mich erneut und nimmt mir somit die Chance, etwas darauf zu erwidern, aber als ich wieder dazukomme, nach Luft zu schnappen, stoße ich keuchend hervor: »In deiner Jeans? Gehst du etwa immer mit Kondom in der Hosentasche zu Auftritten im Rum Runner?«

Ich muss zugeben, dass ich das nur halb im Scherz frage. Vielleicht, weil ich immer noch nicht fassen kann, dass Raven hier mit mir steht, fast nackt, und dass er MICH will. Mich, Florentine Schiller, bis vor Kurzem davon überzeugt, für ihn Luft zu sein. Ich meine, er hätte heute Abend jede Frau in diesem Pub abschleppen können – bis auf die Mitglieder der Cozy-Cottage-Clique natürlich –, aber er steht mit mir hier und angelt jetzt mit langem Arm nach seiner Jeans, ohne seinen Platz zwischen meinen Schenkeln aufzugeben. Während er sein Portemonnaie aus der Gesäßtasche zieht und dann eine silberne Packung aus einem der Innenfächer, erklärt er mit rauer Stimme: »Ich hatte das da einfach noch drin, okay? Und, bevor du fragst: Nein, es ist noch nicht abgelaufen.«

»Und als Lucille kam, hast du die Jeans mitgenommen, weil du dachtest, dass wir die ganze Nacht hier im Bootshaus verbringen müssen?«, frage ich und sehe ihn mit schief gelegtem Kopf abwartend an.

»So ist es«, sagt Raven ernst und lehnt sich wieder nahe zu mir. »Ich habe so viele verdammte Jahre auf diesen Moment gewartet. Den lasse ich mir von einer Bärin nicht kaputt machen.«

Ich lache kurz auf, werde dann aber schnell wieder ernst. »Wollen wir also wirklich in diesem Bootshaus Sex haben?« Raven, der sich gerade zu meiner Brust hinabbeugen wollte, hält inne und sieht mich zögernd an.

»Verdammt«, murmelt er. »Keine guten Assoziationen, oder?«

Ich muss erneut auflachen, als ich seinen betroffenen Gesichtsausdruck sehe. »Komm, lass uns doch rüber ins Haus gehen«, wispert er, aber ich bin schon dabei, langsam seine Boxershorts nach unten zu schieben, was Ravens Atem hörbar beschleunigt.

»Du gehst nirgendwo hin, mein Lieber«, flüstere ich und nehme ihm entschlossen die Kondompackung aus der Hand, während ich mich vorbeuge. Ganz dicht an seinem Mund murmele ich: »Wir zwei werden ab heute Nacht ganz sicher nur noch schöne Assoziationen mit Bootshäusern haben.«

Und ich behalte so recht. Ab jetzt werde ich ganz sicher an keinem Bootshaus in Wildberry Bay mehr vorbeigehen können, ohne bei den Erinnerungen weiche Knie zu bekommen – und Raven bestimmt rote Ohrenspitzen.

43

WILDBERRY BAY WHATSAPP-GRUPPE

Samstag, 14. Juli 2018

LEANNE SMITH:
O Mann, Betty. Du hast dir gestern echt den falschen Abend für Kino mit deiner Nichte ausgesucht!

ZOE MCINTOSH:
Amen.

Florentine

Als ich aufwache, dauert es nur wenige schlaftrunkene Sekunden, bis mir alles wieder einfällt.

Der denkwürdige Abend im Rum Runner, mit Ravens unfassbarer Liebeserklärung vor den versammelten Wildberry-Bay-Bewohnern. Wir zwei, am Strand. Erst in den Wellen, dann im Sand, er über mir. Lucille, die uns ins Bootshaus hat flüchten lassen.

Das Bootshaus. Bei der Erinnerung spüre ich augenblicklich Hitze über meinen Hals nach oben kriechen, während ich ganz still in Ravens Bett liege, mich nicht zu rühren wage, weil ich noch ein paar Sekunden lang meinen Gedanken nachhängen will. Die Bilder von letzter Nacht vor meinem inneren Auge vorbeiziehen lassen und auskosten möchte.

Wir sind nicht die ganze Nacht im Bootshaus geblieben – immerhin hatten wir nur ein Kondom. Und auf Dauer ist eine Sperrholzarbeitsplatte nicht wirklich bequem. Hand in Hand sind wir über den Rasen zu Ravens Haus hinaufgelaufen – und zwar splitternackt. Mir war es zu umständlich, mich wieder in meinen feuchten Badeanzug zu zwängen, und Raven hat seine Boxershorts aus Solidarität ebenfalls im Bootshaus liegen gelassen. Die Gefahr, morgens um drei jemandem in seinem Garten zu begegnen, war wohl auch wirklich extrem gering – sogar Lucille ließ sich nicht mehr blicken. Zum Glück.

Wir haben es bis auf die Treppe im Haus geschafft, wo wir uns dann länger aufgehalten haben und bestimmt genau dort zum zweiten Mal Sex gehabt hätten, unbequeme Stufen hin oder her, wenn die Kondome nicht im Badezimmer im ersten Stock gewesen wären. Irgendwie ist es uns schließlich gelungen, bis hierher, ins Schlafzimmer zu gelangen – mit den Kondomen.

Es war eine kurze Nacht, und draußen zog bereits die Morgendämmerung über dem Atlantik auf, als wir endlich zur Ruhe gekommen und eng umschlungen eingeschlafen sind.

Apropos eng umschlungen – ich blinzele und wage es nun doch, mich zu rühren. Ravens Arm liegt eindeutig nicht mehr schwer auf mir, und als ich die Augen ganz öffne, erkenne ich zu meiner grenzenlosen Enttäuschung, dass das Bett neben mir leer ist. Mein Herz schlägt schneller, als ich auf das zerwühlte Laken starre, und sofort ergreift Panik Besitz von mir. Ich muss wieder an meinen einzigen Tinder-One-Night-Stand denken: an Ben, der so nett und auch ganz sexy war, und mit dem ich tatsächlich von der Kneipe aus zu seiner Wohnung gefahren bin, um die Nacht mit ihm zu verbringen. Die war auch erstaunlich angenehm, diese Nacht – bis ich am nächsten Morgen aufgewacht bin und allein in seiner Wohnung war. Beziehungsweise – allein in der Wohnung. Denn während ich mich gerade in dem fremden Bad duschte – sehr ausgiebig, aus Trotz, weil Ben einfach so und ohne Nachricht verschwunden war –, ging plötzlich die Tür auf. Ich dachte schon überglücklich, dass Ben vom Bäcker zurück sei und gleich zu mir in die Dusche steigen würde –, aber vor mir stand eine fremde Frau, die entsetzt losgeschrien hat, als sie mich sah. Wie sich herausstellte, war die Frau Bens Ex-Freundin, die im Urlaub gewesen war, nichtsahnend von Mallorca zurückkehrte und eine fremde Frau nackt in ihrer Dusche vorfand. Der gute Ben hatte dies genau geplant, war früh abgehauen und hatte darauf vertraut, dass ich lange schlafen und seine Ex mich überraschen würde. Offenbar hatte er die Trennung nicht gut verkraftet und seiner Ex eins auswischen wollen, indem er in ihrem Bett Sex mit einer anderen Frau hatte. Seitdem kann ich nur jedem raten, nach einer Trennung sofort das Schloss auszutauschen, wenn man sich nicht sicher ist, ob der Ex nicht eine Kopie des Wohnungsschlüssels gemacht hat.

Während ich noch an die demütigendste Dusche meines Lebens denke, versuche ich, meinen wilden Herzschlag und mein Gedankenkarussell zu beruhigen.

Raven ist nicht Ben. Das hier ist sein Haus und nicht etwa das von Tara. Tara wird nicht jeden Moment hier auftauchen. Und selbst wenn – dieses Szenario haben wir ja schon zweimal durchgespielt. Einmal mit nacktem Hintern. Einmal auf diesem Bett, Raven nur mit einem Handtuch bekleidet.

Eigentlich dürfte also in Sachen Tara nichts mehr passieren, was mich umhauen könnte, hoffe ich zumindest.

Nein, Raven ist sicherlich nur kurz nach unten gegangen und hat schon Kaffee gemacht. Meine Hand fährt zaghaft über das zerwühlte Laken neben mir. Hmm, es ist schon kalt, er kann also nicht erst vor wenigen Minuten aufgestanden sein. Wie spät ist es überhaupt?

Orientierungslos sehe ich mich im Zimmer um und frage mich, wo ich mein Telefon gelassen haben könnte. Ach, unten, in meiner Handtasche. Die habe ich nach dem Rum Runner in der Diele von mir geworfen, weil mir so heiß war, dass ich einfach nur schnellstmöglich ans Meer kommen wollte. Also bin ich nur nach oben gerast, habe mich in den Badeanzug gezwängt und bin an den Strand geeilt.

Der Strand. Raven. Seine Augen, die im Mondlicht dunkel geschimmert haben. Die Art, wie er mich angelächelt hat. Hitze beginnt, meinen ganzen Körper zu fluten, und ich spüre ein eindeutiges Ziehen in meinem Unterleib. Ganz klar: Wäre Raven jetzt in diesem Schlafzimmer, würden wir das letzte Kondom seiner Packung verbrauchen, die auf dem Nachttischchen liegt. Oh, da steht ja auch der Wecker, den habe ich ganz vergessen. Ich schiebe die Kondompackung zur Seite und schnappe beim Blick auf die Uhrzeit überrascht nach Luft: Es ist halb eins!

Eilig schwinge ich meine Beine aus dem Bett und trete ans Fenster heran. Draußen begrüßt mich ein grauer Himmel, Tropfen rinnen am Glas hinab. Wo ist denn das schöne Sommerwetter hin? Rasch schnappe ich mir ein weites T-Shirt und streife es über. Ich muss dringend nach unten gehen und nachsehen, ob Raven im Haus ist. Er hat doch heute kein Camp? Nein, es ist Samstag. Wobei mir einfällt, dass ICH eigentlich im Diner meine Kuchen backen müsste! Verdammt, Eliza hat auch keine Wochenenden. Und ich verpenne einfach und lasse sie allein vor sich hin schuften!

Sofort verlasse ich das Schlafzimmer, spiele noch mit dem Gedanken, schnell auf die Toilette zu gehen, werde dann aber von Kaffeeduft abgelenkt. Ja, natürlich, Raven hat Frühstück gemacht! Ein spätes Frühstück, mit dem er mich vielleicht sogar im Bett überraschen wollte. Mit einem versonnenen Lächeln überlege ich, ob ich mitspielen und zurück ins Bett kriechen soll, um auf ihn zu warten – aber dann fällt mir Eliza wieder ein. Ich schulde ihr zumindest eine Erklärung, und mein Telefon ist im Erdgeschoss. Barfuß eile ich die Treppe hinab und erkenne meine Handtasche auf dem Stuhl in der Diele. Ich könnte natürlich einfach schnell mein Handy rausfischen und zurück nach oben schleichen – aber dann höre ich Stimmen.

Überrascht halte ich inne. Ravens Stimme. Okay, er telefoniert sicherlich. Ich könnte immer noch zurück nach oben gehen, aber irgendwie möchte ich ihn jetzt doch sehen. Möchte auf seinem Gesicht erkennen, dass er genauso glücklich über die letzte Nacht ist wie ich. Möchte beobachten, wie sich seine Ohrenspitzen rot färben. Wie seine Augen zu glänzen beginnen. Also lasse ich meine Handtasche liegen und gehe über die knarrenden Dielen ins Wohnzimmer.

Eben diese knarrenden Dielen verhindern leider, dass ich ungesehen zurück in den Flur flüchten kann, sobald ich erkenne, mit wem Raven redet. Nicht etwa mit jemandem am Telefon – sondern mit Jay.

Verdammt! Der Rückflug aus Manhattan war gestern – Jay ist wieder hier!

Die beiden sitzen am Küchentisch, vor sich jeweils eine Tasse Kaffee. Raven trägt ein T-Shirt, das frisch aussieht – richtig, sein gestriges ist ja vermutlich der Flut zum Opfer gefallen, gemeinsam mit meinem – nein, seinem – Badetuch. Er sieht auf, genau wie Jay – natürlich haben beide die Dielen deutlich knarzen gehört. Diese verdammten alten Häuser mit ihren alten Holzfußböden!

Zwei Paar Augen starren mich an. Ich starre zurück – in Ravens grüne Augen, in denen tatsächlich etwas aufglimmt, allerdings nicht die Lust, auf die ich gehofft hatte. Es ist eher … leichte Panik. Ich merke, wie sein Blick an mir hinabgleitet, und mir wird bewusst, dass ich nur ein T-Shirt trage, das zwar recht weit ist – aber nicht so lang, dass es mich untenherum komplett verhüllen würde. Wenn ich mich jetzt umdrehen und flüchten sollte, wäre ungefähr die Hälfte meines Hinterns zu sehen. Nicht, dass dieser Hintern für die beiden Männer am Küchentisch komplett unbekanntes Territorium wäre. Zumindest einer der beiden hat sich vor Kurzem sehr ausgiebig damit beschäftigt. Der andere hat das nie getan, wird mir erst jetzt voll und ganz bewusst – Jay hat meinen Hintern und den Rest von mir kein einziges Mal völlig nackt gesehen (zumindest nicht, seit wir beide älter als fünf Jahre alt sind). Aber immerhin kennt er mich in Unterwäsche, denn in einem Bett geschlafen haben wir während unseres kurzen Zusammenlebens in Halifax vor der geplatzten Hochzeit ja durchaus.

Trotzdem schäme ich mich gerade in Grund und Boden – vor allem, weil Jay mich so geschockt ansieht. Er sitzt wie erstarrt auf seinem Stuhl und lässt seinen Blick langsam von meinem zerwühlten Haar über meinen Oberkörper bis hinab zu meinen nackten Beinen und wieder zurück bis zu meinem Gesicht wandern. Dann schluckt er schwer und räuspert sich.

»Ähm – hi, Flo.«

»Hi, Jay«, krächze ich. »Mit dir habe ich überhaupt nicht gerechnet.«

Jay fährt sich mit einer Hand durch sein dunkles Haar und schüttelt dann mit einem ungläubigen Lachen den Kopf, bevor er sagt: »Offensichtlich nicht, nein.«

Er sieht Raven über den Tisch hinweg an, dann starrt er wieder mich an. Ich erkenne die Kränkung in seinen Augen. Den verletzten Stolz. Jays Stolz ist leicht verletzt, und es ist meistens nicht so leicht, ihn wieder zu besänftigen. Mit Unbehagen muss ich an das eine Mal denken, als wir gemeinsam mit ein paar seiner Kumpels aus Halifax zum Bowlen gegangen sind. Jay war der schwächste Spieler von allen, was sein Ego nicht gut verkraftet hat. Er hat seine verletzten Gefühle an mir ausgelassen, bis wir uns deshalb furchtbar gestritten haben und ich mir fest vorgenommen habe, nie wieder mit ihm bowlen zu gehen.

»Hör mal, Jay, das hier ist sicherlich merkwürdig für dich ...«, beginne ich, um einen diplomatischen Ausweg aus dieser bescheuerten Situation zu finden.

»Dass du ein paar Tage nach unserer geplatzten Hochzeit sofort mit meinem Bruder ins Bett gesprungen bist?« Jay lacht bitter auf, während mir Hitze in die Wangen steigt und ich entschlossen meinen T-Shirt-Saum weiter über meine Schenkel hinabziehe. »Ja, das ist allerdings merkwürdig, Flo!«

Er malt Anführungszeichen in die Luft, als er »merkwürdig« sagt, und ich atme tief durch. Raven will etwas sagen, er beginnt: »Jay, bitte ...«, doch ich unterbreche ihn entschlossen.

»Weißt du, was noch viel mehr als nur ›merkwürdig‹ war, Jay Leblanc? Ich kann es dir sagen: Im Brautkleid nach dir zu suchen und dich in einem Bootshaus zu finden, wo du gerade deinen Trauzeugen vernascht hattest! Das war nicht nur ›merkwürdig‹, nein, das war demütigend und verletzend und niederschmetternd und herzzerreißend und beschissen schmerzhaft und noch eine ganze Reihe weiterer Adjektive, die ich dir jetzt erspare! Aber bestimmt nicht nur ›merkwürdig‹!«

Mein Atem geht schnell, und mein Herz droht, meinen Brustkorb zu sprengen, als ich Jay ansehe, der meinen Blick wie erstarrt erwidert. Alle Farbe ist aus seinem Gesicht gewichen, während ich mich mal wieder fühle, als stünde ich in Flammen. Ich spüre, dass Raven mich ebenfalls anschaut, aber ich kann nicht aufhören, Jay anzusehen. Den Mann, der mal mein allerbester Freund war. Mein Seelenverwandter. Von dem ich dachte, dass wir ... Tja. Dass zwischen uns das sein könnte, was letzte Nacht zwischen Raven und mir war. Immer noch ist. Diese Spannung, dieses Kribbeln, diese kaum auszuhaltende Anziehung.

Aber die gab es nie zwischen Jay und mir, wird mir einmal mehr klar, als sich mein Atem langsam beruhigt. Ich hole tief Luft, lasse sie langsam entweichen. Jay blinzelt, als müsse er den Schreck über meine Tirade abschütteln. Schließlich räuspert er sich und murmelt: »Du ... du hast völlig recht, Flo. In allem.«

Langsam nicke ich und atme erneut tief durch. Raven erhebt sich abrupt von seinem Stuhl, und nun schaue ich ihn doch fragend an. Er erwidert meinen Blick ruhig und sieht dann seinen Bruder an, bevor er sagt: »Ich muss noch was erledigen. Sprecht euch aus, ihr zwei. Bis später.«

44

Jay und ich starren uns stumm an, während Raven das Haus verlässt. Wir hören, wie draußen der Motor seines Jeeps angelassen wird und der Wagen aus der Einfahrt rollt. Dann umgibt uns Stille, nur durchbrochen vom Brummen des Kühlschranks und dem gleichmäßigen Rauschen der Brandung.

»Was zum Teufel ist mit deinem Auge passiert?«, fragt Jay und mustert mich kopfschüttelnd.

»Hab Baseball gespielt«, seufze ich. »Glaub mir, es sieht schon sehr viel besser aus als vor ein paar Tagen.«

»Oh. Hmm. Ähm ... Vielleicht willst du dir etwas überziehen, und dann ... reden wir?«, erkundigt sich Jay vorsichtig, und erst jetzt fällt mir wieder meine spärliche Kleidung ein. Ich nicke.

»Und eine schnelle Dusche brauche ich auch«, murmele ich, während mir bei der flüchtigen Erinnerung an letzte Nacht erneut die Wangen heiß werden.

Jay räuspert sich, als wüsste er genau, was ich denke. Aber vermutlich sieht man mir diese Gedanken tatsächlich sehr genau an. Alles an mir schreit heute Morgen vermutlich »Ich hatte den besten Sex meines Lebens!«.

»Gut, dann ... bin ich oben«, sage ich und will mich umdrehen, doch als mir mein nackter Hintern einfällt, bewege ich mich in einem merkwürdigen Seitwärtsgang, wie ein Krebs, Richtung Wohnzimmer und tauche schließlich erleichtert in den Schutz des Flures ein.

Nicht zu fassen, dass ich mich gegenüber diesem Mann, den ich vor acht Tagen noch heiraten wollte, so befangen benehme! Aber die Wahrheit ist: Er hat in all den Jahren unserer Freundschaft und in den Monaten, in denen wir verlobt waren, weniger von meinem Körper gesehen als sein Bruder in einer Nacht.

Als ich schon die Treppe hinaufeilen will, fällt mein Blick auf meine Handtasche. Ich schnappe sie mir und haste damit in den ersten Stock. Im Badezimmer ziehe ich mein Telefon heraus und erkenne, dass ich fünf neue Nachrichten und zwei verpasste Anrufe habe.

Beide Anrufe sind von Jay, und sie sind von heute Vormittag. Vier der Nachrichten hat auch er geschrieben:

»Hi Flo, ich bin aus Manhattan zurück. Können wir reden?«

»Flo, bitte. Geh ans Telefon.«

»Okay, ich bin jetzt in Wildberry Bay. Hab es nicht mehr ausgehalten, ich muss dich unbedingt sprechen. Bitte, wenn du schon nicht telefonieren willst, lass uns einen Kaffee zusammen trinken, ja?«

»Flo, ich komme jetzt zu Ravens Haus. Bitte, gib mir die Chance, dir persönlich alles zu erklären.«

Und eine Nachricht, die jüngste, ist von Raven: »Jay sitzt in der Küche. Zieh dich an, bevor du runterkommst!!!«

Na, wunderbar. Die Warnung ist leider nicht rechtzeitig angekommen. Raven hat vermutlich geglaubt, ich hätte meine

Handtasche mit dem Telefon mit ins Schlafzimmer genommen.

Als ich, geduscht, angezogen und mit feuchtem Haar, ins Erdgeschoss komme, wartet Jay bereits im Wohnzimmer auf mich.

»Hier«, sagt er und drückt mir eine Tasse in die Hand, aus der verlockender Kaffeegeruch aufsteigt.

»Oh, Gott sei Dank!«, stöhne ich auf, nehme einen großen Schluck von meinem Kaffee und schließe kurz genüsslich die Augen. Als ich sie wieder öffne, merke ich, dass Jay mich ernst mustert.

»Du siehst wunderschön aus, Flo«, sagt er leise und nippt an seiner eigenen Kaffeetasse, die er mit beiden Händen fest umklammert hält. Gerührt lächele ich.

»Danke«, murmele ich. »Du siehst auch nicht schlecht aus, Jay.«

Jay schnaubt leise auf und winkt kopfschüttelnd ab.

»Doch!«, beharre ich. »Du siehst sogar sehr gut aus.« Während ich einen weiteren Schluck Kaffee nehme, betrachte ich nachdenklich sein braun gebranntes Gesicht und die vertrauten dichten schwarzen Wimpern, die Ravens sehr ähnlich sind. Dann kommt mir spontan ein Gedanke, und ich stoße ein wenig atemlos hervor: »Das liegt vermutlich daran, dass du glücklich verliebt bist!«

Jay, der gerade seine eigene Tasse zum Mund geführt hat, hält regelrecht erschrocken inne und sieht mich groß an.

»Schau nicht so entsetzt«, sage ich leise. »Es stimmt doch.«

Schließlich nickt Jay langsam. »Ja«, murmelt er ernst. »Das stimmt tatsächlich. Und du? Du leuchtest heute regelrecht von innen. Und das liegt garantiert nicht daran, dass du mich wiedersiehst, sondern wohl eher an der letzten Nacht mit Raven.«

Sofort spüre ich wieder heiße Röte in mir aufsteigen. »Komm«, sage ich und stelle meine Tasse auf Ravens Couchtisch ab. Dieses Mal denke ich sogar daran, einen der Untersetzer aus hell gewaschenem Treibholz zu nutzen, damit ich nicht schon wieder Ränder auf dem Tisch hinterlasse, wie erst neulich geschehen.

Selbst ich lerne dazu, und ich möchte auf keinen Fall, dass Raven mich nicht gern in seinem Haus hat. Ich sehe wieder Jay an, der mich abwartend mustert. »Lass uns draußen ein wenig spazieren gehen, ja?«

»Wie war Manhattan?«, frage ich, als wir wenig später nebeneinander an der Küste entlanggehen. Zum Glück hat es aufgehört zu regnen, aber die Wolken hängen grau über dem Atlantik, und der Duft nach feuchter Erde erfüllt die Luft, die heute deutlich kühler ist als gestern. Wir folgen dem Trampelpfad entlang der natürlichen Barriere aus Felsen, die uns vom Meer trennt. Genau hier muss letzte Nacht Lucille vorbeigerannt sein, fort vom Bootshaus und von uns, wird mir bewusst, und ich halte verstohlen nach Tatzenabdrücken Ausschau.

»Manhattan war toll«, sagt Jay und klingt ziemlich schuldbewusst. Ich finde, das sollte er auch. Immerhin haben wir das Hotel gemeinsam ausgesucht und gebucht.

»Das Geld bekommst du natürlich wieder«, schiebt er rasch hinterher. »Und ich übernehme auch die ganzen Kosten für die Zimmer im Lighthouse Inn und für das Restaurant in Peggy's Cove. Und ... für dein Brautkleid.«

Ich seufze tief auf, als ich an mein ramponiertes Wolkenkleid denke, das seit unserem Hochzeitstag in Ravens Kleiderschrank hängt.

»Außerdem möchte ich, dass du weißt, dass ich nicht einfach so nach der geplatzten Hochzeit mit Trevor nach Manhattan abgehauen bin, weil ich Bock auf New York hatte und wir eh schon eine Hotelbuchung hatten. Denn so war es nicht.«

»Ach nein?«, frage ich und kann mir einen sarkastischen Unterton nicht verkneifen.

»Nein«, bestätigt Jay mit Nachdruck und sieht mich ernst an. »Ich war so überfordert von der ganzen Situation, von diesem plötzlichen und völlig ungeplanten Coming-out, dass ich nur wegwollte. Ich hatte riesigen Schiss vor den Reaktionen der anderen und habe dringend Abstand gebraucht – von meiner Familie, meinen Freunden ... und von dir.« Er seufzt tief auf, während ich das sacken lasse. Schließlich frage ich ihn ernst: »Seit wann wusstest du es?«

»Das mit Trevor?«, hakt er nach. »Oder ganz allgemein, dass ich schwul bin?«

»Erst einmal ganz allgemein.«

»Ich kann es dir nicht mehr genau sagen«, murmelt er. »Rückblickend glaube ich, dass ich es immer schon unterschwellig wusste. Irgendwo tief in mir drin war mir immer klar, dass ich nie so verrückt nach einem Mädchen sein würde, wie es meine Kumpels auf der Highschool offenbar waren – oder Raven, auch wenn der nie wirklich mit mir darüber gesprochen hat. Ich hab mich noch nie für den Playboy oder sonst was in der Richtung interessiert.«

Hmm, denke ich. Ja, jetzt, da ich näher darüber nachdenke, kann ich mir Jay auch wirklich nicht mit dem Playboy vorstellen. Warum ich jahrelang blind durch die Welt gelaufen bin, kann ich nicht mehr nachvollziehen.

Jay zuckt mit den Schultern und schiebt die Hände in die Taschen seiner Shorts. »Tja. Wenn das mit meinem Vater nicht passiert wäre – wer weiß, ob ich es dann nicht früher gewagt hätte, mir einzugestehen, dass ich nicht so war wie die anderen Jungs um mich herum. Vielleicht hätte ich mich getraut, anders zu sein. Der Einzige in meiner Clique, der auf Jungs steht und nicht auf Mädchen. Aber bis ich fünfzehn war, konnte ich das Ganze noch gar nicht richtig begreifen, denn damals hatte ich einfach keinen Kontakt zu Homosexuellen, verstehst du? Es war ja nicht wie heute, wo das zum Glück ganz selbstverständlich und normal ist. Also, in manchen Teilen der Welt zumindest.«

Er macht eine Pause und sieht mich mit einem schiefen Lächeln an. »Tja, der Sommer 1998 war genau die Zeit, in der ich mir vermehrt die Frage gestellt habe, ob ich anders bin. Ich habe mitbekommen, wie verrückt Neil nach Gwen war, und gleichzeitig habe ich festgestellt, dass ich Neil viel interessanter fand als Gwen. Oder dich.«

Ich reiße meine Augen weit auf. »Du warst in Neil verknallt?«, frage ich ungläubig.

Jay lacht leise auf. »Und ich dachte, du wärst beleidigt, weil ich sage, dass ich nicht in dich verknallt war«, bemerkt er trocken.

»Nein, Jay glaub mir, das habe ich inzwischen wirklich begriffen. Aber du und Neil?«

»Nee. Absolut gar nicht«, sagt Jay mit einem verschmitzten Lächeln, das mein Herz erwärmt. Jay hat einfach ein tolles Lächeln. Ein Lächeln, bei dem ich mich immer zu Hause fühle.

»Neil steht nun wirklich absolut gar nicht auf Männer. Das habe ICH sehr schnell begriffen«, sagt er augenzwinkernd. »Und, wie schon gesagt: Er war doch absolut verrückt nach Gwen. Wirklich, dass die beiden kein Paar geblieben sind – Carries Schwangerschaft hin oder her –, das ist für mich eines der größten Dramen des damaligen Sommers.«

»O ja, du sagst es«, seufze ich tief auf. »Aber jetzt geht es gar nicht um Neil und Gwen. Jetzt geht es um dich.«

»Hmm«, macht Jay nachdenklich. »Wie gesagt, ich war fünfzehn und ziemlich verwirrt, was meine Gefühle anging. Und dann ist die Bombe rund um Dad und Bob geplatzt. Alle waren fassungslos und durcheinander und dann auch noch der Flugzeugabsturz ... es kam mir vor, als würde meine gesamte Welt in Trümmern liegen. Und ich hatte das Gefühl, wenn ich mich auch noch offen zu meiner Sexualität bekannt hätte, dann hätte ich diese ganze Katastrophe noch verschlimmert. Unsere Welt stand ja so schon auf dem Kopf. Ich hätte beim besten Willen nicht gewusst, wie ich meinem Bruder hätte sagen sollen ›Hey, weißt du was, ich bin auch schwul!‹.«

Er lacht auf und starrt an den Horizont, wo wir in der Ferne ein Containerschiff in Spielzeuggröße vorbeiziehen sehen.

»Heute weiß ich natürlich, dass Raven damit hätte umgehen können. Er hätte das sicherlich besser verkraftet, als ich die Sache rund um Dad und Bob verkraftet habe. Aber damals kam es mir so vor, als hätten Dad und Bob allein durch ihre Homosexualität alles kaputt gemacht: unsere Familie, Gwens Familie, unsere Cozy-Cottage-Clique. Alles war vorbei, und ich habe das nur auf Dads und Bobs Anderssein projiziert. Ich dachte, wenn die beiden nicht schwul wären, dann wären wir noch eine normale Familie. Dass unsere Eltern sich trotzdem hätten trennen können, darüber habe ich gar nicht erst nachgedacht. Darum habe ich mir fest vorgenommen, nicht so zu werden. Sondern ›normal‹ zu sein.«

»Oh, Jay«, wispere ich erschüttert. »Was für ein schweres Päckchen für einen fünfzehnjährigen Jungen!«

»Ja«, lacht Jay auf. »Ich hätte gern mit dir darüber gesprochen, aber ich wollte nicht einmal, dass du das weißt. Ich habe nie mit irgendjemandem darüber geredet. Der Schock war zu groß, nachdem ich erlebt hatte, wie die Leute über Dad und Bob hergezogen haben – sogar Leute, von denen sie bis dahin gedacht hatten, sie wären gute Freunde.«

»Warte, du meinst aber nicht ...«

»Nein, nicht deine Eltern«, vollendet Jay rasch meinen Satz, denn so war es bei uns schon immer: Wir wissen, was der andere sagen will. Ich nicke beruhigt, und Jay holt tief Luft, bevor er weiterredet.

»Andere Leute. Nachbarn von uns in Halifax, Kollegen. Aber die Leute haben sich nicht nur über Dad und Bob ihre Mäuler zerrissen, sondern auch über mich. In der Highschool hieß es plötzlich, dass ich bestimmt ebenfalls eine Schwuchtel sei. Wenn mein Vater doch jahrelang eine Lüge gelebt hatte, dann ich vielleicht genauso. Beim Umziehen vorm Sport haben die anderen Jungs auf einmal zu mir gesagt, ich solle wegschauen. Keine Ahnung, wie es für Raven war, ob es ihm auch so ging – wir haben nie darüber geredet. Aber ich habe damals sehr gelitten.«

Betroffen lege ich einen Arm um Jays Schulter. Wir sind stehen geblieben, ich sehe ihn an.

»Jay«, sage ich leise, »das tut mir so leid, ich hatte keine Ahnung.«

Er nickt und seufzt tief auf. Dann fährt er leise fort: »Ich wollte einfach nur dazugehören, ich wollte allen beweisen, dass ich nicht so bin wie mein Dad. Darum habe ich mich bemüht, so zu sein wie alle anderen. Ich hatte eine Freundin im College und habe ihr die ganze Zeit erzählt, dass ich bis zur Ehe mit dem Sex warten möchte. Genau wie dir auch.« Er lächelt mich entschuldigend an. »Sorry,

Flo«, flüstert er dann. »Ich hätte dir niemals so wehtun dürfen.«

»Ach, weißt du«, sage ich und zucke mit einem schiefen Lächeln die Schultern. »Ich glaube, dir hat das Ganze mindestens so wehgetan wie mir.«

»Das stimmt«, sagt Jay leise. Nachdenklich sehe ich ihn an. »Was ich trotzdem nicht verstehe ... Warum hast du damals auf der Hochzeit von Gwen überhaupt den Vorschlag gemacht, dass wir heiraten, wenn wir mit fünfunddreißig noch Single sind? Du wusstest doch im Grunde genommen, dass du mich nicht so lieben würdest, wie man eine Ehefrau lieben sollte.«

Jay sieht mich mit einem traurigen Lächeln an. »Ich WOLLTE dich aber so lieben wie eine Ehefrau«, sagt er, und seine Stimme klingt mit einem Mal sehr belegt. »Das ist die Wahrheit, Flo. Du bist tatsächlich meine große Liebe, in so vieler Hinsicht. Meine beste Freundin, meine Seelenverwandte. Wir haben schon so viel zusammen erlebt. Wenn der blöde Sex nicht wäre, dann wärst du wirklich die Eine für mich.«

Obwohl ich ziemlich aufgewühlt bin, muss ich auflachen. »Tja. Der blöde Sex ist aber leider nicht ganz unerheblich in einer Beziehung«, seufze ich und bemühe mich sehr darum, nicht schon wieder an die letzte Nacht zu denken. An Raven. Ich bekomme eine Gänsehaut auf den Armen, und natürlich entgeht Jay das nicht. Er starrt auf meine Arme, dann nickt er und murmelt: »Ja, das stimmt. Das musste ich dann auch feststellen. Weißt du ... damals auf Gwens Hochzeit, da hatte ich gerade eine ziemliche Enttäuschung hinter mir. Ich hatte bei der Arbeit einen Mann kennengelernt. Jack war ein Patient von mir, und ich ... ich habe mich wahnsinnig in ihn verliebt. Aber ich wollte mir das lange nicht eingestehen, weil ich immer noch nicht so weit war, ehrlich mir selbst gegenüber zu sein.«

Er reibt sich mit beiden Händen über das Gesicht, bevor er heiser fortfährt: »Jack war verheiratet und hatte drei Kinder. Und trotzdem hatte ich bei ihm das Gefühl, dass ich ihm auch nicht egal war. Die Art, wie er mich angesehen hat, wenn er dachte, ich merke es nicht. Oder wie er laut über meine Witze gelacht hat, die eigentlich wirklich schlecht waren.«

Flüchtig muss ich grinsen, als ich an Jays notorisch schlechte Witze denke, doch Jay bleibt erstaunlich ernst, während er fortfährt: »Eines Abends waren wir die Letzten in der Praxis, und da habe ich es nach der Behandlung gewagt und ... also, ich habe vorsichtig nach seiner Hand gegriffen, wollte etwas zu ihm sagen, aber da ist Jack ausgeflippt, er hat mich weggestoßen und geschrien, dass ich ihn in Ruhe lassen soll, dass er mich wegen sexueller Belästigung anzeigt und so weiter. Dabei war ich mir wirklich ganz sicher gewesen, dass er das Gleiche für mich empfand wie ich für ihn. Aber ... er wirkte so angewidert. Ich hab mich so dreckig gefühlt, Flo. Schäbig. Jack ist nie wieder in unsere Praxis gekommen.«

Bestürzt mustere ich Jay. »Für mich klingt das so, als ob er auch vor etwas davongelaufen wäre«, sage ich leise. »Noch jemand, der sich seine wahren Gefühle nicht eingestehen konnte, sonst hätte er doch nicht so heftig reagiert.«

»Mag sein«, murmelt Jay und zuckt mit den Schultern. »Er hatte ja auch ziemlich viel zu verlieren. Seine Familie – genau wie Dad damals. Und Bob. Die beiden haben ja ebenfalls wegen uns so lange versucht, ihre Gefühle füreinander zu ignorieren.«

»Was im Endeffekt kolossal gescheitert ist«, sage ich leise. Jay nickt.

»Wie auch immer – kurz nach der Sache mit Jack fand Gwens Hochzeit statt. Ich weiß noch, wie ich mich betrunken habe. Wie ich Gwen und Tom beim Tanzen zugeschaut habe. Die beiden waren so glücklich.«

»Na ja«, schnaube ich leise.

»Okay, wie ihre Beziehung heute aussieht, das steht auf einem ganz anderen Blatt. Aber damals *wirkten* sie doch wahnsinnig glücklich, oder?«

Ich denke an den Tag von Gwens Hochzeit zurück. An ihr wunderschönes Brautkleid. An ihr strahlendes Lächeln. An Tom, der immer wieder besitzergreifend den Arm um sie gelegt und sie so stolz angesehen hat. Damals kam mir das sehr romantisch vor. Heute sehe ich das Ganze kritisch – aber ich nicke. »Ja, du hast recht. Damals *haben* sie sehr glücklich *gewirkt*.«

»Und ich wollte das auch«, sagt Jay leise. »Ich wollte nicht weiter allein durchs Leben gehen. Ich wollte so eine Beziehung haben. Und du ... du warst so wunderschön an dem Abend, und wir hatten mal wieder so viel Spaß.«

»Das stimmt«, sage ich mit einem Schmunzeln, als ich an die Hochzeitsfeier zurückdenke.

»Ich dachte wirklich, mit dir könnte es klappen. Mit dir könnte ich normal sein.«

»Ach Jay«, flüstere ich. Dann lege ich meine Arme um seine Schultern und ziehe ihn fest an mich. Eine Weile stehen wir ganz still da und lauschen dem gleichmäßigen Donnern der Brandung. Schließlich frage ich leise: »Und wann fing das mit Trevor an?«

Jay seufzt tief auf, aber er löst die Umarmung nicht, sondern legt seine Arme noch fester um mich, als er in mein

Haar murmelt: »Ich kann es dir nicht mehr genau sagen. Trevor und ich, wir kennen uns schon so lange.«

»Ich weiß«, sage ich, denn die beiden haben sich bereits auf dem College kennengelernt und sind in Halifax über die Jahre enge Freunde geworden. »Du kanntest Trevor doch auch schon, als du Jack getroffen hast.«

»Ja, klar,« sagt Jay und nickt ernst. »Aber unsere Freundschaft ist erst nach der Jack-Sache immer enger geworden. Und, ja, ich habe hin und wieder darüber nachgedacht, ob ich für Trevor vielleicht auch mehr empfinden könnte, aber ich wollte auf keinen Fall noch einmal so zurückgestoßen werden wie von Jack. Ich wollte mich nicht noch einmal so blamieren. Und Trevor hatte eine Freundin, deshalb war ich mir eigentlich sicher, dass er mich wirklich nur als Kumpel betrachtet hat. Inzwischen weiß ich, dass es ihm ähnlich ging wie mir. Wir waren beide nur mit Heterosexuellen befreundet, hatten keine Kontakte in die Homo-Szene, waren völlig unerfahren. Trevor hat erzählt, dass er sich vor zwei Jahren von seiner Freundin getrennt hat, weil er … weil er immer mehr über mich nachdenken musste. Er behauptet, er hätte mir immer wieder Signale geschickt, aber ich wollte oder konnte die einfach nicht erkennen. Und dann haben du und ich angefangen, unsere Hochzeit zu planen, und ich habe Trevor gefragt, ob er mein Trauzeuge sein will.«

Jay lacht bitter auf und schüttelt den Kopf. »Verdammt, ich weiß noch genau, dass er mich so komisch angeschaut hat. Dass er sich erst gar nicht freuen konnte, aber ich dachte, na ja, es ist ja auch eine ziemlich komische Verlobung. Und schließlich war Trevor nicht der Einzige, der skeptisch war, ob das mit dir und mir funktionieren würde.«

Ich lache auf. »Ja, da war Trevor wirklich nicht der Einzige«, seufze ich dann. Jay nickt grimmig.

»Auf jeden Fall habe ich das Thema ›Trevor‹ noch lange konsequent ignoriert. Ich wollte absolut nicht weiter darüber nachdenken, was zwischen ihm und mir vor sich ging, aber … das scheint wohl trotzdem immer offensichtlicher geworden zu sein, sodass Raven mich darauf angesprochen hat.«

»Wie bitte?«, frage ich leise, und mein Herzschlag beschleunigt sich alarmiert. »Raven?«

45

Jay nickt. Seine Kiefermuskulatur arbeitet heftig, wie es sonst die seines Bruders tut. Ich will mit den Fingern darüberstreichen, aber sie gehorchen mir nicht.

»Ich weiß, ich hätte auf Raven hören sollen«, murmelt Jay und reibt sich mit beiden Händen über das Gesicht. »Wirklich, es tut mir so leid, dass ich bis zum allerletzten Moment gewartet habe. Und selbst dann habe ich es dir ja nicht einmal selbst gesagt, sondern du … du hast mich entdeckt. Uns.« Er holt zitternd Luft. »Es tut mir so verdammt leid, Flo.«

Erschüttert starre ich ihn an. »Was … was meinst du?«, stammele ich. »Wann … wann hat Raven dich denn darauf angesprochen?«

»Er hat mich nach meinem Junggesellenabschied zur Rede gestellt«, stößt Jay gequält hervor. »Hat er … dir das nicht erzählt?«

»Nein«, erwidere ich tonlos. »Er hat mir gar nichts gesagt.«

Der Junggesellenabschied hat eine Woche vor unserer Hochzeit stattgefunden, weil Jay bis zum Tag vor unserer Abreise nach Peggy's Cove noch gearbeitet hat. Darum sind er, Trevor, Raven und einige von Jays Kollegen und Freunden am Freitagabend – eine Woche vor dem Leuchtturmdesaster – losgezogen, um die Kneipen von Halifax unsicher zu machen.

Ich starre Jay fassungslos an und hake nach: »Raven hat dich nach deinem Junggesellenabschied zur Rede gestellt? Warum?«

Jay holt tief Luft. »Er hat gesagt, dass er Trevor und mich im Laufe des Abends beobachtet hätte und dass ihm endgültig klar geworden sei, dass da zwischen uns mehr war als nur platonische Freundschaft, und dass er nicht verstehen könnte, warum weder Trevor noch ich uns das endlich eingestanden. Und vor allem hat er mich gefragt, warum ich dich überhaupt heiraten wollte.«

Ich löse mich von Jay und mache zwei Schritte rückwärts. Schnell greift er nach meinem Arm und zieht mich mit einem »Pass auf!« wieder näher an sich heran. Da erst wird mir wieder bewusst, dass wir nah an den Klippen stehen und ich beinahe nach hinten ins Meer gestürzt wäre.

»Raven hat dich eine ganze Woche vor unserer geplatzten Hochzeit auf deine Gefühle für Trevor angesprochen?«, frage ich mit bebender Stimme.

»Ja«, murmelt Jay betroffen.

»Und ... du hast gesagt, ihm sei das an deinem Junggesellenabschied ›endgültig‹ klar geworden – das heißt, er hatte schon vorher den Verdacht?«

Jay nickt bekümmert. Ich hole tief Luft und wende mich von ihm ab, um aufs offene Meer hinauszusehen und mich ein wenig zu sammeln.

»Und was hast du an dem Abend zu Raven gesagt?«

Jay lacht verbittert auf. »Ich hab natürlich alles vehement abgestritten, ganz der Feigling, der ich bin. Weil ich es mir ja nach wie vor selbst nicht eingestehen wollte. Ich habe gesagt, dass Trevor und ich uns extrem gut verstehen, uns in- und auswendig kennen. Und dass er da zu viel hineininterpretiert.« Er seufzt tief auf. »Aber als wir dann in Peggy's

Cove waren, am Morgen der Hochzeit, habe ich gemerkt, dass Trevor ziemlich niedergeschlagen war. Ich habe ihn zur Rede gestellt, habe ihn gefragt, was los ist. Und auf einmal hat er mir gesagt, was er für mich empfindet. Das war noch im Inn, wir hatten uns gerade umgezogen, und ich musste da raus, ich musste einen klaren Kopf bekommen.« Jay ringt zitternd nach Luft.

»Darum bin ich Richtung Bootshäuser gegangen, um nachdenken zu können. Ich hatte Panik, wusste nicht mehr, was ich machen soll. Nur kurz darauf ist Trevor mir gefolgt. Er wusste, wo ich bin, weil Raven mich gesehen hatte. Er hat gemerkt, wie aufgewühlt ich war, und deshalb ist er zu Trevor gegangen und hat ihm nahegelegt, dass er mir folgt und dass wir zwei uns endlich über unsere Gefühle aussprechen.«

»Das hat Raven zu Trevor gesagt?«, wiederhole ich matt. Jay nickt.

»Also wusste er es wirklich die ganze Zeit«, murmele ich, mehr zu mir selbst.

Er wusste es und hat mich nicht gewarnt. Nicht nach dem Junggesellenabschied. Nicht bei unserem gemeinsamen Abendessen zwei Tage vor der Hochzeit, als meine Familie gemeinsam mit Jay, Raven, Tara, Fern und Steve in Halifax in ein nettes Restaurant am Hafen gegangen ist – das erste Zusammentreffen unserer Eltern nach langer Zeit. Er hat mich auch nicht gewarnt, als wir alle gemeinsam mit unseren Autos von Halifax aufgebrochen sind, nach Peggy's Cove. Als ich aufgeregt mit meinem Kleidersack in der Hand ins Lighthouse Inn gelaufen bin, um mich umzuziehen.

Er hat es die ganze Zeit geahnt oder sogar gewusst – und hat seine Klappe gehalten. Hat mich im weißen Kleid über die Felsen von Peggy's Cove laufen und meinen Bräutigam suchen lassen. Heiße Tränen schießen mir in die Augen.

»Wie konnte er mir das antun? Er hätte mich warnen müssen!«, stoße ich hervor.

Jay sieht mich alarmiert an. »Raven hat keine Schuld, Flo«, sagt er rasch. »Ich hab ihm gesagt, dass er sich irrt, dass ich dich heiraten will, ich hab ihm gesagt, dass du die Liebe meines Lebens bist. Und ich denke, er hat es mir geglaubt.«

»Nein«, widerspreche ich heftig. »Ich denke eher, dass er die ganze Zeit befürchtet hat, dass du einen riesigen Fehler machst, weil du dich und mich belügst.«

Und diese Erkenntnis schmerzt mich unglaublich – sie schmerzt mich sogar noch mehr als die Tatsache, dass Jay sich so spät dazu durchgerungen hat, sich und mich nicht länger zu belügen. Für Jay war das ein riesiger Schritt, er war direkt betroffen – aber Raven hätte als Außenstehender aktiv werden müssen, verdammt! Stattdessen hat er mich genauso im Unklaren gelassen wie Jay.

»Ich fasse es einfach nicht, dass ihr beide so unehrlich wart!«, stoße ich hervor, und Jay zuckt bei der Heftigkeit meiner Worte ein wenig zurück. »Keiner von euch beiden hatte den Mumm, mir die Wahrheit zu sagen, weder du noch Raven. Ihr habt mich beide bis kurz vor den Traualtar laufen lassen, einfach weil ihr es beide nicht über euch gebracht habt, das auszusprechen, was so offensichtlich war und was nur ich irgendwie in meiner Naivität und in meiner romantischen Verblendung nicht sehen konnte!«

Ich werde auf einmal so wütend, dass ich mit dem Fuß auf den Felsen stampfe. Jay verschränkt die Arme vor der Brust und starrt mich mit gefurchter Stirn an.

»Ganz ehrlich, Flo. Ich habe jetzt tausendmal gesagt, dass es mir leidtut«, sagt er ruhig. »Und übrigens könnte ich dir genauso Vorwürfe machen.«

»Wie bitte?«, frage ich fassungslos. »Du mir? Weshalb?«

»Tja. Wenn die Ex eine Woche nach der geplatzten Hochzeit mit dem eigenen Bruder ins Bett geht, tut das auch ganz schön weh.«

»Weißt du was«, sage ich und beuge mich ein wenig vor. »Deinen gekränkten Stolz, weil ich mich mit Raven getröstet habe, den kannst du dir sonst wo hinschieben!«

»Ach, du hast dich also nur mit ihm getröstet?«, hakt Jay mit hochgezogenen Augenbrauen nach, und ich muss mich sehr beherrschen, um ihn nicht vor Wut zu schubsen. Am Ende stürzt er ins Meer und verletzt sich oder kommt sogar um, und dann bin ich auch noch die verrückte Braut mit dem nackten Arsch, die ihren Ex auf dem Gewissen hat. Nein, das wird ganz sicher nicht passieren!

Ich atme tief durch, um meine Nerven zu beruhigen, und stoße dann kurz angebunden hervor: »Ganz ehrlich, kümmere dich um deinen eigenen Kram, Jay. Damit hast du doch sicherlich reichlich zu tun.«

Und dann wende ich mich ab und gehe schnellen Schritts die Küstenstraße entlang davon.

46

Ich höre noch, wie Jay hinter mir herruft, aber ich sehe mich nicht mehr um, ich will nur noch weg. Die Enttäuschung schnürt mir die Kehle zu. Jay mit seinen blöden Vorwürfen! Und Raven … Raven hätte sich anders verhalten sollen, er hätte sofort zu mir kommen müssen. Er hätte etwas unternehmen können, damit nicht alle die ganze Zeit nach Jay und Trevor suchten. Damit ich nicht umständlich geschminkt und frisiert worden wäre. Mag sein, dass er seinen Bruder schützen wollte, mag sein, dass er nicht einfach über seinen Kopf hinweg entscheiden wollte, sondern dass er wollte, dass Jay mit mir redete, aber, verdammt, ich war die Braut, die nichts ahnend im Wolkenkleid in Peggy's Cove stand. Tränen rinnen über mein Gesicht, während ich weiterlaufe. Ich bin mir gar nicht wirklich sicher, wohin ich will, bis ich plötzlich an der Hintertür des Diners stehe.

Peter Pan liegt im Schatten des Kastanienbaums, und Elliott sitzt im Schneidersitz neben ihm im Gras und liest ihm vor. Gerührt bleibe ich stehen und mustere die beiden. Dass wenigstens dies wirklich gut geklappt hat, macht mich einen Moment lang sehr glücklich. Der Hund hebt nur kurz seinen Kopf und sieht mich treuherzig an, sein Schwanz klopft ein paar Mal aufs Gras, aber dann lässt er sein Kinn wieder mit einem zufriedenen Seufzer auf seine Vorderpfoten sinken und wendet seine Aufmerksamkeit erneut Elliott zu. Der Junge bemerkt mich gar nicht, so sehr ist er ins Lesen vertieft. Erstaunt stelle ich fest, dass er viel weniger ins Stocken gerät als noch am ersten Tag, als Peter Pan ihm zugehört hat.

Ich wische mir die Tränen unter den Augen fort und betrete die Küche des Diners durch die Hintertür.

Eliza steht am Herd, sie hat mir den Rücken zugewandt. Ich will etwas sagen, aber dann halte ich erstaunt inne, denn sie flippt gerade sehr behände ein paar Burger, und da wird mir klar: Sie trägt keinen Verband mehr um das rechte Handgelenk.

»Hey!«, sage ich. »Dir geht es besser!«

Eliza dreht sich zu mir um und lächelt mich breit an. »Aber ja«, sagt sie mit einem flüchtigen Blick auf ihr Handgelenk. »Viel besser sogar. Und dir?« Sie grinst mich bedeutungsschwer an. »Irgendwie habe ich heute gar nicht mit dir gerechnet, nach dem, was Zoe mir alles Spannendes aus dem Rum Runner berichtet hat.«

»Hat sie das, ja?«, frage ich verlegen.

»Na klar«, kommt prompt Zoes Antwort, die in diesem Moment mit einem Tablett voll dreckigem Geschirr die Küche betritt. »Es gab ja nun auch wirklich viel zu erzählen!«

Sie stellt das Tablett ab und schaut mich erwartungsvoll an. »Uuund, wie war die Nacht?«, fragt sie und zwinkert mir zu. Mir wird augenblicklich wieder heiß, und ich spüre die verräterische Röte in meine Wangen kriechen.

»Die Nacht war ... ziemlich gut«, stammele ich ausweichend und werde noch röter.

»Na, das klingt aber noch nicht so richtig überzeugt«, meint Zoe kritisch und mustert mich mit schräg gelegtem Kopf eingehend. Eliza legt den Pfannenwender zur Seite und stellt die Gasflamme runter.

»Was ist los, Honey Bun?«, fragt sie besorgt und tritt näher an mich heran. Natürlich merkt Eliza sofort, dass etwas nicht stimmt, was dazu führt, dass erneut Tränen in meine Augen schießen.

»Ich … Die Nacht war … unglaublich«, stoße ich hervor. »Wirklich, ich war so glücklich. Aber heute, als ich aufgestanden bin, war Jay plötzlich da.«

Ich merke, wie Zoe scharf die Luft einsaugt.

»Holy Muffins«, sagt Eliza und legt fürsorglich einen Arm um meine Schultern. »Der Junge hat aber auch ein Timing! Habt ihr euch dann wenigstens endlich ausgesprochen?«

Da bricht alles aus mir heraus. Unter Tränen erzähle ich Eliza und Zoe, dass Raven schon vorher geahnt hat, wie sein Bruder sexuell tickt. Ich rege mich über Jay und seine Vorwürfe auf und über Raven und seine Untätigkeit vor unserer Hochzeit.

Als ich fertig bin, reicht mir Eliza ein Taschentuch, und ich putze mir die Nase und wische mir unter den Augen entlang. Schweigend betrachten mich die beiden Frauen.

»Tja«, sage ich. »Jetzt habt ihr meinen ganzen emotionalen Ballast abbekommen. Und, was sagt ihr dazu?«

»Hm«, macht Eliza leise.

»Ich muss mal schnell an einen der Tische, die wollten eben zahlen«, sagt Zoe und verlässt geradezu fluchtartig die Küche.

Ratlos sehe ich ihr hinterher.

»Ach, Honey Bun«, sagt Eliza sanft und drückt mich enger an sich. »Ganz ehrlich, ich würde Raven daraus keinen Vorwurf machen.«

»Aber er hätte mir früher die Wahrheit sagen müssen!« Schniefend wische ich mir über die Augen. »Wie kann ich ihm vertrauen, wenn ich weiß, dass er so eine große Sache vor mir geheim gehalten hat? Vor mir, der Braut?«

»Er wollte seinem Bruder vermutlich nicht in den Rücken fallen, sondern ihn selbst die Entscheidung fällen lassen«, sagt Eliza ruhig. In diesem Moment klingelt ihr Telefon. »Entschuldige mich bitte kurz«, sagt sie, wischt sich die Hände an ihrer Schürze ab und nimmt das Gespräch entgegen. Ich lehne mich in den Türrahmen und sehe wieder hinaus zu der Kastanie. Eine Weile hänge ich meinen Gedanken nach und höre nur vereinzelte Brocken von Elizas Gespräch. Sie versichert jemandem, dass alles kein Problem sei und wünscht der Person viel Erfolg. Als sie auflegt, seufzt sie schwer auf.

»Alles in Ordnung?«, frage ich und sehe sie ratlos an. Eliza schiebt das Telefon zurück in die Tasche ihrer Schürze und lehnt sich gegen den Kühlschrank.

»Das war Lilybelle.«

»Neils Tochter?«, hake ich nach. Sie nickt.

»Genau. Sie wollte eigentlich in den Semesterferien als Kellnerin arbeiten, aber jetzt hat sie mir gerade gesagt, dass sie ganz kurzfristig doch noch einen Praktikumsplatz bekommen hat. Sie studiert Meeresbiologie, weißt du, und sie kann den Sommer über an der Westküste von Kanada auf einem Walbeobachtungsboot mitarbeiten.«

»Wow«, sage ich beinahe ehrfürchtig, »das ist ja genial. Neil muss superstolz auf sie sein.«

»Ja, das ist er auch«, murmelt Eliza. »Und ich freue mich von Herzen für Lilybelle. Aber jetzt fehlt mir leider eine gute Kellnerin, und Lilybelle war eine der besten. Sie hat schon oft hier gekellnert, als sie noch auf der Highschool war.«

Sie seufzt tief auf.

»Was ist mit Lilybelle?« Zoe kommt zurück in die Küche und sieht Eliza fragend an.

»Sie hat doch einen Praktikumsplatz bekommen, an der Westküste«, erwidert Eliza ernst.

»Wow.« Zoe stemmt die Hände in die Hüften. »Das ist ja genial! Ach, aber sie hätte hier als Kellnerin jobben sollen, richtig?«

Eliza nickt bekümmert. »Ich muss schauen, dass ich jemand anderen finde, du kannst ja nicht die ganze Hauptsaison allein mit Brenda kellnern, Zoe«, sagt sie gedankenverloren und wendet sich wieder dem Herd zu. Da kommt mir eine zündende Idee, und noch bevor sich mein Verstand so richtig dazu äußern kann, stoße ich auch schon spontan hervor: »Hey, ich habe gestern Abend mit Blake gesprochen!«

Erst als ich merke, wie Zoe zusammenzuckt, als wäre sie geohrfeigt worden, wird mir mit einem Mal klar, was für einen Vorschlag ich da machen will. Aber jetzt gibt es kein Zurück, jetzt muss ich wenigstens sagen, woran ich gedacht habe, auch wenn Zoes Blick Funken sprüht.

»Ach?«, fragt sie gepresst. »Den habe ich gestern gar nicht gesehen. Ich hatte mich schon gefragt, wo er geblieben ist. Es sind gar keine Frauen von der Theke gefallen.«

Ich lache auf, aber Eliza und Zoe bleiben ernst. »Tja«, sage ich. »Er war auch nur kurz im Pub und ist dann wieder nach draußen gegangen. Aber ... er hat sich die ganze Zeit am Ausgang herumgedrückt, und zwar, um dich singen zu hören.«

Als ich das sage, merke ich, wie Zoe mühsam schluckt und wie sich ein paar rote Flecken auf ihrem Hals ausbreiten.

»Später auf dem Heimweg habe ich ihn dann wieder gesehen, er saß alleine an der Küste. Und er hat wirklich sehr traurig gewirkt.«

»Ach«, schnaubt Zoe. »Traurig, ja? Weißt du, wer traurig war, in all den Jahren, als sich Blake nie gemeldet hat? Elliott!«

Ihre Stimme ist lauter geworden, was ihr selbst in diesem Moment voller Schrecken bewusst zu werden scheint. Sie wirft einen besorgten Blick zur Hintertür. Eliza reagiert sofort, sie macht einen Schritt vor und schließt die Tür vorsichtig. Ein Blick durch das Fenster zeigt mir, dass Elliott immer noch Peter Pan vorliest und nichts um sich herum mitbekommt. Ein wenig beruhigt wende ich mich wieder zu Zoe um.

»Ich weiß«, sage ich in besänftigendem Tonfall. »Das ist mir völlig klar, Zoe. Aber meinst du nicht, dass er eine zweite Chance verdient hat?«

»Eine zweite Chance?«, fragt Zoe und sieht mich entgeistert an. »Er will doch offenbar gar keine zweite Chance haben! Dieser Mistkerl hat sich nicht ein einziges Mal bei uns gemeldet! Wenn er sich nur heimlich in Kneipen herumdrückt und mir beim Singen zuhört oder sonst für Ärger sorgt, indem er dich von der Theke schubst ...«

»Er hat mich nicht geschubst«, unterbreche ich sie sanft.

»Ja, egal, dann fallen gelassen, was auch immer. Wie soll er da eine zweite Chance bekommen? Er versucht ja nicht einmal, Kontakt zu uns aufzunehmen!«

»Weil er sich nicht traut«, sage ich ruhig. »Er hat es mir gesagt, Zoe. Er traut sich nicht, weil er sich selbst als nicht gut genug empfindet – weder für dich noch als Dad für Elliott.«

»Ja, und damit hat er wahrscheinlich auch recht«, sagt Zoe mit harter Stimme, aus der unendlich viel Enttäuschung der vergangenen Jahre spricht.

»Bitte«, sage ich leise. »Hör dir wenigstens an, was ich sagen möchte. Blake hat nach dem Knast in Ontario in einem Diner gejobbt. Aber er wollte so gerne zurück nach Nova Scotia und hätte eigentlich eine Stelle in Halifax haben können, aber das hat dann doch nicht geklappt.«

»Was für eine Überraschung«, schnaubt Zoe, doch ich lasse mich nicht beirren und rede rasch weiter: »Er hat ein Zimmer, aber noch keinen Job, und er hat viel Erfahrung in der Gastronomie, sowohl als Kellner als auch in der Küche, weil er nämlich im Gefängnis eine Weiterbildung gemacht hat.«

»So. Hat er das.« Zoe atmet tief durch. »Das ist ja schön für ihn, aber das hat nichts mit uns zu tun.«

»Aber Eliza, du brauchst jemanden«, sage ich und sehe sie bittend an. »Und Blake braucht einen Job hier in der Gegend. Er möchte einen Neuanfang wagen und das Vergangene wiedergutmachen. Und ... er will in eurer Nähe sein, Zoe.«

»Aber ich will ihn nicht hier haben«, stößt Zoe mühsam hervor. »Er soll sich woanders einen Job suchen. Auf gar keinen Fall werde ich mit Blake zusammenarbeiten.« Sie sieht Eliza warnend an. »Das wirst du ja wohl nicht ernsthaft in Erwägung ziehen, oder?«

Eliza sieht ruhig von mir zu ihr. Dann atmet sie tief durch und sagt im sanften Tonfall: »Zoe, ich finde, dass Flo durchaus einen Punkt hat. Blake ist offenbar hier, um irgendwie wieder Kontakt herzustellen. Ich glaube schon, dass er Elliott kennenlernen möchte, aber wahrscheinlich traut er sich wirklich nicht, den ersten Schritt zu machen. Und ...«

»Ach, komm«, unterbricht Zoe sie aufgebracht. »Das glaubst du doch selbst nicht.«

»Doch«, stimme ich Eliza zu. »Genau so hat er es gesagt, und er wirkte wirklich sehr, sehr traurig, Zoe. Man hat deutlich gemerkt, dass du ihm immer noch wichtig bist. Dass er seinen Sohn vermisst.«

Zoe wischt sich ärgerlich eine Träne aus dem Augenwinkel und schüttelt aufgebracht den Kopf. »Nein. Wenn ich ihm wichtig wäre, wenn ihm sein Sohn wichtig wäre, dann hätte er sich in den vergangenen Jahren verdammt nochmal gemeldet, er hätte mich nicht mit allem allein hängen lassen. Jetzt plötzlich hier aufzutauchen und zu erwarten, einen Job zu bekommen – nein, so nicht!«

»Aber das erwartet er ja gar nicht«, werfe ich verzweifelt ein. »Darüber haben wir gestern überhaupt nicht gesprochen. Er wohnt in Halifax, er fährt nur ab und zu hierher, nach Wildberry Bay, um ... Tja. Um dich zu sehen. Und er hofft mit Sicherheit, dass er Elliott mal zu Gesicht bekommt.«

Zoe presst ihre Lippen zu einer schmalen Linie zusammen.

»Er hätte ihn längst zu Gesicht bekommen können, ohne wie ein Stalker hier herumzuschleichen, wenn er nur mal Kontakt aufgenommen hätte!«

»Bitte, Zoe«, sagt Eliza jetzt und streicht ihr mütterlich über die Wange. »Vielleicht ist das Blakes Art zu zeigen, dass er gern wieder bei euch wäre. Ich könnte zumindest mal mit ihm reden. Ich könnte ...«

»Nein!«, schreit Zoe wütend, und ich zucke vor Schreck zusammen. Sie macht einen Schritt rückwärts, stößt dabei gegen die Ecke der Spüle, was sie aber nicht weiter zur Kenntnis nimmt. »Eliza, ich warne dich, wenn du das machst, wenn du Blake hier einen Job anbietest, dann bin ich weg! Ihr habt keine Ahnung, wie er ist, ihr wisst nicht, ob er clean ist oder nach wie vor mit Drogen dealt, ihr ... ihr kennt ihn nicht so, wie ich Blake kenne!«

Betroffen mustere ich Zoe und weiß zunächst nicht, was ich sagen soll, denn es stimmt ja. Blake ist im Grunde genommen ein Fremder für mich, und nach unserer ersten Begegnung im Rum Runner hätte ich nie im Leben den Vorschlag gemacht, dass er hier arbeiten könnte. Aber ich komme einfach nicht über diesen Ausdruck in seinen dunklen Augen hinweg, als er gestern Abend mit mir über Zoe und Elliott geredet hat.

»Du hast recht, ich kenne Blake kaum«, sage ich jetzt leise.

»Aber ... so, wie er gestern Abend über euch gesprochen hat ... Ich weiß, es ist nur ein Bauchgefühl, aber ich glaube schon, dass er sich verändert hat und einen echten Neuanfang will.«

»Dein Bauchgefühl sagt dir das, ja?«, fragt Zoe mit schneidender Stimme und sieht mich ernst an. »Dasselbe Bauchgefühl, das dich offenbar bei Jay UND Raven im Stich gelassen hat?«

»Hey, Zoe«, mischt sich Eliza resolut ein. »Hör bitte auf.«

»Aber es stimmt doch!« Zoe ist hochrot im Gesicht geworden und erinnert mich einen Moment lang an ein Tier, das in eine Ecke gedrängt wurde. »Flo ist zu gutgläubig! Sie hat keine Ahnung – Raven hat schließlich seinen Freunden sehr wohl vor der Hochzeit von seiner Befürchtung erzählt, dass Jay auf Männer stehen könnte! Warum dann nicht ihr?«

Wie vom Donner gerührt starre ich Zoe an. »Wie bitte?«, hake ich heiser nach.

Unbehaglich räuspert sich Zoe und nickt. »Ja, das hat Neil mir gestern Abend erzählt. Raven hatte ein paar Tage vor der Hochzeit mit Luke und ihm darüber gesprochen. Nach dem Junggesellenabschied in Halifax. Er meinte, Jay hätte sich keine Sekunde für die Stripperinnen in dem Club interessiert, in den ihn seine Kollegen geschleppt haben, sondern nur für Trevor.«

Ich muss kurz die Augen schließen und lehne mich gegen den Kühlschrank.

»Zoe«, zischt Eliza. »Das reicht jetzt. Raven hatte sicherlich seine Gründe, und Flo ... sie hat durchaus eine gute Menschenkenntnis!«

»Hat sie das?«, fragt Zoe, und als ich die Augen wieder öffne, sieht sie mich ernst an. »Hättest du zum Beispiel jemals geglaubt, Flo, dass unsere gute Eliza dir eine Verletzung vortäuschen würde?«

»Zoe!« Jetzt sieht Eliza regelrecht verzweifelt aus, und ich starre sie ratlos an, bevor ich wieder Zoe ansehe, unfähig zu reagieren.

»Vorgetäuscht?«, frage ich und merke, dass meine Stimme zittert.

»Ja«, sagt Zoe, und mit einem Mal klingt sie gar nicht mehr aggressiv und vorwurfsvoll, sondern scheint über sich selbst erschrocken zu sein. Sie räuspert sich und erklärt leise: »Ähm, Eliza wollte ein wenig Amor spielen. Es hat ihr ganz gut in den Kram gepasst, dass mein Idiot von Ex dich von der Theke hat fallen lassen. So konnte sie nämlich am nächsten Tag behaupten, dass sie sich die Hand verstaucht hatte. Dabei hatte sie das gar nicht.«

»Aber wehgetan hat sie schon!«, wirft Eliza mit hochrotem Kopf ein.

»Ja. Sie war allerdings nicht verstaucht«, stellt Zoe ruhig fest. »Der angebliche Arzttermin, der Verband, das war alles nur Fake. Ich habe ihr die Hand bandagiert. Hab mal einen Erste-Hilfe-Kurs gemacht.«

Ungläubig starre ich Eliza an. »Aber … warum?«, frage ich heiser.

»Ich wollte, dass du hierbleibst.« Elizas Stimme bebt, als sie das sagt. »Ich … ich hatte Angst, dass du wegen der geplatzten Hochzeit Wildberry Bay gleich wieder verlassen und nach Deutschland zurückkehren würdest. Ich habe mir so gewünscht, dass Raven und du endlich eine Chance bekommt!«

»Dafür musstest du mich doch nicht anlügen«, stoße ich hervor. »Mir etwas vorspielen! Wussten das etwa auch wieder alle, nur ich nicht?«

»Hey, nein, das weiß keiner außer Zoe, Carl und mir«, beeilt sich Eliza zu sagen.

Ich schließe kurz die Augen. Das darf doch alles nicht wahr sein. »Spinnt ihr eigentlich alle? Eliza, ich wäre auch gern geblieben, wenn du mich einfach darum gebeten hättest, ohne Verletzung!«

»Aber sie wollte, dass du dich gebraucht fühlst«, sagt Zoe matt und wirkt genauso erschöpft, wie ich mich plötzlich fühle.

»Das hat sie geschafft«, sage ich und muss meine Tränen unterdrücken. »Ich habe mich tatsächlich gebraucht gefühlt. Und es hat mir so viel Spaß hier gemacht. Ich wünschte, das alles wäre nicht nur Show gewesen.«

»Oh, verdammt, das war nicht nur Show«, beeilt sich Eliza zu sagen, aber ich unterbreche sie: »Darum habt ihr auch behauptet, dass hier nirgendwo eine andere Unterkunft zu finden ist, oder? Damit ich auch wirklich bei Raven wohne?«

Als Eliza mich nur mit feuchten Augen stumm anstarrt, ist es Zoe, die heiser erwidert: »Ja.«

Da reicht es mir. Rasch wende ich mich ab und verlasse fluchtartig die Küche des Diners, haste um das Gebäude herum und an den bunten Adirondack-Stühlen vorbei, wo ein paar Touristen fröhlich Selfies machen, als wäre dies ein normaler Sommertag. Als würde meine Welt nicht gerade in sich zusammenbröckeln.

Schon wieder.

47

Als ich atemlos Ravens Haus erreiche, ist sein Auto immer noch weg. Das darf doch nicht wahr sein! Wo steckt er denn? Mit zittrigen Fingern ziehe ich mein Telefon heraus und versuche, ihn zu erreichen, aber er antwortet nicht. Aufgewühlt bleibe ich in der Einfahrt stehen, dann wende ich mich spontan ab und laufe zum Cozy Cottage hinüber. Zum einen möchte ich herausfinden, wo Raven ist – und zum anderen muss ich jetzt einfach mit jemandem sprechen. Am liebsten mit meinen Eltern, wenn Raven schon nicht hier ist.

Doch als ich das Sommerhaus betrete, höre ich Mama und Papa streiten. Sie sind offenbar in der Küche, die Tür ist geschlossen, aber ihre Stimmen dringen deutlich zu mir in den Flur: »Himmel, Bernd, ich habe dir doch schon so oft gesagt ...«

Nein, bitte, nicht auch das noch. Dabei sah es doch gestern Abend so gut aus bei den beiden. Aber vermutlich hat Zoe recht: Ich habe eine miserable Menschenkenntnis. Und dazu kommt noch, dass ich zu naiv und romantisch bin. Ich sollte auf keinen Fall mehr auf mein Bauchgefühl hören. Am besten lasse ich mir das irgendwohin tätowieren, wo ich es selbst sehen kann. Auf den Unterarm zum Beispiel.

Meine Augen füllen sich mit enttäuschten Tränen, ich mache kehrt und verlasse das Cozy Cottage fluchtartig. Wenn meine überstrapazierten Nerven jetzt eines nicht vertragen, ist es ein weiterer Streit meiner Eltern.

Ich umrunde das Haus und steuere den Garten an, um über die grüne Grenze auf Ravens Grundstück zu gelangen, als ich Fern und Jay in den Adirondack-Stühlen mit Blick aufs Meer sitzen sehe. Sie scheinen ein Mutter-Sohn-Gespräch zu führen, bei dem ich nicht stören will. Aber als ich versuche, unauffällig den Rasen zu überqueren, bemerken sie mich natürlich doch. Ihre besorgten Blicke entgehen mir nicht, als sie aufstehen und auf mich zukommen – offenbar sehe ich genauso aufgelöst aus, wie ich mich fühle.

»Hi«, sage ich und ringe mir ein schiefes Lächeln ab. »Ihr wisst nicht zufällig, wohin Raven gefahren ist?«

Jay sieht mich betreten an. Dann holt er tief Luft und sagt: »Ich ... ich muss dir etwas sagen, Flo.«

Alarmiert starre ich ihn an. Was kommt denn jetzt noch?

»Raven und ich, wir hatten einen Streit. Nachdem du vorhin weggegangen warst, da kam er zurück in sein Haus, und ich war noch so aufgewühlt von unserer Diskussion ... Ein Wort ergab irgendwie das andere, und ... also, es ging natürlich hauptsächlich um dich ...«

»Was hast du gesagt, Jay?«, frage ich und erkenne meine Stimme kaum wieder.

Jay sieht mich bedröppelt an. »Mir ist herausgerutscht, dass du dich nur mit ihm getröstet hast.«

»Dass ich ... was?« Entgeistert starre ich Jay an. »Warum sagst du so einen Mist?«

»Du hattest das selbst gesagt, vorhin!«

Habe ich das? Fassungslos versuche ich, mich daran zu erinnern, aber mein Kopf fühlt sich seltsam leer an. Jay nickt, schlägt sich eine Hand vor den Mund und schluchzt auf. »Es tut mir leid, Flo.«

Ich fühle mich völlig taub. Das ist alles zu viel für einen Tag. Und – ist es im Grunde genommen nicht sogar egal, dass Raven denkt, ich hätte mich nur mit ihm getröstet? Immerhin weiß ich inzwischen, dass er gegenüber Neil und Luke seinen Verdacht in Bezug auf Jay geäußert hat, nur mir, der Braut, hat er nichts gesagt.

Kann er so überhaupt der Richtige für mich sein?

»Wisst ihr, wohin er gefahren ist?«

Fern seufzt leise auf. »Leider nicht, Flo.«

»Aha, danke.« Ich nicke Fern zu und sehe Jay nicht an, weil ich sonst ausflippe. Warum zerstört er mir auch noch das, was Raven und ich haben? Warum?

Verzweifelt um Fassung bemüht, wende ich mich ab und durchquere eilig den Garten, während ich wieder versuche, Raven zu erreichen. Vergeblich. Als ich über die grüne Grenze zurück zu seinem Haus haste, starre ich immer wieder ungläubig auf mein Telefon und frage mich, ob Raven das seinem Bruder wirklich geglaubt hat: Dass ich mich nur mit ihm trösten wollte. Das kann er doch nicht denken?

»Wo bist du? Bitte melde dich, wir müssen reden!«, tippe ich in mein Telefon und versuche, mich selbst zu beruhigen. Doch mein Herz hämmert laut in meinen Ohren, als ich flüchtig das Bootshaus betrachte und die Bucht, deren Strand jetzt zur Hälfte vom Wasser verschluckt wird. Ich sehe noch Raven und mich im Sand. Und Lucille auf den Felsen.

Gerade, als ich mich dem Haus zuwenden will, macht mein Telefon »Pling!« und mein Herz einen Satz. Ich sehe auf das Display und erstarre.

»Er ist bei mir. Tara.«

Vor meinen Augen verschwimmt alles. Tara. An Ravens Telefon. Er ist zu ihr gefahren. Anstatt erst mit mir über diese lächerliche Behauptung von Jay zu reden, ist er zu seiner Ex gefahren!

All meine demütigenden Dating-Erfahrungen prasseln als Erinnerungen auf mich ein. Die Kerle, die nicht aufgetaucht sind, der Schrittzähler, die Ex, die mich in der Dusche überrascht hat. Die Trennung von Florian, dem ich als Konditorin nicht mehr gut genug war. Unser gemeinsamer Freundeskreis, der sich hauptsächlich für ihn (und seine Neue) entschieden hat. Und, als Krönung, mein Hochzeitsfiasko am Leuchtturm. All meine romantischen Träume, mit Füßen getreten. Warum? Warum passiert mir so etwas immer wieder? Was stimmt nicht mit mir?

Bei Raven dachte ich wirklich, alles würde anders werden. Dass wir zwei füreinander bestimmt wären. Aber ich war schon wieder zu naiv. Ich werde immer Single bleiben, denke ich panisch. Ich werde niemals die große, laute, turbulente Familie haben, die ich mir immer gewünscht habe!

Mein Atem geht stoßweise, ich ringe verzweifelt nach Luft, während sich hysterische Schluchzer aus meiner Brust ringen. Es tut so weh. Immer wieder so enttäuscht zu werden, das tut so verdammt weh. Und nicht nur von Männern – auch von Eliza! Und Zoe! Ausgerechnet die beiden Frauen, die mir in den letzten Tagen so sehr ans Herz gewachsen sind, haben mich ebenso belogen und hintergangen! Und meine Eltern werden sich scheiden lassen. Alles geht kaputt. Alles.

Mein Telefon macht wieder »Pling«, und ich starre mit tränenverschleiertem Blick auf das Display. Die Nachricht ist weder von Tara noch von Raven.

Ich sehe sie als Zeichen des Universums.

48

»Danke, Fern. Es ist echt lieb von dir, dass du mich fährst.«
»Kein Problem. Ich esse doch eh kein Huhn – auch wenn ich das Ergebnis der großen Küchendiskussion deiner Eltern natürlich schon gern erlebt hätte.« Fern wirft mir einen verschmitzten Seitenblick zu, bevor sie wieder auf die gewundene Küstenstraße schaut.

Ungläubig starre ich sie an. »Wie bitte? Kochen meine Eltern etwa?«

»Und ob. Coq au Vin. Ich habe das früher so gern gegessen, wenn Bernd und Regina das hier in Wildberry Bay gezaubert haben. Aber seit ich mit Noah zusammen bin, esse ich ja kein Fleisch mehr.« Sie seufzt bedauernd auf.

»Warte mal – das eben, im Sommerhaus – das war ihre Coq-au-Vin-Diskussion?« Ich sehe Fern fassungslos von der Seite an. Coq au Vin kochen meine Eltern gern zusammen, aber sie streiten sich immer dabei. Das gehört dazu – und hinterher sind sie beim Essen eigentlich immer gut gelaunt.

»Ganz genau«, grinst Fern. »So wie früher. Und Steve hat mir verraten, dass er letzte Nacht in der Küche war, um sich ein Glas Wasser zu holen, und dass er aus dem Gästekeller ziemlich eindeutige Geräusche gehört hat.«

Ich reiße meine Augen weit auf und kann für einen wunderbaren Moment meinen emotionalen Ausnahmezustand ausblenden. »Im Ernst?«

»Nein, im Bett, die Spießer«, lacht Fern auf. »Beziehungsweise auf dem Schlafsofa. Sie hätten es am Strand machen können oder im Garten, in der Badewanne, auf dem Küchentisch – alles Orte, die ich bereits ausprobiert habe und nur weiterempfehlen kann. Aber nein, auf mich hört ja niemand.«

»Okay, zu viele Infos«, murmele ich und versuche konzentriert, nicht an Sex am Strand zu denken, weil ich dann sofort wieder Raven mit seinem salzwasserverklebten Haar vor mir sehe.

Raven, der bei Tara ist.

Meine Augen füllen sich wieder mit Tränen, und konzentriert sehe ich nach draußen, betrachte die vertraute und dennoch immer wieder völlig überwältigende Landschaft jenseits der Autofensterscheibe. Die weitläufigen Felsplateaus, dazwischen Gruppen von Nadelbäumen, hier und da farbenfrohe Holzhäuser. Und in der Ferne kann man bereits deutlich den berühmten Leuchtturm von Peggy's Cove erkennen, der erhaben auf den heute sehr stürmischen Atlantik hinabblickt.

Ich rechne es Fern hoch an, dass sie nicht viele Fragen gestellt hat, als sie eben in Ravens Haus aufgetaucht ist und mich mit meinem Koffer im Flur überrascht hat.

»Du willst zum Flughafen, ja?«, hat sie ruhig festgestellt und mich aus ihren klugen grünen Augen angesehen, die mich mal wieder sehr an die ihres älteren Sohnes erinnert haben.

»Richtig«, habe ich gemurmelt und trocken aufgeschluchzt. Natürlich war das eine völlig überstürzte Entscheidung, aber, hey, mein Leben stand ja auch Kopf. Mal wieder. Doch diesmal würde ich nicht diejenige sein, die passiv zurückblieb, während andere ihren Honeymoon in Manhattan genossen. Diesmal würde ich davonfliegen.

»Und wie kommst du dorthin?« Fern hat mich mit schief gelegtem Kopf prüfend gemustert.

Ich habe mit den Schultern gezuckt. »So weit war ich noch nicht«, habe ich gemurmelt. »Das Ganze ist eine ... ziemlich spontane Idee.«

Ich habe mein Handy sinken lassen, auf dem ich gerade die Website der Fluglinie aufgerufen hatte, von der ich wusste, dass sie mehrmals in der Woche von Halifax nach Frankfurt fliegt. »Ich könnte für heute Abend noch ein Ticket nach Deutschland bekommen«, habe ich ernst gesagt. »Ich glaube, es ist besser so.«

Fern hat nichts darauf erwidert. Sie hat mich nur ernst angesehen und sich dann abgewandt.

»Ich hole unseren Wagen«, hat sie beim Hinausgehen gesagt. »Ich warte vor dem Haus auf dich.«

Und jetzt lenkt sie diesen Wagen mit gelassenem Gesichtsausdruck die gewundene Küstenstraße entlang. Eigentlich waren wir auf dem Highway 103 Richtung Flughafen unterwegs, doch dann hat Fern plötzlich die Ausfahrt 5 Richtung Peggy's Cove genommen.

»Was machst du?«, habe ich sie überrascht gefragt.

»Du hast doch noch Zeit, oder?«, kam ihre Gegenfrage. »Der Flug geht ja erst um 23 Uhr.«

Ich habe genickt.

»Na, dann machen wir es doch so wie früher.«

Wie früher, richtig. Bevor die Swissair-Maschine ins Meer gestürzt ist, sind meine Eltern und ich jedes Jahr auf dem Weg zum Flughafen in Peggy's Cove vorbeigefahren. Manchmal haben Fern und ihre Familie uns zum Flughafen gebracht, und dann haben wir alle gemeinsam diesen letzten Ausflug zu meinem Lieblingsleuchtturm gemacht. Ich erinnere mich gerne daran, wie ich gemeinsam mit Jay und Raven auf den Felsen stand und dem Leuchtturm Lebewohl bis zum nächsten Jahr gewünscht habe. Nur 1998, da haben wir dieses Ritual ausfallen lassen, denn nach dem Absturz war Peggy's Cove voll von Journalisten aus aller Welt und von weinenden Angehörigen, die Felsen waren übersät von Blumensträußen, Kerzen und Stofftieren. Wir hatten die Bilder damals in den Nachrichten gesehen und uns gegen einen letzten Abstecher entschieden.

Aber auch in diesem Jahr habe ich keine guten Assoziationen mit Peggy's Cove, und während Fern den Highway verlassen hat und auf die Küstenstraße eingebogen ist, die uns Richtung Leuchtturm bringen würde, habe ich mich kurz gefragt, ob sie das Hochzeitsintermezzo tatsächlich schon vergessen haben könnte. Aber ein flüchtiger Seitenblick auf ihr lächelndes Gesicht hat mir gesagt, dass dieser Abstecher vermutlich ihr Versuch ist, mich vor der Abreise mit diesem besonderen Ort zu versöhnen. Und vielleicht ist das ja keine schlechte Idee.

»Können wir da kurz anhalten?«, frage ich nun, als am rechten Straßenrand das Hinweisschild für das Memorial auftaucht.

Es gibt zwei Gedenkstätten für die Opfer von Swissair-Flug 111: Eine Gedenkstätte ist außerhalb von Wildberry Bay, an der Pine Tree Beach. Eigentlich wollte ich sie mir angesehen haben, aber ich bin bisher nicht dazu gekommen. Die zweite Gedenkstätte befindet sich hier, in der Nähe des Leuchtturms von Peggy's Cove, denn die Swissair-Maschine ist ja genau zwischen diesem Ort und der Halbinsel, auf der Wildberry Bay liegt, ins Meer gestürzt.

»Na klar«, sagt Fern, und sie blinkt und biegt auf den Parkplatz ein.

Wir gehen gemeinsam den Pfad entlang, der sich durch niedrige Büsche bis auf das Felsplateau windet, wo zwei hellgraue halbrunde Steinplatten mit Blick auf den Atlantik aufgestellt worden sind.

»In Memory of the 229 men, women and children aboard Swissair Flight 111 who perished off these shores September 2, 1998« lese ich die traurige Inschrift auf der ersten Steinplatte. »They have been joined to the Sea and the Sky. May they rest in peace«.

Auf der zweiten Felsplatte wird all jenen gedankt, die nach dem Absturz geholfen haben.

»Ich kann mich noch daran erinnern, als wäre es gestern gewesen«, sagt Fern nachdenklich. Sie hat sich ein paar Schritte von den Felsplatten entfernt und starrt ernst aufs offene Meer hinaus.

»Ich auch«, murmele ich. »Es ist ja auch extrem viel passiert in jener Nacht – nicht nur das Flugzeugunglück.«

»Stimmt«, sagt Fern. »Und es stimmt übrigens auch, was Raven neulich gesagt hat, nämlich dass ich damals geweint habe – viel sogar. Es war nicht so, dass ich das Ende meiner Ehe einfach locker weggesteckt hätte. Aber seitdem habe ich begriffen, dass die meisten Dinge nicht ohne Grund passieren. Und dass die Trennung für mich das Beste war. Ein Befreiungsschlag, nach dem es mir viel besser ging als vorher.«

»War deine Ehe mit Steve denn so schlimm?«, frage ich ernst.

Fern sieht mich an und lächelt kopfschüttelnd. »Nein, natürlich nicht«, sagt sie. »Steve ist ein wundervoller Mann, aber ich habe erst im Nachhinein verstanden, dass er nicht der Mann war, mit dem ich wirklich mein Leben verbringen wollte.«

»Und Noah ist das?«, frage ich ruhig. Da lacht sie auf.

»Könnte sein«, sagt sie. »Noah und ich haben viel mehr Gemeinsamkeiten als Steve und ich. Auch wenn mir klar ist, wie die Leute das finden. Ich, Mitte sechzig, er, Anfang vierzig.«

»Na ja«, sage ich mit einem Schulterzucken. »Wenn es andersherum wäre, würde sich niemand weiter Gedanken darum machen.«

»Das stimmt.« Fern lächelt mich breit an. »Was ich eigentlich sagen wollte: Damals kam es mir vor, als wäre alles zu Ende. Meine Ehe. Die schönen Sommer in Wildberry Bay mit euch und den Walkers. Ich habe darunter sehr gelitten. Veränderungen sind schwer. Aber manchmal sind sie einfach nötig, um etwas ganz Neues zu schaffen, um einen dazu zu zwingen, Bilanz zu ziehen und zu überlegen, ob es nicht ohnehin Zeit für einen Neustart ist. Ich habe zum Beispiel erst nach meiner Scheidung meinen Trainerschein für Yoga gemacht. Hätte Steve mich nicht verlassen, wäre ich womöglich heute noch in diesem Bioladen in Halifax angestellt und würde mich über meine Chefin aufregen. So aber war ich gezwungen, mich zu fragen, was ich im Leben eigentlich will, und hatte den Mut, mich zu verändern. Manchmal braucht man einen Schubser dafür.«

Ich nicke nachdenklich. »Ja, ich weiß, was du meinst«, sage ich.

»Tust du das wirklich?«, fragt Fern leise. »Denn ich habe das Gefühl, dass das, was du gerade machst, nichts mit Mut zur Veränderung zu tun hat, aber umso mehr mit Flucht.«

Erstaunt sehe ich sie an. »Ich flüchte gar nicht!«, verteidige ich mich. »Ich habe nur gemerkt, dass hier in Wildberry Bay bei Weitem nicht alles so ist, wie ich es mir erhofft hatte. Und ... außerdem habe ich vorhin eine Nachricht von meiner früheren Chefin in München bekommen, die mir angeboten hat, dass ich in meinen Job zurückkann. Sie hat über eine gemeinsame Freundin erfahren, dass meine Hochzeit gar nicht stattgefunden hat, und hofft sehr darauf, dass ich wieder bei ihr anfange.«

»Kein Wunder, bei deinen Kuchen«, bemerkt Fern.

»Danke. Findest du nicht, dass das ein Zeichen ist, wenn ich nach mehreren beschissenen Offenbarungen in Bezug auf Wildberry Bay plötzlich eine Nachricht aus meinem alten Leben bekomme, dass ich dort weitermachen kann, wo ich vor ein paar Wochen aufgehört habe?«

Abwartend sehe ich Fern von der Seite an, aber sie schweigt und blickt stoisch auf den Atlantik hinaus, darum rede ich aufgebracht weiter: »Das hier, mit Kanada, das war ein netter Versuch. Aber erst ist die Hochzeit geplatzt, und dann ... dann kamen noch andere Enttäuschungen hinzu. Ich glaube, es ist wirklich besser für alle, wenn ich zurück nach München fliege. Und meine Eltern kommen ja sowieso ebenfalls in ein paar Tagen nach.«

»Ach, das hast du ja auch noch nicht mitbekommen«, sagt Fern, und ich sehe sie erstaunt an. »Nach ihrer nächtlichen ›Versöhnung‹«, Fern grinst süffisant, »haben Bernd und Regina heute Morgen beim Frühstück tatsächlich laut darüber nachgedacht, sich in Wildberry Bay ein kleines Sommerhaus zu kaufen.«

»Wie bitte?«, frage ich erstaunt.

»Ja.« Sie lächelt. »Wildberry Bay verliert seinen Zauber halt doch nie. Sogar ich denke darüber nach hierzubleiben.«

»Aber du hast doch dein Yogastudio in Vancouver!«

Fern nickt gedankenverloren. »Ja, das stimmt. Aber, ganz ehrlich? Vancouver wird mir zu teuer, zu voll. Zu Schickimicki. Es ist schon lange nicht mehr die Stadt, in die ich mich damals, vor zwanzig Jahren, verliebt habe. Darum haben Noah und ich überlegt, uns tatsächlich in Wildberry Bay niederzulassen. Und ich bin gerade noch dabei, Debbie zu überreden, mit mir gemeinsam ein Yogastudio mit Schönheitssalon aufzuziehen.«

»Ist nicht dein Ernst!«, rufe ich überrascht.

»Doch, das ist mein Ernst«, erklärt Fern. »Und, was auch mein Ernst ist: Ich bin nicht überzeugt davon, dass München der Ort ist, an den du zurückkehren solltest.«

Ich seufze tief auf. »Und ich hatte mich schon gefreut, dass du meine Entscheidung nicht infrage stellst, sondern mich einfach zum Flughafen fährst«, sage ich leise.

Mütterlich legt mir Fern eine Hand auf die Schulter. »Ich weiß, meine Liebe, gute Ratschläge sind immer lästig«, sagt sie ruhig. »Aber, ganz ehrlich: So durchgeknallt bin nicht einmal ich, dass ich dich einfach so kommentarlos zum Flughafen fahren würde, wenn ich glaube, dass du einen kolossalen Fehler machst.«

Ich will etwas darauf sagen, aber Fern redet einfach weiter: »Und das, obwohl ich mir letztens schon von Raven anhören musste, dass ich NICHT Mother Mary aus »Let it be« bin, als ich ihm mit guten Ratschlägen gekommen bin. Aber, hey, damit kann ich leben. Ich will ja auch gar nicht Paul McCartneys Mutter sein. Meine Söhne reichen mir voll und ganz.«

Ich sehe sie ein wenig ratlos an und frage mich, wie wir jetzt bei den Beatles gelandet sind, aber da fährt sie unbeirrt fort: »Falls du übrigens wissen willst, was ich Raven vor Kurzem geraten habe, als der Mother-Mary-Kommentar kam: Ich habe ihm gesagt, dass er sich endlich eingestehen sollte, dass du die Richtige für ihn bist.«

Überrascht sehe ich sie an. »Das hast du gesagt?«, frage ich.

»Natürlich habe ich das«, sagt Fern gelassen. »Und ich weiß auch, dass er das längst wusste. Er war nur noch nicht so weit.«

Ein kühler Windstoß lässt mich erschaudern, und als ich den Blick zum Himmel hebe, erkenne ich die grauen Wolken, die sich immer schneller zusammenziehen. Ich will etwas zum Thema Raven sagen, aber Fern wendet sich ab.

»Ich warte am Auto«, erklärt sie, tätschelt mir leicht den Arm und geht. Ich bleibe noch ein paar Minuten stehen, den Blick auf den aufgewühlten Atlantik geheftet, und lasse ihre Worte sacken. Meine Eltern wollen also tatsächlich ein Haus in Wildberry Bay kaufen? Und ... Fern will mit Noah ebenfalls hierbleiben, ein Yogastudio eröffnen und Debbie überreden, sich mit einem Beautysalon zu beteiligen. Unfassbar. Wer hätte das vor ein paar Tagen gedacht?

Ich wünschte, für mich gäbe es auch so positive Aussichten, aber so leicht ist es bei mir einfach nie. Ob ich tatsächlich in meinen Job nach München zurückkehren will, kann ich gar nicht genau sagen. Vermissen tue ich meine Arbeit dort schon, aber nicht unbedingt München. Ich würde so gern hierbleiben, weiter im Bayview Diner arbeiten. Aber ... nicht so. Mit Lügen und Enttäuschungen an jeder Ecke!

Nachdenklich wende ich mich vom Meer ab und will an den beiden Felsplatten des Denkmals vorbei zurück Richtung Fußweg gehen, als mir eine Frau auffällt. Sie steht ganz allein vor einer der Platten und starrt mit versteinerter Miene auf die Inschrift im Granit. Etwas an ihrer Haltung und am Gesichtsausdruck dieser Frau verrät mir sofort, dass sie eine Angehörige ist. Betroffen will ich mich abwenden, aber ich kann es mir nicht verkneifen, sie noch einmal verstohlen im Vorbeigehen zu mustern. Ihr offenes schwarzes Haar wird vom Wind durcheinandergewirbelt, ihre schmale Figur von einem eng in der Taille geknoteten kirschroten Trenchcoat betont. Sie hält eine teuer aussehende Handtasche so fest umklammert, dass ihre Fingerknöchel weiß hervortreten. Ihre gepflegten Nägel sind ebenso rot wie ihre Lippen, die sie zu einer schmalen Linie zusammengepresst hat, während sie sich offensichtlich um Beherrschung bemüht. Flüchtig hebt sie den Blick, als ich an der Felsplatte vorbeigehe. In ihren hellgrauen Augen schimmern Tränen, und als sie mich ansieht, merke ich sofort, dass sie sich fragt, ob ich auch eine Angehörige bin.

»Hallo«, sagt sie auf Deutsch und bekommt ein zittriges Lächeln zustande.

»Hallo«, antworte ich. Ob sie einfach nur vermutet hat, dass ich aus dem deutschsprachigen Raum kommen könnte, oder ob ich so deutsch aussehe, kann ich nicht sagen.

»Sind Sie auch wegen des Absturzes hier?«, fragt die Fremde leise. Sie hat eine weiche, melodische Stimme, in der unendliche Traurigkeit mitschwingt. Ich nicke erst, dann schüttle ich den Kopf, dann nicke ich wieder.

»Also, nicht richtig«, stammele ich rasch und werde verlegen, weil ich so unbeholfen bin. »Ich habe nicht persönlich jemanden verloren. Aber ... ich war damals hier, als das Flugzeug abgestürzt ist, und darum ... darum fühle ich mich den Opfern irgendwie verbunden, verstehen Sie?«

Denn sie alle sind in dem unglückseligen Flugzeug dicht über die Köpfe von meinen Freunden und mir hinweggedonnert, bevor sie auf dem schwarzen Meer aufgeschlagen sind, füge ich in Gedanken hinzu, aber spreche es natürlich nicht laut aus.

Die dunkelhaarige Frau schlägt sich eine Hand vor den Mund und starrt mich aus weit aufgerissenen Augen an. Dann schluchzt sie unterdrückt auf und nickt.

»Verstehe«, murmelt sie.

»Und Sie?«, frage ich vorsichtig. Sie räuspert sich und starrt den Gedenkstein an.

»Ich habe damals bei dem Absturz meine Mutter verloren«, sagt sie mit belegter Stimme.

»Das tut mir so furchtbar leid«, wispere ich betroffen und frage mich sofort, wie alt sie damals gewesen sein muss. Ich schätze, sie ist in meinem Alter, also war sie vielleicht auch fünfzehn oder sechzehn. Wie muss es sein, in dem Alter so einen Schicksalsschlag zu erleben?

Die Fremde nickt mir zu und lächelt schwach. »Danke«, sagt sie. »Ich bin Helena.«

»Florentine«, sage ich und strecke ihr meine Hand entgegen. Ihre Finger sind schmal und kalt, als ich sie kurz drücke. Dann sehen wir gemeinsam auf die Felsplatten und lassen die Ruhe dieses Ortes auf uns wirken. Schließlich erinnere ich mich an Fern, die auf dem Parkplatz auf mich wartet.

»Ich wünsche dir alles Gute, Helena.«

Die Frau nickt mir zu. »Danke.«

Als ich mich schon abwenden will, kommt mir mit einem Mal ein furchtbarer Gedanke. Besorgt sehe ich sie an, wie sie so allein vor den zwei Platten steht, während der Wind an ihrem langen Haar zerrt.

»Du machst keinen Blödsinn, oder?«, frage ich ernst.

Die hellgrauen Augen der Fremden weiten sich überrascht, als sie mich ansieht.

»Blödsinn?«, fragt sie.

»Na ja.« Ich stocke. »Weißt du, damals, direkt nach dem Absturz, da gab es immer wieder Angehörige, die hierher nach Peggy's Cove gekommen sind, und … Also, sie wollten ihren Liebsten ganz nah sein, und … die Felsen hier, die können gefährlich sein, wenn man sich zu weit raus wagt.«

Helena schaut erschrocken aufs Meer hinaus, dann sieht sie wieder mich an und schüttelt resolut den Kopf. »Nein, keine Sorge. Ich mache keinen Blödsinn«, erklärt sie ruhig, und ich nicke erleichtert.

»Okay. Auf Wiedersehen, Helena«, sage ich, und dann wende ich mich ab und gehe schnellen Schritts zurück Richtung Parkplatz.

49

Fern hatte so recht, denke ich, als ich kurz darauf am Leuchtturm stehe und mein Gesicht in den immer stärker werdenden Wind halte. Es war gut, noch einmal herzukommen. Es war gut, Nova Scotia nicht mit den negativen Erinnerungen an Peggy's Cove zu verlassen, denn das hat dieser Leuchtturm nicht verdient. Ich habe diesen Ort geliebt, lange bevor in der Nähe ein Flugzeug ins Meer gestürzt ist und lange bevor Jay mich hier hat sitzen lassen. Und ich werde diesen Ort immer lieben, egal was hier noch passiert (wobei ich sehr hoffe, dass keine weiteren Katastrophen hinzukommen).

Ich sehe mich um und betrachte die Touristen aus aller Welt, die über die Felsen spazieren. Manche von ihnen gehen viel zu nah an die Wasserlinie heran, trotz der Warntafeln, die überall auf die Gefahr der »black rocks« hinweisen. Wenn Felsen schwarz sind, bedeutet das, dass sie nass und somit rutschig sind, was schon zu manch einem Unfall hier geführt hat.

Erneut muss ich an Helena denken, die ich überhaupt nicht kenne, aber die mich trotzdem nicht mehr loslässt. Hoffentlich passt sie auf sich auf.

In meiner Nähe macht eine Großfamilie fröhlich ein paar Selfies vor dem Leuchtturm. Ein asiatischer Familienvater hält eine sehr professionell aussehende Kamera auf seine Töchter gerichtet, und ein Paar küsst sich innig, während einige Möwen dicht über den Felsen kreisen, von der Hoffnung getrieben, dass jemand seine Chipstüte oder Pommes aus dem Blick lässt. Die schlauen Vögel haben es mit Sicherheit längst gelernt, dass Menschen, die Selfies machen, ziemlich unaufmerksam werden können.

Mein Blick wandert zu Fern hinüber, die in meiner Nähe an einem großen Felsbrocken lehnt, die Arme verschränkt, ein zufriedenes Lächeln auf dem Gesicht, während sie auf den Atlantik hinaussieht. Diese Frau ist mir immer noch ein Rätsel. Aber ich mag sie sehr. Sie ist nicht einfach, doch gerade das macht sie so liebenswert. Schade, dass sie nie meine Schwiegermutter werden wird, denke ich und schließe kurz die Augen. Gott, ich vermisse Raven. Wie konnte ich letzte Nacht noch im siebten Himmel schweben und schon wenige Stunden später wieder auf dem harten Boden der Realität aufschlagen?

Als ich glaube zu hören, wie jemand meinen Namen ruft, öffne ich die Augen und sehe fragend zu Fern hinüber, doch sie starrt nach wie vor stoisch aufs Meer hinaus. Sie hat mich nicht gerufen.

Ich will mich abwenden und ein wenig vom Leuchtturm fortgehen, als ich schon wieder meinen Namen höre. Florentine. *Florentein.*

Ist das Raven? Wie erstarrt bleibe ich auf der Stelle stehen und sehe mich verwirrt um, aber kann ihn nirgendwo auf den Felsen erkennen. Hier sind überall Menschen, überall Touristen. Aber kein schwarzhaariger Mann, der auf mich zukommt und meinen Namen ruft. Nein. Raven ist nicht hier, meine Fantasie spielt mir einen Streich.

Doch da ist es wieder. »Florentine!«

Jetzt merke ich, dass ein paar Touristen aufs Meer hinauszeigen. Überrascht drehe ich mich um und erkenne ein Boot.

Es ist ein Fischkutter, ganz ähnlich wie der, auf dem Raven mich vor acht Tagen von hier weggebracht hat. Am Bug steht der Name »The Wild Berry«. Moment mal – das ist das Boot von Carl Baker, Elizas Bruder! Den Namen habe ich auch nach zwanzig Jahren nicht vergessen.

Fassungslos starre ich aufs Meer hinab, wo das Boot auf den Wellen tanzt, während es sich seinen Weg Richtung Hafeneinfahrt von Peggy's Cove bahnt – und mit einem Mal erkenne ich Raven, der im Heck steht und mir zuwinkt. Neben ihm steht Jay und ... das glaub ich jetzt nicht ... da sind auch meine Eltern, beide in leuchtend gelben Regenjacken. Sie winken wie irre. Neben ihnen stehen Debbie und Noah. Und da ist sogar Trevor. Er sieht etwas grünlich aus und hält eine Tüte in den Händen. Und zu guter Letzt sind da natürlich Steve und Bob. Alle zusammen auf diesem einen Boot, die gesamte Cozy-Cottage-Clique, außer Gwen. Und ... Moment mal, ist das etwa Eliza, die jetzt aus dem Ruderhaus tritt? Ungläubig lache ich auf. Was, um Gottes willen, machen die alle auf diesem Kutter?

Das Boot wird jetzt zielstrebig in den Hafen von Peggy's Cove gelenkt. Dorthin, wo ich damals Jay und Trevor überrascht habe. Ich sehe zu Fern hinüber, die sich von dem Felsen gelöst hat und mir mit einem zufriedenen Lächeln entgegensieht. Auf wackeligen Knien nähere ich mich ihr, und sie strahlt mich an und ruft: »Da ist wohl ein Boot für dich gekommen!«

»Hab ich gesehen«, sage ich kopfschüttelnd und bleibe vor ihr stehen. »Du wusstest davon?«

Sie lacht auf. »Natürlich wusste ich davon. Du hast doch nicht geglaubt, dass ich dich wirklich einfach so zum Flughafen bringen würde, oder? Komm, setzen wir uns da oben auf die Bank am Souvenirladen. Die anderen werden bestimmt gleich hier sein.«

Sie kommen als Gruppe die Straße vom Hafen herauf auf uns zu. Allen voran marschiert Raven. Sein Gesichtsausdruck ist mindestens so finster wie am Tag meiner geplatzten Hochzeit, als er mir vom Bootshaus aus entgegengekommen ist, in seinem schwarzen Mafiosoanzug, wild entschlossen, mich von dem, was sich in dem Bootshaus abspielte, fernzuhalten. Jetzt hat er wieder so einen entschlossenen Gesichtsausdruck aufgesetzt, und mein Herz klopft vor Aufregung ein wenig schneller. Befangen streiche ich mir ein paar Locken aus der Stirn und verschränke vorsorglich die Arme vor der Brust, um nicht zu vergessen, dass ich ziemlich viele Fragen habe.

Hinter Raven gehen meine Eltern in ihren gelben Regenjacken, neben ihnen Steve und Bob, die sich untergehakt haben. Noah schlendert am gelassensten von allen, gefolgt von Trevor, der immer noch ein wenig grün im Gesicht ist. Jay legt fürsorglich einen Arm um seine Schultern, neben ihm läuft Eliza.

Und Debbie? Sie fehlt, fällt mir auf. War sie nicht eben noch auf dem Boot? Aber ich habe jetzt keine Zeit, mir Gedanken über sie zu machen, denn Raven hat seine Mutter und mich erreicht.

»Kannst du mir bitte mal erklären, was das hier werden sollte?«, fragt mich Raven und klingt sehr aufgewühlt. Finster starrt er mich an.

»Kannst DU mir bitte mal erklären, wie du einfach so zu Tara fahren konntest? Wenige Stunden, nachdem wir ... du weißt schon was gemacht haben?«, gebe ich mindestens so aufgewühlt zurück.

»Und könntest DU uns bitte mal erklären, warum du einfach so Hals über Kopf abreisen wolltest – ohne uns Bescheid zu geben?«, mischt sich Mama ein, bevor Papa sie am Arm fasst und leise sagt: »Regina, bitte.«

Kurz befürchte ich, dass Mama jetzt wieder wütend wird, weil Papa sie »herumkommandiert«, wie sie zuletzt gern gereizt behauptet hat, aber erstaunlicherweise sagt sie nichts weiter.

»Woher wisst ihr eigentlich alle von meinen Flugplänen?«, frage ich, obwohl klar ist, wer ihnen das verraten haben muss. Ich sehe Fern an, die unschuldig lächelt.

»Mom hat mir Bescheid gegeben«, erklärt Jay. »Sie meinte, dass ihr zum Flughafen fahrt, aber noch einen Abstecher über Peggy's Cove macht.«

»Verstehe«, sage ich. »Das war der eigentliche Grund, warum wir hier eine Pause eingelegt haben, oder?«

Ich sehe Fern vorwurfsvoll an. Sie zuckt lächelnd mit den Schultern.

»Du hast immer noch nicht meine Frage beantwortet, Kind«, kann sich meine Mutter nun doch nicht verkneifen und sieht mich aufgebracht an. »Warum willst du einfach so Hals über Kopf abreisen?«

»Weil ... Weil vieles passiert ist, was ich erst mal verdauen muss«, sage ich leise und sehe Raven ernst an. Eliza tritt vor und sagt mit einer brüchigen Stimme, die so gar nicht zu der sonst so taffen Frau passt: »Bitte, Honey Bun. Es tut mir so leid, ich wollte dich auf gar keinen Fall verletzen. Das mit meiner blöden Hand, das war eine so dumme Idee. Ich wollte einfach nur sichergehen, dass du wirklich eine Zeit lang bleibst. Und ich habe mich so gefreut, dich jeden Tag bei mir in der Küche zu haben.«

»Aber ich hätte das auch so getan«, stoße ich hervor. »Du hättest mich dafür nicht anlügen und mir etwas vorspielen müssen.«

»Das weiß ich«, sagt Eliza und nimmt mich in den Arm. Ich lasse es geschehen, weil ich merke, wie erschüttert sie tatsächlich ist. Sie drückt mich fest an sich, und dann wispert sie mir ins Ohr: »Bitte verzeih mir. Und bitte hör dir an, was Raven zu sagen hat.«

Ich wische mir unter den Augen entlang. Als sie sich von mir löst, wende ich mich Raven zu.

»Ich bin mir nicht sicher, ob ich hören will, was du zu sagen hast«, erkläre ich ernst. Ravens Kiefermuskulatur arbeitet ausgiebig. Er nickt, dann fasst er mich am Ellbogen und sagt: »O doch. Glaub mir, das willst du.«

Ehe ich fragen kann, wohin er geht, zieht er mich regelrecht mit sich, über die Felsen, fort von den anderen, die um die Bank herumstehen. Sie sehen mir hinterher, ich spüre ihre Blicke ganz genau im Rücken. Aber ich drehe mich nicht um, sondern versuche, mit Raven Schritt zu halten. Als wir ein flaches Felsplateau unweit des Leuchtturms erreichen, wo niemand außer uns ist, bleibt er stehen, dreht sich zu mir um und sieht mich ernst an.

50

»Ich habe nicht mitbekommen, dass du versucht hast, mich zu erreichen, weil meine Ex mein Telefon in ihre Toilette geschmissen hat.«

»Was?«, frage ich ungläubig, während Raven grimmig nickt. »Aber … sie hat mir noch geschrieben. Von deinem Telefon.«

Jetzt reißt Raven seine Augen ungläubig auf. »Wie bitte? Was hat sie dir denn geschrieben?«

»Dass du bei ihr bist. Nachdem ich dich gebeten hatte, dass du dich meldest. Mehrfach.«

Raven atmet tief durch und schließt kurz die Augen. Dann sieht er mich ruhig an und sagt mit fester Stimme: »Heute, nach deinem Gespräch mit Jay, da bin ich zurück zu meinem Haus gekommen, und … es gab einen Streit mit ihm, das hat er dir ja schon erzählt, oder?«

Ich nicke ernst. »Ja, und er hat mir auch erzählt, dass er dir gesagt hat, dass …«

Raven nickt ungeduldig und legt mir einen Finger auf die Lippen. »Lass mich bitte reden. Ja, er hat in seinem Ärger viel gesagt, aber Florentine, ganz ehrlich, ich habe ihm nicht eine Minute geglaubt. Nicht eine Sekunde. Immerhin war er immer schon eifersüchtig, wenn es um dich ging, und außerdem weiß ich genau, dass du dich nicht nur mit mir abgelenkt hast.«

Erschüttert starrte ich Raven an. »Du ... du hast ihm gar nicht geglaubt?«, frage ich leise. Er schüttelt den Kopf.

»Nein. Denn im Gegensatz zu dir glaube ich an uns. Aber du? Du scheinst immer noch voller Zweifel zu sein, oder?«

»Aber du bist doch direkt nach dem Streit mit Jay zu Tara gefahren, oder?«, hake ich zögernd nach.

Raven nickt. »Ja. Weil ich ihr Auto zurückbringen wollte, denn das hatte sie ja gestern Nacht am Rum Runner stehen lassen müssen. Ich habe Neil gebeten, mich zu begleiten – er hat Taras Auto gefahren und ich meinen Wagen. Durch den Streit mit Jay war ich allerdings spät dran, und Neil hatte später am Tag noch einen Termin, darum bin ich einfach ins Auto gesprungen und losgefahren, ohne dir vorher Bescheid zu geben.« Er fährt sich aufgewühlt mit beiden Händen durch sein dunkles Haar.

»Na ja, und bei Tara ist die Situation leider ziemlich schnell eskaliert. Ich habe noch gehört, dass mein Telefon geklingelt hat, aber ich hatte keine Gelegenheit dranzugehen. Tara hat mich gefragt, ob ich die letzte Nacht mit dir verbracht hätte, und als ich das nicht verneinen konnte, weil ich sie nicht anlügen wollte, ist sie ausgeflippt, hat mich mit Vorwürfen überschüttet und schließlich mein Telefon in die Toilette geworfen. Allerdings hat sie anscheinend vorher noch die Nachricht an dich geschrieben – wahrscheinlich, während ich dabei war, meine Sachen zusammenzusuchen, die ich noch bei ihr hatte.« Er seufzt tief auf.

»Ich habe mein Telefon also aus ihrem Klo geangelt und bin mit Neil und meinem Zeug zurück nach Wildberry Bay gekommen, um dort von einem völlig aufgelösten Jay zu erfahren, dass du inzwischen mit meiner Mutter zum Flughafen aufgebrochen bist. Da wollte ich direkt hinter dir her, und ich saß schon im Auto, als deine Eltern ankamen. Den beiden war ihr Coq au Vin auf einmal völlig egal, und sie haben darauf bestanden, dass sie mitkommen, um dich an der Abreise zu hindern. Jay wollte auch mit, um sich bei dir zu entschuldigen, und Trevor wollte ihn nicht allein fahren lassen. Mein Dad hat den Vorschlag gemacht, dass es mit einem Boot schneller gehen würde, und da hat Debbie ihr Telefon gezückt und im Diner angerufen, um Eliza zu fragen, ob sie ihren Bruder fragen kann, und ... tja, Carl konnte und wollte auch, trotz der aufgewühlten See, und hier sind wir alle.«

Überwältigt starre ich Raven an. »Unglaublich«, murmele ich kopfschüttelnd. Ich fühle mich schon wieder wie in einem Film, genau wie vor acht Tagen, als ich hier im Brautkleid herumgeirrt bin. Allerdings keimt die vage Hoffnung in mir auf, dass der Film diesmal weniger Drama wird und vielleicht sogar ein Happy End hat. Wobei es da durchaus noch ein paar ungeklärte Fragen gibt.

»Was meintest du eben damit, dass Jay immer schon eifersüchtig war?«, frage ich leise.

»Das meine ich genauso, wie ich es gesagt habe.« Raven sieht mich ernst an. »Im Sommer 1998, da wollte ich mich endlich überwinden und dir sagen, was ich für dich empfinde. Dich vielleicht sogar küssen.«

Verblüfft starre ich Raven an. »Wie bitte?«

Er nickt und wirkt beinahe verlegen, als er weiterredet: »Aber ich habe den Fehler gemacht und vorher mit meinem Bruder darüber gesprochen. Jay kannte dich schließlich so gut, und ich war ziemlich unsicher, was deine Gefühle anging. Ich habe tatsächlich gedacht, dass Jay mich vielleicht bestärken und mir sagen würde, dass du öfter von mir gesprochen hast oder dass er gemerkt hat, dass du mich magst oder so. Aber Jay hat ganz anders reagiert, als ich gehofft hatte. Er hat mir zu verstehen gegeben, dass du garantiert überhaupt kein Interesse an mir hast.«

»Waaas?«, hake ich entgeistert nach und reiße meine Augen weit auf.

»Yep«, murmelt Raven und reibt sich nachdenklich über das Kinn. »Klar, du warst erst fünfzehn und ich war siebzehn. Vielleicht wäre das Ganze ohnehin furchtbar schiefgegangen, aber ich war damals wirklich sehr verknallt in dich.«

»Unfassbar«, flüstere ich.

»Ich finde es im Nachhinein viel unfassbarer, dass ich mich von der Meinung meines jüngeren Bruders so habe verunsichern lassen«, sagt Raven mit einem leisen Lachen.

»Ich verstehe überhaupt nicht, warum er das gesagt hat«, murmele ich erschüttert. »Aber, klar, ich habe Jay tatsächlich nie erzählt, dass ich heimlich von dir geträumt habe, vielleicht hatte er wirklich keine Ahnung.«

»Wer hat mit fünfzehn schon Ahnung?«, fragt Raven mit einem schiefen Grinsen.

»Aber warum Jay dir so vehement abgeraten hat, das kann ich nicht verstehen«, füge ich nachdenklich hinzu.

»Wirklich nicht?«, fragt Raven und lächelt mich geduldig an. »Ich kann das im Nachhinein nämlich durchaus verstehen. Ich glaube, dass Jay dich tatsächlich immer auf eine gewisse Weise geliebt hat. Dass du seine große Liebe bist, in so vieler Hinsicht. Und er war nicht bereit, dich zu teilen, schon gar nicht mit seinem älteren Bruder, der ihn so oft genervt hat. Er wollte nicht, dass du und ich eine engere Beziehung hätten als er und du. Verstehst du?«

Ich nicke und blinzele die Tränen fort, die in meinen Augen brennen. »Ich wollte Jay nicht wehtun«, sage ich leise. Raven schüttelt seinen Kopf.

»Das wollte ich auch nicht«, sagt er. »Aber, ganz ehrlich, Florentine: Er hat dir ebenso wehgetan. Findest du nicht, dass es nur fair ist, wenn du nach dem ganzen Drama auch deine Chance bekommst, glücklich zu werden?«

Ich sehe ihn an, und dann fällt mir wieder voller Schrecken ein, weswegen ich noch so aufgebracht war.

»Raven, du hast mir nicht die Wahrheit gesagt«, stoße ich aufgewühlt hervor. »Du hast mich in einem weißen Kleid hier über die Felsen von Peggy's Cove irren lassen, wohlwissend, dass dein Bruder schwul ist.«

Raven reißt seine Augen erschrocken auf.

»Wie kommst du darauf?«

»Jay hat das gesagt«, erkläre ich. »Und Zoe. Sie meinte, dass du Neil und Luke davon erzählt hast.«

Seine Kiefermuskulatur spannt sich an, und er schüttelt entschieden den Kopf. »Das stimmt so nicht«, sagt er leise. »Ich wusste es nicht hundertprozentig, ich habe es vermutet, Florentine, und über diese Vermutung habe ich mit meinen beiden besten Freunden geredet, ja. Aber ganz ehrlich: Das Leben besteht nun mal nicht nur aus Schwarz und Weiß, es gibt so viele wunderschöne Grauschattierungen dazwischen. Und es gibt so viele Facetten der Liebe. Ich konnte nicht mit Sicherheit sagen, dass Jay dich nicht so liebt, wie man jemanden lieben sollte, den man heiratet. Ich habe ihn zur Rede gestellt, und er hat alles abgestritten. Erst am Tag der Hochzeit selbst, als ich mitbekommen habe, wie Trevor und er immer wieder um den heißen Brei herumgeredet haben, da ist mir endgültig klar geworden, dass das Ganze mit euch absolut keine Zukunft haben würde.«

»Jay hat mir gesagt, du hättest Trevor hinter ihm hergeschickt, als er zu den Bootshäusern gelaufen ist, um über alles nachzudenken. Du wolltest, dass die beiden sich aussprechen. Aber … warum bist du mir von den Bootshäusern entgegengekommen, als ich Jay gesucht habe?«

»Weil inzwischen die ganze Hochzeitsgesellschaft auf der Suche nach den beiden war, die offenbar die Zeit vergessen hatten. Ich wusste ja, dass sie irgendwo bei den Bootshäusern sein mussten. Als ich dort war, habe ich … eindeutige Geräusche aus einem der Häuser gehört. Und … ich habe die Tür leicht geöffnet und gesehen, was da vor sich ging.«

Raven seufzt tief auf. »Darum wollte ich dich unbedingt von dort fernhalten.« Er atmet tief durch und macht einen Schritt auf mich zu. »Ich schwöre dir, Florentine, ich hätte es dir gerne vorher gesagt. Aber ich wollte meinem Bruder nicht in den Rücken fallen und Aussagen für ihn treffen, die vielleicht gar nicht gestimmt hätten. Dabei habe ich mir nichts mehr gewünscht, als dass du nicht mehr mit ihm verlobt gewesen wärst. Ich wollte wirklich nicht, dass du ihn heiratest.«

»Tja, das hat aber so was von geklappt«, sage ich mit einem Lächeln.

Raven nickt grimmig. »Ja, Gott sei Dank hat das geklappt, verdammt nochmal«, sagt er, und dann tut er etwas, das mich vor Schrecken beinahe hintenüberkippen lässt: Raven Leblanc sinkt auf den Felsen von Peggy's Cove auf ein Knie hinab, greift nach meiner Hand und sagt: »Jetzt kann ich dir, nach all dieser vergeudeten Zeit, nämlich endlich sagen: Florentine Schiller, du bist die Eine für mich, seit du mit vier Jahren am Flughafen von Halifax angekommen bist. Und, ich weiß, ich war gerade erst verlobt – und, na ja, du natürlich auch – aber wenn man sich so sicher ist, wie ich es bin, endlich das Richtige zu tun, dann … dann ist das eigentlich egal. Und obwohl du nicht gerade positive Erinnerungen an diesen Ort in Sachen Hochzeit haben dürftest, würde ich dich trotzdem gerne hier und jetzt darum bitten, meine Frau zu werden.«

Raven holt tief Luft, während ich den Atem anhalte. Dann fährt er hastig fort, als hätte er Angst vor meiner Antwort: »Der Rest von Wildberry Bay hat sich Hals über Kopf in deine Kuchen verliebt, und ich ganz sicher auch, aber bei Weitem nicht nur in die. Ich liebe einfach alles an dir, Florentine: dein Lachen, dein Weinen, dein Chaos, deine verrückten Ideen, deine Überschwänglichkeit, deinen Humor, dein großes Herz, deine Wärme, einfach alles. Und das seit einer halben Ewigkeit.«

Ich starre ihn völlig fassungslos an und bin fast sicher, dass gleich irgendjemand mit einer versteckten Kamera hervorspringt und mir klarmacht, dass ich verarscht werde. Das kann doch nicht wahr sein, das kann doch nicht wirklich passieren. Der Raven, den ich kenne, der kniet doch nicht wirklich hier vor mir. Oder? Aber in diesem Augenblick erkenne ich, wie die anderen rund um ihre Bank vorm Souvenirshop anfangen zu jubeln und zu klatschen. Fern pfeift erneut wie ein Bauarbeiter, wie gestern, im Pub. Ich blinzle und sehe verwirrt in ihre Richtung, und dann bemerke ich auch noch die Touristen, die beginnen, ihre Handys auf uns zu halten. Wir werden in den sozialen Medien enden, denke ich noch, aber dann sehe ich wieder in Ravens grüne Augen und merke, dass er mich ein wenig besorgt aus seiner Position von schräg unten mustert.

»Florentine, hast du mich gehört?«, fragt er leise.

Da breche ich in Tränen aus. Ich presse mir beide Hände vor den Mund und schluchze heiser auf. »Du bist verrückt«, stammele ich.

»Mag sein«, sagt Raven lächelnd. Er bleibt immer noch geduldig auf einem Knie und hält meine Hand ruhig fest.

»Mag sein, dass ich verrückt bin. In erster Linie verrückt nach dir.«

»Ja!«, stoße ich zwischen zwei Schluchzern hervor. »Ich will auf jeden Fall deine Frau werden!«

»Halleluja«, murmelt Raven erleichtert und will aufstehen, aber in dem Moment sinke ich auf meine Knie hinab, greife nach seinem Gesicht und ziehe ihn an mich. Wir küssen uns stürmisch, was zu noch mehr Jubel auf den Felsen führt. Touristen klatschen, ich höre ganz in unserer Nähe den Auslöser einer professionell klingenden Kamera wie ein Maschinengewehr klacken (das muss der asiatische Familienvater sein), und die Cozy-Cottage-Clique führt in der Ferne ganz sicher einen Freudentanz auf, so laut wie sie sind. Raven und ich küssen uns, ohne uns um den Trubel zu kümmern. So lange, bis ich Jays Stimme neben uns höre.

»So, ihr zwei, jetzt ist aber gut, langsam ist es nicht mehr jugendfrei.« Grinsend löse ich mich von Raven und sehe Jay an.

»Genau, seht bloß zu, dass ihr ein Zimmer bekommt!«, ruft uns einer der Touristen zu, was andere mit Gelächter und Glückwünschen zur Verlobung kommentieren. Raven lacht ebenfalls und winkt in die Runde, bevor er aufsteht und mir die Hand reicht, um mir in die Höhe zu helfen.

»Herzlichen Glückwunsch, ihr zwei.« Jay sieht seinen Bruder und mich abwechselnd an, und ich merke deutlich, dass ihm die ganze Situation sehr unangenehm ist. Die Reue flackert in seinen Augen auf, und als ich Tränen darin schimmern sehe, gehe ich auf ihn zu und ziehe ihn fest in meine Arme.

»Es tut mir so leid«, wispert er in mein Ohr. »Ich habe dir so wehgetan und dir dann auch noch fast das mit Raven versaut, ich eifersüchtiger Vollidiot.«

»Hast du nicht, weil sich dein Bruder gar nicht so leicht von etwas abbringen lässt, wenn er erst einmal für etwas brennt«, erwidere ich und löse mich von ihm, um ihn breit anzulächeln.

»Du meinst: für jemanden brennt«, korrigiert Jay und nickt langsam. »Ich hätte euch viel früher zueinander helfen sollen, aber ... ich hatte immer Angst, dass ich dich verlieren würde, weißt du?«

»Du wirst mich nie verlieren, du dummer Kerl«, sage ich, beuge mich vor und gebe ihm einen dicken Kuss auf die Wange. »Und ich bin heilfroh, dass wir wieder Freunde sein können und ich mir keine Gedanken darum machen muss, wie der Sex mit dir wäre.«

Jay verzieht leicht das Gesicht, was Trevor neben ihm zum Lachen bringt.

»Apropos Sex«, sagt Jay, und ich sehe mich zu Raven um, dessen Augenbrauen ein wenig in die Höhe gewandert sind, während er seinen Bruder abwartend mustert. »Damit ihr nicht doch noch hier auf den Felsen, inmitten dieser unschuldigen Familien, völlig die Beherrschung verliert, ihr frisch Verlobten, haben Trevor und ich dafür gesorgt, dass ihr die Honeymoon Suite im Lighthouse Inn bekommt.«

»Im Lighthouse Inn?«, frage ich überrascht.

»Ganz genau.« Jay lächelt mich breit an. »Dort, wo vor acht Tagen alles seinen Anfang genommen hat. Wo du dich als Braut angezogen hast, Flo. Wo wir die Hochzeitsnacht hätten verbringen sollen.«

»Das Bett wird heute Nacht sicherlich mehr auszuhalten haben, als es bei euch beiden je der Fall gewesen wäre«, murmelt Trevor, und ich werfe ihm einen ungläubigen Blick zu, bevor wir losprusten. Dann macht der neue Freund meines Ex-Verlobten einen Schritt auf mich zu und sagt: »Ich wollte mich auch dringend bei dir entschuldigen, Flo. Dafür, dass ich dir deinen Liebsten an deinem Hochzeitstag gestohlen habe.« Er sieht mich ernst an und fügt dann leise hinzu: »Allerdings habe ich das Gefühl, dass du viel mehr gewonnen als verloren hast, oder?«

Ich grinse Trevor an und nicke, bevor ich ihn fest umarme. »Allerdings. Und ich wünsche Jay und dir von ganzem Herzen alles Glück dieser Welt, mein Lieber.«

»Danke, das wünsche ich dir auch«, sagt Trevor sichtlich erleichtert. »Und eine unvergessliche Nacht im Lighthouse Inn.«

Raven ist dicht neben mich getreten, zieht mich jetzt entschlossen an sich und sagt: »Klingt nach einem Plan.«

»Absolut«, bestätigt Jay hörbar zufrieden. »Und ich kann Mom versichern, dass sie Flo doch noch als Schwiegertochter bekommt, wenn sie das nicht schon selbst kapiert haben sollte.«

»Sie wusste das garantiert vor allen anderen«, murmelt Raven gegen meine Lippen. »Ich sage nur ›Mother Mary‹«.

»Hä?«, macht Jay ratlos, aber Raven antwortet nicht, sondern küsst mich.

»Ja, ähm, wir gehen dann mal«, verkündet Jay, und ich merke, dass er Trevor am Arm mit sich zieht. Dann ruft er noch: »Ach so, wir nehmen Moms Auto zurück nach Wildberry Bay, noch eine Fahrt mit Carl Bakers Teufelskutter überlebt mein Schatz nämlich nicht.«

Trevor stöhnt zustimmend.

»Eventuell holt euch morgen jemand ab. Wenn ihr wollt.«

»Hau ab, Jay«, stößt Raven zwischen zwei Küssen hervor, ohne seinen Bruder anzusehen, aber ich löse mich kurz von seinem Mund und grinse Jay an. Er zwinkert mir zu und wirft mir einen Luftkuss zu. Dann dreht er sich um und geht Hand in Hand mit Trevor über die Felsen davon.

51

Raven

Da jetzt erste dicke Regentropfen aus den tief hängenden Wolken fallen, gehen wir schnellen Schritts über die Felsen, bis wir die Straße erreichen, die uns hinab in den Ort führt. Die Cozy-Cottage-Clique plus Eliza hat sich diskret verkrümelt – offenbar wollten sie uns tatsächlich ein wenig Privatsphäre geben, was mich fast überrascht. Sie haben uns zugewunken, als Florentine und ich noch mit Knutschen beschäftigt waren – so viel habe ich erkannt, als ich mich kurz von ihr gelöst und in die Richtung gesehen habe, in die auch Jay und Trevor verschwunden sind.

Während ich eilig mit Florentine Richtung Lighthouse Inn marschiere, um die Honeymoon Suite zu erreichen, bevor der Regen und meine Sehnsucht nach dieser Frau noch heftiger werden, muss ich flüchtig an ihre Eltern denken.

Während Carl seinen Kutter gekonnt durch den heute gar nicht so harmlosen Wellengang Richtung Peggy's Cove gesteuert und Jay seinem Liebsten die Spucktüte gehalten hat, habe ich mit Bernd und Regina an der Reling gestanden. Eine Weile haben wir geschwiegen – ich war einfach zu aufgewühlt von diesem Tag und in Gedanken außerdem immer noch mit der letzten Nacht beschäftigt, um irgendetwas Sinnvolles sagen zu können. Immer wieder habe ich mich im Stillen fassungslos gefragt, wie alles so schief hatte laufen können. Wie zum Teufel es dazu gekommen war, dass Florentine, während ich bei Tara gewesen war, ihre sieben Sachen aus meinem Badezimmer eingesammelt hatte. Nur ihr Pfirsichduft hing noch in der Luft und erinnerte mich schmerzhaft an sie, während mein Waschbeckenrand so nackt und ordentlich aussah, ohne ihre Schminksachen und Ohrringe, dass ich hätte heulen können. Genau wie beim Blick in meinen Kleiderschrank, wo sie nur ihr Brautkleid hatte hängen lassen, und dieses Kleid hat mich regelrecht ausgelacht, als ich vorhin fassungslos auf die leeren Kleiderbügel daneben gestarrt habe.

Wie konnte sie einfach so abhauen? Nach der Nacht? Wie konnte sie mir das antun? War sie sich wirklich nicht im Klaren darüber, dass mich allein die Vorstellung, sie wieder zu verlieren, förmlich umbrachte?

Als wären all diese Gedanken nicht genug gewesen, sind zusätzlich immer wieder die Erinnerungen an Florentine, nackt vor mir auf der Arbeitsplatte meines Ateliers, durch meinen Kopf geschwirrt und haben mich die Reling fester umfassen lassen. Ihr Atem, der schneller ging, der Pfirsichduft ihrer Haut, der fast fiebrige Glanz im Zimtbraun ihrer Augen, ihr Stöhnen, ihre Lippen auf meinem Körper – ich habe es einfach nicht geschafft, diese Erinnerungen vorübergehend in Schach zu halten, und konnte Bernd und Regina an Bord des Kutters kaum in die Augen sehen. Ich war tatsächlich der Meinung, dass ein Blick auf mich genügen müsste, um ihre Eltern-Antennen in Alarmbereitschaft zu versetzen – aber als Regina schließlich dicht neben mich getreten ist und mich angesehen hat, war kein Vorwurf in ihrem Blick. Ganz im Gegenteil.

»Ich bin so froh, dass Flo und du endlich ... zusammengefunden habt. Wenn ich das alles richtig interpretiere«, hat sie mit einem langsamen Lächeln gesagt.

»Na ja«, habe ich erwidert und versucht, nicht verlegen wie der Siebzehnjährige zu werden, der ich mal war. Damals, als ich mich nicht getraut hatte, mir anmerken zu lassen, was ich für Florentine empfand. »Wie man es nimmt. Sie scheint ja drauf und dran zu sein, das Land zu verlassen, also weiß ich gerade nicht, wie meine Chancen bei ihr wirklich aussehen.«

»Wieso auch immer Flo heute so überreagiert hat: Deine Chancen sehen garantiert gut aus, denn du bist ihr wahnsinnig wichtig, das weiß ich«, hat mir Regina entschieden versichert und meine Hand gedrückt. »Und ich könnte mir keinen besseren Freund für meine Tochter wünschen.«

»Oder Mann«, hat Bernd zu meiner grenzenlosen Überraschung ergänzt und mir zugezwinkert. Verblüfft habe ich beide angesehen, und zum ersten Mal, seit ich mich heute mit Jay gezofft, mit Tara diskutiert, mein Telefon aus ihrem Klo gefischt und schließlich in Wildberry Bay erfahren hatte, dass die Frau, die ich liebe, auf dem Weg zum Flughafen war, konnte ich lachen.

»Oder Mann«, hat Regina bedeutungsschwer ergänzt und mir liebevoll zugelächelt.

»Oder Mann«, habe ich ungläubig wiederholt, und in dem Moment war mir eines klar: Ich würde Florentine noch heute einen Heiratsantrag machen. Warum auch nicht? Wir kennen uns seit über dreißig Jahren. Haben zwölf Sommer gemeinsam verbracht. Und in den Jahren, in denen ich sie nicht sehen durfte, habe ich öfter an sie gedacht, als ich laut zugeben würde, und bei jeder Gelegenheit versucht, von Jay zu erfahren, wie es ihr geht. Der Frau meines Lebens.

Ich könnte also noch einmal einige Monate warten. Oder ich könnte ihr heute, in Peggy's Cove, einen Antrag machen und vielleicht endlich die Zweifel, die sie offenbar immer noch mit sich herumtrug, aus dem Weg räumen.

»Danke euch«, habe ich gemurmelt und tief die feuchte Seeluft eingeatmet, die meine flatternden Nerven ein wenig beruhigt hat. »Mal sehen, wie Florentine das Ganze sieht. Aber eines steht fest: Ich könnte mir tatsächlich keine besseren Schwiegereltern als euch beide vorstellen.«

Daraufhin haben Bernd und Regina aufgelacht, und ich habe genau gesehen, wie sie sich angesehen haben. Es war nur ein flüchtiger Blick, ein verstohlenes Lächeln, und ich musste daran denken, dass sie dabei gewesen waren, gemeinsam Coq au Vin zu kochen, als wir alle Hals über Kopf nach Peggy's Cove aufgebrochen waren. Und gestern Abend haben sie sich das erste Mal in diesem Sommer unterhalten, ohne sich zu zoffen, und sogar gemeinsam gelacht – zumindest war es das erste Mal, dass ich es erleben durfte, und ich hatte immerhin vier Tage Baseballcamp mit den beiden überstehen müssen.

Als Regina sich von der Reling abwandte, um Trevor gut zuzureden, der sich erneut übergeben musste, habe ich Bernd leise gefragt: »Bei euch beiden scheint die Stimmung besser zu sein, oder täuscht das?«

Bernd hat mich mit einem regelrecht verlegenen Lächeln angesehen und mit den Schultern gezuckt. »Nein, das täuscht nicht. Irgendwie sind wir gestern Abend aufgerüttelt worden. Erst das Lied – danke übrigens, das war der Hammer. Es war tatsächlich zwanzig Jahre her, seit wir zu ›Wonderful World‹ getanzt hatten. Das letzte Mal im Bayview Diner zur Jukebox. Und gestern Abend … da kamen so viele Erinnerungen hoch. An die Uniparty, auf der ich Regina kennengelernt habe. Aber auch an die Sommer hier in Wildberry Bay, als Flo noch ein Kind war und wir hier immer so glücklich waren.« Er hat mich wehmütig angelächelt und dann hinzugefügt:»Das gestern war ... eine Reise in die Vergangenheit, die uns mit einem Mal wieder näher zusammengebracht hat. Wir haben ausgiebig über unsere Unizeit geredet, haben in Erinnerungen geschwelgt. All das nicht nur wegen eures genialen Songs, sondern auch, weil du so rührend von deiner ersten Begegnung mit Florentine erzählt hast.«

Ich musste wieder an mich auf der Bühne denken und habe verlegen aufgeseufzt.

»Wir saßen gestern noch lange vor dem Rum Runner und haben uns daran erinnert, wie wir uns damals in diese Gegend, in dieses Land verliebt haben. Wie wir in unseren ersten Sommern immer nach Häusern Ausschau gehalten haben, die zum Verkauf standen, weil wir uns gewünscht haben, ein eigenes Sommerhaus, ganz nah bei deinen Eltern, zu haben.«

Verblüfft habe ich Bernd angesehen. »Wirklich?«

Gedankenversunken hat er genickt. »Ja. Allerdings hatten wir damals nicht genügend Geld, wir mussten ja unser Reihenhaus in München abbezahlen. Tja, und gestern Abend, da haben wir begonnen, ein bisschen herumzuspinnen. Was wäre, wenn wir so mutig wären wie unsere Tochter und einen Neuanfang wagen? So, wie auch deine Mom und Debbie hier in Wildberry Bay von vorn beginnen und vielleicht sogar ein Yogastudio mit Beautysalon eröffnen wollen.«

Das hat mich echt umgehauen, weil ich von Moms und Debbies Plänen zum ersten Mal gehört habe, aber ich habe Bernd weitererzählen lassen. »Wir haben überlegt, was wäre, wenn wir unser Haus in Deutschland verkaufen, uns verkleinern, einfach eine Wohnung mieten – und dafür endlich das Haus in Wildberry Bay kaufen, von dem wir schon immer geträumt haben? Immerhin sind wir jetzt in Pension und können uns aufhalten, wo wir wollen!«

Ungläubig habe ich ihn angesehen. »Das klingt genial, Bernd.«

Mit einem versonnenen Lächeln hat er genickt. »Ja. Sich wieder gemeinsam an seine Träume von früher zu erinnern und dann zu merken, dass man sich tatsächlich immer noch dasselbe wünscht und dass man diese Wünsche und Träume nun endlich realisieren könnte – das kann einen wieder einander näherbringen, verstehst du?«

»O ja«, habe ich gemurmelt. Mit einem Mal vermisste ich Florentine so sehr, dass es mir körperlich wehtat.

»Regina und ich, wir haben endlich wieder etwas, das uns beide begeistert. Das … und natürlich Coq au Vin.« Er hat aufgelacht, und ich habe ebenfalls gegrinst.

»Na, worüber redet ihr zwei?«, hat Regina gefragt, die wieder neben uns getreten war.

»Ich habe Raven gerade erzählt, dass wir unsere Sommerhaus-Träume abgestaubt haben«, hat Bernd erklärt und seine Frau angesehen. In seinem Blick lag so viel, und in mir keimte die wilde Hoffnung auf, dass die beiden womöglich die Kurve gekriegt hatten. Dass eine Trennung erst einmal vom Tisch war. Ich wünschte es mir so sehr – für Bernd und Regina, aber vor allem für Florentine.

»Oh, ja! Wir müssen in den nächsten Tagen unbedingt die Gegend abfahren und nach ›For Sale‹-Zeichen Ausschau halten!«, hat Regina mit leuchtenden Augen erklärt, und ich habe genau gesehen, wie sie ihrem Bernd einen schnellen Klaps auf den Hintern gegeben hat. Ich musste grinsen und habe rasch aufs Meer hinausgesehen, als mir mit einem Schlag eine Idee kam, und ehe ich mich daran hindern konnte, habe ich spontan vorgeschlagen: »Was haltet ihr davon, mein Haus zu kaufen?«

Bernd und Regina haben mich angestarrt wie vom Donner gerührt. »Ähm ... aber, du ziehst doch nicht aus Wildberry Bay weg, oder?«

Lachend habe ich den Kopf geschüttelt. »Auf gar keinen Fall. Aber ... falls der Tag heute so ausgeht, wie ich mir das erhoffe, dann ... dann wohne ich womöglich bald nicht mehr allein. Allerdings habe ich nur ein Schlafzimmer, und ... Florentine wünscht sich vier Kinder, hat sie gesagt. Und ich liebe Kinder auch. Klar, ich bin ja Grundschullehrer, wäre blöd, wenn ich Kinder nicht ausstehen könnte, oder? Und ... ich liebe Florentine.«

Was zum Teufel redete ich da eigentlich? Als ich in die fassungslosen Gesichter von Florentines Eltern blickte, wäre ich am liebsten über Bord gesprungen. Ich befürchtete schon, dass ich zu weit gegangen war. Dass sie sich doch nicht so sicher waren, ob ich der Richtige für ihre Tochter war. Aber dann haben sich Reginas Augen mit Tränen gefüllt, und sie hat mich an sich gezogen.

»Das ist das Schönste, was ich seit Langem gehört habe«, hat sie geflüstert. »Wir reden bald in Ruhe darüber, mein Lieber.«

Doch zunächst gibt es andere Dinge, die wichtiger sind als Hauskäufe und -verkäufe. Wir haben endlich das Inn erreicht, ich öffne die Eingangstür und lasse Florentine zuerst eintreten.

Es ist merkwürdig, wieder hier zu sein, diesmal nicht als Trauzeuge, sondern als Verlobter der Ex-Braut. Unfassbar, das Ganze!

Das scheint auch die Besitzerin des Inns so zu sehen, die uns ziemlich überrascht den Zimmerschlüssel und Florentines Koffer, den Jay und Trevor hier vorbeigebracht haben, reicht.

»Ich weiß, so fühle ich mich selbst«, versichere ich ihr mit einem matten Lächeln, als sie uns ungläubig mustert.

»Na, ich wünsche euch auf jeden Fall alles Glück dieser Welt«, sagt sie mit einem verblüfften Lachen.

»Die arme Frau muss uns für völlig durchgeknallt halten«, wispert Florentine, als ich im ersten Stock die Tür zur Honeymoon Suite aufschließe und den Koffer hineinstelle. »Ich kann nicht glauben, dass Jay ausgerechnet hier ein Zimmer für uns reserviert hat!«

»Ich kann vor allem nicht glauben, dass du tatsächlich nach Deutschland abhauen wolltest«, grolle ich leise, während ich die Tür hinter mir zuschiebe und Florentine entschlossen in meine Arme ziehe.

»Du wolltest wirklich einfach so abhauen? Bei der ersten kleinen Schwierigkeit?«, murmele ich dicht an ihren Lippen und schiebe sie leicht rückwärts, bis ich sie dicht an der Bettkante habe und Florentine mit einem überraschten Quietschen nach hinten auf die breite King-Size-Matratze sackt. Im nächsten Moment bin ich über ihr, und Florentine versucht, ihre Arme um meinen Hals zu schlingen, will mich näher an sich ziehen, doch ich greife nach ihren Händen und pinne sie entschlossen über ihrem Kopf auf der Decke fest. Ich merke, wie sie den Atem anhält, als sie zu mir hochstarrt, und sie hebt leicht den Kopf, versucht, mich zu küssen, aber ich lasse sie zappeln und murmele stattdessen mit einem Hauch Abstand zu ihren Lippen: »Soll das in Zukunft immer so laufen? Du bist sauer auf mich, packst deinen Koffer und haust nach Deutschland ab?«

»Nein«, stößt sie kurzatmig hervor. »So soll das nicht laufen.«

»Sicher?«, frage ich leise, und meine Lippen wandern langsam über ihr Kinn und seitlich an ihrem Hals hinunter. Ich merke, wie ihr Puls unter ihrer zarten Haut hämmert, und als sie leise aufstöhnt, bin ich ganz kurz davor, mich zu vergessen und ihr augenblicklich sämtliche Klamotten vom Leib zu zerren.

»Ich verspreche es«, wispert sie, während mein Mund ihr Dekolleté erreicht, und ich beginne, ungeduldig die Knöpfe ihrer Bluse zu öffnen.

»Und du hältst deine Versprechen auch?«, murmele ich, obwohl ich kaum noch einen klaren Gedanken fassen kann, bevor meine Finger den Stoff auseinanderschieben und meine Lippen über die Spitze ihres BHs wandern, was sie erneut aufstöhnen lässt. O Gott, ich halte das nicht mehr länger aus.

»Mhhm«, macht Florentine heiser, weil ihr die Artikulation offenbar auch zunehmend schwerfällt.

Ich hebe den Kopf und starre sie an, und dann versuche ich entschlossen, noch etwas letztes Rationales von mir zu geben: »Okay. Ich will nämlich, dass das mit uns funktioniert, Florentine. Ich habe viel zu lange auf dich gewartet, als dass ich das hier alles leichtfertig in den Sand setzen will.«

»Ja«, flüstert Florentine ernst. »Mir geht es genauso. Und, um die Wahrheit zu sagen: Ich hatte noch gar keinen Flug für heute Abend gebucht. Ich ... ich wollte versuchen, am Flughafen spontan ein Ticket zu bekommen, aber ... im Grunde genommen war mir wohl klar, dass ich das gar nicht durchziehen würde.«

Ich starre sie betont finster an, was Florentine kichern lässt.

»Lass mich raten: Eigentlich wolltest du einfach eine dramatische Szene am Flughafen haben. Du wolltest, dass ich wie im Film angerannt komme, durch die Sicherheitskontrolle stürme und dich am Boarding hindere, habe ich recht?«

Florentine lacht auf, doch als meine freie Hand beginnt, an ihrem Jeansknopf herumzunesteln, vergeht ihr das Lachen schnell wieder. »Nein, so romantisch-naiv bin nicht einmal ich«, gibt sie atemlos zurück. »Ich hätte niemals von dir erwartet, dass du dich mit der Flughafenpolizei anlegst und am Ende wegen mir verhaftet wirst. Was hätte Neil dazu gesagt?«

Sie grinst frech, aber ich bleibe ernst, während ich auf sie hinabstarre und meine Hand ihren Weg in ihre Hose findet, was sie kurz nach Luft ringen lässt. »Außerdem – ähm – außerdem war die Szene heute am Leuchtturm doch mindestens so filmreif wie jedes Flughafen-Szenario.«

»Mhhm«, mache ich. »Trotzdem ersparst du mir fürs erste bitte solche Dramen, ja?«

»Absolut«, stößt sie hervor. »Und vielleicht tauchen ja auch nicht mehr so viele Ex-Verlobte von uns beiden auf und sorgen für zusätzliches Drama.«

Sie sieht mich mit hochgezogenen Augenbrauen an, und ich nicke. »Das hoffe ich einfach mal ganz stark«, murmele ich, doch als ich mich zu ihr hinabbeugen will, um sie endlich zu küssen, sagt Florentine ernst: »Eines muss ich aber noch loswerden, Raven.«

Fragend mustere ich sie. »Ja?«

»Wenn du und ich heiraten, dann werde ich auf keinen Fall so ein voluminöses Wolkenkleid tragen. Und weder halterlose Strümpfe noch einen Stringtanga.«

Ich muss auflachen, und sie grinst breit zu mir hoch. »Keine Sorge, Florentine. Du kannst tragen oder nicht tragen, was du willst. Ich heirate dich auch nackt.«

»Das könnte für Pfarrer McIntosh etwas merkwürdig werden«, kichert Florentine.

»Aber nackt bist du mir wirklich am allerliebsten«, murmele ich mit dunkler Stimme, und dann beuge ich mich zu ihr hinab und küsse sie voller Leidenschaft, wobei ich ihre Hände nun freigebe. Sofort schlingt sie ihre Arme um meinen Hals und hält mich fest, als habe sie Angst, dass ich es mir plötzlich anders überlegen und verschwinden könnte.

Dabei will und kann ich nie mehr ohne diese Frau sein.

52

WILDBERRY BAY WHATSAPP-GRUPPE

Sonntag, 15. Juli 2018

THOMAS HUGH:
Es geht das Gerücht um, dass die deutsche Braut nicht länger im Bayview backt? Stimmt das etwa???

ZOE MCINTOSH:
Wir arbeiten daran @thomashugh 😊
Und sie heißt übrigens immer noch Florentine ...

Florentine

Es ist fast Mittag, als wir die Honeymoon Suite wieder verlassen. Nachdem es die ganze Nacht gestürmt und geregnet hat, scheint heute wieder die Sonne von einem blauen Himmel. Die Wirtin nimmt unseren Zimmerschlüssel mit einem verschmitzten Lächeln entgegen, und ich hoffe inständig, dass die Wände und Türen dieses Inns einigermaßen schalldicht sind. Bei der Vorstellung, was sie alles von uns gehört haben könnte, steigt mir heiße Röte ins Gesicht, und ich verabschiede mich rasch und flüchte ins Freie.

Dort wartet bereits Neil auf uns. Er lehnt mit verschränkten Armen an seinem Wagen und grinst mir entgegen.

»Und, wie war die Honeymoon Suite?«, fragt er, und natürlich wird mein Gesicht noch heißer.

»Denk dir einfach deinen Teil«, erwidere ich und lächele ihn flüchtig an, während ich Raven hinter mir über den Schotter des Parkplatzes gehen höre.

»Nett, dass du uns abholst«, sagt er zu seinem Kumpel, der den Kofferraum öffnet und Raven mein Gepäck abnimmt.

»Ma'am?«, sagt Neil und hält mir die hintere Wagentür auf. »Oder lieber vorn?«

Ich muss lachen.

»Nein, danke, Officer, hinten passt gut«, erwidere ich neckend und steige ein.

»Willst du auch hinten sitzen, Rav?«, höre ich Neil fragen, doch Raven steigt schon vorn ein und sieht mich über seine Schulter bedeutungsschwer an.

»Lieber vorn. Ist sicherer«, sagt er und zwinkert mir zu. »Wir wollen keinen Ärger mit der Polizei bekommen.«

»Dafür bin ich euch wirklich dankbar«, lacht Neil auf. »Ich habe schon genug gelitten, als ich ständig wegschauen musste, wenn Flo illegal in der Diner-Küche herumgewurschtelt hat.«

»Hey!«, sage ich empört, während Neil den Motor anlässt und den Wagen die Küstenstraße entlanglenkt. »Ich habe nie gewurschtelt!«

Er lacht auf. »Aber illegal warst du in der Küche, ohne Vertrag. Das muss sich auf jeden Fall ändern.«

»Wer sagt überhaupt, dass ich weiter im Diner arbeite?«, erkundige ich mich unschuldig. »Ich meine – bisher habe ich dort nur ausgeholfen. Brenda ist aus Calgary zurück, und Elizas Hand geht es blendend, also braucht sie mich gar nicht mehr.«

»Und ob sie dich braucht«, erwidert Raven und dreht sich zu mir um. »Wildberry Bay braucht dich. Die meisten wollen nämlich nicht mehr freiwillig auf deinen Kuchen verzichten.«

Gerührt lächele ich ihn an, und er lächelt zurück.

»ICH brauche dich.« Seine Lippen formen diese Worte lautlos, aber ich verstehe ihn sofort. Er streckt seine Hand nach hinten, sodass wir unsere Finger ineinander verweben können. Als sein Daumen beginnt, in Kreisen über die zarte Haut auf der Innenseite meines Unterarms zu fahren, flackern die Bilder der letzten Nacht durch meine Erinnerung, und mein Atem beschleunigt sich. Ravens Blick hält mich fest, und es ist völlig klar, dass er dasselbe denkt wie ich. Warum ich in der Vergangenheit so oft an seinem düsteren Blick verzweifelt bin, ist mir im Nachhinein ein Rätsel. Ja, er schaut mich auch in diesem Moment sehr ernst, geradezu finster an, aber ich erkenne genau den lodernden Glanz in seinen Augen und weiß, dass er nicht genervt von mir ist, sondern Neil in diesem Augenblick weit fortwünscht, um mich erneut so in Ekstase versetzen zu dürfen wie letzte Nacht. Mehrfach.

Letzte Nacht, da habe ich ihn irgendwann, als wir atemlos eine Pause in den zerwühlten Laken gemacht haben, auf seine Ohren angesprochen.

»Du warst also früher schon heimlich in mich verknallt«, habe ich festgestellt und ihn spielerisch in sein Ohrläppchen gebissen. »Aber damals hast du wegen mir noch keine roten Ohren bekommen.«

Ravens Lachen war fast verlegen, als er sich an sein linkes Ohr gefasst und mit einem Schulterzucken bemerkt hat: »Doch, habe ich garantiert. Aber damals konnte ich meine Ohren vor dir verstecken. Das ist der Nachteil, wenn man einen Pferdeschwanz trägt. Oder auch Vorteil, wie man es nimmt: Man kann seine Gefühle schlechter verbergen, wenn man bei Verlegenheit zu roten Ohren neigt.«

In diesem Moment wurde mir klar, dass Ravens offene Locken in seiner Jugend verhindert haben, dass seine Ohren mir früher ein Signal schicken konnten. Unfassbar.

Die Fahrt nach Wildberry Bay kommt mir ewig vor. Zwar erzählt Neil gut gelaunt von dem tollen Praktikumsplatz, den seine ältere Tochter Lilybelle an der kanadischen Westküste ergattert hat, und dass seine Ex Carrie und Nesthäkchen Dawn heute aus Neufundland zurückkommen, wo sie Carries Bruder besucht haben, aber ich kann mich kaum auf seine Worte konzentrieren. Es ist gut, dass Raven vorn sitzt und ich hinten bin, denn sonst würde es für Neil vermutlich merkwürdig werden. Als wir endlich den Ort erreichen, kann ich es kaum noch erwarten, mit Raven allein zu sein. Doch als wir am Diner vorbeikommen, sehe ich Zoe und Eliza am Hintereingang unter der Kastanie sitzen. Anhand ihrer ernsten Gesichter merke ich gleich, dass etwas nicht stimmt, und ich bitte Neil hastig anzuhalten.

»Ich möchte kurz mit deiner Schwester und Eliza sprechen, okay?«

»Na klar«, murmelt Neil und biegt in den kleinen Parkplatz des Diners ein.

»Kommst du mit?«, frage ich Raven, als ich aussteige, und statt einer Antwort bekomme ich einen Kuss von ihm, sobald er ebenfalls neben dem Auto steht.

»Und ob. Sonst bist du am Ende wieder auf dem Weg zum Flughafen«, murmelt er gegen meine Lippen, was ich mit einem lachenden Kopfschütteln kommentiere.

»Ich hoffe doch sehr, dass Flo nicht mehr abhaut«, bemerkt Neil, der ebenfalls sein Auto verlassen hat. »Fürs Erste reicht es in Sachen Drama, finde ich.«

»Kein Drama mehr, ich verspreche es«, sage ich und zwinkere Neil zu.

Die beiden folgen mir, als ich auf den Hintereingang des Diners zugehe, wo Eliza und Zoe sitzen und mir entgegensehen.

»Hey«, begrüße ich beide, bevor mein Blick auf Elizas rechtes Bein fällt, das sie auf einen Hocker gelegt hat – und jetzt erkenne ich die Schiene.

»Ach komm«, sage ich lachend. »Jetzt übertreibst du.«

Eliza schüttelt grimmig den Kopf. »Nein. Leider nicht. Ich sage nur: *Karma verliert nie deine Adresse.*«

»Soll heißen?«, frage ich ratlos, während Raven neben mich tritt und Eliza ebenso verblüfft mustert.

»Soll heißen: Das Universum hat mir die gerechte Antwort auf meine blöde Lügenaktion geschickt – indem es mich gestern Abend beim Aussteigen aus Carls Kutter hat ausrutschen lassen.«

»Ist es doch so ernst?«, fragt Neil besorgt und tritt neben Eliza und seine Schwester.

»Carl ist gerade mit ihr aus der Notaufnahme zurückgekommen«, erwidert Zoe. »Ihr Knie ist gebrochen.«

Ich verziehe das Gesicht. »Autsch«, murmele ich mitleidig.

Eliza nickt grimmig. »Du sagst es. Tut super weh – und leider muss es operiert werden.«

»Was?«, frage ich erschrocken. Sie nickt erneut und sieht mich ernst an.

»Sag mal – du könntest nicht zufällig wieder in meiner Küche einspringen?«
Neil räuspert sich.
»Natürlich würde ich dich offiziell einstellen«, beeilt sich Eliza zu versichern.
»Das könnte ich wohl«, erwidere ich und lächele sie langsam an. »Das würde mir sogar viel Spaß machen – besonders, wenn ich endlich meine geliebte Springformsammlung aus Jays Wohnung zurückbekommen habe. Dann gibt es hier nicht mehr nur Blechkuchen!« Ich reibe meine Hände zusammen, während ich in Gedanken schon meine besten Rezepte durchgehe. »Ich liebe dieses Diner, Eliza, das weißt du doch.«
Eliza lächelt flüchtig auf, doch dieses Lächeln erlischt so schnell, wie es gekommen ist. »Ich auch«, wispert sie, und dann wischt sie sich zu meiner Bestürzung eine Träne aus dem Augenwinkel.
»Was ist denn los?«, frage ich sie erschüttert.
»Es geht nicht mehr«, erwidert Eliza mit gebrochener Stimme. »Das wird mir alles zu viel. Der Arzt hat mir gesagt, dass es bis zu zwei Monate oder sogar länger dauern wird, bis ich wieder ohne diese dämlichen Dinger da laufen kann.« Sie deutet auf die Krücken, die am Stamm der Kastanie lehnen. »Und selbst mit Brenda und dir, Flo, muss ich immer noch jemanden zusätzlich als Kellner finden, jetzt, ohne Lilybelle. Zoe kann das nicht allein. Besonders, weil ich selbst ja nicht mehr mithelfen und herumrennen kann. Und … ich habe einfach nicht mehr die Energie für zig Vorstellungsgespräche. Darum wundert euch nicht, wenn ihr den Vordereingang seht.«
»Den Vordereingang?«, hake ich ratlos nach. Eliza nickt grimmig, und noch ehe ich fragen kann, was dort ist, kommt

Elliott mit Peter Pan um die Ecke gefegt, ein Eis in der Hand. Offenbar durften die zwei gemeinsam zum Salty Breeze Store laufen. Ich muss an all das Eis denken, das Gwen, Jay und ich uns früher dort gekauft haben.

»Eliza! Da steht ›For Sale‹ auf einem Schild vor deinem Restaurant!«

53

Eliza lacht leise auf. »Du bist mein Lesekönig, Elliott«, sagt sie und streicht dem Jungen über den Schopf, als er neben ihr stehen bleibt. Dann sieht sie erst mich und dann Raven an und nickt. »Ich habe es Zoe gerade schon eröffnet: Es wird jetzt wirklich allerhöchste Zeit, dass ich mich zur Ruhe setze. Dieses dumme Knie ist ein Zeichen, dass ich kürzertreten muss – im wahrsten Sinne des Wortes. Falls ihr jemanden kennt, der ein Diner übernehmen möchte, sagt mir Bescheid.«

Ungläubig starre ich Eliza an. Verdammt, und ob ich das möchte! Aber ... finanziell sieht es bei mir extrem mau aus. Und meine Eltern kann ich auch schlecht um Hilfe bitten, gerade jetzt, da sie sich offenbar gemeinsam ein Sommerhaus hier in Wildberry Bay kaufen wollen. Diese Chance für einen Neuanfang werde ich den beiden auf keinen Fall kaputt machen, indem ich sie anpumpe, um dieses Diner übernehmen zu können! Betroffen sehe ich Raven an, der meinen Blick ernst erwidert.

»Ich würde es sofort machen, das weißt du«, sage ich an Eliza gewandt. »Aber vorher müsste ich erst im Lotto gewinnen.«

»Ja, geht mir auch so«, lacht Zoe auf.

Eliza nickt lächelnd. »Keine Sorge, Mädels. Vielleicht findet sich jemand, der das Ganze übernimmt und nicht viel ändert, damit es für die Stammgäste so weitergeht wie immer.«

»Aber die größte Änderung wird sein, dass du nicht länger in der Küche stehst«, gebe ich traurig zu bedenken.

»Richtig«, stimmt Zoe mir zu, und man hört ihr deutlich an, wie sehr sie diese Vorstellung bedrückt. »Ach, ich bin doch direkt nebenan. Und glaubt mir, vermutlich werde ich eh ständig hier im Diner herumhängen. Ein Leben ohne das Lokal kann ich mir doch gar nicht vorstellen – auch mit achtzig nicht.« Sie grinst uns an.

O Mann, ich wünsche mir so sehr, dass ich das Diner übernehmen könnte! Ich hätte schon so viele Ideen, was man noch alles mit dem Restaurant machen könnte – ich würde gern deutsches Brot backen und verkaufen, und da Wildberry Bay keinen Souvenirladen hat, ließe sich da vielleicht eine Verkaufsecke mit schönen Kleinigkeiten einrichten ... Ich seufze leise.

Zoe räuspert sich und sagt zu Eliza: »Übrigens ... damit du nicht noch eine Sorge mehr hast: Es wäre unter bestimmten Voraussetzungen okay für mich, wenn du mit ... du weißt schon wem sprechen würdest. Na ja, wegen des Kellnerjobs. Also, nur, falls er clean und vernünftig ist natürlich!«

Vor Überraschung fällt Eliza fast ihr Bein vom Hocker – es gerät ins Rutschen, und Zoe beugt sich rasch vor, um den Fuß festzuhalten.

»Autsch«, stöhnt Eliza auf, bevor sie Zoe groß anstarrt und nachhakt: »Woher kommt denn plötzlich der Sinneswandel?«

Zoe kaut zögernd auf ihrer Unterlippe herum, dann gibt sie leise, mit Blick auf Elliott, der ein paar Meter entfernt Stöckchen für Peter Pan wirft, zu: »Er hat mir einen Brief geschrieben und gestern Nachmittag hier im Diner für mich abgegeben.«

»Oh!«, entfährt es mir, und ich strahle Zoe an. »Wirklich?«

Zoe lächelt matt. »Ja. Wirklich. Ich sage nicht, dass er ein begnadeter Briefeschreiber ist, und schon gar nicht, dass ich ihm das, was in den letzten Jahren geschehen – oder auch nicht geschehen ist – verzeihe. Aber – na ja, er hat ziemlich deutlich gemacht, wie sehr er es bereut, sich nicht früher gemeldet zu haben, und hat erklärt, warum er so lange gezögert hat.« Sie räuspert sich und streicht sich eine rosafarbene Haarsträhne hinter das Ohr. »Wir haben gestern Abend telefoniert, und heute Nachmittag treffen wir uns am Strand, damit er Elliott kennenlernen kann.«

»Wow«, macht Neil und starrt seine Schwester überrascht an. »Ihr allein am Strand, mit Blake Cabot? Da komme ich aber mit.«

Zoe wirft Neil einen amüsierten Blick zu. »Am Sonntagnachmittag, wenn dort der Bär steppt, Neil. Nicht etwa nachts, ohne eine andere Menschenseele. Und selbst dann würde ich mir keine Sorgen machen. Blake hat viel Mist gebaut, aber er war nie gefährlich.«

»Er saß im Knast«, sagt Neil ernst. »Erzähl mir bloß nicht, dass er ein unschuldiger Bibelschüler ist.«

Zoe schüttelt den Kopf. »Ich danke dir für deine Fürsorge, Bruderherz, aber ich kenne Blake tatsächlich besser als du. Und, keine Sorge, niemand spricht davon, dass er und ich wieder ein Paar werden. Glaub mir, das Boot hat den Hafen vor einer halben Ewigkeit verlassen. Aber findest du nicht auch, dass Elliott es verdient hat, seinen Vater zu treffen?«

Neil verschränkt die Arme vor der Brust und zuckt leicht mit den Schultern. Seine Miene ist verschlossen. »Mag sein«, sagt er dann langsam. »Aber hier arbeiten? Eliza, meinst du, dass das eine gute Idee ist?«

Eliza sieht Neil ruhig an. »Ich werde natürlich erst abwarten, was Zoe nach ihrem Treffen sagt. Und wenn sie mir grünes Licht gibt, werde ich in Ruhe mit ihm reden. Mir anhören, was er zu erzählen hat. Ich verlange von ihm einen Drogentest. Wenn er clean und auch ansonsten vernünftig ist, darf er vielleicht anfangen, ja. Man sollte ihm doch eine Chance geben, oder?«

Ich sehe Neil deutlich an, dass er nicht überzeugt von dieser Idee ist. Hoffentlich wird das gut gehen, falls Blake wirklich hier anfängt – mit einem argwöhnischen Cop in der Nähe. Und dann auch noch mit Jimm McIntosh in der Nachbarschaft.

Aber falls Elliott endlich die Chance bekommen sollte, seinen Dad kennenzulernen, dann wäre es das doch wert.

»Hey, Flo«, sagt Zoe und sieht mich ernst an. »Ich wollte mich noch bei dir entschuldigen. Ich ... war gestern ziemlich aufgelöst und unfair und habe Sachen gesagt, die nicht okay waren. Tut mir leid.«

Ich nicke. »Längst vergeben und vergessen«, versichere ich ihr.

»Tja, ihr Lieben, es stehen also ein paar Veränderungen in Wildberry Bay an«, sagt Eliza und lächelt mich an. »Aber solange Flo hier noch Kuchen backt, ist doch alles in Butter, findet ihr nicht?«

»Auf jeden Fall«, sagt Raven dicht neben mir, legt einen Arm um meine Taille und zieht mich seitlich an sich. Verliebt lächele ich ihn an, und er grinst zurück.

»Holy Muffins, dass ich das noch erleben darf«, seufzt Eliza glücklich auf und strahlt uns an. »Und dass wir uns sogar endlich auf die Traumhochzeit freuen dürfen, die diesen Sommer ausgefallen ist!«

»Wie bitte?« Zoe starrt Raven und mich groß an. »Ihr seid verlobt? Und das sagt mir niemand?«

Ich lache auf und nicke glücklich. Zoe schlägt ihren Bruder gegen den Oberarm. »Solche Infos gibst du gefälligst an deine Schwester weiter, verstanden?«

»Autsch«, macht Neil empört. »Ich dachte, dass Eliza dir das direkt erzählt hätte. Ich war immerhin gar nicht dabei, hab es nur von Jay und Trevor gehört.«

»Eliza und ich haben uns heute Morgen doch kaum gesprochen, weil sie ewig im Krankenhaus war«, sagt Zoe und sieht wieder das geschiente Bein an. »Und seit sie zurück ist, haben wir nur über gebrochene Knie und zu verkaufende Diner geredet.«

Eliza nickt und zwinkert mir zu.

»Umso schöner, dass es noch positive Neuigkeiten gibt. Ach ja, und natürlich deine Eltern.«

»Genau!« Zoe lächelt mich breit an. »Sie waren heute Morgen zusammen im Diner frühstücken, haben sich kaum gestritten und einmal sogar unter dem Tisch Händchen gehalten, das habe ich genau gesehen.«

»Und eben sind sie im Kajak vorbeigefahren«, ergänzt Eliza und deutet mit dem Kinn auf den Atlantik.

»O Gott«, sage ich. »Hoffentlich kommen beide zurück.«

Neben mir lacht Raven auf und zieht mich noch enger an sich. »Freu dich einfach, dass sie wieder zusammen in einem Boot sitzen. Und wenn es mal wieder kriseln sollte, können wir jederzeit wieder ihr Lied spielen.«

Versonnen sehe ich ihn an und nicke mit Nachdruck.

»Stimmt«, grinst Neil. »Musik ist eben doch die beste Lösung für alles. Übrigens haben wir heute wieder Bandprobe,

Rav. Nur falls du das vergessen haben solltest, auf deiner Wolke 7.«

Er sieht Raven mit einem bedeutungsschweren Lächeln an.

»Die Frage ist eher: Wird Luke da sein?«, bemerkt Zoe, und ich sehe sie erstaunt an.

»Warum sollte Luke nicht da sein?«, fragt auch Raven ratlos.

»Ach, das habt ihr ja gar nicht mitbekommen.« Neil reibt sich nachdenklich über das glatt rasierte Kinn. »Luke musste gestern im Sportgeschäft in Halifax etwas fürs Tauchen besorgen und hat Peter Pan bei mir abgegeben. Abends kam dann eine Nachricht von ihm, ob ich den Hund über Nacht behalten könnte, er würde sich heute melden.« Neil zuckt mit den Schultern. »Tja. Seitdem habe ich nichts mehr von ihm gehört, und sein Auto war heute Morgen nicht am Pier geparkt.«

»Das klingt verdächtig nach einem One-Night-Stand«, bemerkt Raven grinsend.

»Aber ... mit wem?« Neil sieht seinen Freund mit hochgezogenen Augenbrauen an. »Wo hat er plötzlich jemanden kennengelernt?«

»Im Sportgeschäft?«, schlage ich scherzhaft vor, als Raven murmelt: »Oh, da ist Debbie.«

Wir sehen uns alle zu Gwens Mutter um, die federnden Schritts den Rasen zwischen dem Diner und dem Haus von Eliza und Carl überquert, ohne uns zu bemerken. Sie hat nicht einmal das Vordach der Veranda erreicht, als die Haustür aufgeht und Carl heraustritt, eine Baseballmütze auf dem Kopf und ein Strahlen im Gesicht. Debbie bleibt auf der untersten Verandatreppenstufe stehen und sagt etwas, das Carl verlegen lachen lässt wie einen Teenager, während er die Tür hinter sich zuzieht. Debbie hakt sich bei ihm unter, und gemeinsam gehen sie über den Fußweg davon, der am Meer entlangführt.

»Holy Muffins«, stößt Eliza leise hervor. »Dass ich das auch noch erleben darf! Nur gut, dass die beiden gestern, auf dem Kutter, endlich wieder miteinander gesprochen haben. Dabei hat sich nämlich herausgestellt, dass mein Bruder nie die E-Mail bekommen hat, die Debbie ihm vor einer halben Ewigkeit geschickt hat – vermutlich, weil er nicht einmal weiß, dass es einen Spamordner gibt.«

»Oh, wow!«, sage ich entzückt. »Dann hatte es ja wirklich etwas Gutes, dass ihr wegen mir mit dem Boot nach Peggy's Cove gefahren seid!«

Neben mir schnaubt Raven leise auf. »Ich warne dich ...«, murmelt er und greift nach meiner Hand, die er bedeutungsschwer drückt. Ich grinse ihn frech an.

»Keine Sorge, ich haue nicht mehr ab. Es sei denn, ich treibe dich mit meiner Unordnung so sehr in den Wahnsinn, dass du froh bist, mich loszuwerden.«

»Niemals«, sagt Raven so inbrünstig, dass mir mein neckendes Lachen vergeht und ich ihn überwältigt anstarre.

»Ich habe für dich Deutsch gelernt und versucht, die Texte der Münchener Freiheit zu verstehen, verdammt! Glaub mir, kein Chaos der Welt kann etwas an meinen Gefühlen für dich ändern, Florentine.«

Da schlinge ich meine Arme um seinen Hals und küsse ihn innig.

»Bin ich froh, dass ihr zwei endlich die Kurve gekriegt habt«, seufzt Neil neben uns, und ich grinse gegen Ravens Lippen. Als ich mich von ihm löse, fällt mein Blick auf die Küstenstraße hinter dem Diner, und genau in diesem Moment fährt Lukes Pick-up vorbei. Ich will etwas zu den anderen sagen, doch da erkenne ich die Frau auf dem Beifahrersitz und halte verwirrt inne. Es ist der rote Trenchcoat, der mir sofort ins Auge sticht. Hey – das ist doch Helena, die schwarzhaarige Frau von der Gedenkstätte in Peggy's Cove! Aber ... was macht sie denn bei Luke im Pick-up? Oder habe ich mich womöglich vertan, und es war gar nicht Lukes Wagen? Es ist ja nicht so, dass Pick-ups hier Mangelware wären, und ich habe so sehr auf die Frau geachtet, dass ich den Fahrer nicht genauer angesehen habe.

»Schau mal, Florentine«, höre ich da Raven sagen. Er deutet aufs Meer hinaus, und als ich seinem Blick mit meinem folge, erkenne ich weit draußen ein Zwei-Mann-Kajak.

Das sind meine Eltern. Und sie paddeln mehr oder weniger im selben Rhythmus. Meine Augen füllen sich mit Tränen, und Raven zieht mich fester an sich.

»Siehst du«, murmelt er in mein Haar.

Ich nicke und muss gleichzeitig lachen und ein paar Tränen vergießen. Als ich Eliza ansehe, erkenne ich, dass ihr Blick wehmütig dem Boot folgt.

»Ein paar Happy Ends hätten wir also«, sagt sie leise. »Raven und Florentine. Womöglich Bernd und Regina. Und eventuell mein Bruder und Debbie, falls er sich nicht zu ungeschickt anstellt.«

»Aber einige Happy Ends fehlen noch«, sage ich mit Nachdruck und wechsele einen entschlossenen Blick mit Zoe. »Eliza, wenn du bloß mit der Sprache rausrücken würdest, wer vor zwanzig Jahren hier war, den du mal googeln solltest – dann könnten Zoe und ich das für dich übernehmen!«

»Und genau das will ich ja vermeiden«, sagt Eliza und schüttelt entrüstet den Kopf. »Wirklich, so eine Schnapsidee meines verrückten Bruders.«

»Aber ER hat sich in Sachen Debbie aufgerafft«, gebe ich zu bedenken, was Eliza mit einem mahnenden Blick kommentiert.

»Holy Muffins, lasst mich doch bloß mit dieser uralten Geschichte in Ruhe!« Sie will aufstehen, doch dann fällt ihr ein, dass sie ihre Krücken braucht, und sie stöhnt genervt auf. Sofort sind Zoe und Neil zur Stelle, um ihr zu helfen.

»Hey«, wispert Raven seitlich gegen meine Schläfe. »Was hältst du davon, wenn wir nach Hause gehen?«

Als ich das Funkeln in seinen grünen Augen sehe, glaube ich, vor Glück platzen zu müssen.

»Das klingt so gut, Raven. Ja, lass uns nach Hause gehen.«

WILDBERRY BAY WHATSAPP-GRUPPE

Montag, 16. Juli 2018

LEANNE SMITH:
Ich komme irgendwie nicht mehr mit –
ist diese Florentine jetzt mit Raven verlobt?
Sie sollte doch Jay heiraten,
oder habe ich das falsch verstanden?

RACHEL SULLIVAN:
Leanne, wir müssen wieder telefonieren.
Ich rufe dich heute Abend an. Stell dir ein Glas Wein
bereit, das Telefonat könnte länger dauern 😊

Dienstag, 17. Juli 2018

FLORENTINE SCHILLER:
Hey, Gwen, wie geht es dir?
Wir sollten endlich mal wieder sprechen, meinst du nicht?
Bitte, melde dich mal – es gibt so viel zu erzählen 😊

GWENDOLYN HOBBS:
Hallo Florentine, hier ist Tom.
Gwen will nicht telefonieren, bitte lass sie in Ruhe.

ENDE

NACHWORT UND DANKSAGUNG

Als ich am 3. September 1998 morgens in einem Londoner Hotel den Fernseher angemacht habe, wollte ich zunächst meinen Augen nicht trauen: Dort stand ein BBC-Reporter vor dem berühmten Leuchtturm von Peggy's Cove und berichtete von dem Absturz einer Swissair-Maschine in der Nähe des malerischen Fischerdorfs an Nova Scotias Atlantikküste, die ich so gut kannte. Ich war gerade auf Klassenfahrt in London, wir würden gleich zu unserem Tagesprogramm aufbrechen, doch in Gedanken war ich in Nova Scotia, meiner Herzensheimat, wo ich im August noch die Sommerferien verbracht hatte, wie fast jedes Jahr – und zwar in direkter Nähe zu der Stelle, wo das Flugzeug verunglückt war.

Den Ort Wildberry Bay aus diesem Roman gibt es im echten Nova Scotia nicht, aber es gibt das Fischerdorf Blandford auf der Aspotogan-Halbinsel, und genau zwischen diesem Fischerdorf und dem ebenfalls realen Ort Peggy's Cove mit seinem berühmten Leuchtturm ist Swissair-Flug 111 damals in den Atlantik gestürzt. Viele Fischer aus Blandford und aus weiteren Orten entlang der Küste sind in dieser Nacht mit ihren Kuttern aufs Meer hinausgefahren, um zu versuchen, Leben zu retten – leider vergeblich.

Dass ich noch wenige Wochen vor dem Absturz an eben dieser Küste gewesen war, hat mich damals sehr mitgenommen und beschäftigt mich bis heute. Fast jeder in den Orten Blandford, Peggy's Cove und Umgebung hat seine eigene Geschichte zu der Absturznacht zu erzählen. Meine persönliche Erinnerung wird für immer mit dem Anblick des Leuchtturms von Peggy's Cove in den BBC-Nachrichten in einem Londoner Hotel verbunden sein.

Die zwei im Roman erwähnten Gedenkstätten für die Absturzopfer von Swissair-Flug 111 gibt es in Wirklichkeit natürlich auch: eine in Peggy's Cove, wo Florentine im Roman Helena begegnet. Und eine an der Bayswater Beach in der Nähe von Blandford – im Roman ist daraus die Pine Tree Beach von Wildberry Bay geworden.

Auch das Bayview Diner hat eine reale Vorlage im Ort Blandford: Dort gab es in den Sommern meiner Kindheit und Jugend das Diner The Deck, und im offenen Giebel dieses Diners hingen tatsächlich viele Geschirrtücher aus aller Welt. Leider wurde The Deck verkauft und wird heute zwar unter demselben Namen betrieben, ist aber modernisiert und komplett verändert worden und somit nicht mehr das charmante Lokal von damals. Hoffen wir, dass es mit dem Bayview Diner in Wildberry Bay anders läuft, oder?

Danken möchte ich an dieser Stelle wie immer meinem wunderbaren Heyne-Team, besonders meiner Lektorin Janina Dyballa, sowie meiner wunderbaren Redakteurin und »Wortzauberin« Dr. Diana Mantel. Außerdem meiner Agentin Cornelia Heindl von der Agentur Gerald Drews, die nicht aufhört, an meine Bücher und mich zu glauben.

Ein großes Dankeschön geht diesmal an meine Freundin Conny Stork für ihren Beitrag zu Florentines Story – du weißt schon, wofür genau, Conny 😊

Danke auch an meine Heyne-Kollegin Jana Lukas – mit dir am Telefon über unsere Bücherwelt zu quatschen, tut immer wieder gut. Ich kann unser nächstes Messetreffen kaum erwarten – gemeinsam mit dir, liebe Leonie Lastella!

Und natürlich wie immer aus tiefstem Herzen »Danke« an meine Lieben – Mama, Papa und Marco, ihr seid meine Felsen in der Brandung, und ich liebe euch von ganzem Herzen. Emilia und Matilda, ihr seid mein größtes Glück und mein ganzer Stolz. Zu erleben, wie ihr euch ebenfalls Geschichten ausdenkt und sie aufschreibt, so wie ich als Kind, ist wunderschön. Macht auf jeden Fall weiter damit! Emilia, dir danke ich ganz besonders dafür, dass du dir den Ausdruck »Holy Muffins!« ausgedacht hast, den Eliza Baker in diesem Roman oft benutzt.

Zum Schluss möchte ich euch Bücherwürmern da draußen danken: Weil ihr nicht aufhört, meine Bücher zu kaufen, auszuleihen, zu verleihen, zu empfehlen, darüber zu bloggen, Videos zu drehen, Rezensionen zu schreiben und eure Begeisterung mit der Welt zu teilen, darf ich weiter Geschichten für euch schreiben. Ihr macht mir also das schönste Geschenk der Welt, wofür ich unendlich dankbar bin.

Ich hoffe sehr, dass wir uns bald in Wildberry Bay wiedersehen!

PLAYLIST

Ohne dich (schlaf' ich heut Nacht nicht ein)
MÜNCHENER FREIHEIT

Summer Of '69
BRYAN ADAMS

Let It be
THE BEATLES

Sweet Caroline
NEIL DIAMOND

Heads Carolina, Tails California
JO DEE MESSINA

Wonderful World
SAM COOKE

QUELLENVERZEICHNIS

»Ohne dich«, Münchener Freiheit, © SATV Group Germany GmbH, © Sony Music Publishing (Germany) GMBH, S. 5, S. 193, S. 265, S. 266, S. 267. Mit freundlicher Genehmigung der Rechteinhaber*innen.

»Can't Fight This Feeling«, REO Speedwagon, Epic Records, S. 11.

»Summer Of '69« Bryan Adams, © Adams Communications Inc., © Testatyme Music, S. 151, S. 153, S. 155.

»Wonderful World«, Sam Cooke, © ABKCO Music Inc., S. 353, S. 354.

»Let It be«, Beatles, © Sony-ATV Tunes LLC, S. 275, S. 276, S. 464.

LESEPROBE

HERZKLOPFEN IN WILDBERRY BAY

1

Helena

Regen trommelt gleichmäßig gegen die Bullaugen meiner Schiffskabine und hüllt mich ein wie ein Schlaflied. An dieses Geräusch und an das sanfte Schaukeln der Queen Mary 2 könnte ich mich wirklich gewöhnen, denke ich im Halbschlaf und räkele mich unter der Bettdecke. Zum Glück habe ich keine Probleme mit Seekrankheit, und so wirkt das leichte Heben und Senken der Wellen beruhigend auf mich und nicht unangenehm.

Wobei ich dieses Schaukeln in den letzten Tagen, an Bord des majestätischen Ozeanriesen, bei der Atlantiküberquerung vom britischen Southampton nach New York und dann bei der Weiterfahrt an die kanadische Ostküste gar nicht so deutlich wahrgenommen habe. Merkwürdig. Schläfrig blinzele ich, doch anstatt auf die mir inzwischen vertraut gewordene cremefarbene Sitzgruppe meiner Kabine starre ich auf einen hölzernen Einbauschrank, der mir überhaupt nicht vertraut ist. Ratlos bewege ich mich unter der Bettdecke – kein fluffiges Federbett, wie in den letzten Tagen, sondern dem Gewicht nach zu urteilen eine schwere Steppdecke – und stoße dabei meinen Knöchel an einer Wand an. Wo zum Teufel kommt diese Wand denn her, so dicht neben meinem Bett?

Ein unangenehmer Schmerz durchzuckt meinen Fuß. Und eben dieser Schmerz bringt die Erinnerung schlagartig zurück. Die Bilder stürzen regelrecht auf mich ein – dunkles Wasser will mich verschlingen, die starke Strömung zerrt erbarmungslos an mir, ich komme nicht gegen sie an ... Erschrocken reiße ich meine Augen auf, bin mit einem Mal hellwach.

Oh, verdammt. Jetzt fühlt sich das Schaukeln nicht mehr beruhigend an – denn es gehört überhaupt nicht zur Queen Mary 2! Nein, ich bin leider ziemlich weit entfernt von meiner Kabine auf dem Ozeanriesen im Hafen von Halifax.

Suchend sehe ich mich weiter um und entdecke über meinem Kopf ein Regal, auf dem mehrere Bücher stehen und aufeinandergestapelt liegen und ... aha, ein Wecker! Rasch greife ich danach und starre auf die Digitalanzeige.

Das kann nicht sein. Das darf einfach nicht sein. Ungläubig reiße ich meine Augen auf. 19:50 Uhr.

Um 20 Uhr legt die Queen Mary ab.

Panik beginnt durch meinen Körper zu pulsieren.

Vielleicht geht dieser Wecker falsch? Ja, das wird es sein. Das MUSS es sein! Ich werfe ihn auf die Matratze und springe aus dem Bett, wobei ich meinen schmerzenden Knöchel ignoriere und auch nicht weiter darüber nachdenke, warum ich fremde Klamotten trage – schwarze Jogginghosen und einen kratzigen Wollpullover über einem schlabberigen T-Shirt. Durch das leichte Schaukeln des Bootes gerate ich flüchtig ins Straucheln, fange mich jedoch rasch und eile auf die Kajütentür zu. Ich stoße sie auf und stolpere aus dem Bug des Bootes, wo sich das Schlafzimmer befindet, in den kleinen Durchgangsraum dahinter. Vor mir führt eine steile Treppe nach oben, und ich haste die wenigen Stufen hinauf, in den Wohnbereich des Boots. Hektisch lasse ich meinen Blick über eine Sitzecke mit hölzerner Eckbank und einen am Boden festgeschraubten Tisch fliegen, über eine winzige Küchenzeile, ein paar Einbauregale ... bis er an einem Mann hängen bleibt.

Luke Cabot. Die Bilder vom Strand rasen augenblicklich durch meinen Kopf – wie er sich über mich beugt, mich besorgt ansieht, als ich keuchend im kalten Sand liege, erschöpft von meinem Kampf gegen die Strömung.

Der Mann, der mich gerettet hat, sitzt in einem faltbaren Regiestuhl vor einem schwarzen Ofen, durch dessen Scheibe ich ein Feuer erkennen kann, und hat seine Füße auf einer alten Holzkiste neben einem Gegenstand abgelegt, der sehr nach einem zerkauten Hundespielzeug aussieht. Von einem Hund ist allerdings nichts zu sehen.

Ganz flüchtig überkommt mich ein wehmütiges Gefühl – diese Szene, wie Luke da vor dem Ofen sitzt, erweckt eine nagende Sehnsucht in mir. Eine Sehnsucht nach Geborgenheit und zu Hause.

Luke hat das Buch, in dem er offenbar gelesen hat, sinken gelassen und sieht mich alarmiert an.

»Helena«, sagt er, und ich versuche, nicht näher darüber nachzudenken, wie er meinen Namen ausspricht. Vergeblich. Er spricht ihn aus, als würde er die erste Zeile eines Gedichts wiedergeben. Die Silben rollen weich und melodisch und dunkel über seine Lippen, und ich muss mich räuspern, um bei der Sache zu bleiben. Luke hat sich aus seinem Stuhl erhoben und mustert mich besorgt. »Geht es dir gut? Was ...?«

»Nein, mir geht es nicht gut«, unterbreche ich ihn hektisch, bevor ich noch näher darüber nachdenken kann, wie gut mir seine dunkle Stimme gefällt. Genau wie das Kapuzensweatshirt, an das ich mich von vorhin erinnern kann, und die verwaschenen Jeans, die auf Kniehöhe abgeschnitten sind und daher einen ausgefransten Saum haben. Seine Beine sind braun gebrannt, und er ist barfuß, mit einem schmalen gewebten Bändchen um ein Fußgelenk. Seine Locken, die nicht mehr nass sind, glänzen im Schein der altmodischen Schiffsleuchte aus Chrom nussbraun.

»Was ist los?«, fragt er jetzt und macht ein paar Schritte auf mich zu, als ich schon schnell hervorstoße: »Wie spät ist es?«

Bevor er langsam sein Handgelenk mit der Armbanduhr hebt, sieht er mich noch zwei Herzschläge lang ernst aus diesen schokoladenbraunen Augen an, an die ich mich so gut erinnern kann.

Vorhin, am Strand, als ich im nassen Sand lag und versucht habe zu verarbeiten, dass ich fast gestorben wäre, haben eben diese Augen so voller Sorge auf mich herabgestarrt.

»Es ist ... kurz vor 20 Uhr«, sagt Luke jetzt und bringt meine Welt damit zum Einsturz.

2

Ungefähr drei Stunden vorher

Ich hätte nicht gedacht, dass es nach all dieser Zeit so schwer sein würde, an der Gedenkstätte zu stehen. Dass meine Emotionen so heftig ausfallen würden. Zwanzig Jahre ist es nun her, seit das Flugzeug ins Meer gestürzt ist, und seitdem ist so viel passiert. Ich war vierzehn, als es geschehen ist, nun bin ich vierunddreißig – aber als ich jetzt, im Regen, auf die Gedenktafeln aus grauem Stein starre, fühle ich mich wieder wie der Teenager von damals: verzweifelt und unfassbar traurig.

Der kühle Wind zerrt heftig an meinem Haar, lässt die offenen Strähnen durcheinanderwirbeln – nichts erinnert heute daran, dass wir eigentlich Hochsommerwetter haben müssten. Die dramatischen Wolkenberge am Himmel passen zu meiner Stimmung. Ich blinzele ein paar Tränen fort, während ich auf die eingravierten Worte starre:

IN MEMORY OF THE 229 MEN,
WOMEN AND CHILDREN
ABOARD SWISSAIR FLIGHT 111 ·
WHO PERISHED OFF THESE SHORES
SEPTEMBER 2, 1998

THEY HAVE BEEN JOINED TO THE SEA AND THE SKY
MAY THEY REST IN PEACE

Dann gleitet mein Blick über die Reihen aus eingravierten Namen. Meine Finger krampfen sich um das helle Leder meiner Handtasche, während ich atemlos nach ihrem Namen suche.

Als ich ihn finde, beiße ich mir so heftig auf meine Unterlippe, dass ich Blut schmecke.

Lydia Stern.

Das war sie. Meine Mama. Sie war eine der 229 Menschen an Bord von Swissair-Flug 111. Ein heiseres Schluchzen ringt sich aus meiner Kehle, und ich wische mir mit dem Handrücken unter meinen Augen entlang. Rasch sehe ich mich um, weil mir plötzlich die Frau einfällt, die mich vorhin, in Peggy's Cove, beobachtet hat. Dort, an der zweiten Gedenkstätte für den Flugzeugabsturz, war ich heute zuerst. Und ich war nicht ganz allein dort, denn plötzlich ist diese andere Deutsche neben mir aufgetaucht. Ich kann gar nicht sagen, woher ich gewusst habe, dass sie aus Deutschland kam – es war wohl ein Bauchgefühl.

Und ich hatte recht, denn sie sprach auf Deutsch mit mir. Ich dachte erst, sie hätte ebenfalls jemanden beim Flugzeugabsturz verloren, hoffte schon auf jemanden, der verstand, was ich fühlte, auf eine Art Verbündete.

Nein, wie sich herausstellte, hatte die Fremde keine Angehörigen an Bord gehabt, und trotzdem war sie in gewisser Weise mit dem Unglück verbunden: Sie war damals hier gewesen, vor Ort, als die Swissair-Maschine in jener Septembernacht vor zwanzig Jahren zwischen den Orten Peggy's Cove und Wildberry Bay ins Meer gestürzt war, und diese Tatsache hat mich regelrecht überwältigt. Sie war hier gewesen, als meine Mutter, gemeinsam mit den anderen Menschen an Bord, über Wildberry Bay hinweggeflogen war und ihre letzte Ruhestätte im dunklen Atlantik gefunden hatte.

Ich war nicht hier gewesen. Ich hatte in meinem gemütlichen Bett zu Hause in Zürich so tief und fest geschlafen, wie ich in den kommenden Wochen nicht mehr schlafen würde. In jener Nacht konnte ich noch nicht ahnen, dass an der Ostküste Kanadas meine Mutter ums Leben gekommen war. Aber diese fremde Deutsche, die sich als Florentine vorgestellt hat, sie war hier gewesen. Sie hatte den Absturz mitbekommen.

Diese Vorstellung beschäftigt mich noch immer, als ich meine Fingerkuppen sacht über den eingravierten Namen meiner Mutter gleiten lasse, an dieser menschenleeren und recht abgelegenen Gedenkstätte, wo ich nur das Wispern des Windes in den Baumwipfeln über mir und das entfernte Rauschen der Brandung höre. Diese Gedenkstätte ist mir so viel lieber als die andere, in der Nähe des berühmten Leuchtturms von Peggy's Cove, denn dort waren heute für meinen Geschmack viel zu viele Touristen unterwegs. Die Begegnung mit dieser Florentine fand ich zwar sehr nett, weil sie mir auf Anhieb sympathisch war, aber all die anderen neugierigen Blicke der Urlauber, die Fotos des Denkmals machten, als wäre es nur eine weitere Touristenattraktion, haben mich gestört. Hier ist alles intimer und ruhiger, und ich wünsche mir, das Wetter ließe es zu, mich auf den Rasen, an den Rand des durch Pfosten und Ketten rund abgegrenzten Areals zu setzen, wo unter den sattgrünen Grashalmen sterbliche Überreste der Flugzeuginsassen beerdigt sind. Vielleicht auch Mamas.

Ich habe das als Teenager nicht wirklich verstanden – nicht verstehen wollen. Warum dieses Massengrab? Warum konnten wir meine Mutter nicht in Zürich beerdigen?

Heute weiß ich, wie es ist, wenn ein Passagierflugzeug ungebremst auf einer Wasseroberfläche aufschlägt. Ich habe inzwischen begriffen, was das mit den Körpern der Menschen an Bord gemacht hat. Und dass es nicht immer möglich war, die aus dem Salzwasser geborgenen Überreste einem Fluggast von der Passagierliste zuzuordnen. Doch obwohl ich heute zum ersten Mal an dieser Gedenkstätte bin, zum ersten Mal den Ort sehe, wo meine Mutter möglicherweise beerdigt wurde, kann ich nicht länger bleiben. Das Wetter wird immer schlimmer anstatt besser, und ich muss zurück zu meinem Schiff. Schweren Herzens lege ich den Strauß leuchtend gelber Sonnenblumen – Mamas Lieblingsblumen – an den Rand der Rasenfläche und wende mich schließlich ab, um über den Fußweg zu meinem Mietwagen zurückzukehren. Als ich immer wieder über Wurzeln und glitschige Steine stolpere, verfluche ich mein heutiges Outfit, das überhaupt nicht an die raue kanadische Atlantikküste passt. Was habe ich mir bloß dabei gedacht, diese Pumps anzuziehen? Und meine teure Designerhandtasche mitzunehmen, obwohl Regen angekündigt war? Außerdem wäre der Anorak mit Kapuze, den ich mir extra für meine Reise gekauft habe, sehr viel praktischer gewesen als dieser knallrote Trenchcoat von Burberry. Wen interessieren hier schon irgendwelche Marken?

Das Donnern der Brandung wird über den Wind zu mir getragen, während ich auf dem kleinen Parkplatz der Gedenkstätte in meinen Mietwagen steige und durch die Regenschlieren auf der Windschutzscheibe in die Richtung starre, wo sich der Atlantik schemenhaft zwischen den Bäumen abzeichnet. Dann fasse ich einen Entschluss.

Ich lenke den Wagen nicht sofort zurück Richtung Highway, der mich nach Halifax und auf mein Schiff bringen würde, sondern mache noch einen Abstecher zu dem Strand, der sich ganz in der Nähe der Gedenkstätte erstreckt. Selbst an einem grauen Tag wie diesem hat die Pine Tree Beach ihren Reiz, denke ich, als ich auf dem Seitenstreifen der Küstenstraße halte und über das wogende Dünengras hinweg auf den Sand und das tosende Meer dahinter starre. Wie schön es hier wohl an einem sonnigen Tag ist? Ganz kurz erlaube ich mir die Vorstellung, wie es wäre, in so einem kleinen Ort am Meer zu leben. Womöglich sogar fußläufig zum Strand, sodass man morgens vor der Arbeit dort joggen gehen könnte. Mit einem Hund. Ja, ein Hund würde gut zu so einem Leben passen.

Doch ich lebe nicht am Meer. Nein, mein Leben spielt sich völlig ohne Hund und Strand in Frankfurt am Main ab und ganz sicher nicht in diesem Ort am Atlantik, wo meine Mutter ihre letzte Ruhestätte gefunden hat. Am Main kann man auch gut joggen gehen.

Und dennoch zieht mich dieser Strand fast magisch an. Der Regen peitscht mir ins Gesicht, während ich aus dem Auto steige und die wütenden Wellen beobachte, die gischtgekrönt an die Küste rollen. Ich will nur kurz hinaus zu den Felsen gehen, die sich rechts von mir, wo der Sandstreifen immer schmaler wird, wie ein Gürtel weiter an der Küste entlangziehen. Ja, ich werde auf diese Felsen steigen und dem Atlantik ein paar kostbare Minuten lang ganz nah sein.

Mama ganz nah sein.

Aus purer Gewohnheit schließe ich den Wagen mit der Fernbedienung am Schlüsselbund ab – wer sollte hier, an diesem menschenleeren Strand, mein Auto stehlen? –, während ich schon den Trampelpfad einschlage, der mich am Rande des Strandes entlangführt. Mit den Absätzen meiner Pumps bleibe ich immer wieder im nassen Dünengras hängen, bis es mir reicht und ich die Schuhe einfach ausziehe. Nass sind meine dünnen Seidenstrümpfe sowieso schon, also kann ich auch so weiterlaufen, über den matschigen Untergrund, bis ich die Felsen erreiche. Ich lasse die Schuhe zu Boden fallen und steige auf den ersten Stein. Er ist glitschig vom Regen, und ich rudere leicht mit den Armen, um bloß nicht den Halt zu verlieren.

Plötzlich muss ich an die Bitte dieser Florentine denken, vorhin, in Peggy's Cove: Dass ich keinen Blödsinn machen soll. Sie hat erwähnt, dass die Angehörigen der Opfer direkt nach dem Absturz ihren Liebsten ganz nah sein wollten.

Ich habe sofort verstanden, was sie gemeint hat. Natürlich habe auch ich in den letzten zwei Jahrzehnten viel über die Tage und Wochen nach diesem Unglück gelesen, als Polizisten in Peggy's Cove aufpassen mussten, dass sich niemand von den berühmten Felsen ins Meer stürzte.

Nein, so etwas werde ich nicht tun. Immerhin sind zwanzig Jahre vergangen, seit meine Mutter hier ums Leben gekommen ist. Und selbst wenn ich mich in den letzten Monaten, seit Papas Tod, so einsam gefühlt habe wie noch nie zuvor, bin ich doch ... zufrieden mit meinem Leben. Ich habe meine Karriere als Juristin, die mich voll und ganz ausfüllt. Diese Arbeit passt so gut zu mir, denn ich bin seit meiner Kindheit mit ihr vertraut. Mein Vater war Jurist, ein besonders guter. Es war ein Selbstläufer, dass ich in seine Fußstapfen getreten bin.

Wie immer verbiete ich mir den Gedanken, dass ich mich beruflich sehr wahrscheinlich in eine andere Richtung entwickelt hätte, wenn meine Mutter noch bei uns gewesen wäre, als ich mein Abitur gemacht habe. Es bringt nichts, darüber nachzudenken, was hätte sein können. Ich bin eine hervorragende Juristin geworden, und meine Karriere macht mich glücklich.

Ehe ich begreife, was passiert, schlägt plötzlich eine Welle an den Felsen hoch, die viel höher ist als die zuvor. Erschrocken versuche ich noch, einen Schritt rückwärts zu machen, doch auf dem glitschigen Felsen verliere ich den Halt – und das Wasser tut sein Übriges. Mit einer Wucht, die mich entsetzt aufschreien lässt, werde ich von der Welle getroffen, spüre, wie sie meine Füße vom Felsen fortreißt, mich taumeln und wanken lässt, bis ich falle ... hinab, in den kalten Ozean.

3

Ich kann gerade noch einen Schrei ausstoßen, einen Schrei, den niemand an dieser menschenleeren Küste hören wird, dann tauche ich auch schon in eiskaltes dunkles Wasser ein, stoße mit meinem Fußknöchel an einen der scharfkantigen Felsen, werde von der wütenden Brandung umhergewirbelt und weiter nach unten gedrückt wie ein Spielzeug. Panisch kämpfe ich mich gegen die Kraft der Wellen wieder nach oben, gelange an die Oberfläche, ringe nach Luft und versuche, mich zu orientieren – doch die nächste Welle schlägt bereits unbarmherzig über mir zusammen und drückt mich erneut unter Wasser. Wieder schaffe ich es aufzutauchen, und diesmal erkenne ich durch den peitschenden Regen und das schäumende Salzwasser zu meinem Entsetzen, dass ich immer weiter von der Küste abgetrieben werde. Gerade eben waren die Felsen noch zum Greifen nah – zum Fußanschlagen nah –, und plötzlich finde ich mich außerhalb ihrer Reichweite, im offenen Wasser wieder. So sehr ich auch versuche, auf das rettende Ufer zuzuschwimmen, so spüre ich doch, dass mich der Sog der Brandung mit beängstigender Kraft immer weiter auf den Atlantik hinauszieht, bevor die nächste Welle mich erneut unbarmherzig unter Wasser drückt. Panisch kämpfe ich mich zurück an die Oberfläche, sehe mich verzweifelt nach dem rettenden Ufer um, doch wegen des hohen Wellengangs kann ich nichts erkennen. Angst packt mein Herz und schnürt es zusammen, während die eisige Kälte des Wassers meine Gliedmaßen zu lähmen beginnt, meinen Kampf gegen die Brandung immer brutaler werden lässt.

Immer aussichtsloser.

Und dann dringt ein Gedanke mit erschreckender Klarheit in mein Bewusstsein: Das ist es. Mein Ende.

Wer hätte gedacht, dass ich ausgerechnet hier, im stürmischen Atlantik, nahe der Stelle, wo Mama ums Leben gekommen ist, sterben werde? Was wird man auf der Queen Mary 2 tun, wenn ich nicht vor dem Auslaufen heute Abend in meine Kabine zurückkehren werde? Was wird man in Frankfurt sagen, wenn ich in einer Woche nicht wieder ins Büro komme?

Wird man mich vermissen? Mich, als Menschen? Oder nur die brillante Juristin?

Noch während diese Gedanken wirr durch mein Gehirn wabern, höre ich erschöpft auf zu kämpfen. Ich kann nicht mehr weitermachen. Es macht keinen Sinn, wie eine Irre zu versuchen, gegen die Strömung anzuschwimmen, denn sie ist zu stark. Das Wasser ist zu kalt, der Sturm zu heftig, der Regen zu dicht. Das Meer nimmt mir jede Entscheidungsfreiheit, und irgendwann kann ich mich nicht länger wehren. Keuchend lasse ich mich auf den Rücken gleiten, werde von den Wellen auf und ab gehoben, spüre den Regen auf mein Gesicht prasseln, schließe meine Augen.

Hoffentlich geht es schnell.

Im nächsten Moment packt mich jemand von hinten. Erschrocken reiße ich meine Augen wieder auf und stoße einen Schrei aus.

»Ganz ruhig«, höre ich eine dunkle Männerstimme hinter mir keuchen und versuche zu erkennen, wer das ist, doch da legt sich schon eine kräftige Hand unter mein Kinn, sodass ich mich nicht mehr umschauen kann. Und schon werde ich rücklings durch das tobende Wasser gezogen. Ich will fragen, wie der Fremde mich gesehen hat, will sagen, dass es keinen Sinn macht, weil die Strömung zu stark ist. Doch als ich den Mund öffne, schwappt Salzwasser hinein, und so spucke und huste ich nur und merke, wie mein fremder Retter den Griff seiner Hand verstärkt, während er unbeirrt weiterschwimmt. Ich spüre die gleichmäßigen, kräftigen Schwimmstöße seiner Beine unter meinem Körper, als er mich entschlossen mit sich zieht. Ungläubig schnappe ich nach Luft und starre in den bleigrauen Himmel hinauf, während neue Hoffnung beginnt, wild durch meinen Körper zu pulsieren. Nein, heute werde ich noch nicht sterben! Plötzlich werde ich von neuer Kraft gepackt, und ich versuche, mit meinen Beinen mitzuhelfen, selbst Schwimmbewegungen zu machen, damit wir schneller das rettende Ufer erreichen.

»Ganz ruhig«, höre ich die Männerstimme erneut atemlos hervorstoßen, und dann erkenne ich aus den Augenwinkeln, dass wir uns dem Strand nähern. Der Fremde schwimmt mit mir fast parallel zur Küste, wird mir klar, und dennoch halten wir auf das rettende Land zu. Und dann steht er mit einem Mal auf und watet weiter – er hat tatsächlich Boden unter den Füßen! Ehe ich mich selbst aufrappeln kann, spüre ich seine Hände unter meinen Achseln, und ich werde rückwärts auf den Strand geschleift und schließlich vorsichtig auf dem nassen Sand abgelegt.

Ein Gesicht schiebt sich in mein Blickfeld. Ein Mann schaut besorgt auf mich herab – dunkelbraune Augen, dunkle Locken, die ihm nass am Kopf kleben, ein kurzer Bart. Seine Brauen ziehen sich zusammen, als er mich eingehend mustert.

»Geht es dir gut? Bist du verletzt?«
Mein Brustkorb hebt und senkt sich heftig. Erst nicke ich, dann schüttele ich den Kopf und stoße schließlich atemlos hervor: »Nicht ... verletzt. Mir ... geht es gut.«

»Wie heißt du?«, fragt der Fremde, und ich starre ein paar Sekunden lang in seine dunklen Augen, bevor ich die Kraft finde, leise zu wispern: »Helena. Helena Stern.«

»Hi, Helena Stern. Ich bin Luke Cabot. Sag mir bitte, was passiert ist. Hast du viel Wasser geschluckt? Warst du unter Wasser? Ich überlege, ob ich den Rettungswagen rufen soll, oder ...«

»Nein!«, sage ich schwach und hebe meinen Kopf ein wenig, um diesen Luke Cabot anzusehen. »Bitte, keinen Rettungswagen. Mir geht es ... gut. Ich bin ins Wasser gefallen und ... die Strömung war zu stark. Ich hab es nicht geschafft, dagegen anzuschwimmen.«

»Man kann nicht dagegen anschwimmen, man muss ... Ach, ist jetzt egal«, murmelt Luke Cabot und mustert mich immer noch so intensiv, dass ich verlegen seinem Blick ausweiche. Mit einem Seufzer fährt er sich durch sein nasses Haar und holt tief Luft. Ich will ihm danken, weil er mich gerettet hat, aber als ich ihn wieder ansehe, fällt sein Blick auf meinen Fuß, und seine Brauen ziehen sich zusammen. Erst jetzt merke auch ich, dass ich dort blute.

Der Fremde wendet sich meinem Fuß zu, und ich presse meine Lippen zusammen, um nicht aufzustöhnen, als er den Knöchel abtastet. Auf keinen Fall will ich in irgendeine Notaufnahme mit endlosen Wartezeiten gebracht werden – ich muss doch zurück zum Hafen!

Mit einem Mal bin ich wieder mitten in meinem durchgeplanten Leben. Unfassbar, dass ich im Wasser eben tatsächlich bereit gewesen bin, einfach aufzuhören zu kämpfen ... was um alles in der Welt ist da draußen im Meer in mich gefahren? Natürlich wird niemand an Bord der Queen Mary 2 vergeblich auf mich warten, denn ich werde pünktlich vor dem Auslaufen zurück an Bord sein, werde frisch geduscht zum Abendessen erscheinen, und nichts wird mehr an diesen peinlichen Zwischenfall in Nova Scotia erinnern.

Und im Büro wird man auch nicht umsonst auf mich warten – nicht auszudenken, wenn ich, Helena Stern, eine der besten Juristinnen in Frankfurt am Main, nicht in meinen Alltag zurückkehren würde!

»Tut das weh?«, reißt mich diese dunkle Stimme aus meinem Gedankenkarussell und beruhigt mich auf eigenartige Weise, obwohl der Mann doch eigentlich ein Fremder für mich ist.

Vehement schüttele ich den Kopf und hoffe, dass er mir glaubt. Als ich vorsichtig aufschaue, merke ich, dass er von meinem Fuß abgelassen hat, mich aber immer noch ernst betrachtet. Er trägt normale Klamotten, keine Schwimmsachen – eine durchnässte Jeans, ein T-Shirt, das ihm eng am Körper klebt, und eine offene Jeansjacke. Natürlich war er bei diesem Wetter nicht schwimmen und hat mich dabei zufällig gesehen, nein – er muss von Land aus beobachtet haben, wie ich in die Brandung gestürzt bin und hinterhergesprungen sein.

Dieser Mann hat mein Leben gerettet.

Als könnte er meine Gedanken lesen, fragt der Fremde mich in ruhigem Tonfall: »Was ist da eben passiert, Helena?«

Ich starre ihn an, mustere sein ernstes Gesicht mit den dunklen Augen, die mich seltsam faszinieren. Mit kratziger Stimme stoße ich hervor: »Ich bin ausgerutscht und ins Meer gefallen.«

Luke nickt langsam, ohne seinen intensiven Blick von mir abzuwenden.

»Ich habe dich von der Straße aus beobachtet«, sagt er. »Ich bin zufällig mit meinem Wagen vorbeigekommen, als du auf den Felsen gestiegen bist. Ohne Schuhe.«

»Ja, die haben nur gestört«, wispere ich und schaue flüchtig meine Füße in den zerrissenen, teilweise blutverschmierten Seidenstrümpfen an.

»Schuhe zieht man eher aus, wenn man ins Wasser will, oder?«

Lukes Frage lässt mich ihn überrascht ansehen. »Glaubst du wirklich, dass ich bei diesem Wetter schwimmen gehen wollte?«, frage ich und hätte fast lachen können, wenn mir nicht mit einem Schlag so kalt werden würde. Meine Zähne beginnen aufeinanderzuschlagen, während ich mich langsam aufsetze. Luke starrt mich immer noch unverwandt an.

»Ich habe nicht gemeint, dass du schwimmen wolltest«, sagt er langsam.

Ganz toll. Erst diese andere Deutsche – Florentine –, die mich gebeten hat, keinen Blödsinn zu machen – und jetzt dieser Mann auch.

»Nein, Luke Cabot, ich wollte mich nicht ins Meer stürzen, um … mir das Leben zu nehmen«, stoße ich aufgebracht hervor, und es regt mich zusätzlich auf, dass sich meine Augen schon wieder mit Tränen füllen. Meine Zähne schlagen jetzt immer heftiger aufeinander.

Lukes Augenbrauen ziehen sich weiter zusammen, während er mich ernst mustert. Dann nickt er langsam.

»Okay, Helena Stern, dann warst du einfach nur ziemlich leichtsinnig. Weißt du, wie viele Unfälle dieser Art es entlang unserer Küste gibt – vor allem drüben, in Peggy's Cove? Man steigt bei so einem Wetter, bei dieser Brandung, nicht einfach auf die Felsen am Ufer! Und das nicht nur wegen der Strömung, gegen die du umsonst angekämpft hast! Du hättest dir den Kopf einschlagen können, oder ich hätte dich querschnittsgelähmt aus dem Wasser ziehen müssen! Dass du dir nur deinen Knöchel verletzt hat, grenzt an ein Wunder, weißt du das? Andere haben hier schon ihr Leben verloren!«

Seine aufgebrachten Worte treffen mich mit voller Wucht. Andere haben hier schon ihr Leben verloren.

Schockstarr sehe ich ihn an, während ich wieder glaube, das kalte Wasser über mir zusammenschlagen zu spüren, erneut hinabgesogen und umhergewirbelt zu werden.

Andere haben hier schon ihr Leben verloren.

Ja, aber daran war nicht der tosende Atlantik schuld. Daran war die Technik schuld. Ein dummes Kabel in der ersten Klasse der Swissair-Maschine. Ein Schwelbrand, der zu Rauchentwicklung im Cockpit geführt und das Flugzeug schließlich hat abstürzen lassen. Hinein in den Atlantik, der das Grab meiner Mutter geworden ist. Der auch fast meines geworden wäre.

Andere haben hier schon ihr Leben verloren.

Ich sehe wieder die Geburtstagskarte vor mir.

Als ich ein merkwürdiges Geräusch höre, weiß ich im ersten Moment nicht, was das ist. Dann wird mir klar, dass das Geräusch tief aus meinem Inneren kommt. Wilde Schluchzer ringen sich aus meiner Brust, während ich so heftig zu zittern beginne, dass meine Zähne immer schmerzhafter aufeinanderschlagen. Ich höre mich an wie ein Tier, ich mache mir selbst Angst, und ich schäme mich für meine wegbröckelnde Selbstbeherrschung, aber ich kann nichts dagegen tun. Was an den beiden Gedenkstätten heute mit Tränen in den Augen und einem Knoten im Hals begonnen hat, kämpft sich nun mit aller Macht an die Oberfläche. Ich habe das Gefühl, dass all die Trauer der letzten zwanzig Jahre mit einem Schlag aus mir herauswill. Gehört werden will. Gefühlt werden will – hier, jetzt, an diesem Ort, wo meine Mutter aus dem Leben gerissen worden ist.

Wo ich gerade beinahe meinen eigenen Kampf ums Überleben aufgegeben hätte. Was war bloß los mit mir? Meine Mutter, sie hatte keine Chance. Aber ich, ich habe einfach aufgehört zu schwimmen, war bereit, mich dem Meer zu überlassen! Wenn Luke nicht gekommen wäre …

Heftig schluchzend und zitternd schlage ich mir die Hände vor die Augen, beuge mich vor und krümme mich zusammen, schreiend und wimmernd und außer mir vor Schmerz und Kummer.

Erst als ich eine Hand auf meinem Arm spüre, wird mir klar, dass er immer noch da ist. Luke Cabot, der für mich ins Wasser gesprungen ist und mir das Leben gerettet hat.

»Hey, Helena«, höre ich seine dunkle Stimme, und er klingt ziemlich erschüttert. Ich würde ihm gern erklären, warum ich gerade so sehr die Fassung verliere, aber ich kann nicht sprechen, kann nur weinen, weinen, weinen.

Da nimmt mich dieser Fremde in die Arme. Er zieht mich eng an sich, ich höre seine Stimme dicht an meinem Ohr, als er leise sagt: »Hey, ist ja gut, alles wird gut.«

Ich möchte ihm erklären, dass nicht alles gut werden kann, weil ja alles, weshalb ich weine, schon vor zwanzig Jahren passiert ist, aber ich kann nicht sprechen. Stattdessen lasse ich mich halten und leicht hin und her wiegen, und durch den Nebel meiner Trauer dringt vage der Gedanke, dass sich das hier, mit diesem fremden Mann, an diesem fremden Strand, so merkwürdig vertraut anfühlt.

Wie vor zwanzig Jahren, an einem Strand hier in der Nähe.

»Du zitterst so sehr«, höre ich Luke murmeln. »Du musst sofort aus den nassen Sachen raus. Wohnst du hier in der Nähe?«

Schlotternd schüttele ich den Kopf und will sagen, dass ich zurück auf mein Schiff im Hafen von Halifax muss, aber ich komme über ein bibberndes »Ha-Ha-Halifax ...« nicht hinweg.

»Du musst nach Halifax? Okay, vergiss es, mit diesen nassen Sachen lasse ich dich nicht eine Stunde Auto fahren«, erklärt Luke entschieden. »Außerdem muss dein Knöchel versorgt werden – und du stehst ganz offensichtlich unter Schock. In diesem Zustand kannst du erst recht nicht selbst fahren.«

Fast bin ich enttäuscht, als sich Luke von mir löst und aufsteht. Augenblicklich fehlt mir sein Körper, obwohl er selbst nass und kalt ist. Trotzdem fühlt er sich so unfassbar gut an.

»Komm«, höre ich Luke mit rauer Stimme sagen, und dann spüre ich seine Hände an meinen Oberarmen und merke, dass er mich in die Höhe zieht. Überrascht blicke ich auf und bleibe auf wackeligen Beinen stehen, als Luke mich bereits ohne Umschweife hochhebt und über den Strand trägt. Erneut will ich versuchen zu erklären, dass ich nicht ewig Zeit habe, kann jedoch nur erschöpft meinen Kopf gegen seine Brust sinken lassen.

Verdammt, ich wäre gerade um ein Haar ertrunken!

Ich schluchze heiser, als wir einen Pick-up erreichen, der in der Nähe meines Autos am Straßenrand geparkt steht, und ich schluchze immer noch, als Luke mich wie ein Kind auf dem Beifahrersitz anschnallt und dann eine Wolldecke, die leicht nach Hund riecht, über mir ausbreitet und um mich herum feststopft. Auch als er einsteigt, den Motor anlässt und mit mir die gewundene Küstenstraße entlangfährt, weine ich noch immer. So viele Tränen habe ich seit jenem Septembertag vor zwanzig Jahren nicht mehr vergossen, als ich mit meinem Vater am Flughafen von Zürich gestanden und vergeblich auf meine Mutter gewartet habe.

Irgendwo in meinem Hinterkopf hämmert die Stimme der Vernunft, die versucht, mir mitzuteilen, dass es nicht wirklich clever ist, bei einem völlig fremden Mann im Auto mitzufahren. Aber ich kann mich gerade nicht auf diese Stimme konzentrieren – und außerdem hält mein Bauchgefühl dagegen, dass ich diesem Mann vertrauen kann. Warum ich davon so überzeugt bin, weiß ich wirklich nicht – aber ich habe das merkwürdige Gefühl, Luke Cabot zu kennen.

Und so lasse ich mich weinend die Küstenstraße entlangfahren, wie bereits vor so vielen Jahren, als ich mit meinem Vater hier war.

4

Bis wir endlich von der Straße abbiegen und anhalten, glaube ich, vor Kälte einzugehen. Ich zittere und schlottere am ganzen Körper, als Luke den Motor abstellt, aus dem Wagen springt und die Beifahrertür aufreißt. Er hebt mich mitsamt der Hundedecke heraus und trägt mich mit langen Schritten über etwas Knarzendes – ist das ein Bootssteg? Erschöpft hebe ich meinen Kopf ein wenig und sehe mich ratlos um. Ja, wir sind auf einem Pier, doch noch ehe ich mich weiter orientieren kann, geht Luke schon mit mir über eine schmale Gangway und betritt das Deck eines Boots.

»Wo bringst du mich hin?«, stoße ich mühsam hervor und frage mich, ob er mich überhaupt versteht, weil meine Zähne so sehr aufeinanderschlagen, dass ich mich kaum artikulieren kann, doch da kommt schon seine knappe Antwort: »Ich wohne hier.«

Eilig reißt er eine Tür auf und verschwindet mit mir unter Deck dieses fremden Boots. Vermutlich sollte ich jetzt wirklich endlich Angst bekommen, doch mir ist einfach nur kalt, und ich kann immer noch nicht aufhören zu weinen.

Luke setzt mich auf einem Bett ab und sagt mit rauer Stimme: »Du musst schnell aus deinen nassen Sachen raus. Warte, ich gebe dir etwas Trockenes von mir.«

Schlotternd bleibe ich auf dem Bett sitzen und starre auf einen Einbauschrank, den Luke jetzt öffnet. Rasch zieht er ein paar Anziehsachen hervor und reicht sie mir.

»Ich gehe raus, und du ziehst dich bitte schnell um, ja? Hier ist auch ein Handtuch. Beeil dich, sonst holst du dir den Tod. Ich mache dir einen heißen Tee.«

Mit diesen Worten verschwindet er und lässt mich zurück mit einer schwarzen Jogginghose, einem verwaschenen T-Shirt mit Metallica-Aufdruck und einem dicken Wollpullover mit Schneeflockenmuster.

Irgendwie schaffe ich es, mich mit steifen kalten Fingern aus meinen nassen Klamotten zu schälen und die trockenen überzustreifen. Dass ich nun keine Unterwäsche trage, würde mich unter anderen Umständen sehr irritieren, aber jetzt gerade ist mir das völlig egal. Obwohl es nicht mein Bett ist, krieche ich einfach unter die Decke, denn die sieht so verlockend warm aus, und ich schlottere noch immer wie Espenlaub.

Erst als ich an meinem Knöchel einen flammenden Schmerz spüre, reiße ich meine Augen erschrocken auf und merke, dass ich tatsächlich kurz weggedämmert war. Verwirrt sehe ich Luke an, der entschuldigend einen Wattebausch in die Höhe hält.

»Die Wunde musste desinfiziert werden«, erklärt er ruhig und klebt schon ein großes Pflaster über die Stelle. Ich kann nur erschöpft nicken. Als er mir eine Tasse mit dampfendem Tee reicht, setze ich mich auf und trinke gehorsam. Die Flüssigkeit rinnt wohltuend warm meine Speiseröhre hinab. Als die Tasse leer ist, lasse ich mich erschöpft zur Seite sinken, gegen Lukes Oberkörper. Ich merke, dass er sich ebenfalls umgezogen hat. Nichts an ihm fühlt sich mehr nass und kalt an, und erträgt einen dicken Kapuzenpullover, der merkwürdig tröstlich nach Waschpulver duftet. Ich höre, dass er die Tasse auf den Nachttisch zurückstellt, dann zieht er mich einmal mehr fest in seine Arme.

»Helena. Ich würde dir so gerne helfen. Willst du mir erzählen, was los ist? Woher du kommst? Was du hier machst?«, wispert er in mein feuchtes Haar, und sein Atem liebkost warm und wohltuend meine Kopfhaut.

Ich murmele etwas Unverständliches und kann nicht einmal selbst sagen, was ich eigentlich ausdrücken will. Meine Augenlider werden mit einem Mal schwer, so unglaublich schwer. Gerade fühle ich mich unfassbar erschöpft und kann nicht mehr reden, nicht mehr denken, nichts mehr tun. Ich bin sogar zu müde zum Weinen. Das sanfte Schaukeln des Boots macht mich immer schläfriger, und Luke riecht so gut, so merkwürdig vertraut, so nach zu Hause. Langsam, ganz langsam fallen mir die Augen zu, und ich versuche vergeblich, den Gedanken festzuhalten, dass ich zurück zum Hafen muss. Auf mein Schiff.